Stendhal

O vermelho e o negro

Tradução

Raquel Prado

Textos críticos

Tarsila do Amaral e Heinrich Mann

COSACNAIFY

Stendhal[1] por Tarsila do Amaral

Depois de ler *O vermelho e o negro*, e isso não há muito tempo, Stendhal deixou de ser para mim um nome simplesmente sonoro, para entrar como criatura humana e sensível na minha admiração.

Foi esse livro – escrito há cento e poucos anos e que ainda se coloca junto dos melhores romances modernos, podendo ser lido linha a linha até a última página dos seus dois grossos volumes, apesar de algumas restrições –, foi esse livro que me despertou a atenção para a figura simpática de Stendhal, aquele tímido Henri Beyle, que viveu introspectivamente e incompreendido entre os seus contemporâneos, para sobreviver, conforme a sua profecia ("Serei compreendido em 1900") numa geração um tanto mais evoluída.

Dentro de ideias preconcebidas, esse livro, em que as descrições se apresentam sóbrias como molduras para completar o quadro que é todo ação e psicologia, não podia mesmo ser aceito pela nova geração dos românticos.

Henri Beyle nunca se conformou com a vida real. O temperamento de esteta apaixonado, extremamente sensível, unido a uma clara inteligência, constituía um forte contraste com o físico desse

1 Publicado originalmente nos *Diários Associados* (1941). [N. E.]

homem de pequeninos olhos brilhantes, enterrados numa testa larga, nariz pesado e grosso, instalado numa cara arredondada e vermelha – ponto culminante daquela massa adiposa, onde as linhas inestéticas se alojaram.

Talvez fosse a consciência desse físico tão feio que o induzisse a disfarçar a própria pessoa com tantos pseudônimos extravagantes. Nunca foi literariamente Henri Beyle: além de Stendhal, ocultou-se num Alexandre-César Bombet, num Henri Brulard, marquis de Curzay, Chapelain, Ch. de Saupiquet, le comte de Chadevelle, Polybe-Love-puff etc. Civita-Vecchia, onde foi cônsul nos últimos anos de vida, transformou-se, nas datas de sua correspondência, em Abeille. Até as cidades deviam mudar de nome. A realidade era mesmo bem triste e bem insípida...

Acham alguns biógrafos de Stendhal que a sua única preocupação era tornar-se original, lutando sempre, de caso pensado, contra a corrente da vulgaridade. Henri Beyle tinha de fato horror ao estabelecido e para qualquer circunstância ordinária da vida formulava ideias que opunha como axiomas à banalidade envolvente.

"O que se desculpa em Deus é o fato de ele não existir" – afirmava Beyle com o seu espírito contraditório, sabendo o quanto semelhante asserção ia de encontro às ideias correntes, e para reforçar o seu axioma dizia: "Nunca se deve arrepender de uma tolice feita ou dita".

Em assuntos amorosos, a receita era a seguinte: "Estando sozinho com uma mulher, eu vos dou cinco minutos de preparação ao esforço prodigioso de dizer-lhe 'Eu te amo'. Dizei a vós mesmos: eu serei um covarde se não disser isso antes de cinco minutos".

Penso que seria justo considerar em Beyle a preocupação do original como evasão e defesa motivadas pelo complexo de inferioridade diante do seu pouco êxito perante as mulheres. Esse homem, que as adorava e por elas se via repelido, esse esteta, consciente da própria fealdade, não podia deixar de ser um tímido, intimamente revoltado contra o ambiente que o oprimia. Vingava-se criando o seu mundo interior, onde a fantasia se dilatava, onde podia mesmo se transformar em Adônis. Vingava-se, impondo a sua personalidade pela conversação espirituosa e paradoxal. As atitudes premeditadas acabaram tornando-se verdadeiras, a exemplo dos mitômanos que se convencem das próprias mentiras.

Mérimée lhe fez justiça: "Desconfiei algum tempo que Beyle visava à originalidade; acabei por achá-lo perfeitamente sincero. Hoje, despertando todas as minhas recordações, me convenço de que todas as suas singularidades eram muito naturais, e os seus paradoxos, o resultado do exagero produzido insensivelmente pela contradição. As *boutades* de Beyle eram, a meu ver, a expressão exagerada de uma convicção profunda".

Como crítico, viveu Stendhal inteiramente ignorado, conforme dizia Sainte-Beuve. Como romancista, passou quase despercebido entre seus contemporâneos. Foi Balzac quem deu o sinal de alarma, acordando a Europa do seu indiferentismo para com "um gênio imenso", em cujos escritos "o sublime lampeja de capítulo em capítulo". Tal gênio só poderia ser justamente apreciado, dizia ele, pelas grandes inteligências: mil e duzentas ou mil e quinhentas pessoas "que estejam à frente da Europa".

Quem não quereria encaixar-se entre os eleitos? As obras de Beyle tiveram por um momento bastante cotação, mas a repercussão forçada, como todo movimento falso, deveria muito em breve esmorecer.

O entusiasmo de Balzac só produziu no espírito contraditório de Stendhal explosões de riso. Depois das formalidades de agradecimentos comovidos, Henri Beyle respondeu: "Esse artigo assombroso, que jamais um escritor recebeu de outro, foi lido por mim às gargalhadas, e agora ouso confessá-lo. Todas as vezes que apareciam louvores um pouco fortes, e eu os encontrava a cada passo, imaginava a cara que faziam os meus amigos, lendo-os...".

Stendhal começou a sua carreira literária bastante tarde, mostrando-se, portanto, coerente com o seu ponto de vista de que a vida está acima da arte. Na avidez de sensações inéditas, aos dezessete anos procurava Paris, na ânsia de descobrir paisagens novas; não titubeou mais tarde em partir para a Itália com o exército de Napoleão. Ia, naturalmente, na retaguarda, porque a vida lhe era mais interessante que os sentimentos patrióticos.

A passagem por Milão, Pávia, Bérgamo, Lodi, Brescia e outras cidades italianas, a viagem à Rússia, de onde voltou às carreiras com os soldados de Bonaparte, marcaram-lhe o espírito de emoções que se derramaram por toda a sua obra, onde afirma o seu desprezo pela forma acadêmica, a sua aversão às perífrases e às descrições fastidiosas. Inimigo do verso, Stendhal chamava o alexandrino de *cache-sottise*, porque para ele só a prosa traduzia o pensamento com clareza e simplicidade.

Até o fim foi sempre fiel aos seus conceitos. A morte, em 1842, foi encontrá-lo com o seu epitáfio já pronto: *Arrigo Beyle, Milanese, visse, scrisse, amò*. Mas a posteridade descobriu no suposto italiano um pseudônimo do grande Stendhal, repetindo, com ele, o traço forte da sua personalidade: "Quando não tinha emoção, não tinha espírito".

O vermelho e o negro

A verdade, a áspera verdade.

DANTON

O vermelho e o negro

Crônica do século XIX

Livro primeiro

NOTA DO EDITOR

Esta obra estava prestes a ser publicada quando os grandes acontecimentos de julho imprimiram a todos os espíritos um rumo pouco favorável aos jogos da imaginação. Temos razões para crer que as páginas seguintes foram escritas em 1827.

O vermelho e o negro

Crônica de 1830

I. Uma cidadezinha

Put thousands together
Less bad,
But the cage less gay.
HOBBES

A cidadezinha de Verrières pode ser considerada uma das mais bonitas do Franco Condado. Suas casas brancas de teto pontiagudo e telhas vermelhas espraiam-se pela encosta de uma colina cujas menores sinuosidades são marcadas por grupos de vigorosos castanheiros. O rio Doubs corre a algumas dezenas de metros abaixo das fortificações, construídas em tempos antigos pelos espanhóis e agora em ruínas.

Verrières está abrigada ao norte por uma montanha alta, um dos ramos do Jura. Os cimos escarpados do Verra cobrem-se de neve desde as primeiras friagens de outubro. Uma torrente que se precipita da montanha atravessa Verrières antes de lançar-se no Doubs e movimenta um grande número de serrarias; é uma indústria muito simples e que proporciona certo bem-estar à maior parte dos habitantes, entre os quais se encontram mais camponeses do que burgueses. Não foram contudo as serrarias que enriqueceram esta cidadezinha. É à fábrica de tecidos estampados, chamados de Mulhouse, que se deve a prosperidade geral que, a partir da queda de Napoleão, permitiu reconstruir a fachada de quase todas as casas de Verrières.

Mal entramos na cidade e nos sentimos atordoados pelo estardalhaço de uma máquina barulhenta e de aparência terrível. Vinte pesados martelos, ao cair com um estrondo que estremece o pavimento, são erguidos por uma roda que a água da torrente movimenta. Cada um desses martelos fabrica, a cada dia, não sei quantos milhares de pregos. São mocinhas viçosas e bonitas que apresentam aos golpes desses martelos enormes os pequenos pedaços de ferro rapidamente transformados em pregos. Esse trabalho, de aparência tão rude, é dos que mais espantam o viajante que penetra pela primeira vez nas montanhas da fronteira entre a França e a Helvécia. Se, ao entrar em Verrières, o viajante pergunta a quem pertence esta bela fábrica de pregos capaz de ensurdecer as pessoas que sobem a rua principal, respondem-lhe com um sotaque arrastado: *Ah, ela é do senhor prefeito!*

Mesmo se parar apenas alguns instantes nesta rua principal de Verrières, que vem subindo desde a margem do Doubs e quase alcança o cume da colina, pode-se apostar cem contra um que o viajante verá surgir um homem alto de ar atarefado e importante.

Diante dele todos os chapéus se levantam rapidamente. Seus cabelos são grisalhos e ele se veste de cinza. É cavaleiro de diversas ordens, possui uma testa larga e um nariz aquilino, e o conjunto do rosto não deixa de ter certa regularidade: parece até, à primeira vista, que reúne à dignidade de prefeito do vilarejo aquele tipo de encanto que ainda se encontra num homem de quarenta e oito ou cinquenta anos. Mas logo o viajante parisiense fica chocado com certo ar de contentamento e presunção, mesclado a um não sei quê de limitado e pouco inventivo. Percebe-se, enfim, que o talento desse homem se resume a cobrar muito pontualmente o que lhe devem e a pagar o mais tarde possível quando é ele o devedor.

Eis o prefeito de Verrières, o sr. de Rênal. Depois de atravessar a rua num passo grave, ele entra na prefeitura e desaparece da vista do forasteiro. Mas, cem passos adiante, se este continuar o passeio, verá uma casa de aspecto muito bonito e, através de uma grade de ferro contígua à casa, seus jardins magníficos. Ao fundo surgem as colinas da Borgonha, formando uma linha de horizonte que parece feita expressamente para o prazer dos olhos. Essa vista faz o viajante esquecer a atmosfera empesteada de pequenos interesses monetários que já começa a asfixiá-lo.

Contam-lhe que a casa pertence ao sr. de Rênal. É aos lucros obtidos com a grande fábrica de pregos que o prefeito de Verrières deve esta bela moradia de pedra talhada, que acaba de construir. Sua família, dizem, é espanhola, antiga e, conforme alguns, radicada na região bem antes da conquista de Luís XIV.

Desde 1815 ele se envergonha de ser industrial: 1815 o fez prefeito de Verrières. Os muros em terraço que sustentam as diversas partes deste magnífico jardim, o qual, de patamar em patamar, desce até o Doubs, são também a recompensa pela ciência do sr. de Rênal no comércio de ferro.

Não esperem encontrar na França aqueles jardins pitorescos que cercam as cidades manufatureiras da Alemanha, Leipzig, Frankfurt, Nuremberg etc. No Franco Condado, quanto mais muros se constroem, quanto mais se eriça a propriedade com pedras empilhadas umas sobre as outras, mais direito se adquire ao respeito dos vizinhos. Os jardins do sr. de Rênal, repletos de muros, são admirados também porque o proprietário comprou a peso de ouro certas fatias do terreno que eles ocupam. Por exemplo: esta serraria, cuja posição singular na margem do Doubs impressiona quem entra em Verrières e onde se nota o nome Sorel escrito em caracteres gigantescos numa tábua que domina o telhado, ocupava há seis anos o espaço em que neste momento está sendo construído o muro do quarto terraço dos jardins do sr. de Rênal.

O prefeito, não obstante sua altivez, teve de se empenhar em muitas tratativas com o velho Sorel, camponês duro e teimoso; precisou pagar-lhe belos luíses de ouro antes de conseguir que ele transferisse a usina para outro lugar. Quanto ao riacho *público* que fazia a serra funcionar, o sr. de Rênal, graças ao crédito de que goza em Paris, logrou que fosse desviado. Esse favor lhe foi concedido depois das eleições de 182...*

* O autor se refere as eleições de Villèle em 1824. [N. E.]

Deu a Sorel quatro vezes a extensão do terreno, quinhentos passos abaixo, à beira do Doubs. E, embora essa localização fosse muito mais vantajosa para o comércio de tábuas de pinho, o pai Sorel, como o chamam desde que ficou rico, mostrou-se astuto o bastante para obter, da impaciência e da *mania de proprietário* que animavam o vizinho, uma soma de seis mil francos.

É verdade que esse acerto foi criticado pela gente ajuizada de Verrières. Certa vez, num domingo, há cerca de quatro anos, o sr. de Rênal voltava da igreja em trajes de prefeito quando viu de longe o velho Sorel, rodeado pelos três filhos, que sorria enquanto olhava para ele. Esse sorriso foi fatal à paz de espírito do senhor prefeito; a partir daquele momento, passou a pensar que poderia ter obtido a troca a melhor preço.

Para alcançar consideração pública em Verrières, o essencial consiste em não adotar, mesmo construindo muitos muros, nenhum projeto trazido da Itália por esses pedreiros que, na primavera, atravessam as gargantas do Jura para chegar a Paris. Tal inovação custaria ao imprudente construtor a eterna reputação de *leviandade*, e ele estaria perdido para sempre no conceito das pessoas sensatas e moderadas que distribuem a consideração no Franco Condado.

Na verdade, essas pessoas sensatas exercem aqui o mais aborrecido *despotismo*; é por causa desse nome feio que a estada nas cidadezinhas é insuportável para quem viveu naquela grande república a que chamam Paris. A tirania da opinião – e que opinião! – é tão *burra* nas cidadezinhas da França quanto nos Estados Unidos da América.

II. Um prefeito

Ser importante! Não vale nada, senhor? O respeito dos tolos, a admiração das crianças, a inveja dos ricos, o desprezo do sábio.

BARNAVE

Felizmente para a reputação do sr. de Rênal como administrador, um imenso *muro de arrimo* era necessário ao passeio público que flanqueia a colina a uma centena de pés acima do Doubs. A essa admirável localização se deve uma das vistas mais pitorescas da França. Contudo, a cada primavera, as águas da chuva abriam sulcos no passeio, escavavam barrancos e o tornavam impraticável. O inconveniente, sentido por todos, confrontou o sr. de Rênal com a feliz necessidade de imortalizar sua administração com um muro de vinte pés de altura e trinta ou quarenta toesas de comprimento.

O parapeito desse muro que obrigou o sr. de Rênal a fazer três viagens a Paris, pois o penúltimo ministro do Interior se declarara inimigo mortal do passeio de Verrières, o parapeito desse muro eleva-se agora a quatro pés do chão. E agora, como a desafiar todos os ministros presentes e passados, está sendo guarnecido com lajes de pedra talhada.

Quantas vezes, lembrando o baile da véspera em Paris, o peito apoiado contra estes grandes blocos de pedra de um cinza azulado tão bonito, quantas vezes meus olhos não mergulharam no vale do Doubs! Mais além, na margem esquerda, serpenteiam cinco ou seis vales onde o olhar distingue perfeitamente pequenos riachos. Depois de correrem de cascata em cascata, vemos que deságuam no Doubs. O sol é quente nestas montanhas; quando brilha a pino, os devaneios do viajante recebem neste terraço o abrigo de plátanos magníficos. O crescimento rápido e a bela folhagem verde-azulada dessas árvores se devem à terra que o prefeito mandou depositar atrás do imenso muro de arrimo, pois, apesar da oposição da câmara municipal, ele alargou o passeio em mais de seis pés (embora ele seja monarquista e eu liberal, louvo-o por isso); eis por que, na opinião dele e na do sr. Valenod, o feliz diretor do asilo de mendicância de Verrières, este terraço resiste muito bem à comparação com o de Saint-Germain-en-Laye.

Tenho, de minha parte, uma única objeção à ALAMEDA DA FIDELIDADE – lemos esse nome oficial em quinze ou vinte lugares, em placas de mármore que valeram uma condecoração a mais ao sr. de Rênal –; o que eu objetaria à alameda da Fidelidade é a maneira bárbara com que a autoridade manda cortar e podar até o limite esses vigorosos plátanos. Em vez de se parecerem, com suas copas baixas, redondas e achatadas, à mais vulgar das hortaliças, eles muito ganhariam se tivessem as formas magníficas que se veem na Inglaterra. Mas a vontade do senhor prefeito é despótica, e duas vezes por ano todas as árvores que pertencem à comuna são amputadas impiedosamente. Os liberais do lugar afirmam, com exagero, que a mão do jardineiro oficial se tornou bem mais severa desde que o vigário Maslon adquiriu o hábito de se apropriar dos produtos da poda.

Esse jovem eclesiástico foi enviado de Besançon há alguns anos, para vigiar o padre Chélan e alguns curas da região. Um velho cirurgião-mor do exército da Itália, que se retirara em Verrières e que em vida havia sido ao mesmo tempo, segundo o prefeito, jacobino e bonapartista, bem que ousou um dia reclamar da mutilação periódica dessas belas árvores.

– Gosto da sombra – respondeu o sr. de Rênal, com o grau adequado de altivez para se dirigir a um cirurgião membro da Legião de Honra –, gosto da sombra; mando cortar as *minhas* árvores para dar sombra, e não concebo que uma árvore seja feita para outra coisa quando, ao contrário da útil nogueira, ela *não dá lucro*.

Eis a última palavra que decide tudo em Verrières: DAR LUCRO. É a frase que por si só representa o pensamento habitual de mais de três quartos dos habitantes.

Dar lucro é a razão que decide tudo nesta cidadezinha que parecia tão bonita. O forasteiro, seduzido pela beleza dos vales frescos e profundos que a cercam, imagina de início que os moradores são muito sensíveis ao *belo*; falam com insistência da beleza de sua terra: não se pode negar que a têm em grande consideração, mas é porque ela atrai forasteiros cujo dinheiro enriquece os donos de estalagem, o que, graças ao mecanismo dos impostos, *dá lucro à cidade*.

Era um belo dia de outono e o sr. de Rênal passeava na alameda da Fidelidade, de braços dados com sua mulher. Enquanto escutava o marido, que falava com ar grave, o olhar da sra. de Rênal seguia com inquietude os movimentos de três meninos. O mais velho, que podia ter onze anos, aproximava-se a toda hora do parapeito e fazia menção de subir. Uma voz doce pronunciava então o nome de Adolphe e a criança renunciava a seu projeto ambicioso. A sra. de Rênal parecia uma mulher de trinta anos, mas ainda bastante bonita.

– Ele poderia se arrepender, aquele fulano de Paris – dizia o sr. de Rênal em tom ofendido e com o rosto ainda mais pálido que de costume. – Não me faltam amigos no Castelo...

Mas não, embora eu queira lhes falar da província ao longo de duzentas páginas, não cometerei a barbaridade de submetê-los às delongas e aos *sábios rodeios* de um diálogo provinciano.

O fulano de Paris, tão odioso ao prefeito de Verrières, não era outro senão o sr. Appert, que dois dias antes conseguira introduzir-se não somente na prisão e no asilo de mendicância de Verrières, mas também no hospital administrado graciosamente pelo prefeito e pelos principais proprietários do lugar.

– Mas – dizia com timidez a sra. de Rênal – que mal pode lhe fazer esse senhor de Paris, já que você administra o bem dos pobres com a mais escrupulosa probidade?

– Ele veio apenas para *distribuir* censuras, e depois mandará publicar artigos nos jornais do liberalismo.

– Você nunca os lê, meu amigo.

– Mas as pessoas vêm comentar conosco esses artigos jacobinos; tudo isso nos distrai *e nos impede de fazer o bem.** Quanto a mim, nunca perdoarei ao cura.

* Frase histórica.

III. O bem dos pobres

Um cura virtuoso e avesso à intriga é uma Providência para a aldeia.

FLEURY

É preciso saber que o cura de Verrières, um velhinho de oitenta anos que, entretanto, devia ao ar puro destas montanhas uma saúde e um caráter de ferro, tinha o direito de visitar a qualquer hora a prisão, o hospital e até o asilo de mendicância. Foi precisamente às seis horas da manhã que o sr. Appert, recomendado de Paris ao cura, teve o bom-senso de chegar a uma cidadezinha curiosa. Dirigiu-se imediatamente ao presbitério.

Lendo a carta que lhe escrevera o marquês de La Mole, par de França e o mais rico proprietário da província, o cura Chélan se pôs pensativo.

"Sou velho e estimado aqui", disse enfim a meia-voz, para si mesmo. "Não se atreveriam!" Voltou-se então para o homem de Paris, com olhos em que brilhava, apesar da idade avançada, aquele fogo sagrado que anuncia o prazer de fazer uma bela ação de certo risco:

– Venha comigo, senhor. Contudo, na presença do carcereiro, e sobretudo diante dos inspetores do asilo de mendicância, não emita nenhuma opinião sobre as coisas que veremos.

O sr. Appert compreendeu que estava tratando com um homem de fibra: seguiu o venerável cura, visitou a prisão, o hospício, o asilo, fez muitas perguntas e, apesar das estranhas respostas, não se permitiu o menor sinal de censura.

A visita durou várias horas. O sr. Appert, alegando ter cartas a escrever, declinou do convite do cura para almoçar: não queria comprometer ainda mais seu generoso companheiro. Por volta das três horas, esses senhores concluíram a inspeção do asilo de mendicância e voltaram em seguida à prisão. Ali, encontraram na porta o carcereiro, espécie de gigante de seis pés de altura e pernas arqueadas cuja figura ignóbil se tornara medonha por efeito do terror.

– Ah, senhor! – disse ao cura tão logo o avistou. – O cavalheiro que vejo aqui não seria o senhor Appert?

– Que diferença faz? – disse o cura.

– É que desde ontem tenho ordens expressas do senhor governador, trazidas por um guarda que foi obrigado a galopar a noite toda, de não admitir o senhor Appert na prisão.

– Declaro, senhor Noiroud – disse o cura –, que este viajante que está comigo é o senhor Appert. O senhor reconhece que tenho o direito de entrar na prisão a qualquer hora do dia ou da noite, acompanhado de quem eu quiser?

– Sim, senhor cura – disse o carcereiro em voz baixa e recolhendo a cabeça como um buldogue que obedece contrariado, com medo de apanhar. – Só que tenho mulher e filhos; se for denunciado, senhor cura, vou ser despedido; dependo deste emprego para viver.

– Eu também ficaria muito contrariado se perdesse o meu – retrucou o bom cura, numa voz cada vez mais exaltada.

– Que diferença! – respondeu prontamente o carcereiro. – O senhor, seu cura, todo mundo sabe que o senhor tem oitocentas libras de renda, de boas propriedades...

Tais são os fatos que, comentados, exagerados de vinte maneiras diferentes, agitavam havia dois dias todas as paixões odientas da cidadezinha de Verrières. Naquele momento serviam de tema à pequena discussão que o sr. de Rênal tinha com sua mulher. De manhã, seguido pelo sr. Valenod, diretor do asilo de mendicância, ele fora à casa do cura expressar-lhe o mais vivo descontentamento. O sr. Chélan não era protegido de ninguém; sentiu todo o alcance do que ouviu.

– Pois bem, senhores! Serei o terceiro cura de oitenta anos de idade a ser destituído nesta vizinhança. Há cinquenta e seis anos que estou aqui; batizei quase todos os habitantes da cidade, que não passava de um vilarejo quando cheguei. Faço todos os dias o casamento de jovens cujos avós foram casados por mim. Verrières é minha família, mas o medo de deixá-la não me fará transigir com a minha consciência e tampouco admitirei outro guia para as minhas ações. Pensei comigo ao ver o forasteiro: "Esse homem, se vem de Paris, talvez seja um liberal, já que há muitos deles por lá, muitos; mas qual é o mal que pode fazer a nossos pobres e nossos presos?".

Como se tornassem cada vez mais vivas as censuras do sr. de Rênal, e sobretudo as do sr. Valenod, diretor do asilo de mendicância, o velho cura exclamou com voz trêmula:

– Pois bem, senhores! Destituam-me! Nem por isso deixarei de morar na região. Todos sabem que há quarenta e oito anos herdei um campo que me dá oitocentas libras. Viverei desse rendimento. De minha parte, senhores, não me valho do meu cargo para fazer economias, e talvez por isso não fique tão apavorado quando ouço dizer que vou perdê-lo.

O sr. de Rênal vivia muito bem com sua mulher; mas, sem saber o que responder à ideia que ela repetia timidamente – "Que mal esse senhor de Paris pode fazer aos presos?" –, estava a ponto de zangar-se de vez quando a ouviu dar um grito. O segundo de seus filhos acabava de subir no parapeito do muro do terraço e corria por ele, embora o muro se erguesse a mais de vinte pés acima da videira que ficava do outro lado. O receio de assustar o filho e fazê-lo cair impedia a sra. de Rênal de lhe dirigir a palavra. Finalmente a criança, que ria da proeza, viu a palidez da mãe, saltou de volta ao caminho e correu até ela. Recebeu um bom ralho.

O pequeno acontecimento mudou o rumo da conversa.

– Faço questão absoluta de ter em casa Sorel, o filho do serrador de tábuas – disse o sr. de Rênal. – Ele cuidará das crianças, que estão começando a ficar muito endiabradas para nós. É um jovem padre ou coisa que o valha, bom latinista, e fará com que as crianças progridam, pois tem um caráter firme, segundo o cura. Vou lhe dar trezentos francos e comida. Tinha algumas dúvidas quanto à sua moral, pois era o protegido daquele velho cirurgião da Legião de Honra, que, a pretexto de ser primo deles, veio se hospedar na casa dos Sorel. É bem possível que no fundo esse homem não passasse de um agente secreto dos liberais; dizia que o ar das nossas montanhas fazia bem à sua asma, mas isso não ficou provado. Fez todas as campanhas de *Buonaparte* na Itália e na época chegou mesmo a assinar *não* contra o Império, ao que dizem. Esse liberal ensinava latim ao menino Sorel e deixou-lhe todos os livros que trouxe para cá. Por mim, jamais teria pensado em colocar o filho do carpinteiro junto dos nossos filhos; mas o cura, justamente na véspera da cena que acaba de nos indispor para sempre, disse-me que esse Sorel estuda teologia há três anos, com o objetivo de entrar para o seminário; logo, não é um liberal, e é latinista.

– Esse arranjo é conveniente de várias maneiras – continuou o sr. de Rênal, olhando sua mulher com um ar diplomático. – O Valenod está muito orgulhoso dos dois cavalos normandos que acaba de comprar para a sua caleche. Mas os filhos dele não têm preceptor.

– Ele poderia muito bem nos tirar o nosso.

– Aprova então o meu projeto? – disse o sr. de Rênal, agradecendo a sua mulher, com um sorriso, pela excelente ideia que ela acabava de ter. – Pois bem, está decidido.

– Ah, santo Deus! Como você toma rápido uma decisão, meu amigo!

– É que tenho caráter, e o cura bem que o percebeu. Não vamos fingir que não sabemos, estamos cercados de liberais por aqui. Todos esses negociantes de tecido me invejam, tenho certeza; dois ou três estão ficando ricaços. Pois bem! Quero que vejam os filhos do senhor de Rênal sair a passeio conduzidos por *um preceptor*! Isso vai impor respeito. Meu avô nos contava sempre que na juventude havia tido um preceptor. Poderá me custar uns cem escudos, mas isso deve ser classificado como despesa necessária para mantermos nossa posição.

A súbita resolução deixou a sra. de Rênal muito pensativa. Era uma mulher alta, benfeita, que havia sido a beldade da região, como dizem nestas montanhas. Tinha um ar de simplicidade e certa juventude na maneira de andar; aos olhos de um parisiense, essa graça ingênua, cheia de inocência e vivacidade, poderia até despertar ideias de doce volúpia. Se adivinhasse esse tipo de sucesso, a sra. de Rênal ficaria envergonhada. Nem a afetação nem o coquetismo jamais haviam se aproximado daquele coração. Dizia-se que o sr. Valenod, o rico diretor do asilo de mendicância, fizera-lhe a corte, mas sem êxito, o que lançara um brilho singular sobre a virtude dela, pois o sr. Valenod, jovem alto e forte, de rosto corado e grandes suíças pretas, era um desses tipos grosseiros, despudorados e barulhentos que na província são chamados de bonitões.

A sra. de Rênal, muito tímida e de índole aparentemente bastante estável, chocava-se sobretudo com o movimento contínuo e os brados repentinos do sr. Valenod. A distância que mantinha daquilo que em Verrières chamam de alegria valera-lhe a reputação de ser muito orgulhosa do próprio berço. Ela nem pensava nisso, mas ficara satisfeita ao ver os habitantes da cidade ir menos a sua casa. Não ocultaremos que passava por tola aos olhos das senhoras *locais*, porque, sem a menor política em relação ao marido, deixava escapar as melhores ocasiões de fazê-lo comprar belos chapéus de Paris ou Besançon. Contanto que a deixassem vagar sozinha em seu belo jardim, não se queixava nunca.

Era uma alma ingênua, que nunca sequer cogitara julgar o marido e confessar a si mesma que ele a aborrecia. Supunha, sem o dizer, que entre marido e mulher não podia haver relações mais doces. Gostava do sr. de Rênal sobretudo quando ele lhe falava de seus projetos para os filhos, destinando um deles às armas, o segundo à magistratura e o terceiro à igreja. Em suma, achava o sr. de Rênal muito menos enfadonho do que qualquer outro homem de suas relações.

Esse julgamento conjugal era razoável. O prefeito de Verrières devia uma reputação de espírito e sobretudo de bom-tom à meia dúzia de piadas que herdara de um tio. O velho capitão de Rênal servira antes da Revolução no regimento de infantaria do duque de Orléans e, quando ia a Paris, era admitido nos salões do príncipe. Tinha visto ali a sra. de Montesson, a famosa sra. de Genlis, o sr. Ducrest, o inventor do Palais Royal. Tais personagens reapareciam com frequência nas anedotas do sr. de Rênal. Pouco a pouco, entretanto, a lembrança de coisas tão delicadas de contar se tornara uma tarefa penosa, e depois de algum tempo ele só repetia nas grandes ocasiões as anedotas relativas à casa de Orléans. Como, por sinal, era muito polido, a não ser quando se falava de dinheiro, consideravam-no com razão a personagem mais aristocrática de Verrières.

IV. Um pai e um filho

E sarà mia colpa
Se cosi è?
MAQUIAVEL

"Minha mulher tem mesmo uma boa cabeça!", pensava o prefeito de Verrières no dia seguinte, às seis horas da manhã, ao descer para a serraria do velho Sorel. "Ainda que tenha lhe dito o contrário, para conservar a posição que me cabe, eu não tinha pensado que, se não pegar esse padrezinho Sorel, que, segundo dizem, sabe latim como um anjo, aquela alma sem repouso do diretor do asilo bem poderia ter a mesma ideia e tirá-lo de mim. Ah, o tom de presunção com que falaria do preceptor de seus filhos! E o tal preceptor, sendo meu, será que vai usar batina?"

O sr. de Rênal estava absorto nessa dúvida quando viu de longe um camponês, homem de uns seis pés de altura, que desde a manhãzinha parecia muito ocupado em medir toras de madeira depositadas ao longo do Doubs, na trilha da sirga. O camponês não deu mostras de grande satisfação ao ver o prefeito aproximar-se, pois as toras obstruíam o caminho, o que constituía uma contravenção.

O pai Sorel, pois era ele mesmo, ficou muito surpreso e mais ainda satisfeito com a singular proposta que o sr. de Rênal lhe fazia para seu filho Julien. Nem por isso deixou de escutar com aquele ar de desinteresse e tristeza insatisfeita com que a astúcia dos habitantes destas montanhas sabe tão bem se revestir. Escravos do tempo da dominação espanhola, eles ainda conservam esse traço da fisionomia do felá do Egito.

A resposta de Sorel limitou-se de início à longa recitação de todas as fórmulas de respeito que ele sabia de cor. Enquanto repetia essas palavras vãs, com um sorriso canhestro que aumentava o ar de falsidade e quase de patifaria natural de sua fisionomia, o espírito ativo do velho camponês tentava descobrir por que razão um homem tão respeitável poria dentro de casa o sem-vergonha do seu filho. Estava muito descontente com Julien, e era por ele que o sr. de Rênal oferecia o pagamento inesperado de trezentos francos por ano, mais a comida e até a roupa. Essa última exigência, que o gênio do velho Sorel pôs na mesa de repente, também foi aceita pelo sr. de Rênal.

O pedido impressionou o prefeito. "Se Sorel não está feliz e satisfeito com a minha proposta, como naturalmente deveria estar, é evidente", pensou, "que deve ter recebido ofertas de outra parte; e de quem poderiam vir senão do Valenod?" Foi em vão que o sr. de Rênal apressou Sorel a resolver de imediato: a astúcia do camponês recusou-se teimosamente a tanto; queria consultar o filho, disse ele, como se na província um pai rico consultasse um filho que não tem nada, a não ser por mera formalidade.

Uma serraria movida a água se compõe de um galpão à beira de um riacho. O telhado é sustentado por uma viga assentada sobre quatro grandes pilares de madeira. A oito ou dez pés de altura, no meio do galpão, avista-se uma serra que sobe e desce, enquanto um mecanismo muito simples empurra contra ela uma tora de madeira. É uma roda posta em movimento pelo riacho que faz funcionar esse duplo mecanismo, o da serra que sobe e desce e o que empurra suavemente a tora para a serra que a transforma em tábuas.

Aproximando-se da usina, o pai Sorel chamou Julien com seu vozeirão; ninguém respondeu. Só viu os filhos mais velhos, espécie de gigantes que, armados de pesados machados, talhavam os troncos de pinheiro que levariam à serraria. Concentrados em seguir com exatidão a marca preta traçada na tora de madeira, a cada golpe de machado arrancavam-lhe lascas enormes. Não ouviram a voz do pai. Este se dirigiu ao galpão; ali entrando, em vão procurou Julien no lugar onde ele deveria estar, ao lado da serra. Avistou-o cinco ou seis pés acima, a cavalo numa das vigas do telhado. Em vez de vigiar atentamente a ação de todo o mecanismo, Julien lia. Nada era mais antipático ao velho Sorel; talvez tivesse perdoado a Julien o porte esbelto, pouco apropriado ao trabalho pesado e tão diferente daquele dos irmãos mais velhos, porém a mania de leitura lhe era odiosa: ele mesmo não sabia ler.

De nada adiantou chamar Julien duas ou três vezes. A atenção que o rapaz dava ao livro, bem mais que o barulho da serra, impedia-o de ouvir a voz terrível do pai. Finalmente, apesar da idade, este pulou com agilidade sobre a árvore submetida à ação da serra e daí para a viga transversal que sustentava o telhado. Um golpe violento fez cair no riacho o livro que Julien segurava; um segundo golpe tão violento quanto o primeiro, dado na cabeça em forma de cascudo, o fez perder o equilíbrio. Despencaria de doze ou quinze pés de altura em meio às alavancas da máquina em ação, que o teriam arrebentado, mas o pai o reteve com a mão esquerda quando ia cair.

– Pois bem, preguiçoso! Vai continuar a ler esses malditos livros enquanto está de guarda na serraria? Leia de noite, quando vai perder seu tempo na casa do cura, isso sim.

Julien, embora atordoado pela força do golpe e todo ofendido, aproximou-se de seu posto oficial, ao lado da serra. Tinha lágrimas nos olhos, menos por causa da dor física do que pela perda de um livro que adorava.

– Desça daí, animal, quero falar com você.

O barulho da máquina outra vez impediu Julien de ouvir a ordem. O pai, que havia descido, não querendo se dar ao trabalho de escalar novamente o mecanismo, foi buscar uma comprida vara de derrubar nozes e com ela bateu-lhe no ombro. Mal Julien chegou ao chão e o velho Sorel, enxotando-o rudemente à sua frente, empurrou-o na direção de casa. "Sabe Deus o que vai fazer comigo!", pensava o rapaz. De passagem, olhou tristemente o riacho onde caíra o livro; era de todos o que mais prezava, o *Memorial de Santa Helena*.

Tinha as faces rubras e os olhos baixos. Era um rapazinho de dezoito a dezenove anos, de aspecto frágil, com traços irregulares porém delicados e um nariz aquilino. Os grandes olhos negros, que nos momentos tranquilos anunciavam reflexão e ardor, estavam animados nesse instante pela expressão do ódio mais feroz. Os cabelos castanho-escuros, nascendo muito baixo, davam-lhe uma testa pequena e, nos momentos de raiva, um ar maldoso. Entre os tipos incontáveis de fisionomia humana, não há talvez nenhuma que tenha se destacado por uma singularidade tão cativante. Um talhe esbelto e bem torneado indicava mais leveza do que vigor. Desde a primeira juventude, seu ar extremamente pensativo e a palidez intensa levaram o pai a pensar que não viveria, ou que viveria para ser um fardo para a família. Objeto do desprezo de todos em casa, odiava os irmãos e o pai; nos jogos de domingo, na praça pública, era sempre derrotado.

Não fazia nem um ano que seu rosto bonito começara a lhe proporcionar comentários amigáveis entre as mocinhas. Desprezado por todos como criatura fraca, Julien havia idolatrado aquele velho cirurgião-mor que um dia ousara falar com o prefeito a respeito dos plátanos.

O cirurgião vez por outra pagava ao pai Sorel a diária do filho e ensinava latim e história ao rapaz, isto é, o que sabia de história: a campanha de 1796 na Itália. Ao morrer, legara-lhe a condecoração da Legião de Honra, os atrasados de seu meio-soldo e trinta ou quarenta volumes, dentre os quais o mais precioso acabava de saltar no *riacho público*, desviado por obra do senhor prefeito.

Mal entrou em casa, sentiu que a mão poderosa do pai o detinha pelo ombro; na expectativa das pancadas, Julien tremia.

– Responda sem mentir – gritou-lhe no ouvido a voz dura, enquanto a mão do velho camponês o fazia dar meia-volta como a mão de uma criança desvira um soldadinho de chumbo. Os grandes olhos negros e cheios de lágrimas de Julien encararam os olhinhos cinzentos e maldosos do velho carpinteiro, que parecia ter a intenção de ler até o fundo de sua alma.

v. Uma negociação

Cunctando restituit rem.

ÊNIO

– Responda sem mentir, maldito *livreiro*, se puder: de onde conhece a senhora de Rênal? Quando falou com ela?

– Nunca falei com ela – respondeu Julien –, nunca vi essa senhora a não ser na igreja.

– Mas olhou para ela, vilão descarado?

– Nunca! O senhor sabe que na igreja só tenho olhos para Deus – acrescentou Julien com um arzinho hipócrita, bem apropriado, segundo ele, para afastar a volta dos cascudos.

– Aí tem coisa – replicou o esperto camponês, e calou-se um instante. – Mas não vou saber nada por você, maldito hipócrita. O fato é que vou me livrar de você e minha serraria só terá a ganhar com isso. Conquistou o senhor cura ou seja quem for, e lhe arranjaram um belo emprego. Vá arrumar suas coisas e o levarei à casa do sr. de Rênal, onde será preceptor dos filhos dele.

– O que vou ganhar com isso?

– Comida, roupa e trezentos francos de pagamento.

– Não quero ser criado.

– Quem falou em ser criado, animal? E eu ia lá querer que meu filho fosse criado?

– Mas vou comer com quem?

A pergunta desconcertou o velho Sorel; ele sentiu que, se falasse, poderia cometer uma imprudência; enfureceu-se com Julien, a quem cobriu de injúrias, acusando-o de gulodice, e o deixou para ir consultar os outros filhos.

Julien os viu logo em seguida, cada um apoiado em seu machado e confabulando. Depois de observá-los longamente e percebendo que não conseguia adivinhar nada, foi se postar do outro lado da serraria para não ser surpreendido. Queria pensar melhor na notícia imprevista que mudava sua sorte, mas sentia-se incapaz de prudência; sua imaginação dedicava-se inteira a antever o que encontraria na bela casa do sr. de Rênal.

"É preciso renunciar a tudo isso", pensou, "de preferência a me rebaixar e ser obrigado a comer com os criados. Meu pai vai querer me forçar; prefiro morrer. Tenho quinze francos e oito *sous* de economias, fujo esta noite; em dois dias, cortando caminho por onde não há guardas a temer, estarei em Besançon; ali sento praça e, se for preciso, passo para a Suíça. Mas, nesse caso, é o fim das promoções, da ambição, daquela bela condição de padre que abre todos os caminhos."

O horror a comer com os criados não era natural em Julien; teria feito coisas bem mais penosas para chegar à fortuna. Adquirira essa repugnância nas *Confissões* de Rousseau. Era o único livro com que contava para imaginar o mundo. A coleção de boletins do Grande Exército e o *Memorial de Santa Helena* completavam o seu alcorão. Ele se deixaria matar por essas três obras. Nunca acreditara em nenhuma outra. Seguindo uma das máximas do velho cirurgião-mor, via todos os outros livros do mundo como mentirosos, escritos por gente pérfida, empenhada em se promover.

Com uma alma fogosa, Julien possuía uma dessas memórias espantosas, tão frequentemente unidas à tolice. Para conquistar o velho cura Chélan, de quem sabia depender sua sorte futura, aprendera de cor todo o Novo Testamento em latim; sabia também o livro *Do papa*, do sr. de Maistre, e acreditava tão pouco num quanto no outro.

Como por acordo mútuo, Sorel e o filho evitaram falar-se nesse dia. No fim da tarde Julien foi à aula de teologia com o cura, mas não julgou prudente dizer-lhe coisa nenhuma sobre a estranha proposta que haviam feito a seu pai. "Talvez seja uma armadilha", pensou, "é preciso fazer de conta que esqueci o assunto."

No dia seguinte bem cedo, o sr. de Rênal mandou chamar o velho Sorel, que, depois de se fazer esperar uma hora ou duas, acabou por aparecer, pedindo desde a entrada mil desculpas, entremeadas de outras muitas reverências. De tanto opor todo tipo de objeção, Sorel compreendeu que o filho comeria com o dono e a dona da casa e, nos dias em que houvesse convidados, sozinho, num cômodo à parte, com as crianças. Disposto cada vez mais a criar dificuldades à medida que percebia uma verdadeira afobação no senhor prefeito, e de resto cheio de desconfiança e espanto, Sorel pediu para ver o quarto onde o filho dormiria. Era um grande cômodo devidamente mobiliado, mas para o qual já estavam transportando as camas das três crianças.

Essa circunstância representou um clarão de luz para o velho camponês; com toda a convicção, pediu no mesmo instante para ver o traje que dariam a seu filho. O sr. de Rênal abriu a escrivaninha e pegou cem francos.

– Com esse dinheiro seu filho pedirá ao sr. Durand, da loja de tecidos, que lhe forneça um traje negro completo.

– E ainda que eu o tirasse de sua casa – disse o camponês, que de repente esquecera as maneiras reverenciosas –, esse traje negro ficaria para ele?

– Sem dúvida.

– Pois bem! – disse Sorel num tom de voz arrastado. – Só nos resta então entrar em acordo quanto a uma única coisa: o dinheiro que o senhor lhe dará.

– Como! – exclamou indignado o sr. de Rênal. – Acertamos ontem que lhe darei trezentos francos! Acho que é o bastante, talvez até demais.

– Era essa a oferta, não nego – disse o velho Sorel, falando cada vez mais devagar; e, num esforço de gênio que só surpreenderá os que não conhecem os camponeses do Franco Condado, acrescentou, olhando fixamente o sr. de Rênal:

– *Encontramos coisa melhor em outro lugar.*

A essas palavras, o rosto do prefeito ficou transtornado. Recuperou-se, contudo, e após uma sábia conversa de duas longas horas, em que nenhuma palavra foi dita ao acaso, a astúcia do camponês venceu a astúcia do homem rico, que não precisa dela para viver. Todos os numerosos artigos que deviam regular a nova existência de Julien foram estabelecidos; não apenas se estipularam seus vencimentos em quatrocentos francos ao ano como seria necessário pagar adiantado, no dia primeiro de cada mês.

– Muito bem, eu lhe entregarei trinta e cinco francos! – disse o sr. de Rênal.

– Para arredondar, um homem rico e generoso como o senhor prefeito – disse o camponês numa voz *açucarada* – poderia chegar aos trinta e seis francos.

– Que seja – disse o sr. de Rênal –, mas acabemos com isso.

Agora a raiva dava-lhe um tom de firmeza. O camponês viu que estava na hora de parar. Então foi a vez de o sr. de Rênal fazer progressos. Nunca pretendera entregar o primeiro pagamento de trinta e seis francos ao velho Sorel, afoito demais para receber pelo filho. O sr. de Rênal chegou a pensar que seria obrigado a contar à mulher o papel que desempenhara em toda essa negociação.

– Devolva-me os cem francos que lhe entreguei – disse com mau humor. – O senhor Durand deve-me alguma coisa. Irei com seu filho encomendar o traje negro.

Depois desse gesto enérgico, Sorel voltou prudentemente às fórmulas respeitosas, que tomaram um bom quarto de hora. Por fim, vendo que decididamente não havia mais nada a ganhar, retirou-se. Sua última reverência terminou com estas palavras:

– Vou mandar meu filho ao castelo.

Era assim que os governados do senhor prefeito se referiam à casa dele quando queriam agradá-lo.

De volta à usina, foi em vão que Sorel procurou o filho. Desconfiado do que poderia lhe acontecer, Julien saíra no meio da noite.

Quis pôr em segurança seus livros e sua condecoração da Legião de Honra. Transportou tudo para a casa de seu amigo Fouqué, um jovem comerciante de madeira que morava na grande montanha que domina Verrières. Quando reapareceu:

– Sabe Deus, maldito preguiçoso – disse-lhe o pai –, se algum dia você vai ser suficientemente honrado para me pagar o preço da comida que lhe adianto há tantos anos! Pegue seus trapos e vá para a casa do prefeito.

Julien, surpreso por não ter apanhado, apressou-se em partir. Entretanto, diminuiu o passo tão logo saiu da vista de seu terrível pai. Julgou útil à sua hipocrisia fazer uma paradinha na igreja.

A palavra surpreende os leitores? Até chegar a essa palavra horrível, a alma do jovem camponês teve de percorrer um bom caminho.

Desde a primeira infância, a visão de alguns dragões do VI Regimento, com aqueles longos casacos brancos e a cabeça coberta por capacetes de longas crinas pretas, que voltavam da Itália e que Julien vira atar os cavalos na janela gradeada da casa de seu pai, fez dele um entusiasta da condição de militar. Mais tarde, escutava entusiasmado os relatos que lhe fazia o velho cirurgião-mor sobre as batalhas da ponte Lodi, de Arcole, de Rivoli. Notara os olhares inflamados que o ancião lançava à sua cruz.

Entretanto, quando Julien tinha catorze anos, começaram a construir em Verrières uma igreja que se pode considerar magnífica para uma cidade tão pequena. Havia, sobretudo, quatro colunas de mármore cuja visão o impressionou; tornaram-se célebres na região, pelo ódio mortal que suscitaram entre o juiz de paz e o jovem vigário enviado de Besançon, tido como espia da congregação. O juiz de paz por um triz não perdeu o cargo, ou pelo menos era essa a opinião geral. Não fora uma ousadia criar inimizade com um padre que praticamente a cada quinze dias ia a Besançon, onde se encontrava, segundo diziam, com monsenhor, o bispo?

O juiz de paz, pai de família numerosa, proferiu nesse meio-tempo diversas sentenças que pareceram injustas; todas foram emitidas contra os moradores que liam o *Constitucional.* O bom partido triunfou. Tratava-se, é verdade, de somas de apenas três ou cinco francos, mas uma dessas pequenas multas teve de ser paga por um fabricante de pregos, padrinho de Julien. Na sua raiva, o homem exclamava: "Que mudança! E pensar que há mais de vinte anos o juiz de paz passava por homem honestíssimo!". O cirurgião-mor, amigo de Julien, morrera.

De repente Julien parou de falar em Napoleão; anunciou o plano de se tornar padre, e passaram a vê-lo constantemente, na serraria do pai, empenhado em decorar uma Bíblia latina emprestada pelo cura. O bom velho, maravilhado com seus progressos, passava noites inteiras ensinando-lhe teologia. Julien exibia apenas sentimentos piedosos. Quem teria adivinhado que aquele rosto de mocinha, tão pálido e tão doce, escondia a resolução inquebrantável de se expor a mil mortes, contanto que fizesse fortuna!

Para Julien, fazer fortuna significava antes de mais nada sair de Verrières; abominava a cidade natal. Tudo o que via ali gelava sua imaginação.

Tivera momentos de exaltação desde a primeira infância. Sonhava deliciosamente que um dia seria apresentado às belas mulheres de Paris; saberia atrair sua atenção com algum ato espetacular. Por que não seria amado por uma delas, tal como Bonaparte, ainda pobre, fora amado pela brilhante sra. de Beauharnais? Fazia muitos anos que Julien não passava nem uma hora da vida sem lembrar que Bonaparte, tenente obscuro e sem fortuna, se tornara senhor do mundo com a espada. A ideia o consolava de seus infortúnios, que julgava grandes, e redobrava sua alegria, quando a tinha.

A construção da igreja e as sentenças do juiz de paz de súbito o esclareceram; um pensamento que lhe ocorreu deixou-o feito louco durante semanas e por fim apoderou-se dele com a onipotência da primeira ideia que uma alma apaixonada julga ter inventado.

"Quando Bonaparte conquistou a fama, a França tinha medo de ser invadida; o mérito militar era necessário e estava na moda. Hoje em dia vemos padres de quarenta anos receber cem mil francos de vencimentos, ou seja, três vezes mais do que os famosos generais de divisão de Napoleão. Precisam de gente que os auxilie. Aí está aquele juiz de paz, tão sensato, tão honesto até aqui, já velho, desonrando-se por medo de desagradar um jovem vigário de trinta anos. É preciso que eu me torne padre."

Certa vez, em meio à piedade recém-adquirida, quando já fazia dois anos que estudava teologia, Julien foi traído por uma irrupção súbita do fogo que lhe devorava a alma. Foi na casa do sr. Chélan; durante um jantar de padres em que o bom cura o apresentara como prodígio de instrução, deu-lhe na cabeça louvar Napoleão com furor. Apertou o braço direito contra o peito, declarou que o deslocara ao mover um tronco de pinheiro e o manteve durante dois meses nessa posição incômoda. Depois de tal pena aflitiva, perdoou-se. Eis então o rapaz de dezenove anos, mas de aparência frágil e a quem ninguém daria mais de dezessete, entrando na magnífica igreja de Verrières com um pacotinho debaixo do braço.

Achou-a sombria e solitária. Por ocasião de uma festa, todas as janelas do edifício haviam sido cobertas com tecido carmesim. O resultado, com os raios de sol, era um efeito de luz resplandecente, do mais imponente e religioso caráter. Julien estremeceu. Sozinho na igreja, instalou-se no banco que lhe pareceu mais bonito. Ostentava o brasão do sr. de Rênal.

Sobre o genuflexório Julien notou um pedaço de papel impresso, desdobrado ali como para ser lido. Olhou-o e viu: *Detalhes da execução e dos últimos momentos de Louis Jenrel, executado em Besançon no dia...* O papel estava rasgado. Liam-se no verso as palavras iniciais de uma linha: "O primeiro passo...".

"Quem teria posto este papel aqui?", disse Julien. "Pobre infeliz", acrescentou com um suspiro, "seu nome acaba como o meu..." E amassou o papel.

Ao sair, acreditou ver sangue perto da pia; era água benta que se derramara: o reflexo das cortinas vermelhas que cobriam as janelas fazia com que parecesse sangue.

Por fim, Julien teve vergonha de seu terror secreto.

– Serei um covarde? – disse. – *Às armas!*

Essa expressão, repetida sempre nos relatos de batalha do cirurgião-mor, parecia heroica a Julien. Levantou-se e caminhou rapidamente para a casa do sr. de Rênal.

Apesar das belas resoluções, logo que a avistou a vinte passos de si foi tomado de uma timidez invencível. A grade de ferro estava aberta, parecia-lhe magnífica, era preciso entrar.

Julien não era a única pessoa cujo coração se perturbara com sua mudança para aquela casa. A extrema timidez da sra. de Rênal via-se desconcertada diante da ideia de um estranho que, em virtude de suas funções, estaria constantemente entre ela e os filhos. Estava acostumada a tê-los dormindo em seu quarto. De manhã, muitas lágrimas escorreram quando viu transportar as caminhas para o aposento destinado ao preceptor. De nada adiantou pedir ao marido que a cama de Stanislas-Xavier, o caçula, fosse trazida de volta.

A delicadeza feminina chegava a um ponto excessivo na sra. de Rênal. Ela imaginava a mais desagradável das criaturas, um ser grosseiro e desgrenhado, encarregado de repreender as crianças unicamente porque sabia latim, língua bárbara com que seus filhos seriam castigados.

VI. O tédio

Non so più cosa son
Cosa faccio.
MOZART, *As bodas de Fígaro*

Com a vivacidade e a graça que lhe eram naturais quando estava longe do olhar dos homens, a sra. de Rênal saía pela porta envidraçada do salão que dava para o jardim quando percebeu, perto da porta de entrada, a figura de um jovem camponês ainda quase criança, extremamente pálido e que acabara de chorar. Usava uma camisa branca muito limpa e trazia debaixo do braço um jaleco bastante asseado de ratina violeta.

A pele do camponesinho era tão branca, tão doces eram os seus olhos, que o espírito um tanto romanesco da sra. de Rênal imaginou primeiro que se tratasse de uma mocinha disfarçada, que vinha pedir algum favor ao senhor prefeito. Teve pena da pobre criatura, parada diante da porta e evidentemente sem coragem de erguer a mão até a campainha. A sra. de Rênal aproximou-se, distraída por um momento da amarga aflição que lhe causava a vinda do preceptor. Julien, voltado para a porta, não a viu chegar. Estremeceu quando uma voz suave lhe disse perto do ouvido:

– O que quer aqui, meu filho?

Julien virou-se rápido e, impressionado com o olhar cheio de graça da sra. de Rênal, esqueceu parte da timidez. Num átimo, assombrado com sua beleza, esqueceu tudo, até o que fazia ali. A sra. de Rênal repetiu a pergunta.

– Vim para ser preceptor, senhora – disse-lhe enfim, todo envergonhado das lágrimas, que enxugava como podia.

A sra. de Rênal aturdiu-se; estavam muito perto um do outro, olhando-se. Julien nunca vira criatura tão bem-vestida e, sobretudo, uma mulher de tez tão resplandecente falar-lhe com suavidade. A sra. de Rênal observava as grandes lágrimas estancadas nas faces antes tão pálidas e agora tão rosadas do jovem camponês. Logo desatou a rir com a alegria desvairada das mocinhas; zombava de si e não podia conceber tamanha felicidade. Como? Era esse o preceptor que ela imaginara feito um padre sujo e malvestido, pronto para repreender e castigar os seus filhos?!

– E então, senhor – disse-lhe finalmente –, sabe latim?

O tratamento de "senhor" surpreendeu tanto Julien que o fez refletir um instante.

– Sim, senhora – disse com timidez.

A sra. de Rênal estava tão feliz que se atreveu a dizer:

– Não repreenderá demais aquelas pobres crianças?

– Eu? Repreendê-las? – espantou-se Julien. – E por quê?

– Não é verdade, senhor – acrescentou ela depois de um breve silêncio e com uma voz em que a emoção crescia a cada instante –, que será bom para elas? O senhor me promete?

Ouvir-se novamente chamado de "senhor", com perfeita seriedade e por uma senhora tão bem-vestida, superava todas as previsões de Julien: nos castelos de vento de sua mocidade, dissera a si mesmo que nenhuma dama propriamente dita se dignaria a dirigir-lhe a palavra a não ser quando ele tivesse um belo uniforme. A sra. de Rênal, de sua parte, estava completamente confusa com a beleza da tez, com os grandes olhos negros de Julien e com seus belos cabelos, mais frisados do que de costume, pois ele acabara de mergulhar a cabeça no chafariz público para se refrescar. Para sua grande alegria, descobria o ar tímido de uma mocinha nesse preceptor fatal, cuja dureza e tom rebarbativo tanto a fizeram temer pelos filhos. Para a alma pacífica da sra. de Rênal, o contraste entre os temores e o que ela via foi um grande acontecimento. Recobrou-se enfim da surpresa. Espantou-se por se descobrir assim, na entrada da casa, com aquele rapaz em mangas de camisa e tão próxima dele.

– Vamos entrar, senhor – disse-lhe com ar embaraçado.

Em toda a vida, jamais uma sensação puramente agradável emocionara a tal ponto a sra. de Rênal; jamais uma aparição tão graciosa sucedera a temores mais inquietantes. Assim, suas lindas crianças, tão bem cuidadas por ela, não cairiam nas mãos de um padre sujo e resmungão. Mal entrara no vestíbulo, voltou-se para Julien, que a seguia timidamente. Seu ar surpreso diante de uma casa tão bonita era uma graça a mais aos olhos da sra. de Rênal. Ela não podia acreditar no que via; contava que o preceptor vestisse um traje negro.

– Mas é verdade mesmo – disse ela, parando outra vez e temendo mortalmente enganar-se, a tal ponto sua crença a fazia feliz – que o senhor sabe latim?

Essas palavras chocaram o orgulho de Julien e dissiparam o encantamento em que se encontrava havia um quarto de hora.

– Sim, senhora – disse ele, procurando adotar um tom frio –, sei latim tão bem quanto o senhor cura, e algumas vezes ele tem até a bondade de dizer: melhor do que ele.

A sra. de Rênal achou que Julien parecia bem maldoso; havia parado a dois passos dela. Ela se aproximou e disse a meia-voz:

– Não é verdade que nos primeiros dias o senhor não os castigará, ainda que não saibam a lição?

Aquele tom suave e quase suplicante da parte de uma dama tão bonita fez de repente Julien esquecer sua reputação de latinista. O rosto da sra. de Rênal estava perto do seu; ele sentiu o perfume das roupas de verão de uma mulher, coisa espantosa para um pobre camponês. Julien corou intensamente e disse com um suspiro, numa voz desfalecente:

– Não há nada a temer, minha senhora, vou lhe obedecer em tudo.

Foi apenas nesse momento, quando a preocupação com os filhos se dissipou por completo, que a beleza extraordinária de Julien espantou a sra. de Rênal. A forma quase feminina dos traços e o ar de constrangimento não pareceram ridículos a uma mulher também ela muito tímida. O ar másculo que se costuma considerar necessário à beleza de um homem lhe causaria medo.

– Qual a sua idade, senhor?

– Dezenove anos, em breve.

– Meu filho mais velho tem onze anos – continuou a sra. de Rênal, plenamente tranquilizada –, será quase um companheiro para o senhor; poderá levá-lo a se comportar. Uma vez o pai quis bater nele; o menino ficou doente uma semana inteira, e no entanto foi um tapinha de nada.

"Que diferença em relação a mim", pensou Julien. "Ontem mesmo meu pai me bateu. Como essa gente rica é feliz!"

A sra. de Rênal já começava a captar as menores nuances do que se passava na alma do preceptor; tomou por timidez esse movimento de tristeza e quis encorajar o rapaz.

– Como se chama, senhor? – perguntou-lhe com um tom e uma graça que fascinaram Julien, sem que ele o percebesse.

– Meu nome é Julien Sorel, senhora. Tremo ao entrar pela primeira vez na vida numa casa estranha, preciso de sua proteção, e preciso que me perdoe muitas coisas nos primeiros dias. Nunca estive no colégio, era muito pobre; nunca falei com outros homens além de meu primo, o cirurgião-mor, membro da Legião de Honra, e o senhor Chélan, o cura. Ele lhe dará boas referências de mim. Meus irmãos sempre me bateram, não acredite neles se falarem mal de mim, perdoe os meus erros, senhora, nunca agirei de má-fé.

Julien readquiria confiança durante esse longo discurso e examinava a sra. de Rênal. Tal é o efeito da graça perfeita, quando é natural ao caráter e, sobretudo, quando a pessoa que ela ornamenta nem imagina possuí-la; Julien, que entendia bastante de beleza feminina, podia jurar nesse instante que a sra. de Rênal não tinha mais de vinte anos. Veio-lhe de imediato a ideia atrevida de beijar sua mão. Em seguida, teve medo da ideia; um instante depois, pensou:

"Seria covardia minha não executar uma ação que pode me ser útil, e diminuir o desprezo que esta bela dama provavelmente tem por um pobre operário que acaba de ser arrancado da serraria". Um pouco da coragem de Julien talvez viesse das palavras "moço bonito", que havia seis meses ele ouvia aos domingos, repetidas por algumas moças. Durante esse conflito interior, a sra. de Rênal dirigiu-lhe duas ou três palavras para instruí-lo sobre a maneira de começar com as crianças. A violência que Julien se impunha tornou-o novamente muito pálido; constrangido, disse:

– Jamais baterei nos seus filhos, senhora, juro perante Deus.

Dizendo essas palavras, ousou tomar a mão da sra. de Rênal e levá-la aos lábios. Ela se espantou com o gesto e, refletindo, ficou chocada. Como fazia muito calor, seu braço estava completamente nu sob o xale, e o movimento de Julien, levando sua mão aos lábios, descobrira-o por inteiro. Ao cabo de alguns instantes ela se repreendeu, julgando que não se indignara rápido o bastante.

O sr. de Rênal, que ouvira as vozes, saiu do gabinete; com o mesmo ar majestoso e paternal que assumia quando fazia casamentos na prefeitura, disse a Julien:

– É essencial que lhe fale antes que as crianças o vejam.

Fez Julien entrar numa sala e reteve a mulher, que queria deixá-los a sós. Com a porta fechada, o sr. de Rênal sentou-se com gravidade.

– O senhor cura me disse que o senhor é um bom sujeito, todo mundo aqui o tratará com distinção, e, se eu ficar satisfeito, vou ajudá-lo depois a constituir um pequeno negócio. Quero que pare de ver seus parentes e amigos, as maneiras deles não convêm aos meus filhos. Eis os trinta e seis francos para o primeiro mês; mas exijo sua palavra de que não dará um tostão desse dinheiro a seu pai.

O sr. de Rênal estava irritado com o velho, que fora mais esperto do que ele no negócio.

– Agora, *senhor*, pois, de acordo com minhas ordens, todos aqui vão chamá-lo de senhor, e o senhor perceberá a vantagem de entrar para uma casa de gente distinta, agora, senhor, não é conveniente que meus filhos o vejam trajado desta maneira. Os criados o viram? – perguntou o sr. de Rênal à mulher.

– Não, meu amigo – respondeu ela com ar profundamente pensativo.

– Tanto melhor. Ponha isto – disse ao rapaz surpreso, dando-lhe uma sobrecasaca que lhe pertencia. – Vamos agora ver o senhor Durand, da loja de tecidos.

Mais de uma hora depois, quando o sr. de Rênal voltou com o novo preceptor, que agora já vestia negro, encontrou sua mulher sentada no mesmo lugar. Ela se tranquilizou com a presença de Julien; examinando-o, esquecia os próprios temores. Julien não pensava nela; apesar de toda a desconfiança que tinha em relação ao destino e aos homens, sua alma nesse momento era a de uma criança; parecia-lhe ter vivido anos desde o instante em que, três horas antes, estivera na igreja, trêmulo. Notou o ar gelado da sra. de Rênal, compreendeu que se zangara por ele ter se atrevido a beijar sua mão. Mas o sentimento de orgulho que lhe dava o contato com roupas tão diferentes das que costumava usar deixava-o fora de si, e tinha tanta vontade de esconder a alegria que todos os seus movimentos traziam qualquer coisa de brusco e de louco. A sra. de Rênal contemplava-o com olhos surpresos.

– Gravidade, senhor – disse o sr. de Rênal –, se quiser ser respeitado por meus filhos e meus criados.

– Senhor – respondeu Julien –, sinto-me constrangido nestes novos trajes; eu, um pobre camponês, nunca usei roupas assim; se me permitir, vou me recolher ao meu quarto.

– O que lhe parece a nova aquisição? – perguntou o sr. de Rênal à sua mulher.

Por um movimento quase instintivo, e do qual certamente não se deu conta, a sra. de Rênal disfarçou a verdade para o marido.

– Não estou assim tão encantada quanto você com esse camponesinho; suas atenções farão dele um impertinente que você será obrigado a despedir em menos de um mês.

– Pois bem! Nós o despediremos; terá me custado uma centena de francos, e Verrières estará acostumada a ver os filhos do sr. de Rênal com um preceptor. Não conseguiria isso se tivesse deixado Julien mal-arrumado como um operário. Despedindo-o, vou ficar, é claro, com o traje negro completo que acabei de encomendar. Só lhe restará esse outro que encontrei pronto no alfaiate e que lhe dei para vestir.

A hora que Julien passou em seu quarto pareceu um instante à sra. de Rênal. As crianças, às quais haviam anunciado o novo preceptor, cumulavam a mãe de perguntas. Julien afinal apareceu. Era outro homem. Seria pouco dizer que estava grave: era a encarnação da gravidade. Foi apresentado às crianças e falou-lhes de um modo que surpreendeu o próprio sr. de Rênal.

– Estou aqui, senhores – disse ele ao encerrar sua alocução –, para ensinar-lhes latim. Sabem o que é tomar a lição. Eis a Bíblia Sagrada – disse, mostrando-lhes um pequeno volume de encadernação preta. – Trata-se da história de Nosso Senhor Jesus Cristo, é a parte que chamamos de Novo Testamento. Eu tomarei com frequência a lição dos senhores; tomem a minha.

Adolphe, o mais velho, havia pegado o livro.

– Abra-o ao acaso – continuou Julien – e diga-me as três primeiras palavras de um parágrafo qualquer. Recitarei de cor o livro sagrado, regra de conduta para todos nós, até que me interrompam.

Adolphe abriu o livro, leu uma palavra e Julien recitou toda a página com a mesma facilidade que teria se estivesse falando francês. O sr. de Rênal olhava a mulher com um ar de triunfo. As crianças, vendo o espanto dos pais, arregalavam os olhos. Um criado veio à porta do salão, Julien continuou a falar latim. O criado de início permaneceu imóvel e em seguida desapareceu. Logo depois a criada da senhora e a cozinheira chegaram à porta; Adolphe já abrira o livro em oito lugares e Julien continuava a recitar, sempre com a mesma facilidade.

– Ah, meu Deus, que padrezinho lindo! – disse alto a cozinheira, boa moça, muito devota.

O amor-próprio do sr. de Rênal estava inquieto; longe de pensar em examinar o preceptor, concentrava-se em procurar na memória algumas palavras latinas; finalmente pôde dizer um verso de Horácio. Julien só sabia o latim da sua Bíblia. Respondeu franzindo as sobrancelhas:

– O santo ministério a que me destino proibiu-me de ler um poeta tão profano.

O sr. de Rênal citou um bom número de supostos versos de Horácio. Explicou aos filhos o que vinha a ser Horácio, mas as crianças, tomadas de admiração, não prestavam a menor atenção ao que dizia. Olhavam Julien.

Como os criados continuassem à porta, Julien achou que devia prolongar a prova:

– Também o senhor Stanislas-Xavier – disse ao mais novo dos meninos – deve me indicar um trecho do livro sagrado.

O pequeno Stanislas, muito orgulhoso, leu como pôde a primeira palavra de um parágrafo e Julien disse a página inteira. Para que nada faltasse ao triunfo do sr. de Rênal, enquanto Julien recitava entraram o sr. Valenod, o proprietário dos belos cavalos normandos, e o sr. Charcot de Maugiron, subgovernador. A cena valeu a Julien o título de *senhor*; nem os criados ousaram recusar-lhe esse tratamento.

À noite, toda Verrières afluiu à casa do sr. de Rênal para ver a maravilha. Julien respondia a todos com um ar sombrio que preservava a distância. Sua glória espalhou-se tão rapidamente pela cidade que poucos dias depois o sr. de Rênal, temendo que o tirassem dele, propôs-lhe assinar um contrato de dois anos.

– Não, senhor – Julien respondeu friamente. – Se quiser me despedir, serei obrigado a ir embora. Um compromisso que me prenda sem obrigar o senhor a nada não é justo, eu o recuso.

Julien soube agir tão bem que, menos de um mês depois de chegar à casa, o próprio sr. de Rênal o respeitava. Como o cura havia rompido com os srs. de Rênal e Valenod, ninguém pôde trair a antiga paixão de Julien por Napoleão, a quem só mencionava com horror.

VII. As afinidades eletivas

Só sabem tocar o coração magoando-o.

Um moderno

As crianças o adoravam, ele não gostava delas; seu pensamento estava em outro lugar. Nada do que os pirralhos pudessem fazer o impacientava. Frio, justo, impassível e contudo amado, porque sua chegada de alguma forma expulsara o tédio da casa, foi um bom preceptor. Quanto a ele, sentia apenas ódio e horror à alta sociedade em que fora admitido, na cabeceira inferior da mesa, é bem verdade, o que talvez explique o ódio e o horror. Houve certos jantares de gala em que mal pôde conter o ódio a tudo o que o cercava. Num dia entre outros, o da festa de São Luís, o sr. Valenod monopolizava a conversa na casa do sr. de Rênal; Julien esteve a ponto de se trair. Fugiu para o jardim, a pretexto de ver as crianças. "Quantos elogios à probidade!", exclamou. "Parece até que é a única virtude; e, no entanto, que consideração, que respeito vil por um homem que evidentemente duplicou ou triplicou sua fortuna desde que passou a administrar o bem dos pobres! Aposto que tira proveito até do fundo destinado às crianças enjeitadas, esses pobres cuja miséria é ainda mais sagrada que a dos outros! Ah, monstros! Monstros! E eu também sou uma espécie de enjeitado, odiado por meu pai, por meus irmãos e por toda a minha família."

Alguns dias antes do São Luís, Julien, passeando sozinho e lendo seu breviário num pequeno bosque que é conhecido como Belvedere e que domina a alameda da Fidelidade, tentou evitar seus dois irmãos, que tinha visto ao longe, vindo por uma trilha solitária. A inveja desses operários grosseiros fora tão atiçada pelo belo traje negro, pelo aspecto de extremo asseio do irmão, pelo desprezo sincero que este lhes dedicava, que bateram nele a ponto de o fazer desmaiar e o deixaram ensanguentado. A sra. de Rênal, passeando com o sr. Valenod e o subgovernador, chegou por acaso ao pequeno bosque; viu Julien estendido no chão e o julgou morto. Sua aflição foi tamanha que provocou o ciúme do sr. Valenod.

Ele se alarmava antes da hora. Julien achava a sra. de Rênal muito bonita, mas a odiava por sua beleza; foi o primeiro obstáculo que por pouco não o deteve no rumo do sucesso. Falava-lhe o menos possível, para fazê-la esquecer o arroubo que no primeiro dia o levara a beijar sua mão.

Elisa, a criada da sra. de Rênal, acabara por se apaixonar pelo jovem preceptor; sempre falava dele com a patroa. O amor da srta. Elisa valeu a Julien o ódio de um dos criados. Um dia, ouviu esse homem dizer a Elisa:

– Não quer mais falar comigo desde que aquele preceptor asqueroso entrou nesta casa.

Julien não merecia tal injúria; mas, por instinto de rapaz bonito, redobrou os cuidados com sua pessoa. O ódio do sr. Valenod redobrou também; ele disse publicamente que tanta vaidade não convinha a um jovem padre. O traje usado por Julien não era exatamente uma batina.

A sra. de Rênal notou que ele falava com mais frequência com a srta. Elisa; descobriu que essas conversas eram suscitadas pela penúria do pequeníssimo guarda-roupa de Julien. Tinha tão pouca roupa que muitas vezes era obrigado a mandar lavá-la fora, e era para esses pequenos cuidados que Elisa lhe era útil. Essa pobreza extrema, que ela não suspeitava, tocou a sra. de Rênal; teve vontade de presenteá-lo, mas não se atreveu; essa resistência interior foi o primeiro sentimento penoso que Julien lhe causou. Até então, o nome de Julien e a sensação de uma alegria pura e perfeitamente intelectual eram sinônimos para ela. Atormentada pela ideia da pobreza do rapaz, a sra. de Rênal falou com o marido a respeito de presenteá-lo com roupas:

– Que bobagem! – respondeu ele. – Que nada! Dar presentes a um homem com o qual estamos absolutamente satisfeitos? E que nos serve direito? Só se ele se tornasse negligente é que seria necessário estimular seu zelo.

A sra. de Rênal sentiu-se humilhada com essa maneira de ver; não o teria notado antes da chegada de Julien. Já não via o extremo asseio das roupas do jovem padre, muito modestas, aliás, sem se perguntar: "Pobre rapaz, como se arranja?".

Aos poucos teve pena por tudo o que faltava a Julien, em vez de sentir-se chocada.

A sra. de Rênal era uma dessas mulheres de província que podemos tomar por tolas durante os quinze primeiros dias em que as vemos. Não tinha nenhuma experiência da vida e não se preocupava em falar. Dotada de uma alma delicada e desdenhosa, aquele instinto de felicidade natural a todos os seres fazia com que na maior parte do tempo não prestasse nenhuma atenção às ações das personagens grosseiras entre as quais o acaso a jogara.

Teria sido notada pela naturalidade e vivacidade do espírito, se tivesse recebido a mínima educação. Mas, na qualidade de herdeira, fora criada entre religiosas que adoravam com paixão o *Sagrado Coração de Jesus* e alimentavam um ódio violento aos franceses inimigos dos jesuítas. A sra. de Rênal teve juízo suficiente para logo esquecer, como absurdo, tudo o que aprendera no convento; mas não colocou nada no lugar, e acabou por não saber nada. As lisonjas precoces de que fora alvo na condição de herdeira de uma grande fortuna e um pendor decidido pela devoção apaixonada tinham lhe dado um modo de vida todo interior. Aparentando perfeita condescendência e uma abnegação da vontade que os maridos de Verrières davam como exemplo às esposas e que fazia o orgulho do sr. de Rênal, a conduta habitual de sua alma na verdade resultava de um humor dos mais altivos. Qualquer princesa famosa por seu orgulho dedica infinitamente mais atenção ao que fazem os cavalheiros à sua volta do que essa mulher tão doce, de aparência tão modesta, dedicava a tudo o que dizia ou fazia o marido. Até a chegada de Julien, somente aos filhos prestava atenção de verdade. Suas doencinhas, suas dores, suas pequenas alegrias ocupavam toda a sensibilidade dessa alma que, ao longo da vida, só havia adorado a Deus quando estava no *Sagrado Coração* de Besançon.

Sem que se dignasse a contar a ninguém, um acesso de febre de um dos filhos a deixava quase como se a criança tivesse morrido. Uma gargalhada grosseira, um dar de ombros acompanhado de alguma máxima trivial sobre a loucura das mulheres costumavam acolher as confidências desse tipo de sofrimento que ela fazia ao marido nos primeiros anos de casamento, levada pela necessidade de desabafar. Esse gênero de brincadeiras, sobretudo quando se tratava das doenças de seus filhos, revolvia o punhal no coração da sra. de Rênal. Foi o que encontrou no lugar das lisonjas solícitas e melífluas do convento jesuítico onde passara a mocidade. Sua educação se fizera pela dor. Orgulhosa demais para falar nesse tipo de desgosto, mesmo à sua amiga, a sra. Derville, imaginara que todos os homens fossem como seu marido, o sr. Valenod e o subgovernador Charcot de Maugiron. A grosseria e a mais brutal insensibilidade a tudo o que não fosse interesse pecuniário, prerrogativas ou distinções, o ódio cego a todo raciocínio que os contrariasse, pareceram-lhe coisas naturais a esse sexo, assim como usar botas e chapéu de feltro.

Depois de longos anos, a sra. de Rênal ainda não se acostumara à gente endinheirada com a qual tinha de conviver.

Daí o sucesso do camponesinho Julien. Ela encontrou doces prazeres, com todo o encanto fulgurante da novidade, na simpatia daquela alma nobre e orgulhosa. A sra. de Rênal logo lhe perdoou a extrema ignorância, que era uma graça a mais, e a rudeza de suas maneiras, que ela veio a corrigir. Achou que valia a pena ouvi-lo mesmo quando se falava das coisas mais comuns, mesmo quando se tratava de um pobre cão atropelado, ao atravessar a rua, pela charrete de um camponês que ia a trote. O espetáculo dessa dor provocava o riso grosseiro do marido, enquanto ela via contrair-se as belas sobrancelhas pretas e tão bem arqueadas de Julien. A generosidade, a nobreza da alma, a humanidade pareciam-lhe aos poucos existir apenas no jovem padre. Apenas por ele sentiu a simpatia e até a admiração que tais virtudes despertam nas almas bem-nascidas.

Em Paris, a posição de Julien em relação à sra. de Rênal se simplificaria em pouco tempo; mas, em Paris, o amor é filho dos romances. O jovem preceptor e sua tímida patroa encontrariam em três ou quatro romances, e até nas canções do Ginásio Dramático, o esclarecimento da posição que ocupavam. Os romances teriam indicado a ambos o papel a desempenhar, teriam mostrado o modelo a ser imitado, e a vaidade, cedo ou tarde, teria forçado Julien a seguir esse modelo, ainda que sem nenhum prazer e talvez de má vontade.

Numa cidadezinha do Aveyron ou dos Pireneus, o mínimo incidente se tornaria decisivo, pela quentura do clima. Sob o nosso céu mais sombrio, um rapaz pobre, e ambicioso tão somente porque a delicadeza de seu coração faz com que necessite de certos prazeres que o dinheiro proporciona, encontra todo dia uma mulher de trinta anos sinceramente recatada, ocupada com os filhos e que de modo algum toma exemplos de conduta nos romances. Tudo corre lentamente, tudo acontece aos poucos nas províncias, há mais naturalidade.

Muitas vezes, pensando na pobreza do jovem preceptor, a sra. de Rênal enternecia-se até as lágrimas. Julien a surpreendeu, um dia, chorando a valer.

– Ah, senhora, aconteceu alguma desgraça?

– Não, meu amigo – respondeu-lhe. – Chame as crianças, vamos passear.

Ela tomou-lhe o braço e apoiou-se de um modo que pareceu singular a Julien. Era a primeira vez que o chamava "meu amigo".

Chegando ao fim do passeio, Julien notou que estava bastante corada. Diminuiu o passo.

– Alguém já deve ter lhe contado – disse sem olhá-lo – que sou a única herdeira de uma tia muito rica que mora em Besançon. Ela me dá presentes e mais presentes... Meus filhos têm feito progressos... tão espantosos... que gostaria de lhe pedir que aceite um presentinho como sinal de minha gratidão. Apenas alguns luíses para que compre roupas. Porém... – acrescentou, corando ainda mais, e parou de falar.

– O quê, senhora? – disse Julien.

– De nada serviria – continuou ela, abaixando a cabeça – tocar no assunto com meu marido.

– Sou simples, senhora, mas não sou vil – replicou Julien, parando de andar e se empertigando, os olhos brilhantes de raiva –, coisa que a senhora não está levando suficientemente em consideração. Eu me rebaixaria mais do que um criado se me permitisse esconder do senhor de Rênal qualquer coisa relativa *ao meu dinheiro*.

A sra. de Rênal sentiu-se arrasada.

– O senhor prefeito – continuou Julien – entregou-me cinco vezes trinta e seis francos desde que moro nesta casa; estou disposto a mostrar meu livro de despesas ao senhor de Rênal e a quem quer que seja, mesmo ao senhor Valenod, que me odeia.

Depois dessa resposta, a sra. de Rênal ficou pálida e trêmula, e o passeio terminou sem que nenhum dos dois pudesse encontrar pretexto para reatar o diálogo. O amor pela sra. de Rênal tornava-se cada vez mais impossível no coração orgulhoso de Julien. Quanto a ela, respeitou-o, admirou-o; ele a repreendera. A pretexto de reparar a humilhação involuntária que lhe causara, permitiu-se os cuidados mais ternos. A novidade dessas maneiras fez durante oito dias a felicidade da sra. de Rênal. O efeito foi o de acalmar em parte a raiva de Julien; ele estava longe de ver nisso qualquer coisa que pudesse assemelhar-se a um gosto pessoal.

"Aí está", pensava, "eis como é essa gente rica; humilham e acham depois que podem consertar tudo com algumas macaquices!"

O coração da sra. de Rênal ainda estava muito pesado e era muito inocente para que, apesar de suas resoluções, deixasse de contar ao marido a oferta que havia feito a Julien e o modo como fora rejeitada.

– Como foi capaz – disse o sr. de Rênal profundamente ofendido – de tolerar uma recusa da parte de um *criado*?

E como a sra. de Rênal protestasse contra a palavra:

– Minha senhora, falo como o finado príncipe de Condé ao apresentar seus camareiros à nova esposa: "Toda essa gente", ele disse, "são nossos criados". Li para a senhora esse trecho das *Memórias* de Besenval, essencial à etiqueta. Todo aquele que não for fidalgo, morar na sua casa e receber salário é seu criado. Vou ter uma palavrinha com esse senhor Julien e lhe darei cem francos.

– Ah, meu amigo – disse a sra. de Rênal, trêmula –, pelo menos que não seja diante dos criados!

– Sim, poderiam ficar com inveja, e com razão – disse o marido, afastando-se e pensando na quantia em dinheiro.

A sra. de Rênal deixou-se cair numa cadeira, quase desfalecida de pesar. "Vai humilhar Julien, e por minha culpa!" Teve horror ao marido, e escondeu o rosto com as mãos. Prometeu a si mesma nunca mais fazer confidências.

Quando reviu Julien, estava trêmula, o peito tão contraído que ela não conseguiu pronunciar uma única palavra. No seu embaraço, tomou-lhe as mãos e apertou-as.

– Então, meu amigo – disse-lhe enfim –, está contente com meu marido?

– Como não estaria? – respondeu Julien com um sorriso amargo. – Deu-me cem francos.

A sra. de Rênal observou-o, um pouco incerta.

– Dê-me o braço – acabou por dizer, num tom de coragem que Julien nunca ouvira.

Ela teve a ousadia de ir até o livreiro de Verrières, apesar de sua horrível reputação de liberalismo. Ali, escolheu dez luíses em livros que deu aos filhos. Mas esses livros, ela sabia, eram os que Julien desejava. Exigiu que ali mesmo, na loja do livreiro, cada uma das crianças escrevesse seu nome nos livros que lhe cabiam na partilha. Enquanto a sra. de Rênal se alegrava com essa espécie de reparação que tinha a audácia de fazer a Julien, este se espantava com a quantidade de livros que descobria no livreiro. Nunca havia tido coragem de entrar em lugar tão profano; seu coração palpitava. Longe de pensar em adivinhar o que se passava no coração da sra. de Rênal, concentrava-se profundamente na maneira viável, para um jovem estudante de teologia, de ter acesso a alguns daqueles livros. Imaginou por fim que seria possível, com alguma habilidade, persuadir o sr. de Rênal sobre a necessidade de dar às crianças, como tema de estudos, a história dos fidalgos célebres nascidos na província. Após um mês de esforços, Julien viu a ideia vingar, e a tal ponto que algum tempo depois, falando com o sr. de Rênal, arriscou-se a mencionar uma ação bem mais penosa para o nobre prefeito: tratava-se de contribuir para a fortuna de um liberal, fazendo uma assinatura com o livreiro. O sr. de Rênal concordava que sem dúvida era prudente dar ao filho mais velho uma ideia *de visu* de várias obras que ele ouviria mencionar nas conversas, quando frequentasse a escola militar; mas Julien via o senhor prefeito obstinar-se em não ir além. Suspeitava uma razão secreta, mas não tinha como adivinhá-la.

– Estive pensando, senhor – disse-lhe um dia –, que seria de todo inconveniente se o bom nome de um fidalgo como um Rênal constasse dos registros sórdidos do livreiro.

A fronte do sr. de Rênal desanuviou-se.

– Seria também uma péssima referência – continuou Julien em tom mais humilde –, para um pobre estudante de teologia, se um dia descobrissem o nome dele nos registros de um livreiro que aluga livros. Os liberais poderiam acusar-me de ter pedido os livros mais infames; quem sabe não chegariam até a escrever junto ao meu nome o título desses livros perversos?

Julien porém afastava-se de seu rumo. Via a fisionomia do prefeito retomar a expressão de embaraço e mau humor. Calou-se. "Agora o peguei", pensou.

Alguns dias depois, na presença do sr. de Rênal, o menino mais velho interrogava Julien a respeito de um livro anunciado no *Cotidiano*:

– Para evitar qualquer ocasião de triunfo ao partido jacobino – disse o jovem preceptor –, e ainda assim me dar os meios de responder ao sr. Adolphe, poderíamos fazer uma assinatura no livreiro em nome do último dos seus criados.

– Eis uma ideia que não é má – disse o sr. de Rênal, visivelmente muito satisfeito.

– Entretanto, seria necessário especificar – disse Julien, com aquele ar grave e quase infeliz que cai tão bem a certas pessoas quando constatam o êxito de negócios que desejaram por longo tempo –, seria necessário especificar que o criado não poderia retirar nenhum romance. Uma vez em casa, esses livros perigosos poderiam corromper as criadas da senhora e até o próprio criado.

– Sem esquecer os panfletos políticos – acrescentou o sr. de Rênal com altivez.

Queria esconder a admiração que lhe causava o sábio meio-termo inventado pelo preceptor dos filhos.

A vida de Julien compunha-se assim de uma série de pequenas negociações, e o sucesso ocupava-o muito mais do que o sentimento de nítida preferência que poderia ler no coração da sra. de Rênal.

A posição moral em que toda a vida se encontrara renovava-se na casa do senhor prefeito. Ali, como na serraria do pai, desprezava profundamente as pessoas com quem vivia, que por sua vez o odiavam. A cada dia, via nos relatos feitos pelo subgovernador, pelo sr. Valenod, pelos outros amigos da casa, por ocasião de coisas que acabavam de acontecer diante de seus olhos, em que medida as ideias que cultivava tinham pouca semelhança com a realidade. Uma ação lhe parecia admirável? Era justamente esta a que atraía a condenação dos que o cercavam. Sua réplica interior era sempre: "Que monstros!" ou "Que tolos!". O engraçado é que, com tanto orgulho, muitas vezes não compreendia absolutamente nada do que as pessoas falavam.

Em toda a vida, somente ao velho cirurgião-mor ele falara com sinceridade; as poucas ideias que tinha referiam-se às campanhas de Bonaparte na Itália ou à cirurgia. Sua jovem coragem comprazia-se com o relato circunstanciado das operações mais dolorosas; pensava: "Eu não teria pestanejado".

A primeira vez que a sra. de Rênal tentou uma conversa estranha à educação das crianças, ele se pôs a falar de operações cirúrgicas; ela empalideceu e rogou-lhe que parasse.

Julien não sabia mais nada. Assim, passando a vida com a sra. de Rênal, o silêncio mais singular estabelecia-se entre eles tão logo ficavam sós. No salão, por humildes que fossem as atitudes dele, ela via nos seus olhos um ar de superioridade intelectual em relação a todos os que vinham à casa. Se ficavam a sós um instante, via-o nitidamente embaraçado. Preocupava-se com isso, pois o instinto de mulher dava-lhe a entender que esse embaraço não era terno, em absoluto.

De acordo com não sei qual ideia tirada de algum relato sobre a boa sociedade, tal como a conhecera o velho cirurgião-mor, se estava junto de uma mulher e acontecia de todos os presentes se calarem, Julien sentia-se humilhado, como se o silêncio fosse culpa dele. A sensação era cem vezes mais penosa se estivesse a sós com ela. Repleta das noções mais exageradas, mais "espanholas", sobre o que um homem deve dizer quando está sozinho com uma mulher, tudo o que sua imaginação em desordem lhe oferecia eram ideias inadmissíveis. Sua alma estava nas nuvens, e no entanto não conseguia sair do mais humilhante dos silêncios. Assim, o ar severo que exibia nos longos passeios com a sra. de Rênal e seus filhos era agravado por sofrimentos cruéis. Desprezava-se horrivelmente. Se por infelicidade se obrigava a falar, acontecia-lhe de dizer as coisas mais ridículas. Para cúmulo da miséria, via e exagerava o absurdo da situação, mas o que não via era a expressão dos próprios olhos: eram tão bonitos e anunciavam uma alma tão ardente que, à semelhança dos bons atores, conferiam às vezes um sentido encantador àquilo que não o tinha. A sra. de Rênal notou que Julien, a sós com ela, jamais conseguia se acertar com as palavras, a não ser quando, distraído por um acontecimento imprevisto, não se preocupava em florear a fala com algum cumprimento. Como os amigos da casa não a mimavam com ideias novas e brilhantes, ela desfrutava deliciosamente os clarões de espírito de Julien.

Desde a queda de Napoleão, toda sugestão de galanteio está severamente banida dos costumes da província. As pessoas têm medo de cair em desgraça. Os vigaristas buscam apoio na congregação; e a hipocrisia fez belíssimos progressos, mesmo nas classes liberais. O tédio redobra. Não resta outro prazer além da leitura e da agricultura.

A sra. de Rênal, rica herdeira de uma tia devota, casada aos dezesseis anos com um bom fidalgo, nunca na vida sentira ou vira nada que se parecesse minimamente com o amor. O bom cura Chélan, seu confessor, fora o único que lhe falara do amor, a propósito do assédio do sr. Valenod, e lhe pintara um quadro tão repugnante que para ela a palavra representava a mais abjeta libertinagem. Via como exceção, ou mesmo como algo totalmente estranho à natureza, o amor que encontrara no pequeníssimo número de romances que o acaso lhe pusera diante dos olhos. Graças a essa ignorância, a sra. de Rênal, perfeitamente feliz, ocupada sem cessar com Julien, estava longe de fazer a si mesma a menor censura.

VIII. Pequenos acontecimentos

Then there were sighs, the deeper for suppression,
And stolen glances, sweeter for the theft,
And burning blushes, though for no transgression.
Don Juan, canto I, estrofe 74

A doçura angélica que a sra. de Rênal devia ao seu caráter e à sua felicidade atual só se alterava ligeiramente quando ela se punha a pensar em Elisa, a criada. A moça recebera uma herança, fora se confessar com o cura Chélan e contou-lhe o projeto de se casar com Julien. O cura teve imensa alegria com a sorte do amigo, mas foi extraordinária a sua surpresa quando Julien lhe disse que a oferta da srta. Elisa não lhe convinha.

– Tome cuidado, meu filho, com o que se passa no seu coração – disse o cura franzindo as sobrancelhas. – Felicito-o por sua vocação, se for apenas por ela que está desprezando uma fortuna mais do que suficiente. Já se completaram cinquenta e seis anos desde que me tornei cura de Verrières e, mesmo assim, ao que tudo indica, vou ser destituído. Isso me aflige, e no entanto tenho renda de oitocentas libras. Estou lhe comunicando esse detalhe para que não alimente ilusões sobre o que lhe reserva a condição de padre. Se tiver a intenção de cortejar os poderosos, a perdição eterna está garantida. Poderá fazer fortuna, mas será necessário prejudicar os miseráveis, bajular o subgovernador, o prefeito, os homens importantes, e servir suas paixões: essa conduta, que em sociedade se chama "saber viver", para um leigo pode não ser absolutamente incompatível com a salvação; na nossa condição, entretanto, é preciso optar; trata-se de fazer fortuna neste mundo ou no outro, não há meio-termo. Vá, meu caro amigo, reflita, e volte em três dias para me dar uma resposta definitiva. Entrevejo com pesar, no fundo do seu caráter, um arrebatamento sombrio que não me anuncia a moderação e tampouco a plena renúncia aos proveitos terrenos, necessárias a um padre; tenho uma boa intuição acerca de sua inteligência, mas permita-me dizer – acrescentou o bom cura, lágrimas nos olhos. – Na condição de padre, eu temeria por sua salvação.

Julien tinha vergonha das próprias emoções; via-se amado pela primeira vez na vida; chorava deliciosamente e foi esconder as lágrimas nos grandes bosques acima de Verrières.

"Por que me encontro neste estado?", pensou enfim. "Sinto que daria cem vezes a minha vida pelo bom cura Chélan, e no entanto ele acaba de me provar que não passo de um tolo. É sobretudo a ele que me importa enganar, e ele adivinha. O arrebatamento secreto de que me fala é o meu projeto de fazer fortuna. Não me acha digno de ser padre, justamente quando eu imaginava que sacrificar cinquenta luíses de renda lhe daria a ideia mais elevada da minha piedade e da minha vocação."

"No futuro", continuou Julien, "só contarei com as partes do meu caráter que já tiver testado. Quem diria que teria prazer em derramar lágrimas! Que gostaria de quem me prova que não passo de um tolo!"

Três dias depois Julien descobriu o pretexto de que deveria terse munido desde o primeiro dia; esse pretexto era uma calúnia, mas o que importa? Confessou ao cura, com muita hesitação, que uma razão que não podia lhe explicar, pois prejudicaria um terceiro, desde o início o desviara da união projetada. Era acusar a conduta de Elisa. O padre Chélan encontrou em suas maneiras certa impetuosidade muito mundana, bem diferente daquilo que deveria animar um jovem levita.

– Meu amigo – disse-lhe ainda –, seja um bom burguês do campo, estimável e instruído, em vez de um padre sem vocação.

Julien respondeu muito bem a essas novas advertências, pelo menos quanto às palavras; encontrava as expressões que teria empregado um jovem e fervoroso seminarista; mas o tom com que as pronunciava, o ardor mal oculto que brilhava em seus olhos alarmavam o padre Chélan.

Não era o caso de ter maus pressentimentos a respeito de Julien; ele estava inventando corretamente as palavras de uma hipocrisia cautelosa e prudente. Isso não é ruim na sua idade. Quanto ao tom e aos gestos, vivia com camponeses; fora privado de conhecer os grandes modelos. Mais tarde, tão logo teve a oportunidade de aproximar-se desses senhores, tornou-se admirável tanto nos gestos como nas palavras.

A sra. de Rênal estranhou que a fortuna recente da criada não fizesse a moça mais feliz; ela a via o tempo todo ir à casa do cura e voltar com lágrimas nos olhos; finalmente Elisa lhe falou do casamento.

A sra. de Rênal pensou que adoecia. Uma espécie de febre a impedia de conciliar o sono; só vivia quando tinha diante dos olhos a criada ou Julien. Era só neles que conseguia pensar, e na felicidade que encontrariam na vida a dois. A pobreza de uma casinha onde se deveria viver com cinquenta luíses de renda surgia-lhe em cores encantadoras. Julien poderia muito bem se tornar advogado em Bray, o distrito a duas léguas de Verrières; nesse caso, poderia vê-lo de vez em quando.

A sra. de Rênal acreditou sinceramente que ia ficar louca; ela o disse ao marido, e acabou adoecendo. Na mesma noite, quando a criada a servia, notou que a moça chorava. Abominava Elisa naquele momento e acabava de maltratá-la; pediu-lhe desculpas. As lágrimas redobraram; Elisa disse que, se a patroa permitisse, contaria toda a sua desgraça.

– Conte – respondeu a sra. de Rênal.

– Pois bem, senhora, ele me rejeita; gente ruim deve ter falado mal de mim, ele acreditou.

– Quem a rejeita? – disse a sra. de Rênal, quase sem respirar.

– Ora, quem, senhora, se não for o senhor Julien? – respondeu a criada entre soluços. – O senhor cura não conseguiu vencer a resistência dele. Pois o senhor cura acha que ele não deve recusar uma moça honesta por ela ter sido uma criada. Afinal, o pai do senhor Julien é apenas carpinteiro; e ele mesmo, como ganhava a vida antes de entrar para a casa da senhora?

A sra. de Rênal já não ouvia nada; o excesso de felicidade quase lhe tirava o uso da razão. Fez a moça confirmar várias vezes a certeza de que Julien a rejeitara definitivamente e de que não voltaria a uma resolução mais sensata.

– Vou fazer uma última tentativa – disse à criada –, falarei com o senhor Julien.

No dia seguinte, depois do almoço, a sra. de Rênal concedeu a si mesma a volúpia deliciosa de defender a causa da rival e de ver a mão e a fortuna de Elisa recusadas ininterruptamente durante uma hora inteira.

Aos poucos, Julien foi deixando as respostas compassadas e acabou por dar respostas espirituosas às considerações sensatas da sra. de Rênal. Ela não pôde resistir à torrente de felicidade que inundava sua alma depois de tantos dias de desespero. Sentiu-se mal de fato. Ao se recuperar, bem instalada em seu quarto, mandou que todos saíssem. Estava profundamente espantada.

"Estarei amando Julien?", perguntou-se enfim.

Essa descoberta, se em outro momento qualquer a teria mergulhado no remorso e numa agitação profunda, foi para ela um espetáculo singular, porém de certa forma indiferente. Sua alma, esgotada por tudo o que acabava de sofrer, já não dispunha de sensibilidade a serviço das paixões.

A sra. de Rênal quis trabalhar, e caiu num sono profundo; quando acordou, não se assustou tanto quanto deveria. Estava feliz demais para reprovar o que quer que fosse. Ingênua e inocente, jamais essa boa provinciana teria torturado a própria alma para tentar arrancar-lhe um pouco de sensibilidade a alguma nova nuance de sentimento ou infelicidade. Inteiramente absorvida, até a chegada de Julien, naquela infinidade de trabalhos que, longe de Paris, cabe a uma boa mãe de família, a sra. de Rênal pensava nas paixões como nós pensamos na loteria: engodo certo e felicidade buscada por loucos.

A sineta do jantar tocou; a sra. de Rênal corou bastante ao ouvir a voz de Julien, que acompanhava as crianças. Já mais astuciosa desde que passara a amar, explicou o rubor queixando-se de uma horrível dor de cabeça.

– Eis aí como são as mulheres – respondeu-lhe o sr. de Rênal com uma risada grosseira. – Há sempre alguma coisa para consertar nessas máquinas!

Embora acostumada a esse tipo de brincadeira, o tom de voz chocou a sra. de Rênal. Para se distrair, olhou a fisionomia de Julien; mesmo se fosse o mais feio dos homens, nesse instante teria lhe agradado.

Atento em copiar os hábitos cortesãos, desde os primeiros dias bonitos da primavera o sr. de Rênal instalou-se em Vergy, a aldeia que se tornou célebre pela trágica aventura de Gabrielle.[1] A algumas centenas de passos das pitorescas ruínas da antiga igreja gótica, o sr. de Rênal possui um velho castelo com quatro torres e um jardim cujo desenho lembra o das Tulherias, com muitas sebes de buxos e alamedas de castanheiros podados duas vezes ao ano. Um campo vizinho, plantado de macieiras, servia de passeio. No fim do pomar havia oito ou dez nogueiras magníficas; sua folhagem imensa alcançava talvez oitenta pés de altura.

"Cada uma dessas malditas nogueiras", dizia o sr. de Rênal quando sua mulher as admirava, "me custa a colheita de meio alqueire; na sombra o trigo não cresce."

A visão do campo pareceu nova à sra. de Rênal; sua admiração chegava ao êxtase. O sentimento que a animava dava-lhe engenho e decisão. Dois dias depois da chegada a Vergy, como o sr. de Rênal voltara à cidade para os negócios da prefeitura, a sra. de Rênal contratou operários por conta própria. Julien dera-lhe a ideia de um pequeno caminho de areia que circulasse pelo pomar e sob as grandes nogueiras, permitindo às crianças passear logo de manhã sem ficar com os sapatos molhados de orvalho. A ideia foi posta em execução menos de vinte e quatro horas depois de ser concebida. A sra. de Rênal passou o dia todo alegremente com Julien, dirigindo os operários.

1 Referência à peça *Gabrielle de Vergy*, de Dormont de Belloy, mais tarde transformada em ópera. [N. T.]

Quando o prefeito de Verrières chegou da cidade, surpreendeu-se bastante ao encontrar o caminho pronto. A volta do marido também foi uma surpresa para a sra. de Rênal; ela havia se esquecido de sua existência. Durante dois meses ele falou com mau humor do atrevimento de terem feito, sem o consultar, uma *reforma* tão importante, mas a sra. de Rênal a executara à própria custa, o que o consolava um pouco.

Ela passava os dias a correr com os filhos no pomar e a caçar borboletas. Haviam confeccionado grandes capuzes de gaze clara, com os quais apanhavam os pobres *lepidópteros*. Era esse o nome bárbaro que Julien ensinara à sra. de Rênal. Pois ela mandara vir de Besançon a bela obra do sr. Godart, e Julien lhe contava os costumes singulares desses pobres bichos.

Eram alfinetados sem piedade num grande quadro de cartolina arranjado também por Julien.

Houve enfim, entre a sra. de Rênal e Julien, um assunto para conversa; ele deixou de estar exposto ao suplício terrível que lhe causavam os momentos de silêncio.

Falavam-se sem parar, e com enorme interesse, ainda que de coisas muito inocentes. Essa vida ativa, ocupada e alegre era do gosto de todos, menos da srta. Elisa, que estava sobrecarregada de trabalho.

– Nunca a senhora se preocupou tanto com seus vestidos – dizia –, nem no Carnaval, quando há baile em Verrières; ela troca de roupa duas ou três vezes por dia.

Como não é nossa intenção adular ninguém, não negaremos que a sra. de Rênal, que tinha uma pele soberba, só providenciara vestidos que deixassem os braços e o colo bastante descobertos. Possuía um corpo muito benfeito, e essa maneira de se trajar caía-lhe às mil maravilhas.

– A senhora *nunca esteve tão jovem* – diziam-lhe os amigos de Verrières que vinham jantar em Vergy (esse é um modo de falar da região).

Uma coisa singular, à qual poucos dentre nós darão crédito: era sem intenção direta que a sra. de Rênal se dedicava a tantos cuidados. Tinha prazer nisso, e, sem se dar conta, todo o tempo que não estava caçando borboletas com as crianças e com Julien, trabalhava com Elisa fazendo vestidos. Sua única ida a Verrières foi motivada pelo desejo de comprar novos vestidos de verão recém-chegados de Mulhouse.

Na volta, levou para Vergy uma jovem parenta sua. A partir do casamento, a sra. de Rênal pouco a pouco se ligara à sra. Derville, que tinha sido outrora sua companheira no *Sagrado Coração.*

A sra. Derville ria muito do que chamava de ideias loucas da prima: "Sozinha eu nunca pensaria nisso", dizia. Essas ideias imprevisíveis, que em Paris seriam tomadas por caprichos, envergonhavam a sra. de Rênal como tolices, quando estava com o marido; a presença da sra. Derville, porém, dava-lhe coragem. No começo, contava-lhe seus pensamentos numa voz tímida; quando as senhoras ficavam um bom tempo sozinhas, o espírito da sra. de Rênal se animava, uma longa manhã solitária passava como um instante e deixava as duas amigas muito alegres. Nesta viagem, a sensata sra. Derville achou a prima muito menos alegre e muito mais feliz.

Julien, de sua parte, vivera como uma autêntica criança desde que fora para o campo, tão feliz em correr atrás de borboletas quanto seus alunos. Depois de muito constrangimento e hábil política, a sós, longe do olhar dos homens, e por instinto já não temendo a sra. de Rênal, entregava-se ao prazer de existir, tão vivo nessa idade, em meio às mais belas montanhas do mundo.

Desde a chegada da sra. Derville pareceu a Julien que ela era sua amiga; apressou-se em lhe mostrar a vista que se tem da extremidade da nova alameda sob as grandes nogueiras, na verdade equiparável, senão superior, ao que a Suíça e os lagos da Itália oferecem de mais admirável. Ao subir a encosta íngreme que começa a alguns passos dali, logo se chega a grandes precipícios orlados por bosques de carvalhos, que avançam quase até o rio. Era pelos cumes desses rochedos escarpados que Julien, feliz, livre e mesmo algo mais, senhor do castelo, conduzia as duas amigas e se deleitava com a admiração das duas por aquele espetáculo sublime.

– Para mim é como a música de Mozart – dizia a sra. Derville.

A inveja dos irmãos, a presença de um pai déspota e mal-humorado haviam estragado, aos olhos de Julien, os campos dos arredores de Verrières. Em Vergy ele não se deparava com essas lembranças amargas; pela primeira vez na vida não enxergava nenhum inimigo. Quando o sr. de Rênal estava na cidade, o que acontecia com frequência, arriscava-se a ler; dentro de pouco tempo, em vez de ler à noite, e tomando o cuidado de esconder a lâmpada no fundo de um vaso de flores emborcado, pôde se entregar ao sono; de dia, no intervalo das lições das crianças, vinha a estes rochedos com o livro que era a sua única regra de conduta e objeto exclusivo de seu arrebatamento. Encontrava nele, a um só tempo, felicidade, êxtase e consolo nas horas de desânimo.

Certas coisas que Napoleão diz das mulheres e algumas discussões sobre o mérito dos romances em voga sob seu reinado deram-lhe então, pela primeira vez, algumas ideias que qualquer outro rapaz da mesma idade teria tido há muito tempo.

Vieram os grandes calores. Adotou-se o hábito de passar as noites debaixo de uma tília imensa a alguns passos da casa. A escuridão ali era profunda. Uma noite, com entusiasmo, Julien fruía deliciado o prazer de falar bem às duas moças; gesticulando, tocou a mão da sra. de Rênal, apoiada no espaldar de uma dessas cadeiras de madeira pintada que se põem nos jardins.

A mão se retirou rápido, mas Julien julgou que era seu *dever* conseguir que a mão não se retirasse quando ele a tocasse. A ideia de um dever a cumprir e de incorrer em ridículo, ou melhor, num sentimento de inferioridade, caso o objetivo não fosse alcançado, afastou no ato todo prazer do seu coração.

IX. Uma noite no campo

A Didon *do sr. Guérin, esboço encantador!*

STROMBECK

Seu olhar tinha algo de estranho quando, no dia seguinte, encontrou a sra. de Rênal; observava-a como a um inimigo com quem será preciso lutar. Esses olhares, tão diferentes daqueles da véspera, desnortearam a sra. de Rênal: tinha sido boa com Julien, e ele parecia aborrecido. Não conseguia desviar os olhos dos dele.

A presença da sra. Derville permitia a Julien falar menos e ocupar-se mais com o que tinha na cabeça. Sua única atividade, durante o dia inteiro, foi a de se fortalecer com a leitura do livro inspirado que lhe retemperava a alma.

Abreviou bastante as lições das crianças e, em seguida, quando a presença da sra. de Rênal veio convocá-lo de vez a cuidar da própria glória, decidiu ser absolutamente necessário que ela permitisse, naquela noite, que sua mão se entregasse à dele.

O sol poente, aproximando o momento decisivo, fez o coração de Julien bater de um jeito singular. Veio a noite. Seria muito escura, observou, com uma alegria que lhe tirou um peso imenso do peito.

O céu carregado de nuvens densas, conduzidas por um vento quente, parecia anunciar tempestade. As duas amigas foram passear bem tarde. Tudo o que faziam nessa noite parecia singular a Julien. Deleitavam-se com aquele tempo que, para certas almas delicadas, parece aumentar o prazer de amar.

Sentaram-se enfim, a sra. de Rênal ao lado de Julien e a sra. Derville perto da amiga. Preocupado com o que ia tentar, Julien não achava nada para dizer. A conversa definhava.

"Também estarei trêmulo e infeliz no primeiro duelo em que me envolver?", pensou Julien, pois desconfiava demais de si e dos outros para não perceber o estado da própria alma.

Na sua angústia mortal, teria preferido qualquer outro perigo. Quantas vezes não desejou que surgisse algum assunto que obrigasse a sra. de Rênal a voltar para a casa e deixar o jardim! Era tão forte a coerção que Julien precisava exercer sobre si mesmo que sua voz se alterou profundamente; logo havia tremor também na voz da sra. de Rênal, mas Julien não percebeu. O combate terrível que travavam o dever e a timidez era penoso demais para que ele pudesse observar qualquer coisa além de si próprio. Nove horas e quarenta e cinco minutos acabavam de soar no relógio do castelo, e Julien a nada se atrevera até ali. Indignado com sua covardia, pensou: "No momento exato em que soarem as dez horas, executarei o que o dia inteiro me prometi que faria esta noite, ou então vou subir para o quarto e estourar os miolos".

Depois de um último momento de espera e ansiedade, durante o qual o excesso de emoção o deixou como que fora de si, soaram as dez horas no relógio acima de sua cabeça. Cada pancada do sino fatal ressoava-lhe no peito, provocando nele como que um movimento físico.

Enfim, quando a última badalada das dez ainda repercutia, estendeu a mão e tomou a da sra. de Rênal, que a retirou no ato. Julien, sem saber bem o que fazia, tomou-a novamente. Embora muito emocionado, impressionou-se com a frieza glacial da mão que estava segurando; apertava-a com força compulsiva; houve uma última tentativa de retirá-la, mas por fim a mão ficou.

A alma de Julien inundou-se de felicidade; não que ele amasse a sra. de Rênal, mas um suplício pavoroso acabava de ter fim. Para que a sra. Derville nada percebesse, sentiu-se na obrigação de falar; sua voz estava então vibrante e forte. A da sra. de Rênal, ao contrário, traía tanta emoção que a amiga a julgou doente e propôs-lhe que entrassem. Julien percebeu o perigo: "Se a sra. de Rênal voltar para o salão, retornarei à péssima posição em que estive durante o dia. Segurei esta mão muito pouco tempo para que isso conte como vantagem adquirida".

No momento em que a sra. Derville renovava a proposta de voltar ao salão, Julien apertou com força a mão que se abandonava.

A sra. de Rênal, que já se levantava, tornou a sentar, dizendo numa voz desfalecida:

– Para falar a verdade, estou me sentindo um pouco indisposta, mas o ar fresco me faz bem.

Essas palavras confirmaram a felicidade de Julien, que nesse momento era ilimitada: falou, esqueceu de fingir, pareceu um homem amabilíssimo às duas amigas que o escutavam. Ainda havia, entretanto, certa falta de coragem nessa eloquência que de repente o acometia. Temia mortalmente que a sra. Derville, cansada do vento que começava a soprar e que precedia a tempestade, quisesse voltar sozinha ao salão. Ficaria então a sós com a sra. de Rênal. Tivera quase por acaso a coragem cega que basta para agir, mas sentia que estava fora de seu poder dizer a mais simples palavra à sra. de Rênal. Por ligeiras que fossem as censuras dela, seria derrotado, e a vantagem que acabava de obter, aniquilada.

Felizmente para ele, naquela noite suas frases tocantes e empoladas agradaram à sra. Derville, que muitas vezes o achava desajeitado como uma criança, além de pouco divertido. Quanto à sra. de Rênal, de mãos dadas com Julien, esta não pensava em nada, deixava-se viver. As horas passadas sob a grande tília, que a tradição local diz ter sido plantada por Carlos, o Temerário, foram para ela uma época de felicidade. Escutava deliciada os gemidos do vento na espessa folhagem da tília e o barulho das raras gotas que vinham cair sobre as folhas mais baixas. Julien não reparou numa circunstância que o teria tranquilizado bastante: a sra. de Rênal, que fora obrigada a retirar a mão, pois se levantara para ajudar a prima a apanhar um vaso de flores que o vento acabava de derrubar junto a elas, mal voltou a sentar e lhe devolveu a mão quase sem dificuldade, como se isso já fosse entre eles uma coisa combinada.

A meia-noite soara havia tempo; foi preciso afinal deixar o jardim: separaram-se. A sra. de Rênal, transportada pela felicidade de amar, era tão ignorante que praticamente não se culpava de nada. A felicidade lhe tirou o sono. Um sono de chumbo tomou conta de Julien, mortalmente cansado dos combates que o dia inteiro a timidez e o orgulho haviam travado em seu coração.

No dia seguinte acordaram-no às cinco horas; e, o que teria sido cruel para a sra. de Rênal se ela o soubesse, mal lhe dedicou um pensamento. Tinha cumprido o *seu dever*, e um *dever heroico*. Transbordando de felicidade por esse sentimento, trancou-se no quarto e entregou-se com prazer renovado à leitura das façanhas de seu herói.

Quando se ouviu a sineta do almoço, havia esquecido, ao ler os boletins do Grande Exército, todas as vantagens da véspera. Pensou vagamente enquanto descia ao salão: "É preciso dizer a essa mulher que eu a amo".

Em vez dos olhares carregados de volúpia que esperava encontrar, deparou-se com a figura severa do sr. de Rênal, que, tendo chegado fazia duas horas de Verrières, não escondia o descontentamento por Julien passar toda a manhã sem se ocupar das crianças. Nada mais feio do que aquele homem importante tomado de mau humor e convencido de que tinha direito de o demonstrar.

Cada palavra azeda do marido partia o coração da sra. de Rênal. Quanto a Julien, estava tão mergulhado no êxtase, ainda tão ocupado com as grandes coisas que durante várias horas acabavam de lhe passar diante dos olhos, que a princípio mal se dignou escutar as palavras duras que lhe dirigia o sr. de Rênal. Disse por fim, bruscamente:

– Eu estava doente.

O tom da resposta teria irritado um homem muito menos suscetível do que o prefeito de Verrières; quis responder expulsando Julien no mesmo instante. Só o reteve a máxima que adotara de nunca se apressar demais em matéria de negócios.

"Esse rapaz tolo", pensou em seguida, "de certa forma adquiriu reputação em minha casa; o Valenod pode empregá-lo ou então ele se casará com Elisa, e nos dois casos, no fundo do coração, poderá zombar de mim."

Apesar da sensatez do raciocínio, o descontentamento do sr. de Rênal não deixou de explodir numa série de palavras grosseiras que aos poucos irritaram Julien. A sra. de Rênal estava a ponto de cair em prantos. Mal terminara o almoço, pediu a Julien que lhe desse o braço para um passeio; apoiava-se nele com amizade. A tudo o que a sra. de Rênal lhe dizia, Julien tinha uma única resposta a meia-voz:

– *É assim que são os ricos!*

O sr. de Rênal caminhava bem próximo; sua presença aumentava a raiva de Julien. Este percebeu de repente que a sra. de Rênal apoiava-se em seu braço de forma explícita; o movimento causou-lhe horror, ele a rejeitou com violência e soltou o braço.

Felizmente o sr. de Rênal não viu a nova impertinência, que só foi notada pela sra. Derville; sua amiga desmanchava-se em lágrimas. Nesse momento, o sr. de Rênal se pôs a perseguir a pedradas uma menina camponesa que tomara um caminho proibido e atravessava um canto do pomar.

– Senhor Julien, por favor, modere-se; pense que todos nós temos nossos momentos de mau humor – disse rápido a sra. Derville.

Julien encarou-a friamente, com olhos que revelavam o mais soberano desprezo.

Esse olhar espantou a sra. Derville, e a teria surpreendido ainda mais se ela adivinhasse seu verdadeiro significado; teria lido ali como que a vaga esperança de uma vingança atroz. Foram sem dúvida tais momentos de humilhação que fizeram os Robespierre.

– É bem violento esse seu Julien, ele me assusta – disse baixinho a sra. Derville à amiga.

– Ele tem razão de estar bravo – respondeu-lhe a sra. de Rênal. – Depois dos progressos espantosos que conseguiu com as crianças, que mal faz se passa uma manhã sem falar com elas? Os homens são bem duros, convenhamos.

Pela primeira vez na vida a sra. de Rênal sentiu uma espécie de desejo de vingança contra o marido. O ódio extremo que animava Julien contra os ricos estava a ponto de explodir. Felizmente o sr. de

Rênal chamou o jardineiro e, na companhia dele, ficou ocupado em barrar com feixes de espinhos a passagem proibida através do pomar. Julien não respondeu com uma só palavra às atenções de que foi objeto durante todo o resto do passeio. Mal o sr. de Rênal se afastou e as duas amigas, alegando cansaço, pediram-lhe cada uma um braço.

A palidez altiva, o ar sombrio e decidido de Julien faziam um contraste estranho com as duas mulheres, que, tomadas de extrema perturbação, traziam as faces cobertas de rubor e embaraço. Ele desprezava aquelas mulheres, e a todos os sentimentos ternos.

"O quê!", pensava. "Nem quinhentos francos de renda para terminar os meus estudos! Ah, eu bem que o mandaria passear!"

Absorvido nessas ideias severas, o pouco que se dignava compreender das palavras gentis das duas amigas desagradava-lhe como vazio de sentido, piegas, fraco, em uma palavra: *feminino*.

De tanto falar por falar e tentar manter a conversa animada, a sra. de Rênal acabou por dizer que o marido voltara de Verrières porque havia negociado palha de milho com um arrendatário (nessa região, é com palha de milho que se enchem os colchões das camas).

– Meu marido não vai mais se juntar a nós – acrescentou. – Vai terminar de renovar os colchões da casa, com o jardineiro e o criado de quarto. Hoje de manhã ele pôs palha de milho em todas as camas do primeiro andar; agora está no segundo.

Julien mudou de cor; olhou a sra. de Rênal de um jeito estranho e logo a chamou à parte, apressando o passo. A sra. Derville deixou que se afastassem.

– Salve-me a vida – disse Julien à sra. de Rênal –, só a senhora pode fazer isso, pois sabe que o criado de quarto tem ódio mortal de mim. Devo confessar-lhe, senhora, que guardo um retrato; escondi-o no colchão da minha cama.

Ao ouvir essas palavras, também a sra. de Rênal empalideceu.

– Neste momento, só a senhora pode entrar no meu quarto; procure disfarçadamente no canto do colchão mais próximo da janela, e encontrará ali uma pequena caixa de papelão negro e liso.

– Há um retrato ali dentro! – disse a sra. de Rênal, a custo sustentando-se de pé.

Seu ar de desânimo foi notado por Julien, que logo se aproveitou.

– Tenho um segundo favor a lhe pedir, senhora: suplico-lhe que não olhe o retrato. É o meu segredo.

– Um segredo! – repetiu a sra. de Rênal com voz desfalecida.

No entanto, embora educada entre pessoas orgulhosas da própria fortuna e sensíveis apenas ao interesse pecuniário, o amor já pusera alguma generosidade naquela alma. Ferida cruelmente, foi com ares de pura abnegação que a sra. de Rênal fez a Julien as perguntas necessárias para se desincumbir adequadamente da tarefa.

– Pois bem – disse ela enquanto se afastava –, uma caixinha redonda, de papelão preto, bem lisa.

– Sim, senhora – respondeu Julien, com o tom duro que o perigo dá aos homens.

A sra. de Rênal subiu ao segundo andar do castelo, pálida como se caminhasse em direção à morte. Para cúmulo da miséria, sentiu-se prestes a passar mal, mas a necessidade de prestar um serviço a Julien devolveu-lhe as forças.

"Preciso pegar aquela caixa", disse consigo, apressando o passo.

Ouviu o marido falar com o criado, justo no quarto de Julien. Felizmente passaram para o das crianças. Ela levantou o colchão e mergulhou a mão na palha com tal violência que esfolou os dedos. Contudo, embora muito sensível às pequenas dores desse gênero, mal notou esta, pois quase ao mesmo tempo sentiu a forma lisa da caixa de papelão. Pegou-a e desapareceu.

Ainda nem se livrara do medo de ser surpreendida pelo marido e o horror que lhe causava aquela caixinha por pouco não a fez passar mal de fato.

"Então Julien está apaixonado, e aqui estou eu com o retrato da mulher que ele ama!"

Sentada numa cadeira na antecâmara do aposento, a sra. de Rênal era presa de todos os terrores do ciúme. Sua extrema ignorância ainda lhe foi útil nesse momento, o espanto amenizava a dor. Julien apareceu, pegou a caixa sem agradecer, sem dizer uma única palavra, e correu ao quarto, onde acendeu um fogo e a queimou na mesma hora. Estava pálido, abatido, exagerava a extensão do perigo que acabava de correr.

"O retrato de Napoleão", pensava balançando a cabeça, "escondido no quarto de um homem que professa tamanho ódio pelo usurpador! Encontrado pelo sr. de Rênal, tão monarquista e tão raivoso! E, para cúmulo da imprudência, no papelão branco atrás do retrato, linhas escritas por mim mesmo! E que não deixam nenhuma dúvida quanto à minha admiração ilimitada! E cada um desses arroubos de amor tem data! Alguns são de anteontem!"

"Toda a minha reputação destruída, aniquilada num segundo", pensava Julien enquanto via a caixa queimar, "e minha reputação é o meu único bem, é só por ela que vivo... E ainda assim, que vida, meu Deus!"

Uma hora depois, a fadiga e a piedade que sentia de si próprio dispunham-no ao enternecimento. Encontrou a sra. de Rênal e tomou-lhe a mão, que beijou com mais sinceridade do que nunca. Ela enrubesceu de felicidade e, quase no mesmo instante, rejeitou Julien com a fúria do ciúme. Ferido tão recentemente, o orgulho de Julien fez dele um tolo nesse momento. Viu na sra. de Rênal apenas uma mulher rica, soltou-lhe a mão com desdém e afastou-se. Pensativo, foi passear no jardim; dali a pouco tinha um sorriso amargo no rosto.

"Aqui estou eu passeando, tranquilo como um homem que é dono do seu tempo! Não estou cuidando dos meninos! Exponho-me às palavras humilhantes do sr. de Rênal, e ele teria razão." Correu para o quarto das crianças.

Os afagos do mais novo, de quem gostava muito, acalmaram um pouco sua dor aguda.

"Este aqui ainda não me despreza", pensou. Mas logo reprovou a amenização da dor como outra fraqueza. "Essas crianças me fazem carinho exatamente como fariam com o filhote de cão de caça que compraram ontem."

x. Um grande coração e uma pequena fortuna

But passion most dissembles, yet betrays,
Even by its darkness; as the blackest sky
Foretells the heaviest tempest.
Don Juan, canto I, estrofe 73

O sr. de Rênal, que percorria todos os quartos do castelo, voltou ao das crianças com os criados que carregavam os colchões. A entrada repentina do homem foi para Julien a gota-d'água que faz o vaso transbordar.

Mais pálido, mais sombrio do que de costume, lançou-se na direção dele. O sr. de Rênal estacou e olhou para os criados.

– Senhor – disse-lhe Julien –, acredita que com algum outro preceptor seus filhos teriam feito os mesmos progressos que fizeram comigo? Se responder que não – continuou, sem dar tempo ao sr. de Rênal de falar –, como ousa me censurar por negligência?

O sr. de Rênal, mal recuperado do susto e vendo o tom estranho que adotava o camponesinho, concluiu que ele tinha no bolso alguma proposta vantajosa e que ia deixá-lo. A fúria de Julien aumentava à medida que ele falava:

– Saiba que posso viver sem o senhor – acrescentou.

– Lamento sinceramente vê-lo tão agitado – respondeu o sr. de Rênal, balbuciando um pouco.

Os criados estavam a dez passos, ocupados em arrumar as camas.

– Não é disso que preciso – prosseguiu Julien, fora de si. – Pense na infâmia das palavras que me dirigiu, senhor, e, como se não bastasse, na presença de mulheres!

O sr. de Rênal não entendia bem o que Julien estava pedindo e um conflito penoso dilacerava sua alma. Aconteceu então que Julien, efetivamente louco de raiva, exclamou:

– Saindo desta casa, senhor, sei para onde ir!

A essas palavras, o sr. de Rênal viu Julien instalado na casa do sr. Valenod:

– Pois bem! – disse enfim, suspirando com o aspecto que teria ao chamar o cirurgião para a mais dolorosa das operações. – Concedo-lhe o que me pede, senhor. A partir de depois de amanhã, que é o primeiro dia do mês, vou lhe dar cinquenta francos por mês.

Julien teve vontade de rir, estava estupefato: toda a sua fúria havia desaparecido.

"Não desprezei suficientemente este animal", pensou. "Eis aí sem dúvida o melhor pedido de desculpas que uma alma tão baixa seria capaz de me apresentar."

As crianças, que escutavam a cena embasbacadas, correram ao jardim para contar à mãe que o sr. Julien estava bem bravo, mas que ia ganhar cinquenta francos por mês.

Julien acompanhou-as como de hábito, sem sequer olhar para o sr. de Rênal, a quem irritara profundamente.

"São cento e sessenta e oito francos", pensava o prefeito, "eis o que está me custando o Valenod. Será absolutamente indispensável que eu lhe diga uma ou duas palavrinhas firmes sobre a sua empresa de fornecimento para os enjeitados."

Pouco depois Julien encontrou-se face a face com o sr. de Rênal.

– Tenho de falar da minha consciência com o padre Chélan; tenho a honra de preveni-lo de que estarei ausente por algumas horas.

– Ora, meu caro Julien! – disse o sr. de Rênal, rindo do modo mais falso. – O dia inteiro se quiser, e amanhã também, meu bom amigo! Pegue o cavalo do jardineiro para ir a Verrières.

"Aí está", pensou o sr. de Rênal, "vai dar uma resposta ao Valenod; não me prometeu nada, mas é preciso deixar o rapaz esfriar a cabeça."

Julien escapou rapidamente e subiu pelos grandes bosques através dos quais se pode ir de Vergy a Verrières. Não pretendia chegar tão cedo à casa do sr. Chélan. Longe de querer se sujeitar a uma nova cena de hipocrisia, precisava ver claro na própria alma e dar vazão à multidão de sentimentos que o agitavam.

"Ganhei uma batalha", disse a si mesmo tão logo se viu no bosque e longe do olhar dos homens. "Ganhei uma batalha!"

A palavra dava um colorido bonito à sua posição e devolveu-lhe alguma tranquilidade à alma.

"Aqui estou eu, com cinquenta francos de salário por mês: o sr. de Rênal deve ter tido muito medo. Mas de quê?"

A meditação sobre o que podia ter metido medo ao homem feliz e poderoso contra o qual, uma hora antes, estava fervendo de raiva acabou de serenar a alma de Julien. Por um momento quase se sensibilizou com a beleza encantadora dos bosques que atravessava. Enormes blocos de rochas nuas haviam caído outrora na floresta, do lado da montanha. Grandes faias elevavam-se quase tão alto quanto esses rochedos, cuja sombra oferecia um frescor delicioso a três passos de onde o calor dos raios do sol tornaria impossível uma parada.

Julien retomou fôlego por um instante à sombra dessas grandes rochas e depois recomeçou a subir. Em pouco tempo, avançando por uma trilha estreita e mal demarcada, usada apenas pelos pastores de cabras, encontrou-se de pé sobre uma rocha imensa e plenamente seguro de estar isolado de todos os homens. Essa posição física o fez sorrir, evocou-lhe a posição que ansiava atingir no plano moral. O ar puro daquelas altas montanhas comunicou serenidade e mesmo alegria à sua alma. O prefeito de Verrières continuava a ser, para ele, o representante de todos os ricos e insolentes da terra, mas Julien sentia que o ódio que acabava de agitá-lo, apesar da violência de seus movimentos, nada tinha de pessoal. Se deixasse de ver o sr. de Rênal, em oito dias já o teria esquecido, a ele, seu castelo, seus cães, seus filhos e toda a sua família. "Forcei-o, não sei como, a fazer um sacrifício sem tamanho. Vejam só, mais de cinquenta escudos por ano! E um segundo antes eu me livrara do maior perigo. Eis então duas vitórias num único dia; a segunda não tem mérito, seria necessário adivinhar o motivo. Mas ficam para amanhã as investigações penosas."

De pé sobre sua grande rocha, Julien olhava o céu, abrasado pelo sol de agosto. As cigarras cantavam no campo abaixo do rochedo; quando se calavam, tudo era silêncio ao redor. Ele via a seus pés vinte léguas das redondezas. De vez em quando percebia um gavião que saía das grandes rochas acima de sua cabeça, descrevendo círculos imensos em silêncio. O olhar de Julien seguia maquinalmente a ave de rapina. Seus movimentos tranquilos e possantes o impressionavam; invejava aquela força, invejava aquele isolamento.

Havia sido esse o destino de Napoleão; seria um dia o seu?

XI. Um serão

Yet Julia's very coldness still was kind,
And tremulously gentle her small hand
Withdrew itself from his, but left behind,
A little pressure, thrilling, and so bland
And slight, so very slight that to the mind.
'Twas but a doubt.

Don Juan, canto I, estrofe 71

De todo modo foi preciso aparecer em Verrières. Quando saía do presbitério, uma feliz casualidade o fez encontrar o sr. Valenod, a quem se apressou em contar o aumento de salário.

De volta a Vergy, Julien só desceu ao jardim quando já era noite fechada. Sua alma estava cansada do grande número de emoções poderosas que a tinham agitado ao longo do dia. "O que lhes direi?", perguntava-se com inquietude, pensando nas senhoras. Não lhe ocorria nem de longe que sua alma estava justamente no nível das pequenas circunstâncias que costumam absorver todo o interesse das mulheres. Julien com frequência era ininteligível para a sra. Derville e mesmo para a amiga, e ele, por sua vez, só compreendia pela metade o que elas lhe diziam. Tal era o efeito da força e, se arrisco dizer, da grandeza dos movimentos de paixão que transtornavam a alma desse rapaz ambicioso. Para Julien, um ser singular, quase todo dia era dia de tempestade.

Ao entrar no jardim naquela noite, estava disposto a se ocupar com as ideias das belas primas. Elas o esperavam com impaciência. Sentou-se no lugar de costume, ao lado da sra. de Rênal. A escuridão logo se tornou profunda. Ele quis pegar certa mão branca que fazia um bom tempo via perto de si, apoiada no espaldar de uma cadeira. Houve uma pequena hesitação, mas a mão acabou se retirando de um modo que indicava desagrado. Justamente por isso, estava disposto a ficar e a continuar alegremente a conversa, quando ouviu que o sr. de Rênal se aproximava.

Julien ainda não esquecera as palavras grosseiras da manhã. Pensou: "Não seria uma forma de zombar desse homem saturado de vantagens da fortuna, tomar posse da mão de sua mulher justamente na presença dele? Sim, é o que farei, eu, por quem ele demonstrou tanto desprezo".

A partir desse momento, a tranquilidade, tão pouco natural ao caráter de Julien, afastou-se depressa; ele desejou com ansiedade, e sem poder pensar em outra coisa, que a sra. de Rênal aceitasse entregar-lhe a mão.

O sr. de Rênal falava de política com raiva: dois ou três industriais de Verrières estavam se tornando decididamente mais ricos do que ele e queriam enfrentá-lo nas eleições. A sra. Derville o escutava. Julien, irritado com o discurso, puxou a cadeira para mais perto da sra. de Rênal. A escuridão escondia todos os movimentos. Atreveu-se a pôr a mão bem próxima do belo braço que o vestido deixava descoberto. Ficou perturbado, seu pensamento não lhe pertencia mais, aproximou-se do belo braço, ousou tocá-lo com os lábios.

A sra. de Rênal estremeceu. O marido estava a quatro passos; ela se apressou em dar a mão a Julien e, ao mesmo tempo, afastá-lo um pouco. Enquanto o sr. de Rênal prosseguia nas injúrias contra a gente sem valor e os jacobinos que enriqueciam, Julien cobria a mão que se entregara de beijos apaixonados, ou pelo menos assim parecia à sra. de Rênal. A pobre mulher, entretanto, tivera nesse dia fatal a prova de que o homem que ela adorava sem o confessar a si mesma amava outra! Durante toda a ausência de Julien fora presa de uma infelicidade extrema, que a fizera refletir.

"Como assim? Estou amando? Amando! Eu, uma mulher casada, apaixonada! No entanto", pensava, "nunca senti por meu marido esta loucura sombria que não me deixa afastar o pensamento de Julien. No fundo ele é apenas uma criança cheia de respeito por mim! Esta loucura vai passar. Que importam ao meu marido os sentimentos que eu possa nutrir por esse rapaz? O sr. de Rênal se aborreceria com as conversas que tenho com Julien sobre coisas da imaginação. Só pensa nos negócios. Não tiro nada dele para dar a Julien."

Nenhuma hipocrisia alterava a pureza dessa alma ingênua, desvairada por uma paixão que nunca havia experimentado. Estava enganada, mas sem o saber, e contudo um instinto de virtude se pôs em estado de alerta. Tais eram os conflitos que a agitavam quando Julien apareceu no jardim. Ouviu-o falar, quase ao mesmo tempo o viu sentar-se a seu lado. Sentiu a alma como que enlevada por aquela felicidade deslumbrante que ao longo de quinze dias a vinha espantando, mais do que seduzindo. Tudo era imprevisto para ela. Instantes depois, entretanto, perguntou a si mesma: "Basta então a presença de Julien para apagar todos os erros dele?". Assustou-se; foi nessa hora que retirou a mão.

Os beijos cheios de paixão, e tais como nunca recebera, fizeram-na de repente esquecer que talvez ele amasse outra mulher. Dali a pouco já não o considerava culpado. A interrupção da dor pungente, filha da suspeita, a presença de uma felicidade com que jamais sequer sonhara deram-lhe arroubos de amor e de louca alegria. A noite foi encantadora para todos, salvo para o prefeito de Verrières, que não conseguia esquecer seus industriais endinheirados. Julien já não pensava na sua ambição negra nem em seus projetos tão difíceis de executar. Pela primeira vez na vida era arrebatado pelo poder da beleza. Perdido num devaneio vago e doce, estranho ao seu caráter, apertando com suavidade aquela mão que lhe agradava por ser perfeitamente bela, não prestava muita atenção ao movimento das folhas da tília agitadas pela brisa noturna, nem aos cachorros do moinho do Doubs que latiam ao longe.

Mas essa emoção era um prazer e não uma paixão. Voltando para o quarto, pensou numa única alegria: a de retomar seu livro favorito; aos vinte anos, a ideia do mundo e do efeito que nele se deve produzir é mais forte do que tudo.

Logo porém largou o livro. De tanto pensar nas vitórias de Napoleão, percebeu algo de novo na sua. "Sim, ganhei uma batalha", pensou, "mas é preciso aproveitá-la, é preciso esmagar o orgulho daquele nobre arrogante enquanto ele bate em retirada. Isso é puro Napoleão. Preciso pedir-lhe uma folga de três dias para visitar meu amigo Fouqué. Se ele recusar, volto à carga com a minha barganha, mas ele cederá."

A sra. de Rênal não pôde pregar o olho. Parecia-lhe que até aquele momento não vivera. Não podia desviar o pensamento da felicidade de sentir Julien cobrir-lhe a mão de beijos inflamados.

De súbito a palavra aterradora – adultério – surgiu-lhe na mente. Tudo o que o deboche mais vil pode imprimir de repugnante à ideia de amor dos sentidos veio-lhe em jorro à imaginação. Tais pensamentos tentavam ofuscar a imagem terna e divina que tinha de Julien e da felicidade de amá-lo. O futuro lhe aparecia em cores terríveis. Via-se desprezível.

Foi um momento medonho; sua alma chegava a regiões desconhecidas. Na véspera experimentara uma felicidade inaudita; agora se sentia repentinamente mergulhada num infortúnio atroz. Não fazia a menor ideia de tais sofrimentos, que lhe perturbaram a razão. Pensou por um momento em confessar ao marido que temia estar apaixonada por Julien. Seria falar dele. Felizmente descobriu na memória um preceito que a tia lhe ensinara havia tempos, na véspera do casamento. Tratava-se do perigo de fazer confidências a um marido, que afinal de contas é amo e senhor. Na sua dor sem limite, ela torcia as mãos.

Era arrastada ao acaso por imagens contraditórias e dolorosas. Ora temia não ser amada, ora a ideia terrível do crime a torturava como se no dia seguinte devesse ser exposta no pelourinho, na praça pública de Verrières, com um letreiro que explicasse ao populacho o adultério.

A sra. de Rênal não tinha nenhuma experiência da vida; mesmo completamente desperta e no exercício pleno da razão, não teria percebido distância alguma entre ser culpada aos olhos de Deus e ver-se aniquilada em público pelas manifestações mais ruidosas do desprezo geral. Quando a ideia terrível do adultério e de toda a ignomínia que julgava acompanhar tal crime dava-lhe algum descanso e ela conseguia pensar na doçura de viver inocentemente com Julien, tal como viviam antes, sentia-se engolfar pela ideia aterradora de que ele amava outra mulher. Ainda via sua palidez quando temera perder o retrato dela, ou comprometê-la deixando-o à vista. Pela primeira vez surpreendeu o medo naquela fisionomia tão tranquila e nobre. Ele nunca se mostrara comovido assim por causa dela ou dos filhos. Esse acréscimo de dor atingiu a intensidade máxima de sofrimento que é dado à alma humana suportar. Sem perceber, a sra. de Rênal deu gritos que acordaram a criada. Ao lado da cama, viu de repente a claridade de uma luz e reconheceu Elisa.

– É a você que ele ama? – exclamou na sua loucura.

A criada, aturdida com a perturbação deplorável em que descobria a patroa, felizmente não prestou nenhuma atenção àquelas palavras estranhas. A sra. de Rênal percebeu a imprudência: "Estou com febre", disse, "e acho que delirei um pouco; fique perto de mim". Inteiramente desperta pela necessidade de se conter, sentiu-se menos infeliz; a razão retomou o domínio que o estado de sonolência lhe tirara. Para livrar-se do olhar fixo da criada, ordenou-lhe que lesse o jornal, e foi com o ruído monótono da voz da moça, ao som da leitura de um longo artigo do *Cotidiano*, que a sra. de Rênal tomou a resolução virtuosa de tratar Julien com perfeita frieza da próxima vez que o encontrasse.

XII. Uma viagem

Encontra-se em Paris gente elegante; pode haver na província gente de caráter.

SIEYÈS

No dia seguinte, logo às cinco horas, antes que a sra. de Rênal aparecesse, Julien obteve do marido uma folga de três dias. Ao contrário do que esperava, teve desejo de revê-la, pensava na mão bonita. Desceu ao jardim; a sra. de Rênal se fez esperar um bom tempo. Se a amasse, entretanto, Julien a teria notado por trás das persianas semicerradas do primeiro andar, o rosto apoiado contra a vidraça. Ela o olhava. Enfim, apesar de suas resoluções, resolveu ir ao jardim. A palidez habitual dera lugar às cores mais vivas. Essa mulher tão ingênua estava evidentemente agitada: certo constrangimento e mesmo certa raiva alteravam a expressão de serenidade profunda, e como que acima de todos os interesses vulgares da vida, que tantos encantos conferia ao seu rosto celeste.

Julien aproximou-se dela com presteza; admirava aqueles braços tão bonitos, que um xale jogado às pressas deixava entrever. O frescor do ar matinal parecia aumentar o lustro de uma tez que a agitação da noite tornava ainda mais sensível a todas as impressões.

Tal beleza modesta e tocante, e no entanto repleta de pensamentos, que não se encontra nas classes inferiores, parecia revelar a Julien uma faculdade de sua alma que ele próprio jamais notara. Entregue por completo à admiração de encantos que surpreendia com o olhar ávido, nem pensava na acolhida amigável que contava receber. Foi enorme o seu espanto diante da frieza glacial que ela tentou transmitir, e através da qual Julien acreditou distinguir até a intenção de o devolver ao devido lugar.

O sorriso de prazer expirou em seus lábios: lembrou-se da posição que ocupava na sociedade, e sobretudo aos olhos de uma herdeira nobre e rica. Num relance, não teve na fisionomia nada além da altivez e da raiva de si próprio. Sentia um despeito violento por ter atrasado a partida em mais de uma hora e merecer recepção tão humilhante.

"Só um tolo tem raiva dos outros", pensou, "uma pedra cai porque é pesada. Será que ainda sou criança? Quando então terei adquirido o bom hábito de entregar a alma a essas pessoas apenas na medida exata do dinheiro delas? Se quero ser estimado por essa gente e por mim mesmo, é preciso mostrar-lhes que é a minha pobreza que negocia com a riqueza delas, mas que o meu coração está a mil léguas da sua insolência, e numa esfera alta demais para ser atingido pelos seus pequenos gestos de desdém ou de favor."

Enquanto esses sentimentos invadiam desordenadamente a alma do jovem preceptor, sua fisionomia inconstante ganhava a expressão de orgulho sofredor e de ferocidade. A sra. de Rênal ficou desconcertada. A frieza virtuosa que tinha querido imprimir à acolhida deu lugar à manifestação de interesse, e um interesse animado por toda a surpresa com a mudança repentina que acabava de presenciar. As palavras vazias que se costuma trocar de manhã sobre a saúde, sobre a beleza do dia, calaram-se de ambos os lados. Julien, cujo juízo não era perturbado por nenhuma paixão, achou bem depressa um modo de mostrar como acreditava pouco em relações de amizade com ela; não lhe disse nada sobre a pequena viagem que ia empreender, cumprimentou-a e partiu.

Enquanto o via afastar-se, aterrada pela altivez sombria que lera naquele olhar tão amável na véspera, seu filho mais velho, que vinha correndo do fundo do jardim, disse ao beijá-la:

– Estamos de folga, o senhor Julien vai fazer uma viagem.

A essas palavras a sra. de Rênal sentiu-se tomada de um frio mortal; estava infeliz por sua virtude e mais infeliz ainda por sua fraqueza.

O novo acontecimento veio ocupar toda a sua imaginação; foi carregada para bem longe das resoluções sensatas que devia à noite terrível que acabava de passar. Já não se tratava de resistir àquele amante tão amável, mas de perdê-lo para sempre.

Foi preciso tomar parte no almoço. Para cúmulo do sofrimento, o sr. de Rênal e a sra. Derville só falaram da partida de Julien. O prefeito de Verrières notara algo insólito no tom firme com que ele pedira uma folga.

– O camponesinho sem dúvida recebeu propostas de alguém. Mas esse alguém, mesmo que seja o sr. Valenod, deve estar um tanto desanimado com a soma de seiscentos francos que agora vai ser preciso desembolsar anualmente. Ontem, em Verrières, devem ter pedido um prazo de três dias para refletir, e hoje de manhã, para não ser obrigado a me dar uma resposta, o jovem senhor vai para a montanha. Ser obrigado a contar com um mísero operário que se faz de insolente, eis a que ponto chegamos!

"Se meu marido, que ignora o quão profundamente feriu Julien, acredita que ele vai nos deixar, o que devo eu mesma pensar?", disse consigo a sra. de Rênal. "Ah, tudo já se decidiu!"

Para poder pelo menos chorar à vontade e não ter de responder às perguntas da sra. Derville, falou de uma horrível dor de cabeça e foi para a cama.

– Assim são as mulheres – repetiu o sr. de Rênal. – Há sempre alguma coisa encrencada nessas máquinas complicadas – e saiu com ares zombeteiros.

Enquanto a sra. de Rênal estava aprisionada pelo que havia de mais cruel na paixão terrível em que o acaso a precipitara, Julien prosseguia seu caminho alegremente, através das mais belas paisagens que pode apresentar o cenário das montanhas. Era preciso atravessar a grande cadeia ao norte de Vergy. A trilha que seguia, elevando-se aos poucos entre os grandes bosques de faias, traçava zigue-zagues infinitos na encosta da alta montanha desenhada ao norte pelo vale do Doubs. Em pouco tempo o olhar do viajante, ultrapassando os outeiros menos pronunciados que orientam o curso do rio em direção ao sul, estendeu-se até as férteis planícies da Borgonha e do Beaujolais. Ainda que a alma daquele jovem ambicioso fosse insensível a esse gênero de beleza, ele não podia se impedir de parar uma vez ou outra para contemplar espetáculo tão vasto e imponente.

Atingiu por fim o cume da grande montanha, perto do qual era preciso passar para alcançar, através desse atalho, o vale solitário onde morava Fouqué, o jovem comerciante de madeiras seu amigo. Julien não tinha pressa em vê-lo, nem a ele nem a nenhum outro ser humano. Escondido como ave de rapina em meio às rochas nuas que coroavam a grande montanha, podia vislumbrar ao longe qualquer homem que se aproximasse dele. Divisou uma pequena gruta no meio da encosta quase vertical de um rochedo. Rumou para lá, e logo estava instalado nesse refúgio. "Aqui", pensou com os olhos brilhantes de alegria, "os homens não poderiam me atingir." Teve a ideia de se entregar ao prazer de escrever os próprios pensamentos, prazer tão perigoso para ele em qualquer outro lugar. Uma pedra quadrada serviu-lhe de apoio. Sua pena voava: não via nada do que o cercava. Notou por fim que o sol se punha por trás das montanhas longínquas do Beaujolais.

"Por que não passar a noite aqui?", pensou. "Tenho pão e *sou livre*!" Ao som dessas palavras grandiosas, sua alma exaltou-se; a hipocrisia não lhe permitia ser livre nem na casa de Fouqué. A cabeça apoiada nas duas mãos, olhando a planície, agitado pelos devaneios e pelo gozo da liberdade, Julien sentiu-se mais feliz na gruta do que jamais fora em toda a vida. Sem perceber, viu se apagar, um após o outro, todos os raios do crepúsculo. Em meio à escuridão imensa, sua alma perdia-se na contemplação do que imaginava encontrar um dia em Paris. Em primeiro lugar, uma mulher muito mais bonita e de espírito bem superior a tudo o que já vira na província. Amava com paixão e era amado. Se dela se separava por alguns instantes, era para ir recobrir-se de glória e merecer ainda mais amor.

Mesmo supondo-se que tivesse a imaginação de Julien, um rapaz criado em meio às tristes verdades da sociedade de Paris teria sido despertado, nesse momento de seu romance, pela fria ironia; as grandes ações teriam desaparecido juntamente com a esperança de atingi-las, para ceder lugar à conhecida máxima: quando se deixa a amante, corre-se o risco de ser enganado duas ou três vezes por dia. O jovem camponês nada via, entre ele e as ações mais heroicas, senão a falta de oportunidade.

Mas uma noite profunda substituíra o dia e Julien ainda teria de caminhar duas léguas para descer ao povoado onde Fouqué morava. Antes de deixar a pequena gruta, fez uma fogueira e queimou cuidadosamente tudo o que havia escrito.

Surpreendeu muito o amigo batendo à porta à uma hora da manhã. Naquele momento, Fouqué escriturava suas contas. Era um rapaz alto e mal talhado, de grandes traços duros, um nariz infinito e muita bonomia escondida sob a aparência repulsiva.

– E então, brigou com o seu senhor de Rênal para chegar assim de improviso?

Julien contou, mas como lhe convinha, os acontecimentos da véspera.

– Fique comigo – disse-lhe Fouqué. – Vejo que conhece bem o senhor de Rênal, o senhor Valenod, o subgovernador Maugiron, o padre Chélan; compreendeu as sutilezas do caráter dessa gente, está em condições de comparecer às licitações. Sabe aritmética melhor do que eu, cuidará das minhas contas. Ganho muito no meu comércio. A impossibilidade de fazer tudo sozinho e o receio de descobrir um patife no homem que tomar como sócio me impedem todos os dias de realizar excelentes negócios. Há menos de um mês fiz Michaud de Saint-Amand ganhar seis mil francos, ele que eu não via já fazia seis anos e que encontrei por acaso no mercado de Pontarlier. Por que não ganha você esses seis mil francos, ou pelo menos três mil? Pois, se estivesse comigo, eu teria coberto o lance daquele lote de madeira, e todos desistiriam. Seja meu sócio.

A oferta deixou Julien mal-humorado; atrapalhava a sua loucura. Durante toda a ceia, preparada pelos dois amigos como heróis de Homero, pois Fouqué vivia sozinho, este mostrou as contas a Julien e provou-lhe o quanto o seu comércio de madeira era vantajoso. Fouqué tinha na mais alta consideração a sabedoria e o caráter de Julien.

Quando enfim se viu a sós no seu quartinho de madeira de pinho, pensou: "É verdade, posso ganhar aqui alguns milhares de francos e depois retomar em melhores condições o ofício de soldado ou de padre, conforme a moda que então reinar na França. O pequeno pecúlio que tiver juntado resolverá todas as dificuldades menores. Solitário nesta montanha, terei perdido um pouco de minha horrível ignorância sobre tantas coisas que ocupam todos aqueles homens da sociedade. Mas Fouqué desistiu de se casar e vive repetindo que a solidão o deixa infeliz. É evidente que, se aceita um sócio sem fundos para investir no seu comércio, é na esperança de ter um companheiro que não o deixe nunca".

"Enganarei o meu amigo?", exclamou Julien, aborrecido. Essa criatura para quem a hipocrisia e a ausência absoluta de simpatia eram os meios corriqueiros de salvaguardar-se não pôde desta vez suportar a ideia da menor indelicadeza para com um homem que o estimava.

Mas de repente Julien ficou feliz, tinha uma razão para recusar. "Ora, eu perderia covardemente sete ou oito anos! Chegaria assim aos vinte e oito, mas, com essa idade, Bonaparte já havia realizado os seus maiores feitos! Quando tiver ganhado algum dinheiro na obscuridade, percorrendo os mercados de madeira e merecendo os favores de alguns patifes subalternos, quem me garante que ainda terei o fogo sagrado com o qual se faz um nome?"

Na manhã seguinte Julien respondeu com grande sangue-frio ao bom Fouqué, para quem o negócio da sociedade já estava fechado, que sua vocação para o santo ministério dos altares não lhe permitia aceitar. Fouqué não conseguia entender.

– Mas você já imaginou – repetia – que pode ser meu sócio ou, se preferir, que posso lhe dar quatro mil francos por ano? E quer voltar para o seu senhor de Rênal, que tem por você o mesmo respeito que pela lama dos sapatos dele! Quando tiver duzentos luíses no bolso, o que o impedirá de entrar para o seminário? E digo mais: encarrego-me de lhe arrumar a melhor paróquia da região. Pois – acrescentou Fouqué abaixando a voz – forneço lenha ao senhor de..., ao senhor de..., ao senhor... Entrego-lhes carvalho da melhor qualidade, que me pagam como madeira barata, mas nunca dinheiro algum foi mais bem empregado.

Nada pôde vencer a vocação de Julien. Fouqué acabou por achá-lo meio louco. No terceiro dia, de manhãzinha, Julien o deixou para passar o dia entre os rochedos da grande montanha. Encontrou novamente a sua pequena gruta, mas já não tinha paz de espírito; as ofertas do amigo haviam acabado com ela. Como Hércules, achava-se não entre o vício e a virtude, mas entre a mediocridade, seguida de um bem-estar garantido, e todos os sonhos heroicos da juventude. "Portanto, não tenho firmeza verdadeira", pensava, e era essa a dúvida que mais lhe doía. "Não sou da massa de que os grandes homens são feitos, se tenho medo de que passar oito anos ganhando o pão pode tirar de mim essa energia sublime que leva à realização das coisas extraordinárias."

XIII. As meias rendadas

Um romance: é um espelho que carregamos ao longo de um caminho.

SAINT-RÉAL

Quando Julien avistou as pitorescas ruínas da antiga igreja de Vergy, notou que desde a antevéspera não pensara uma única vez na sra. de Rênal. "No dia em que eu estava de partida, aquela mulher me lembrou a distância infinita que nos separa, tratou-me como ao filho de um camponês. Sem dúvida quis me mostrar seu arrependimento por não ter retirado a mão na véspera... Mas não deixa de ser bem bonita, aquela mão! Que encanto! Que nobreza no olhar daquela mulher!"

A possibilidade de fazer fortuna com Fouqué dava uma certa facilidade aos raciocínios de Julien; eles já não eram perturbados com tanta frequência pela irritação, nem pelo sentimento vivo de sua pobreza e de sua pequenez aos olhos do mundo. Postado como que num promontório, podia refletir e, por assim dizer, dominava a pobreza extrema e o conforto relativo que ainda chamava de riqueza. Estava longe de julgar a própria posição como filósofo, mas teve clarividência o bastante para se sentir *diferente* depois dessa pequena viagem pelas montanhas.

Espantou-se com a extrema perturbação com que a sra. de Rênal ouviu o curto relato da viagem, feito a pedido dela.

Fouqué tivera projetos de casamento, amores infelizes; longas confidências sobre o tema haviam preenchido as conversas dos dois amigos. Depois de ter encontrado a felicidade cedo demais, Fouqué percebeu que não era o único amado. Todas essas histórias haviam espantado Julien; aprendera muitas coisas novas. Sua vida solitária, feita de imaginação e desconfiança, afastara-o de tudo o que podia esclarecê-lo.

Para a sra. de Rênal, durante a ausência de Julien a vida não passou de uma sucessão de suplícios variados, mas todos intoleráveis; ela estava de fato doente.

– O principal – disse-lhe a sra. Derville ao ver Julien chegar –, indisposta como está, é não ir ao jardim esta noite; o ar úmido agravaria o seu mal-estar.

A sra. Derville via com espanto que a amiga, sempre repreendida pelo sr. de Rênal por causa da simplicidade excessiva dos trajes que usava, acabava de pôr meias rendadas e encantadores sapatinhos recém-chegados de Paris. Durante três dias, a única distração da sra. de Rênal fora cortar um vestido de verão num tecido mimoso, muito na moda, e mandar que Elisa o costurasse a toda a pressa. O vestido mal pôde ser terminado, alguns instantes depois da chegada de Julien, e a sra. de Rênal imediatamente o usou. A amiga não teve mais dúvidas. "Está amando, coitada!", pensou a sra. Derville. Compreendeu todos os estranhos sintomas da doença.

Viu-a falar com Julien. A palidez sucedia ao mais vivo rubor. A ansiedade refletia-se nos seus olhos presos aos do jovem preceptor. A sra. de Rênal esperava a cada momento que ele se explicasse e anunciasse se deixaria a casa ou se ficaria. Julien não se preocupava em dizer coisa alguma sobre o assunto, no qual não pensava. Após terríveis conflitos, a sra. de Rênal ousou finalmente dizer-lhe numa voz trêmula, na qual sua paixão transparecia por inteiro:

– O senhor vai deixar seus alunos por outra colocação?

Julien impressionou-se com a voz insegura e o olhar da sra. de Rênal. "Esta mulher me ama", pensou, "mas depois deste momento passageiro de fraqueza, que seu orgulho condena, e assim que deixar de temer minha partida, retomará a altivez." A visão da posição que ele próprio ocupava foi, para Julien, rápida como um raio; hesitante, respondeu:

– Sentiria muito deixar esses meninos tão gentis e *tão bem-nascidos,* mas talvez seja necessário. Cada um de nós tem deveres também para consigo mesmo.

Ao pronunciar a expressão *tão bem-nascidos* (era uma dessas expressões aristocráticas que aprendera havia pouco), Julien foi tomado por um profundo sentimento de antipatia.

"Aos olhos dessa mulher", pensou, "não sou bem-nascido."

A sra. de Rênal, ouvindo-o, admirava seu talento, sua beleza; tinha o coração dilacerado pela possibilidade de partida que ele sugeria. Todos os amigos de Verrières que, durante a ausência de Julien, tinham ido jantar em Vergy cumprimentaram-na enfaticamente pelo homem espantoso que o marido tivera a sorte de descobrir. Não que compreendessem alguma coisa dos progressos das crianças. O fato de ele saber de cor a Bíblia, e ainda em latim, provocou nos habitantes de Verrières uma admiração que talvez dure um século.

Julien, que não falava com ninguém, ignorava tudo isso. Se a sra. de Rênal tivesse tido um mínimo de sangue-frio, teria cumprimentado Julien pela reputação que conquistara, e ele, com o orgulho tranquilizado, teria sido doce e gentil com ela, tanto mais que o vestido novo lhe parecia encantador. A sra. de Rênal, também contente com o lindo vestido, e com o que Julien dissera dele, quis dar uma volta no jardim; logo confessou que não estava em condições de andar. Havia tomado o braço do viajante e, em vez de aumentar-lhe as forças, o contato com aquele braço esgotava-as completamente.

Era noite; tão logo se sentaram, Julien, usando o antigo privilégio, atreveu-se a aproximar os lábios do braço da linda vizinha e a tomar-lhe a mão. Pensava na ousadia de que Fouqué dera provas com suas amantes, e não na sra. de Rênal; a expressão *bem-nascidos* ainda lhe pesava no coração. Sua mão foi apertada, o que não lhe causou o menor prazer. Longe de se orgulhar, ou pelo menos de se sentir grato pelo sentimento que a sra. de Rênal traía naquela noite por sinais mais do que evidentes, a beleza, a elegância, o frescor encontraram-no quase insensível. A pureza da alma, a ausência de todo ódio prolongam sem dúvida a duração da juventude. É a fisionomia que envelhece primeiro na maior parte das mulheres bonitas.

Julien se pôs carrancudo a noite toda; até então só se irritara com o acaso e a sociedade; desde que Fouqué lhe oferecera um meio ignóbil de alcançar certa prosperidade, indispunha-se consigo mesmo. Entregue aos próprios pensamentos, embora de vez em quando dissesse algumas palavras às senhoras, Julien sem perceber acabou por largar a mão da sra. de Rênal. O gesto transtornou a alma da pobre mulher, que viu ali um sinal de seu destino.

Segura da afeição de Julien, talvez sua virtude tivesse encontrado forças contra ele. Trêmula por medo de o perder para sempre, a paixão a desvairou a ponto de fazê-la retomar a mão que Julien, distraído, deixara apoiada no espaldar de uma cadeira. O gesto despertou o jovem ambicioso: quis ter por testemunhas todos aqueles nobres tão orgulhosos que, à mesa, quando ele ficava num canto com as crianças, o olhavam com um sorriso protetor. "Esta mulher não pode mais me desprezar: neste caso", pensou, "devo me mostrar sensível à sua beleza; tenho para comigo mesmo o dever de ser seu amante." A ideia não lhe teria ocorrido antes das confidências ingênuas feitas pelo amigo.

A decisão súbita que acabava de tomar tornou-se uma distração agradável. Ele se dizia: "É preciso que eu tenha uma destas duas mulheres". Percebeu que sem dúvida teria preferido cortejar a sra. Derville; não que ela fosse mais agradável, porém sempre o vira como preceptor honrado por sua ciência e não como carpinteiro, com um jaleco de lã grosseira dobrado debaixo do braço, tal como ele aparecera diante da sra. de Rênal.

Era justamente como jovem trabalhador, ruborizando até o branco dos olhos, parado à porta da casa sem coragem de bater, que a sra. de Rênal o achara mais encantador. Aquela mulher, que os burgueses da região consideravam tão altiva, raramente sonhava com sua classe, e em sua alma a menor certeza vencia com folga a promessa de caráter feita pela condição social de um homem. Um carroceiro que mostrasse bravura teria sido mais corajoso, em seu espírito, que um terrível capitão de hussardos de bigode e cachimbo. Ela acreditava que a alma de Julien era mais nobre que a de todos os seus primos, todos fidalgos puros, muitos deles com título de nobreza.

Prosseguindo na análise de sua posição, Julien viu que não devia pensar em conquistar a sra. Derville, a qual provavelmente notava o pendor que a sra. de Rênal demonstrava por ele. Forçado a voltar a esta, pensou: "O que sei do caráter desta mulher? Só isto: antes de minha viagem, eu lhe tomava a mão, ela a retirava; hoje eu retiro a mão, ela a toma e aperta. Bela ocasião para retribuir-lhe o desprezo que sentiu por mim. Sabe Deus quantos amantes já não teve! Talvez só se decida a meu favor por causa da facilidade dos encontros".

Tal é, infelizmente, a desventura de um excesso de civilização! Aos vinte anos, a alma de um rapaz que tenha recebido alguma educação está a mil léguas da capacidade de se entregar, sem o que o amor não passa com frequência do mais tedioso dos deveres.

"Tenho o dever ainda maior", continuou a vaidadezinha de Julien, "de conquistar esta mulher, pois se eu enriquecer algum dia e alguém reprovar meu emprego ordinário de preceptor, poderei dar a entender que o amor me levou a essa situação."

Julien afastou outra vez a mão da sra. de Rênal, depois a tomou de novo e apertou-a. Quando voltavam para o salão, por volta da meia-noite, a sra. de Rênal disse-lhe a meia-voz:

– Vai nos deixar, vai embora?

Julien respondeu suspirando:

– É preciso que eu vá, pois amo-a com paixão; é um erro... E que erro, para um jovem padre!

A sra. de Rênal apoiou-se no braço dele, e com tanto abandono que seu rosto sentiu o calor do rosto de Julien.

As noites dessas duas criaturas foram bem diferentes. A sra. de Rênal estava exaltada pelos arroubos da mais elevada volúpia moral. Uma mocinha coquete que se apaixona muito cedo acostuma-se com a vertigem do amor; quando chega à idade da verdadeira paixão, já não existe o encanto da novidade. Como a sra. de Rênal nunca lera romances, todas as nuances de sua felicidade eram novas para ela. Nenhuma triste verdade vinha esmorecê-la, nem mesmo o espectro do futuro. Imaginava-se tão feliz dali a dez anos quanto naquele momento. A própria ideia da virtude e da fidelidade juradas ao sr. de Rênal, ideia que a deixara agitada alguns dias antes, apresentou-se em vão, sendo dispensada como hóspede inoportuno. "Jamais concederei nada a Julien", pensou a sra. de Rênal, "viveremos no futuro como estamos vivendo há um mês. Será um amigo."

XIV. A tesoura inglesa

Uma moça de dezesseis anos possuía
uma tez de rosa, e usava ruge.

POLIDORI

Para Julien, a oferta de Fouqué havia de fato acabado com sua felicidade: não conseguia tomar nenhuma decisão.

"Que desgraça! Talvez me falte caráter. Teria sido um mau soldado de Napoleão. Pelo menos", acrescentou, "uma pequena aventura com a dona da casa vai me distrair por algum tempo."

Felizmente para ele, mesmo nesse pequeno incidente secundário o interior de sua alma não correspondia à desenvoltura da linguagem. Tinha medo da sra. de Rênal por causa do lindo vestido. Esse vestido lhe parecia a vanguarda de Paris. Seu orgulho não queria deixar nada ao acaso, nem à inspiração do momento. De acordo com as confidências de Fouqué e com o pouco que lera sobre o amor na sua bíblia, traçou um plano de campanha bastante detalhado. Como, sem querer admitir, estivesse muito perturbado, redigiu o plano.

Na manhã seguinte, no salão, a sra. de Rênal esteve um instante a sós com ele:

– Não tem outro nome, além de Julien? – perguntou-lhe.

Diante de pergunta tão lisonjeira, nosso herói não soube o que responder. Tal circunstância não estava prevista. Sem a tolice de fazer um plano, o espírito vivo de Julien teria se saído muito bem, a surpresa apenas reforçaria a vivacidade das palavras.

Foi desajeitado, e a falta de jeito pareceu-lhe exagerada. A sra. de Rênal logo o perdoou. Viu ali o efeito de uma adorável candura. E, na opinião dela, o que faltava a esse homem tido por tão talentoso era justamente o ar de candura.

– Esse preceptorzinho me inspira muita desconfiança – dizia às vezes a sra. Derville. – Parece que está sempre pensando e agindo com política. É um fingido.

Julien sentiu-se profundamente humilhado com a infelicidade de não ter sabido o que responder à sra. de Rênal.

"Um homem como eu não pode deixar de reparar esse fracasso." Aproveitando o momento em que passavam de um aposento a outro, achou que era seu dever beijar a sra. de Rênal.

Nada menos oportuno, nada menos agradável tanto para ele como para ela, nada mais imprudente. Por um triz não foram vistos. A sra. de Rênal achou que ele estava louco. Assustou-se e, sobretudo, sentiu-se chocada. A tolice lembrou-lhe o sr. Valenod.

"O que teria acontecido comigo", pensou, "se estivesse sozinha com ele?" Toda a sua virtude voltou, porque o amor se eclipsava.

Providenciou para que um dos filhos ficasse sempre com ela.

O dia foi aborrecido para Julien; passou-o inteiramente a executar de forma desastrada o plano de sedução. Não olhou uma única vez para a sra. de Rênal sem que esse olhar tivesse um motivo; no entanto, não era tolo a ponto de não ver que não conseguia ser amável e quanto mais sedutor.

A sra. de Rênal não se refazia do susto de o descobrir tão desajeitado e ao mesmo tempo tão atrevido. "É a timidez do amor num homem de talento!", pensou por fim com uma alegria inexprimível. "Será possível que nunca tenha sido amado por minha rival?"

Depois do almoço ela voltou ao salão para receber a visita do sr. Charcot de Maugiron, o subgovernador de Bray. Trabalhava num pequeno tear de tapeçaria, bastante alto. A sra. Derville estava ao seu lado. Foi nessa posição, em plena luz do dia, que nosso herói achou por bem adiantar a bota e tocar o belo pé da sra. de Rênal, cuja meia rendada e o lindo sapatinho de Paris atraíam visivelmente os olhares do galante subgovernador.

A sra. de Rênal ficou absolutamente apavorada; deixou cair a tesoura, o novelo de lã, as agulhas, e o movimento de Julien pôde passar por uma tentativa canhestra de impedir a queda da tesoura, que ele vira escorregar. Felizmente essa tesourinha de aço inglesa se quebrou, e a sra. de Rênal desdobrou-se em lamentos por Julien não estar mais perto dela.

– O senhor percebeu antes de mim que ela ia cair, poderia ter evitado; em vez disso, seu zelo só foi capaz de me dar um pontapé.

Tudo isso enganou o subgovernador, mas não a sra. Derville. "O rapagão tem maneiras bem tolas!", pensou, "as regras da boa educação numa capital da província não perdoam esse tipo de erro." A sra. de Rênal achou o momento de dizer a Julien:

– Seja prudente, é uma ordem!

Julien percebia a própria falta de jeito, ficou mal-humorado.

Deliberou longamente consigo mesmo se devia zangar-se com as palavras *é uma ordem!* Foi tolo o bastante para pensar: "Ela poderia me dizer *é uma ordem!* caso se tratasse de algo relativo à educação das crianças, mas, correspondendo ao meu amor, ela supõe a igualdade. Não se pode amar sem *igualdade*...", e todo o seu espírito se perdeu em formular lugares-comuns sobre a igualdade. Repetia raivosamente, para si mesmo, um verso de Corneille que a sra. Derville lhe ensinara alguns dias antes:

> .... *O amor*
> *Cria igualdades; o amor não as procura.*

Obstinando-se em desempenhar o papel de um dom-juan, Julien, que nunca tivera uma amante na vida, foi insuportavelmente tolo o dia inteiro. Teve uma única ideia sensata; aborrecido consigo mesmo e com a sra. de Rênal, via com temor que logo chegaria a hora do serão, quando estaria sentado no jardim ao lado dela e na escuridão. Disse ao sr. de Rênal que ia a Verrières ver o cura; partiu depois do jantar e só voltou tarde da noite.

Em Verrières, Julien encontrou o padre Chélan ocupado com a mudança; acabava finalmente de ser destituído, o vigário Maslon o substituía.

Julien ajudou o bom cura, e teve a ideia de escrever a Fouqué que a vocação irresistível para o santo ministério o impedira inicialmente de aceitar a oferta generosa que recebera dele, porém acabava de ver um tal exemplo de injustiça que talvez fosse mais vantajoso à sua salvação não entrar para nenhuma ordem religiosa.

Julien congratulou-se pela astúcia em tirar partido da destituição do cura de Verrières para deixar uma porta aberta e voltar ao comércio, caso a triste prudência sobrepujasse o heroísmo em seu espírito.

XV. O canto do galo

Amor, em latim, é amor,
Pois do amor provêm a morte
E, de antemão, mofina sorte,
Luto e lágrimas, remorso e dor...
Brasão de amor

Se Julien tivesse um pouco da habilidade que tão gratuitamente supunha ter, poderia ter-se congratulado, no dia seguinte, pelo efeito que a viagem a Verrières produziu. A ausência fizera seus disparates ser esquecidos. Continuou rabugento nesse dia; quando a noite chegou, veio-lhe uma ideia ridícula e ele a comunicou à sra. de Rênal com rara intrepidez.

Tão logo se sentaram no jardim, e sem esperar que escurecesse o suficiente, Julien aproximou-se da sra. de Rênal e, correndo o risco de comprometê-la horrivelmente, disse-lhe ao ouvido:

– Senhora, esta noite, às duas horas, irei ao seu quarto, tenho algo a lhe dizer.

Julien temia que o pedido não fosse atendido; o papel de sedutor pesava-lhe de modo tão deplorável que, se pudesse seguir a própria inclinação, ficaria trancado no quarto por vários dias e afastaria da vista as duas mulheres. Compreendia que, pela conduta pedante da véspera, estragara todos os sinais animadores do dia anterior e já não sabia a que santo rezar.

A sra. de Rênal respondeu com indignação verdadeira, e nada exagerada, ao anúncio impertinente que Julien ousava lhe fazer. Ele achou que havia desprezo na curta resposta. É certo que na resposta, pronunciada muito baixo, havia surgido a expressão *ora, essa!* A pretexto de precisar falar alguma coisa com as crianças, Julien foi ao quarto delas e na volta sentou-se ao lado da sra. Derville, bem longe da sra. de Rênal. Privou-se assim de qualquer possibilidade de tomar-lhe a mão. A conversa foi séria e Julien saiu-se muito bem, a não ser por alguns momentos de silêncio, durante os quais deu tratos à bola. "Eu poderia inventar uma bela manobra", dizia consigo, "para forçar a sra. de Rênal a me conceder aquelas provas inequívocas de ternura que, há três dias, me faziam acreditar que ela me pertencia!"

Julien sentia-se extremamente desconcertado pela situação quase desesperada a que levara suas relações. Nada porém o teria embaraçado mais do que o sucesso.

Quando se separaram, à meia-noite, o pessimismo o levou a pensar que atraíra o desprezo da sra. Derville e que provavelmente não estava em melhores termos com a sra. de Rênal.

De mau humor e muito humilhado, Julien não dormiu. Estava a mil léguas da ideia de renunciar ao fingimento, ao cálculo, e viver um dia depois do outro com a sra. de Rênal, contentando-se, como as crianças, com a felicidade que cada dia poderia trazer.

Quebrou a cabeça planejando manobras habilidosas que em seguida achava absurdas; numa palavra, sentia-se muito infeliz quando soaram as duas horas no relógio do castelo.

O barulho o acordou como o canto do galo acordou São Pedro. Viu-se na iminência de enfrentar o momento mais penoso. Não pensara mais na proposta impertinente desde que a fizera; tinha sido tão mal recebida!

"Eu disse que iria ao quarto dela às duas horas", pensou ao se levantar. "Posso ser inexperiente e grosseiro, como cabe ao filho de um camponês; a sra. Derville o deixou bem claro, mas pelo menos não serei fraco."

Julien tinha razão em felicitar-se pela própria coragem; nunca se impusera obrigação mais penosa. Ao abrir a porta, estava tão trêmulo que seus joelhos derrearam e ele teve de se apoiar na parede.

Estava sem sapatos. Foi escutar atrás da porta do sr. de Rênal e pôde ouvi-lo roncar, o que o desolou. Já não tinha, portanto, nenhum pretexto para não ir ao quarto dela. Mas santo Deus! O que faria lá? Não tinha nenhum plano e, ainda que tivesse, sentia-se tão perturbado que não teria condições de o executar.

Finalmente, sofrendo mil vezes mais do que se caminhasse para a morte, entrou no pequeno corredor que levava ao quarto da sra. de Rênal. Abriu a porta com a mão trêmula e fazendo um barulho pavoroso.

Havia luz, uma pequena lamparina ardia na lareira; não esperava essa nova desventura. Vendo-o entrar, a sra. de Rênal saltou imediatamente da cama.

– Miserável! – gritou.

Houve certo tumulto. Julien esqueceu os planos inúteis e voltou ao seu papel natural; não agradar a uma mulher tão encantadora pareceu-lhe o maior dos infortúnios. Tudo o que conseguiu foi responder às censuras da sra. de Rênal jogando-se a seus pés, beijando-lhe os joelhos. Como ela lhe falava com extrema severidade, desfez-se em lágrimas.

Algumas horas depois, quando saiu do quarto, Julien podia dizer a si mesmo, em estilo de romance, que não tinha mais nada a desejar. Com efeito, graças ao amor que inspirara e à impressão imprevista que encantos sedutores haviam causado nele, alcançou uma vitória que toda a sua canhestra habilidade não teria sido capaz de conquistar.

Entretanto, nos momentos mais ternos, vítima de um estranho orgulho, ainda tentava desempenhar o papel de homem acostumado a subjugar as mulheres; fez incríveis esforços de concentração para estragar o que tinha de cativante. Em vez de atentar aos arroubos que despertava e aos remorsos que os tornavam ainda mais vivos, a ideia de *dever* não deixou em nenhum momento de estar presente a seus olhos. Temia um remorso terrível e um ridículo eterno, caso se afastasse do modelo ideal que se propunha seguir. Numa palavra, o que fazia de Julien um ser superior foi precisamente o que o impediu de experimentar a felicidade que se oferecia a ele. Era como uma mocinha de dezesseis anos e tez encantadora que, para ir ao baile, comete a loucura de passar ruge.

Mortalmente assustada com o aparecimento de Julien, a sra. de Rênal logo foi presa da mais cruel aflição. As lágrimas e o desespero de Julien perturbavam-na intensamente.

Mesmo quando já não tinha mais nada a lhe recusar, afastava Julien para longe de si, com indignação real, e em seguida atirava-se nos braços dele. Nenhum cálculo transparecia nesse comportamento. Acreditava estar condenada sem remissão, e tentava ocultar a visão do inferno cumulando Julien de carícias arrebatadas. Numa palavra, nada teria faltado à felicidade do nosso herói, nem mesmo uma sensibilidade ardente na mulher que ele acabava de possuir, se tivesse sabido desfrutá-la. A partida de Julien não pôs fim aos arroubos que a agitavam involuntariamente, nem aos combates com o remorso que a dilaceravam.

"Meu Deus! Ser feliz, ser amado, é só isto?" Tal foi o primeiro pensamento de Julien ao voltar para o seu quarto. Estava naquele estado de espanto e perturbação inquieta em que mergulha a alma logo depois de obter o que desejou longamente. Está acostumada a desejar, não sabe mais o que desejar e entretanto ainda não dispõe de lembranças. Como o soldado ao voltar da parada, Julien repassou atentamente cada detalhe de sua conduta. "Será que não falhei em nada do que devo a mim mesmo? Desempenhei bem o meu papel?"

E que papel? O de homem acostumado a ser brilhante com as mulheres.

XVI. O dia seguinte

He turn'd his lips to hers, and with his hand
Call'd back the tangles of her wandering hair.
Don Juan, canto I, estrofe 170

Felizmente para a glória de Julien, a sra. de Rênal estivera muito agitada, muito espantada para perceber a tolice do homem que de um momento para o outro se tornara tudo no mundo para ela.

Como o instasse a se retirar, vendo que o dia alvorecia, exclamou:

– Oh, meu Deus! Se meu marido ouviu alguma coisa, estou perdida.

Julien, que tinha tempo para fazer frases, lembrou-se desta:

– Lamentaria perder a vida?

– Ah, muito, neste momento! Mas não lamentaria tê-lo conhecido.

Julien considerou mais digno voltar propositadamente em pleno dia e com imprudência.

A atenção contínua com que estudava suas mínimas ações, na ideia louca de parecer um homem de experiência, teve uma única vantagem: quando encontrou a sra. de Rênal no almoço, sua conduta foi uma obra-prima de prudência.

Quanto a ela, não podia fitá-lo sem corar até a raiz dos cabelos e não podia viver um só instante sem o fitar; percebia a própria perturbação, e os esforços para ocultá-la apenas a intensificavam. Julien levantou os olhos para ela uma vez. De início a sra. de Rênal admirou tal prudência. Logo depois, vendo que esse único olhar não se repetia, alarmou-se. "Será que já não me ama?", pensou. "Ai de mim! Sou velha para ele, tenho dez anos a mais."

Ao passar da sala de jantar para o jardim, apertou a mão de Julien. Na surpresa que lhe causou essa manifestação de amor tão extraordinária, ele a olhou com paixão, pois parecera-lhe bem bonita no almoço e, enquanto mantinha os olhos baixos, passara o tempo a examinar detalhadamente seus encantos. Esse olhar consolou a sra. de Rênal; não lhe tirou toda a inquietude, mas a inquietude tirava-lhe quase totalmente os remorsos em relação ao marido.

No almoço, o marido em questão nada percebera; não foi esse o caso da sra. Derville: ela achou que a sra. de Rênal estava prestes a sucumbir. No decorrer do dia, sua amizade corajosa e incisiva não poupou insinuações destinadas a pintar-lhe, em cores repugnantes, o perigo que corria.

A sra. de Rênal ansiava por encontrar-se a sós com Julien; queria lhe perguntar se ainda a amava. Apesar da doçura inalterável de seu caráter, esteve várias vezes a ponto de dar a entender à amiga o quanto estava sendo importuna.

À noite, no jardim, a sra. Derville arranjou tão bem as coisas que se postou entre a sra. de Rênal e Julien. A sra. de Rênal, que imaginara, deliciada, o prazer de apertar a mão de Julien e levá-la aos lábios, não pôde lhe dirigir uma palavra sequer.

O contratempo aumentou sua agitação. O remorso a devorava. Havia repreendido tanto Julien pela imprudência que cometera indo ao quarto dela na noite anterior, que tremia ao pensar que ele não viria aquela noite. Deixou cedo o jardim e instalou-se em seu quarto. Entretanto, não suportando a própria impaciência, foi colar o ouvido contra a porta de Julien. Apesar da incerteza e da paixão que a devoravam, não ousou entrar. Tal ação lhe parecia a última das baixezas, pois que serve de mote para um ditado da província.

Os criados ainda não estavam todos deitados. A prudência a obrigou enfim a voltar para o quarto. Duas horas de espera foram dois séculos de tormentos.

Mas Julien era demasiado fiel ao que chamava de dever para deixar de executar pontualmente o que prescrevera a si mesmo.

Quando soou uma hora, escapou silenciosamente do quarto, assegurou-se de que o dono da casa dormia um sono profundo e apareceu no quarto da sra. de Rênal. Nesse dia encontrou maior felicidade junto à amiga, pois pensou menos no papel a desempenhar. Teve olhos para ver e ouvidos para ouvir. O que a sra. de Rênal lhe disse sobre a idade contribuiu para lhe dar alguma segurança.

– Ai de mim, dez anos a mais! Como pode me amar!? – repetia ela sem pensar e porque a ideia a oprimia.

Julien não imaginara esse pesar, mas viu que era real e esqueceu quase todo o medo de ser ridículo.

Desapareceu também a tola ideia de ser visto como amante subalterno por causa de seu nascimento obscuro. À medida que os arroubos de Julien a tranquilizavam, sua tímida amante recuperava um pouco da felicidade e da capacidade de julgar o amado. Felizmente, nesse dia ele quase não demonstrou aqueles modos afetados que haviam feito do encontro na véspera uma vitória, mas não um prazer. Se ela tivesse percebido a preocupação de Julien em desempenhar um papel, a triste descoberta lhe teria tirado para sempre toda a felicidade. Não teria visto nisso nada além de um triste efeito da desproporção de idades.

Embora a sra. de Rênal jamais tivesse pensado nas teorias do amor, a diferença de idade constitui, depois do dinheiro, um dos grandes lugares-comuns das piadas de província em que o assunto é amor.

Em poucos dias, recuperando o ímpeto da idade, Julien estava perdidamente apaixonado.

"É preciso convir", pensava, "que tem uma alma angelical, e mais linda do que ela ninguém pode ser."

Havia deixado quase por completo a ideia do papel a representar. Num momento de abandono, até lhe confessou todas as suas preocupações. A confidência elevou ao máximo a paixão que inspirava.

"Quer dizer que não tive uma rival feliz!", pensava deliciosamente a sra. de Rênal. Teve coragem de lhe perguntar sobre o retrato pelo qual ele demonstrara tanto interesse: Julien jurou que era o retrato de um homem.

Quando lhe sobrava sangue-frio para refletir, a sra. de Rênal não cabia em si de espanto por constatar que tal felicidade existia e que ela nunca o havia suspeitado.

"Ah, se tivesse conhecido Julien há dez anos", pensava, "quando ainda podia ser considerada bonita!"

Julien estava distante desses pensamentos. Seu amor ainda era ambição; era a alegria de possuir – ele, pobre criatura infeliz e tão desprezada – uma mulher tão nobre e tão bela. Os gestos de adoração, os arroubos diante dos encantos da amiga acabaram por tranquilizá-la um pouco quanto à diferença de idade. Se a sra. de Rênal tivesse um pouco mais daquela experiência de vida que uma mulher de trinta anos possui desde muito antes em lugares mais civilizados, teria temido pela duração de um amor que parecia alimentar-se tão somente da surpresa e do deslumbramento com o amor-próprio.

Nos momentos em que esquecia a ambição, Julien admirava com entusiasmo até os chapéus, os vestidos da sra. de Rênal. Não se cansava do prazer de sentir seu perfume. Abria o armário de espelho e passava horas inteiras admirando a beleza e a arrumação de tudo o que encontrava. Apoiada nele, a amiga o fitava; e Julien fitava aquelas joias, aqueles panos que na véspera de um casamento recheiam uma corbelha de núpcias.

"Eu bem podia ter me casado com um homem assim!", pensava às vezes a sra. de Rênal. "Que alma de fogo! Que vida maravilhosa a seu lado!"

Quanto a Julien, nunca se encontrara tão próximo desses terríveis instrumentos da artilharia feminina. "É impossível que em Paris se veja coisa mais bonita!", dizia a si mesmo. Não via então nenhum obstáculo à sua felicidade. Muitas vezes, a sincera admiração e o arrebatamento da amante faziam-no esquecer a vã teoria que o tornara afetado e quase ridículo nos primeiros passos da história. Houve momentos em que, apesar de seus hábitos de hipocrisia, achou extremamente agradável confessar àquela grande dama que o admirava sua ignorância a respeito de tantos detalhezinhos da boa sociedade. A nobreza da amante parecia elevá-lo acima de si mesmo. A sra. de Rênal, por sua vez, descobria a mais doce volúpia moral em instruir assim, a respeito de mil coisinhas, aquele rapaz de talento e tido por todos como alguém que iria longe. Mesmo o subgovernador e o sr. Valenod não podiam deixar de admirá-lo; ela agora os considerava menos tolos. Quanto à sra. Derville, esta estava bem longe de poder expressar os mesmos sentimentos; desesperada com o que supunha adivinhar, e vendo que os conselhos sensatos se tornavam odiosos a uma mulher que literalmente perdera a cabeça, deixou Vergy sem dar explicações que ninguém lhe pedira. A sra. de Rênal derramou algumas lágrimas, e logo lhe pareceu que sua felicidade redobrava. Com a partida da amiga, encontrava-se quase o dia todo a sós com o amante.

Da parte de Julien, quanto mais a proposta fatal de Fouqué vinha perturbá-lo sempre que ficava muito tempo sozinho, mais ele se entregava à doce companhia da amiga. Nos primeiros dias da nova vida, houve momentos em que Julien, que nunca tinha amado, que nunca fora amado por ninguém, descobria um prazer tão delicioso em ser sincero que por pouco não confessou à sra. de Rênal a ambição que até ali havia sido, para ele, a própria essência da vida. Sua vontade teria sido consultá-la sobre a estranha tentação que representava a proposta de Fouqué, mas um pequeno acontecimento impediu toda franqueza.

XVII. O primeiro-adjunto

O, how this spring of love resembleth
The uncertain glory of an April day;
Which now shows all the beauty of the sun
And by and by a cloud takes all away!
SHAKESPEARE, *Os dois cavalheiros de Verona*

Uma tarde, ao pôr do sol, sentado perto da amiga no fundo do pomar, longe dos importunos, ele sonhava profundamente. "Momentos tão doces", pensava, "vão durar para sempre?" Toda a sua alma estava ocupada com a dificuldade de conseguir uma boa colocação; deplorava esse grande acesso de infortúnio que encerra a infância e estraga os primeiros anos da juventude pouco abastada.

– Ah! – exclamou. – Como Napoleão foi mesmo o homem enviado por Deus para os jovens franceses! Quem vai substituí-lo? O que os infelizes farão sem ele, até os mais ricos do que eu, que têm apenas os poucos escudos de que precisam para conseguir uma boa educação, e não o dinheiro suficiente para comprar um homem aos vinte anos e se lançar numa carreira! Não importa o que façamos – acrescentou com um profundo suspiro –, essa lembrança fatal sempre impedirá que sejamos felizes!

Viu de repente a sra. de Rênal franzir as sobrancelhas e adotar um ar frio e desdenhoso; para ela, tal maneira de pensar parecia convir a um criado. Educada na ideia de que era muito rica, parecia-lhe líquido e certo que Julien também o fosse. Amava-o mil vezes mais do que à vida e não dava a mínima importância ao dinheiro.

Julien estava longe de adivinhar esses pensamentos. O franzir de sobrancelhas chamou-o de volta à terra. Teve suficiente presença de espírito para ajeitar a frase e dar a entender à nobre dama, sentada tão próxima dele no pomar verdejante, que as palavras que acabara de repetir, ele as ouvira durante a viagem à casa de seu amigo comerciante de madeira. Era o raciocínio dos ímpios.

– Pois bem! Não se misture mais com essa gente – disse a sra. de Rênal, conservando ainda um pouco do ar glacial que de repente sucedera à mais intensa expressão de ternura.

O franzir de sobrancelhas, ou melhor, o arrependimento pela imprudência, foi o primeiro revés da ilusão que embalava Julien. Pensou: "Ela é boa e gentil, tem por mim uma afeição viva, mas foi criada no campo inimigo. O que eles mais temem deve ser essa categoria de homens de fibra que, depois de receber uma boa educação, não têm dinheiro suficiente para iniciar a carreira. O que seria desses nobres se tivéssemos a oportunidade de combatê-los com armas iguais! Eu, por exemplo, prefeito de Verrières, bem-intencionado, honesto como no fundo também é o senhor de Rênal! Daria cabo do vigário, do senhor Valenod e de todas as suas patifarias! A justiça triunfaria em Verrières! Não seriam os talentos deles que me criariam obstáculo! Tatear, é só o que fazem".

A felicidade de Julien esteve, nesse dia, a ponto de se tornar duradoura. O que faltou ao nosso herói foi a ousadia de ser sincero. Era preciso ter coragem de travar combate, mas *naquele exato momento*; a sra. de Rênal espantara-se com a exclamação de Julien, pois, como repetiam os homens de sua sociedade, a possibilidade de Robespierre voltar devia-se sobretudo a esses rapazes das classes baixas mais instruídos do que convinha. O ar frio da sra. de Rênal durou um bom tempo e pareceu deliberado a Julien. É que o temor de indiretamente ter dito alguma coisa desagradável à amiga sucedeu ao desgosto pelas frases desajeitadas. A mágoa refletiu-se nitidamente nos traços puros e singelos que ela ostentava quando estava feliz e longe de gente aborrecida.

Julien não se arriscou novamente a devaneios descuidados. Mais calmo e menos apaixonado, achou imprudente ir ver a sra. de Rênal no quarto dela. Melhor seria que ela fosse ao seu: se um criado a avistasse correndo pela casa, vinte pretextos diferentes poderiam explicar sua conduta.

Mas esse arranjo também tinha inconvenientes. Julien recebera de Fouqué certos livros que ele, aluno de teologia, nunca poderia ter pedido a um livreiro. Só se atrevia a abri-los de noite. Muitas vezes teria gostado de não ser interrompido por uma visita, ainda que, até a véspera da pequena cena do pomar, a espera por essa mesma visita não o deixasse ler.

Devia à sra. de Rênal um modo completamente novo de compreender os livros. Ousara fazer-lhe perguntas sobre uma infinidade de pequenas coisas que, se ignoradas, comprometem a inteligência de um rapaz nascido fora da sociedade, por mais talento natural que lhe queiram atribuir.

Essa educação do amor, ministrada por uma mulher extremamente ignorante, foi uma felicidade. Julien pôde ver diretamente a sociedade tal como ela é hoje em dia. Seu espírito deixou de ser ofuscado pela narrativa do que ela fora outrora, há dois mil ou há apenas sessenta anos, no tempo de Voltaire e de Luís XV. Para sua inexprimível alegria, um véu caiu de seus olhos e ele enfim compreendeu as coisas que aconteciam em Verrières.

Em primeiro plano apareceram intrigas muito complicadas, urdidas dois anos antes junto ao governador de Besançon. Eram apoiadas por cartas remetidas de Paris e escritas pelo que há de mais ilustre. Tratava-se de fazer do sr. de Moirod, o homem mais devoto da região, o primeiro e não o segundo-adjunto do prefeito de Verrières.

Tinha ele como concorrente um fabricante muito rico, que era terminantemente necessário relegar ao posto de segundo-adjunto.

Julien por fim compreendeu os subentendidos que surpreendera quando a alta sociedade da região ia jantar na casa do sr. de Rênal.

Esta sociedade privilegiada estava profundamente ocupada com a escolha do primeiro-adjunto, possibilidade da qual o resto da cidade e sobretudo os liberais nem sequer suspeitavam. O que tornava relevante a questão era que, como todos sabiam, o lado oriental da rua principal de Verrières teria de recuar mais de três metros, já que essa rua havia se tornado estrada real.

Ora, se o sr. de Moirod, dono de três casas que deviam recuar, conseguisse o lugar de primeiro-adjunto e, em seguida – caso o sr. de Rênal fosse nomeado deputado –, o de prefeito, ele fecharia os olhos, e seria possível fazer pequenas reformas imperceptíveis nas casas que avançavam sobre a via pública, graças às quais elas ficariam ali por mais cem anos. Apesar da grande piedade e da probidade notórias do sr. de Moirod, ninguém duvidava que ele *seria complacente*, pois tinha muitos filhos. Entre as casas que deviam recuar, nove pertenciam à nata de Verrières.

Aos olhos de Julien, essa intriga era bem mais importante do que a história da batalha de Fontenoy, cujo nome ele via pela primeira vez num dos livros que Fouqué lhe enviara. Havia coisas que espantavam Julien desde quando, cinco anos antes, ele começara a ir todas as noites à casa do cura. No entanto, sendo a discrição e a humildade de espírito as primeiras qualidades de um aluno de teologia, nunca fora possível fazer perguntas.

Um dia a sra. de Rênal estava dando uma ordem ao criado de quarto do marido, o inimigo de Julien.

– Mas, senhora, hoje é a última sexta-feira do mês – respondeu o homem num tom peculiar.

– Vá – disse a sra. de Rênal.

– Pois bem – disse Julien –, ele vai até aquele armazém de feno, uma antiga igreja recentemente devolvida ao culto; mas para fazer o quê? É um desses mistérios que nunca pude desvendar.

– É uma instituição muito salutar, mas com muitas singularidades – respondeu a sra. de Rênal. – Ali as mulheres não são admitidas: o que sei é que todos se tratam por "você". Por exemplo, o criado vai encontrar o senhor Valenod, e esse homem orgulhoso e tolo não se zangará ao ser chamado de "você" por Saint-Jean, e vai lhe responder no mesmo tom. Se fizer questão de saber o que se faz lá, pedirei detalhes ao senhor de Maugiron e ao senhor Valenod. Nós pagamos vinte francos por criado para que um dia não nos arruinem.

O tempo voava. A lembrança dos encantos da amante distraía Julien de sua negra ambição. A necessidade de não lhe falar de coisas tristes e sensatas, já que eram de partidos contrários, vinha se somar, sem que ele o percebesse, à felicidade que lhe devia e ao domínio que ia adquirindo sobre ele.

Nos momentos em que a presença de crianças inteligentes demais os obrigava a falar apenas a linguagem da fria razão, era com perfeita docilidade que Julien, fitando-a com olhos cintilantes de amor, escutava suas explicações sobre o mundo tal como ele é. Muitas vezes, durante o relato de alguma intrincada patifaria em torno de uma estrada ou de um fornecimento, o espírito da sra. de Rênal extraviava-se repentinamente até o delírio; Julien precisava ralhar, a amiga se permitia com ele os mesmos gestos íntimos que tinha com as crianças. É que em certos dias ela vivia a ilusão de o amar como a um filho. Ela não tinha a toda hora de responder às suas perguntas ingênuas sobre mil coisas simples que uma criança bem-nascida não ignora aos quinze anos? Um instante depois, admirava-o como mestre. Seu talento chegava a assustá-la; naquele jovem padre, acreditava perceber a cada dia com mais nitidez o futuro grande homem. Ela o via papa, primeiro-ministro como Richelieu.

– Vou viver para assistir à sua glória? – dizia a Julien. – Há um lugar reservado para um grande homem; a monarquia e a religião precisam dele; esses senhores dizem isso todos os dias. Se um Richelieu não interrompe a torrente da opinião pessoal, tudo está perdido.

XVIII. Um rei em Verrières

Não servem vocês senão para se entregarem assim, como um cadáver de povo, sem alma, em cujas veias já não corre sangue?
Discurso do bispo na capela de São Clemente

No dia 3 de setembro, às dez horas da noite, um guarda despertou toda a cidade de Verrières ao subir a rua principal a galope; trazia a notícia de que Sua Majestade, o rei de ***, chegava no domingo seguinte, e já era terça-feira. O governador autorizava, isto é, requisitava a formação de uma guarda de honra; era preciso ostentar toda a pompa possível. Um estafeta foi enviado a Vergy. O sr. de Rênal chegou à noite e encontrou a cidade em polvorosa. Cada um tinha suas pretensões; os menos ocupados alugavam balcões para assistir à entrada do rei.

Quem comandará a guarda de honra? O sr. de Rênal viu imediatamente o quanto importava, no interesse das casas sujeitas a recuar, que o sr. de Moirod obtivesse o comando. Isso podia qualificá-lo para o posto de primeiro-adjunto. Não havia nada a dizer sobre a devoção do sr. de Moirod, nisso ele estava acima de qualquer comparação; nunca porém tinha montado a cavalo. Era um homem de trinta e seis anos, tímido ao extremo; temia igualmente as quedas e o ridículo.

O prefeito mandou chamá-lo às cinco da manhã.

– Como pode ver, senhor de Moirod, solicito os seus conselhos como se o senhor já ocupasse o posto para o qual todas as pessoas de bem o escolhem. Nesta cidade infeliz, as manufaturas prosperam, o partido liberal torna-se milionário, aspira ao poder, saberá tirar vantagem de tudo. Consultemos o interesse do rei, o da monarquia, e antes de tudo o interesse da nossa santa religião. A quem o senhor pensa que se poderia confiar o comando da guarda de honra?

Apesar do medo horrível que lhe causava o cavalo, o sr. de Moirod acabou por aceitar a honra como um mártir.

– Saberei agir convenientemente – disse ao prefeito.

Mal sobrava tempo para mandar arrumar os uniformes que sete anos antes haviam sido usados por ocasião da passagem de um príncipe real.

Às sete horas a sra. de Rênal chegou de Vergy com Julien e as crianças. Encontrou seu salão repleto de senhoras liberais que pregavam a união dos partidos e vinham pedir-lhe que convencesse o prefeito a conceder um lugar na guarda de honra aos seus maridos. Uma senhora alegava que, se o seu não fosse escolhido, iria à falência de puro desgosto. A sra. de Rênal despachou toda aquela gente. Parecia muito atarefada.

Julien ficou espantado e sobretudo aborrecido por ela fazer mistério do que a agitava. "Eu bem que previ", pensava com amargura; "seu amor evapora diante do prazer em receber um rei em casa. Fica deslumbrada com todo esse alvoroço. Vai me amar novamente quando as ideias de sua casta não lhe perturbarem mais a cabeça."

Coisa espantosa, isso o fez gostar mais dela.

Os tapeceiros começavam a encher a casa, em vão Julien esperou a oportunidade de lhe dizer uma palavra. Enfim, encontrou-a saindo do quarto dele, levando um de seus trajes. Estavam a sós. Ele quis lhe falar. Ela fugiu, recusando-se a escutá-lo. "Sou tolo em amar uma mulher assim, a ambição a torna tão louca quanto o marido."

Estava mais louca ainda: um de seus grandes desejos, que jamais confessara a Julien por medo de chocá-lo, era vê-lo deixar, ainda que por um dia, aquelas tristes roupas pretas. Com habilidade verdadeiramente admirável numa mulher tão natural, obteve primeiro do sr. Moirod, e em seguida do subgovernador de Maugiron, que Julien fosse nomeado guarda de honra em prejuízo de cinco ou seis filhos de fabricantes muito abastados, e dos quais pelo menos dois eram de uma piedade exemplar. O sr. Valenod, que esperava emprestar sua caleche às mulheres mais bonitas da cidade e fazê-las admirar seus belos cavalos normandos, consentiu em ceder um deles a Julien, a criatura que ele mais odiava. Mas todos os guardas de honra possuíam, ou tomaram emprestado, algum daqueles belos trajes azul-celeste com duas dragonas prateadas de coronel que haviam brilhado sete anos atrás. A sra. de Rênal queria um traje novo, e restavam-lhe apenas quatro dias para enviar a Besançon e trazer de volta o uniforme, as armas, o chapéu etc., tudo o que faz um guarda de honra. O mais curioso é que achava imprudente mandar fazer o traje de Julien em Verrières. Queria surpreendê-lo, a ele e à cidade.

Terminado o trabalho com os guardas de honra e o espírito público, o prefeito teve de se ocupar com uma grande cerimônia religiosa, pois o rei de *** não queria passar em Verrières sem visitar a famosa relíquia de São Clemente conservada em Bray-le-Haut, a uma légua apenas da cidade. Queriam um clero numeroso, e foi o mais difícil de arrumar; o padre Maslon, o novo cura, queria a qualquer preço evitar a presença do padre Chélan. Em vão, pois o sr. de Rênal o fez ver que seria imprudência. O sr. marquês de La Mole, cujos antepassados haviam sido por tanto tempo governadores da província, fora designado para acompanhar o rei de ***. Conhecia havia trinta anos o padre Chélan. Certamente pediria notícias dele ao chegar a Verrières, e, se o encontrasse em desgraça, era homem para ir buscá-lo na casinha onde o padre se retirara, acompanhado por todo o cortejo de que pudesse dispor. Que afronta!

– Estarei desonrado aqui e em Besançon – respondeu o padre Maslon –, se ele aparecer com o meu clero. Um jansenista, santo Deus!

– Diga o que disser, meu caro padre – o sr. de Rênal replicou –, não vou expor a administração de Verrières a uma afronta do senhor de La Mole. O senhor não o conhece; ele se comporta bem na corte, mas aqui, na província, é um engraçadinho satírico, um trocista que faz de tudo para embaraçar as pessoas. É capaz, só para se divertir, de nos cobrir de ridículo aos olhos dos liberais.

Foi apenas na noite de sábado para domingo, depois de três dias de negociações, que o orgulho do padre Maslon se dobrou ao medo do prefeito, que se transformava em coragem. Foi necessário escrever uma carta melíflua ao padre Chélan e rogar-lhe que assistisse à cerimônia da relíquia de Bray-le-Haut, caso a idade avançada e as enfermidades o permitissem. O padre Chélan pediu e obteve um convite para Julien, que devia acompanhá-lo na qualidade de subdiácono.

Desde a manhã do domingo, milhares de camponeses que chegavam das montanhas vizinhas inundaram as ruas de Verrières. Era um lindo dia de sol. Por volta das três horas, por fim, a multidão toda se agitou; pôde-se ver uma grande fogueira num rochedo a duas léguas de Verrières. Era o anúncio de que o rei acabava de entrar no território do departamento. Imediatamente o som de todos os sinos e os sucessivos disparos de um velho canhão espanhol, propriedade da cidade, manifestaram a alegria pelo grande acontecimento. Metade da população subiu nos telhados. Todas as mulheres estavam nos balcões. A guarda de honra se pôs em movimento. Os uniformes brilhantes eram motivo de admiração, todo mundo reconhecia um parente, um amigo. Zombavam do medo do sr. de Moirod, cuja mão prudente estava sempre pronta para agarrar o arção da sela. Um detalhe, entretanto, fez todos os outros desaparecer: o primeiro cavaleiro da nona fila era um rapaz muito bonito, muito esbelto, que de início não foi reconhecido. Logo um grito de indignação da parte de alguns e o silêncio de espanto da parte de outros anunciaram a sensação geral. Reconheciam no rapaz, que montava um dos cavalos normandos do sr. Valenod, o jovem Sorel, filho do carpinteiro. Um único brado elevou-se contra o prefeito, sobretudo entre os liberais. Ora, só porque aquele trabalhadorzinho disfarçado de padre era preceptor de seus pirralhos, tinha ele a audácia de nomeá-lo guarda de honra, em detrimento dos senhores fulano e beltrano, ricos fabricantes! "Esses senhores", dizia uma senhora banqueira, "bem que deviam fazer uma desfeita a esse rapazinho insolente, nascido na lama." "É um espertalhão e carrega um sabre", respondia o vizinho, "seria traiçoeiro a ponto de retalhar o rosto de alguém."

Os comentários da sociedade nobre eram mais perigosos. As damas se perguntavam se era apenas do prefeito que provinha tamanha inconveniência; em geral, faziam justiça a seu desprezo por origens baixas.

Enquanto servia de tema a tantas conversas, Julien era o mais feliz dos homens. Naturalmente audaz, mantinha-se melhor sobre um cavalo do que a maioria dos rapazes desta cidade de montanhas. Via nos olhos das mulheres que falavam dele.

Suas dragonas brilhavam mais, porque eram novas. Seu cavalo empinava o tempo todo. Ele era pura alegria.

Sua felicidade não teve limite quando, passando perto da velha muralha, o barulho do pequeno canhão fez seu cavalo saltar para fora da fileira. Por mero acaso não caiu, e a partir desse momento sentiu-se um herói. Era ordenança de Napoleão e investia contra uma bateria.

Uma pessoa estava mais feliz do que ele. Primeiro ela o vira passar de uma das janelas da prefeitura; depois, tomando a caleche e fazendo rapidamente um grande desvio, chegou a tempo de estremecer no momento em que o cavalo dele o tirava da posição. Por fim, com a caleche a todo o galope rumo à outra porta da cidade, conseguiu chegar à estrada pela qual o rei devia passar e pôde então seguir a guarda de honra a vinte passos de distância, em meio a uma nobre poeira. Dez mil camponeses exclamaram "Viva o rei!" quando o prefeito teve a honra de discursar para Sua Majestade. Uma hora depois, quando, tendo ouvido todos os discursos, o rei ia entrar na cidade, o canhãozinho recomeçou precipitadamente sua descarga de tiros. Sobreveio entretanto um acidente, não aos artilheiros, cuja capacidade se provara em Leipzig e em Montmirail, mas ao futuro primeiro-adjunto, o sr. de Moirod. Seu cavalo o depositou suavemente no único lamaçal que havia na grande estrada, o que causou tumulto, pois foi necessário tirá-lo de lá para que a carruagem do rei pudesse passar.

Sua Majestade desceu na bela igreja nova, paramentada nesse dia com todas as suas cortinas carmesins. O rei almoçaria e, em seguida, tomaria de novo a carruagem para venerar a célebre relíquia de São Clemente. Mal o rei entrou na igreja, Julien galopou até a casa do sr. de Rênal. Ali, suspirando, tirou o belo traje azul-celeste, o sabre e as dragonas e tornou a vestir o trajezinho negro já gasto.

Montou outra vez e em alguns instantes estava em Bray-le-Haut, que ocupa o cume de uma colina muito bonita. "O entusiasmo faz esses camponeses se multiplicar", pensou Julien. "Em Verrières a gente mal consegue se mexer, e aqui estão mais de dez mil ao redor da antiga abadia." Arruinada em parte pelo vandalismo revolucionário, ela havia sido magnificamente recuperada depois da Restauração, e começava-se agora a falar em milagres. Julien alcançou o padre Chélan, que o repreendeu e lhe entregou uma batina e uma sobrepeliz. Vestiu-se rapidamente e acompanhou o padre, que se dirigia ao encontro do jovem bispo de Agde. Tratava-se de um sobrinho do sr. de La Mole, recém-nomeado, e fora encarregado de mostrar a relíquia ao rei. Mas não conseguiram encontrar o tal bispo.

O clero impacientava-se. Estavam à espera do superior no claustro sombrio e gótico da antiga abadia. Vinte e quatro curas haviam sido reunidos para representar o antigo cabido de Bray-le-Haut, composto antes de 1789 por vinte e quatro cônegos. Depois de deplorar durante três quartos de hora a juventude do bispo, os curas julgaram conveniente que o decano fosse até o monsenhor para avisá-lo de que o rei já ia chegar e que estava na hora de se dirigir ao coro. A idade avançada do padre Chélan o tornara decano; apesar de não esconder a irritação com Julien, fez sinal para que o seguisse. A sobrepeliz caía bem a Julien. Por meio de não sei qual procedimento de toalete eclesiástica, conseguira alisar a bela cabeleira cacheada, mas, por um esquecimento que agravou a ira do padre Chélan, sob as longas pregas da batina viam-se as esporas da guarda de honra.

Nos aposentos do bispo, lacaios imponentes e muito engalanados mal se dignaram a responder ao velho cura que o monsenhor não estava disponível. Zombaram dele quando quis explicar que, na qualidade de decano do nobre cabido de Bray-le-Haut, tinha a prerrogativa de ser admitido a qualquer hora na presença do bispo oficiante.

O temperamento altivo de Julien chocou-se com a insolência dos lacaios. Pôs-se a percorrer os dormitórios da antiga abadia, sacudindo cada porta que encontrava. Uma delas, bem baixa, cedeu aos seus esforços e ele se viu numa cela entre os criados de quarto do monsenhor, todos em trajes negros e corrente no pescoço. Diante do ar apressado de Julien, julgaram aqueles senhores que fora chamado pelo bispo e o deixaram passar. Ele deu alguns passos e se viu numa imensa sala gótica extremamente escura, revestida de alto a baixo de carvalho negro; com exceção de uma única, as janelas em ogiva tinham sido muradas com tijolos. Nada disfarçava o aspecto tosco dessa alvenaria, que contrastava tristemente com a antiga magnificência dos forros de madeira. As duas amplas laterais da sala, célebre entre os antiquários borgonheses e construída por volta de 1470 pelo duque Carlos, o Temerário, para expiação de algum pecado, eram guarnecidas por estalas de madeira ricamente esculpidas. Viam-se nelas, representados em madeiras de cores diferentes, todos os mistérios do Apocalipse.

Essa magnificência melancólica, degradada pela visão dos tijolos nus e pelo gesso ainda todo branco, comoveu Julien, que estacou em silêncio. Na outra extremidade da sala, perto da única janela por onde a luz do dia penetrava, viu um espelho móvel de acaju. Um rapaz de roupa violeta e sobrepeliz rendada, mas com a cabeça descoberta, estava parado a três passos do espelho. O móvel parecia estranho em tal lugar e sem dúvida fora trazido da cidade. Julien achou que o rapaz parecia irritado; gravemente, concedia bênçãos com a mão direita, voltado para o espelho.

"O que significa isso?", pensou. "Seria uma cerimônia preparatória o que este jovem padre está cumprindo? Talvez seja o secretário do bispo... Deve ser insolente como os lacaios... Ora, não importa, vamos tentar."

Avançou e percorreu devagar a extensão da sala, sempre com o olhar na direção da única janela e fixando o rapaz, que continuava a conceder bênçãos executadas lentamente mas em número infinito, e sem descansar um instante sequer.

À medida que se aproximava, Julien distinguia melhor o ar zangado do moço. A riqueza da sobrepeliz rendada o fez parar involuntariamente a alguns passos do magnífico espelho.

"Cabe a mim falar", pensou enfim, mas a beleza da sala o comovera e ele estava ofendido de antemão com as palavras duras que iriam lhe dirigir.

O rapaz o viu no espelho do toucador, voltou-se e, deixando subitamente o ar de zanga, perguntou-lhe num tom afável:

– E então, senhor, trouxeram-na, afinal?

Julien ficou estupefato. Viu a cruz no peito dele quando o rapaz se voltou: era o bispo de Agde. "Tão novo", pensou Julien, "quando muito seis ou oito anos a mais do que eu!"

E teve vergonha de suas esporas.

– Monsenhor – respondeu timidamente –, fui enviado pelo decano do cabido, o padre Chélan.

– Ah, ele me foi muito bem recomendado! – disse o bispo num tom polido que reforçou o encantamento de Julien. – Mas queira me perdoar, senhor, tomei-o pela pessoa que deveria me trazer a mitra. Foi mal embalada em Paris; o tecido de prata estragou-se na parte de cima, está lamentável. Causará um efeito péssimo – acrescentou tristemente o jovem bispo –, e como se não bastasse ainda me fazem esperar!

– Monsenhor, vou buscar a mitra, se Vossa Reverendíssima assim o permitir.

Os belos olhos de Julien fizeram efeito.

– Vá, senhor – respondeu o bispo com uma polidez cativante –; preciso dela imediatamente. Lamento muito fazer os membros do cabido esperar.

Quando Julien estava no meio da sala, voltou-se para o bispo e viu que recomeçara a dar bênçãos. "O que pode ser isso?", perguntou-se. "Com certeza é uma preparação eclesiástica necessária à cerimônia que vai se realizar." Chegando à cela onde se encontravam os criados de quarto, viu a mitra com eles. Cedendo contra a vontade ao olhar imperioso de Julien, aqueles senhores entregaram-lhe a mitra do monsenhor.

Sentiu-se orgulhoso por carregá-la: ao atravessar a sala, andava lentamente; segurava-a com respeito. Encontrou o bispo sentado diante do espelho, mas de vez em quando sua mão direita, embora cansada, ainda concedia uma bênção. Julien o ajudou a pôr a mitra. O bispo sacudiu a cabeça.

– Ah, vai ficar firme – disse contente a Julien. – Pode afastar-se um pouco?

O bispo então deu alguns passos rápidos até o meio da sala e em seguida, aproximando-se do espelho a passos lentos, retomou o ar de aborrecimento, enquanto concedia bênçãos com toda a gravidade.

Julien se viu paralisado de espanto; estava tentado a compreender, mas não ousava. O bispo parou e, olhando-o com uma expressão em que a gravidade desapareceu instantaneamente:

– O que diz da minha mitra, senhor, está bem assim?

– Muito bem, monsenhor.

– Não está muito para trás? Isso me faria parecer meio tolo. Mas também não posso usá-la puxada sobre os olhos, como um barrete de oficial.

– Parece-me que está muito bem.

– O rei de *** está acostumado com um clero venerável e sem dúvida muito grave. Eu não queria parecer muito leviano, principalmente por causa da minha idade.

E o bispo se pôs de novo a andar e a conceder bênçãos.

"É claro", pensou Julien, atrevendo-se finalmente a compreender, "está treinando para dar a bênção."

Alguns instantes depois, o bispo disse:

– Estou pronto. Vá avisar o decano e os membros do cabido, senhor.

Dali a pouco o padre Chélan, seguido pelos dois curas mais idosos, entrou por uma porta ampla, magnificamente esculpida, na qual Julien não havia reparado. Desta vez, entretanto, manteve-se no seu lugar, o último de todos, e só conseguiu ver o bispo por cima do ombro dos eclesiásticos que se espremiam na entrada.

O bispo atravessou lentamente a sala; quando chegou à soleira, os curas alinharam-se em procissão. Depois de um momento de desordem, a procissão começou a andar, entoando um salmo. O bispo era o último a avançar, entre o padre Chélan e outro cura já bem velho. Julien aproximou-se discretamente do monsenhor, na qualidade de auxiliar do padre Chélan. Percorreram os longos corredores da abadia de Bray-le-Haut, que apesar do sol resplandecente estavam sombrios e úmidos. Chegaram por fim ao pórtico do claustro. Julien estava boquiaberto de admiração diante de cerimônia tão bonita. No seu coração, a ambição despertada pela pouca idade do bispo rivalizava com a sensibilidade e a polidez refinada do prelado. Era muito diferente da polidez do sr. de Rênal, mesmo nos seus bons dias. "Quanto mais se ascende ao topo da sociedade", pensou, "mais se encontram essas maneiras encantadoras."

Estavam entrando na igreja por uma porta lateral; de repente, um barulho pavoroso ressoou nas abóbadas antigas. Julien achou que iam desabar. Era novamente o canhãozinho; arrastado por oito cavalos a galope, acabava de chegar e, tão logo chegara, posicionado pelos artilheiros de Leipzig, passara a dar cinco tiros por minuto, como se os prussianos estivessem diante dele.

Mas o barulho admirável não produziu efeito em Julien, ele já não pensava em Napoleão nem na glória militar. "Tão novo", dizia consigo, "e é bispo de Agde! Mas onde fica Agde? E quanto rende? Duzentos ou trezentos mil francos, talvez."

Os lacaios do monsenhor apareceram com um pálio magnífico; o padre Chélan tomou uma das varas, mas foi Julien quem de fato a levou. O bispo colocou-se debaixo do pálio. Realmente conseguira parecer mais velho, e a admiração de nosso herói não teve limite. "O que não se pode fazer com habilidade!", pensou.

O rei entrou. Julien teve a felicidade de o ver bem de perto. O bispo pregou com unção e sem esquecer uma discreta e polida comoção perante Sua Majestade. Não vamos reproduzir a descrição das cerimônias de Bray-le-Haut; durante quinze dias elas preencheram as colunas de todos os jornais do departamento. Julien soube, pelo discurso do bispo, que o rei descendia de Carlos, o Temerário.

Mais tarde, coube a Julien verificar as contas do que custara a cerimônia. O sr. de La Mole, que obtivera um bispado para o sobrinho, quis fazer a gentileza de se encarregar de todas as despesas. Só a cerimônia de Bray-le-Haut ficou em três mil e oitocentos francos.

Após o discurso do bispo e a resposta do rei, Sua Majestade se pôs sob o pálio e ajoelhou-se com fervor numa almofada perto do altar. O coro estava rodeado de estalas e as estalas estavam dois degraus acima do piso. Era no último degrau que Julien estava sentado, aos pés do padre Chélan, como uma espécie de caudatário junto a seu cardeal na Capela Sistina, em Roma. Houve um te-déum, nuvens de incenso, infinitas descargas de mosquetes e de artilharia; os camponeses estavam ébrios de felicidade e devoção. Um dia assim desfaz a obra de cem números de jornais jacobinos.

Julien estava a seis passos do rei, que realmente se entregara à oração. Reparou, pela primeira vez, num homenzinho de olhar espiritual que usava um traje quase sem bordados. Havia porém um cordão azul-celeste por cima do traje simples. Estava mais próximo do rei que muitos outros fidalgos, cujas vestimentas traziam tantos bordados em ouro que, segundo a expressão de Julien, nem se via o tecido. Descobriu um momento depois que era o sr. de La Mole. Pareceu-lhe altivo e até insolente.

"Esse marquês não deve ser polido como o meu belo bispo", pensou. "Ah, o estado eclesiástico nos torna gentis e sábios! Mas o rei veio para venerar a relíquia, e não estou vendo relíquia alguma. Onde estará São Clemente?"

Um pequeno clérigo, seu vizinho, disse-lhe que a veneranda relíquia estava no alto do edifício, numa *capela-ardente.*

"O que será uma capela-ardente?", pensou Julien.

Mas não quis pedir uma explicação das palavras. Sua atenção redobrou.

No caso da visita de um príncipe soberano, a etiqueta requer que os cônegos não acompanhem o bispo. Dirigindo-se para a capela-ardente, no entanto, monsenhor de Agde chamou o padre Chélan; Julien arriscou-se a segui-lo.

Depois de subir uma longa escada, chegaram a uma porta pequeníssima, mas cujo umbral gótico recebera uma douração magnífica. A obra parecia ter sido feita na véspera.

Diante da porta estavam ajoelhadas vinte e quatro mocinhas pertencentes às famílias mais distintas de Verrières. Antes de abrir a porta, o bispo ajoelhou-se entre as mocinhas, todas bonitas. Enquanto ele rezava em voz alta, elas pareciam não se cansar de admirar suas belas rendas, sua benevolência, seu rosto jovem e agradável. O espetáculo fez o nosso herói perder o que lhe restava de juízo. Naquele instante teria lutado pela Inquisição, e de boa-fé. De repente a porta se abriu. A pequena capela pareceu abrasada de luz. Viram no altar mais de mil velas distribuídas em oito fileiras separadas umas das outras por ramos de flores. O odor suave do incenso mais puro escapava em turbilhão pela porta do santuário. A capela recém-dourada era bem pequena, mas altíssima. Julien notou que havia sobre o altar velas de mais de quinze pés de altura. As mocinhas não puderam conter um grito de admiração. Haviam sido admitidos no pequeno vestíbulo da capela somente as vinte e quatro mocinhas, os dois curas e Julien.

Em breve chegou o rei, seguido apenas pelo sr. de La Mole e pelo camareiro-mor. Mesmo os guardas ficaram de fora, ajoelhados e apresentando armas.

Sua Majestade precipitou-se para o genuflexório, sem chegar a se atirar sobre ele. Foi só então que Julien, colado de encontro à porta dourada, percebeu, por baixo do braço nu de uma mocinha, a encantadora estátua de São Clemente. Estava escondido sob o altar, em traje de jovem soldado romano. Tinha no pescoço uma larga ferida de onde o sangue parecia escorrer – o artista se superara. Os olhos moribundos, mas cheios de graça, estavam semicerrados... Um bigode nascente ornava os lábios encantadores, que, entrecerrados, ainda pareciam orar. Ante a visão, a mocinha ao lado de Julien chorou copiosamente; uma lágrima caiu sobre a mão dele.

Após um instante de orações no mais profundo silêncio, perturbado apenas pelo som longínquo dos sinos de todas as aldeias num raio de dez léguas, o bispo de Agde pediu ao rei permissão para falar. Concluiu com palavras simples um pequeno discurso muito comovente, garantindo assim o melhor efeito.

– Não esqueçam jamais, jovens cristãs, que viram um dos maiores reis da terra ajoelhar-se perante os servos deste Deus todo-poderoso e terrível. Fracos, perseguidos, assassinados sobre a terra, como veem pela chaga de São Clemente, que ainda sangra, os servos triunfam no céu. Não é verdade, jovens cristãs, que se lembrarão para sempre deste dia? Detestarão o ímpio. Serão fiéis para sempre a este Deus tão grande, tão terrível, mas tão bondoso.

Ditas essas palavras, o bispo levantou-se com autoridade.

– Prometem? – disse, avançando o braço com um gesto inspirado.

– Prometemos – disseram as mocinhas, rompendo em lágrimas.

– Recebo a promessa de vocês em nome do Deus terrível! – acrescentou o bispo numa voz trovejante.

E a cerimônia estava terminada. O próprio rei chorava. Só muito tempo depois Julien teve sangue-frio para perguntar onde estavam os ossos do santo, enviados de Roma por Filipe, o Bom, duque de Borgonha. Disseram-lhe que ficavam guardados dentro da graciosa figura de cera.

Às senhoritas que o haviam acompanhado à capela, Sua Majestade permitiu que usassem uma fita vermelha na qual estavam bordadas as seguintes palavras: ÓDIO AO ÍMPIO, ADORAÇÃO PERPÉTUA.

O sr. de La Mole mandou distribuir dez mil garrafas de vinho aos camponeses. À noite, em Verrières, os liberais acharam um motivo cem vezes melhor que o dos monarquistas para iluminar suas casas. Antes de partir, o rei fez uma visita ao sr. de Moirod.

XIX. Pensar faz sofrer

O grotesco dos acontecimentos cotidianos
oculta a verdadeira desgraça das paixões.
BARNAVE

Ao recolocar os móveis de uso comum no quarto que o sr. de La Mole ocupara, Julien encontrou uma folha de papel muito resistente, dobrada em quatro. Leu no fim da primeira página: "A S. E. o sr. Marquês de La Mole, par de França, cavaleiro das ordens do rei etc. etc.". Era uma petição em caligrafia tosca de cozinheira.

Senhor marquês,
Tive princípios religiosos durante toda a vida. Estava em Lyon, exposto às bombas, por ocasião do sítio de 93, de execrável memória. Eu comungo; vou todos os domingos à igreja paroquial. Nunca faltei com o dever pascal, nem mesmo em 93, de execrável memória. Minha cozinheira, antes da revolução eu tinha criadagem, minha cozinheira não servia carne às sextas-feiras. Gozo em Verrières de consideração geral, ouso dizer que merecida. Caminho debaixo do pálio nas procissões, junto ao senhor cura e ao senhor prefeito. Carrego, nas grandes ocasiões, um grande círio comprado às mi-

nhas custas. Os comprovantes de tudo isso estão em Paris, no Ministério das Finanças. Peço ao senhor marquês a agência de loteria de Verrières, que em breve certamente estará vaga de um modo ou de outro, já que o titular se acha muito doente e, aliás, vota mal nas eleições etc.
De Cholin.

À margem da petição havia uma nota assinada por *De Moirod*, e que começava com esta linha: "Tive a honra de falar *hontem* do bom súdito que faz este pedido" etc.

"Assim é que até aquele imbecil do Cholin me aponta o caminho a seguir", pensou Julien.

Oito dias depois da passagem do rei de *** por Verrières, o que subsistia das inúmeras mentiras, das interpretações tolas, das discussões ridículas etc. etc. que haviam tido como objeto sucessivamente o rei, o bispo de Agde, o marquês de La Mole, as dez mil garrafas de vinho, o pobre e decaído De Moirod, que, na esperança de uma condecoração, só saiu de casa um mês depois da queda, foi a indecência extrema de terem *catapultado* Julien Sorel, filho de um carpinteiro, à guarda de honra. Era preciso ouvir, a esse respeito, os ricos fabricantes de tecidos estampados, que dia e noite enrouqueciam no café, pregando a igualdade. Aquela mulher altiva, a sra. de Rênal, era a autora da abominação. O motivo? Os belos olhos e a tez viçosa do jovem padre Sorel diziam tudo.

Pouco depois da volta a Vergy, Stanislas-Xavier, o menino caçula, teve febre; a sra. de Rênal sucumbiu de repente a um terrível remorso. Pela primeira vez, censurou-se firmemente por seu amor; pareceu compreender, como por milagre, o logro enorme a que se deixara arrastar. Embora de um caráter profundamente religioso, até então ela não pensara na dimensão de seu crime aos olhos de Deus.

Outrora, no convento do Sagrado Coração, amara a Deus com paixão; com igual intensidade o temeu nesta circunstância. Os conflitos que lhe dilaceravam a alma revelavam-se ainda mais pavorosos por não haver nada de sensato nesse medo. Julien percebeu que, em vez de acalmá-la, o menor raciocínio a irritava; ela via nisso a linguagem do inferno. No entanto, como o próprio Julien gostava muito do pequeno Stanislas, era mais bem recebido ao falar da doença do menino, que não demorou a ganhar um caráter grave. Então o remorso contínuo privou a sra. de Rênal até mesmo da faculdade de dormir; ela se trancou num silêncio feroz: se tivesse aberto a boca, teria sido para confessar seu crime a Deus e aos homens.

– Eu suplico – dizia Julien quando se encontravam a sós –, não fale com ninguém; que seja eu o único confidente de suas mágoas. Se ainda me ama, não fale: suas palavras não podem curar a febre do nosso Stanislas – mas essas palavras de consolo não produziam nenhum efeito; ele não sabia que a sra. de Rênal tinha posto na cabeça que, para apaziguar a ira do Deus ciumento, era preciso odiar Julien ou ver o filho morrer. Era por não se sentir capaz de odiar o amante que estava tão infeliz.

– Fuja de mim – disse um dia a Julien –; em nome de Deus, deixe esta casa: é a sua presença aqui que está matando meu filho. Deus me pune – acrescentou em voz baixa –, Ele é justo; venero Sua equidade; meu crime é horrendo e eu vivia sem remorsos! Era o primeiro sinal do abandono de Deus: devo ser duplamente punida.

Julien sentiu-se profundamente comovido. Não podia ver ali nem hipocrisia, nem exagero. "Ela acredita que por me amar está matando o filho, e no entanto a coitada me ama mais do que a ele. É sem dúvida o remorso que a mata; isso, sim, é grandeza de sentimentos. Mas pobre como sou, pouco instruído, tão ignorante, às vezes tão grosseiro nos meus modos, como pude inspirar tamanho amor?"

Uma noite o menino piorou. Por volta das duas da manhã, o sr. de Rênal foi vê-lo. A criança, devorada pela febre, estava muito vermelha e não reconheceu o pai. De repente a sra. de Rênal lançou-se aos pés do marido: Julien viu que ela ia dizer tudo e perder-se para sempre.

Felizmente esse movimento estranho importunou o sr. de Rênal.

– Adeus, adeus! – disse ele, indo embora.

– Não, escute-me – exclamou a mulher, de joelhos diante dele, tentando retê-lo. – Ouça toda a verdade. Sou eu quem está matando meu filho. Dei-lhe a vida e agora a tomo de volto. O céu está me punindo, aos olhos de Deus sou culpada de assassínio. É preciso que eu me perca e me humilhe a mim mesma; talvez este sacrifício acalme o Senhor.

Se o sr. de Rênal tivesse um pouco de imaginação, compreenderia tudo.

– Ideias romanescas – exclamou, afastando a mulher, que tentava abraçar-lhe os joelhos. – Ideias romanescas, nada mais! Julien, mande chamar o médico logo que amanhecer.

E voltou a se deitar. A sra. de Rênal caiu de joelhos, semiconsciente; num movimento convulsivo rejeitou Julien, que queria socorrê-la.

Ele se espantou.

"Pois então é isso o adultério!", pensou. "Será possível que aqueles padres velhacos... tenham razão? Eles, que cometem tantos pecados, teriam o privilégio de conhecer a verdadeira teoria do pecado? Que coisa esquisita!"

Já fazia vinte minutos que o sr. de Rênal se retirara e Julien observava a mulher que amava, a cabeça apoiada na caminha da criança, imóvel e quase inconsciente. "Aí está, uma mulher superior reduzida à mais profunda infelicidade por ter me conhecido", pensou.

"As horas avançam rapidamente. Que posso fazer por ela? Preciso me decidir. Não é mais de mim que se trata agora. O que me importam os homens e suas maneiras tolas? O que posso fazer por ela? Deixá-la? Mas eu a deixaria sozinha e entregue à mais horrível dor. O autômato que é o marido lhe faz mais mal do que bem. Vai lhe dizer palavras duras, porque é grosseiro; ela pode enlouquecer, jogar-se pela janela.

"Se a deixar, se deixar de cuidar dela, confessará tudo. E quem sabe se ele não fará um escândalo, quem sabe, apesar da herança que ela deve lhe trazer. Ela pode contar tudo, meu Deus! Àquele b... do padre Maslon, que usa a doença de uma criança de seis anos para não sair mais desta casa, e à toa não pode ser. Na dor e no temor a Deus, ela esquece tudo o que sabe do homem e só enxerga o padre."

– Vá embora – disse de repente a sra. de Rênal, abrindo os olhos.

– Eu daria mil vezes a minha vida para saber o que pode ser melhor para você – respondeu Julien. – Jamais a amei tanto, meu anjo querido, ou melhor, apenas agora comecei a adorá-la tanto quanto merece. O que será de mim longe de você, sabendo que é infeliz por minha causa? Mas não é o meu sofrimento que está em questão. Sim, meu amor, vou embora. Mas se a deixo, se deixo de cuidar de você, de me pôr o tempo todo entre você e seu marido, você lhe dirá tudo, você se perderá. Pense que é com ignomínia que ele a expulsará desta casa; Verrières inteira, Besançon inteira falarão desse escândalo. Vão jogar toda a culpa em você; jamais se livrará desta vergonha...

– É o que peço – exclamou ela ao se levantar. – Vou sofrer, tanto melhor.

– Mas, com esse escândalo abominável, também fará a infelicidade dele!

– Mas eu me humilho a mim mesma, atiro-me à lama e, assim, talvez consiga salvar meu filho. Esta humilhação, aos olhos de todos, não será uma penitência pública? Até onde posso julgar, na minha fraqueza, não é este o maior sacrifício que posso fazer a Deus? Talvez ele se digne a aceitar a minha humilhação e permitir que eu fique com meu filho! Mostre-me outro sacrifício mais penoso e eu me agarro a ele.

– Deixe que eu me puna. Também sou culpado. Quer que me retire para a Trapa? A austeridade de uma vida assim pode apaziguar o seu Deus... Oh, céus! Por que não posso tomar para mim a doença de Stanislas?...

– Ah, você pelo menos gosta dele – disse a sra. de Rênal, erguendo-se e lançando-se nos braços de Julien.

No mesmo instante, rejeitou-o com horror.

– Acredito em você! Acredito em você! – continuou ela depois de se ajoelhar novamente. – Oh, meu único amigo, oh, por que não é você o pai de Stanislas! Não seria então um pecado medonho amá-lo mais do que ao seu filho.

– Pode permitir que eu fique e de agora em diante só a ame como irmão? É a única expiação razoável, talvez acalme a ira do Altíssimo.

– E eu? – gritou ela enquanto se punha de pé e tomava a cabeça de Julien nas mãos, mantendo-a à distância diante dos olhos. – E eu? Vou amar você como irmã? Estaria em meu poder amá-lo como a um irmão?

Julien rompeu em lágrimas.

– Vou obedecer – disse ele caindo a seus pés –, vou obedecer, não importa o que me ordene; é tudo o que me resta fazer. Meu espírito está tomado de cegueira, não vejo que partido tomar. Se a deixar, dirá tudo a seu marido; você se perde e ele também. Nunca mais, depois desse ridículo, será nomeado deputado. Se eu ficar, você acha que causo a morte de seu filho e morre de dor. Quer experimentar o efeito de minha partida? Se quiser, vou me punir pelo nosso erro deixando-a por oito dias. Irei passá-los no retiro que você desejar. Na abadia de Bray-le-Haut, por exemplo: mas jure que durante minha ausência não confessará nada a seu marido. Lembre que não poderei voltar se você falar.

Ela prometeu, ele partiu, mas foi chamado de volta dois dias depois.

– É impossível para mim manter meu juramento sem você. Se não estiver permanentemente por perto para ordenar com os olhos que eu me cale, acabarei falando com meu marido. Cada hora desta vida abominável parece durar um dia.

O céu por fim teve pena desta mãe infeliz. Aos poucos, Stanislas deixou de correr perigo. Mas o gelo se quebrara, a razão descobrira a extensão do pecado, ela não conseguiu mais recobrar o equilíbrio. Ficaram os remorsos, e foram o que tinham de ser naquele coração sincero. Sua vida foi o céu e o inferno: o inferno quando ela não via Julien, o céu quando estava a seus pés. "Não alimento nenhuma ilusão", dizia-lhe, mesmo nos momentos em que tinha coragem de se entregar a todo o seu amor: "Estou condenada, irremissivelmente condenada. Você é jovem, cedeu à minha sedução, o céu pode perdoá-lo; mas eu, eu estou condenada. Sei disso por um sinal certeiro. Tenho medo: quem não teria medo diante da visão do inferno? Mas no fundo não me arrependo. Cometeria novamente o erro se tivesse de cometê-lo. Que o céu apenas não me puna já neste mundo e nos meus filhos, e terei mais do que mereço. Mas pelo menos você, meu Julien", exclamava em outros momentos, "está feliz? Acha que o amo?"

A desconfiança e o orgulho sofredor de Julien, que precisava sobretudo de um amor de sacrifícios, não resistiram à visão de um sacrifício tão grande, tão indubitável e renovado a cada instante. Adorava a sra. de Rênal. "Apesar de ela ser nobre e eu, filho de um operário, ela me ama... Não sou a seu lado um criado de quarto encarregado das funções de amante." Afastado esse temor, Julien entregou-se a todas as loucuras do amor, nas suas incertezas mortais.

– Que ao menos – exclamava ela, vendo as dúvidas sobre o seu amor – eu o faça feliz durante os poucos dias que ainda passaremos juntos! Não podemos perder tempo; amanhã talvez eu não pertença mais a você. Se o céu me ferir nos meus filhos, será inútil tentar viver só para amá-lo, sem ver que é o meu crime que os mata. Não conseguirei sobreviver a esse golpe. Mesmo se quisesse, não poderia; ficaria louca.

– Ah, se eu pudesse tomar para mim o seu pecado, do mesmo modo que você se ofereceu tão generosamente para tomar a febre ardente de Stanislas!

Essa grande crise moral mudou a natureza do sentimento que unia Julien à amante. O amor deixou de ser apenas admiração pela beleza, orgulho de possuí-la.

A felicidade era agora de uma natureza superior, a chama que os devorava tornou-se mais intensa. Tinham arroubos de loucura. A felicidade deles teria parecido maior aos olhos do mundo. Mas nunca recuperaram a serenidade deliciosa, a ventura sem nuvens, a felicidade fácil dos primeiros tempos de amores, quando o único temor da sra. de Rênal era o de não ser amada por Julien. A felicidade deles às vezes tinha a fisionomia do crime.

Nos momentos mais felizes e aparentemente mais tranquilos, "Ah, meu Deus! Vejo o inferno", exclamava de repente a sra. de Rênal, apertando a mão de Julien num movimento convulsivo. "Que suplício terrível! Eu bem o mereci." Ela o estreitava, agarrando-se a ele como a hera nos muros.

Julien em vão tentava acalmar aquela alma agitada. Ela tomava sua mão, cobrindo-a de beijos. Depois, recaindo num devaneio sombrio, dizia: "O inferno seria uma graça para mim; ainda teria na terra alguns dias para passar com ele, mas o inferno neste mundo, a morte de meus filhos... No entanto, a esse preço meu crime talvez fosse perdoado... Ah, meu Deus, não me conceda a graça a este preço! As pobres crianças não O ofenderam; sou eu, sou eu a única culpada: amo um homem que não é meu marido."

Em seguida, Julien a via alcançar momentos aparentemente tranquilos. A sra. de Rênal tentava tomar para si a responsabilidade, não queria envenenar a vida de quem ela amava.

Em meio à alternância de amor, remorso e prazer, os dias passavam para eles com a rapidez do relâmpago. Julien perdeu o hábito de refletir.

A srta. Elisa foi acompanhar um pequeno processo que tinha em Verrières. Encontrou o sr. Valenod bastante irritado com Julien. Ela odiava o preceptor e lhe falava dele com frequência.

– Eu estaria perdida, senhor, se lhe contasse a verdade! – disse ela um dia ao sr. Valenod. – Os patrões sempre se põem de acordo quanto às coisas importantes... Não perdoam que os pobres criados façam certas confissões...

Depois dessas frases de praxe, abreviadas com habilidade pela curiosidade impaciente do sr. Valenod, ele descobriu coisas bem mortificantes para o seu amor-próprio.

Aquela mulher, a mais distinta da região, a mulher que durante seis anos ele cumulara de atenções, infelizmente à vista de todos; a mulher orgulhosa, cujo desdém tantas vezes o fizera corar, acabava de tomar como amante um camponesinho fantasiado de preceptor. E, para que nada faltasse ao despeito do senhor diretor do asilo, a sra. de Rênal adorava o amante.

– E mais – acrescentou a criada com um suspiro –, o senhor Julien não precisou se esforçar para fazer a conquista, não precisou deixar a frieza de sempre.

Elisa só chegara a ter certeza quando já estavam no campo, mas achava que a aventura vinha de mais longe.

– Deve ser por isso – acrescentou com despeito – que na época ele se recusou a casar comigo. E eu, imbecil, que fui consultar a sra. de Rênal e implorei que ela falasse com o preceptor!

Na mesma noite o sr. de Rênal recebeu da cidade, junto com o jornal, uma longa carta anônima que lhe contava nos mínimos detalhes o que estava acontecendo em sua casa. Julien o viu empalidecer ao ler a carta, escrita num papel azulado, e lançar olhares enfurecidos para ele. Durante toda a noite o prefeito não se refez da agitação; foi em vão que Julien o cortejou, pedindo explicações sobre a genealogia das melhores famílias da Borgonha.

XX. As cartas anônimas

Do not give dalliance
Too much the rein: the strongest oaths are straw
To the fire i' the blood.

SHAKESPEARE, *A tempestade*

Por volta da meia-noite, quando deixavam o salão, Julien teve tempo de dizer à amiga:

– Não vamos nos ver esta noite, seu marido suspeita de algo; eu poderia jurar que aquela longa carta que ele estava lendo entre suspiros é uma carta anônima.

Felizmente Julien trancava à chave a porta do quarto. A sra. de Rênal teve a ideia louca de que a advertência não passava de um pretexto para não vê-la. Perdeu completamente a cabeça e, à hora de sempre, foi até o quarto dele. Julien, que ouvira um barulho no corredor, apagou imediatamente a lâmpada. Alguém tentava abrir sua porta; seria a sra. de Rênal? Talvez um marido ciumento?

No dia seguinte bem cedo, a cozinheira, que protegia Julien, trouxe-lhe um livro em cuja capa ele leu estas palavras escritas em italiano: *Guardate alla pagina 130.*

Julien estremeceu com a imprudência, procurou a página 130 e lá encontrou, presa por um grampo, a seguinte carta, escrita às pressas, banhada de lágrimas e repleta de erros de ortografia. Habitualmente a sra. de Rênal escrevia muito bem; ele se comoveu com esse detalhe e esqueceu um pouco a terrível imprudência.

"Você não quis me receber esta noite? Em certos momentos acredito que nunca li até o fundo de sua alma. Seu olhar me assusta. Tenho medo de você. Santo Deus! Será que nunca me amou? Nesse caso, que meu marido descubra o nosso amor e me encerre numa prisão eterna, no campo, longe dos meus filhos. Talvez seja esta a vontade de Deus. Morrerei logo. Mas você será um monstro.

"Não me ama? Está cansado das minhas loucuras, dos meus remorsos? Quer que eu me perca? Dou-lhe um meio fácil. Vá, mostre esta carta em Verrières, a toda a cidade, ou melhor, mostre-a somente ao sr. Valenod. Diga-lhe que amo você, não, não pronuncie tal blasfêmia, diga-lhe que o adoro, que a vida só começou para mim no dia em que o vi; que eu, nos momentos mais loucos da minha juventude, não cheguei sequer a sonhar com a felicidade que lhe devo; que por você sacrifiquei a minha vida, que sacrifico minha alma. Sabe que sacrifico ainda mais.

"Mas o que entende de sacrifícios aquele homem? Diga-lhe, diga-lhe para irritá-lo que desafio toda essa gente má e que só tenho um desgosto no mundo: o de ver mudar o único homem que me prende à vida. Que felicidade para mim perdê-la, oferecê-la em sacrifício, e não mais temer por meus filhos!

"Não duvide, querido amigo, se há uma carta anônima, ela vem da criatura odiosa que durante seis anos me perseguiu com sua voz grosseira, com suas histórias de saltos a cavalo, com sua presunção e com a lista infindável de todas as suas vantagens.

"Há uma carta anônima? Malvado, era sobre isso que eu queria conversar com você; mas não, você fez bem. Estreitando-o nos meus braços talvez pela última vez, eu jamais conseguiria conversar friamente, como faço quando estou sozinha. A partir de agora, nossa felicidade já não será tão fácil. Será uma contrariedade para você? Sim, todos os dias em que não tiver recebido do sr. Fouqué algum livro interessante. O sacrifício está feito; amanhã, haja ou não carta anônima, direi a meu marido que eu mesma recebi uma carta anônima e que é preciso imediatamente preparar uma saída honrosa para você, encontrar algum pretexto honesto, e sem demora mandá-lo de volta para os seus pais.

"Ah, querido amigo, vamos ficar separados durante quinze dias, um mês talvez! Vá, faço-lhe justiça, você sofrerá tanto quanto eu. Mas, enfim, eis a única maneira de rebater o efeito daquela carta anônima; não é a primeira que meu marido recebe, mesmo a meu respeito. Ah, como eu ria disso!

"O único objetivo de minha conduta é fazer meu marido pensar que a carta vem do sr. Valenod; não duvido que seja ele o autor. Se você for embora, fique em Verrières, instale-se na cidade. Vou fazer que meu marido tenha a ideia de passar quinze dias lá, para provar aos tolos que não há estremecimento entre mim e ele. Uma vez em Verrières, faça amizade com todo mundo, mesmo com os liberais. Sei que todas aquelas senhoras vão procurá-lo.

"Não vá se zangar com o sr. Valenod nem cortar-lhe as orelhas, como você dizia um dia desses; ao contrário, trate-o com toda a delicadeza. O essencial é que pensem em Verrières que você vai entrar para a casa do sr. Valenod, ou de outro qualquer, para educar crianças.

"Isto o meu marido nunca suportará. Caso se conforme, pois bem! Pelo menos você estará morando em Verrières e o verei de vez em quando. Meus filhos, que gostam tanto de você, irão vê-lo. Santo Deus! Sinto que gosto mais dos meus filhos por eles gostarem de você. Quanto remorso! Como tudo isso vai acabar? Estou ficando louca... Enfim, você sabe como se comportar; seja gentil, polido, não despreze aqueles personagens grosseiros, peço-lhe de joelhos: eles serão os árbitros do nosso destino. Não duvide um só instante de que meu marido, em relação a você, vai se acomodar às prescrições da *opinião pública*.

"É você quem vai providenciar a carta anônima; arme-se de paciência e de uma tesoura. Recorte num livro as palavras que já vai ver; cole-as na folha de papel azulado que estou lhe enviando, e que veio da casa do sr. Valenod. Prepare-se para uma busca no seu quarto; queime as páginas do livro que você mutilar. Se não encontrar as palavras prontas, seja paciente e junte letra por letra. Para poupar trabalho, fiz a carta anônima bem curta. Ai de mim! Se você já não me ama, como receio, esta minha carta há de lhe parecer longa!

> *Senhora,*
> *Todas as suas pequenas manobras são conhecidas; mas as pessoas que têm interesse em reprimi-las já foram avisadas. Pelo que me resta de amizade pela senhora, proponho-lhe que se afaste totalmente do camponesinho. Se for sensata e fizer isso, seu marido pensará que o aviso que recebeu é mentiroso, e deixaremos que acredite. Lembre-se de que conheço o seu segredo; trema, infeliz; de agora em diante, vai ser preciso* andar direito *comigo.*

"Assim que acabar de colar as palavras da carta (reconheceu o modo de falar do diretor?), circule pela casa, eu o encontrarei.

"Irei até a aldeia e voltarei com um aspecto perturbado; estarei muito perturbada de fato. Santo Deus, em que estou me metendo! E tudo isso porque você *achou* que havia uma carta anônima. Enfim, com o rosto transtornado, darei a carta ao meu marido, e a mim ela terá sido entregue por um desconhecido. Quanto a você, vá passear com as crianças no caminho dos grandes bosques e só volte para o jantar.

"Do alto dos rochedos você consegue ver a torre do pombal. Se o nosso assunto estiver bem encaminhado, colocarei ali um lenço branco; caso contrário, não haverá lenço.

"Antes de sair para passear, ingrato, seu coração não o fará descobrir um meio de dizer que me ama? Aconteça o que acontecer, esteja certo de uma coisa: eu não sobreviveria um dia à nossa separação definitiva. Ah, mãe malvada! São duas palavras vazias, estas que acabo de escrever, querido Julien. Não as sinto; só consigo pensar em você, só as escrevi para que não me censure. Agora que me vejo na iminência de perdê-lo, de que serve fingir? Sim! Minha alma pode lhe parecer cruel, mas não vou mentir diante do homem que adoro! Já enganei demais na vida. Vá, eu o perdoo, se já não me ama. Não tenho tempo para reler minha carta. Não me parece excessivo pagar com a vida os dias felizes que acabo de passar nos seus braços. Você sabe que me custarão muito mais."

XXI. Diálogo com um mestre

Alas, our frailty is the cause, not we:
For such as we are made of, such we be.
SHAKESPEARE, *Noite de Reis*

Foi com um prazer de criança que, durante uma hora, Julien recolheu palavras. Quando estava saindo de seu quarto, encontrou seus alunos e a mãe deles; ela pegou a carta com uma simplicidade e uma coragem cuja calma o assustou.

– A cola está bem seca? – perguntou-lhe.

"É essa a mulher que o remorso estava enlouquecendo tanto?", pensou. "Quais são seus projetos neste momento?" Era orgulhoso demais para perguntar-lhe isso; mas parecia que nunca ela lhe agradara tanto.

– Se isso der errado – acrescentou ela, com o mesmo sangue-frio –, vão me tirar tudo. Enterre esse depósito em algum lugar da montanha, será talvez meu único recurso, um dia.

Entregou-lhe um estojo em marroquim vermelho, cheio de ouro e de alguns diamantes.

– Parta agora – disse ela.

Ela abraçou os filhos, duas vezes o mais novo. Julien continuava imóvel. Ela o deixou num passo rápido e sem olhar para ele.

Desde o instante em que abrira a carta anônima, a existência do sr. de Rênal tinha sido horrível. Nunca estivera tão agitado desde um duelo que por pouco não tivera em 1816, e na época, justiça seja feita, a perspectiva de receber uma bala não o deixara tão infeliz. Examinava a carta em todos os sentidos. "Não seria uma letra de mulher?", pensava. Nesse caso, que mulher a teria escrito? Passava em revista todas que conhecia em Verrières, sem conseguir fixar suas suspeitas. Um homem teria ditado esta carta? Quem seria este homem? Aqui, a mesma incerteza; ele era invejado e sem dúvida odiado pela maioria dos que conhecia. "É preciso consultar minha mulher", pensou, como por hábito, levantando-se da poltrona onde se afundara.

Mal levantara e disse, batendo na cabeça: "Santo Deus! É dela sobretudo que preciso desconfiar; é minha inimiga nesse momento". E, de raiva, as lágrimas vieram-lhe aos olhos.

Por uma justa compensação pela secura de coração que faz toda a sabedoria prática da província, os dois homens que o sr. de Rênal mais temia no momento eram seus dois amigos mais íntimos.

"Depois destes, tenho uns dez amigos, talvez", e passou-os em revista, avaliando o quanto de consolo poderia tirar de cada um. "A todos, a todos", exclamou enraivecido, "minha terrível aventura causará o mais extremo prazer." Felizmente, achava-se muito invejado, não sem razão. Além da soberba casa da cidade, que o rei de *** acabava de honrar para sempre, hospedando-se nela, ele tinha arrumado muito bem seu castelo de Vergy. A fachada estava pintada de branco e as janelas guarnecidas de belas venezianas verdes. Por um instante consolou-se com a ideia desta magnificência. O fato é que o castelo era visto a três ou quatro léguas de distância, em detrimento de todas as casas de campo ou supostos castelos das redondezas, que conservavam a humilde cor cinzenta deixada pelo tempo.

O sr. de Rênal podia contar com as lágrimas e a compaixão de um de seus amigos, o tesoureiro da paróquia; mas era um imbecil que chorava por tudo. Aquele homem, no entanto, era seu único recurso.

"Que desgosto se compara ao meu?", exclamou enraivecido, "Que isolamento!"

"Será possível", dizia este homem que realmente dava dó, "será possível que, no meu infortúnio, eu não tenha um amigo com quem me aconselhar? Pois minha razão se esvai, posso sentir! Ah, Falcoz! Ah, Ducros!", exclamou com amargura. Eram os nomes de dois amigos de infância que ele afastara com suas arrogâncias em 1814. Não eram nobres, e ele quisera mudar o clima de igualdade em que conviviam desde a infância.

Um deles, Falcoz, homem de espírito e de fibra, comerciante de papel em Verrières, comprara uma tipografia na capital do departamento e fundou um jornal. A congregação resolvera arruiná-lo: seu jornal foi condenado, sua licença de impressor, cancelada. Nessas tristes circunstâncias, ele tentou escrever ao sr. de Rênal pela primeira vez em dez anos. O prefeito de Verrières achou que era seu dever responder como um velho romano: "Se o ministro do rei fizesse a honra de me consultar, eu lhe diria: 'Arruíne sem piedade todos os impressores da província e faça da imprensa um monopólio como o tabaco'". Aquela carta a um amigo íntimo, que toda Verrières admirou na época, o sr. de Rênal lembrava-a agora com horror a seus termos. "Quem diria que na minha posição, com minha fortuna, minhas condecorações, eu me arrependeria um dia?" Foi nesses arroubos de cólera, às vezes contra si mesmo, às vezes contra tudo o que o cercava, que ele passou uma noite medonha; mas, felizmente, não teve a ideia de vigiar sua mulher.

"Estou acostumado com Louise", pensava, "ela sabe de todos os meus negócios; se eu estivesse livre para me casar amanhã, não encontraria quem a substituísse." Comprazia-se então com a ideia de que sua mulher era inocente; esta maneira de ver não o forçava à necessidade de se mostrar enérgico e era bem mais conveniente: quantas mulheres caluniadas não se veem por aí!

"Mas como!", exclamava de repente, andando num passo convulsivo. "Suportarei então, como se eu fosse um joão-ninguém, um pé de chinelo, que ela zombe de mim com seu amante! Será preciso que toda Verrières se divirta com minha tolerância? O que não disseram de Charmier?" – era um marido notoriamente traído da região. "Quando se fala seu nome, não aflora um sorriso em todos os lábios? Ele é bom advogado, mas quem se lembra de seu talento oratório? 'Ah, Charmier', dizem, 'o Charmier do Bernard!'", assim se referem a ele, pelo nome do homem que causa seu opróbrio.

"Graças a Deus", dizia o sr. de Rênal em outros momentos, "não tenho uma filha, e a maneira pela qual vou punir a mãe não prejudicará o futuro dos meus filhos; posso surpreender esse camponesinho com minha mulher e matar os dois; nesse caso, o trágico da aventura talvez lhe poupe o ridículo." Esta ideia lhe agradou; ele a matutou em todos os detalhes. "O Código Penal está a meu favor e, o que quer que aconteça, nossa congregação e meus amigos do júri me salvarão." Examinou seu facão de caça, que era muito afiado; mas a ideia do sangue causou-lhe medo.

"Posso encher de pauladas esse preceptor insolente e expulsá-lo; mas que escândalo em Verrières e em todo o departamento! Depois da condenação do jornal de Falcoz, quando seu redator-chefe saiu da prisão, eu contribuí para fazê-lo perder o emprego de seiscentos francos. Dizem que esse escrevinhador ousou reaparecer em Besançon, ele pode me difamar com destreza e de maneira que seja impossível levá-lo aos tribunais. Levá-lo aos tribunais! O insolente insinuará de mil maneiras que disse a verdade. Um homem bem-nascido, que mantém sua posição como eu, é odiado por todos os plebeus. Eu apareceria nesses horríveis jornais de Paris. Ai, meu Deus! Que abismo! Ver o antigo nome de Rênal mergulhado na lama do ridículo... Se algum dia eu viajar, será preciso mudar de nome. O quê? Deixar esse nome que é minha glória e minha força? É o cúmulo da desgraça!

"Se não matar minha mulher e expulsá-la com ignomínia, ela tem sua tia em Besançon, que lhe dará de mão beijada toda a sua fortuna. Minha mulher irá viver em Paris com Julien; ficarão sabendo em Verrières, e ainda vão me fazer de tolo." Aquele homem infeliz percebeu então, pela palidez de sua lâmpada, que o dia estava nascendo. Foi buscar um pouco de ar fresco no jardim. Nesse momento, estava quase decidido a não fazer escândalo, considerando sobretudo que um escândalo encheria de alegria seus bons amigos de Verrières.

O passeio no jardim acalmou-o um pouco. "Não", exclamou, "não me privarei de minha mulher, ela me é muito útil." Imaginou, horrorizado, o que seria sua casa sem sua mulher; seu único parente era a marquesa de R..., velha, imbecil e má.

Uma ideia muito sensata surgiu-lhe, mas a execução requeria uma força de caráter bem superior ao pouco que possuía o pobre homem. "Se conservar minha mulher", pensou, "eu me conheço, um dia, num momento em que me fizer perder a paciência, cobrarei o seu erro. Ela é orgulhosa, nós brigaremos e tudo isso acontecerá antes que tenha herdado de sua tia. Como vão zombar de mim! Minha mulher ama seus filhos, tudo acabará por lhes pertencer. Mas, quanto a mim, serei a piada de Verrières. 'O quê?', vão dizer, 'Não soube sequer vingar-se da mulher!' Não seria melhor ficar na suspeita e não verificar coisa alguma? Assim, atando-me as mãos, não poderei censurá-la."

Um instante depois, o sr. de Rênal, tomado novamente pela vaidade ferida, lembrava-se com minúcia de todos os estratagemas citados no bilhar do *Cassino* ou *Círculo Nobre* de Verrières, quando algum engraçadinho interrompia a partida para alegrar-se à custa de um marido traído. Como lhe pareciam cruéis, agora, essas pilhérias!

"Meu Deus! Por que minha mulher não está morta? Seria então inatacável pelo ridículo. Por que não sou viúvo? Iria passar seis meses em Paris nos melhores círculos." Após este momento de felicidade conferido pela ideia da viuvez, sua imaginação voltou aos meios de assegurar-se da verdade. Derramaria, à meia-noite, quando todos estivessem deitados, uma leve camada de farelo diante da porta do quarto de Julien: na manhã seguinte, em pleno dia, ele veria a impressão dos passos.

"Mas esse estratagema não vale nada", exclamou de repente, com raiva, "a descarada da Elisa iria perceber, e logo saberiam em toda a casa que estou com ciúmes."

Em outro caso contado no *Cassino*, um marido certificara-se de sua desventura grudando com um pouco de cera um cabelo que fechava, como um selo, a porta de sua mulher e a do galanteador.

Após tantas horas de incertezas, esta maneira de esclarecer sua sorte lhe parecia decididamente a melhor e pensava em servir-se dela quando, numa curva do caminho, encontrou aquela mulher que queria ver morta.

Ela voltava da aldeia. Tinha ido assistir à missa na igreja de Vergy. Uma tradição bastante incerta aos olhos do frio filósofo, mas na qual ela acreditava, pretendia que a pequena igreja que atualmente serve à comunidade fora a capela do castelo do sr. de Vergy. Essa ideia obcecou a sra. de Rênal todo o tempo que pretendia passar rezando nesta igreja. Imaginava continuamente seu marido matando Julien durante uma caçada, como por acidente, e depois fazendo-a comer o coração dele.

"Minha sorte", disse para si mesma, "depende do que ele vai pensar ao me ouvir. Após esse fatal quarto de hora, talvez não encontre mais oportunidade de lhe falar. Não é um indivíduo sensato e governado pela razão. Se fosse, eu poderia prever com minha frágil razão o que fará ou dirá. Ele decidirá a nossa sorte comum, ele tem esse poder. Mas esta sorte está em minhas mãos, na arte de dirigir as ideias deste louco, cuja raiva o deixa cego e o impede de ver metade das coisas. Santo Deus! Preciso de talento, de sangue-frio, onde achá-los?"

Ela recuperou a calma como por encanto ao entrar no jardim e ver, ao longe, seu marido. Seus cabelos e suas roupas em desalinho indicavam que ele não dormira.

Ela lhe entregou uma carta aberta, mas dobrada ao meio. Ele, sem a ler, fitava sua mulher com olhos desvairados.

– Eis uma abominação – disse ela –, que um homem mal-encarado, mas que diz conhecê-lo e lhe dever favores, entregou-me quando eu passava atrás do jardim do tabelião. Exijo que esse sr. Julien seja mandado embora, de volta para os seus pais e sem demora. – A sra. de Rênal apressou-se em dizer estas palavras, talvez um pouco antes da hora, para livrar-se da terrível perspectiva de ter de dizê-las.

Foi tomada de alegria ao ver o que causava no seu marido. Pela fixidez do olhar que ele mantinha nela, compreendeu que Julien adivinhara corretamente. "Em vez de se afligir com esta desgraça bem real, que gênio", pensou, "que tato perfeito! E num rapaz ainda sem nenhuma experiência! Aonde não chegará no futuro! Pobre de mim! Seus sucessos então farão com que me esqueça."

Esse pequeno ato de admiração pelo homem que adorava fez com que se refizesse completamente de sua perturbação.

Aplaudiu-se pela sua manobra. "Não fui indigna de Julien", pensou, com uma doce e íntima volúpia.

Sem dizer uma palavra, com medo de se comprometer, o sr. de Rênal examinava a segunda carta anônima, composta, como o leitor deve lembrar, de palavras impressas coladas num papel azulado. "Zombam de mim de todas as maneiras", dizia consigo mesmo o sr. de Rênal, oprimido pelo cansaço.

"Ainda mais insultos para examinar, e sempre por causa de minha mulher!" Esteve prestes a cumulá-la das injúrias mais grosseiras, a perspectiva da herança de Besançon por pouco não o deteve. Devorado pela necessidade de encontrar uma saída, amassou o papel desta segunda carta anônima, e se pôs a andar a passos largos, precisava afastar-se de sua mulher. Alguns instantes mais tarde, voltou junto a ela, mais tranquilo.

– É o caso de tomar uma atitude e despedir Julien – disse ela bem depressa. – Afinal, não passa do filho de um trabalhador. Basta indenizá-lo com alguns escudos, ele é instruído e vai achar facilmente onde se empregar, por exemplo, na casa do sr. Valenod ou na do subgovernador de Maugiron, que têm filhos. Assim ele não sairá prejudicado...

– Está falando como uma tola – exclamou o sr. de Rênal, numa voz terrível. – Que bom-senso é possível esperar de uma mulher? Vocês nunca prestam atenção ao que é razoável: como poderiam entender alguma coisa? Sua negligência, sua preguiça só permitem a atividade da caça às borboletas, criaturas fracas que temos a infelicidade de ter em nossas famílias!

A sra. de Rênal o deixava falar, e ele falou bastante; *ele soltava sua raiva*, como dizem na região.

– Senhor – respondeu finalmente –, estou falando como uma mulher ultrajada na sua honra, no que ela tem de mais precioso.

A sra. de Rênal teve um sangue-frio inalterável durante toda essa conversa penosa, da qual dependia a possibilidade de viver ainda sob o mesmo teto com Julien. Procurava as ideias que considerava mais próprias a direcionar a raiva cega de seu marido. Foi insensível a todas as observações injuriosas que ele lhe dirigia, não as ouvia, pensava em Julien. "Ficará satisfeito comigo?"

– Esse camponesinho, que cumulamos de atenções e até de presentes, pode ser inocente – disse ela por fim –, mas não deixa de fornecer a ocasião para a primeira afronta que recebo... Senhor! Quando li esse papel abominável prometi a mim mesma que ou eu ou ele sairíamos de sua casa.

– Está querendo fazer um escândalo para desonrar a mim e a você também? Tem muita gente em Verrières que gostaria de ter o que falar a seu respeito.

– É verdade, invejam de um modo geral o estado de prosperidade que a sabedoria da sua administração soube proporcionar à sua família como à cidade... Pois bem! Vou mandar Julien pedir umas férias para ir passar um mês na casa desse comerciante de madeira da montanha, digno amigo do operariozinho.

– Abstenha-se de agir – retrucou o sr. de Rênal com bastante tranquilidade. – Exijo, antes de tudo, que não fale com ele. Você demonstraria raiva e provocaria uma rusga entre mim e ele, você sabe como esse mocinho é cismado.

– Esse rapaz não tem tato – continuou a sra. de Rênal –, ele pode ser instruído, como você pôde avaliar, mas no fundo não passa de um camponês. Quanto a mim, nunca mais me causou boa impressão desde que se recusou a desposar Elisa, um ótimo partido, e isso sob o pretexto de que, algumas vezes, ela visita secretamente o sr. Valenod.

– Ah! – disse o sr. de Rênal, levantando a sobrancelha de maneira exagerada. – O quê, Julien lhe disse isso?

– Não exatamente; ele sempre me falou da vocação que o chama para o santo ministério; mas, se quer saber, a primeira vocação dessa gentinha é a de arrumar pão. Ele bem que me dava a entender que não ignorava essas visitas secretas.

– E eu, eu que as ignorava! – exclamou o sr. de Rênal recuperando toda a sua fúria, e pesando suas palavras. – Acontecem coisas na minha casa que ignoro... Como? Houve alguma coisa entre Elisa e Valenod?

– Ora, isso é história antiga, meu caro amigo – disse a sra. de Rênal, rindo –, e talvez não tenha acontecido nada de mais! Foi no tempo em que o seu bom amigo Valenod não teria ficado infeliz se pensassem em Verrières que havia, entre mim e ele, um amorzinho perfeitamente platônico.

– Eu tive essa impressão uma vez – exclamou o sr. de Rênal batendo na própria cabeça enfurecido, indo de descoberta em descoberta. – E você não me disse nada?

– Precisava provocar uma desavença entre dois amigos por causa de um repente de vaidade do nosso caro diretor? Onde está a dama da sociedade à qual ele nunca enviou algumas cartas extremamente espirituosas e até mesmo um pouco galantes?

– Ele lhe escreveu?

– Ele escreve muito.

– Mostre-me essas cartas imediatamente, é uma ordem – e o sr. de Rênal aumentou de estatura.

– Não posso fazer isso – respondeu-lhe com uma doçura que quase chegava à displicência –, vou mostrá-las um dia, quando estiver mais calmo.

– Agora mesmo, diabos! – exclamou o sr. de Rênal, ébrio de raiva e, contudo, mais feliz do que estivera nas últimas doze horas.

– Vai me jurar – disse a sra. de Rênal muito gravemente – nunca brigar com o diretor do asilo por causa dessas cartas?

– Brigando ou não brigando, posso tirar-lhe suas crianças abandonadas; mas – continuou, furioso – quero essas cartas já, onde estão?

– Numa gaveta de minha secretária; mas certamente não lhe darei a chave.

– Saberei arrombá-la – exclamou, correndo para o quarto de sua mulher.

Arrombou, de fato, com uma estaca de ferro, uma preciosa secretária de acaju vinda de Paris, que ele volta e meia esfregava com um canto do casaco, quando desconfiava da existência de alguma mancha.

A sra. de Rênal subira correndo os 120 degraus do pombal; amarrou a ponta de um lenço branco a uma das barras de ferro da pequena janela. Era a mais feliz das mulheres. Com lágrimas nos olhos, olhava para as grandes florestas da montanha. "Certamente", dizia consigo mesma, "debaixo dessas faias frondosas, Julien está vendo este sinal feliz." Durante um bom tempo ela ficou escutando, até que amaldiçoou o barulho monótono das cigarras e o canto dos passarinhos. Sem esse ruído importuno, um grito de alegria, vindo dos grandes rochedos, poderia ter chegado até ali. Seu olhar ávido devorava essa encosta imensa de vegetação sombria e uniforme como um prado, formado pela copa das árvores. "Como é que ele não tem a ideia", pensava enternecida, "de inventar algum sinal para me dizer que sua alegria é igual à minha?" Ela só desceu do pombal quando teve medo de que seu marido viesse buscá-la.

Encontrou-o furioso. Ele percorria as frases anódinas do sr. Valenod, pouco acostumadas a serem lidas com tanta emoção.

Aproveitando um momento em que as exclamações de seu marido lhe deixavam a possibilidade de se fazer ouvir:

– Volto sempre à minha ideia – disse a sra. de Rênal –, convém que Julien faça uma viagem. Qualquer que seja o seu talento para o latim, não passa afinal de um camponês muitas vezes grosseiro e sem tato; todo dia, pensando ser polido, ele me dirige cumprimentos exagerados e de mau gosto, que decora de algum romance...

– Ele nunca os lê – exclamou o sr. de Rênal –, assegurei-me disso. Você acha que sou um dono de casa cego e que ignora o que se passa no seu lar?

– Pois bem, se ele não lê em lugar nenhum esses cumprimentos ridículos, ele os inventa, o que é ainda pior para ele. Deve ter falado de mim nesse tom em Verrières... e, sem ir muito longe – disse a sra. de Rênal, como quem faz uma descoberta –, deve ter falado desse jeito na frente de Elisa, é mais ou menos como se tivesse falado na frente do sr. Valenod.

– Ah! – exclamou o sr. de Rênal, abalando a mesa e o aposento com um dos maiores socos que já foram dados algum dia. – A carta anônima impressa e as cartas do Valenod estão escritas no mesmo papel!

"Enfim!", pensou a sra. de Rênal; mostrou-se transtornada com essa descoberta, e, sem ter a coragem de acrescentar uma única palavra, foi sentar-se ao longe, no divã, no fundo do salão.

A batalha agora estava ganha; teve muito que fazer para impedir o sr. de Rênal de ir falar com o suposto autor da carta anônima.

– Como não percebe que fazer uma cena sem provas suficientes é a mais insigne das tolices? Se você é invejado, de quem é a culpa? De seus talentos: sua sábia administração, suas edificações de muito bom gosto, o dote que lhe trouxe e, sobretudo, a herança considerável que poderemos esperar um dia de minha boa tia, herança cuja importância costumam exagerar, fizeram de você o principal personagem de Verrières.

– Está se esquecendo do berço em que nasci – disse o sr. de Rênal, sorrindo um pouco.

– Você é um dos fidalgos mais distintos da província – retomou rapidamente a sra. de Rênal. – Se o rei fosse livre e pudesse render justiça à alta nobreza, certamente você estaria na câmara dos pares etc. E é nesta posição magnífica que quer fornecer à inveja um fato para comentar?

Falar com o sr. Valenod de sua carta anônima é proclamar em toda Verrières, ou melhor, em Besançon, em toda a província, que esse burguesinho, admitido imprudentemente, talvez, na intimidade *de um de Rênal,* encontrou um meio de ofendê-lo. Se essas cartas que acaba de descobrir provassem que correspondi ao amor do sr. Valenod, você deveria matar-me, cem vezes o mereceria, mas não manifestar sua cólera contra ele. Lembre que todos os seus vizinhos só esperam um pretexto para se vingar de sua superioridade; lembre que, em 1816, você contribuiu para a prisão de alguns. Aquele homem refugiado no seu telhado...

– Parece que você não tem consideração nem amizade por mim – exclamou o sr. de Rênal com toda a amargura que despertava tal lembrança. – E não fui feito par!

– Lembro, caro amigo – continuou sorrindo a sra. de Rênal –, que serei a mais rica dos dois, que sou sua companheira há doze anos, e que todos esses títulos me conferem o direito de opinar, sobretudo no assunto de hoje. Se prefere um Julien qualquer a mim – acrescentou com um despeito mal disfarçado –, estou pronta para passar um inverno na casa de minha tia.

Essas palavras *caíram bem*. Havia nelas uma firmeza que procura cercar-se de polidez; foi o que convenceu o sr. de Rênal. Mas, de acordo com o costume da província, ele ainda falou por muito tempo, repisou todos os argumentos. Sua mulher o deixava falar, ainda havia raiva na sua expressão. Por fim, duas horas de tagarelice inútil esgotaram as forças de um homem que sofrera um acesso de cólera durante a noite inteira. Fixou a linha de conduta que ia seguir com relação ao sr. Valenod, a Julien e até a Elisa.

Uma ou duas vezes, durante esta longa cena, a sra. de Rênal esteve a ponto de sentir alguma simpatia pelo sofrimento sincero deste homem que, durante doze anos, fora seu amigo. Mas as verdadeiras paixões são egoístas. Aliás, ela esperava a cada instante a confissão da carta anônima recebida na véspera, e a confissão não veio. Para sua segurança, faltava à sra. de Rênal descobrir as ideias que haviam sugerido ao homem de quem dependia sua sorte. Pois, na província, os maridos são os donos da opinião. Um marido que se queixa cobre-se de ridículo, coisa a cada dia menos perigosa na França; mas sua mulher, se ele não lhe dá dinheiro, decai para a condição de operária a quinze tostões por dia, e, ainda por cima, as boas almas têm escrúpulos em lhes dar emprego.

Uma odalisca do serralho pode, apesar de tudo, amar o sultão; ele é todo-poderoso, ela não tem nenhuma esperança de se subtrair à sua autoridade através de uma série de pequenas artimanhas. A vingança do senhor é terrível, sangrenta, mas militar, generosa: uma punhalada encerra tudo. É a golpes de desprezo público que um marido mata sua mulher no século XIX, fechando-lhe as portas dos salões.

O sentimento do perigo foi vivamente despertado na sra. de Rênal assim que voltou a seu quarto; ficou chocada com a desordem em que encontrou o aposento. As fechaduras de todos os seus lindos cofrezinhos tinham sido quebradas; várias tábuas do assoalho tinham sido levantadas. "Ele teria sido impiedoso comigo", pensou. "Estragar desse jeito o assoalho de madeira nobre de que ele gosta tanto! Quando um de seus filhos entra com os sapatos úmidos, ele fica rubro de raiva. E agora, estragado para sempre!" A visão desta violência afastou rapidamente o que lhe restava de sentimento de culpa pela sua vitória rápida demais.

Um pouco antes de soar a sineta do jantar, Julien retornou com as crianças. À sobremesa, quando os criados já tinham se retirado, a sra. de Rênal disse-lhe muito secamente:

– O senhor manifestou o desejo de passar uns quinze dias em Verrières, o sr. de Rênal concedeu-lhe esta folga. Pode partir quando lhe aprouver. Mas, para que as crianças não percam tempo, todos os dias suas lições serão enviadas para que o senhor as corrija.

– Evidentemente – acrescentou o sr. de Rênal num tom bastante azedo –, não vou conceder-lhe mais de uma semana.

Julien reconheceu na sua fisionomia a inquietação de um homem profundamente atormentado.

– Ainda não tomou um partido – disse à sua amiga, durante um instante de solidão que tiveram no salão.

A sra. de Rênal contou rapidamente tudo o que fizera desde a manhã.

– Os detalhes ficam para esta noite – acrescentou ela, rindo.

"Perversidade de mulher!", pensou Julien. "Que prazer, que instinto as levam a nos enganar."

– Acho que está ao mesmo tempo iluminada e cega de amor – disse ele com alguma frieza. – Sua conduta de hoje é admirável, mas seria prudente tentar um encontro esta noite? A casa está cheia de inimigos; lembre-se do ódio passional que Elisa sente por mim.

– Esse ódio se parece bastante com a indiferença apaixonada que parece sentir por mim.

– Mesmo indiferente, devo salvá-la de um perigo em que a mergulhei. Se o acaso quiser que o sr. de Rênal fale com Elisa, com uma palavra ela pode contar-lhe tudo. Por que ele não se esconderia perto do meu quarto, bem armado...

– O quê! Nem sequer tem coragem! – disse a sra. de Rênal, com toda a altivez de uma mulher nobre.

– Não vou me rebaixar a falar de minha coragem – disse friamente Julien –, seria uma baixeza. Que me julguem pelos fatos. Mas você – acrescentou tomando-lhe a mão – não pode conceber o quanto estou ligado a você e qual é a minha alegria em poder me despedir antes desta ausência cruel.

XXII. Maneiras de agir em 1830

A palavra foi dada ao homem para esconder seu pensamento.

REV. PE. MALAGRIDA

Assim que chegou a Verrières, Julien culpou-se pela sua injustiça com a sra. de Rênal. "Eu a teria desprezado como uma mulherzinha se, por fraqueza, ela tivesse falhado na cena com o sr. de Rênal! Ela se sai como um diplomata e eu simpatizo com o vencido que é meu inimigo. Há nos meus modos algo da mesquinhez burguesa; minha vaidade está chocada, porque o sr. de Rênal é um homem! Ilustre e vasta corporação à qual tenho a honra de pertencer; não passo de um tolo."

O sr. Chélan recusara a hospedagem que os liberais mais considerados da região disputaram por lhe oferecer, quando sua destituição o expulsou do presbitério. Os dois quartos que alugara estavam atravancados por seus livros. Julien, querendo mostrar a Verrières o que era um padre, foi pegar na casa de seu pai uma dúzia de tábuas de pinho, que ele mesmo carregou nas costas por toda a rua principal. Pediu emprestadas as ferramentas de um antigo camarada e logo tinha construído uma espécie de biblioteca, onde guardou os livros do sr. Chélan.

– Achei que você estava corrompido pela vaidade mundana – disse-lhe o velhinho, chorando de alegria. – Isso bem que o redime daquela criancice do uniforme brilhante da guarda de honra, que lhe trouxe tantos inimigos.

O sr. de Rênal mandara Julien hospedar-se em sua casa. Ninguém suspeitou do que se passara. No terceiro dia após sua chegada, Julien viu subir até seu quarto ninguém menos que o subgovernador de Maugiron. Depois de duas horas de tagarelice insípida e de lamúrias intermináveis sobre a maldade dos homens, sobre a pouca probidade das pessoas encarregadas da administração dos bens públicos, sobre os perigos que esta pobre França etc. etc., Julien viu apontar finalmente o motivo de sua visita. Já estavam no patamar da escada e o pobre preceptor meio que caído em desgraça estava reconduzindo, com o devido respeito, o futuro governador de algum feliz departamento, quando este último passou a se ocupar dos interesses de Julien, a louvar sua moderação em negócios de dinheiro etc. etc. Por fim, o sr. de Maugiron, abraçando-o de maneira muito paternal, propôs que deixasse o sr. de Rênal para entrar para o serviço de um funcionário que tinha filhos para *educar* e que, como o rei Filipe, agradeceria aos céus, não tanto por lhe ter dado tais filhos, quanto por tê-los feito nascer na vizinhança do sr. Julien. O preceptor deles contaria com oitocentos francos de ordenado, a serem pagos não mensalmente, o que não é nobre, disse o sr. de Maugiron, mas por trimestre e sempre adiantados.

Era a vez de Julien, que esperava entediado havia uma hora e meia, tomar a palavra. Sua resposta foi perfeita e, sobretudo, longa como um mandamento; dava tudo a entender e, no entanto, nada dizia claramente. Nela se encontrariam, ao mesmo tempo, respeito pelo sr. de Rênal, veneração pelo povo de Verrières e reconhecimento pelo ilustre subgovernador. O subgovernador em questão, espantado por encontrar alguém mais jesuíta que ele, tentou inutilmente obter algo mais preciso. Julien, encantado, aproveitou a oportunidade de se exercitar e recomeçou sua resposta em outros termos. Jamais se viu ministro eloquente, querendo gastar o final de uma sessão em que a Câmara parece querer acordar, dizer menos com mais palavras. Assim que o subgovernador se retirou, Julien desatou a rir às gargalhadas. Para aproveitar sua verve jesuítica, escreveu uma carta de nove páginas para o sr. de Rênal, na qual prestava contas de tudo o que lhe haviam dito e pedia humildemente um conselho. "Esse velhaco acabou não dizendo o nome da pessoa que fez a oferta! Deve ser o sr. Valenod que vê, em meu exílio em Verrières, o efeito de sua carta anônima."

Enviada a missiva, Julien, contente como um caçador que, às seis horas da manhã de um belo dia de outono, desemboca numa planície abundante de caça, saiu para se aconselhar com o sr. Chélan. Mas, antes que chegasse à casa do bom cura, o céu, que queria proporcionar-lhe grandes satisfações, colocou no seu caminho o sr. Valenod, ao qual não escondeu que seu coração estava dilacerado; um pobre rapaz como ele devia dedicar-se inteiramente à vocação que o céu pusera no seu coração, mas a vocação não era tudo nesse mundo. Para trabalhar com dignidade na vinha do Senhor, e não ser completamente indigno de tantos sábios colaboradores, era preciso ter instrução; era preciso passar pelo seminário de Besançon dois anos muito dispendiosos; tornava-se, pois, indispensável fazer economias, o que era bem mais fácil com um ordenado de oitocentos francos, pagos por trimestre, do que com seiscentos francos que se consomem mês a mês. Por outro lado, o céu, colocando-o junto aos jovens de Rênal e, sobretudo, inspirando-lhe um apego especial a eles, não parecia indicar que não lhe cabia abandonar esta educação por uma outra?

Julien atingiu um tal grau de perfeição nesse gênero de eloquência – que substituiu a rapidez de ação do Império – que acabou por enfadar-se ele mesmo com o som de suas palavras.

Voltando para casa, encontrou um criado do sr. Valenod, em libré de gala, que o procurava pela cidade toda, com um convite para almoçar naquele mesmo dia.

Julien nunca fora à casa deste homem; apenas alguns dias antes, só pensava nos meios de lhe dar uma boa surra sem criar problemas com a polícia. Embora o almoço só estivesse marcado para a uma hora, Julien achou mais respeitoso apresentar-se logo ao meio-dia e meia no gabinete de trabalho do senhor diretor do asilo. Encontrou-o ostentando sua importância entre pilhas de caixas de chapéu. Suas grandes suíças negras, sua enorme quantidade de cabelos, o boné grego atravessado no alto da cabeça, seu imenso cachimbo, suas pantufas bordadas, as espessas correntes de ouro cruzadas em todos os sentidos sobre seu peito, e todo esse aparato de um financista de província que se julga afortunado não impressionavam Julien; só o faziam pensar ainda mais nas pauladas que lhe devia.

Solicitou a honra de ser apresentado à sra. Valenod; ela estava fazendo a toalete e não podia recebê-lo. Em compensação, teve o privilégio de assistir à do senhor diretor do asilo. Passaram em seguida para os aposentos da sra. Valenod, que lhe apresentou os filhos com lágrimas nos olhos. Esta senhora, uma das mais notáveis de Verrières, tinha um rosto grosseiro de homem, que pintara com ruge para esta grande cerimônia. Exibiu então todo o *pathos* maternal.

Julien pensava na sra. de Rênal. Sua desconfiança só o predispunha a esse tipo de lembranças produzidas pelos contrastes, mas chegava então a se comover. Essa disposição foi acentuada pelo aspecto da casa do diretor do asilo. Fizeram-no visitá-la. Tudo era magnífico e caro, diziam-lhe o preço de cada móvel. Mas Julien achava que havia ali algo de ignóbil, que cheirava a dinheiro roubado. Até os criados, todo mundo na casa parecia estar de sobreaviso contra o desprezo.

O coletor de impostos, o homem das contribuições indiretas, o oficial de polícia, dois ou três outros funcionários públicos chegaram com suas mulheres. Seguiram-se alguns liberais ricos. Anunciaram o almoço. Julien, já bastante indisposto, pensou que, do outro lado da parede da sala de jantar, se encontravam pobres detentos cuja porção de carne talvez tivesse sido *adulterada* para comprar todo esse luxo de mau gosto com o qual queriam aturdi-lo.

"Talvez tenham fome agora mesmo", disse consigo mesmo; ficou com o coração apertado, não pôde comer e quase não conseguiu falar. Tudo piorou uns quinze minutos mais tarde; ouviam-se de vez em quando trechos de uma canção popular e, há de se convir, meio abjeta, que um dos reclusos cantava. O sr. Valenod olhou para um dos seus criados em traje de gala, que desapareceu, e logo não se ouviu mais o canto. Nesse momento, um criado estava oferecendo a Julien vinho do Reno num copo verde e a sra. Valenod dava-se ao trabalho de lhe dar a entender que esse vinho custava nove francos a garrafa, comprado ao produtor. Julien, segurando seu copo verde, disse ao sr. Valenod:

– Não estão mais cantando aquela canção desagradável.

– Ora, com certeza! – respondeu o diretor triunfante. – Mandei calar os vagabundos.

Essa resposta foi demais para Julien; ele tinha as maneiras de sua condição, mas ainda não o coração. Apesar de toda a sua hipocrisia, tão frequentemente exercitada, sentiu uma grande lágrima escorrer-lhe pelo rosto.

Tentou escondê-la com o copo verde, mas foi absolutamente impossível prestar homenagem ao vinho do Reno. "*Impedi-lo de cantar!*", dizia consigo mesmo. "Ó, meu Deus! E você suporta isso!"

Felizmente, ninguém percebeu sua comoção pouco distinta. O coletor de impostos tinha entoado uma canção monarquista. Durante o estardalhaço do refrão, cantado em coro, a consciência de Julien dizia: "Aí está a fortuna sórdida que você vai alcançar, e só poderá gozá-la sob esta condição e em tal companhia! Terá talvez um posto de vinte mil francos, mas, enquanto se fartar de carnes, será preciso impedir o pobre prisioneiro de cantar; você dará jantares com o dinheiro que tiver roubado da mísera ração, e, durante seu jantar, ele será ainda mais infeliz! Ó, Napoleão! Como era doce, no teu tempo, alcançar a fortuna através dos perigos de uma batalha! Mas aumentar covardemente o sofrimento dos miseráveis..."

Confesso que a fraqueza demonstrada por Julien nesse monólogo me inspira uma lastimável opinião a seu respeito. Ele seria digno de ser colega desses conspiradores de luvas amarelas que pretendem mudar o modo de ser de um grande país, mas não querem ter de se culpar pelo menor arranhão.

Julien foi brutalmente chamado de volta a seu papel. Não era para sonhar e não dizer nada que tinha sido convidado para almoçar em tão seleta companhia.

Um fabricante de tecidos aposentado, membro correspondente das academias de Besançon e de Uzès, dirigiu-lhe a palavra da outra ponta da mesa para lhe perguntar se o que se dizia em geral sobre seus espantosos progressos no estudo do Novo Testamento era verdadeiro.

De repente se fez um profundo silêncio; um Novo Testamento em latim apareceu como por encanto nas mãos do sábio membro das duas academias. Diante da resposta de Julien, uma meia frase em latim foi lida ao acaso. Ele recitou: sua memória mostrou-se fiel e aquele prodígio foi admirado com toda a ruidosa energia de um final de almoço. Julien observava o rosto iluminado das damas; algumas não eram nada más. Tinha notado a mulher do coletor de impostos, tão canoro.

– Na verdade, fico encabulado por falar tanto tempo em latim diante das senhoras – disse, olhando para elas. – Se o sr. Rubigneau – era o tal membro das duas academias – tiver a bondade de ler ao acaso uma frase em latim, tentarei traduzi-la de improviso, em vez de responder dando com a sequência do texto – esta segunda prova elevou sua glória ao máximo.

Havia ali vários liberais ricos, mas pais felizes de crianças suscetíveis de receber bolsas e, nesta qualidade, subitamente convertidos desde a última missão da Igreja. Apesar desse lance de fina política, nunca o sr. de Rênal quisera recebê-los em sua casa. Aquela boa gente que só conhecia Julien de reputação e por tê-lo visto a cavalo no dia da entrada do rei de ***, eram seus mais ruidosos admiradores. "Quando é que esses tolos se cansarão de escutar este estilo bíblico do qual não entendem nada?", pensava. Mas, ao contrário, esse estilo os divertia pela sua estranheza; riam-se dele. Mas Julien se cansou.

Levantou-se gravemente quando soaram as seis horas e falou de um capítulo da nova teologia de Ligório que precisava decorar, para recitar no dia seguinte para o sr. Chélan. "Pois meu ofício", acrescentou com elegância, "consiste em fazer recitar as lições e em recitá-las eu mesmo."

Riram-se muito, admiraram-no; tal é o espírito característico de Verrières. Julien já estava de pé, todos se levantaram, apesar da etiqueta; tal é o poder do talento. A sra. de Valenod o reteve ainda por uns quinze minutos; afinal, era necessário que ele ouvisse as crianças recitar suas lições; fizeram as mais cômicas confusões, que só ele percebeu. Absteve-se de apontá-las. "Que ignorância dos primeiros princípios da religião!", pensava ele. Despedia-se finalmente e esperava poder escapar; mas foi preciso engolir uma fábula de La Fontaine.

– Esse autor é bem imoral – disse Julien à sra. Valenod. – Certa fábula sobre o senhor Jean Chouart ousa cobrir de ridículo o que há de mais venerável. Ele é vivamente criticado pelos melhores comentadores.

Julien recebeu, antes de sair, quatro ou cinco convites para almoçar. "Este rapaz faz honra ao departamento", exclamavam ao mesmo tempo todos os convivas, regozijando-se bastante. Chegaram ao ponto de falar em uma pensão, a ser votada no orçamento municipal, para lhe dar condições de continuar os estudos em Paris.

Enquanto esta ideia imprudente repercutia na sala de jantar, Julien tinha prontamente alcançado o portão. "Ah, canalhas! Canalhas!", exclamou em voz baixa três ou quatro vezes seguidas, dandose o prazer de respirar o ar fresco.

Considerava-se perfeitamente aristocrático naquele instante, ele que durante muito tempo se escandalizara tanto com o sorriso desdenhoso e a superioridade altiva que descobria no fundo de todas as delicadezas que lhe dirigiam na casa do sr. de Rênal. Não pôde deixar de sentir a extrema diferença. "Mesmo esquecendo", dizia consigo mesmo enquanto ia embora, "que se trata de dinheiro roubado dos pobres detentos, e, ainda, que os impedem de cantar! Quando é que o sr. de Rênal teria a ideia de dizer aos seus hóspedes o preço de cada garrafa do vinho que serve? E esse sr. Valenod, na enumeração de suas propriedades, que sempre se repete, não consegue falar de sua casa, de sua terra etc., caso sua mulher esteja presente, sem dizer *tua* casa, *tua* terra."

Esta senhora, aparentemente tão sensível ao prazer da propriedade, acabara de fazer uma cena abominável durante o jantar, com um criado que quebrara um cálice, *desemparelhando uma de suas dúzias*; e esse criado respondera-lhe com a maior insolência.

"Que gente!", pensava Julien. "Ainda que me dessem a metade de tudo o que roubam, não ia querer viver com eles. Um belo dia, eu me trairia; não conseguiria disfarçar a expressão do desdém que me inspiram."

Foi preciso, contudo, segundo as ordens da sra. de Rênal, participar de muitos almoços do mesmo gênero; Julien estava na moda, perdoavam-lhe o traje da guarda de honra, ou melhor, esta imprudência era a verdadeira causa de seu sucesso. Em pouco tempo, não havia outro assunto em Verrières a não ser a questão de quem venceria a disputa pelo sábio rapaz, se o sr. de Rênal ou o diretor do asilo. Esses senhores formavam, com o sr. Maslon, o triunvirato que, havia muitos anos, tiranizava a cidade. O prefeito era invejado, os liberais tinham motivos de queixa contra ele; mas, afinal de contas, ele era nobre e feito para a superioridade, enquanto o pai do sr. Valenod não lhe deixara sequer seiscentas libras de renda. Tinha sido necessário passar da pena provocada pelo medíocre traje verde-maçã que ele usava quando jovem à inveja de seus belos cavalos normandos, suas correntes de ouro, seus trajes parisienses, de toda a sua prosperidade atual.

No fluxo daquele mundo novo para Julien, ele achou que tinha encontrado um homem honesto; era um agrimensor, chamava-se Gros e passava por jacobino. Julien, que se devotara a só dizer coisas que lhe pareciam falsas a si mesmo, foi obrigado a ficar na dúvida quanto ao sr. Gros. Recebia de Vergy grandes pacotes de lições. Aconselhavam-no a visitar seu pai com frequência e conformava-se com essa triste necessidade. Numa palavra, reparava bastante bem a sua reputação, quando, certa manhã, ficou muito surpreso ao sentir-se acordar com duas mãos que lhe tapavam os olhos.

Era a sra. de Rênal, que fizera uma viagem à cidade e que, subindo as escadas de quatro em quatro e deixando seus filhos ocupados com seu coelho favorito, que viera junto, chegara ao quarto de Julien um instante antes deles. Esse momento foi delicioso, mas bem curto: a sra. de Rênal tinha desaparecido quando as crianças chegaram com o coelho, que queriam mostrar a seu amigo. Julien os recebeu muito bem, inclusive ao coelho. Parecia-lhe que estava reencontrando sua família; sentiu que amava aquelas crianças, que gostava de tagarelar com elas. Estava espantado com a doçura de suas vozes, com a simplicidade e com a nobreza de suas maneiras; ele precisava limpar sua imaginação de todos os modos vulgares, de todos os pensamentos desagradáveis que respirava em Verrières. Era sempre o receio de falhar, eram sempre o luxo e a miséria se agarrando pelos cabelos. As pessoas com quem ele almoçava, falando de seu assado, faziam confidências humilhantes para si mesmas e nauseabundas para quem as ouvia.

– Vocês, os nobres, têm razão de ser orgulhosos – dizia à sra. de Rênal. E contava-lhe todos os almoços que suportara.

– Pois então você está na moda! – E ela ria com prazer pensando no ruge que a sra. de Valenod se achava obrigada a usar todas as vezes que esperava Julien. – Creio que ela tem lá seus projetos para o seu coração – acrescentava.

O desjejum foi delicioso. A presença das crianças, embora aparentemente embaraçosa, na verdade aumentava a felicidade de todos. Essas pobres crianças não sabiam como demonstrar sua alegria em rever Julien. Os criados não deixaram de contar que tinham oferecido duzentos francos a mais para Julien *educar* os pequenos Valenod.

No meio da refeição, Stanislas-Xavier, ainda mais pálido por causa de sua grave doença, perguntou de repente à sua mãe quanto valiam seus talheres de prata e o copinho no qual bebia.

– Por que isso?

– Quero vendê-los e dar o valor ao sr. Julien para que não seja *enganado*, ficando com a gente.

Julien abraçou-o, lágrimas nos olhos. Sua mãe chorava a valer, enquanto Julien, que tomara Stanislas nos seus joelhos, lhe explicava que não devia servir-se da palavra *enganado*, que, empregada nesse sentido, era um modo de falar de criados. Vendo o prazer que causava à sra. de Rênal, tentou explicar, com exemplos pitorescos que divertiam as crianças, o que era ser enganado.

– Eu sei – disse Stanislas –, é como o corvo que faz a besteira de deixar cair o queijo que a esperta da raposa pega.

A sra. de Rênal, louca de alegria, cobria seus filhos de beijos, o que não podia fazer sem se apoiar um pouco em Julien.

De repente a porta se abriu; era o sr. de Rênal. Seu rosto severo e descontente fez um estranho contraste com a doce alegria que sua presença expulsava. A sra. de Rênal empalideceu, sentia-se sem condições de negar o que fosse. Julien tomou a palavra e, falando muito alto, pôs-se a contar a tirada do copinho que Stanislas queria vender. Estava certo de que a história seria mal recebida. Para começar, o sr. de Rênal tinha o hábito de franzir as sobrancelhas só de ouvir mencionar a palavra dinheiro. "A menção desse metal", dizia ele, "é sempre um prefácio a um mandato contra a minha bolsa."

Mas havia ali mais do que interesse monetário; havia o redobrar das suspeitas. O ar feliz que animava sua família na sua ausência não ajudava a ajeitar as coisas junto a um homem dominado por uma vaidade tão sensível. E como sua mulher estava elogiando a maneira cheia de graça e de inteligência com que Julien transmitia novas ideias a seus alunos:

– Sim, sim! Eu sei, ele me torna odioso aos meus filhos; é muito fácil para ele ser cem vezes mais amável do que eu, que afinal sou o dono da casa. Tudo tende nesse século a lançar o ódio sobre a autoridade *legítima*. Pobre França!

A sra. de Rênal não se deteve para examinar as nuanças do tratamento que o marido lhe dispensava. Acabara de entrever a possibilidade de passar doze horas com Julien. Tinha muitas compras a fazer na cidade e declarou que fazia questão de ir almoçar no restaurante; apesar de tudo o que o marido pudesse dizer ou fazer, agarrou-se à sua ideia. As crianças estavam encantadas com a mera palavra *restaurante,* que a afetação moderna pronuncia com tanto prazer.

O sr. de Rênal deixou a mulher na primeira loja de novidades em que entrou, para ir fazer algumas visitas. Voltou mais taciturno que de manhã; estava convencido de que a cidade inteira se ocupava dele e de Julien. Na verdade, ninguém ainda lhe dera a entender a parte ofensiva do falatório público. Tudo o que disseram ao senhor prefeito relacionava-se unicamente a saber se Julien permaneceria em sua casa por seiscentos francos ou se aceitaria os oitocentos francos oferecidos pelo senhor diretor do asilo.

Este, que encontrou o sr. de Rênal na casa de alguém, *tratou-o com frieza*. Tal conduta não era destituída de habilidade; há pouca leviandade na província: as sensações ali são tão raras, que são profundamente vividas.

O sr. Valenod era o que chamam, a cem léguas de Paris, um *peralvilho*, uma espécie de gente naturalmente descarada e grosseira. Desde 1815, sua existência triunfante reforçara suas belas disposições.

Reinava, por assim dizer, em Verrières, sob o comando do sr. de Rênal; mas, muito mais ativo, não se envergonhava de nada, metia-se em tudo, sem parar, fazendo, escrevendo, falando, esquecendo as humilhações; sem ter qualquer pretensão pessoal, acabara por abalar a credibilidade do prefeito aos olhos do poder eclesiástico. O sr. Valenod tinha, de alguma forma, dito aos merceeiros do lugar: deem-me os dois mais tolos dentre vocês; aos homens da lei: indiquem-me os dois mais ignaros; aos funcionários da saúde: designem os dois maiores charlatões. Quando conseguira reunir os mais descarados de cada ofício, dissera-lhes: reinemos juntos.

As maneiras dessa gente ofendiam o sr. de Rênal. A grosseria do Valenod não se ofendia com nada, nem mesmo com os desmentidos que o padreco Maslon não lhe poupava em público.

Mas, em meio a essa prosperidade, o sr. Valenod precisava consolar-se, com pequenas insolências de detalhe, das grandes verdades que, ele bem sentia, todos tinham o direito de lhe dizer. Sua atividade redobrara desde que tivera seus temores despertados pela visita do sr. Appert; tinha feito três viagens a Besançon; escrevia várias cartas a cada partida do correio; enviava outras por desconhecidos que passavam na sua casa ao anoitecer. Talvez tivesse cometido um erro ao pedir a destituição do velho cura Chélan; pois esta atitude vingativa fizera com que várias devotas de boa família o vissem como homem profundamente mau. Por outro lado, esse favor o colocara sob a dependência absoluta do senhor vigário-geral de Frilair, do qual passara a receber estranhas incumbências. Sua política estava nesse ponto, quando cedeu ao prazer de escrever uma carta anônima. Para complicar ainda mais a sua situação, sua mulher declarou que queria ter Julien em sua casa; sua vaidade insistia nisso.

Nessa posição, o sr. Valenod previa uma cena decisiva com seu antigo confederado, o sr. de Rênal. Este lhe dirigia palavras duras, o que pouco lhe importava; mas ele podia escrever para Besançon e, mesmo, para Paris. Um primo de algum ministro podia de repente despencar em Verrières e tomar o asilo de mendicância. O sr. Valenod pensou em se aproximar dos liberais: era por isso que vários dentre eles foram convidados para o almoço em que Julien recitou.

Ele teria sido poderosamente apoiado contra o prefeito. Mas as eleições podiam sobrevir, e era por demais evidente que o asilo e um voto errado eram incompatíveis. O relato desta política, muito bem intuída pela sra. de Rênal, tinha sido feito por Julien, enquanto lhe dava o braço para irem de uma loja à outra e, aos poucos, os levou à ALAMEDA DA FIDELIDADE, onde passaram várias horas, quase tão tranquilos quanto em Vergy.

Enquanto isso, o sr. Valenod tentava evitar uma cena decisiva com seu antigo patrão, assumindo uma postura audaciosa diante dele. Naquele dia esse sistema funcionou, mas o humor do prefeito piorou.

Nunca a vaidade, às voltas com tudo o que o reles amor ao dinheiro pode ter de mais ávido e de mais mesquinho, deixou um homem num estado mais lamentável do que aquele em que se encontrava o sr. de Rênal ao entrar no *restaurante*. Nunca, por outro lado, seus filhos estiveram tão alegres e contentes. Esse contraste definitivamente o irritou.

– Não tenho lugar em minha família, pelo que estou vendo! – disse ao entrar, num tom que pretendera tornar imponente.

Como única resposta, sua mulher o tomou de lado e declarou a necessidade de afastar Julien. As horas de felicidade que andara desfrutando restituíram-lhe o desembaraço e a firmeza necessários para seguir o plano de conduta que meditava havia quinze dias. O que acabava de perturbar profundamente o pobre prefeito de Verrières era saber que zombavam em toda a cidade de seu apego pelo *metal*. O sr. Valenod era generoso como um ladrão, e ele se conduzira de maneira mais prudente que brilhante nas cinco ou seis últimas coletas para a confraria de São José, para a congregação da Virgem, para a congregação do Santíssimo Sacramento etc. etc.

Entre os cavalheiros de Verrières e dos arredores, habilmente classificados no registro dos frades coletores de acordo com o montante de suas oferendas, haviam visto mais de uma vez o nome do sr. de Rênal ocupar a última linha. Não adiantava dizer que ele não *ganhava nada*. Neste particular, o clero não brinca em serviço.

XXIII. Dissabores de um funcionário

Il piacere di alzar la testa tutto l'anno è ben pagato da certi quarti d'ora che bisogna passar.

CASTI

Mas deixemos de lado esse homenzinho com seus pequenos temores; por que foi trazer para sua casa um homem de fibra, quando precisava de uma alma servil? Não sabe escolher sua criadagem? O curso habitual do século XIX exige que, quando um homem nobre e poderoso encontra um homem de fibra, ele o mate, exile, encarcere ou humilhe até que o outro cometa a tolice de morrer de pesar. Por acaso, aqui, ainda não é o homem de fibra que sofre. A grande desgraça das cidadezinhas da França e dos governos eleitos, como aquele de Nova York, é a de não poder esquecer que existem no mundo pessoas como o sr. de Rênal. Em meio a uma cidade de vinte mil habitantes, esses homens determinam a opinião pública, e a opinião pública é terrível num país que tem sua Constituição. Um homem dotado de uma alma nobre, generosa e que teria sido seu amigo, mas que mora a cem léguas, julga-o de acordo com a opinião pública de sua cidade, a qual é determinada pelos tolos que o acaso fez nascer nobres, ricos e comedidos. Ai de quem se distingue!

Logo após o almoço, partiram para Vergy; mas, dois dias depois, Julien viu toda a família voltar para Verrières.

Nem bem se passara uma hora e, para seu grande espanto, descobriu que a sra. de Rênal lhe ocultava alguma coisa. Interrompia suas conversas com o marido logo que ele surgia e parecia quase desejar que ele se afastasse. Julien não esperou que lhe dissessem duas vezes. Tornou-se frio e reservado; a sra. de Rênal o percebeu e não buscou explicações. "Será que ela vai arranjar um sucessor para mim?", pensou Julien. "Anteontem mesmo, tanta intimidade! Mas dizem que é assim que essas grandes damas agem. São como os reis, excedem-se em gentilezas com o ministro que, chegando em casa, vai encontrar uma carta de demissão."

Julien reparou que nessas conversas, que cessavam bruscamente quando chegava perto, se tratava com frequência de uma casa grande, que pertencia ao município de Verrières, velha, mas vasta, cômoda e situada em frente à igreja, no centro do comércio da cidade. "O que pode haver em comum entre essa casa e um novo amante?", pensava Julien. Na sua tristeza, repetia para si mesmo esses lindos versos de Francisco I, que lhe pareciam novos, porque não fazia um mês que os aprendera da sra. de Rênal. Na ocasião, quantos juramentos, quantas carícias desmentiam aqueles versos!

A mulher sempre varia
Louco quem nela se fia.

O sr. de Rênal partiu com o correio para Besançon. Essa viagem foi decidida em duas horas, ele parecia bastante atormentado. Na volta, jogou sobre a mesa um grande pacote coberto de papel cinzento.

– Aí está essa bobagem – disse à mulher.

Uma hora depois, Julien viu o colador de cartazes levando o grande pacote; seguiu-o apressadamente. "Vou saber o segredo na primeira esquina."

Ficou esperando, impaciente, atrás do homem que, com seu grande pincel, lambuzava de cola o cartaz. Logo que foi afixado, na sua curiosidade, Julien pôde ver o anúncio bastante detalhado da locação em leilão público daquela casa grande e velha, cujo nome sempre aparecia nas conversas do sr. de Rênal com sua mulher. A adjudicação do aluguel estava anunciada para o dia seguinte, às duas horas, no salão municipal, ao apagar da terceira vela. Julien ficou muito desapontado; achava o prazo um tanto curto: como todos os concorrentes teriam tempo de ser avisados? O cartaz, datado de quinze dias antes e que ele releu inteirinho em três lugares diferentes, não o esclarecia em nada.

Foi visitar a casa para alugar. O porteiro, não o vendo aproximar-se, dizia com ar de mistério a um vizinho:

– Ora essa! Trabalho perdido. O sr. Maslon prometeu-lhe que a terá por trezentos francos; e, como o prefeito não cedia, foi convocado pelo bispado, pelo vigário-geral, o sr. de Frilair.

A chegada de Julien pareceu atrapalhar muito os dois amigos, que não acrescentaram nem uma palavra mais.

Julien não faltou à adjudicação do aluguel. Havia uma multidão no salão mal iluminado; mas todo mundo *se calava* de um modo singular. Todos os olhos estavam fixos numa mesa, onde Julien percebeu, num prato de estanho, três tocos de vela acesos. O pregoeiro gritou: "Trezentos francos, senhores!".

– Trezentos francos! É incrível – disse um homem em voz baixa a seu vizinho. E Julien estava entre os dois. – Ela vale mais de oitocentos; quero cobrir esse lance.

– É como cuspir para cima. Que é que você vai ganhar metendo-se com os senhores Maslon, Valenod, o bispo, seu terrível vigário de Frilair e toda aquela corja?

– Trezentos e vinte francos – disse o outro, gritando.

– Mas que animal! – replicou seu vizinho. – E aí está, justamente, um espião do prefeito – acrescentou, mostrando Julien.

Julien voltou-se rapidamente para responder àquelas palavras; mas os dois já não lhe davam a menor atenção. O sangue-frio deles devolveu-lhe o seu. Nesse momento, o último toco de vela se apagou e a voz arrastada do pregoeiro adjudicava a casa, por nove anos, para o sr. de Saint-Giraud, chefe de seção na administração de ***, por trezentos e trinta francos.

Logo que o prefeito saiu do salão, as conversas começaram.

– Eis aí trinta francos que a imprudência de Grogeot creditou ao município – dizia um.

– Mas o sr. de Saint-Giraud se vingará de Grogeot – respondiam –, isso não vai ficar assim.

– Que infâmia! – dizia um homem gordo à esquerda de Julien. – Uma casa pela qual eu teria dado oitocentos francos para minha fábrica, e teria feito um bom negócio.

– Ora – respondia um jovem fabricante liberal –, o sr. de Saint-Giraud não pertence à congregação? Seus quatro filhos não têm bolsas? Pobre homem! É preciso que o município de Verrières lhe conceda um suplemento de ordenado de quinhentos francos, só isso.

– E dizer que o prefeito não pôde impedi-lo! – observava um terceiro. – Pois ele é monarquista, é verdade, mas não rouba.

– Não rouba? – continuou um outro. – Não, só um otário é que não vê. Tudo isso entra numa grande caixa comum e tudo é dividido no fim do ano. Mas olha aí o menino Sorel; vamos embora.

Julien voltou de péssimo humor; achou a sra. de Rênal bem triste.

– Está vindo da adjudicação? – perguntou ela.

– Sim, senhora, onde tive a honra de passar por espião do senhor prefeito.

– Se ele tivesse me ouvido, teria feito uma viagem.

Nesse momento, o sr. de Rênal apareceu; estava bastante sombrio. O almoço se passou sem uma palavra. O sr. de Rênal ordenou que Julien acompanhasse as crianças a Vergy, a viagem foi triste. A sra. de Rênal consolava seu marido:

– Deveria estar acostumado, meu amigo.

À noite, estavam sentados em silêncio ao redor da lareira; o estalido da faia em chamas era a única distração. Era um daqueles momentos de tristeza que se encontram nas famílias mais unidas. Uma das crianças exclamou alegremente:

– A campainha! A campainha!

– Diabos! Se for o sr. de Saint-Giraud que vem me importunar sob pretexto de me agradecer – exclamou o prefeito –, vou lhe dizer umas verdades; é demais. É ao Valenod que está devendo um favor, e sou eu quem está comprometido. O que dizer se esses malditos jornais jacobinos lançarem mão dessa anedota e fizerem de mim um senhor 95?

Um homem bem-apessoado, de grandes suíças negras, vinha entrando, naquele instante, atrás do criado.

– Senhor prefeito, sou *il signor* Geronimo. Eis uma carta que o cavaleiro de Beauvaisis, adido da embaixada de Nápoles, me entregou para o senhor quando parti; há nove dias apenas – acrescentou o *signor* Geronimo, alegremente, olhando para a sra. de Rênal. – O *signor* de Beauvaisis, seu primo e meu grande amigo, senhora, disse-me que fala italiano.

O bom humor do napolitano transformou essa noite triste numa noite bem alegre. A sra. de Rênal insistiu em lhe servir o jantar. Colocou toda a casa em movimento; custasse o que custasse, queria distrair Julien da pecha de espião que, duas vezes naquele dia, ressoara em seus ouvidos. O *signor* Geronimo era um cantor famoso, da alta sociedade, mas muito alegre, qualidades que, na França, já não são tão compatíveis. Cantou após o jantar um pequeno *duettino* com a sra. de Rênal. Contou histórias encantadoras. À uma hora da manhã, as crianças protestaram quando Julien propôs que fossem para a cama.

– Só mais essa história – disse o mais velho.

– É a minha, *signorino* – continuou o *signor* Geronimo. – Há oito anos, eu era, como você, um jovem aluno do Conservatório, quer dizer, eu tinha a sua idade; mas não tinha a honra de ser o filho do ilustre prefeito da bela cidade de Verrières.

Essas palavras fizeram o sr. de Rênal suspirar, ele olhou para sua mulher.

– O *signor* Zingarelli – continuou o jovem cantor, exagerando um pouco o seu sotaque que fazia as crianças cair na gargalhada –, o *signor* Zingarelli era um professor excessivamente severo. Ninguém gostava dele no Conservatório; mas ele queria que agissem sempre como se gostassem. Eu saía sempre que podia; ia ao pequeno teatro de San Carlino, onde ouvia uma música dos deuses. Mas céus! Como fazer para juntar os oito tostões que custava a entrada? Quantia enorme – disse ele, olhando para as crianças, que riam mais ainda. – O *signor*

Giovannone, diretor do San Carlino, ouviu-me cantar. Tinha dezesseis anos: "Esse menino é um tesouro", disse ele. "Quer que eu o contrate, caro amigo?", chegou a me dizer. "E quanto vai me pagar?" "Quarenta ducados por mês." Senhores, são sessenta francos. Achei que os céus se abriam para mim. "Mas como", disse para Giovannone, "conseguir que o severo Zingarelli me deixe sair?" "*Lascia fare a me.*"

– Deixe por minha conta! – traduziu o menino mais velho.

– Exatamente, meu caro senhor. O *signor* Giovannone me disse: "*Caro*, primeiro um pequeno contrato". Eu assino: ele me dá três ducados. Nunca tinha visto tanto dinheiro. Depois, ele me disse o que devia fazer. No dia seguinte, peço uma audiência com o terrível *signor* Zingarelli. Seu velho criado de quarto me faz entrar. "O que quer comigo, mau elemento?", disse Zingarelli. "Maestro, arrependo-me dos meus erros; nunca mais vou sair do Conservatório por cima da grade de ferro. Vou me aplicar em dobro." "Se eu não temesse estragar a mais bela voz de baixo que já ouvi, ia deixá-lo preso a pão e água por quinze dias, pilantra." "Maestro, serei um modelo para toda a escola, *credete a me*. Só lhe peço uma coisa: se alguém vier pedir que eu cante fora, recuse. Por favor, diga que não pode deixar."

"E quem diabos você acha que vai pedir um sacripanta como você? E eu iria permitir algum dia que você deixasse o Conservatório? Está brincando? Vá-se embora, ande!", disse ele, tentando me dar um pontapé na b..., "ou cuidado com o pão seco e a prisão!" Uma hora depois, o *signor* Giovannone chega à casa do diretor: "Venho lhe pedir que faça minha fortuna", disse ele, "conceda-me Geronimo. Que ele cante no meu teatro e, nesse inverno, caso minha filha." "O que quer fazer com esse mau elemento?", disse Zingarelli. "Não quero; você não o terá; e aliás, mesmo que consentisse, ele nunca vai querer deixar o Conservatório; acaba de jurar a mim." "Se só depende da vontade dele", disse gravemente Giovannone, tirando do bolso o meu contrato, "*carta canta!* Eis sua assinatura." Imediatamente, Zingarelli, furioso, pendura-se na campainha: "Expulsem Geronimo do Conservatório!", gritou, fervendo de raiva. Expulsaram-me, pois, e eu ria às gargalhadas. Na mesma noite, cantei a ária *del Moltiplico*. Polichinelo quer se casar e conta nos dedos os objetos de que vai precisar na vida de casado e se embaralha a cada instante nesse cálculo.

– Ah, por favor, senhor, cante essa ária – disse a sra. de Rênal.

Geronimo cantou e todo mundo chorava de tanto rir. O *signor* Geronimo só foi se deitar às duas horas da manhã, deixando a família encantada com suas boas maneiras, sua delicadeza e alegria.

No dia seguinte, o sr. e a sra. de Rênal entregaram-lhe as cartas de que precisava para a corte da França.

"Então, a falsidade impera", disse Julien. "Eis o *signor* Geronimo que vai para Londres com sessenta mil francos de ordenado. Sem a habilidade do diretor do San Carlino, sua voz divina talvez só fosse conhecida e admirada dez anos mais tarde... Por Deus, eu bem que achava melhor ser um Geronimo do que um Rênal. Não é tão prestigiado na sociedade, mas não tem o desgosto de fazer adjudicações como a de hoje, e sua vida é alegre."

Uma coisa espantava Julien: as semanas solitárias que passara em Verrières, na casa do sr. de Rênal, tinham sido para ele uma época de felicidade. Encontrara desgosto e pensamentos tristes apenas nos almoços que lhe ofereceram; naquela casa solitária, não podia ler, escrever, refletir sem ser perturbado? Não era a cada instante tirado dos seus brilhantes devaneios pela cruel necessidade de estudar os movimentos de uma alma vil e, ainda por cima, a fim de enganá-la com manobras ou palavras hipócritas.

"Estaria a felicidade tão perto de mim? A despesa de uma vida assim é pouca coisa; posso, à minha escolha, casar-me com a srta. Elisa, ou tornar-me sócio de Fouqué... Mas o viajante que acaba de galgar uma montanha rapidamente se senta no cume e encontra um prazer perfeito no repouso. Seria feliz se o forçassem a repousar sempre?"

O espírito da sra. de Rênal chegara a pensamentos fatais. Apesar de suas resoluções, ela confessara a Julien todo o negócio da adjudicação. "Então ele vai me fazer esquecer todos os meus juramentos!", pensava ela.

Ela teria sacrificado sua vida sem hesitar para salvar a de seu marido, se o visse em perigo. Era uma dessas almas nobres e romanescas, para quem perceber a possibilidade de uma ação generosa e não fazê-la era a fonte de um remorso quase igual àquele do crime cometido. Contudo, havia dias funestos em que ela não conseguia afastar a imagem do cúmulo de felicidade que desfrutaria se, enviuvando de repente, pudesse casar com Julien.

Ele amava os filhos dela mais do que o próprio pai; apesar de sua justiça severa, Julien era adorado por eles. Ela bem percebia que, casando com Julien, seria preciso deixar esse Vergy cujos recantos sombreados lhe eram tão caros. Via-se vivendo em Paris, dando a seus filhos aquela educação que causava a admiração de todo o mundo. Seus filhos, ela, Julien, todos eram perfeitamente felizes.

Estranho efeito do casamento, tal como o fez o século XIX! O tédio da vida matrimonial certamente faz sucumbir o amor, quando o amor precedeu o casamento. E no entanto, diria um filósofo, logo traz às pessoas suficientemente ricas para não trabalhar o tédio profundo de todos os prazeres tranquilos. E são apenas as almas secas, entre as mulheres, que ele não inclina ao amor.

A reflexão do filósofo me faz desculpar a sra. de Rênal, mas não a desculpavam em Verrières, e toda a cidade, sem que ela desconfiasse, só se ocupava do escândalo de seus amores. Por conta desse caso importante, naquele outono, entediaram-se por lá menos do que de costume.

O outono e parte do inverno passaram bem depressa. Foi preciso deixar o bosque de Vergy. A boa sociedade de Verrières começava a indignar-se por seus anátemas causarem tão pequena impressão sobre o sr. de Rênal. Em menos de oito dias, pessoas graves, que compensavam sua seriedade costumeira com o prazer de cumprir esse tipo de missão, sugeriram-lhe as mais cruéis suspeitas, servindo-se contudo dos termos mais comedidos.

O sr. Valenod, que fazia jogo cerrado, empregara Elisa numa família nobre e bastante considerada, onde havia cinco mulheres. Temendo não ter emprego durante o inverno, dizia Elisa, só pedira cerca de dois terços do que ganhava na casa do senhor prefeito. Por conta própria, esta moça teve a excelente ideia de ir confessar-se tanto ao antigo cura Chélan como ao novo, a fim de contar, a ambos e em detalhes, os amores de Julien.

Um dia após a sua chegada, logo às seis horas da manhã, o padre Chélan mandou chamar Julien:

– Não estou lhe perguntando nada – disse-lhe. – Eu lhe rogo e, se necessário, ordeno que não me diga nada, só exijo que, em menos de três dias, o senhor parta para o seminário de Besançon ou para a casa de seu amigo Fouqué, que está sempre disposto a proporcionar-lhe uma situação magnífica. Já previ tudo, providenciei tudo, mas é preciso partir e não voltar a Verrières antes de um ano.

Julien não respondeu; analisava se a sua honra devia considerar-se ofendida com as atitudes que o sr. Chélan, que afinal de contas não era seu pai, tomara por ele.

– Amanhã a esta hora, terei a honra de revê-lo – disse finalmente ao cura.

O sr. Chélan, que esperava vencer facilmente um rapaz tão jovem, falou bastante. Assumindo a atitude e a fisionomia mais humildes, Julien não abriu a boca.

Finalmente, saiu e correu para avisar a sra. de Rênal, que encontrou desesperada. Seu marido acabara de lhe falar com certa franqueza. A fraqueza natural de seu caráter, apoiando-se na perspectiva da herança de Besançon, fizera-o a considerá-la perfeitamente inocente. Ele acabara de lhe contar o estranho estado no qual encontrara a opinião pública de Verrières. O povo estava errado, fora enganado pelos invejosos, mas enfim, o que fazer?

Por um instante, a sra. de Rênal teve a ilusão de que Julien poderia aceitar a oferta do sr. Valenod e permanecer em Verrières. Mas não era mais aquela mulher simples e tímida do ano precedente; sua paixão fatal, seus remorsos tinham-na esclarecido. Teve logo o desgosto de provar a si mesma, enquanto escutava o marido, que uma separação, ao menos momentânea, se tornara indispensável. "Longe de mim, Julien vai recair nos seus projetos de ambição, tão naturais quando não se tem nada. E eu, bom Deus! Sou tão rica! E tão inutilmente para a minha felicidade! Ele me esquecerá. Amável como é, será amado, amará. Ah, infeliz... Do que posso me queixar? O céu é justo, não tive o mérito de deter o crime e ele me tira o juízo. Bastava-me conquistar Elisa com a força do dinheiro, nada era mais fácil para mim. Não me dei ao trabalho de refletir um instante, as loucas fantasias do amor absorviam todo o meu tempo. É o fim."

Julien ficou impressionado com uma coisa, ao contar a terrível notícia da partida para a sra. de Rênal: não encontrou nenhuma objeção egoísta. Ela fazia evidentes esforços para não chorar.

– Precisamos ter firmeza, meu amigo.

Ela cortou uma mecha de seus cabelos.

– Não sei o que farei – disse-lhe –, mas, se morrer, prometa-me nunca se esquecer de meus filhos. De longe ou de perto, trate de fazer deles gente honesta. Se houver uma nova revolução, todos os nobres serão degolados, o pai deles talvez emigre por causa daquele camponês morto num telhado. Cuide da família... Dê-me sua mão. Adeus, meu amigo! Estes são os últimos momentos. Feito este grande sacrifício, espero ter, em público, a coragem de pensar em minha reputação.

Julien esperava algum desespero. A simplicidade dessa despedida o comoveu.

– Não, não é assim que vamos nos despedir. Partirei; assim o querem; até você o quer. Mas, três dias após minha partida, voltarei para vê-la, à noite.

A existência da sra. de Rênal transformou-se. Julien gostava mesmo dela, uma vez que tivera, por conta própria, a ideia de revê-la! Sua dor terrível transformou-se num dos mais fortes sentimentos de alegria que já experimentara em sua vida. Tudo lhe pareceu fácil. A certeza de rever seu amigo afastava daqueles últimos momentos tudo o que tinham de dilacerante. A partir de então, a conduta, assim como a fisionomia da sra. de Rênal, foi nobre, firme e perfeitamente conveniente.

O sr. de Rênal voltou logo; estava fora de si. Finalmente falou com sua mulher a respeito da carta anônima recebida havia dois meses.

– Quero levá-la ao Cassino, mostrar a todos que veio daquele infame Valenod, que eu tirei da miséria para tornar um dos mais ricos burgueses de Verrières. Vou envergonhá-lo publicamente e depois me baterei com ele. Isso é demais.

"Poderia ficar viúva, meu Deus!", pensou a sra. de Rênal. Mas quase no mesmo instante disse a si mesma: "Se não impedir esse duelo, como certamente posso fazê-lo, serei a assassina de meu marido".

Nunca manejara a vaidade dele com tanta habilidade. Em menos de duas horas ela lhe fez ver, e sempre com razões que ele mesmo encontrava, que mais do que nunca era preciso demonstrar amizade pelo sr. Valenod e até mesmo trazer Elisa de volta para casa. A sra. de Rênal precisou de coragem para se decidir a rever esta moça, causa de todo o seu desgosto. Mas essa ideia vinha de Julien.

Enfim, após ser reconduzido três ou quatro vezes à direção certa, o sr. de Rênal chegou sozinho à ideia, financeiramente bem penosa, de que não haveria nada mais desagradável para ele do que ver Julien, em meio à efervescência e aos boatos de toda Verrières, como preceptor dos filhos do sr. Valenod. Importava, pelo contrário, à glória do sr. de Rênal que Julien deixasse Verrières para entrar para o seminário de Besançon ou de Dijon. Mas como convencê-lo, e depois, como viveria lá?

O sr. de Rênal, vendo a iminência do sacrifício de dinheiro, estava mais desesperado que sua mulher. Quanto a ela, após essa conversa, estava na posição de um homem de fibra que, cansado da vida, tomou uma dose de estramônio; só age mecanicamente, por assim dizer, e não se interessa por mais nada. Como quando o rei Luís XIV, moribundo, disse: *Quando era rei.* Palavras admiráveis!

Na manhã seguinte, logo cedo, o sr. de Rênal recebeu uma carta anônima. Esta era do estilo mais ultrajante. As palavras mais grosseiras aplicáveis à sua posição apareciam em cada linha. Era a obra de algum subalterno invejoso. Esta carta devolveu-lhe a ideia de se bater com o sr. Valenod. Logo, sua coragem levou-o a pensar em execução imediata. Saiu sozinho e foi até o vendedor de armas buscar pistolas, que mandou carregar.

"Por sinal", pensava ele, "mesmo que a administração severa de Napoleão voltasse ao mundo, eu não teria a menor desonestidade de que me culpar. No máximo, fechei os olhos para certas coisas, mas tenho boas cartas na minha escrivaninha que me autorizam a isto."

A sra. de Rênal assustou-se com a cólera fria de seu marido: lembrava-lhe a ideia fatal da viuvez, que afastava com tamanha dificuldade. Trancou-se com ele. Durante longas horas falou em vão, a nova carta anônima o decidira. Finalmente, conseguiu transformar a coragem de esbofetear o sr. Valenod na de oferecer seiscentos francos a Julien para um ano de pensão num seminário. O sr. de Rênal, amaldiçoando mil vezes o dia em que tivera a ideia fatal de levar um preceptor para sua casa, esqueceu a carta anônima.

Consolou-se um pouco com uma ideia que não comunicou à sua mulher: com habilidade e valendo-se das ideias romanescas do rapaz, ele esperava convencê-lo, em troca de uma quantia módica, a recusar a oferta do sr. Valenod.

A sra. de Rênal teve muito mais dificuldade em provar que, sacrificando um emprego de oitocentos francos que o diretor do asilo lhe oferecera publicamente, em nome das conveniências do marido dela, Julien podia aceitar sem pudores uma indenização.

– Mas eu nunca tive – dizia o tempo todo Julien –, eu nunca tive, nem de longe, a menor intenção de aceitar esta oferta. Você me acostumou demais com a vida elegante, a grosseria daquela gente acabaria comigo.

A cruel necessidade, com sua mão de ferro, dobrou a vontade de Julien. Seu orgulho lhe oferecia a ilusão de só aceitar como empréstimo a quantia oferecida pelo prefeito de Verrières e de assinar uma nota promissória, com juros e validade de cinco anos.

A sra. de Rênal ainda tinha alguns milhares de francos escondidos numa pequena gruta da montanha.

Ofereceu-os, tremendo, pois sabia que seriam furiosamente recusados.

– Quer tornar abominável – disse ele – a lembrança de nosso amor?

Por fim, Julien deixou Verrières. O sr. de Rênal estava bem feliz: no momento fatal de aceitar o dinheiro, esse sacrifício pareceu grande demais a Julien. Recusou com firmeza. O sr. de Rênal abraçou-o com lágrimas nos olhos. Como Julien lhe pedira um atestado de boa conduta, não encontrou, no seu entusiasmo, termos suficientemente magníficos para exaltar seu comportamento. Nosso herói tinha cinco luíses de economias e contava pedir uma quantia semelhante para Fouqué.

Estava muito emocionado. Mas, a uma légua de Verrières, onde deixara tanto amor, só pensou na felicidade de ver uma capital, uma grande praça de guerra como Besançon.

Durante essa curta ausência de três dias, a sra. de Rênal foi enganada por uma das mais cruéis decepções do amor. Sua vida era suportável; entre ela e o extremo desgosto, havia esse último encontro que teria com Julien. Ela contava as horas, os minutos que faltavam. Enfim, durante a noite do terceiro dia, ouviu de longe o sinal combinado. Após atravessar mil perigos, Julien apareceu diante dela.

A partir de então só teve um pensamento: "É a última vez que o vejo". Longe de corresponder ao entusiasmo de seu amigo, parecia um cadáver vagamente animado. Quando se forçava a lhe dizer que o amava, era de uma forma desajeitada, que provava quase o contrário. Nada pôde distraí-la da ideia cruel de separação eterna. O desconfiado Julien acreditou por um instante que já fora esquecido. Suas palavras, irritadas por causa disso, só foram acolhidas por grandes lágrimas escorrendo em silêncio e por apertos de mão quase convulsivos.

– Mas santo Deus! Como quer que eu acredite? – respondia Julien aos frios protestos de sua amiga. – Você demonstraria cem vezes mais amizade sincera pela sra. Derville, uma simples conhecida.

A sra. de Rênal, petrificada, não sabia o que responder:

– É impossível ser mais infeliz... Espero morrer logo... Sinto meu coração gelar...

Foram essas as respostas mais longas que ele pôde obter.

Quando a aproximação do dia veio tornar a partida necessária, as lágrimas da sra. de Rênal cessaram completamente. Ela o viu amarrar à janela uma corda com nós, sem lhe dizer uma palavra, sem corresponder a seus beijos. Em vão, Julien lhe dizia:

– Eis que chegamos ao estado que sempre desejou. A partir de agora, viverá sem remorsos. À menor indisposição de seus filhos, não os verá mais descer à cova.

– Fico triste por você não poder abraçar Stanislas – disse friamente.

Julien espantou-se com os abraços sem calor daquele cadáver vivo; não conseguiu pensar em outra coisa durante muitas léguas. Sua alma estava desolada, e antes de passar a montanha, enquanto pôde ver o campanário da igreja de Verrières, voltou-se muitas vezes para trás.

XXIV. Uma capital

Quanto barulho, quanta gente ocupada! Quantas ideias para o futuro numa cabeça de vinte anos! Quanta distração para o amor!

BARNAVE

Finalmente avistou muralhas negras sobre uma montanha longínqua; era a fortaleza de Besançon. "Quanta diferença para mim", disse suspirando, "se chegasse a essa nobre cidade para ser subtenente num dos regimentos encarregados de defendê-la!"

Besançon não é apenas uma das mais belas cidades da França, ela está cheia de gente de caráter e inteligência. Mas Julien não passava de um pequeno camponês e não tinha a menor ocasião de chegar perto de homens distintos.

Pegara na casa de Fouqué um traje civil, e foi assim vestido que ele passou pelas pontes levadiças. Com a cabeça cheia da história do sítio de 1674, ele quis ver, antes de se fechar no seminário, as muralhas e a fortaleza. Duas ou três vezes, esteve a ponto de ser preso pelas sentinelas; penetrava em lugares que a estratégia das fortificações proíbe ao público, para vender doze ou quinze francos de feno todo ano.

A altura das muralhas, a profundidade dos fossos, a aparência terrível dos canhões já o mantinham ocupado havia várias horas, quando passou diante do grande café, no bulevar. Ficou imóvel de admiração; por mais que lesse a palavra CAFÉ, escrita em letras grandes acima das duas portas imensas, não conseguia acreditar em seus olhos. Fez um esforço contra a sua timidez; atreveu-se a entrar e viu-se numa sala de trinta ou quarenta passos de comprimento e cujo teto tinha pelo menos uns vinte pés de altura. Naquele dia, tudo era encantamento para ele.

Duas partidas de bilhar estavam em curso. Os garçons anunciavam os pontos; os jogadores corriam ao redor dos bilhares atravancados de espectadores. Golfadas de fumo, emanando de todas as bocas, envolviam-nos em uma nuvem azul. A alta estatura daqueles homens, seus ombros arredondados, seu andar pesado, suas enormes suíças, as longas sobrecasacas que os cobriam, tudo chamava a atenção de Julien. Aqueles nobres rebentos da antiga Bisontium só falavam gritando; davam-se ares de guerreiros terríveis. Julien admirava, imóvel; pensava na imensidão e magnificência de uma grande capital como Besançon. Não tinha a menor coragem de pedir uma xícara de café a um desses senhores de olhar altivo que anunciavam os pontos do bilhar.

Mas a mocinha do balcão tinha notado a figura encantadora daquele jovem burguês do interior que, parado a três passos do aquecedor, com um pacotinho debaixo do braço, observava o busto do rei, em belo gesso branco. Aquela mocinha, natural do Franco Condado, alta, bonita e vestida da maneira certa para valorizar um café, já tinha dito duas vezes, numa vozinha que tentava ser ouvida apenas por Julien: "Senhor! Senhor!". Julien deparou-se com grandes olhos azuis muito meigos e viu que era com ele que falavam.

Aproximou-se vivamente do balcão e da bela moça, como se tivesse marchando contra o inimigo. Nesse movimento grandioso, seu pacote caiu.

Quanta pena haveria de causar nosso provinciano nos jovens colegiais de Paris que, aos quinze anos, já sabem entrar num café de maneira tão distinta! Mas esses meninos, tão cheios de estilo aos quinze anos, aos dezoito tornam-se *vulgares*. A timidez apaixonada que se encontra na província algumas vezes se supera e, então, é ela que ensina a querer. Ao aproximar-se daquela mocinha tão bonita que se dignava a lhe dirigir a palavra, "é preciso dizer a verdade", pensou Julien, que ficava corajoso por força da timidez vencida.

– Senhora, é a primeira vez em minha vida que venho a Besançon; gostaria de pagar por um pão e uma xícara de café.

A mocinha sorriu levemente e corou; temia que esse belo rapazinho atraísse a atenção irônica e as brincadeiras dos jogadores de bilhar. Ele ficaria assustado e não voltaria mais.

– Fique aqui, perto de mim – disse ela, mostrando-lhe uma mesa em mármore, quase inteiramente escondida pelo enorme balcão de mogno que avançava pela sala.

A moça debruçou-se para fora do balcão, o que lhe deu a oportunidade de exibir um talhe soberbo. Julien notou-o; todas as suas ideias mudaram. A bela moça acabara de colocar diante dele uma xícara, açúcar e um pãozinho. Hesitava em chamar um garçom para trazer o café, percebendo perfeitamente que, quando ele chegasse, acabaria sua conversa particular com Julien.

Julien, pensativo, comparava aquela beleza loira e alegre a certas lembranças que volta e meia o agitavam. A ideia da paixão de que fora objeto tirou-lhe toda sua timidez. A bela moça só tinha um instante; ela compreendeu o olhar de Julien.

– Essa fumaça de cachimbo vai fazê-lo tossir, venha comer amanhã antes das oito horas da manhã: a essa hora, estou quase sozinha.

– Qual é o seu nome? – perguntou Julien, com o sorriso carinhoso da timidez feliz.

– Amanda Binet.

– Permita que lhe envie, daqui a uma hora, um pacotinho do tamanho deste aqui?

A bela Amanda refletiu um pouco.

– Eu sou vigiada: o que está me pedindo pode me comprometer; porém, vou escrever meu endereço num cartão, que o senhor colocará no pacote. Pode mandá-lo sem medo.

– Eu me chamo Julien Sorel – disse o rapaz. – Não tenho nem parentes, nem conhecidos em Besançon.

– Ah, entendo! – disse ela alegremente. – Veio para a Escola de Direito?

– Ai de mim! Não – respondeu Julien –, estão me mandando para o seminário.

O mais completo desânimo turvou o rosto de Amanda; ela chamou um garçom: agora tinha coragem. O garçom serviu café a Julien, sem olhar para ele.

Amanda recebia dinheiro no balcão; Julien estava orgulhoso por ter ousado falar com ela. Houve briga num dos bilhares. Os gritos e desmentidos dos jogadores, ressoando naquela sala imensa, faziam um estardalhaço que espantava Julien. Amanda parecia devanear e abaixara os olhos.

– Se quiser, senhorita – disse-lhe de repente com segurança –, direi que sou seu primo.

Aquele arzinho de autoridade agradou a Amanda. "Não é um rapaz qualquer", pensou ela. Disse-lhe depressa, sem olhar para ele, pois seus olhos estavam ocupados em ver se alguém se aproximava do balcão:

– Eu sou de Genlis, perto de Dijon; diga que também é de Genlis e primo de minha mãe.

– Pode deixar.

– Todas as quintas, às cinco horas, no verão, os senhores seminaristas passam aqui na frente do café.

– Se estiver pensando em mim, traga na mão um ramo de violetas quando eu passar.

Amanda o fitou, espantada; aquele olhar transformou a coragem de Julien em temeridade; no entanto, enrubesceu muito ao dizer:

– Sinto que a amo apaixonadamente.

– Pois então fale mais baixo – disse ela, assustada.

Julien tentava se lembrar das frases de um volume desemparelhado da *Nova Heloísa*, que encontrara em Vergy. Sua memória o serviu bem; havia dez minutos que ele recitava a *Nova Heloísa* à srta. Amanda, encantada, e ele estava feliz com sua valentia quando, de repente, a bela moça assumiu um ar glacial. Um de seus amantes surgira na porta do café.

Ele se aproximou do balcão, assobiando e mexendo os ombros; olhou para Julien. Imediatamente, a imaginação deste, sempre extremada, encheu-se com ideias de duelo. Empalideceu bastante, afastou sua xícara, assumiu uma pose destemida e encarou com firmeza o seu rival. Quando o rival em questão abaixou a cabeça, servindo-se, com familiaridade, de um copo de aguardente no balcão, com um olhar Amanda mandou Julien abaixar a vista. Ele obedeceu e, durante dois minutos, ficou parado no seu lugar, pálido, decidido e pensando apenas no que ia acontecer; sentia-se bem naquele instante. O rival ficara espantado com o olhar de Julien; depois de tomar de um só trago o copo de aguardente, falou alguma coisa para Amanda, pôs as duas mãos nos bolsos laterais da pesada sobrecasaca e aproximou-se de um bilhar, assobiando e encarando Julien. Este se levantou num ímpeto de raiva; mas não sabia o que fazer para ser insolente. Deixou seu pacotinho na mesa e caminhou para o bilhar, gingando tanto quanto podia.

"Tudo em vão", dizia-lhe a prudência, "com um duelo logo na chegada a Besançon, a carreira eclesiástica está perdida. O que importa? Ninguém vai dizer que deixo passar um insolente."

Amanda viu sua coragem; fazia um belo contraste com a ingenuidade de suas maneiras; num instante, preferiu-o ao moço alto de sobrecasaca. Levantou-se e, fingindo observar alguém que estava passando na rua, veio rapidamente colocar-se entre ele e o bilhar.

– Não se meta a olhar atravessado para esse senhor, é o meu cunhado.

– O que me importa? Ele me encarou.

– Quer me fazer infeliz? Sem dúvida ele o encarou, talvez venha até a lhe falar. Disse que o senhor é parente de minha mãe e que acaba de chegar de Genlis. Ele é do Franco Condado e nunca passou de Dôle, na estrada da Borgonha; pode lhe dizer o que quiser, sem medo.

Julien ainda hesitava; ela rapidamente acrescentou, graças à sua imaginação de balconista que lhe fornecia mentiras em abundância:

– Sem dúvida ele o encarou, mas foi no momento em que me perguntava quem era o senhor; é um homem *rude* com todo mundo, mas não quis insultá-lo.

O olhar de Julien seguia o pretenso cunhado; viu-o engrossar o bolo de apostas na partida do bilhar mais distante. Ouviu seu vozeirão que gritava em tom de ameaça: *deixa comigo!* Julien passou rapidamente por trás da srta. Amanda e deu um passo em direção ao bilhar. Amanda o segurou pelo braço:

– Venha me pagar primeiro – disse ela.

"Está certo", pensou Julien, "ela teme que eu saia sem pagar." Amanda estava tão agitada quanto ele e bem corada; devolveu-lhe o troco o mais lentamente possível, enquanto repetia em voz baixa:

– Saia imediatamente do café ou não vou mais gostar do senhor; e, no entanto, eu bem que gosto.

Julien saiu, mas lentamente. "Não seria meu dever", repetia para si mesmo, "eu mesmo ir encarar e desafiar esse sujeito grosseiro?" Essa incerteza deteve-o uma hora, no bulevar, diante do café; espreitava se o homem aparecia. Não apareceu, e Julien se afastou.

Fazia apenas algumas horas que estava em Besançon e já conquistara um remorso. O velho cirurgião-mor dera-lhe outrora, apesar de sua gota, algumas lições de esgrima; era essa toda a ciência de que Julien dispunha a serviço de sua cólera. Mas tal embaraço não teria sido nada se soubesse como se zangar sem dar uma bofetada; se chegassem a se esmurrar, seu rival, um sujeito enorme, teria espancado e largado Julien no chão.

"Para um pobre-diabo como eu", pensou Julien, "sem protetores e sem dinheiro, não deve haver muita diferença entre um seminário e uma prisão; é preciso que eu guarde meu traje civil em alguma estalagem, onde vestirei novamente meu hábito negro. Se porventura eu conseguir sair do seminário por algumas horas, poderei perfeitamente, com meus trajes civis, rever a srta. Amanda." Era um belo raciocínio; mas Julien, passando diante de todas as estalagens, não ousava entrar em nenhuma.

Finalmente, quando passava pela segunda vez diante do Hotel dos Embaixadores, seus olhos inquietos encontraram os de uma mulher gorda, ainda bastante jovem, corada, de aparência alegre e feliz. Aproximou-se dela e contou-lhe sua história.

– Mas decerto, meu lindo padrezinho – disse-lhe a hoteleira dos Embaixadores –, guardarei o seu traje civil e até cuidarei para que lhe tirem sempre o pó. Nesse tempo, não é bom deixar a roupa trancada. – Ela pegou uma chave e o levou ela mesma a um quarto, recomendando-lhe que fizesse uma lista do que estava deixando.

– Meu Deus! Como o senhor está bem assim, senhor padre Sorel – disse a mulher gorda quando ele desceu à cozinha –, vou mandar servir um bom almoço; e – acrescentou ela –, só vai lhe custar vinte soldos, em vez dos cinquenta que todo mundo paga; pois é preciso poupar o seu *pé-de-meia*.

– Eu tenho dez luíses – redarguiu Julien com certo orgulho.

– Ah, meu Deus! – respondeu a boa hoteleira alarmada. – Não fale tão alto; tem muito mau sujeito em Besançon. Vão lhe roubar tudo num abrir e fechar de olhos. Sobretudo, não entre nunca nos cafés, estão cheios de maus sujeitos.

– É mesmo! – disse Julien, a quem essas palavras davam o que pensar.

– Só venha aqui em casa, mandarei fazer café para o senhor. Lembre-se de que aqui sempre encontrará uma amiga e um bom almoço por vinte soldos; é assim que se fala, espero. Vá, sente-se à mesa, eu mesma vou servi-lo.

– Não seria capaz de comer, estou muito emocionado, vou entrar no seminário logo que sair daqui.

A boa mulher só o deixou partir após encher seus bolsos de provisões. Finalmente, Julien dirigiu-se para o terrível lugar; a hoteleira, por cima do portão, indicara-lhe o caminho.

xxv. O seminário

Trezentos e trinta e seis almoços por 83 centavos, trezentos e trinta e seis jantares por 38 centavos, chocolate a quem de direito; quanto não se pode ganhar com a submissão!

O "Valenod" de Besançon

Viu de longe a cruz de ferro dourado sobre a porta; aproximou-se lentamente; suas pernas pareciam desfalecer. "Aí está, este inferno sobre a terra, de onde não poderei sair!" Por fim, decidiu-se a tocar. O barulho do sino ressoou como num lugar ermo. Ao cabo de dez minutos, um homem pálido, vestido de negro, veio abrir a porta. Julien fitou-o e logo abaixou a cabeça. Aquele porteiro tinha uma fisionomia singular. A pupila saliente e verde de seus olhos arredondava-se como as de um gato; o contorno imóvel de suas pálpebras indicava a impossibilidade de qualquer simpatia; seus lábios estreitos formavam um semicírculo sobre os dentes protuberantes. Esta fisionomia, contudo, não denotava o crime, mas antes aquela insensibilidade perfeita que inspira um terror maior à juventude. O único sentimento que o rápido olhar de Julien pôde adivinhar, naquele rosto comprido e devoto, foi um desprezo profundo por tudo o que quisessem lhe dizer e que não fosse do interesse do céu.

Julien levantou os olhos com esforço e, numa voz que a batida do coração fazia tremer, explicou que desejava falar com o sr. Pirard, o diretor do seminário. Sem dizer uma palavra, o homem de negro fez sinal para que o seguisse. Subiram dois andares por uma escada larga, com corrimão de madeira, cujos degraus tortos se inclinavam para o lado oposto à parede e pareciam prestes a desabar. Uma pequena porta, encimada por uma grande cruz de cemitério, de madeira leve pintada de preto, foi aberta com dificuldade, e o porteiro o fez entrar num cômodo escuro e baixo, cujas paredes caiadas eram guarnecidas por dois grandes quadros enegrecidos pelo tempo. Ali, Julien foi deixado a sós; estava apavorado, seu coração batia violentamente; teria sido feliz se ousasse chorar. Um silêncio de morte reinava em todo o lugar.

Ao cabo de um quarto de hora que pareceu um dia, o porteiro de rosto sinistro ressurgiu à soleira de uma porta, na outra extremidade do aposento, e, sem se dignar a falar, fez sinal que avançasse. Entrou numa peça ainda maior que a primeira e muito mal iluminada. As paredes também eram caiadas; mas não havia móveis. Apenas num canto próximo à porta, Julien viu de relance uma cama em madeira barata, duas cadeiras de palha e uma pequena poltrona de tábuas de pinho sem almofada. Na outra extremidade do quarto, perto de uma pequena janela de vidros amarelados e vasos de flores mantidos na sujeira, notou um homem sentado diante de uma mesa e vestido com uma sotaina esfarrapada; parecia irritado e remexia numa pilha de quadradinhos de papel, que arrumava sobre a mesa depois de escrever neles algumas palavras. Não notava a presença de Julien. Este se mantinha imóvel, de pé no meio do quarto, onde o deixara o porteiro, que saíra fechando a porta.

Dez minutos se passaram assim; o homem malvestido ainda escrevia. Tal era a emoção e o terror de Julien, que ele se sentia prestes a cair. Um filósofo teria dito, enganando-se talvez: eis a violenta impressão da feiura sobre uma alma feita para amar o que é belo.

O homem que escrevia levantou a cabeça; Julien só o notou após um momento e, mesmo assim, continuou imóvel, como ferido mortalmente pelo olhar terrível de que era objeto. Os olhos perturbados de Julien mal distinguiam um rosto comprido e todo coberto de manchas vermelhas, exceto sobre a testa, que ostentava uma palidez mortal. Entre a face vermelha e a testa branca, brilhavam dois olhinhos negros, feitos para assustar o mais valente. Os vastos contornos daquela testa eram marcados por cabelos espessos, lisos e de um negro de azeviche.

– Quer chegar mais perto, sim ou não? – disse finalmente o homem com impaciência.

Julien avançou num passo inseguro e, por fim, prestes a cair e pálido como nunca estivera em toda a sua vida, parou a três passos da mesinha de madeira barata coberta de quadradinhos de papel.

– Mais perto – disse o homem.

Julien avançou mais um pouco, estendendo a mão, como que tentando apoiar-se em alguma coisa.

– Seu nome?

– Julien Sorel.

– O senhor se atrasou bastante – disse o homem, fixando-o novamente com um olhar terrível.

Julien não pôde suportar aquele olhar; estendendo a mão como para se segurar, caiu estatelado no chão.

O homem tocou uma sineta. Julien só perdera o uso da visão e a força de se mover; ouviu passos aproximando-se.

Levantaram-no, colocaram-no sobre a pequena poltrona de madeira. Ouviu o homem terrível dizer ao porteiro:

– Pelo visto, é epiléptico, era só o que faltava.

Quando Julien pôde abrir os olhos, o homem de rosto vermelho continuava a escrever; o porteiro tinha desaparecido. "É preciso ter coragem", pensou nosso herói, "e sobretudo esconder o que estou sentindo: estava tremendamente enjoado; se me acontecer algum acidente, sabe-se lá o que pensará de mim." Por fim, o homem parou de escrever e, olhando Julien de soslaio:

– O senhor consegue me responder?

– Sim, senhor – disse Julien, numa vozinha fraca.

– Ah, ainda bem!

O homem de negro levantara-se parcialmente e procurava com impaciência uma carta na gaveta de sua mesa de pinho, que se abriu com um rangido. Encontrou-a, sentou-se lentamente e, fitando novamente Julien como se quisesse tirar o pouco de vida que lhe restava:

– O senhor me foi recomendado pelo sr. Chélan, que era o melhor cura da diocese, o mais virtuoso dos homens e meu amigo há trinta anos.

– Ah, é com o senhor Pirard que tenho a honra de falar! – disse Julien numa voz desfalecida.

– É o que parece – redarguiu o diretor do seminário, fitando-o mal-humorado.

Houve um redobrar no brilho de seus olhinhos, seguido de um movimento involuntário dos músculos dos cantos da boca. Era a fisionomia do tigre, antecipando o prazer de devorar a sua presa.

– A carta de Chélan é curta – disse ele, como que falando consigo mesmo. – *Intelligenti pauca*, pelos tempos que correm, não se deve escrever muito. – Leu em voz alta: "Envio-lhe Julien Sorel, desta paróquia, que batizei vai fazer vinte anos: filho de um carpinteiro rico mas que não lhe dá nada. Julien será um notável lavrador na vinha do Senhor. A memória e a inteligência não lhe faltam, sabe refletir. Será duradoura sua vocação? Será sincera?".

– *Sincera!* – repetiu o padre Pirard, com ar surpreso, olhando para Julien; mas o olhar do padre já estava menos desprovido de qualquer humanidade. – *Sincera!* – repetiu, abaixando a voz e retomando a leitura:

"Peço uma bolsa para Julien; ele a merecerá, submetendo-se aos exames necessários. Ensinei-lhe um pouco de teologia, dessa boa e antiga teologia dos Bossuet, dos Arnault, dos Fleury. Se o rapaz não lhe convier, mande-o de volta; o diretor do asilo de mendicância, que o senhor conhece bem, ofereceu-lhe oitocentos francos para ser preceptor de seus filhos. Tenho o espírito tranquilo, graças a Deus. Estou me acostumando com o terrível golpe. *Vale et me ama*."

O padre Pirard, retardando a voz enquanto lia a assinatura, pronunciou com um suspiro a palavra *Chélan*.

– Ele está tranquilo – disse. – De fato, sua virtude merecia esta recompensa; queira Deus concedê-la a mim, quando chegar a hora!

Olhou para o céu e fez o sinal da cruz. Diante deste sinal sagrado, Julien sentiu diminuir o horror profundo que, desde que entrara naquela casa, o tinha gelado.

– Tenho aqui trezentos e vinte e um aspirantes ao mais santo dos ofícios – disse por fim o padre Pirard, num tom de voz severo, mas não maldoso. – Apenas sete ou oito me foram recomendados por um homem como o padre Chélan; então, entre os trezentos e vinte e um, o senhor será o nono. Mas minha proteção não é nem favor, nem fraqueza, é um redobrar de cuidados e de severidade contra os vícios. Vá trancar esta porta.

Julien fez um esforço para andar e conseguiu não cair. Notou que uma janelinha, próxima à porta de entrada, dava para o campo. Olhou para as árvores; esta visão lhe fez bem, como se tivesse avistado velhos amigos.

– *Loquerisne latinam?* Fala o latim? – perguntou-lhe o padre Pirard, quando voltou.

– *Ita, pater optime!* Sim, meu excelente padre! – respondeu Julien, recobrando um pouco os sentidos. Certamente nenhum homem no mundo lhe parecera menos excelente que o sr. Pirard, na última meia hora.

A conversa continuou em latim. A expressão nos olhos do padre estava amansando; Julien recuperava algum sangue-frio. "Como sou fraco", pensou ele, "por me deixar impressionar com as aparências da virtude! Esse homem deve ser simplesmente um velhaco como o sr. Maslon!" E Julien congratulou-se por ter escondido quase todo o seu dinheiro nas botas.

O padre Pirard examinou Julien em teologia, ficou surpreso com a extensão de seus conhecimentos. Seu espanto aumentou quando o interrogou sobre a Sagrada Escritura. Mas, quando chegou às questões sobre as doutrinas dos Santos Padres, percebeu que Julien mal conhecia os nomes de São Jerônimo, de Santo Agostinho, de São Boaventura, de São Basílio etc. etc.

"Aí está", pensou o padre Pirard, "aí está aquela tendência fatal ao protestantismo que sempre reprovei em Chélan. Um conhecimento profundo e demasiado profundo da Sagrada Escritura." Julien acabara de falar, sem ser interrogado a esse respeito, sobre a *verdadeira* época em que foram escritos o Gênese, o Pentateuco etc.

"A que leva esse raciocínio infinito sobre a Sagrada Escritura", pensou o padre Pirard, "senão ao *exame pessoal*, ou seja, ao mais horrível protestantismo? E, ao lado desta ciência imprudente, nada sobre os Padres que pudesse compensar essa tendência."

Mas o espanto do diretor do seminário não teve mais limites quando, ao interrogar Julien sobre a autoridade do papa e esperando as máximas da antiga Igreja Galicana, o rapaz recitou-lhe todo o livro do sr. de Maistre.

"Homem singular, esse Chélan", pensou o padre Pirard. "Terá mostrado este livro para ensinar a zombar dele?"

Foi em vão que interrogou Julien para tentar adivinhar se ele acreditava seriamente na doutrina do sr. de Maistre. O rapaz só respondia com sua memória. A partir desse momento, Julien esteve realmente à vontade, sentia que era senhor de si. Após um exame bastante longo, pareceu-lhe que a severidade do sr. Pirard a seu respeito era apenas afetada. Com efeito, sem os princípios de gravidade austera que, havia quinze anos, se impusera em relação a seus alunos de teologia, o diretor teria abraçado Julien em nome da lógica, por toda a clareza, precisão e nitidez que encontrava em suas respostas.

"Eis um espírito ousado e são", dizia consigo mesmo, "mas *corpus debile*, o corpo é fraco."

– O senhor cai assim com frequência? – perguntou a Julien em francês, apontando o chão.

– É a primeira vez na minha vida, o rosto do porteiro me enregelou – acrescentou Julien, corando como uma criança.

O padre Pirard quase sorriu.

– Aí está o efeito das vãs pompas mundanas; aparentemente o senhor está acostumado com rostos risonhos, verdadeiros teatros da mentira. A verdade é austera, senhor. Mas nossa tarefa neste mundo não é austera também? Deverá cuidar para que a sua consciência se mantenha em guarda contra esta fraqueza: *demasiada sensibilidade perante as graças vãs da aparência*.

– Se não me fosse recomendado – disse o padre Pirard, retomando a língua latina com um prazer evidente –, se o senhor não me fosse recomendado por um homem como o padre Chélan, eu lhe falaria na linguagem vã desse mundo ao qual parece estar por demais acostumado. A bolsa integral que está me solicitando, posso dizer, é a coisa do mundo mais difícil de se obter. Mas o padre Chélan mereceu muito pouco por cinquenta e seis anos de trabalhos apostólicos, se não puder dispor de uma bolsa no seminário.

Depois destas palavras, o padre Pirard recomendou a Julien não entrar em nenhuma sociedade ou congregação secreta sem o seu consentimento.

– Dou-lhe minha palavra de honra – disse Julien, abrindo o coração como um homem de bem.

O diretor do seminário sorriu pela primeira vez.

– Essa expressão não é de uso aqui – disse ele –, lembra demais a honra vã de gente mundana, que leva a tantos erros e muitas vezes ao crime. O senhor me deve a santa obediência em virtude do parágrafo dezessete da bula *Unam Ecclesiam* de São Pio V. Sou seu superior eclesiástico. Nesta casa, meu caríssimo filho, ouvir é obedecer. Quanto dinheiro o senhor tem?

"Chegamos lá", pensou Julien, "eis o motivo do *meu caríssimo filho*."

– Trinta e cinco francos, padre.

– Anote cuidadosamente o emprego que vai dar a este dinheiro; deverá me prestar contas.

Esta penosa sessão tinha durado três horas; Julien foi chamar o porteiro.

– Vá instalar Julien Sorel na cela número 103 – disse o padre Pirard àquele homem.

Por uma grande distinção, concedeu a Julien um alojamento separado.

– Leve a mala dele – acrescentou.

Julien baixou os olhos e reconheceu sua mala bem na sua frente; havia três horas que olhava para ela e não a tinha reconhecido.

Chegando ao número 103, um quartinho quadrado de oito pés de comprimento, no último andar do seminário, Julien notou que dava para as muralhas; mais além delas, podia-se avistar a bela planície que o Doubs separa da cidade.

"Que vista encantadora!", exclamou Julien; dizendo isso, não percebia o que essas palavras queriam dizer. As sensações tão violentas que experimentara desde que chegara, havia pouco, em Besançon, tinham esgotado inteiramente as suas forças. Sentou-se perto da janela, na única cadeira de madeira que havia em sua cela, e logo mergulhou num sono profundo. Não ouviu o sino do jantar, nem o da bênção; tinham-no esquecido.

Quando os primeiros raios de sol o despertaram na manhã seguinte, deu consigo deitado no chão.

XXVI. O mundo ou o que falta ao rico

Estou só sobre a terra, ninguém se digna a pensar em mim. Todos os que vejo enriquecendo têm um atrevimento e uma dureza no coração que não sinto em mim. Odeiam-me por causa de minha bondade amena. Ah! Logo morrerei, seja de fome, seja de desgosto por ver os homens tão rígidos.

YOUNG

Apressou-se em escovar o hábito e descer, estava atrasado. Um bedel repreendeu-o severamente; em vez de tentar justificar-se, Julien cruzou os braços diante do peito:

– *Peccavi, pater optime!* Confesso que pequei, padre! – disse ele, com ar de contrição.

Esse começo fez muito sucesso. Os mais espertos entre os seminaristas viram que se tratava de um homem que não desconhecia os princípios elementares do ofício. A hora do recreio chegou. Julien viu que era objeto da curiosidade geral. Mas não encontraram nele nada além de reserva e silêncio. Seguindo as máximas que se impusera, considerou seus trezentos e vinte e um colegas como inimigos; o mais perigoso de todos sendo o padre Pirard.

Poucos dias depois, Julien precisou escolher um confessor, apresentaram-lhe uma lista.

"Ah, meu Deus! Por quem me tomam?", pensou ele. "Será que acham que não sei onde estou pisando?" Escolheu o padre Pirard.

Sem que o suspeitasse, esta atitude era decisiva. Um pequeno seminarista bem jovem, natural de Verrières, e que desde o primeiro dia se mostrara seu amigo, contou-lhe que, se tivesse escolhido o sr. Castanède, o vice-diretor do seminário, talvez tivesse agido com mais prudência.

– O padre Castanède é inimigo do Pirard, que é suspeito de jansenismo – acrescentou o pequeno seminarista, aproximando-se de seu ouvido.

Todos os primeiros passos de nosso herói, que se achava tão prudente, foram equivocados como a escolha do confessor. Desencaminhado por toda a presunção de um homem imaginoso, tomava suas intenções por fatos, e se achava um hipócrita consumado. Sua loucura chegava ao ponto de se reprovar por seu êxito nesta arte da fraqueza.

"Ai de mim! É minha única arma! Em outra época", dizia consigo mesmo, "seria com ações expressivas diante do inimigo que eu *ganharia meu pão.*"

Julien, satisfeito com sua conduta, olhava ao seu redor; encontrava em todos os lugares a aparência da virtude mais pura.

Oito ou dez seminaristas viviam em odor de santidade e tinham visões de Santa Teresa e de São Francisco, quando este recebeu os estigmas sobre o monte Verna, nos Apeninos. Mas era um grande segredo, que os amigos escondiam. Esses pobres jovens visionários estavam quase sempre na enfermaria. Uma centena de outros juntavam a uma fé robusta uma aplicação incansável. Esforçavam-se a ponto de ficarem doentes, mas sem aprender grande coisa. Dois ou três destacavam-se devido a um talento verdadeiro e, dentre outros, um chamado Chazel; mas Julien sentia-se distante deles e eles de Julien.

O resto dos trezentos e vinte e um seminaristas compunha-se apenas de criaturas grosseiras que não estavam bem certas de compreender as palavras latinas que repetiam ao longo do dia. Quase todos eram filhos de camponeses que achavam melhor ganhar o pão de cada dia recitando algumas palavras latinas do que cavando a terra. Foi a partir desta observação que, desde os primeiros dias, Julien passou a contar com o sucesso rápido. "Em qualquer ofício, é preciso gente inteligente, pois, afinal, há um trabalho a ser feito", pensava. "No tempo de Napoleão, teria sido sargento, entre esses futuros curas, serei vigário-geral."

"Todos esses pobres-diabos", acrescentava, "trabalhadores desde a infância, viveram, até chegar aqui, de leite coalhado e pão preto. Nas suas choupanas, só comiam carne cinco ou seis vezes por ano. À semelhança dos soldados romanos que achavam que a guerra era tempo de repouso, esses camponeses grosseiros estão encantados com as delícias do seminário."

Julien nunca lia, naqueles olhos mortiços, nada além da necessidade física satisfeita após o almoço e o prazer físico esperado antes da refeição. Tais eram as pessoas entre as quais seria preciso destacar-se; mas o que Julien não sabia, o que deixaram de lhe dizer, era que ser o primeiro nos diversos cursos de dogma, de história eclesiástica, etc. etc., ministrados no seminário, não passava, aos olhos deles, de um pecado *esplêndido*. Desde Voltaire, desde o governo das duas câmaras, que, no fundo, não passa de *descrença* e *exame pessoal* e confere ao espírito dos povos este mau hábito de *desconfiar,* a Igreja da França parece ter compreendido que os livros são seus verdadeiros inimigos. É a submissão do coração que vale tudo. Ter sucesso nos estudos, mesmo sagrados, parece suspeito, e com razão. Quem impedirá o homem superior de passar para o outro lado, como Siéyès ou Gregório! A Igreja temerosa se agarra ao papa como à única chance de salvação. Somente o papa pode tentar paralisar o exame pessoal e, por meio das piedosas pompas do cerimonial de sua corte, causar impressão sobre o espírito enfadado e doente da gente mundana.

Julien, desvendando parcialmente as várias verdades que, no entanto, todas as palavras pronunciadas num seminário tendem a desmentir, caía numa melancolia profunda. Estudava bastante e conseguia rapidamente aprender coisas muito úteis para um padre, muito falsas a seus olhos, e pelas quais não nutria o menor interesse. Pensava não ter mais nada a fazer.

"Será que fui esquecido por todo o mundo?", pensava ele. Não sabia que o sr. Pirard tinha recebido e jogado ao fogo algumas cartas timbradas de Dijon e nas quais, apesar das formas do estilo mais correto, transparecia a mais viva paixão. Grandes remorsos pareciam combater esse amor. "Tanto melhor", pensava o padre Pirard, "pelo menos não foi uma mulher ímpia que este rapaz amou."

Um dia, o padre Pirard abriu uma carta que parecia meio apagada por lágrimas, era um adeus eterno. "Finalmente", dizia a Julien, "o céu concedeu-me a graça de odiar, não o autor de meu erro, que sempre será o que tenho de mais caro no mundo, mas o erro em si. O sacrifício está feito, meu amigo. Não sem lágrimas, como pode ver. Prevaleceu a salvação daqueles a quem pertenço e que você tanto amou. Um Deus justo, mas terrível, não poderá mais vingar-se neles dos crimes de sua mãe. Adeus, Julien, seja justo com os homens."

Este final da carta estava quase absolutamente ilegível. Informava-se um endereço em Dijon e, no entanto, esperava-se que Julien nunca respondesse, ou que, pelo menos, se servisse de palavras que uma mulher restituída à virtude poderia ouvir sem corar.

A melancolia de Julien, reforçada pela medíocre alimentação que fornecia ao seminário o empresário dos almoços a 83 centavos, começava a influir sobre a sua saúde, quando, uma manhã, Fouqué apareceu de repente em seu quarto.

– Finalmente consegui entrar. Já vim cinco vezes a Besançon para vê-lo, e não me queixo. Dava sempre com a cara na porta. Coloquei alguém de guarda na porta do seminário; por que diabos você nunca sai?

– É uma provação que me impus.

– Acho que você está muito mudado. Finalmente o revejo. Dois belos escudos de cinco francos acabam de me mostrar que não passava de um tolo por não tê-los oferecido logo da primeira vez.

A conversa não acabava mais entre os dois amigos. Julien mudou de cor quando Fouqué lhe disse:

– A propósito, você sabe, a mãe dos seus alunos entregou-se à mais alta devoção.

E ele falava daquele jeito desprendido que causa uma impressão tão singular na alma apaixonada, cujos mais caros interesses são profundamente abalados sem que o percebam.

– Sim, meu amigo, na devoção mais exaltada. Dizem que faz peregrinações. Mas para a eterna vergonha do padre Maslon, que espionou tanto tempo aquele pobre senhor Chélan, a senhora de Rênal não quis saber dele. Vai confessar-se em Dijon ou Besançon.

– Ela vem a Besançon? – disse Julien, a testa coberta de rubor.

– Com frequência – respondeu Fouqué, com uma expressão interrogativa.

– Você tem aí algum *Constitucional*?

– Como? – perguntou Fouqué.

– Estou perguntando se você tem aí algum *Constitucional* – repetiu Julien, num tom de voz bem tranquilo. – São vendidos aqui por trinta tostões o exemplar.

– O quê! Mesmo no seminário há liberais! – exclamou Fouqué. – Pobre França! – acrescentou, assumindo a voz hipócrita e o tom melífluo do padre Maslon.

Esta visita teria causado uma profunda impressão em nosso herói se, logo no dia seguinte, uma palavra dita por aquele pequeno seminarista, que lhe parecia tão criança, não lhe tivesse proporcionado uma importante descoberta. Desde que estava no seminário, a conduta de Julien não passara de uma série de manobras equivocadas. Zombou de si mesmo com amargura.

Na verdade, as ações importantes de sua vida eram sabiamente conduzidas; mas ele não cuidava dos detalhes, e os espertalhões do seminário só notam os detalhes. Assim, já estava passando por um *livre-pensador*. Tinha sido traído por uma sequência de pequenos atos.

Aos olhos deles, provara ser culpado de um vício enorme, *ele pensava, julgava por conta própria*, em vez de seguir cegamente a *autoridade* e o exemplo. O padre Pirard não lhe prestara nenhum socorro; não lhe dirigira a palavra uma única vez fora do confessionário, onde, ainda por cima, escutava mais do que falava. Teria sido bem diferente se tivesse escolhido o padre Castanède.

A partir do momento em que Julien se deu conta de sua loucura, não se aborreceu mais. Quis conhecer toda a extensão do mal e, nesse intuito, saiu um pouco daquele silêncio altivo e obstinado com o qual afastava seus colegas. Foi então que se vingaram dele. Suas tentativas de aproximação foram recebidas com um desprezo que chegava ao escárnio. Reconheceu que, desde sua entrada no seminário, não houvera uma hora, sobretudo durante os recreios, que não implicasse consequências a favor ou contra ele, que não tivesse aumentado o número de seus inimigos ou conciliado a boa vontade de algum seminarista sinceramente virtuoso e um pouco menos grosseiro que os outros. O mal a ser reparado era imenso, a tarefa, muito difícil. A partir de então, a atenção de Julien esteve sempre em guarda; tratava-se de compor uma personalidade inteiramente nova.

Os movimentos de seus olhos, por exemplo, deram-lhe muito trabalho. Não é sem razão que, nesses lugares, se anda olhando para baixo. "Que presunção a minha, em Verrières!", pensava Julien. "Acreditava estar vivo; estava apenas me preparando para a vida; aqui estou, finalmente no mundo, tal como o encontrarei até o fim da minha missão, cercado por verdadeiros inimigos. Que imensa dificuldade", acrescentava, "esta hipocrisia de cada minuto! É de empalidecer os trabalhos de Hércules. O Hércules dos tempos modernos é Sixto v, enganando quinze anos seguidos, com sua modéstia, quarenta cardeais que o tinham visto vivo e altivo em toda a sua juventude."

"Então a ciência não vale nada aqui?", pensava com despeito. "Os progressos no dogma, na história sagrada etc. só contam na aparência. Tudo o que dizem a esse respeito se destina a fazer cair numa armadilha os loucos como eu. Ai de mim! Meu único mérito consistia nos meus rápidos progressos, na minha maneira de captar essas baboseiras. Será que, no fundo, as estimam pelo seu real valor? Será que as julgam como eu? E eu era tolo em me orgulhar! Esses primeiros lugares que sempre obtenho só serviram para me proporcionar inimigos ferrenhos. Chazel, que sabe mais do que eu, sempre põe nas suas composições alguma asneira que o relega para o quinquagésimo lugar; se obtém o primeiro é por distração. Ah, como uma palavra, uma única palavra do senhor Pirard teria sido útil!"

A partir do momento em que Julien descobriu o seu engano, os longos exercícios de piedade ascética, tais como o rosário cinco vezes por semana, os cânticos ao Sagrado Coração etc. etc., que lhe pareciam mortalmente enfadonhos, tornaram-se momentos de ação dos mais interessantes. Refletindo severamente sobre si mesmo e tratando, sobretudo, de não superestimar sua capacidade, Julien não tencionava de imediato, como os seminaristas que serviam de modelo aos outros, praticar a cada instante ações *significativas,* isto é, que provassem algum tipo de perfeição cristã. No seminário, há uma maneira de comer um ovo cozido que revela os progressos realizados na vida devota.

O leitor, que talvez sorria, há de recordar todos os erros que o padre Delille, convidado para um almoço por uma grande dama da corte de Luís XVI, cometeu ao comer um ovo.

Inicialmente, Julien tentou alcançar o *non culpa*, que é o estado do jovem seminarista cuja atitude, maneira de mover os braços, os olhos etc. não revelam nada de mundano, mas ainda não mostram o ser absorto pela ideia da outra vida e do *puro nada* desta aqui.

O tempo todo, Julien encontrava, escritas em carvão nas paredes dos corredores, frases como esta: "O que são sessenta anos de provações, comparados a uma eternidade de delícias ou uma eternidade de óleo fervente no inferno?". Não as desprezou como antes; compreendeu que seria necessário tê-las sempre diante dos olhos. "O que farei durante toda a minha vida?", pensava. "Venderei aos fiéis um lugar no céu. Como este lugar se tornará visível aos seus olhos? Pela diferença entre minha aparência e a de um leigo."

Após vários meses de aplicação contínua, Julien ainda parecia *pensar.* Sua maneira de mexer os olhos e o jeito de sua boca não revelavam a fé implícita e pronta para acreditar em tudo e tudo suportar, mesmo o martírio. Era com raiva que Julien se via superado nessa esfera pelos camponeses mais grosseiros. Havia boas razões para que não parecessem pensar.

Como se esforçava para chegar àquela fisionomia de fé fervorosa e cega, pronta para acreditar em tudo e tudo suportar, que se encontra tão frequentemente nos conventos da Itália e cujos modelos perfeitos foram deixados pelo Guercino, para nós, leigos, em seus quadros religiosos!*

Nos dias de grande festa, servia salsicha com chucrute aos seminaristas. Os vizinhos de mesa de Julien observaram que ele era insensível a esta felicidade; foi um de seus primeiros crimes. Seus colegas

* Veja-se, no museu do Louvre, o retrato de Francisco, duque da Aquitânia, despindo a couraça e tomando o hábito de monge.

viram nisso um traço odioso da mais tola hipocrisia; nada lhe granjeou mais inimigos. "Vejam este burguês, vejam este desdenhoso", diziam, "que finge desprezar a melhor *refeição*, salsicha com chucrute! Mas que vilão! Orgulhoso! Maldito!" Ele deveria ter se privado de comer um pouco, por penitência, e feito o sacrifício de dizer a algum amigo, mostrando o chucrute: o que o homem pode oferecer a um ser todo-poderoso, senão a *dor voluntária*?

Julien não tinha a experiência que faz ver coisas como essa tão facilmente.

"Ai de mim! A ignorância desses jovens camponeses, meus colegas, é para eles uma vantagem imensa", exclamava Julien nos momentos de desânimo. "Ao chegarem ao seminário, o professor não precisa livrá-los desse número espantoso de ideias mundanas que trago comigo e que eles leem no meu rosto, por mais que eu faça."

Julien estudava, com uma atenção próxima da inveja, os mais grosseiros dentre os pequenos camponeses que chegavam ao seminário. No momento em que os despojavam de sua roupa rústica para vesti-los com o hábito negro, sua educação limitava-se a um respeito imenso e sem limites pelo dinheiro *seco e líquido*, como dizem no Franco Condado.

É a maneira sacramental e heroica de expressar a ideia sublime de *dinheiro vivo*.

A felicidade, para esses seminaristas como para os heróis dos romances de Voltaire, consiste sobretudo em almoçar bem. Julien descobria em quase todos um respeito inato pelo homem que veste um traje de *tecido fino*. Esse sentimento avalia a *justiça distributiva*, tal como a concedem os tribunais, pelo seu valor e até abaixo de seu valor. O que se pode ganhar, repetiam com frequência entre eles, em pregar contra um *graúdo*?

É o termo que usam, nos vales do Jura, para indicar um homem rico. Imaginem o respeito que tinham pelo ser mais rico de todos: o governo!

Entre os camponeses do Franco Condado, não sorrir com respeito ao mero nome do senhor governador passa por imprudência: ora, a imprudência do pobre é rapidamente punida pela falta de pão.

Após ter sido como que sufocado nos primeiros tempos pelo sentimento de desprezo, Julien acabou por sentir pena: acontecera aos pais da maioria de seus colegas de voltar à noite para sua choupana e não encontrar nem pão, nem castanhas, nem batatas. "Pois então não é de estranhar", pensava Julien, "se o homem feliz é, para eles, mais que todos, aquele que acaba de almoçar bem e, em seguida, aquele que tem uma boa roupa! Meus colegas têm uma vocação firme, o que quer dizer que veem no estado eclesiástico uma longa continuação desta felicidade: almoçar bem e ter uma roupa quente no inverno."

Casualmente, Julien ouviu um jovem seminarista, dotado de imaginação, dizer ao seu companheiro:

– Por que não haveria de virar papa, como Sixto v, que cuidava de porcos?

– Só os italianos são feitos papas – respondeu o amigo. – Mas certamente vão sortear entre nós os postos de vigário-geral, de cônego e talvez de bispo. O senhor P..., bispo de Châlons, é filho de um tanoeiro: é a profissão do meu pai.

Um dia, no meio de uma lição de dogma, o padre Pirard mandou chamar Julien. O pobre rapaz ficou encantado em sair da atmosfera física e moral na qual estava mergulhado.

Julien encontrou na sala do diretor a recepção que tanto o assustara no dia de sua entrada para o seminário.

– Explique o que está escrito nesta carta de baralho – disse ele, com um olhar capaz de fazê-lo afundar na terra.

Julien leu:

"Amanda Binet, no café da Girafa, antes das oito horas. Dizer que é de Genlis e primo da minha mãe".

Julien viu a imensidão do perigo; a polícia do padre Castanède lhe roubara aquele endereço.

– No dia em que entrei aqui – respondeu, olhando para a testa do padre Pirard, pois não podia suportar seu olhar terrível –, cheguei tremendo: o sr. Chélan me avisara que era um lugar cheio de delações e de todo tipo de maldade; que a espionagem e a denúncia entre colegas eram encorajadas. O céu assim o quer, para mostrar aos jovens padres a vida tal como é e inspirar-lhes o desgosto pelo mundo e suas pompas.

– E é para mim que vem fazer um discurso – disse o padre Pirard, furioso. – Pequeno velhaco!

– Em Verrières – retomou Julien com frieza –, meus irmãos me batiam quando tinham motivo para me invejar.

– Aos fatos! Aos fatos! – exclamou o sr. Pirard, quase fora de si.

Sem se deixar minimamente intimidar, Julien retomou o relato.

– No dia da minha chegada a Besançon, por volta do meio-dia, estava com fome, entrei num café. Meu coração estava cheio de repugnância por um lugar tão profano; mas pensei que o almoço custaria menos ali do que na estalagem. Uma senhora que parecia a dona do estabelecimento teve pena de meu ar novato. "Besançon está cheia de maus sujeitos", disse ela, "temo pelo senhor. Se lhe acontecer alguma coisa ruim, pode recorrer a mim, mande alguém me procurar antes das oito horas. Se os porteiros do seminário se recusarem a transmitir o seu recado, diga-lhes que o senhor é meu primo e natural de Genlis..."

– Toda essa conversa fiada vai ser verificada – exclamou o padre Pirard, que não conseguia ficar parado e andava de um lado para o outro do aposento. – Que ele volte para a cela!

O padre seguiu Julien e deixou-o trancado. Imediatamente este se pôs a revistar sua mala, no fundo da qual a carta fatal estava preciosamente escondida. Nada faltava na mala, mas estava bastante desarrumada; entretanto, ele nunca largava sua chave. "Que sorte", pensou Julien, "que, durante o tempo de minha cegueira, eu não tenha aceitado a permissão de sair que o senhor Castanède me oferecia tantas vezes com uma bondade que compreendo agora. Talvez tivesse a fraqueza de trocar de roupa para visitar a bela Amanda e estaria perdido. Quando desesperaram de tirar partido da informação desta maneira, para não desperdiçá-la, transformaram-na em denúncia."

Duas horas mais tarde, o diretor mandou chamá-lo.

– O senhor não mentiu – disse-lhe com um olhar menos severo. – Mas guardar semelhante endereço é uma imprudência cuja gravidade não pode conceber. Pobre menino! Talvez daqui a dez anos possa lhe causar danos.

XXVII. Primeira experiência da vida

O tempo presente, grande Deus!, é a arca do Senhor. Infeliz de quem a toca.

DIDEROT

O leitor há de permitir que mencionemos pouquíssimos fatos claros e precisos sobre esta época da vida de Julien. Não é que eles nos faltem, muito pelo contrário; mas talvez o que tenha visto no seminário seja muito negro para o colorido discreto que se procurou conservar nestas páginas. Os contemporâneos que sofrem por certas coisas só podem se lembrar delas com um horror que paralisa qualquer outro prazer, mesmo aquele de ler um conto.

Julien tinha pouco êxito nos seus esforços de hipocrisia de gestos; chegou a ter momentos de desgosto e até de desânimo completo. Não era bem-sucedido e, ainda por cima, numa carreira ruim. O menor socorro externo teria bastado para animá-lo, a dificuldade a ser vencida não era tão grande; mas estava sozinho como um barco abandonado no meio do oceano. "E, mesmo que conseguisse", pensava, "ter de passar a vida inteira em tão má companhia! Glutões que só pensam na omelete com toucinho que vão devorar no almoço, ou os padres Castanède, para quem nenhum crime é demasiado negro! Chegarão ao poder; mas a que preço, bom Deus!"

"A vontade do homem é poderosa, leio isto em toda parte; mas seria o bastante para superar tal desgosto? A tarefa dos grandes homens foi fácil, por terrível que fosse o perigo, achavam-no belo; e quem pode entender, além de mim, a feiura do que me cerca?"

Aquele momento foi a maior provação de sua vida. Seria tão fácil engajar-se num dos belos regimentos assentados em Besançon! Poderia tornar-se professor de latim; precisava de tão pouco para sua subsistência! Mas então, adeus carreira, adeus futuro de sua imaginação: era como morrer. Eis os detalhes de um de seus tristes dias.

"Tantas vezes me aplaudi, em minha presunção, por ser diferente dos outros jovens camponeses! Pois bem, já vivi bastante para ver que *diferença gera ódio*", dizia para si mesmo certa manhã. Esta grande verdade acabara de ser demonstrada por um de seus mais doloridos fracassos. Tinha trabalhado oito dias para agradar um aluno que vivia em odor de santidade. Passeava com ele no pátio, escutando submisso sua conversa fiada. De repente, armou-se uma tempestade, começou a trovejar e o santo aluno exclamou, repelindo-o com grosseria:

– Escute aqui; cada um por si neste mundo, não quero ser atingido pelo raio: Deus pode fulminá-lo como um ímpio, como um Voltaire.

Com os dentes cerrados de raiva e os olhos abertos para o céu rasgado pelos raios, Julien exclamou: "Eu merecia ser submerso se cochilasse durante a tempestade! Vamos tentar a conquista de outro canastrão grotesco".

A aula de história sagrada do padre Castanède ia começar.

A esses jovens camponeses tão assustados com o trabalho penoso e a pobreza de seus pais, o padre Castanède estava ensinando que este ser tão terrível a seus olhos, o governo, só tinha poder real e legítimo em virtude da delegação do vigário de Deus sobre a terra.

– Tornai-vos dignos das bondades do papa pela santidade de vossas vidas, pela vossa obediência, *sede como um cajado em suas mãos* – acrescentava ele – e ide obter um posto soberbo de onde comandareis como chefes, longe de qualquer controle; um posto inamovível, cujo ordenado é em parte pago pelo governo, enquanto os fiéis pagam os dois terços restantes.

Ao sair de sua aula, o sr. Castanède parou no pátio.

– É bem de um cura que se pode dizer: o que vale um homem, vale o seu posto – dizia ele aos alunos que o cercavam. – Eu, que vos falo, conheci paróquias de montanha cujos benefícios superavam os de muitos curas da cidade. Recebiam o mesmo em dinheiro, sem contar os capões gordos, os ovos, a manteiga fresca e mil detalhes aprazíveis; e, ali, o cura é sem dúvida o primeiro: não há boa refeição onde não seja convidado, festejado etc.

Assim que o sr. Castanède voltou para seus aposentos, os alunos dividiram-se em grupos. Julien não pertencia a nenhum; deixaram-no de lado como a uma ovelha sarnenta. Em todos esses grupos, ele via um aluno jogar um soldo para cima; se acertasse no jogo de cara ou coroa, seus colegas concluíam que logo obteria um desses curatos abastados.

Vieram em seguida as histórias. Tal jovem padre, ordenado havia um ano apenas, tendo oferecido um coelho à criada de um velho cura, conseguira ser requisitado como vigário e, poucos meses depois, uma vez que o cura morrera bem rápido, substituíra-o na boa paróquia. Tal outro conseguira ser designado como sucessor no curato de um grande burgo bem rico, assistindo a todas as refeições do velho cura paralítico e trinchando-lhe, graciosamente, seus frangos.

Os seminaristas, como todos os jovens em qualquer carreira, superestimam o efeito desses pequenos expedientes que têm algo de extraordinário e impressionam a imaginação.

"É preciso", pensava Julien, "que me acostume com essas conversas." Quando não falavam em salsichas e bons curatos, entretinham-se com a parte mundana das doutrinas eclesiásticas, dos desentendimentos entre bispos e governadores, prefeitos e curas. Julien via surgir a ideia de um segundo Deus, mas de um Deus bem mais temível e bem mais poderoso que o outro; esse segundo Deus era o papa. Comentavam, mas abaixando a voz e quando estavam bem seguros de não ser ouvidos pelo sr. Pirard, que, se o papa não se dá ao trabalho de nomear todos os governadores e todos os prefeitos da França, é porque ele encarregou o rei da França dessa tarefa, nomeando-o primogênito da Igreja.

Foi por essa época que Julien acreditou poder tirar partido do livro *Sobre o papa,* do sr. de Maistre. De fato, ele espantou os seus colegas, mas isso foi mais um desgosto. Desagradou-os ao expor melhor que eles mesmos suas próprias opiniões. O sr. Chélan tinha sido imprudente com Julien como fora consigo mesmo. Após ter-lhe incutido o hábito de raciocinar corretamente e de não se contentar com palavras vãs, não teve o cuidado de lhe dizer que, em quem não é muito considerado, esse hábito é um crime; pois todo bom raciocínio ofende.

A capacidade de expressão de Julien foi, então, um novo crime. Seus colegas, de tanto pensar nele, conseguiram expressar numa só palavra todo o horror que ele lhes inspirava: apelidaram-no MARTINHO LUTERO; sobretudo, diziam, por causa desta lógica infernal de que se orgulhava tanto.

Vários jovens seminaristas tinham cores mais frescas e podiam passar por mais graciosos que Julien; mas ele tinha as mãos brancas e não podia esconder certos hábitos de limpeza delicada. Esta vantagem não tinha curso na triste casa em que o destino o jogara. Os camponeses sujos entre os quais vivia declararam que ele tinha modos muito relaxados. Receamos cansar o leitor com o relato dos mil infortúnios de nosso herói. Por exemplo, os mais vigorosos de seus colegas quiseram contrair o hábito de espancá-lo; ele foi obrigado a armar-se com um compasso de ferro e de anunciar, por meio de sinais, que se serviria dele. Num relatório de espião, os sinais não podem constar tão favoravelmente quanto as palavras.

XXVIII. Uma procissão

Todos os corações estavam comovidos. A presença de Deus parecia ter descido àquelas ruas estreitas e góticas, decoradas por tapeçarias e cuidadosamente cobertas de areia pelos fiéis.

YOUNG

Por mais que Julien se fizesse de pequeno e tolo, não podia agradar, era muito diferente. "No entanto", pensava, "todos esses professores são muito inteligentes e escolhidos a dedo; como é que não apreciam minha humildade?" Apenas um deles parecia-lhe abusar de sua complacência em acreditar em tudo e, aparentemente, deixar-se enganar por tudo. Era o padre Chas-Bernard, chefe do cerimonial da catedral, onde, há quinze anos, o faziam esperar um cargo de cônego; enquanto isso, ensinava a eloquência sacra no seminário. No tempo de sua cegueira, esta matéria era uma daquelas em que Julien costumava ficar em primeiro lugar. Foi a partir daí que o padre Chas passou a demonstrar-lhe amizade e, na saída de suas aulas, tomava-o com naturalidade pelo braço para darem algumas voltas pelo jardim.

"Aonde quer chegar?", perguntava-se Julien. Via com espanto que, durante horas inteiras, o padre Chas lhe falava dos ornamentos que a catedral possuía. Ela tinha dezessete paramentos agaloados, além dos ornamentos de luto. Esperavam muito da velha presidenta de Rubempré; esta senhora de noventa anos conservava, havia pelo menos uns setenta anos, seus trajes de núpcias, em soberbos tecidos de Lyon, com brocados em ouro.

– Para ter uma ideia, caro amigo – dizia o padre Chas, estacando e arregalando os olhos –, esses tecidos mantêm-se de pé, de tanto ouro. De um modo geral, todos acham em Besançon que, pelo testamento da presidenta, o *tesouro* da catedral vai ser acrescido de mais de dez paramentos, sem contar quatro ou cinco capas para as grandes festas. Eu vou mais longe – acrescentava o padre Chas, abaixando a voz –, tenho razões para pensar que a presidenta nos deixará oito magníficos castiçais de prata dourada, que se supõe terem sido comprados na Itália pelo duque da Borgonha, Carlos, o Temerário, cujo ministro favorito foi um dos antepassados dela.

"Mas aonde esse homem quer chegar com toda essa conversa fiada?", pensava Julien. "Essa preparação engenhosa está durando um século e nada vem à baila. Ele deve desconfiar muito de mim! É mais esperto do que os outros, cujo objetivo secreto se adivinha em quinze dias. Dá para entender, a ambição deste aqui sofre há quinze anos!"

Uma noite, no meio da lição de armas, Julien foi chamado pelo padre Pirard, que lhe disse:

– É amanhã a festa do *Corpus Christi*. O padre Chas-Bernard precisa do senhor para ajudá-lo a ornamentar a catedral, vá e obedeça.

O padre Pirard chamou-o de volta e, com ar de compaixão, acrescentou:

– Decida se quer aproveitar a ocasião para andar pela cidade.

– *Incedo per ignes* – respondeu Julien (tenho inimigos ocultos).

No dia seguinte, bem cedinho, Julien dirigiu-se à catedral, de cabeça baixa. O aspecto das ruas e da atividade que começava a reinar na cidade lhe fez bem. Por toda parte, enfeitavam a fachada das casas para a procissão. Todo o tempo que passara no seminário parecia-lhe um mero instante. Seu pensamento estava em Vergy e na bela Amanda Binet, com quem poderia se encontrar, pois o café não ficava muito longe. Avistou ao longe o padre Chas-Bernard na porta de sua querida catedral; era um homem gordo, de rosto alegre e ar franco. Naquele dia, estava triunfante:

– Esperava-o, meu caro filho – exclamou logo que o viu, ao longe; seja bem-vindo. A tarefa de hoje será longa e penosa, fortifiquemo-nos com uma primeira refeição; a segunda virá às dez horas, durante a missa solene.

– Gostaria, senhor – disse-lhe Julien num tom grave –, de não ficar um instante a sós; queira notar – acrescentou, mostrando-lhe o relógio acima de suas cabeças – que cheguei um minuto antes das cinco horas.

– Ah, esses malvados do seminário lhe dão medo! É muita bondade sua pensar neles – disse o padre Chas. – Um caminho será menos belo por ter espinhos nas sebes que o margeiam? Os viajantes seguem adiante e deixam os espinhos maus mofando no seu lugar. De resto, mãos à obra, caro amigo, mãos à obra!

O padre Chas tinha razão em dizer que a tarefa seria penosa. Uma grande cerimônia fúnebre fora realizada na véspera, na catedral, e nada pudera ser preparado; precisavam, portanto, numa única manhã, revestir todos os pilares góticos que formam as três naves com um tipo de tecido vermelho adamascado de uns trinta pés de altura. Monsenhor, o bispo, mandara vir três tapeceiros de Paris, pela mala-posta, mas esses senhores não podiam dar conta de tudo e, em vez de animar seus colegas de Besançon, redobravam sua falta de jeito, zombando deles.

Julien percebeu que teria de subir ele mesmo na escada; sua agilidade serviu-o bem. Encarregou-se de dirigir os tapeceiros da cidade. O padre Chas, encantado, observava-o revoluteando de escada em escada. Quando todos os pilares estavam revestidos pelo adamascado, o problema era colocar cinco enormes buquês de plumas no grande dossel, acima do altar-mor. Um rico capitel de madeira dourada era sustentado por oito grandes colunas torcidas em mármore italiano. Mas, para chegar ao centro do dossel, acima do tabernáculo, era preciso caminhar sobre uma velha cornija de madeira, talvez carcomida e a quarenta pés de altura.

O aspecto daquele caminho árduo tinha esmorecido a alegria até então tão radiante dos tapeceiros parisienses; ficavam olhando de baixo, discutiam muito e não subiam. Julien apoderou-se dos buquês de plumas e subiu a escada correndo. Colocou-os muito bem sobre o ornamento em forma de coroa, no centro do dossel. Assim que desceu da escada, o padre Chas-Bernard deu-lhe um abraço:

– *Optime* – exclamou o bom padre –, contarei isso ao monsenhor.

A refeição das dez horas foi muito alegre. Nunca o padre Chas tinha visto sua igreja tão bonita.

– Caro discípulo – dizia a Julien –, minha mãe alugava cadeiras nesta venerável basílica, de maneira que fui criado nesse grande edifício. O Terror de Robespierre nos arruinou; mas, aos oito anos que eu tinha então, já servia às missas particulares e, nesses dias, davam-me de comer. Ninguém sabia dobrar um paramento melhor do que eu, nunca os galões sofriam danos. Desde o restabelecimento do culto por Napoleão, tive a felicidade de dirigir tudo nesta venerável metrópole. Cinco vezes por ano, meus olhos a veem paramentada com esses tão belos ornamentos. Mas ela nunca esteve tão resplandecente, nunca o tecido adamascado esteve tão bem amarrado quanto hoje, aderindo tão bem aos pilares.

"Finalmente vai me contar seu segredo", pensou Julien, "está falando de si, está desabafando." Mas nada de imprudente foi dito por esse homem tão exaltado. "E, contudo, ele trabalhou muito, está feliz", disse Julien para si mesmo, "o bom vinho não foi poupado. Que homem! Que exemplo para mim! Levou o troféu" – esta era uma expressão irônica que herdara do velho cirurgião.

Quando tocou o *Sanctus* da missa solene, Julien quis vestir uma sobrepeliz para seguir o bispo na soberba procissão.

– E os ladrões, meu amigo, e os ladrões! – exclamou o padre Chas. – Não pensou nisso? A procissão vai sair; a igreja ficará deserta; nós ficaremos de guarda, o senhor e eu. Ficaremos bem satisfeitos se faltar apenas um pedaço pequeno desse belo galão que envolve a base dos pilares. É também uma doação da sra. de Rubempré; pertenceu ao famoso conde, seu bisavô; é ouro puro, meu caro amigo – acrescentou o padre, falando-lhe no ouvido, de um jeito obviamente exaltado –, nada falso! Encarrego-o da inspeção da ala norte, não saia de lá. Fica comigo a ala do meio e a grande nave. Cuidado com os confessionários; é de lá que as espiãs dos ladrões aguardam o momento em que tivermos dado as costas.

Assim que acabou de falar, soaram onze horas e quarenta e cinco minutos; imediatamente o grande sino se fez ouvir. Ressoava com toda a força; aqueles sons tão cheios e tão solenes comoveram Julien. Sua imaginação se enlevara.

O cheiro de incenso e das folhas de rosas jogadas diante do Santíssimo Sacramento por criancinhas vestidas de São João acabou de exaltá-lo.

O som tão grave daquele sino só deveria despertar em Julien a ideia do trabalho de vinte homens pagos com cinquenta centavos e ajudados, talvez, por quinze ou vinte fiéis. Deveria ter pensado no desgaste das cordas, no das vigas, no perigo do próprio sino que cai a cada dois séculos, e refletido no meio de diminuir o salário dos sineiros ou de pagá-los com alguma indulgência ou outra graça tirada dos tesouros da Igreja, e que não prejudicasse sua bolsa.

Em vez destes sábios raciocínios, a alma de Julien, exaltada por aqueles sons tão vigorosos e tão cheios, vagava nos espaços imaginários. Nunca dará nem um bom padre, nem um bom administrador. As almas que se comovem assim servem, quando muito, para produzir um artista. Aqui se revela abertamente a presunção de Julien. Cinquenta, talvez, dentre seus colegas seminaristas, conscientizados da realidade da vida pelo ódio público e pelo jacobinismo que lhes mostram de tocaia atrás de cada sebe, ao ouvir o grande sino da catedral, só teriam pensado no salário dos sineiros. Teriam examinado com o talento de Barême se o grau de emoção do público valia o dinheiro que se dava aos sineiros. Se Julien quisesse pensar nos interesses materiais da catedral, sua imaginação, lançando-se para além do seu objetivo, teria pensado em economizar quarenta francos na fábrica, e deixado passar a oportunidade de evitar uma despesa de vinte e cinco centavos.

Enquanto, no mais belo dos dias, a procissão percorria lentamente Besançon e parava nos brilhantes repositórios que todas as autoridades disputaram por erigir, a igreja permanecera num silêncio profundo. Uma semiescuridão, um agradável frescor reinavam ali; ainda estava perfumada pelo aroma das flores e do incenso.

O silêncio, a solidão profunda, o frescor das longas naves tornavam mais doce o devaneio de Julien. Não temia ser perturbado pelo padre Chas, ocupado em outra parte do edifício. Sua alma quase abandonara seu invólucro mortal, que deambulava a passos lentos na ala norte, confiada a sua vigilância. Estava tanto mais tranquilo quanto se certificara de que só havia nos confessionários algumas mulheres devotas; seu olhar fitava sem ver.

No entanto, sua distração foi parcialmente vencida pelo aspecto de duas mulheres muito bem-vestidas que estavam de joelhos, uma no confessionário e a outra, bem perto da primeira, numa cadeira. Ele olhava sem ver; contudo, seja por um vago sentimento de seus deveres, seja por admiração pelos trajes nobres e simples daquelas damas, notou que não havia padre nesse confessionário. "É estranho", pensou, "que essas belas damas não estejam ajoelhadas diante de algum repositório, se elas são devotas; ou bem posicionadas na primeira fila de algum balcão, se frequentam a sociedade. Como esse vestido é bem-ajustado! Quanta graça!" Diminuiu o passo para tentar vê-las.

Aquela que estava ajoelhada no confessionário voltou um pouco a cabeça, ao ouvir o barulho dos passos de Julien em meio ao grande silêncio. De repente, deu um gritinho e sentiu-se mal.

Desfalecendo, essa senhora ajoelhada caiu de costas e sua amiga, que estava perto dela, lançou-se para socorrê-la. No mesmo instante, Julien viu os ombros da senhora que estava caindo. Um colar de grandes pérolas finas e fios torcidos, que ele conhecia bem, chamou sua atenção. Em que estado ficou ao reconhecer a cabeleira da sra. de Rênal! Era ela. A senhora que tentava sustentar-lhe a cabeça e impedi-la de cair completamente era a sra. Derville. Julien, fora de si, atirou-se; a queda da sra. de Rênal talvez tivesse derrubado sua amiga, se Julien não as tivesse segurado. Ele viu a cabeça da sra. de Rênal, pálida, inteiramente sem sentidos, flutuando sobre seu ombro. Ajudou a sra. Derville a colocar essa cabeça encantadora sobre o encosto de uma cadeira de palha, estava ajoelhado.

A sra. Derville voltou-se e o reconheceu:

– Vá embora, senhor, vá embora! – disse-lhe com uma expressão de muita raiva. – Sobretudo, que ela não o reveja. Sua presença deve causar-lhe horror, ela era tão feliz antes de conhecê-lo! Que conduta atroz. Vá embora, afaste-se, se lhe resta algum pudor.

Esta palavra foi dita com tanta autoridade e Julien estava tão fraco naquele momento que se afastou. "Ela sempre me odiou", disse a si mesmo, pensando na sra. Derville.

No mesmo instante, o canto nasalado dos primeiros padres da procissão ressoou dentro da igreja; estavam de volta. O padre Chas-Bernard chamou várias vezes Julien, que de início não o ouviu: por fim, ele veio tomá-lo pelo braço atrás de um pilar, onde Julien se refugiara, quase morto. Queria apresentá-lo ao bispo.

– Está se sentindo mal, meu filho? – disse-lhe o padre ao vê-lo tão pálido e quase sem poder andar. – Trabalhou demais. – O padre deu-lhe o braço. – Venha, sente-se nesse banquinho perto da água-benta, atrás de mim, vou escondê-lo – estavam ao lado da porta grande. – Fique tranquilo, ainda temos uns bons vinte minutos antes que o monsenhor apareça. Trate de se recuperar; quando ele passar, eu o levantarei, pois sou forte e vigoroso, apesar da idade.

Mas, quando o bispo passou, Julien estava tão trêmulo que o padre Chas desistiu da ideia de apresentá-lo.

– Não se aflija demais – disse-lhe ele –, acharei outra oportunidade. – À noite, mandou levar para a capela do seminário dez libras de círios economizados, disse ele, pelos cuidados de Julien, e pela rapidez com a qual os apagara. Nada menos verdadeiro. O pobre rapaz estava, ele mesmo, apagado; não pensara em mais nada desde que vira a sra. de Rênal.

XXIX. A primeira promoção

Ele conheceu seu século, conheceu seu departamento e é rico.
Le Précurseur

Julien ainda não se recuperara do profundo devaneio em que o acontecimento da catedral o mergulhara, quando, certa manhã, o severo padre Pirard mandou chamá-lo.

– O padre Chas-Bernard escreveu-me em seu favor. Estou bastante contente com sua conduta geral. O senhor é extremamente imprudente e mesmo leviano, ainda que não o pareça; contudo, até agora, parece que o coração é bom e mesmo generoso; a mente, superior. Em suma, vejo no senhor uma centelha que não se deve negligenciar. Após quinze anos de trabalho, estou prestes a deixar esta casa: meu crime é o de ter deixado os seminaristas entregues a seu livre-arbítrio, e de não ter nem protegido nem desservido esta sociedade secreta de que me falou no confessionário. Antes de partir, quero fazer algo pelo senhor; teria agido dois meses antes, pois o merece, não fosse a denúncia fundada sobre o endereço de Amanda Binet, encontrado na sua cela. Nomeio-o explicador do Novo e do Velho Testamento.

Julien, arrebatado pela gratidão, bem que pensou em se atirar de joelhos e agradecer a Deus; mas cedeu a um movimento mais sincero. Aproximou-se do padre Pirard, tomou-lhe a mão e levou-a aos lábios.

– O que é isso? – exclamou o diretor com ar zangado; mas os olhos de Julien diziam mais que seu ato.

O padre Pirard fitou-o com espanto, como um homem que, há muitos anos, perdeu o hábito de encontrar emoções delicadas. Aquela atenção traiu o diretor, sua voz se alterou.

– Pois bem, meu filho! É verdade, apeguei-me a você. Sabe Deus que é bem contra a minha vontade. Eu deveria ser justo e não sentir nem ódio, nem amor por ninguém. Sua carreira será penosa. Vejo em você alguma coisa que ofende os espíritos vulgares. A inveja e a calúnia o perseguirão. Onde quer que a Providência o coloque, seus companheiros nunca o verão sem odiá-lo; e se fingirem amá-lo, será para melhor traí-lo. Contra isso, só há um remédio: apenas recorra a Deus, que lhe deu, para puni-lo de sua presunção, esta necessidade de ser odiado; que sua conduta seja pura; é o único recurso que vejo. Se se apegar à verdade num abraço invencível, cedo ou tarde seus inimigos serão derrotados.

Havia tanto tempo que Julien não ouvia uma voz amiga que é preciso perdoar-lhe uma fraqueza: desmanchou-se em lágrimas. O padre Pirard abriu-lhe os braços; esse momento foi bem doce para ambos.

Julien estava louco de alegria; essa promoção era a primeira que obtinha; as vantagens eram imensas. Para concebê-las, é preciso ter sido condenado a passar meses inteiros sem um instante de solidão e em contato imediato com colegas no mínimo importunos e, no máximo, intoleráveis. Só os seus gritos já bastariam para levar a desordem a uma constituição delicada. A alegria ruidosa daqueles camponeses bem-nutridos e bem-vestidos não era capaz de gozar de si mesma, nem se achava completa, a não ser quando gritavam com toda a força de seus pulmões.

Agora Julien jantava a sós, ou quase, uma hora depois dos outros seminaristas. Tinha uma chave do jardim e podia passear nas horas em que estava deserto.

Para seu grande espanto, Julien percebeu que era menos odiado; contara, pelo contrário, com um ódio redobrado. Esse desejo secreto de que não lhe dirigissem a palavra, por demais evidente e que lhe valera tantos inimigos, não era mais um sinal de arrogância ridícula. Aos olhos das criaturas grosseiras que o cercavam, era agora um sentimento justo de sua dignidade. O ódio diminuiu sensivelmente, sobretudo entre os mais jovens de seus colegas, que se tornaram seus alunos e que ele tratava com muita polidez. Aos poucos, chegou a ter partidários; passara a ser de mau gosto chamá-lo de Martinho Lutero.

Mas de que adianta citar seus amigos e seus inimigos? Lá, tudo era feio e tanto mais feio quanto a intenção era sincera. No entanto, são esses os únicos professores de moral que o povo tem, e sem estes o que seria dele? Será que, algum dia, o jornal poderá substituir o cura?

Desde que Julien adquirira aquela nova dignidade, o diretor do seminário tratou de nunca mais lhe falar sem testemunhas. Havia, nesta conduta, prudência para o mestre assim como para o discípulo; mas sobretudo, havia *provação.* O princípio invariável do severo jansenista Pirard era este: um homem tem mérito a seus olhos? Coloque obstáculos em tudo o que deseja, tudo o que empreende. Se o mérito é real, saberá derrubar ou contornar os obstáculos.

Era temporada de caça. Fouqué teve a ideia de mandar para o seminário um cervo e um javali em nome dos pais de Julien. Os animais mortos foram depositados no corredor, entre a cozinha e o refeitório. Foi ali que todos os seminaristas os viram quando foram almoçar. Aquilo foi objeto de grande curiosidade. O javali, embora bem morto, assustava os mais jovens, que ficavam tocando em suas presas. Não se falou de outra coisa durante oito dias.

Esse presente, que classificava a família de Julien na parcela da sociedade que é preciso respeitar, desferiu um golpe mortal na inveja. Passou a ser uma superioridade consagrada pela fortuna. Chazel e os mais distintos dentre os seminaristas tentaram aproximar-se dele e quase que se queixavam por Julien não lhes ter contado sobre a fortuna de seus pais, expondo-os assim a faltar com o devido respeito ao dinheiro.

Houve um recrutamento do qual Julien foi isento na sua qualidade de seminarista. Esta circunstância abalou-o profundamente. "Eis então que passou para sempre o momento em que, há vinte anos, uma vida heroica teria começado para mim!"

Passeava sozinho no jardim do seminário, quando ouviu a conversa dos pedreiros que trabalhavam no muro do claustro.

– Então, vamos ter que partir, tem um novo recrutamento!

– No tempo *do outro*, aí sim! Um pedreiro se tornava oficial, se tornava general, a gente via disso.

–Vá lá ver, agora! Só os miseráveis vão embora. Aquele que tem *alguma coisa* fica em casa.

– Quem nasceu miserável, continua miserável, e pronto.

– Ora essa, é verdade o que dizem, que *o outro* morreu? – indagou um terceiro.

– São os graúdos que dizem isso, sabe como é? *O outro* metia medo neles.

– Que diferença, como as coisas funcionavam, no tempo dele! E dizer que foi traído por seus marechais! Vá ser traidor assim no inferno!

Esta conversa consolou um pouco Julien. Ao se afastar, ele repetia, suspirando: "O único rei de que o povo ainda se lembra!".

Chegou a época dos exames. Julien respondeu de maneira brilhante e viu que o próprio Chazel tentava mostrar todo o seu saber.

No primeiro dia, os examinadores nomeados pelo famoso vigário-geral de Frilair ficaram muito contrariados por ter sempre que atribuir o primeiro lugar, ou pelo menos o segundo, a esse Julien Sorel que lhes fora apontado como o predileto do padre Pirard. Apostaram no seminário que, na lista do exame geral, Julien estaria em primeiro lugar, o que implicava a honra de almoçar com monsenhor o bispo. Mas, ao fim de uma sessão na qual se tratara dos Santos Padres da Igreja, um examinador hábil, após interrogar Julien sobre São Jerônimo e sua paixão por Cícero, acabou por falar em Horácio, em Virgílio, em outros autores profanos. Sem que seus colegas soubessem, Julien tinha decorado inúmeros trechos desses autores. Embalado por seu sucesso, esqueceu o lugar em que estava e, aos pedidos reiterados do examinador, recitou e parafraseou com entusiasmo várias odes de Horácio. Após deixá-lo comprometer-se durante vinte minutos, o examinador, de repente, mudou de expressão e reprovou com aspereza o tempo que perdera com esses estudos profanos e com as ideias inúteis ou criminosas que botara na cabeça.

– Sou um tolo e o senhor tem razão – disse Julien com ar modesto, reconhecendo o engenhoso estratagema de que fora vítima.

O ardil do examinador foi considerado sórdido, mesmo no seminário, o que não impediu que o padre de Frilair, aquele homem hábil que organizara tão sabiamente a rede da congregação de Besançon e cujas missivas para Paris faziam tremer juízes, governador e até os oficiais da guarnição, escrevesse, de próprio punho, o número 198 ao lado do nome de Julien. Alegrava-se em mortificar assim seu inimigo, o jansenista Pirard.

Havia dez anos que sua grande preocupação era a de tirar-lhe a direção do seminário. Este padre, seguindo ele mesmo o plano de conduta que indicara a Julien, era sincero, piedoso, sem intrigas e cumpridor de seus deveres. Mas o céu, na sua ira, dera-lhe aquele temperamento bilioso, feito para sentir profundamente as injúrias e o ódio. Nenhuma afronta que lhe dirigissem deixaria de atingir aquela alma ardente. Cem vezes teria pedido demissão, mas acreditava ser útil no posto em que a Providência o colocara. "Impeço o progresso do jesuitismo e da idolatria", pensava ele.

Na época dos exames, já fazia cerca de dois meses que não falava com Julien e, mesmo assim, ficou doente por oito dias quando, ao receber a carta oficial anunciando o resultado do concurso, viu o número 198 inscrito ao lado do nome do aluno que considerava a glória de sua casa. O único consolo para esse caráter severo foi o de concentrar em Julien todos os seus meios de vigilância. Foi com a maior alegria que descobriu não haver nele nem raiva, nem projeto de vingança, nem desânimo.

Algumas semanas mais tarde, Julien estremeceu ao receber uma carta; tinha o carimbo de Paris. "Finalmente", pensou, "a sra. de Rênal lembrou-se de suas promessas." Um senhor que assinava Paul Sorel e que se dizia seu parente enviava-lhe uma letra de câmbio de quinhentos francos. Acrescentava que, se Julien continuasse a estudar com sucesso os bons autores latinos, uma quantia equivalente seria enviada a cada ano.

"É ela, é a sua bondade!", pensou Julien, enternecido. "Ela quer me consolar; mas por que nem uma única palavra de afeto?"

Estava enganado a respeito daquela carta; a sra. de Rênal, orientada pela sua amiga, a sra. Derville, entregara-se a seus profundos remorsos. Contra a sua vontade, pensava com frequência na singular criatura que transtornara sua existência, mas não se permitiria escrever-lhe.

Se falássemos a linguagem do seminário, poderíamos reconhecer um milagre nessa remessa de quinhentos francos, e dizer que era do próprio sr. de Frilair que o céu se servia para conceder esse presente a Julien.

Doze anos antes, o padre de Frilair chegara a Besançon com uma bagagem das mais exíguas, que continha, segundo diziam, toda a sua fortuna. Transformara-se desde então num dos mais ricos proprietários do departamento. No curso de sua prosperidade, comprara metade de uma propriedade, cuja outra parte coube, por herança, ao sr. de La Mole. Era essa a origem de um longo processo entre esses dois personagens.

Apesar de sua brilhante existência em Paris e dos cargos que ocupava na corte, o sr. marquês de La Mole sentiu que era perigoso lutar em Besançon contra um vigário-geral que passava por fazer e desfazer governadores. Mas, em vez de solicitar uma gratificação de cinquenta mil francos, disfarçada sob um nome qualquer admitido pelo orçamento, e de deixar para o padre de Frilair esse mísero processo de cinquenta mil francos, o marquês se irritou. Achava que tinha razão: bela razão!

Ora, vamos e venhamos: qual é o juiz que não tem um filho ou, pelo menos, um primo a promover na sociedade?

Para esclarecer os mais cegos, oito dias após a primeira sentença concedida, o padre de Frilair tomou a carruagem do monsenhor bispo e foi pessoalmente levar a medalha da Legião da Honra a seu advogado. O sr. de La Mole, um pouco atordoado com a firmeza da parte adversa e sentindo que seus advogados fraquejavam, pediu conselhos ao padre Chélan, que o pôs em contato com o padre Pirard.

Na época de nossa história, esse contato já se estabelecera havia muitos anos. O padre Pirard empenhara seu temperamento apaixonado nesse caso. Encontrando-se sempre com os advogados do marquês, ele estudou a causa e, por achá-la justa, tornou-se abertamente o solicitador do marquês de La Mole contra o todo-poderoso vigário-geral. Este último sentiu-se ultrajado com a insolência, ainda por cima da parte de um jansenistazinho!

"Vejam só o que é essa nobreza da corte que se acha tão poderosa!", dizia aos íntimos o abade de Frilair. "O sr. de La Mole nem sequer arrumou uma mísera medalha para seu agente em Besançon e vai simplesmente deixá-lo ser destituído. No entanto, ao que me dizem, esse nobre par não deixa passar uma semana sem ostentar suas condecorações no salão do chanceler, seja ele quem for."

Apesar de toda a atividade do padre Pirard e embora o sr. de La Mole estivesse sempre em ótimos termos com o ministro da Justiça e, sobretudo, com seus funcionários, tudo o que pôde fazer, após seis meses de esforços, fora não perder totalmente o processo.

Em correspondência constante com o padre Pirard, a respeito de um caso que ambos acompanhavam apaixonadamente, o marquês acabou por tomar gosto pelo espírito do padre. Aos poucos, apesar da imensa distância das posições sociais, sua correspondência assumiu o tom da amizade. O padre Pirard dizia ao marquês que queriam obrigá-lo, à força de humilhações, a pedir demissão. Na ira que lhe inspirou o estratagema infame empregado contra Julien, contou sua história ao marquês.

Embora muito rico, aquele ilustre senhor não era avarento. Jamais conseguira fazer com que o padre Pirard aceitasse sequer o reembolso das despesas de correio ocasionadas pelo processo. Aproveitou a oportunidade para mandar quinhentos francos a seu aluno favorito.

O sr. de La Mole deu-se ao trabalho de escrever ele mesmo a carta de remessa. Aquilo o fez pensar no padre.

Um dia, este recebeu um bilhetinho que, a título de urgência, lhe solicitava que passasse, sem demora, numa estalagem dos arrabaldes de Besançon. Encontrou ali o intendente do sr. de La Mole.

– O sr. marquês me encarregou de lhe trazer sua caleche – disse o homem. – Ele espera que, depois de ler esta carta, o senhor queira partir para Paris em quatro ou cinco dias. Vou empregar o tempo que o senhor me indicar a percorrer as terras do sr. marquês no Franco Condado. Depois, assim que lhe convier, partiremos para Paris.

A carta era curta:

Livre-se, caro senhor, de todas as futricas da província, venha respirar um ar mais tranquilo em Paris. Estou enviando minha caleche, que tem a ordem de aguardar sua decisão durante quatro dias. Esperarei pessoalmente pelo senhor, em Paris, até terça-feira. Basta-me um sim de sua parte para que eu aceite, em seu nome, um dos melhores curatos dos arredores de Paris. O mais rico de seus futuros paroquianos nunca o viu, mas lhe é mais devotado do que pode imaginar: é o marquês de La Mole.

Sem se dar conta, o severo padre Pirard gostava daquele seminário, povoado por seus inimigos e ao qual, havia quinze anos, consagrava todos os seus pensamentos. A carta do sr. de La Mole foi para ele como o aparecimento do cirurgião encarregado de fazer uma operação cruel e necessária. Sua destituição era certa. Marcou um encontro com o intendente para dali a três dias.

Durante quarenta e oito horas, teve a febre da incerteza. Por fim, escreveu ao sr. de La Mole e compôs, para o monsenhor, uma carta, obra-prima de estilo eclesiástico, mas um pouco longa. Teria sido difícil encontrar frases mais irrepreensíveis e que exalassem um respeito mais sincero. E, contudo, aquela carta, destinada a fazer o sr. de Frilair passar uma hora difícil junto a seu patrão, articulava todos os motivos de queixas graves, rebaixando-se até às intrigas mesquinhas que forçavam o padre Pirard a abandonar a diocese, após tê-las suportado com resignação durante seis anos.

Roubavam-lhe sua lenha, envenenavam seu cão etc. etc.

Terminada esta carta, mandou acordar Julien, que, às oito horas da noite, já dormia, assim como todos os seminaristas.

– Sabe onde fica a residência episcopal? – perguntou-lhe em belo estilo latino. – Leve esta carta ao monsenhor. Não vou esconder-lhe que o estou mandando para o meio dos lobos. Abra os olhos e apure o ouvido. Nada de mentiras em suas respostas; mas lembre-se de que quem for interrogá-lo talvez experimentasse uma genuína alegria em poder prejudicá-lo. Estou bem satisfeito, meu filho, em proporcionar-lhe esta experiência antes de deixá-lo, pois a verdade é que a carta que está levando é minha demissão.

Julien permaneceu imóvel, gostava do padre Pirard. Por mais que a prudência lhe dissesse: "Quando esse homem honesto se for, o partido do *Sagrado Coração* vai me degradar e talvez me expulsar", não conseguia pensar em si. O que o embaraçava era uma frase que queria tornear de uma maneira polida, e realmente não estava se sentindo capaz.

– E então, meu amigo, não vai partir?

– É que dizem, senhor – disse timidamente Julien –, que durante sua longa administração o senhor não poupou nada. Tenho seiscentos francos.

As lágrimas impediram-no de continuar.

– *Isso também será lembrado* – disse friamente o ex-diretor do seminário. – Vá até o bispo, está ficando tarde.

Quis o acaso que, naquela noite, o padre de Frilair estivesse de serviço no salão episcopal; o monsenhor estava jantando na sede do governo. Foi então ao sr. de Frilair, em pessoa, que Julien entregou a carta, mas ele não o conhecia.

Julien viu, com espanto, aquele padre abrir com determinação a carta dirigida ao bispo. O belo rosto do vigário-geral logo expressou uma surpresa mesclada de viva satisfação e gravidade redobrada. Enquanto lia, Julien, impressionado pela sua boa aparência, teve tempo de examiná-lo. Aquela fisionomia pareceria mais austera, não fosse pela extrema delicadeza que transparecia em certos traços e que chegaria quase a denotar falsidade, caso o dono do belo rosto descuidasse por um instante de sua expressão. O nariz, bastante saliente, formava uma única linha perfeitamente reta e conferia, infelizmente para aquele perfil muito distinto, uma irremediável semelhança com a fisionomia de uma raposa. De resto, aquele padre, que parecia tão ocupado com a demissão do sr. Pirard, estava vestido com uma elegância que muito agradou a Julien e que ele nunca vira em nenhum outro padre.

Julien só soube mais tarde qual era o talento especial do padre de Frilair. Ele sabia divertir o bispo, velhote afável, feito para morar em Paris e que via Besançon como um exílio. Este bispo enxergava muito mal e era apaixonado por peixe. O abade de Frilair tirava as espinhas do peixe que serviam ao monsenhor.

Julien fitava em silêncio o padre que relia a demissão, quando, de repente, a porta abriu-se num estrondo. Um lacaio, ricamente vestido, passou rapidamente. Julien mal teve tempo de voltar-se para a porta; notou um velhinho que usava uma cruz peitoral. Prosternou-se: o bispo dirigiu-lhe um sorriso bondoso e passou. O belo vigário seguiu-o e Julien ficou a sós no salão, cuja magnificência piedosa ele pôde admirar à vontade.

O bispo de Besançon, homem de espírito gasto, mas não extinto pelas longas misérias da emigração, tinha mais de setenta e cinco anos e preocupava-se infinitamente pouco com o que aconteceria dali a dez anos.

– Quem é esse seminarista de olhar fino, que suponho ter visto de passagem? – perguntou o bispo. – Não deveriam, de acordo com meu regulamento, estar dormindo a essa hora?

– Este está bem acordado, posso lhe garantir, Monsenhor, e traz uma grande notícia: a demissão do único jansenista que restava em sua diocese. Esse terrível padre Pirard entendeu finalmente com quem andou se metendo.

– Pois bem! – disse o bispo rindo. – Eu o desafio a substituí-lo por um homem que o valha. E, para lhe mostrar o quanto vale este homem, convido-o para o almoço de amanhã.

O vigário-geral quis dizer alguma coisa sobre a escolha do sucessor. O prelado, pouco disposto a falar de negócios, disse-lhe:

– Antes de mandar entrar o outro, vamos tentar saber por que este está indo. Traga-me aquele seminarista, a verdade está na boca das crianças.

Julien foi chamado: "Vou me encontrar entre dois inquisidores", pensou ele. Nunca se sentira mais corajoso.

Enquanto entrava, dois criados de quarto, mais bem vestidos que o próprio sr. Valenod, despiam o monsenhor. O prelado, antes de abordar o assunto do sr. Pirard, achou que era seu dever interrogar Julien sobre os estudos. Falou um pouco do dogma e surpreendeu-se. Em seguida chegou às humanidades, a Virgílio, Horácio, Cícero. "Estes nomes", pensou Julien, "valeram-me o 198º lugar. Nada tenho a perder, tentarei brilhar." Conseguiu; o prelado, ele mesmo um excelente humanista, ficou encantado.

No jantar do governador, uma mocinha merecidamente famosa recitara o poema da Madalena. O bispo falou de literatura e esqueceu bem depressa o padre Pirard e todos os negócios, para discutir com o seminarista a questão de saber se Horácio era rico ou pobre. O prelado citou várias odes, mas às vezes sua memória era preguiçosa e, imediatamente, Julien recitava a ode inteira, modestamente; o que impressionou o bispo foi que Julien não saía do tom da conversação; dizia seus vinte ou trinta versos latinos como se estivesse falando do que se passava no seminário. Falaram por muito tempo de Virgílio e Cícero. Por fim, o prelado não pôde deixar de cumprimentar o jovem seminarista.

– É impossível fazer melhores estudos.

– Monsenhor – disse Julien –, seu seminário pode lhe oferecer cento e noventa e sete indivíduos bem menos indignos de sua aprovação.

– Como assim? – disse ele, espantado com esse número.

– Posso apoiar com prova oficial o que tenho a honra de dizer diante do monsenhor. No exame anual do seminário, respondendo justamente sobre as matérias que me valem, nesse momento, a aprovação do monsenhor, obtive o 198º lugar.

– Ah, é o pupilo do padre Pirard! – exclamou o bispo, dando risada e olhando para o sr. de Frilair. – Era de esperar, mas é uma guerra limpa. Não é verdade, meu amigo – acrescentou ele, dirigindo-se a Julien –, que o acordaram para enviá-lo aqui?

– Sim, monsenhor. Só saí sozinho do seminário uma vez na vida, para ir ajudar o padre Chas-Bernard a decorar a catedral no dia de Corpus Christi.

– *Optime* – disse o bispo. – Mas então é o senhor que deu provas de tanta coragem, colocando os buquês de plumas no dossel? Todos os anos, isso me dá calafrios; sempre temo que me custem a vida de um homem. Meu amigo, o senhor vai longe; mas não quero interromper sua carreira, que será brilhante, deixando-o morrer de fome.

Então, por ordem do bispo, trouxeram biscoitos e vinho de Málaga, que Julien soube apreciar à altura e o padre de Frilair ainda mais, pois sabia que seu bispo gostava de ver comer alegremente e com apetite.

O prelado, cada vez mais contente com seu final de noite, falou um pouco de história eclesiástica. Viu que Julien não estava entendendo. O prelado passou a comentar o estado moral do Império Romano, na época dos imperadores do século de Constantino. O fim do paganismo viera acompanhado por aquele estado de inquietude e de dúvida que, no século XIX, desola os espíritos tristes e enfadados. Monsenhor notou que Julien mal conhecia o nome de Tácito.

Julien respondeu com candura, para o espanto do prelado, que esse autor não constava da biblioteca do seminário.

– Folgo em saber – disse o bispo alegremente. – Isso resolve meu problema: há dez minutos que estou pensando num meio de agradecer pela noite agradável que o senhor me proporcionou, de maneira decerto bem imprevista. Não esperava encontrar um doutor num aluno do meu seminário. Embora não seja um presente muito canônico, quero lhe dar um Tácito.

O prelado mandou vir oito volumes perfeitamente encadernados e quis escrever, pessoalmente, sobre o título do primeiro uma saudação em latim para Julien Sorel. O bispo se gabava de boa latinidade; acabou por dizer, num tom sério que contrastava completamente com o do resto da conversa:

– Meu rapaz, *se o senhor tiver juízo,* terá um dia o melhor curato de minha diocese, e não a cem léguas de meu palácio episcopal; mas é preciso *ter juízo.*

Julien, carregando seus volumes, saiu da residência do bispo, bastante surpreso, ao soar da meia-noite.

Monsenhor não lhe dissera uma palavra acerca do padre Pirard. Julien espantara-se sobretudo com a extrema polidez do bispo. Não tinha ideia de tal urbanidade nas maneiras, associada a um ar de dignidade tão natural. Julien ficou sobretudo impressionado com o contraste, ao rever o sombrio padre Pirard, que o esperava impaciente.

– *Quid tibi dixerunt?* O que lhe disseram? – gritou numa voz forte, logo que o avistou.

Como Julien se enrolava um pouco para traduzir para o latim o discurso do bispo:

– Fale em francês e repita as próprias palavras do monsenhor, sem acrescentar nem tirar nada – disse o ex-diretor do seminário, no seu tom duro e com suas maneiras profundamente deselegantes.

– Que estranho presente da parte de um bispo para um jovem seminarista! – dizia, folheando o soberbo Tácito, cujas bordas douradas pareciam lhe causar horror.

Duas horas soavam quando, após um relatório bastante detalhado, permitiu que seu aluno predileto voltasse para o quarto.

– Deixe-me o primeiro volume de seu Tácito, onde está a saudação do monsenhor bispo – disse-lhe. – Esta linha em latim será seu para-raios nesta casa, após minha partida. *Erit tibi, fili mi, successor meus tanquam leo quaerens quem devoret.* Pois para você, meu filho, meu sucessor será como um leão furioso que procura devorar.

Na manhã seguinte, Julien sentiu alguma coisa estranha na maneira com que seus colegas lhe falavam. Ficou, então, ainda mais reservado. "Aí está", pensou, "o efeito da demissão do sr. Pirard. Ela já é do conhecimento de todos da casa e eu passo por seu predileto." Devia haver algum insulto nessas maneiras; mas não conseguia identificá-lo. Havia, pelo contrário, ausência de ódio nos olhos de todos que encontrava ao longo dos dormitórios: "O que quer dizer isso? Trata-se de uma armadilha, sem dúvida, é preciso ter cautela". Por fim, o pequeno seminarista de Verrières disse-lhe, rindo: "*Cornelii Taciti opera omnia*".

Ao ouvirem estas palavras, puseram-se todos, um mais do que o outro, a cumprimentar Julien, não apenas pelo magnífico presente que recebera do bispo, mas também pela conversa de duas horas com a qual tinha sido honrado. Sabiam dos mínimos detalhes. A partir de então, não houve mais inveja; fizeram-lhe a corte de maneira vil: o padre Castanède, que ainda na véspera era tão insolente com ele, veio tomá-lo pelo braço e convidá-lo para o desjejum.

Por uma fatalidade do caráter de Julien, a insolência daquelas criaturas grosseiras inspirou-lhe muita mágoa; a baixeza lhe causou desgosto e nenhum prazer.

Por volta do meio-dia, o padre Pirard deixou seus alunos, não sem lhes dirigir uma severa alocução.

– Quereis as honrarias do mundo – disse ele –, todas as vantagens sociais, o prazer de comandar, de zombar das leis e de ser impunemente insolente para com todos? Ou quereis a salvação eterna? Os menos adiantados dentre vós só precisam abrir os olhos para distinguir os dois caminhos.

Assim que ele saiu, os devotos do *Sagrado Coração de Jesus* foram entoar um *Te Deum* na capela. Ninguém no seminário levou a sério a alocução do ex-diretor.

– Está muito mal-humorado por causa de sua destituição – diziam por toda parte; nem um único seminarista foi simplório a ponto de acreditar na demissão voluntária de um cargo que permitia tantas relações com grandes fornecedores.

O padre Pirard foi instalar-se na mais bela estalagem de Besançon; e a pretexto de negócios que não tinha, quis passar dois dias ali.

O bispo convidara-o para almoçar e, para brincar com o vigário-geral de Frilair, tratava de fazê-lo brilhar. Estavam na sobremesa quando chegou de Paris a estranha notícia de que o padre Pirard fora nomeado para a magnífica paróquia de N..., a quatro léguas da capital. O bom prelado felicitou-o sinceramente. Viu naquela história toda uma *boa jogada* que o deixou de bom humor e com a melhor opinião a respeito dos talentos do padre. Deu-lhe um magnífico certificado em latim, e impôs silêncio ao padre de Frilair, que se permitia alguns reparos.

À noite, monsenhor levou sua admiração à casa da marquesa de Rubempré. Foi uma grande notícia para a alta sociedade de Besançon; perdiam-se em conjeturas sobre este favor extraordinário. Já viam o padre Pirard feito bispo. Os mais finórios imaginaram o sr. de La Mole ministro e permitiram-se, naquele dia, sorrir das maneiras imperiosas que o padre de Frilair ostentava em sociedade.

Na manhã seguinte, quase seguiram o padre Pirard pelas ruas, e os comerciantes vieram às portas de suas lojas quando ele foi ver os juízes do marquês. Pela primeira vez, foi recebido com cortesia. O severo jansenista, indignado com tudo o que via, trabalhou longamente com os advogados que tinha escolhido para o marquês de

La Mole e partiu para Paris. Teve a fraqueza de dizer a dois ou três amigos do colégio que o acompanhavam até a caleça, cujo brasão admiraram, que após ter administrado o seminário por vinte anos, deixava Besançon com quinhentos e vinte francos de economias. Esses amigos abraçaram-no, chorando, e disseram entre si: o bom padre poderia ter se poupado esta mentira, é ridícula demais.

O vulgo, cego pelo amor ao dinheiro, não era feito para compreender que fora em sua sinceridade que o padre Pirard encontrara a força necessária para lutar sozinho durante seis anos contra Marie Alacoque, o Sagrado Coração de Jesus, os jesuítas e seu bispo.

XXX. Um ambicioso

Só resta uma nobreza, é o título de duque*;*
marquês é ridículo; diante da palavra duque,
as cabeças se voltam.

Edinburgh Review

O marquês de La Mole recebeu o padre Pirard sem nada daquelas maneiras afetadas da alta nobreza, tão polidas, mas tão impertinentes para quem as compreende. Teria sido tempo perdido, e o marquês estava muito empenhado em grandes negócios para ter tempo a perder.

Havia seis meses que se dedicava a intrigas para fazer que tanto o rei como a nação aceitassem um certo ministério que, por gratidão, o faria duque.

Havia muitos anos, o marquês solicitava em vão a seu advogado de Besançon um relatório claro e preciso sobre seus processos no Franco Condado. Como poderia o célebre advogado explicá-los se ele mesmo não os compreendia?

O papelzinho que lhe entregou o padre explicava tudo.

– Meu caro padre – disse-lhe o marquês, depois de despachar em menos de cinco minutos todas as fórmulas de polidez e perguntas sobre assuntos pessoais –, meu caro padre, em meio à minha pretensa prosperidade, falta-me tempo para me ocupar seriamente de duas coisinhas bastante importantes: minha família e meus negócios. Cuido bastante da fortuna de minha casa, posso levá-la longe; cuido de meus prazeres, e é isso que deve vir em primeiro lugar, pelo menos na minha opinião – acrescentou, surpreendendo o espanto nos olhos do padre Pirard. Embora fosse homem judicioso, o padre estava admirado em ver um senhor idoso falar tão francamente de seus prazeres.

– Existe trabalho em Paris, sem dúvida – continuou o grão-senhor –, mas empoleirado no quinto andar, e basta eu me aproximar de um homem que ele se muda para o segundo, e sua mulher escolhe um dia para receber; consequentemente, passa a trabalhar e se esforçar apenas para ser ou parecer da sociedade. É essa a sua única preocupação desde que tenham o que comer.

Para ser exato, para os meus processos, ou melhor, para cada processo em particular, tenho advogados que se esfalfam; um deles morreu tísico, anteontem. Mas, para os meus negócios em geral, o senhor acreditaria que faz três anos que desisti de encontrar um homem que, enquanto estivesse a meu serviço, se dignasse a levar um pouco a sério o que faz? Aliás, isso tudo é só um preâmbulo.

Tenho estima pelo senhor e, ouso acrescentar, apesar de vê-lo pela primeira vez, gosto do senhor. Aceitaria ser meu secretário, com oito mil francos de rendimentos ou mesmo com o dobro disso? Eu ainda sairia ganhando, juro-lhe, e comprometo-me a conservar sua bela paróquia, para o dia em que não mais conviermos um ao outro.

O padre recusou; mas, pelo fim da conversa, o sincero embaraço em que se achava o marquês sugeriu-lhe uma ideia.

– Deixei no fundo do seminário um pobre rapaz que, se não me engano, será rudemente perseguido por lá. Se não fosse um simples religioso, já estaria *in pace*. Até agora este rapaz só sabe latim e as Sagradas Escrituras; mas não é impossível que um dia demonstre grande talento seja para a prédica, seja para a direção das almas. Ignoro o que fará; mas ele tem o fogo sagrado, pode ir longe. Eu esperava entregá-lo ao nosso bispo, se algum dia viesse a nós alguém que tivesse um pouco da sua maneira de ver os homens e os negócios.

– De onde saiu o seu rapaz? – perguntou o marquês.

– Dizem que é filho de um carpinteiro das nossas montanhas, mas acho que se trata, na verdade, do filho natural de algum homem rico. Eu o vi receber uma carta anônima, ou pseudônima, com uma letra de câmbio de quinhentos francos.

– Ah, é Julien Sorel! – disse o marquês.

– Como sabe o nome dele? – perguntou o padre, surpreso, e enrubescendo por sua pergunta.

– É o que não lhe direi – respondeu o marquês.

– Pois bem! – continuou o padre. – O senhor poderia tentar fazer dele seu secretário, ele tem energia, tem cabeça; enfim, vale a pena tentar.

– Por que não? – disse o marquês. – Mas e se for homem capaz de se deixar corromper pelo chefe da polícia ou qualquer outro, para espionar a minha casa? Esta é minha única objeção.

Diante das garantias favoráveis do padre Pirard, o marquês pegou um nota de mil francos:

– Mande esse viático para Julien Sorel; diga-lhe que venha.

– Logo se vê – disse o padre Pirard – que o senhor mora em Paris. Não conhece a tirania que pesa sobre nós, pobres provincianos, e particularmente sobre os padres desafetos dos jesuítas. Não vão deixar Julien Sorel partir, vão descobrir os pretextos mais engenhosos, vão responder que está doente, o correio terá perdido as cartas etc. etc.

– Vou pegar, um dia desses, uma carta do ministro para o bispo – disse o marquês.

– Estava me esquecendo de uma precaução – disse o padre. – Esse rapaz, ainda que de baixa extração, tem o coração altivo, não terá nenhuma serventia se ferirem seu orgulho; seria estúpido.

– Isso me agrada – disse o marquês –, farei dele um companheiro para meu filho; isso bastará?

Algum tempo depois, Julien recebeu uma carta de letra desconhecida e com o carimbo de Châlons; encontrou nela uma ordem de pagamento para um comerciante de Besançon e a recomendação de dirigir-se a Paris, sem demora. A carta tinha uma assinatura falsa, mas, ao abri-la, Julien estremeceu: a folha de uma árvore caíra a seus pés, era o sinal combinado com o padre Pirard.

Menos de uma hora mais tarde, Julien foi chamado à sede do bispado, onde foi recebido com uma bondade toda paternal. Enquanto ia citando Horácio, monsenhor o cumprimentava, com muita sutileza, pelo grande destino que o aguardava em Paris, esperando explicações a título de gratidão. Julien não pôde dizer nada, mesmo porque não sabia de nada, e monsenhor tratou-o com muita consideração. Um dos padrezinhos do bispado escreveu para o prefeito, que se apressou em trazer pessoalmente um passaporte assinado, no qual deixara em branco um espaço para o nome do viajante.

Mais tarde, antes da meia-noite, Julien estava na casa de Fouqué, cujo bom-senso ficou mais espantado do que encantado com o futuro que parecia esperar seu amigo.

– Isso vai acabar – disse aquele eleitor liberal – com um cargo no governo, que o obrigará a fazer alguma coisa que seja vilipendiada nos jornais. É pela sua vergonha que terei notícias suas. Lembre-se de que, mesmo financeiramente, é melhor ganhar cem luíses num bom comércio de madeira que nos pertence a receber quatro mil francos de um governo, ainda que fosse do rei Salomão.

Julien só viu em tudo aquilo a mesquinhez de espírito de um burguês provinciano. Ia finalmente aparecer no palco dos grandes acontecimentos. A felicidade de ir para Paris, que ele imaginava povoada de gente espirituosa, muito intrigante, muito hipócrita, mas tão polida quanto o bispo de Besançon e o bispo de Agde, ofuscava tudo a seus olhos. Ele se apresentou a seu amigo como privado de seu livre-arbítrio pela carta do padre Pirard.

No dia seguinte, por volta do meio-dia, chegou a Verrières como o mais feliz dos homens; esperava rever a sra. de Rênal. Foi primeiro à casa de seu primeiro protetor, o bom padre Chélan. Foi recebido com severidade.

– O senhor acha que me deve alguma obrigação? – disse-lhe o padre Chélan, sem responder à sua saudação. – Então vai almoçar comigo, enquanto alguém vai alugar um outro cavalo para que deixe Verrières *sem encontrar ninguém*.

– Ouvir é obedecer – respondeu Julien com cara de seminário; e não se falou em mais nada além de teologia e bela latinidade.

Montou no cavalo, andou uma légua e então, ao avistar um bosque sem ninguém que o pudesse ver, embrenhou-se entre as árvores. Ao pôr do sol mandou de volta o cavalo. Mais tarde, entrou na casa de um camponês que concordou em vender-lhe uma escada e segui-lo, carregando-a, até o pequeno bosque que domina a ALAMEDA DA FIDELIDADE, em Verrières.

– Sou um pobre conscrito refratário... ou um contrabandista – disse o camponês despedindo-se dele –, mas o que importa? Minha escada foi bem paga e eu mesmo não deixei de aprontar algumas na minha vida.

A noite estava muito escura. Por volta da uma hora da manhã, Julien, carregando sua escada, entrou em Verrières. Desceu logo que pôde para o leito da correnteza que atravessa, contida entre dois muros, os magníficos jardins do sr. de Rênal, numa profundidade de dez pés. Julien subiu facilmente com a escada. "Que acolhida vão me dar os cães de guarda?", pensava. Eis a questão. Os cães latiram e avançaram a galope em sua direção; mas ele assobiou baixinho e eles vieram fazer-lhe festas.

Subindo então de terraço em terraço, embora todas as grades estivessem fechadas, foi fácil chegar até a janela do quarto de dormir da sra. de Rênal, que, do lado do jardim, estava a uma altura de apenas oito ou dez pés do chão.

Havia nas persianas uma pequena abertura em forma de coração, que Julien conhecia bem. Para sua grande aflição, essa pequena abertura não estava iluminada pela lamparina que costumava passar a noite acesa.

"Santo Deus!", pensou. "Esta noite, a sra. de Rênal não está ocupando seu quarto! Onde estará dormindo? A família está em Verrières, já que encontrei os cães; mas, nesse quarto escuro, posso deparar com o próprio sr. de Rênal ou com um estranho, e então, que escândalo!"

O mais prudente era retirar-se; mas essa opção causou horror a Julien. "Se for um estranho, fugirei correndo, abandonando a escada, mas se for ela, que recepção me aguarda? Ela se entregou aos remorsos e à mais alta devoção, não posso duvidar; mas enfim, ainda tem alguma lembrança de mim, já que me escreveu há pouco." Esse argumento o decidiu.

Com o coração palpitando, porém resolvido a vê-la ou a perecer, atirou pedrinhas nas persianas; nenhuma resposta. Apoiou sua escada ao lado da janela e bateu ele próprio na persiana, primeiro de leve, depois mais forte. "Mesmo na maior escuridão, podem acertar-me um tiro de espingarda", pensou Julien. Esse pensamento transformou a louca empreitada numa questão de honra.

"Este quarto está vazio esta noite", pensou, "ou quem quer que aí esteja agora acordou. Pois bem, não tenho que me preocupar; só preciso tratar de não ser ouvido pelas pessoas que dormem nos outros quartos."

Desceu, encostou sua escada em uma das persianas, voltou a subir e, passando a mão pela abertura em forma de coração, teve a sorte de encontrar bem depressa o arame amarrado no gancho que fechava a persiana. Puxou aquele arame; foi com uma alegria inexprimível que sentiu que a persiana não estava mais presa e cedia ao seu esforço. "É preciso abri-la devagarinho e fazer com que minha voz seja reconhecida." Abriu a persiana o suficiente para passar a cabeça, repetindo em voz baixa: *É um amigo.*

De orelha em pé, certificou-se de que nada perturbava o silêncio profundo do quarto. Mas, de fato, não havia lamparina na lareira, nem uma meia-luz; era um péssimo sinal.

"Cuidado com a espingarda!" Ele refletiu um pouco; depois, com o dedo, atreveu-se a bater no vidro: nenhuma resposta; bateu mais forte. "Ainda que tiver de quebrar o vidro, é preciso acabar com isso." Quando estava batendo com bastante força, supôs entrever, no meio da maior escuridão, algo como uma sombra branca que atravessava o quarto. Por fim, não teve mais dúvida, viu uma sombra que parecia avançar com extrema lentidão. De repente, viu um rosto apoiando-se no vidro por onde estava olhando.

Estremeceu e afastou-se um pouco. Mas a noite estava tão escura que, mesmo àquela distância, não pôde distinguir se era a sra. de Rênal. Temia um primeiro grito de alarme; ouvia os cães rondando e rosnando ao pé da escada.

– Sou eu – repetia bem alto –, um amigo – nenhuma resposta, o fantasma branco desaparecera. – Abra, por favor, preciso vê-la, estou muito infeliz! – e batia, de maneira a quebrar o vidro.

Um barulhinho seco se fez ouvir; o ferrolho da janela estava cedendo; ele empurrou a vidraça e saltou com leveza para dentro do quarto. O fantasma branco se afastava; ele lhe tomou os braços; era uma mulher. Toda a sua fantasia de coragem desvanecera. "Se for ela, o que me dirá?" Em que estado ficou, ao perceber, por um gritinho, que era a sra. de Rênal!

Estreitou-a em seus braços; ela tremia e mal tinha forças para repeli-lo.

– Infeliz! O que está fazendo?

Sua voz convulsiva mal conseguia articular essas palavras. Julien reconheceu a mais sincera indignação.

– Venho vê-la após quatorze meses de uma cruel separação.

– Saia, deixe-me imediatamente. Ah, padre Chélan, por que me impedir de lhe escrever? Teria evitado este horror – repeliu-o com uma força extraordinária. – Arrependo-me do meu crime; o céu concedeu-me a luz – repetia numa voz entrecortada. – Saia! Corra!

– Depois de quatorze meses de infelicidade, certamente não vou deixá-la sem ter lhe falado. Quero saber tudo o que tem feito. Ah! Amei-a o bastante para merecer essa confidência.... Quero saber tudo.

Contra a vontade dela, aquele tom de autoridade se impunha sobre o coração da sra. de Rênal.

Julien, que a mantinha presa com paixão e resistia a seus esforços para se libertar, deixou de estreitá-la em seus braços. Esse movimento tranquilizou um pouco a sra. de Rênal.

– Vou tirar a escada – disse –, para que não nos comprometa caso algum criado, despertado pelo barulho, faça uma ronda.

– Ah! Pelo contrário, saia, saia – disse-lhe com verdadeira raiva. – O que me importam os homens? É Deus que vê a horrível cena que está fazendo e que irá me punir. O senhor está abusando covardemente dos sentimentos que tive, mas não tenho mais. Está me ouvindo, sr. Julien?

Ele ia tirando a escada bem devagar para não fazer barulho.

– Seu marido está na cidade? – disse ele, não para desafiá-la, mas levado pelo antigo hábito.

– Não me fale assim, pelo amor de Deus, ou chamo meu marido. Já sou culpada demais por não tê-lo expulsado, quaisquer que fossem as consequências. Tenho pena do senhor – disse-lhe ela, tentando ferir o seu orgulho, cuja suscetibilidade conhecia.

A recusa da intimidade, aquela maneira brusca de romper um laço tão terno e com o qual contava ainda, levaram até o delírio o amor apaixonado de Julien.

– O quê! Será possível que não me ame mais! – disse-lhe com uma dessas expressões emocionadas que é tão difícil de se ouvir a sangue-frio.

Ela não respondeu; quanto a ele, chorava amargamente.

De fato, já não tinha forças para falar.

– Fui então completamente esquecido pela única pessoa que me amou um dia! Para que continuar vivendo? – toda a sua coragem o abandonara desde que deixara de temer o perigo de encontrar um homem; tudo desaparecera de seu coração, exceto o amor.

Chorou longamente em silêncio. Pegou sua mão, ela quis retirá-la; e, no entanto, após alguns movimentos quase convulsivos, acabou por deixá-la. A escuridão era extrema; estavam ambos sentados na cama da sra. de Rênal.

"Como era diferente há quatorze meses!", pensou Julien, e suas lágrimas redobraram. "Então a ausência destrói todos os sentimentos humanos!"

– Diga-me, por favor, o que lhe aconteceu – disse por fim Julien, embaraçado com seu silêncio e sua voz entrecortada pelas lágrimas.

– Sem dúvida – respondeu a sra. de Rênal numa voz dura, cuja expressão tinha algo de seco e reprovador para com Julien –, os meus desvarios eram conhecidos por toda a cidade, quando o senhor foi embora. Havia tanta imprudência em suas atitudes! Algum tempo depois, eu estava desesperada, o respeitável padre Chélan veio me ver. Foi em vão que, durante muito tempo, tentou obter uma confissão. Um dia, teve a ideia de me conduzir a esta igreja de Dijon, onde fiz minha primeira comunhão. Ali, ele ousou abordar o assunto... – a sra.

de Rênal foi interrompida por suas lágrimas. – Que momento de vergonha! Eu confessei tudo. Esse homem tão bom dignou-se a não me oprimir com o peso de sua indignação: afligiu-se comigo. Nessa época, todos os dias eu lhe escrevia cartas que não ousava enviar; escondia-as cuidadosamente e, quando estava muito infeliz, fechava-me no quarto e relia minhas cartas. Finalmente, o padre Chélan conseguiu que as entregasse... Algumas, escritas com um pouco mais de prudência, tinham sido enviadas; o senhor não me respondia.

– Juro que nunca recebi nenhuma carta sua no seminário.

– Santo Deus, quem as terá interceptado?

– Imagine o meu sofrimento. Até o dia em que a vi na catedral, nem sabia se ainda estava viva.

– Deus concedeu-me a graça de compreender o quanto pecava contra Ele, contra meus filhos, contra meu marido – continuou a sra. de Rênal. – Ele nunca me amou como eu pensava então que o senhor me amasse.

Julien lançou-se em seus braços, num impulso espontâneo e fora de si. Mas a sra. de Rênal rejeitou-o e continuou com bastante firmeza:

– Meu respeitável amigo, o sr. Chélan me fez entender que, casando-me com o sr. de Rênal, tinha empenhado toda a minha afeição, mesmo aquela que desconhecia e que nunca experimentara antes dessa relação fatal... Desde o grande sacrifício daquelas cartas que eu tanto prezava, minha vida transcorreu, senão feliz, pelo menos com uma certa tranquilidade. Não a perturbe; seja um amigo para mim... o melhor dos amigos – Julien cobriu suas mãos de beijos; ela sentiu que ele ainda chorava. – Não chore, isso me deixa tão triste... É a sua vez de me contar o que andou fazendo. – Julien não conseguia falar. – Quero saber como é sua vida no seminário – repetiu –, e depois o senhor irá embora.

Sem pensar no que estava contando, Julien falou das intrigas, das invejas inumeráveis que encontrara no início, e por fim de sua vida mais tranquila desde que fora nomeado explicador.

– Foi então – acrescentou ele –, que após um longo silêncio, certamente destinado a me dar a entender o que hoje estou percebendo claramente, que você não me ama mais e que se tornou indiferente a mim... – a sra. de Rênal apertou suas mãos. – Foi então que me enviou a quantia de quinhentos francos.

– Nunca – disse a sra. de Rênal.

– Era uma carta com carimbo de Paris e assinada Paul Sorel, para despistar todas as suspeitas.

Levantou-se uma pequena discussão sobre a possível origem desta carta. A posição moral mudou. Sem perceber, a sra. de Rênal e Julien tinham deixado o tom solene; estavam de volta àquele de uma terna amizade. Não podiam se ver, tão profunda era a escuridão, mas o som da voz dizia tudo. Julien abraçou a cintura de sua amiga; esse movimento era bem perigoso. Ela tentou afastar o braço de Julien, que, com bastante habilidade, chamou sua atenção para uma circunstância interessante de seu relato. O braço ficou meio esquecido e continuou na posição que ocupava.

Após muitas conjeturas sobre a origem da carta dos quinhentos francos, Julien retomara seu relato; ia se tornando mais senhor de si, falando de sua vida passada, que, perto do que estava lhe acontecendo naquele instante, tão pouco o interessava. Sua atenção se fixou inteiramente na maneira como terminaria sua visita. "Precisa ir embora", repetia ela de vez em quando, em tom imperativo.

"Que vergonha para mim se for enxotado! Será um remorso a me envenenar a vida inteira", pensava, "nunca mais ela vai me escrever. Só Deus sabe quando voltarei para cá!" A partir de então, tudo o que havia de celestial na posição de Julien desapareceu rapidamente de seu coração. Sentado ao lado de uma mulher que adorava, estreitando-a quase em seus braços, neste quarto onde fora tão feliz, em meio a uma escuridão profunda, percebendo perfeitamente que ela chorava, sentindo, pelo movimento de seu peito, que soluçava, ele teve a desventura de transformar-se num político frio, quase tão calculista e tão frio como quando, no pátio do seminário, era alvo de alguma brincadeira maldosa de um colega mais forte que ele. Julien fazia seu relato render e falava da vida infeliz que levara desde sua partida de Verrières. "Então", pensava a sra. de Rênal, "após um ano de ausência, quase que inteiramente privado das marcas da lembrança, enquanto eu mesma o esquecia, ele só pensava nos dias felizes que tivera em Vergy." Seus soluços redobraram. Julien viu o sucesso de seu relato. Compreendeu que era preciso tentar o último recurso: referiu-se bruscamente à carta que acabara de receber de Paris.

– Despedi-me do monsenhor bispo.

– O quê, não vai voltar para Besançon! Está nos deixando para sempre?

– Sim – respondeu Julien, num ar resoluto. – Sim, abandono esta terra onde fui esquecido até por quem mais amei, e deixo-a para nunca mais revê-la. Vou para Paris...

– Vai para Paris! – exclamou, bastante alto, a sra. de Rênal.

Sua voz estava quase sufocada pelas lágrimas e demonstrava sua enorme perturbação. Julien precisava desse encorajamento; ia tentar uma manobra que podia ser decisiva; e, antes dessa exclamação, não enxergando nada, ignorava absolutamente o efeito que produzia. Não hesitou mais; o medo do remorso deixou-o perfeitamente senhor de si; acrescentou com frieza, ao se levantar:

– Sim, senhora, deixo-a para sempre, seja feliz. Adeus.

Deu alguns passos em direção à janela; já a estava abrindo. A sra. de Rênal precipitou-se em seus braços.

Então, após três horas de diálogo, Julien obteve o que desejara tão apaixonadamente durante as duas primeiras. Se tivessem chegado um pouco antes, a volta aos sentimentos ternos e o eclipse dos remorsos da sra. de Rênal teriam sido uma felicidade divina; obtidos assim, mediante artifício, não passaram de um prazer. Julien fez questão, apesar das instâncias de sua amiga, de acender uma luz.

– Pois bem – dizia-lhe –, não quer me deixar nenhuma lembrança de tê-la visto? O amor que se revela nesses olhos encantadores estará perdido para mim? A alvura dessa linda mão ficará invisível aos meus olhos? Lembre-se de que talvez eu vá deixá-la por muito tempo.

"Que vergonha!", pensava a sra. de Rênal, mas ela não podia recusar nada diante dessa ideia de separação para sempre, que a fazia desmanchar-se em lágrimas. Mas a aurora começava a desenhar vivamente os contornos dos pinheiros na montanha a leste de Verrières. Em vez de ir embora, Julien, ébrio de volúpia, pediu à sra. de

Rênal que o deixasse passar o dia inteiro escondido em seu quarto, para só partir na noite seguinte.

– E por que não? – respondeu ela. – Essa fatal recaída tira-me toda a autoestima e faz para sempre a minha desgraça – e apertava-o de encontro ao peito. – Meu marido não é mais o mesmo, suspeita de alguma coisa; acha que o enganei nessa história toda, e parece muito irritado comigo. Se ouvir o menor ruído, estou perdida, irá expulsar-me como a infeliz que sou.

– Ah, eis uma frase do padre Chélan! – disse Julien. – Você não teria me falado assim antes daquela cruel partida para o seminário; você me amava, então!

Julien foi recompensado pelo sangue-frio que imprimira a essas palavras: viu sua amiga esquecer rapidamente o perigo que corria com a presença de seu marido, para pensar no perigo bem maior de ver Julien duvidar de seu amor. O dia avançava depressa e clareava vivamente o quarto; Julien recuperou toda a volúpia do orgulho quando pôde rever, nos seus braços e quase a seus pés, aquela mulher encantadora, a única que tinha amado e que, algumas horas antes, estava entregue ao temor de um Deus terrível e ao amor de seus deveres. Resoluções fortalecidas por um ano de constância não resistiram à sua coragem.

Logo ouviram ruídos pela casa; uma coisa na qual não pensara veio perturbar a sra. de Rênal.

– A maldosa da Elisa vai entrar no quarto, o que fazer com essa enorme escada? – disse a seu amigo. – Onde escondê-la? Vou levá-la ao sótão – exclamou de repente, com uma certa animação.

– Mas é preciso passar pelo quarto do criado – disse Julien, espantado.

– Deixarei a escada no corredor, vou chamar o criado e incumbi-lo de alguma tarefa.

– Pense numa explicação se, por acaso, o criado reparar na escada ao passar por ela, no corredor.

– Sim, meu anjo – disse a sra. de Rênal, dando-lhe um beijo. – E você, trate de se esconder bem depressa caso, durante a minha ausência, Elisa entre aqui.

Julien ficou espantado com essa alegria repentina. "Então", pensou, "a iminência de um perigo material, longe de perturbá-la, devolve-lhe a alegria, porque esquece seus remorsos! Que mulher verdadeiramente superior! Ah, eis um coração no qual é glorioso reinar!" Julien estava encantado.

A sra. de Rênal pegou a escada; era evidentemente muito pesada para ela. Julien ia socorrê-la; admirava aquele talhe elegante que nem de longe revelava força, quando, de repente, sem ajuda, ela agarrou a escada e a levantou como faria com uma cadeira. Carregou-a rapidamente até o corredor do terceiro andar, onde a encostou na parede. Chamou o criado e, para dar-lhe o tempo de se vestir, subiu para o pombal. Cinco minutos mais tarde, quando voltou ao corredor, não encontrou mais a escada. O que acontecera com ela? Se Julien estivesse fora da casa, nem ligaria para esse perigo. E se, naquele momento, o marido visse a escada! Esse incidente podia tornar-se abominável. A sra. de Rênal corria de um lado para outro. Finalmente descobriu a escada sob o telhado, onde o criado a tinha levado e mesmo escondido. Era uma atitude estranha, antigamente ela ficaria alarmada.

"O que me importa", pensou, "o que pode acontecer daqui a vinte e quatro horas, quando Julien tiver ido embora? Tudo então não há de ser para mim horror e remorso?"

Tinha uma vaga ideia de ter que deixar a vida, mas o que importava? Depois de uma separação que supunha eterna, ela o recuperava, ela o revia, e o que ele fizera para chegar até ela demonstrava tanto amor!

Ao contar o acontecido com a escada a Julien:

– O que responderei a meu marido – perguntou-lhe –, se o criado lhe contar que encontrou essa escada? – Ficou meio pensativa. – Vão precisar de vinte e quatro horas para descobrir o camponês que a vendeu. – Atirando-se então nos braços de Julien, abraçando-o num movimento convulsivo, exclamou, cobrindo-o de beijos: – Ah, morrer! Morrer assim! Mas não é preciso que morra de fome – disse-lhe, rindo. Venha, primeiro vou escondê-lo no quarto da sra. Derville, que fica sempre fechado à chave – foi vigiar a extremidade do corredor e Julien passou correndo. – Trate de não abrir, se baterem – disse ela, trancando-o no quarto –, em todo caso, seria apenas uma brincadeira dos meninos entre eles.

– Faça com que venham ao jardim, debaixo da janela – disse Julien –, para que eu tenha o prazer de revê-los, faça-os falar.

– Sim, sim – gritou-lhe a sra. de Rênal, afastando-se.

Logo voltou com laranjas, biscoitos, uma garrafa de vinho de Málaga; fora impossível roubar pão.

– O que está fazendo seu marido? – perguntou Julien.

– Está fazendo contratos de compra e venda com os camponeses.

Mas haviam soado as oito horas e faziam muito barulho pela casa. Se não vissem a sra. de Rênal, iriam procurá-la por toda parte; foi obrigada a deixá-lo. Voltou logo, contra toda prudência, trazendo-lhe uma xícara de café; temia que ele morresse de fome. Depois do desjejum, conseguiu levar os filhos para debaixo da janela da sra. Derville. Ele achou que estavam bem crescidos, mas tinham adquirido uma aparência vulgar, ou então era a sua opinião que mudara. A sra. de Rênal lhes falou de Julien. O mais velho respondeu com afeto e saudades do antigo preceptor; quanto aos mais novos, tinham-no praticamente esquecido.

O sr. de Rênal não saiu naquela manhã; subia e descia sem parar pela casa, ocupado em negócios com os camponeses, aos quais vendia sua colheita de batatas. Até o almoço, a sra. de Rênal não pôde conceder nenhum instante ao seu prisioneiro. Depois que o almoço foi anunciado e servido, teve a ideia de roubar para ele um prato de sopa quente. Ao aproximar-se silenciosamente da porta do quarto em que ele estava, levando o prato com cuidado, deu de cara com o criado que escondera a escada de manhã. Naquele instante, ele também avançava silenciosamente no corredor, como se estivesse escutando alguma coisa. Provavelmente Julien caminhara com imprudência. O criado afastou-se, um tanto confuso. A sra. de Rênal entrou corajosamente no quarto de Julien; esse encontro o fez estremecer.

– Está com medo – disse ela. – Pois eu enfrentaria todos os perigos do mundo sem pestanejar. Só receio uma coisa, o momento em que ficar sozinha quando você for embora – e saiu correndo.

– Ah! – pensou Julien, exaltado. – O remorso é o único perigo que assusta esta alma sublime!

Finalmente, caiu a noite. O sr. de Rênal foi para o cassino.

Sua mulher manifestara uma terrível enxaqueca, retirou-se para o seu quarto, despachou rapidamente Elisa e levantou-se bem depressa para abrir a porta para Julien.

Acontece que ele estava morrendo de fome. A sra. de Rênal foi à despensa buscar pão. Julien ouviu um grito. A sra. de Rênal voltou e contou-lhe que, ao entrar na escuridão da despensa, quando se aproximou do armário onde se guardava o pão e estendeu a mão, tocara no braço de uma mulher. Era Elisa que dera o grito ouvido por Julien.

– O que estava fazendo ali?

– Roubando alguns doces, ou nos espionando – disse a sra. de Rênal com uma completa indiferença. – Mas felizmente encontrei um patê e um bom pedaço de pão.

– O que tem aí? – perguntou Julien, mostrando-lhe os bolsos de seu avental.

A sra. de Rênal tinha esquecido que, desde o almoço, estavam cheios de pão.

Julien estreitou-a em seus braços com a mais viva paixão; nunca lhe parecera tão bela. "Nem mesmo em Paris", pensava confusamente, "conseguirei encontrar um caráter tão elevado." Ela tinha todo o acanhamento de uma mulher pouco acostumada a esse tipo de cuidados e, ao mesmo tempo, a verdadeira coragem de uma pessoa que só teme os perigos de outra ordem, bem mais terríveis.

Enquanto Julien jantava com muito apetite e sua amiga caçoava da simplicidade daquela refeição, pois tinha horror de falar seriamente, a porta do quarto foi subitamente sacudida com força. Era o sr. de Rênal.

– Por que você se trancou? – gritava.

Julien mal teve o tempo de se esgueirar por baixo do canapé.

– O quê! Ainda está toda vestida – disse o sr. de Rênal ao entrar. – Está jantando e fechou a porta com chave?

Em qualquer outro dia, aquela pergunta, feita com toda a aspereza conjugal, teria perturbado a sra. de Rênal; mas ela percebia que bastava o seu marido abaixar-se um pouco para descobrir Julien, já que o sr. de Rênal se lançara na cadeira que Julien ocupava no momento anterior, de frente para o canapé.

A enxaqueca serviu de desculpa para tudo. Enquanto o sr. de Rênal, por sua vez, contava-lhe demoradamente os incidentes da aposta que ganhara no bilhar do cassino, "uma aposta de dezenove francos, por Deus!", ela percebeu numa cadeira, a três passos de ambos, o chapéu de Julien. Seu sangue-frio redobrou, começou a despir-se e, a certa altura, passando rapidamente atrás de seu marido, jogou um vestido sobre a cadeira do chapéu.

O sr. de Rênal finalmente saiu. Ela pediu a Julien que retomasse o relato de sua vida no seminário: "Ontem, não o estava ouvindo, só pensava, enquanto você falava, em ser capaz de mandá-lo embora".

Ela era a imprudência em pessoa. Falavam muito alto; e deviam ser duas horas da manhã quando foram interrompidos por uma pancada violenta na porta. Era de novo o sr. de Rênal.

– Abra depressa, há ladrões em casa – dizia. – Saint-Jean encontrou a escada deles, de manhã.

– É o fim de tudo – exclamou a sra. de Rênal, atirando-se nos braços de Julien. – Vai nos matar a ambos, ele não acredita em ladrões; vou morrer nos seus braços, mais feliz na morte do que fui em vida. – Nem respondia ao marido que começava a se irritar, beijava Julien apaixonadamente.

– Salve a mãe de Stanislas – disse-lhe ele com um olhar de comando. – Vou saltar para o pátio pela janela do gabinete e escapar pelo jardim, os cães me reconheceram. Faça um pacote com minhas roupas e jogue-o no jardim assim que puder. Enquanto isso, deixe que arrombem a porta. Sobretudo, nada de confissões, eu proíbo, é melhor que haja suspeitas do que certezas.

– Você vai se matar no salto! – foi sua única resposta e sua única preocupação.

Foi com ele até a janela do gabinete; depois, demorou-se um pouco escondendo as roupas. Finalmente, abriu a porta para seu marido, que estava fervendo de raiva. Olhou o quarto, o gabinete, sem dizer nada e desapareceu. As roupas de Julien foram jogadas, ele as pegou e correu rapidamente em direção à parte baixa do jardim, perto do Doubs.

Enquanto corria, ouviu o silvo de uma bala e logo a seguir um tiro de espingarda.

"Não é o sr. de Rênal", pensou, "esse aí atira mal demais para ser ele." Os cães corriam em silêncio ao seu lado, um segundo tiro quebrou, aparentemente, a pata de um deles, pois começou a ganir de modo lamentável. Julien pulou o muro de um terraço, correu, encoberto, uns cinquenta passos e recomeçou a fugir em outra direção. Ouviu vozes que se chamavam e viu perfeitamente o criado, seu inimigo, dar um tiro de espingarda; um camponês também veio dar uns tiros do outro lado do jardim, mas Julien já alcançara a margem do Doubs, onde estava se vestindo.

Uma hora depois, estava a uma légua de Verrières, na estrada de Genebra. "Se suspeitarem de alguma coisa", pensou Julien, "é na estrada de Paris que vão me procurar."

O vermelho e o negro

Crônica do século XIX

Livro segundo

O vermelho e o negro

Crônica de 1830

Não é bonita, não usa ruge.

SAINTE-BEUVE

I. Os prazeres do campo

O rus quando ego te adspiciam!
VIRGÍLIO

– O senhor, sem dúvida, veio esperar a mala-posta de Paris? – disse-lhe o dono de uma estalagem onde parou para almoçar.

– A de hoje ou a de amanhã, pouco importa – disse Julien.

A mala-posta chegou enquanto Julien fingia indiferença. Havia dois lugares livres.

– O quê! É você, meu pobre Falcoz – disse o viajante que chegava dos lados de Genebra àquele que subia no carro ao mesmo tempo que Julien.

– Achava que você estava estabelecido nos arredores de Lyon – disse Falcoz –, num vale delicioso perto do Rhône!

– Belamente estabelecido! Estou fugindo.

– Como! Fugindo? Você, Saint-Giraud, com essa cara de santo, cometeu algum crime? – disse Falcoz, rindo.

– Por Deus, mais ou menos isso. Fujo da vida abominável que se leva na província. Gosto do frescor dos bosques e da tranquilidade campestre, como você sabe; sempre me acusou de ser romanesco.

Eu não queria absolutamente ouvir falar em política, e a política me expulsa.

– Mas de que partido você é?

– De nenhum, e é isso que me arruína. Eis toda a minha política: amo a música, a pintura; um bom livro é um acontecimento para mim; vou fazer quarenta e quatro anos. O que me resta de vida? Quinze, vinte, trinta anos, no máximo? Pois bem! Imagino que daqui a trinta anos os ministros serão um pouco mais hábeis, mas ainda tão honestos quanto os de hoje. A história da Inglaterra me serve de espelho para nosso futuro. Sempre haverá um rei querendo aumentar suas prerrogativas; sempre a ambição de tornar-se deputado; a glória e as centenas de milhares de francos ganhos por Mirabeau impedirão os ricos da província de dormir: eles chamarão isso de ser liberal e amar o povo. Sempre a cobiça de tornar-se par do reino ou nobre da câmara conduzirá os monarquistas. Dentro da nau do Estado, todo mundo vai querer o comando, que é bem remunerado. Será que nunca vai haver um pobre lugarzinho para o simples passageiro?

– Vamos ao fato, que deve ser bem curioso, dado seu temperamento tranquilo. Seriam as últimas eleições que o expulsaram da província?

– Meu mal vem de mais longe. Eu tinha, há quatro anos, quarenta anos e quinhentos mil francos; tenho hoje quatro anos a mais e, provavelmente, cinquenta mil francos a menos, que vou perder na venda do meu castelo de Monfleury, perto do Rhône, soberba localização.

Em Paris, estava cansado dessa comédia perpétua à qual nos obriga o que vocês chamam de civilização do século XIX. Tinha sede de simplicidade e sinceridade. Compro uma casa nas montanhas, perto do Rhône, nada de tão belo sob o céu.

O vigário da aldeia e a pequena nobreza da vizinhança me cortejam durante seis meses; ofereço-lhes um jantar; digo que deixei Paris para nunca mais falar nem ouvir falar em política. Como veem, não assinei nenhum jornal. Quanto menos cartas o carteiro me traz, mais contente fico.

Isso não bastou ao vigário; logo estou às voltas com mil pedidos indiscretos, incômodos etc. Eu queria dar duzentos ou trezentos francos por ano aos pobres, que me pedem para associações piedosas: as de São José, a da Virgem etc.; eu recuso: dirigem-me então mil insultos. Cometo a besteira de ficar ofendido. Não posso mais sair de manhã para gozar a beleza de nossas montanhas sem ter algum aborrecimento que me tira de meus devaneios e me lembra desagradavelmente dos homens e de sua maldade. Nas procissões das Preces, por exemplo, cujo canto me agrada (é provavelmente uma melodia grega), não abençoam mais meus campos porque, diz o vigário, pertencem a um ímpio. A vaca de uma velha camponesa devota morre, ela diz que é por causa da vizinhança de um charco que pertence a mim, ímpio, filósofo vindo de Paris, e, oito dias depois, encontro todos os meus peixes de barriga para cima, envenenados com cal. Atormentam-me de todas as maneiras. O juiz de paz, homem honesto, mas que teme por seu posto, nunca me dá razão. A paz dos campos é para mim um inferno. Uma vez que me viram abandonado pelo vigário, chefe da congregação da aldeia, e sem o apoio do capitão aposentado, chefe dos liberais, todos se voltaram contra mim, até o pedreiro que eu sustentava havia um ano, até o ferreiro que queria me enganar impunemente, consertando meus arados.

A fim de ter algum apoio e de ganhar portanto alguns de meus processos, me fiz liberal; mas, como você disse, chegam os diabos dessas eleições, pedem meu voto...

– Para um desconhecido?

– Absolutamente. Para um homem que conheço até demais. Recuso, terrível imprudência! A partir desse momento, eis-me também às voltas com os liberais, minha posição se torna intolerável. Acredito que, se tivesse passado pela cabeça do vigário acusar-me de ter assassinado minha criada, haveria vinte testemunhas dos dois partidos, que jurariam ter-me visto cometer o crime.

– Você quer viver no campo sem servir às paixões de seus vizinhos, sem sequer escutar seus falatórios. Que erro!

– Enfim, foi reparado. Monfleury está à venda, perco cinquenta mil francos, se necessário, mas estou bem alegre, deixo esse inferno de hipocrisias e encrencas. Vou buscar a solidão e a paz campestre no único lugar onde existem na França, num quarto andar, dando para os Champs-Élysées. E ainda fico me perguntando se não começarei minha carreira política, no bairro do Roule, distribuindo o pão bento à paróquia.

– Nada disso lhe teria acontecido no tempo de Bonaparte – disse Falcoz, com os olhos brilhantes de cólera e pesar.

– De fato, mas por que não soube manter seu lugar, esse seu Bonaparte? Tudo o que hoje me faz sofrer é culpa dele.

Aqui a atenção de Julien redobrou. Compreendera desde a primeira palavra que o bonapartista Falcoz era o antigo amigo de infância do sr. de Rênal, repudiado por ele em 1816, e o filósofo Saint-Giraud devia ser irmão desse chefe de seção no governo de... que sabia fazer adjudicar-se a bom preço as casas das comunas.

– E tudo isso foi seu Bonaparte que fez – continuava Saint-Giraud. – Um homem honesto, o mais inofensivo dos homens, com quarenta anos e quinhentos mil francos não pode se estabelecer na província e ter sossego; os padres e os nobres o expulsam.

– Ah, não fale mal dele! – exclamou Falcoz. – Nunca a França esteve tão elevada na estima dos povos como nos treze anos em que ele reinou. Havia grandeza em tudo o que se fazia.

– Esse seu imperador, que o diabo o carregue – retomou o homem de quarenta e quatro anos –, só foi grande nos campos de batalha e quando restabeleceu as finanças, por volta de 1802. O que significa toda a sua conduta posterior? Com seus grandes camareiros, sua pompa e suas recepções nas Tulherias, ele concedeu uma nova edição a todas as tolices monárquicas. Edição corrigida, poderia ter vingado ainda um século ou dois. Os nobres e os padres quiseram voltar à antiga, mas não têm a mão de ferro necessária para impingi-la ao público.

– Essa é bem a linguagem de um antigo impressor!

– Quem me expulsou da minha terra? – continuou o impressor, irado. – Os padres, que Napoleão chamou de volta com uma concordata, em vez de tratá-los como o Estado trata os médicos, os advogados, os astrônomos, vendo neles apenas cidadãos, sem se preocupar com os expedientes com que tratam de ganhar a vida. Haveria ainda hoje uma nobreza insolente se o seu Bonaparte não tivesse feito barões e condes? Não, essa moda já teria passado. Depois dos padres, é a pequena nobreza provinciana que mais me irritou, e me forçou a me tornar liberal.

A conversa foi infinita, esse texto ainda vai ocupar a França por meio século. Como Saint-Giraud repetia sempre que era impossível viver na província, Julien propôs timidamente o exemplo do sr. de Rênal.

– Por certo, jovem, o senhor viu tudo! – exclamou Falcoz –, ele se fez martelo para não ser bigorna, e um terrível martelo, ainda por cima. Mas eu o vejo ultrapassado pelo Valenod. O senhor conhece esse pilantra? É o próprio. O que dirá seu senhor de Rênal quando se vir destituído, um dia desses, com Valenod no seu lugar?

– Ele terá de encarar os seus crimes – disse Saint-Giraud. – O senhor então conhece Verrières, meu jovem? Pois bem! Bonaparte, que o céu o fulmine e a sua tralha monárquica, tornou possível o reino dos Rênal e dos Chélan, que trouxe o reino dos Valenod e dos Maslon.

Essa conversa de uma política sombria espantava Julien e o distraía de seus devaneios voluptuosos.

À primeira vista, percebida ao longe, Paris não o impressionou. Os castelos no ar sobre seu destino próximo tinham de lutar com a lembrança ainda presente das vinte e quatro horas que acabara de passar em Verrières. Jurava nunca abandonar os filhos de sua amiga, e largar tudo para protegê-los se as impertinências dos padres nos trouxerem a república e as perseguições contra os nobres.

O que teria acontecido na noite de sua chegada a Verrières se, no momento em que apoiava a escada sobre a janela do quarto de dormir da sra. de Rênal, ele tivesse encontrado esse quarto ocupado por um estranho ou pelo sr. de Rênal?

Mas, também, que delícia as duas primeiras horas, quando sua amiga queria sinceramente mandá-lo embora e ele defendia sua causa, sentado perto dela na escuridão! Uma alma como a de Julien é perseguida por tais lembranças durante toda a vida. O resto da conversa já se confundia com os primeiros tempos de seus amores, catorze meses antes.

Julien foi despertado de seu devaneio profundo quando a carruagem parou. Acabavam de entrar no pátio dos correios, na rua J.-J. Rousseau.

– Quero ir a Malmaison – disse ele a um cabriolé que se aproximava.

– A esta hora, senhor, fazer o quê?

– O que lhe importa? Siga.

Toda verdadeira paixão só pensa em si. Eis por que, ao que me parece, as paixões são tão ridículas em Paris, onde o vizinho sempre exige que se pense muito nele. Vou poupar-me de contar os excessos de Julien em Malmaison. Ele chorou. Como? Apesar dos feios muros brancos construídos neste ano e que recortam esse parque em pedaços? Sim, senhor: para Julien, como para a posteridade, não havia nada entre Arcole, Santa Helena e Malmaison.

À noite, Julien hesitou muito antes de entrar no espetáculo, tinha ideias estranhas sobre esse lugar de perdição.

Uma profunda desconfiança o impediu de admirar a Paris viva, só se comovia com os monumentos deixados por seu herói.

"Eis-me então no centro da intriga e da hipocrisia! Aqui reinam os protetores do padre de Frilair."

Na noite do terceiro dia, a curiosidade foi mais forte que o projeto de ver tudo antes de se apresentar ao padre Pirard. Esse padre lhe explicou, num tom frio, o tipo de vida que o esperava na casa do sr. de La Mole.

– Se, ao cabo de alguns meses, o senhor não for útil, voltará ao seminário, mas pela porta certa. Vai hospedar-se na casa do marquês, um dos maiores fidalgos da França. Usará o hábito negro, mas como um homem que está de luto, não como um eclesiástico. Exijo que, três vezes por semana, o senhor prossiga seus estudos de teologia num seminário, ao qual vou apresentá-lo. Todos os dias, ao meio-dia, o senhor vai instalar-se na biblioteca do marquês, que pretende empregá-lo para redigir cartas para processos e outros negócios. O marquês escreve, em duas palavras, à margem de cada carta que recebe, o tipo de resposta que é preciso dar. Eu afirmei que, ao cabo de três meses, o senhor seria capaz de redigir essas respostas de maneira que, entre doze que o senhor apresentar ao marquês, ele possa assinar oito ou nove. À noite, às oito horas, o senhor deixará a escrivaninha em ordem e, às dez, estará livre. Pode ser – continuou o padre Pirard – que alguma velha senhora ou algum homem de fala macia lhe faça entrever vantagens imensas ou, mais grosseiramente, lhe ofereça ouro para que lhe mostre as cartas recebidas pelo marquês...

– Ah, senhor! – exclamou Julien, enrubescendo.

– É estranho – disse o padre com um sorriso amargo – que, pobre como o senhor é, e após um ano de seminário, ainda lhe restem essas indignações virtuosas. É preciso que tenha sido bem cego!

"Seria a força do sangue?", disse o padre a meia-voz, como se falasse consigo mesmo.

– O que é estranho – acrescentou, olhando Julien – é que o marquês o conheça... Não sei como. Ele lhe dá, para começar, cem luíses de ordenado. É um homem que só age por capricho, é seu único defeito; ele brigará por criancices com o senhor. Se estiver contente, seu ordenado poderá elevar-se em seguida até oito mil francos. Mas o senhor bem percebe – retomou o padre, num tom azedo – que ele não lhe dá todo esse dinheiro pelos seus belos olhos. Trate de ser útil. No seu lugar, eu falaria muito pouco e, sobretudo, nunca falaria do que ignoro. Ah! – disse o padre. – Colhi informações para o senhor; estava esquecendo a família do sr. de La Mole. Ele tem dois filhos, uma filha e um filho de dezenove anos, elegante por excelência, uma espécie de louco, que nunca sabe ao meio-dia o que fará às duas horas. É espirituoso, corajoso, lutou na guerra da Espanha. O marquês espera, não sei por quê, que o senhor se torne amigo do jovem conde Norbert. Eu disse que o senhor era um grande latinista, talvez ele espere que ensine ao filho algumas frases feitas sobre Cícero e Virgílio. No seu lugar, nunca me exporia às zombarias desse jovem rapaz; e, antes de ceder aos seus convites perfeitamente polidos, mas um pouco prejudicados pela ironia, eu faria que os repetisse mais de uma vez. Não vou esconder-lhe que o jovem conde de La Mole deve inicialmente desprezá-lo, porque o senhor não passa de um pequeno-burguês. O ancestral dele era da corte e teve a honra de ter a cabeça cortada na praça de Grève, no dia 26 de abril de 1574, por causa de uma intriga política. O senhor é filho de um carpinteiro de Verrières e, ainda por cima, a serviço do pai dele. Pese bem essas diferenças e estude a história desta família no Moreri; todos os bajuladores que jantam em sua casa fazem, de vez em quando, delicadas alusões, como as chamam, a esse assunto. Muito cuidado com a maneira de responder às brincadeiras do senhor conde Norbert de La Mole, chefe de esquadrão dos hussardos e futuro par de França, e depois não venha se queixar comigo.

– Parece-me – disse Julien, corando muito – que eu não deveria sequer responder a um homem que me despreza.

– O senhor não faz ideia desse tipo de desprezo; ele só se mostrará através de cumprimentos exagerados. Se fosse um tolo, poderia deixar-se enganar; se quisesse fazer fortuna, deveria deixar-se enganar.

– No dia em que isso tudo não me convier mais – disse Julien –, passaria por ingrato se voltasse à minha pequena cela nº 103?

– Sem dúvida, todos os aduladores da casa o caluniarão, mas eu me adiantarei. *Adsum qui feci.* Direi que foi de mim que partiu tal resolução.

Julien estava desolado com o tom amargo e quase mau que notava no padre Pirard; esse tom estragava completamente sua última resposta.

O fato é que o padre tinha escrúpulos de consciência por gostar de Julien, e era com uma espécie de terror religioso que se intrometia tão diretamente no destino de outrem.

– O senhor também verá – acrescentou com a mesma má vontade e como se cumprisse um dever penoso –, o senhor verá a senhora marquesa de La Mole. É uma mulher grande, loira, devota, altiva, perfeitamente polida e mais insignificante ainda. É filha do velho duque de Chaulnes, tão conhecido por seus preconceitos nobiliários. Essa grande dama é uma espécie de resumo, em alto-relevo, do que é, no fundo, o caráter das mulheres de seu nível social. Ela não esconde, absolutamente, que ter tido ancestrais que foram às cruzadas é a única superioridade que conta. O dinheiro só vem bem depois. Isso o surpreende? Não estamos mais na província, meu amigo. O senhor verá, no seu salão, senhores da alta nobreza falar de nossos príncipes com um tom de leviandade singular. Quanto à senhora de La Mole, ela abaixa a voz por respeito todas as vezes que se refere a um príncipe e, sobretudo, a uma princesa. Não o aconselharia a dizer diante dela que Filipe II ou Henrique VIII foram monstros. Eles foram REIS, o que lhes confere direitos imprescritíveis ao respeito de todos e, sobretudo, ao respeito de seres sem berço, tais como o senhor e eu. No entanto – acrescentou o padre Pirard –, somos padres, pois ela o tomará por tal; a esse título, ela nos considera como lacaios necessários à sua salvação.

– Senhor – disse Julien –, parece-me que não ficarei muito tempo em Paris.

– Bem falado; mas repare que não há fortuna, para um homem de nossa condição, exceto por intermédio da nobreza. Com essa coisa indefinível, pelo menos para mim, que há no seu caráter, se não fizer fortuna, sofrerá perseguições; não há meio-termo para o senhor. Não se engane. Os homens percebem que não gostam de lhe dirigir a palavra; num mundo social como este, estará fadado à desgraça, se não conseguir impor respeito. O que lhe teria acontecido em Besançon, sem esse capricho do marquês de La Mole? Um dia, compreenderá toda a singularidade do que fez pelo senhor e, se não for um monstro, o senhor terá por ele e sua família uma eterna gratidão. Quantos pobres padres, mais sábios do que o senhor, viveram anos em Paris, com os quinze tostões de sua missa e os dez tostões de suas aulas na Sorbonne! Lembre-se do que lhe contei, no inverno passado, sobre os primeiros anos desse mau sujeito que é o cardeal Dubois. No seu orgulho, julga, por acaso, ter mais talento do que ele? Eu, por exemplo, homem tranquilo e medíocre, esperava morrer no meu seminário; tive a infantilidade de me apegar a ele. Pois bem! Ia ser destituído quando pedi demissão. Sabe qual era minha fortuna? Tinha quinhentos e vinte francos de capital, nem mais nem menos; nem um amigo, apenas dois ou três conhecidos. O senhor de La Mole, que eu nunca tinha visto, tirou-me dessa situação; bastou uma palavra sua e me deram uma paróquia onde todos são abastados, acima de vícios grosseiros, e cujos rendimentos me envergonham pela desproporção com meu trabalho. Só falei tanto tempo para meter-lhe um pouco de tutano na cabeça. Mais uma palavrinha: tenho a infelicidade de ser irascível; é possível que o senhor e eu cessemos de nos falar. Se a arrogância da marquesa ou as brincadeiras de mau gosto de seu filho tornarem a sua estada na casa decididamente insuportável, aconselho que termine seus estudos em algum seminário a trinta léguas de Paris, e mais para o norte que para o sul. No norte, há mais civilização e menos injustiças; além disso – acrescentou, abaixando a voz –, devo confessar, a vizinhança dos jornais de Paris atemoriza os pequenos tiranos. Se continuarmos a ter prazer em nos ver, e se a casa do marquês não lhe convier, ofereço-lhe o lugar de meu vigário, e dividirei pela metade com o senhor os rendimentos da paróquia. Eu lhe devo isso e mais ainda – acrescentou, interrompendo os agradecimentos de Julien – pela oferta que me fez em Besançon. Se em vez de quinhentos e vinte francos, eu não tivesse nada, o senhor teria me salvado.

O padre tinha perdido seu tom de voz cruel. Para sua grande vergonha, Julien sentiu lágrimas vindo-lhe aos olhos, morria de vontade de lançar-se aos braços de seu amigo: não teve como impedir-se de dizer, da maneira mais viril que pôde afetar:

– Fui odiado pelo meu pai desde o berço; foi um dos meus grandes desgostos; mas não me queixarei mais da sorte, recuperei no senhor um pai, padre.

– Muito bem, muito bem! – disse o padre, constrangido; em seguida, retomando oportunamente uma expressão de diretor de seminário: – Não se deve nunca falar em sorte, meu filho, diga sempre Providência.

O fiacre parou, o cocheiro ergueu a aldrava de bronze de uma porta imensa: era a MANSÃO DE LA MOLE; e, para que os transeuntes não tivessem dúvidas, essas palavras estavam escritas sobre um mármore negro acima da porta.

Essa afetação desagradou a Julien. "Eles têm tanto medo dos jacobinos! Veem um Robespierre e sua carroça atrás de cada sebe; estão sempre zombando de tudo e ostentam dessa forma a sua casa para que a canalha a reconheça, em caso de tumulto, e a pilhe." Ele comunicou seu pensamento ao padre Pirard.

– Ah, pobre rapaz, logo será meu vigário! Que ideia pavorosa lhe passou pela cabeça!

– Nada mais simples – disse Julien.

A gravidade do porteiro e sobretudo a limpeza do pátio despertaram sua admiração. Era um belo dia ensolarado.

– Que arquitetura magnífica! – disse a seu amigo.

Tratava-se de uma dessas mansões de fachada tão deselegante de Saint-Germain, construídas nos tempos da morte de Voltaire. Nunca a moda e o belo estiveram tão distantes um do outro.

II. Entrada na sociedade

> *Lembrança ridícula e tocante: o primeiro salão, onde, aos dezoito anos, aparecemos só e sem apoio! O olhar de uma mulher bastava para intimidar-me. Quanto mais desejava agradar, mais me tornava canhestro. Tinha a respeito de tudo as ideias mais falsas; ou me entregava sem motivos, ou via num homem um inimigo, só porque me olhara com ar grave. Mas então, no meio dos terríveis males de minha timidez, como um belo dia era belo!*
>
> KANT

Julien ficou parado, atônito, no meio do pátio.

– Tente parecer sensato – disse o padre Pirard. – O senhor tem pensamentos horríveis e, depois, se conduz como uma criança! Onde está o *nil mirare* de Horácio? Não admire nada. Pense que esse bando de lacaios, vendo-o estabelecido aqui, vai tentar se divertir à sua custa; eles o verão como um igual, injustamente colocado acima deles. Passando por solícitos, por bons conselheiros, desejosos de ampará-lo, vão tentar fazê-lo cair numa grande trapalhada.

– Quero só vê-los fazer isso – disse Julien mordendo os lábios, e recobrou toda a sua desconfiança.

Os salões que os dois atravessaram no primeiro andar, antes de chegar ao gabinete do marquês, teriam parecido tão tristes quanto magníficos ao leitor. Se lhe fossem oferecidos, o leitor se recusaria a habitá-los; é o lar dos bocejos e das ideias tristes. Quanto a Julien, ficou ainda mais encantado. "Como é possível ser infeliz", pensava, "quando se mora em aposentos tão esplêndidos!"

Finalmente, chegaram à mais feia das peças desse soberbo apartamento, onde mal entrava a luz do dia: ali encontraram um homenzinho magro, de olho vivo e peruca loira. O padre voltou-se para Julien e o apresentou. Era o marquês. Julien teve muita dificuldade em reconhecê-lo, de tão polido que lhe pareceu. Não era mais o grande fidalgo, de porte altivo, da abadia de Bray-le-Haut. Julien teve a impressão de que sua peruca tinha cabelos demais. Graças a essa sensação, não se sentiu nem um pouco intimidado. O descendente do amigo de Henrique III lhe pareceu inicialmente bastante mesquinho. Era muito magro e agitava-se muito. Mas logo observou que o marquês tinha uma polidez ainda mais agradável ao interlocutor que a do próprio bispo de Besançon. A audiência não durou nem três minutos. Ao sair, o padre disse a Julien:

– O senhor olhou o marquês como se estivesse pintando um quadro. Não sou muito entendido nisso que chamam de polidez, logo saberá mais do que eu; mas, de qualquer forma, a ousadia de seu olhar me pareceu pouco polida.

Haviam retomado o fiacre; o cocheiro parou perto do bulevar; o padre introduziu Julien numa sequência de grandes salões. Julien observou que não havia móveis. Ele olhava um magnífico relógio dourado, que representava um motivo bem indecente, na sua opinião, quando um senhor muito elegante se aproximou, risonho. Julien fez uma saudação discreta.

O homem sorriu e pousou a mão sobre seu ombro. Julien estremeceu e deu um salto para trás. Enrubesceu de cólera. O padre Pirard, apesar de sua seriedade, riu até as lágrimas. O homem era um alfaiate.

– Devolvo-lhe sua liberdade por dois dias – disse o padre, saindo –, é só então que poderá ser apresentado à senhora de La Mole. Um outro o pajearia como uma donzela, nesses primeiros momentos de sua estada nessa nova Babilônia. Perca-se de uma vez, se tiver de se perder, e estarei livre da fraqueza que tive de preocupar-me com o senhor. Depois de amanhã, bem cedo, esse alfaiate vai lhe trazer dois trajes; dê cinco francos ao rapaz que fizer a prova. De resto, não deixe esses parisienses ouvir o som de sua voz. Se disser uma palavra, eles darão um jeito de fazer alguma troça. É o talento deles. Depois de amanhã, esteja na minha casa ao meio-dia...Vamos, perca-se... Estava esquecendo, encomende botas, camisas, um chapéu nestes endereços aqui.

Julien olhava a caligrafia dos endereços.

– É a letra do marquês – disse o padre –, é um homem ativo que prevê tudo, que prefere fazer a mandar. Ele o está empregando para que lhe poupe esse tipo de encargo. Será que vai ser bastante esperto para executar corretamente todas as coisas que esse homem ágil lhe indicará por meias-palavras? É o que o futuro dirá. Cuide-se!

Julien entrou sem dizer palavra nas lojas indicadas pelos endereços; reparou que era recebido com respeito, e o sapateiro, ao incluir seu nome no registro, escreveu sr. Julien de Sorel.

No cemitério Père-Lachaise, um senhor muito prestativo, e mais liberal ainda na sua conversa, ofereceu-se para indicar a Julien o túmulo do marechal Ney, que uma sábia política priva da honra de um epitáfio. Mas ao separar-se desse liberal que, lágrimas nos olhos, quase o abraçava, Julien não tinha mais relógio. Foi enriquecido por essa experiência que, dois dias mais tarde, ao meio-dia, ele se apresentou ao padre Pirard, que o observou bem.

– O senhor talvez se torne presunçoso – disse-lhe o padre, de maneira severa.

Julien parecia um rapazola de luto fechado; na verdade, estava muito bem, mas o bom padre era provinciano demais para ver que Julien ainda tinha aquela postura dos ombros que, na província, denota elegância e importância. Vendo Julien, o marquês avaliou suas maneiras de modo tão diferente do bom padre que lhe disse:

– O senhor teria alguma objeção a que o sr. Sorel tomasse lições de dança?

O padre ficou petrificado.

– Não – respondeu finalmente. – Julien não é padre.

O marquês, subindo de dois em dois os degraus de uma pequena escada furtiva, foi ele mesmo instalar nosso herói numa bela mansarda que dava para o imenso jardim da mansão. Perguntou-lhe quantas camisas havia comprado.

– Duas – respondeu Julien, intimidado em ver tão grande senhor rebaixar-se a tais detalhes.

– Muito bem – retomou o marquês com um ar sério e um tom imperativo e breve que intrigou Julien –, muito bem! Arrume mais vinte e duas camisas. Eis o primeiro quarto de seu ordenado.

Descendo da mansarda, o marquês chamou um homem idoso:

– Arsène – disse-lhe –, você vai servir o senhor Sorel.

Poucos minutos depois, Julien encontrou-se a sós numa biblioteca magnífica; esse momento foi delicioso. Para não ser surpreendido na sua emoção, foi esconder-se num cantinho escuro, de onde contemplava, extasiado, a lombada brilhante dos livros: "Eu poderei ler tudo isso", dizia consigo mesmo. "E como esse lugar poderia me desagradar? O sr. de Rênal se sentiria desonrado para sempre com a centésima parte do que o marquês de La Mole acaba de fazer por mim. Mas vejamos as cartas por fazer."

Terminada essa tarefa, Julien ousou aproximar-se dos livros: quase ficou louco de alegria ao encontrar uma edição de Voltaire. Apressou-se em abrir a porta da biblioteca para não ser surpreendido. Concedeu-se em seguida o prazer de abrir cada um dos oitenta volumes. Estavam magnificamente encadernados, eram a obra-prima do melhor artesão de Londres. Não seria preciso tanto para levar a admiração de Julien ao máximo.

Uma hora mais tarde, o marquês entrou, olhou as cartas, e reparou com espanto que Julien escrevia *isso* com um *s* só, *iso*. "Tudo o que o padre me disse de seus conhecimentos não passaria de conversa?!" O marquês, bastante desanimado, disse-lhe gentilmente:

– O senhor não está seguro de sua ortografia?

– É verdade – disse Julien, sem a mínima ideia do mal que causava a si mesmo; estava enternecido com a bondade do marquês, que lhe fazia lembrar o tom arrogante do sr. de Rênal.

"É tempo perdido toda essa experiência com o padreco provinciano", pensou o marquês, "e eu precisava tanto de um homem de confiança!"

– *Isso* se escreve com dois *ss* – disse-lhe o marquês. – Quando terminar suas cartas, procure no dicionário as palavras cuja ortografia lhe causar dúvida.

Às seis horas, o marquês mandou chamá-lo, olhou com desgosto evidente as botas de Julien:

– Eu cometi um erro, não lhe disse que todos os dias, às cinco e meia, é preciso se vestir.

Julien fitava-o sem compreender.

– Quero dizer, colocar meias. Arsène vai lembrar-lhe, hoje vou desculpá-lo.

Enquanto dizia essas palavras, o sr. de La Mole fazia Julien passar a um salão resplandecente de dourados. Em ocasiões semelhantes, o sr. de Rênal não deixava nunca de apressar o passo para ter o privilégio de passar primeiro pela porta. A pequena vaidade de seu antigo patrão fez com que Julien pisasse os pés do marquês e lhe causasse muita dor, por conta de sua gota. "Ah! ele é bronco, ainda por cima", disse consigo mesmo. O marquês o apresentou a uma mulher de estatura alta e aspecto imponente. Era a marquesa. Julien achou que tinha ar impertinente, um pouco como a sra. de Maugiron, a subgovernadora do distrito de Verrières, quando comparecia ao jantar do dia de São Carlos. Um pouco perturbado pela magnificência do salão, não ouviu o que dizia o sr. de La Mole. A marquesa mal se dignou olhá-lo. Havia ali alguns homens, entre os quais Julien reconheceu com um prazer indizível o jovem bispo de Agde, que se dignara dizer-lhe algumas palavras na cerimônia de Bray-le-Haut. Esse jovem prelado ficou assustado, sem dúvida, com os olhos ternos que fixava sobre ele a timidez de Julien, e não se preocupou em reconhecer o provinciano.

Os homens reunidos no salão pareceram a Julien ter algo de triste e constrangido; fala-se baixo em Paris, e não se exageram as pequenas coisas.

Um belo rapaz de bigodes, muito pálido e muito esguio, entrou por volta das seis e meia; tinha uma cabeça bastante pequena.

– O senhor sempre fará que o esperem – disse a marquesa, de quem beijava a mão.

Julien compreendeu que era o conde de La Mole. Achou-o encantador desde o primeiro instante.

"Será possível", pensou, "que seja este o homem cujas pilhérias ofensivas devem me expulsar desta casa?"

De tanto examinar o conde Norbert, Julien reparou que estava de botas e de esporas. "E eu devo usar sapatos, como um inferior, pelo visto." Sentaram à mesa. Julien ouviu a marquesa, que dizia palavras severas, elevando um pouco a voz. Quase ao mesmo tempo percebeu uma moça, muito loira e muito benfeita, que veio sentar-se diante dele. Ela não lhe agradou; porém, olhando-a atentamente, pensou que nunca vira olhos tão belos; anunciavam, no entanto, uma grande frieza na alma. Na sequência, Julien achou que tinham a expressão do tédio que examina, mas que se lembra da obrigação de ser imponente. "A sra. de Rênal tinha, é verdade, olhos bem bonitos", pensava, "todo mundo os elogiava; mas nada tinham em comum com esses aqui." Julien não tinha experiência suficiente para perceber que era com o fogo da malícia que brilhavam de vez em quando os olhos da srta. Mathilde, pois foi assim que ouviu chamá-la. Quando os olhos da sra. de Rênal se animavam, era com o fogo das paixões, ou por efeito da indignação generosa com o relato de alguma ação malvada. Quase ao fim da refeição, Julien encontrou uma palavra para expressar o gênero de beleza dos olhos da srta. de La Mole: eram "cintilantes", pensou. Quanto ao resto, parecia-se cruelmente com sua mãe, que lhe desagradava cada vez mais, e ele parou de fitá-la. Em compensação, o conde Norbert parecia-lhe admirável sob todos os pontos de vista; Julien estava tão seduzido que não teve a ideia de invejá-lo e detestá-lo por ser mais rico e mais nobre do que ele.

Julien achou que o marquês parecia entediar-se.

Na altura do segundo prato, disse a seu filho:

– Norbert, peço-lhe consideração pelo senhor Julien, que acabo de tomar a meu serviço, e do qual pretendo fazer um homem, se *iso* for possível.

"É meu secretário", disse o marquês a seu vizinho, "e escreve *isso* com um só *s*."

Todo mundo olhou Julien, que inclinou a cabeça de forma um pouco exagerada para Norbert; mas, de modo geral, seu olhar causou boa impressão.

O marquês devia ter falado do tipo de educação que Julien recebera, pois um dos convivas o atacou com Horácio: "É precisamente falando de Horácio que tive sucesso junto ao bispo de Besançon", pensou Julien, "aparentemente só conhecem esse autor". A partir desse instante, foi senhor de si. Esse movimento foi facilitado porque acabara de decidir que a srta. de La Mole nunca seria mulher a seus olhos. Desde o seminário, tinha os homens no pior conceito, e dificilmente se deixava intimidar por eles. Teria gozado de todo o seu sangue-frio, se a sala de jantar fosse mobiliada com menos magnificência. Eram, mais precisamente, dois espelhos de dois metros e meio cada, nos quais às vezes via seu interlocutor enquanto falava de Horácio e que ainda o inibiam. Suas frases não eram longas demais para um provinciano. Tinha belos olhos, cuja timidez trêmula ou feliz, quando se saía bem numa resposta, aumentava seu brilho. Acharam-no amável. Esse tipo de exame conferia algum interesse a um jantar grave. Com um sinal, o marquês incentivou o interlocutor de Julien a pressioná-lo com mais força. "Será possível que ele entenda de alguma coisa?", pensava.

Julien respondeu com ideias inventadas e perdeu bastante de sua timidez para mostrar-se, não exatamente espirituoso, coisa impossível para quem não conhece a língua que se fala em Paris, mas dono de ideias novas, embora apresentadas sem graça nem pertinência; e viu-se que sabia perfeitamente o latim.

O adversário de Julien era um membro da Academia das Inscrições que, por acaso, sabia latim; ele julgou Julien um grande letrado, não teve mais receio de envergonhá-lo e tentou de fato embaraçá-lo. No calor do combate, Julien esqueceu finalmente o mobiliário magnífico da sala de jantar, chegando a expor sobre os poetas latinos ideias que o interlocutor não lera em parte alguma. Como homem honesto, reconheceu o mérito do jovem secretário. Por sorte, travou-se uma discussão sobre a questão de saber se Horácio era pobre ou rico: seria um homem encantador, voluptuoso e despreocupado, que fazia versos para divertir-se, como Chapelle, o amigo de Molière e de La Fontaine; ou um pobre-diabo de poeta laureado, seguindo a corte e fazendo odes para o nascimento do rei, como Southey, o acusador de *Lord* Byron? Falou-se do estado da sociedade sob Augusto e sob Jorge IV, as duas épocas em que a aristocracia era todo-poderosa; mas, em Roma, ela via seu poder ser arrancado por Mecenas, que não passava de simples cavalheiro; e, na Inglaterra, reduzira Jorge IV mais ou menos ao estado de um doge de Veneza. Essa discussão pareceu tirar o marquês do estado de torpor em que o tédio o mergulhara no começo do jantar.

Julien não compreendia nada de todos esses nomes modernos, como Southey, *Lord* Byron, Jorge IV, que ouvia pronunciar pela primeira vez. Mas não escapou a ninguém que todas as vezes que se tratava de fatos passados em Roma, e cujo conhecimento se podia deduzir das obras de Horácio, de Marcial, de Tácito etc., ele tinha uma incontestável superioridade. Julien lançou mão sem pudores de várias ideias que aprendera com o bispo de Besançon, na famosa discussão que tivera com esse prelado; e não foram estas as menos apreciadas.

Quando se cansaram de falar de poetas, a marquesa, que se impunha o dever de admirar tudo o que divertia seu marido, dignou-se olhar para Julien.

– Os modos desajeitados desse jovem padre talvez escondam um homem instruído – disse à marquesa o acadêmico, que se encontrava perto dela; e Julien ouviu parte do que foi dito. As frases feitas convinham bem ao espírito da dona da casa; ela adotou esta a respeito de Julien, e sentiu-se gratificada por ter convidado o acadêmico para jantar. "Ele diverte o sr. de La Mole", pensou ela.

III. Os primeiros passos

Esse imenso vale cheio de luzes faiscantes e tantos milhares de homens ofusca minha vista. Nenhum deles me conhece, todos são superiores a mim. Minha razão se perde.

Poemi dell'avvocato Reina

No dia seguinte, bem cedinho, Julien transcrevia cartas na biblioteca, quando a srta. Mathilde entrou por uma pequena porta embutida, muito bem oculta por lombadas de livros. Enquanto Julien admirava esta invenção, a srta. Mathilde parecia bem espantada e bastante contrariada por encontrá-lo ali. Julien achou que, de papelotes, ela tinha um ar duro, altivo e quase masculino. A srta. de La Mole sabia roubar livros na biblioteca de seu pai sem deixar rastros. A presença de Julien tornava inútil essa sua incursão matinal, o que a contrariou ainda mais, pois vinha buscar o segundo volume da *Princesa da Babilônia*, de Voltaire, digno complemento de uma educação eminentemente monárquica e religiosa, obra-prima do Sacré-Coeur! Essa pobre moça, aos dezenove anos, já precisava do estimulante do espírito para interessar-se por um romance.

O conde Norbert apareceu na biblioteca por volta das três horas; vinha estudar um jornal para poder falar de política à noite, e ficou satisfeito em encontrar Julien, de cuja existência tinha esquecido. Foi perfeito com ele, propôs uma cavalgada.

– Meu pai nos dá uma folga até o jantar.

Julien compreendeu esse *nós* e o achou encantador.

– Meu Deus, senhor conde – disse Julien –, se fosse o caso de derrubar uma árvore de vinte e quatro pés de altura e de transformá-la em tábuas, eu me sairia bem, ouso dizer; mas montar a cavalo, isso não me aconteceu nem seis vezes na vida.

– Pois bem, esta será a sétima – disse Norbert.

No fundo, Julien lembrava-se da entrada do rei de *** em Verrières, e achava que montava a cavalo com superioridade. Mas ao voltar do Bois de Boulogne, bem no meio da rua do Bac, ele caiu, querendo evitar bruscamente um cabriolé, e cobriu-se de lama. Por sorte, tinha dois trajes. No jantar, o marquês, que queria dirigir-lhe a palavra, pediu notícias de seu passeio; Norbert apressou-se em responder em termos gerais.

– O senhor conde é muito gentil comigo – retomou Julien –, agradeço-lhe e reconheço o valor de sua bondade. Ele se dignou me dar o cavalo mais manso e mais belo; mas, enfim, não podia amarrar-me a ele e, por falta dessa precaução, caí bem no meio daquela rua tão comprida, perto da ponte.

A srta. Mathilde tentou em vão dissimular uma gargalhada; em seguida, na sua indiscrição, perguntou por detalhes. Julien se saiu da situação com muita simplicidade, foi gracioso sem o saber.

– Dá bons sinais, esse padrezinho – disse o marquês ao acadêmico –, um provinciano simples em semelhante ocasião! Isso nunca foi visto e não se verá mais: e, ainda por cima, conta sua desgraça diante das *damas*!

Julien deixou os ouvintes tão à vontade a respeito de seu infortúnio que, no fim do jantar, quando a conversa geral tinha tomado outro curso, a srta. Mathilde pedia a seu irmão detalhes do acontecimento infeliz. Como suas perguntas se prolongavam, e Julien encontrava frequentemente seus olhos, ele ousou responder diretamente, ainda que não estivesse mais sendo interrogado, e os três acabaram rindo, como poderiam ter feito três jovens aldeões no meio de um bosque.

No dia seguinte, Julien assistiu a duas aulas de teologia e voltou em seguida, para transcrever uma vintena de cartas. Encontrou instalado perto dele, na biblioteca, um jovem trajado com esmero, mas de maneiras mesquinhas e fisionomia invejosa.

O marquês entrou.

– O que está fazendo aqui, senhor Tanbeau? – disse ele ao novato, num tom severo.

– Eu pensei... – começou o rapaz, sorrindo com baixeza.

– Não, senhor, o senhor não *pensou* nada. Isso é uma tentativa, mas foi infeliz.

O jovem Tanbeau levantou-se furioso e desapareceu. Era o sobrinho do acadêmico, amigo da sra. de La Mole, destinava-se às letras. O acadêmico conseguira que o marquês o tomasse como secretário. Tanbeau, que trabalhava num quarto afastado, sabendo do favor de que gozava Julien, quis partilhá-lo e, de manhã, instalara seu material de escritório na biblioteca.

Às quatro horas, Julien ousou, após certa hesitação, aparecer nos aposentos do conde Norbert. Ele saía para cavalgar e ficou constrangido, pois era perfeitamente educado.

– Acho – disse a Julien – que logo o senhor poderá treinar e, depois de algumas semanas, ficarei encantado em montar em sua companhia.

– Eu queria ter a honra de agradecer suas gentilezas comigo; acredite, senhor – acrescentou Julien num tom muito sério –, que estou ciente do quanto lhe devo. Se seu cavalo não tiver se ferido pela minha falta de destreza ontem e caso ele esteja livre, gostaria de montá-lo ainda hoje.

– Por Deus, meu caro Sorel, será por sua conta e risco. Suponha que eu lhe tenha feito todas as objeções que a prudência exige; o fato é que são quatro horas, não temos tempo a perder.

Uma vez a cavalo:

– O que é preciso fazer para não cair? – perguntou Julien ao jovem conde.

– Muitas coisas – respondeu Norbert, rindo às gargalhadas –, por exemplo, manter o corpo para trás.

Julien pôs-se a trotar. Estavam na praça Luís XVI.

– Ah, jovem temerário – disse Norbert –, há muitos carros e, ainda por cima, conduzidos por imprudentes! Se cair no chão, os tílburis vão lhe passar por cima; não vão se arriscar a estragar a boca de um cavalo, parando-o bruscamente.

Vinte vezes Norbert viu Julien a ponto de cair; mas, enfim, o passeio terminou sem acidente. Na volta, o jovem conde disse à sua irmã:

– Apresento-lhe um sujeito audaz e temerário.

No jantar, falando com seu pai, de uma ponta à outra da mesa, rendeu justiça à ousadia de Julien; era tudo o que se podia louvar na sua maneira de montar a cavalo. O jovem conde tinha ouvido, de manhã, os criados que cuidavam dos cavalos no pátio usar a queda de Julien como pretexto para zombar dele de forma ultrajante.

Apesar de tanta bondade, Julien sentiu-se logo perfeitamente isolado no meio desta família. Todos os hábitos lhe pareciam estranhos e não conseguia assimilá-los. Suas trapalhadas faziam a alegria dos criados.

O padre Pirard partira para sua paróquia. "Se Julien for um frágil caniço, que pereça; se for um homem de caráter, que se arranje sozinho", pensou.

IV. A Mansão de La Mole

O que faz aqui? Estaria satisfeito?
Pensaria que satisfaz?
RONSARD

Se tudo parecia estranho a Julien no salão nobre da Mansão de La Mole, este rapaz, pálido e vestido de negro, parecia, por sua vez, bastante singular às pessoas que se dignavam notá-lo. A sra. de La Mole propôs ao marido que o enviasse em missão nos dias em que havia certos personagens para jantar.

– Gostaria de levar a experiência até o fim – respondeu o marquês. – O padre Pirard diz que estamos errados em dobrar o amor-próprio das pessoas que admitimos junto a nós. *Só nos apoiamos naquilo que resiste* etc. Este aqui só é inconveniente pela sua cara desconhecida, de resto, é surdo-mudo.

"Para que eu possa me orientar, é preciso", pensou Julien, "que escreva os nomes e uma palavra sobre o caráter dos personagens que vejo chegar a este salão."

Ele colocou na primeira linha cinco ou seis amigos da casa, que o cortejavam por via das dúvidas, supondo-o protegido por um capricho do marquês. Eram pobres-diabos, mais ou menos maçantes; mas é preciso dizer, em louvor a essa categoria de homens, tal como se encontram hoje em dia nos salões da aristocracia, que não aborreciam todos da mesma forma. Um ou outro dentre eles teria permitido que o marquês o destratasse, mas teria se revoltado contra uma palavra dura que a sra. de La Mole lhe dirigisse.

Havia muito orgulho e muito tédio no fundo do caráter dos donos da casa; estavam muito acostumados a ultrajar por desenfado, para que pudessem esperar verdadeiros amigos. Mas, com exceção dos dias de chuva e dos momentos de tédio feroz, que eram raros, sempre eram tidos por perfeitamente educados.

Se os cinco ou seis bajuladores que demonstravam uma amizade tão paternal por Julien tivessem desertado a Mansão de La Mole, a marquesa teria sido exposta a grandes momentos de solidão; e, aos olhos das mulheres desse nível social, a solidão é atroz: é o emblema da *desgraça*.

O marquês era perfeito com sua mulher; cuidava para que seu salão estivesse suficientemente guarnecido; mas não por seus pares: ele achava que seus novos colegas não eram bastante nobres para virem à sua casa como amigos, nem bastante divertidos para serem admitidos como subalternos.

Só bem mais tarde Julien desvendou esses segredos. A política dominante, que é assunto nas casas burguesas, só é abordada naquelas da classe do marquês nos momentos de infortúnio.

Tal é, ainda neste século entediado, o império da necessidade de se divertir que, mesmo nos dias de recepção, mal o marquês deixava o salão, todo mundo fugia. Contanto que não se brincasse nem com Deus, nem com os padres, nem com o rei, nem com as pessoas bem posicionadas, nem com os artistas protegidos pela corte, nem com nada que é estabelecido; contanto que não se falasse bem de Béranger, nem dos jornais da oposição, nem de Voltaire, nem de Rousseau, nem de nada que permitisse um pouco de liberdade de expressão; contanto, sobretudo, que não se falasse nunca de política, era possível conversar livremente sobre tudo.

Não há cem mil escudos de renda nem condecoração que possam lutar contra tal norma de salão. A mínima ideia viva parecia uma grosseria. Apesar do bom-tom, da perfeita polidez, da vontade de agradar, o tédio se lia em todas as fisionomias. Os jovens que vinham prestar homenagem, com medo de dizer alguma coisa que sugerisse um pensamento ou traísse alguma leitura proibida, calavam-se após algumas palavras elegantes sobre Rossini e o tempo que fazia.

Julien observou que a conversação era habitualmente conduzida por dois viscondes e cinco barões que o sr. de La Mole havia conhecido na emigração. Esses senhores gozavam de seis a oito mil libras de renda; quatro aderiam ao *Cotidiano* e três à *Gazeta da França*. Um deles tinha todos os dias alguma anedota do Castelo para contar, em que a palavra *admirável* não era poupada. Julien reparou que ele tinha cinco condecorações, os outros só tinham três.

Em compensação, viam-se na antecâmara dez lacaios em libré e, a noite toda, havia sorvetes ou chá a cada quarto de hora, e ainda, por volta de meia-noite, uma espécie de ceia com vinho de Champagne.

Esta era a razão que fazia com que Julien ficasse às vezes até o fim; de resto, quase não compreendia que se pudesse escutar seriamente a conversa habitual desse salão, tão magnificamente dourado. Algumas vezes, olhava os interlocutores, para ver se eles mesmos não zombavam do que diziam. "Meu sr. de Maistre, que conheço de cor, disse cem vezes melhor", pensava ele, "e já era bem enfadonho."

Julien não era o único a perceber a asfixia moral. Alguns se consolavam tomando muito sorvete; outros, com o prazer de dizer pelo resto da noite: "Estou vindo da Mansão de La Mole, onde soube que a Rússia etc.".

Julien descobriu, por um dos bajuladores, que não havia nem seis meses que a sra. de La Mole tinha recompensado uma assiduidade de mais de vinte anos fazendo governador o pobre barão Le Bourguignon, subgovernador desde a Restauração.

Esse grande acontecimento havia fortalecido o zelo de todos esses senhores; se, anteriormente, bem pouca coisa os teria zangado, não se zangaram com mais nada. Raramente a falta de consideração era direta, mas Julien já havia surpreendido, à mesa, dois ou três pequenos diálogos breves entre o marquês e sua mulher, cruéis em relação àqueles que estavam sentados perto deles. Esses nobres personagens não dissimulavam o desprezo sincero por tudo o que não provinha de gente *que subia na carruagem do rei*. Julien observou que a palavra *cruzada* era a única que conferia à sua fisionomia uma expressão de seriedade profunda, mesclada de respeito. O respeito habitual tinha sempre uma sombra de complacência.

No meio dessa magnificência e desse tédio, Julien não se interessava por nada além do sr. de La Mole; um dia ouviu-o, com prazer, afirmar que nada tinha a ver com a promoção desse pobre Le Bourguignon. Era uma delicadeza para com a marquesa: Julien sabia da verdade através do padre Pirard.

Certa manhã em que o padre trabalhava com Julien na biblioteca do marquês no eterno processo Frilair, Julien disse de repente:

– Senhor, jantar todos os dias com a senhora marquesa seria um de meus deveres, ou uma bondade que me concedem?

– É uma honra insigne! – replicou o padre, escandalizado. – Nunca o senhor N***, o acadêmico que, há quinze anos, faz uma corte assídua, conseguiu obtê-la para seu sobrinho, o senhor Tanbeau.

– Trata-se para mim, senhor, da parte mais penosa do meu emprego. Eu me aborrecia menos no seminário. Algumas vezes, vejo bocejar a própria senhorita de La Mole, que deve, no entanto, estar acostumada com a amabilidade dos amigos da casa. Tenho medo de adormecer. Por favor, obtenha para mim a permissão de ir jantar por alguns tostões em uma estalagem obscura.

O padre, verdadeiro arrivista, era muito sensível à honra de jantar com um grande fidalgo. Enquanto se esforçava por fazer Julien compreender esse sentimento, um leve ruído fez com que se virassem. Julien viu a srta. de La Mole, que escutava. Enrubesceu. Ela tinha vindo buscar um livro e ouvira tudo; passou a ter alguma consideração por Julien. "Esse aí não nasceu de joelhos", pensou, "como esse padre velho. Meu Deus! Como é feio."

No jantar, Julien não ousava olhar para a srta. de La Mole, mas ela teve a bondade de se dirigir a ele. Nesse dia, muita gente era esperada, ela o convidou a ficar. As moças de Paris não gostam nada de gente de mais idade, sobretudo quando se vestem com desleixo. Julien não precisou de muita sagacidade para perceber que os colegas do sr. Le Bourguignon que permaneceram no salão tinham a honra de ser o objeto costumeiro das zombarias da srta. de La Mole. Naquele dia, houvesse ou não afetação de sua parte, ela foi cruel com os maçantes.

A srta. de La Mole era o centro de um pequeno grupo que se formava quase todas as noites atrás da imensa poltrona da marquesa. Ali se encontravam o marquês de Croisenois, o conde de Caylus, o visconde de Luz e dois ou três outros jovens oficiais, amigos de Norbert ou de sua irmã. Esses senhores sentavam-se num grande canapé azul. No canto oposto ao que ocupava a brilhante Mathilde, Julien estava sentado silenciosamente numa pequena cadeira de palha, bastante baixa. Esse posto modesto era invejado por todos os bajuladores; Norbert ali mantinha, decentemente, o jovem secretário de seu pai, dirigindo-lhe a palavra ou citando-o uma ou duas vezes por noite. Naquele dia, a srta. de La Mole perguntou-lhe qual podia ser a altura da montanha sobre a qual está situada a cidadela de Besançon. Julien não pôde dizer, absolutamente, se essa montanha era mais ou menos alta que Montmartre. Ria, muito e com prazer, do que se dizia nesse pequeno grupo; mas sentia-se incapaz de inventar algo de semelhante. Era como uma língua estrangeira que ele compreendesse, sem poder falar.

Os amigos de Mathilde estavam naquele dia em hostilidades contínuas com as pessoas que chegavam ao vasto salão. Os amigos da casa tiveram, inicialmente, a preferência, por serem mais conhecidos. Pode-se julgar como Julien estava atento; tudo o interessava, tanto o assunto em si quanto a maneira de zombar.

– Eis o senhor Descoulis – disse Mathilde –, ele não usa mais peruca; será que quer chegar a governador pelo talento? Ele exibe sua fronte calva, que diz repleta de pensamentos elevados.

– É um homem que conhece toda a Terra – disse o marquês de Croisenois –, também frequenta a casa de meu tio, o cardeal. É capaz de cultivar uma mentira junto a cada um de seus amigos, durante anos e anos, e tem duzentos ou trezentos amigos. Sabe alimentar a amizade, é seu talento. Assim como o veem agora, já está enlameado, à porta de um de seus amigos, desde as sete de uma manhã de inverno. De tempos em tempos, ele briga e escreve sete ou oito cartas por conta da desavença. Depois, reconcilia-se, e lá vão sete ou oito cartas para as efusões da amizade. Mas é na expansão franca e sincera do homem reto, que não guarda nada no coração, que ele mais brilha. Essa manobra aparece quando tem algum favor a pedir. Um dos vigários-gerais de meu tio é admirável quando conta a vida do senhor Descoulis, desde a Restauração. Vou trazê-lo para vocês.

– Ora! Não vou acreditar nessa conversa; é inveja profissional de gente pequena – disse o conde de Caylus.

– O senhor Descoulis terá um nome na história – continuou o marquês. – Ele fez a Restauração junto com o abade de Pradt e os senhores de Talleyrand e Pozzo di Borgo.

– Esse homem manejou milhões – disse Norbert –, e não concebo que venha aqui engolir os epigramas de meu pai, frequentemente abomináveis. "Quantas vezes o senhor traiu seus amigos, meu caro Descoulis?", perguntou-lhe outro dia, de uma ponta à outra da mesa.

– Mas é verdade que ele traiu? – perguntou a srta. de La Mole,

– Quem não traiu?

– O quê! – disse o conde Caylus a Norbert. – Vocês recebem o senhor Sinclair, esse famoso liberal, que diabos vem fazer aqui? Preciso chegar perto dele, falar com ele, que fale comigo; dizem que é tão espirituoso.

– Mas como sua mãe irá recebê-lo? Ele tem ideias tão extravagantes, tão generosas, tão independentes...

– Vejam – disse a srta. de La Mole –, eis o homem independente, que se curva até o chão diante do senhor Descoulis e que toma sua mão. Cheguei a pensar que ia levá-la aos lábios.

– É provável que Descoulis esteja em melhores termos com o poder do que pensávamos – continuou o sr. de Croisenois.

– Sinclair vem aqui para entrar para a Academia – disse Norbert –, veja como ele cumprimenta o barão L***, Croisenois.

– Seria menos vil ajoelhar-se – retrucou o sr. de Luz.

– Meu caro Sorel – disse Norbert –, o senhor é espirituoso, mas vem das montanhas, trate de nunca cumprimentar como esse grande poeta, nem sequer a Deus nosso Senhor.

– Ah, eis o homem de espírito por excelência, o sr. barão Bâton! – disse a srta. de La Mole, imitando um pouco a voz do lacaio que acabava de anunciá-lo.

– Acho que até seus criados zombam dele. Que nome, barão Bâton! – disse o sr. de Caylus.

– "Que importa o nome?", ele dizia, um dia desses – replicou Mathilde. – "Imaginem o duque de Bouillon anunciado pela primeira vez; só o que falta ao público, em consideração a minha pessoa, é acostumar-se um pouco..."

Julien deixou a vizinhança do canapé. Ainda pouco sensível ao refinamento encantador da zombaria sutil, esperava que, para rir de uma piada, ela tivesse motivos bem fundados. Na conversa desses jovens, não via nada além do tom de descrédito geral, e isso o chocava. Seu recato provinciano ou inglês chegava a ver em tudo isso a inveja, no que certamente se enganava.

"O conde Norbert", pensava, "que vi fazer três rascunhos de uma carta de vinte linhas para seu coronel, ficaria bem feliz se tivesse escrito uma vez na vida uma página como as do senhor Sinclair."

Passando despercebido devido à sua pouca importância, Julien aproximou-se sucessivamente de vários grupos; seguia de longe o barão Bâton e queria ouvi-lo. Esse homem tão espirituoso parecia inquieto, e Julien só o viu recompor-se um pouco após ter encontrado três ou quatro frases ferinas. Julien teve a impressão de que esse tipo de espírito precisava de espaço.

O barão não podia dizer umas poucas palavras; precisava de pelo menos quatro frases de seis linhas cada para ser brilhante.

"Esse homem disserta, não conversa", dizia alguém. Julien virou-se e corou de prazer quando ouviu dizer o nome do conde Chalvet. É o homem mais sutil do século. Julien encontrara com frequência seu nome no *Memorial de Santa Helena* e nos trechos de história ditados por Napoleão. O conde Chalvet era breve na sua fala; suas observações eram como raios, justas, vivas, profundas. Se comentava algum assunto, imediatamente se percebia a discussão avançar. Acrescentava fatos, era um prazer ouvi-lo. De resto, em política, era um cínico descarado.

– Eu sou independente – dizia a um senhor que exibia três condecorações, e do qual, aparentemente, zombava. – Por que querem que eu seja hoje da mesma opinião que há três semanas? Nesse caso, minha opinião seria meu tirano.

Quatro jovens sisudos a seu redor fecharam a cara; esses senhores não apreciavam o gênero burlesco. O conde viu que tinha ido longe demais. Felizmente, notou o honesto sr. Balland, tartufo da honestidade. O conde começou a falar com ele; alguns se aproximaram, compreenderam que o pobre Balland ia ser imolado. Embora terrivelmente feio, e após os primeiros passos em sociedade, difíceis de narrar, o sr. Balland, de tanto afetar moral e moralidade, desposou uma mulher muito rica, que morreu; em seguida, uma segunda mulher muito rica, que não se vê em sociedade. Ele goza em toda a humildade de sessenta mil libras de renda e tem seus próprios aduladores. O conde Chalvet falou-lhe de tudo isso sem piedade. Logo havia ao redor deles um círculo de trinta pessoas. Todo mundo sorria, mesmo os jovens sisudos, esperança do século.

"Por que será que vem à casa do sr. de La Mole, onde é evidentemente alvo de chacota?", pensou Julien. Aproximou-se do padre Pirard, para lhe perguntar.

O sr. Balland retirou-se.

– Muito bem – disse Norbert –, eis um dos espiões do meu pai que se foi, só sobrou o manquinho do Napier.

"Seria esta a chave do enigma?", pensou Julien. "Mas, nesse caso, por que o marquês recebe o sr. Balland?"

O severo padre Pirard fechava a cara num canto do salão, ouvindo os lacaios anunciar.

– Isso é mesmo um covil – dizia como Basílio –, só vejo chegar gente corrupta.

É que o padre severo não conhecia a alta sociedade. Mas, através de seus amigos jansenistas, tinha noções muito exatas a respeito desses homens que só chegam aos salões mediante sua extrema sagacidade a serviço de todos os partidos, ou pela sua fortuna escandalosa. Durante alguns minutos, esta noite, respondeu com toda a confiança às perguntas ávidas de Julien, depois se interrompeu bruscamente, desolado por ter sempre coisas ruins para dizer de todo mundo, atribuindo-se um pecado. Bilioso, jansenista e acreditando no dever da caridade cristã, sua vida em sociedade era uma luta.

– Que cara tem esse padre Pirard! – dizia a srta. de La Mole, enquanto Julien voltava ao canapé.

Julien sentiu-se irritado, muito embora ela tivesse razão. O sr. Pirard era sem dúvida o homem mais honesto do salão, mas seu rosto pustulento, que se agitava com os tormentos de sua consciência, tornavam-no horrendo nesse momento. "Como acreditar, depois disso, em fisionomias?", pensou Julien. "É no momento em que a delicadeza do padre Pirard se reprova por algum pecadilho, que ele parece atroz; enquanto, no rosto desse Napier, espião conhecido de todos, lê-se uma felicidade pura e tranquila." O padre Pirard tinha feito, no entanto, várias concessões a seu partido, tinha arrumado um criado, estava muito bem vestido.

Julien reparou algo estranho no salão: era um movimento de todos em direção à porta e um súbito silêncio. O lacaio anunciava o famoso barão de Tolly, sobre o qual as eleições acabavam de fixar todos os olhares. Julien avançou e o viu muito bem. O barão presidia um colégio: teve a ideia luminosa de escamotear os quadradinhos de papel contendo os votos de um dos partidos. Mas, para que houvesse compensação, ele os substituía na mesma medida por outros pedacinhos de papel contendo um nome que lhe agradava. Essa manobra decisiva foi percebida por alguns eleitores, que se apressaram a cumprimentar o barão de Tolly. O bom homem ainda estava pálido por conta desse grande caso. Espíritos mal-intencionados haviam aventado a possibilidade das galeras. O sr. de La Mole recebeu-o friamente. O pobre barão escapou.

– Se ele nos deixa tão depressa, é para ir à casa do sr. Comte – disse o conde Chalvet, e riram.

Entre os grandes fidalgos mudos e os intrigantes, na maioria corruptos, mas todos espirituosos, que naquela noite abordavam sucessivamente o salão do sr. de La Mole (falava-se nele para um ministério), o pequeno Tanbeau encetava seus primeiros lances. Se ainda não tinha a sutileza da intuição, compensava-a, como veremos, pela energia das palavras.

– Por que não condenar esse homem a dez anos de prisão? – dizia, no momento em que Julien se aproximou de seu grupo. – É no fundo de um calabouço que é preciso confinar os répteis; é preciso fazê-los morrer à sombra, antes que seu veneno ganhe força e se torne mais perigoso. De que adianta condená-lo a uma multa de mil escudos? Ele é pobre, é verdade, tanto melhor; mas seu partido pagará por ele. Era o caso de quinhentos francos de multa e dez anos de calabouço.

"Oh, meu Deus! Qual é o monstro de que falam?", pensou Julien, que admirava o tom veemente e os gestos bruscos de seu colega. O rosto magro e tenso do sobrinho favorito do acadêmico estava horrendo nesse momento. Julien descobriu, mais tarde, que se falava do maior poeta da época.

– Ah, monstro! – exclamou baixinho, e lágrimas generosas vieram molhar seus olhos. "Ah, sujeitinho sórdido!", pensou, "ainda vai engolir essas palavras!"

"Eis, no entanto", pensou, "os filhos perdidos do partido do qual o marquês é um dos chefes! E esse homem ilustre que ele calunia, quantas condecorações, quantas sinecuras não teria acumulado, se tivesse se vendido, não digo ao medíocre ministério do sr. de Nerval, mas a algum desses ministros passavelmente honestos que vimos suceder-se?"

O padre Pirard fez um sinal, de longe, para Julien; o sr. de La Mole acabara de lhe dizer alguma coisa. Mas quando Julien, que nesse momento escutava os gemidos de um bispo, desvencilhou-se e pôde aproximar-se de seu amigo, encontrou-o monopolizado pelo abominável Tanbeau. Esse pequeno monstro o execrava como fonte dos privilégios de Julien, e vinha fazer-lhe a corte.

"Quando a morte nos livrará dessa velha podridão?" Era nesses termos, de uma energia bíblica, que o homenzinho de letras falava no momento do respeitável *Lord* Holland. Seu mérito estava em saber muito bem a biografia dos homens vivos, e ele acabava de passar rapidamente em revista todos os homens que podiam aspirar a alguma influência sobre o novo rei da Inglaterra.

O padre Pirard passou para o salão ao lado; Julien o seguiu:

– O marquês não gosta de escrevinhadores, estou lhe avisando;

é a sua única antipatia. Saiba latim, grego, se possível, a história dos egípcios, dos persas etc., ele o honrará e protegerá como um sábio. Mas não vá escrever uma página em francês e, sobretudo, sobre matérias graves e acima de sua posição na sociedade, ele o chamaria de escrevinhador, e tomaria rancor por você. Como, morando na mansão de um grande fidalgo, você não conhece o dito do duque de Castries sobre d'Alembert e Rousseau: "Essa gente quer refletir sobre tudo e não tem nem mil escudos de renda"?

"Sabe-se de tudo", pensou Julien, "aqui como no seminário!" Ele tinha escrito oito ou dez páginas bastante enfáticas: era uma espécie de elogio histórico do velho cirurgião-mor que, dizia Julien, fizera dele um homem. "E esse caderninho sempre esteve fechado à chave!" Subiu ao seu quarto, queimou o manuscrito e voltou ao salão. Os brilhantes vigaristas haviam-no deixado, só restavam os condecorados.

Ao redor da mesa, que acabavam de servir, estavam sete a oito mulheres muito nobres, muito devotas, muito afetadas, de trinta a trinta e cinco anos de idade. A brilhante esposa do marechal de Fervaques entrou, pedindo desculpas pela hora tardia. Era mais de meia-noite; ela foi se instalar perto da marquesa. Julien ficou profundamente comovido. Ela tinha os olhos e o olhar da sra. de Rênal.

O grupo da srta. de La Mole continuava bastante frequentado. Ela estava ocupada em zombar com seus amigos do infeliz conde de Thaler. Era o filho único desse famoso judeu, célebre pelas riquezas que havia adquirido emprestando dinheiro aos reis para fazerem a guerra aos povos. O judeu acabara de morrer, deixando a seu filho cem mil escudos de renda por mês e um nome, por desgraça, conhecido demais! Essa posição singular teria exigido simplicidade de caráter ou muita força de vontade.

Infelizmente, o conde não passava de um homem cheio de todas as pretensões que lhe eram inspiradas pelos bajuladores.

O sr. de Caylus sustentava que lhe haviam inspirado a vontade de pedir em casamento a srta. de La Mole (cortejada pelo marquês de Croisenois, que viria a ser duque, com cem mil libras de renda).

– Ah, não o acuse por ser dono de uma vontade! – dizia Norbert, fingindo piedade.

O que talvez mais faltasse a esse pobre conde de Thaler era a faculdade de querer. Por esse lado de seu caráter, era digno de ser rei. Aconselhando-se sem cessar com todo mundo, não tinha coragem de seguir nenhuma opinião até o fim.

– Sua fisionomia teria bastado por si só – dizia a srta. de La Mole – para inspirar-lhe uma alegria eterna. – Era uma mescla singular de inquietação e desapontamento; mas, de vez em quando, distinguiam-se nela uns assomos da importância e do tom decidido que deve ter o homem mais rico da França, sobretudo quando é dono de uma aparência razoável e ainda não tem trinta e seis anos. "Ele é timidamente insolente", dizia o sr. de Croisenois. O conde de Caylus, Norbert e dois ou três jovens de bigodes escarneceram dele tanto quanto quiseram, sem que ele percebesse, e por fim mandaram-no embora quando soou uma hora:

– Seriam seus famosos cavalos árabes que o esperam à porta, com esse tempo? – perguntou-lhe Norbert.

– Não, é uma nova parelha, bem menos cara – respondeu o sr. de Thaler. – O cavalo da esquerda me custa cinco mil francos e aquele da direita só vale cem luíses; mas, podem acreditar, só é atrelada à noite. É que seu trote é perfeitamente semelhante ao da outra.

A observação de Norbert fez o conde pensar que era decente para um homem como ele ter paixão por cavalos, e que não devia deixar molhar os seus. Ele partiu, e esses senhores saíram logo em seguida, zombando dele.

"Assim", pensava Julien, ouvindo-os rir na escadaria, "foi-me dado ver o outro extremo de minha situação! Eu não tenho vinte luíses de renda e encontrei-me lado a lado com um homem que tem vinte luíses de renda por hora, e zombavam dele... Uma tal visão cura toda inveja."

V. A sensibilidade e uma grande dama devota

Uma ideia mais viva ali parece uma grosseria,
tal é o nosso costume com as palavras sem relevo.
Infeliz daquele que inventa ao falar!

FAUBLAS

Após vários meses de provações, eis em que ponto estava Julien no dia em que o intendente da casa lhe entregou o terceiro quarto de seu ordenado. O sr. de La Mole incumbira-o de fiscalizar a administração de suas terras na Bretanha e na Normandia. Julien fazia viagens frequentes até lá. Era o principal encarregado da correspondência relativa ao famoso processo do padre de Frilair – o padre Pirard o havia instruído.

Baseado nas curtas notas que o marquês rabiscava à margem dos papéis de todo tipo que lhe eram endereçados, Julien compunha cartas que eram quase todas assinadas.

Na escola de teologia, seus professores se queixavam de sua falta de assiduidade, mas não deixavam de considerá-lo um dos alunos que mais se distinguiam. Esses diferentes trabalhos, assumidos com todo o ardor da ambição sôfrega, logo privaram Julien das cores viçosas que trouxera da província. Sua palidez era um mérito aos olhos dos jovens seminaristas, seus camaradas; ele os achava bem menos maldosos, bem menos submissos diante de uma moeda de prata do que os de Besançon; quanto a eles, achavam que estivesse atacado dos pulmões. O marquês lhe dera um cavalo.

Temendo ser visto em suas cavalgadas, Julien lhes dissera que esse exercício fora prescrito pelos médicos. O padre Pirard o levara a várias sociedades de jansenistas. Julien surpreendeu-se; a ideia de religião estava invencivelmente ligada, no seu espírito, à de hipocrisia e de esperança de ganhar dinheiro. Ele admirou esses homens piedosos e severos que não se preocupavam com o orçamento. Vários jansenistas tomaram amizade por ele e lhe davam conselhos. Um mundo novo abria-se diante dele. Conheceu entre os jansenistas um conde Altamira, que tinha cerca de seis pés de altura, liberal condenado à morte no seu país, e devoto. Esse estranho contraste, a devoção e o amor à liberdade, causou-lhe impressão.

Esfriaram-se as relações entre Julien e o jovem conde. Norbert achava que ele respondia com muita vivacidade aos gracejos de alguns de seus amigos. Julien, tendo sido uma ou duas vezes inconveniente, impusera-se nunca dirigir a palavra à srta. Mathilde. Ainda eram sempre muito amáveis com ele na Mansão de La Mole; mas sentia-se inferiorizado. Seu bom-senso provinciano explicava esse efeito pelo provérbio vulgar: *tudo o que é novo agrada.*

Talvez fosse um pouco mais clarividente que nos primeiros dias ou, então, o primeiro encantamento produzido pela urbanidade parisiense tivesse passado.

Logo que parava de trabalhar, era tomado por um tédio mortal; é esse o efeito embotador da amabilidade admirável, mas tão comedida, tão perfeitamente graduada de acordo com as posições, que distingue a alta sociedade. O coração um pouco sensível percebe o artifício.

Sem dúvida, pode-se reprovar na província o tom vulgar ou pouco amável; mas as pessoas respondem com algum sentimento. Na Mansão de La Mole, o amor-próprio de Julien nunca era ferido, mas frequentemente, no fim do dia, ele sentia vontade de chorar. Na província, um garçom se interessa por uma pessoa, se lhe acontecer algum acidente ao entrar no seu café; mas se esse acidente causar algum desagrado ao amor-próprio, ele repetirá dez vezes a palavra que tortura a tal pessoa, mesmo lamentando o fato. Em Paris, têm o cuidado de esconder-se para rir, mas todos sempre serão estranhos.

Silenciamos bom número de pequenas aventuras que teriam ridicularizado Julien, se ele não estivesse de alguma forma acima do ridículo. Uma sensibilidade louca o fazia cometer milhares de gafes. Todos os seus prazeres eram calculados: atirava com pistola todos os dias, era um bom aluno dos mais famosos mestres de armas. Quando tinha algum tempo livre, em vez de empregá-lo a ler como antigamente, ele corria ao treino de equitação e pedia os cavalos mais manhosos. Nos passeios com o mestre de equitação, era quase regularmente jogado ao chão.

O marquês o achava cômodo, por conta de seu trabalho obstinado, seu silêncio, sua inteligência, e aos poucos foi-lhe confiando a supervisão de todos os negócios mais difíceis. Nos momentos em que sua ambição altiva lhe permitia, o marquês fazia negócios com sagacidade; tendo acesso às notícias, jogava na bolsa com sucesso. Comprava casas, bosques; mas ficava facilmente mal-humorado. Dava centenas de luíses e cobrava em juízo centenas de francos. Os homens ricos que têm a alma elevada buscam nos negócios o divertimento, não os resultados. O marquês precisava de um chefe de Estado-Maior que introduzisse uma ordem clara e fácil de apreender em todos os seus negócios de dinheiro.

A sra. de La Mole, apesar de seu caráter tão comedido, algumas vezes zombava de Julien. *O imprevisto*, produzido pela sensibilidade, é o horror das grandes damas; é o antípoda das conveniências. Duas ou três vezes o marquês tomou seu partido: "Se é ridículo no seu salão, ele triunfa no escritório". Julien, de seu lado, acreditou descobrir o segredo da marquesa. Atrevia-se a se interessar por tudo assim que anunciavam o barão de La Joumate. Era uma criatura fria, de fisionomia impassível. Era pequeno, esbelto, feio, muito bem-vestido, passava sua vida no Castelo e, em geral, não dizia nada sobre nada. Tal era seu jeito de pensar. A sra. de La Mole teria sido apaixonadamente feliz, pela primeira vez na vida, se pudesse fazer dele o marido de sua filha.

VI. Maneira de pronunciar

Sua elevada missão consiste em julgar com tranquilidade os pequenos acontecimentos da vida cotidiana dos povos. Sua sabedoria deve prevenir as grandes cóleras por pequenas causas, ou por acontecimentos que a voz da fama transfigura ao levá-los para longe.

GRATIUS

Para um recém-chegado que, por orgulho, nunca fazia perguntas, Julien não cometeu tolices graves demais. Um dia, impelido para dentro de um café da rua Saint-Honoré por uma súbita tempestade, um homem alto, de sobrecasaca em castorina, espantado com seu olhar sombrio, encarou-o exatamente como outrora, em Besançon, o amante da srta. Amanda.

Julien culpara-se com muita frequência por ter deixado passar aquele primeiro insulto, não podia suportar esse olhar. Foi pedir explicações. O homem de sobrecasaca dirigiu-lhe imediatamente as mais sórdidas injúrias: todos os que estavam no café os cercaram, os transeuntes paravam diante da porta. Por uma precaução de provinciano, Julien levava sempre pequenas pistolas; sua mão as comprimia no bolso, num movimento convulsivo. No entanto, teve juízo, e limitou-se a repetir ao homem, de minuto em minuto:

– Senhor, me dê seu endereço! Eu o desprezo.

A constância com que se apegava a essas palavras acabou por impressionar a multidão.

– Ora essa! O outro que fala sozinho precisa dar seu endereço.

O homem de sobrecasaca, ouvindo essa decisão várias vezes repetida, lançou na cara de Julien cinco ou seis cartões de visita. Nenhum, felizmente, o atingiu no rosto, Julien prometera a si mesmo fazer uso de suas pistolas no caso de ser tocado. O homem se foi, não sem se voltar de tempos em tempos para ameaçá-lo com o punho e dirigir-lhe injúrias.

Julien sentiu-se banhado de suor. "Assim, está em poder do último dos homens transtornar-me a esse ponto!", pensava, com raiva. "Como acabar com essa sensibilidade humilhante?"

Ele gostaria de duelar no mesmo instante. Mas uma dificuldade o detinha. Onde achar uma testemunha? Não tinha um amigo. Tinha muitos conhecidos; mas todos, regularmente, ao cabo de seis semanas de relações, afastavam-se dele. "Sou insociável, e eis-me cruelmente punido por isso", pensou. Por fim, teve a ideia de procurar um antigo tenente do 96º, chamado Liévin, pobre-diabo com quem se exercitava frequentemente nas armas. Julien foi sincero com ele.

– Aceito ser sua testemunha – disse Liévin –, mas sob uma condição: se o senhor não ferir o homem, terá que se bater comigo, logo em seguida.

– Muito bem – disse Julien, encantado, e foram buscar o sr. C. de Beauvoisis no endereço indicado pelos cartões de visita, nos confins de Saint-Germain.

Eram sete horas da manhã. Só quando foi anunciado é que Julien pensou que esse bem podia ser o jovem parente da sra. de Rênal, outrora empregado na embaixada de Roma ou de Nápoles, e que tinha dado uma carta de recomendação ao cantor Geronimo.

Julien entregara a um criado de quarto um dos cartões jogados na véspera e um dos seus.

Fizeram-no esperar, ele e sua testemunha, três longos quartos de hora; por fim foram introduzidos num aposento de admirável elegância. Encontraram um rapaz alto, arrumado como uma boneca; seus traços ostentavam a perfeição e a insignificância da beleza grega. Sua cabeça, notavelmente estreita, era encimada por uma pirâmide dos mais belos cabelos loiros. Eram cuidadosamente frisados, nenhum fio se soltando do outro. "Foi para frisar-se assim", pensou o tenente do 96º, "que esse maldito presunçoso nos fez esperar." O traje matutino, o roupão estampado, tudo, até as pantufas bordadas, era correto e maravilhosamente cuidado. Sua fisionomia, nobre e vazia, anunciava ideias decentes e raras: o ideal do homem amável, o horror do imprevisto e dos gracejos, muita gravidade.

Julien – a quem o tenente do 96º explicara que fazer-se esperar tanto tempo, após ter jogado grosseiramente um cartão, era uma ofensa a mais – entrou bruscamente no aposento do sr. de Beauvoisis. Tinha a intenção de ser insolente, mas bem que gostaria, ao mesmo tempo, de manter o bom-tom.

Ficou tão impressionado com a suavidade de maneiras do sr. de Beauvoisis, com seu ar simultaneamente afetado, grave e vaidoso, com a elegância admirável de tudo que o cercava, que perdeu num piscar de olhos toda ideia de ser insolente. Não era o homem da véspera. Seu espanto foi tamanho ao encontrar uma criatura tão distinta do personagem grosseiro do café, que não pôde dizer uma única palavra. Apresentou um dos cartões que lhe haviam lançado.

– É meu nome – disse o rapaz elegante, a quem o traje negro de Julien, logo às sete da manhã, inspirava pouquíssima consideração –, mas não compreendo, por minha honra...

A maneira de pronunciar essas últimas palavras devolveu a Julien um pouco de seu mau humor.

– Cavalheiro, venho bater-me com o senhor – e explicou rapidamente todo o caso.

O sr. Charles de Beauvoisis, após amadurecer a ideia, estava bastante satisfeito com o corte do traje negro de Julien. "É de Staub, é claro", pensava, escutando-o falar. "Esse colete é de bom gosto, essas botas estão bem; mas, por outro lado, esse traje negro, logo de manhã! Deve ser para melhor escapar a uma bala", disse consigo mesmo o cavalheiro de Beauvoisis.

Assim que encontrou essa explicação, voltou a uma polidez perfeita, tratando Julien quase de igual para igual. O colóquio foi bastante longo, o caso era delicado; mas, afinal, Julien não pôde recusar a evidência. O rapaz tão bem-nascido que tinha diante de si não oferecia nenhum ponto de semelhança com o personagem grosseiro que, na véspera, o havia insultado.

Julien sentia uma irresistível aversão a ir embora, fazia durar a explicação. Observava a presunção do cavalheiro de Beauvoisis, que se apresentara assim, chocado por Julien chamá-lo apenas de senhor. Admirava sua gravidade, mesclada a uma certa presunção modesta que não o abandonava um só instante. Estava espantado com sua maneira singular de mexer a língua ao pronunciar as palavras... Mas afinal, em tudo isso, não havia a menor razão para provocar uma briga.

O jovem diplomata oferecia-se de boa vontade para um duelo, mas o tenente do 96º, sentado havia uma hora, pernas afastadas, mãos sobre as coxas e cotovelos para fora, decidiu que seu amigo, o sr. Sorel, não fora feito para provocar uma briga estúpida com um homem a quem haviam roubado os cartões de visita.

Julien estava saindo de muito mau humor. A carruagem do cavalheiro de Beauvoisis esperava no pátio, diante da soleira; por acaso, Julien levantou os olhos e reconheceu o homem da véspera no cocheiro.

Vê-lo, puxá-lo pela sobrecasaca, fazê-lo cair de seu assento e cobri-lo de chicotadas foi coisa de segundos. Dois lacaios quiseram defender seu companheiro; Julien levou alguns socos, armou rapidamente uma de suas pequenas pistolas e atirou neles; fugiram. Tudo isso só durou um minuto.

O cavalheiro de Beauvoisis estava descendo a escada na mais cômica gravidade, repetindo na sua pronúncia de grão-senhor:

– O que é isso? O que é isso?

Estava evidentemente bastante curioso, mas a importância diplomática não lhe permitia demonstrar maior interesse. Quando soube do que se tratava, a altivez ainda rivalizou, na sua fisionomia, com o sangue-frio levemente jovial que nunca deve abandonar um rosto de diplomata.

O tenente do 96º compreendeu que o sr. de Beauvoisis tinha vontade de bater-se: quis, também diplomaticamente, conservar para seu amigo as vantagens da iniciativa.

– Pois agora – exclamou este – temos aí motivo para duelo!

– Acredito que sim – redarguiu o diplomata. – Aquele patife está despedido – disse a seus lacaios –, que outro suba em seu lugar.

Abriram a portinhola da carruagem; o cavalheiro fez questão de oferecê-la a Julien e sua testemunha. Foram buscar um amigo do sr. de Beauvoisis, que indicou um lugar tranquilo. A conversa na ida transcorreu muito bem. A única estranheza era o diplomata estar de roupão.

"Esses senhores, ainda que muito nobres", pensou Julien, "não são enfadonhos como as pessoas que vêm jantar na mansão do sr. de La Mole; e percebo por quê", acrescentou em seguida: "Eles se permitem ser indecentes". Falavam das dançarinas que o público favorecera num balé apresentado na véspera. Esses senhores aludiam a anedotas picantes que Julien e sua testemunha, o tenente do 96º, ignoravam perfeitamente. Julien não cometeu a tolice de fingir conhecê-las; confessou de bom grado sua ignorância. Essa franqueza agradou ao amigo do cavalheiro, que lhe contou as anedotas nos mínimos detalhes, e com muito espírito.

Uma coisa espantou infinitamente Julien. Um altar que estava sendo construído no meio da rua, para a procissão de Corpus Christi, deteve um instante a carruagem. Esses senhores permitiram-se vários gracejos; o vigário, segundo eles, era filho de um arcebispo. Nunca, em casa do marquês de La Mole, que queria ser duque, teriam ousado dizer algo assim.

O duelo acabou num instante: Julien levou uma bala no braço; ataram-no com lenços embebidos em aguardente, e o cavalheiro de Beauvoisis rogou a Julien, com muita polidez, que lhe permitisse reconduzi-lo de volta para casa, na mesma carruagem que o tinha trazido. Quando Julien indicou a Mansão de La Mole, houve uma troca de olhares entre o jovem diplomata e seu amigo. O fiacre de Julien estava lá, mas ele achava a conversa desses senhores infinitamente mais divertida que a do bom tenente do 96º.

"Meu Deus! Um duelo é só isso!", pensava Julien. "Como estou feliz por ter achado esse cocheiro! Que desgraça a minha, se ainda tivesse que suportar essa injúria num café!" A conversa divertida quase não se interrompera. Julien compreendeu então que a afetação diplomática serve para alguma coisa.

"Pois, então, o tédio não é inerente", pensava, "a uma conversa entre gente de alta estirpe! Esses daqui gracejam com a procissão de Corpus Christi, ousam contar com detalhes pitorescos umas anedotas bastante escabrosas. Só o que lhes falta é o raciocínio sobre a coisa política, e essa falta é mais do que compensada pela graça do tom e a perfeita justeza das expressões." Julien sentia uma viva simpatia por eles. Como ficaria feliz em vê-los com frequência!

Mal se despediram, o cavalheiro de Beauvoisis correu em busca de informações; não foram brilhantes.

Estava bastante curioso para conhecer o tal homem; poderia decentemente fazer-lhe uma visita? As poucas notícias que pôde obter não eram de natureza animadora.

– Tudo isso é medonho! – disse à sua testemunha. – É impossível confessar que me bati com um simples secretário do sr. de La Mole, e ainda por cima que meu cocheiro roubou meus cartões de visita.

– É certo que haveria em tudo isso o risco de ridículo.

Na mesma noite, o cavalheiro de Beauvoisis e seu amigo começaram a espalhar que o sr. Sorel, por sinal um rapaz perfeito, era filho natural de um amigo íntimo do marquês de La Mole. Esse fato passou sem dificuldade. Uma vez estabelecido isso, o jovem diplomata e seu amigo dignaram-se fazer algumas visitas a Julien, durante os quinze dias que passou em seu quarto. Julien confessou que só uma vez na vida fora à Ópera.

– Isso é pavoroso – disseram-lhe –, não se vai a outro lugar; é preciso que sua primeira saída seja para o *Conde Ory*.

Na Ópera, o cavalheiro de Beauvoisis o apresentou ao famoso cantor Geronimo, que fazia então um imenso sucesso.

Julien quase cortejava o cavalheiro; encantava-o no rapaz aquela mescla de respeito por si mesmo, gravidade misteriosa e fatuidade. Por exemplo, o cavalheiro gaguejava um pouco porque tinha a honra de ver com frequência um grande fidalgo que tinha esse defeito. Nunca Julien encontrara reunidos numa só criatura o ridículo que diverte e a perfeição das maneiras que um pobre provinciano deve tentar imitar.

Era visto na Ópera com o cavalheiro de Beauvoisis; essa ligação fez que falassem dele.

– Pois bem – disse-lhe um dia o sr. de La Mole –, ei-lo filho natural de um rico fidalgo do Franco Condado, meu amigo íntimo?

O marquês cortou a palavra de Julien, que queria negar ter contribuído de alguma forma para que se espalhasse o boato.

– O senhor de Beauvoisis não quis admitir que duelou com o filho de um carpinteiro.

– Eu sei, eu sei – disse o sr. de La Mole –, cabe a mim, agora, dar consistência a esse relato, que me convém. Mas tenho um favor a lhe pedir, e que só lhe custará uma pequena meia hora de seu tempo: todas as noites de espetáculo, às onze e meia, assista no vestíbulo à saída da alta sociedade. Ainda percebo no senhor modos da província, é necessário livrar-se deles; aliás, não lhe faria mal conhecer, pelo menos de vista, os grandes personagens junto aos quais posso algum dia mandá-lo em alguma missão. Apresente-se na bilheteria do teatro; reservaram-lhe entradas.

VII. Uma crise de gota

E fui promovido, não por meu mérito,
mas porque meu senhor sofria de gota.
BERTOLOTTI

O leitor talvez se surpreenda com esse tom livre e quase amigável; esquecemos de dizer que, havia seis semanas, o marquês estava retido em casa com um ataque de gota.

A srta. de La Mole e sua mãe estavam em Hyères, junto à mãe da marquesa. O conde Norbert só via o pai por uns instantes; eram ótimos um com o outro, mas nada tinham a se dizer. O sr. de La Mole, reduzido à companhia de Julien, surpreendeu-se por descobrir que tinha ideias próprias. Fazia com que lesse os jornais para ele. Logo o jovem secretário sabia escolher os trechos interessantes. Havia um jornal novo que o marquês abominava; tinha jurado nunca lê-lo e falava nele todos os dias. Julien ria e admirava a pobreza de um duelo entre o poder e uma ideia. O marquês, irritado contra o tempo presente, pediu-lhe que lesse Tito Lívio; a tradução improvisada do texto latino o divertia.

Um dia o marquês disse, no tom de amabilidade excessiva que frequentemente impacientava Julien:

– Permita, meu caro Sorel, que o presenteie com um traje azul: sempre que quiser vesti-lo e me visitar, será a meus olhos o irmão caçula do conde de Chaulnes, ou seja, o filho de meu amigo, o velho duque.

Julien não compreendia bem do que se tratava; na mesma noite, experimentou uma visita em traje azul. O marquês tratou-o como um igual. Julien tinha o coração digno de sentir a verdadeira amabilidade, mas não captava as nuances. Teria jurado, antes dessa fantasia do marquês, que era impossível ser recebido por ele com maiores desvelos. "Que admirável talento!", pensou Julien; quando se levantou para sair, o marquês desculpou-se por não poder acompanhá-lo por causa da gota.

Essa ideia singular ocupou Julien: "Estaria ele zombando de mim?", pensou. Foi aconselhar-se com o padre Pirard, que, menos amável que o marquês, só respondeu assobiando e falando de outra coisa. Na manhã seguinte, Julien apresentou-se ao marquês, em traje negro, com sua pasta e suas cartas para assinar. Foi recebido à maneira antiga. À noite, em traje azul, o tom foi bem distinto e tão absolutamente amável quanto na véspera.

– Já que o senhor não se aborrece em demasia nas visitas que tem a bondade de fazer a um pobre velho doente – disse o marquês –, deveria me falar de todos os pequenos incidentes de sua vida, mas francamente, sem pensar em outra coisa a não ser contar claramente e de maneira divertida. Pois é preciso divertir-se – continuou o marquês –, nada mais é real na vida. Um homem não pode diariamente salvar-me a vida na guerra ou presentear-me com um milhão; mas se tivesse Rivarol aqui, junto à minha espreguiçadeira, diariamente ele me pouparia uma hora de sofrimento e de tédio. Conheci-o bem em Hamburgo, durante o exílio.

E o marquês contou a Julien as anedotas de Rivarol com a gente de Hamburgo, que se juntava em quatro para compreender uma boa piada.

O sr. de La Mole, reduzido à companhia desse padrezinho, quis alegrá-lo. Estimulou como nunca o orgulho de Julien. Já que lhe pediam a verdade, Julien resolveu dizer tudo, calando porém duas coisas: sua admiração fanática por um nome que irritava o marquês e sua perfeita descrença, que não caía bem em um futuro padre. Seu pequeno incidente com o cavalheiro de Beauvoisis veio a calhar. O marquês riu até as lágrimas da cena no café da rua Saint-Honoré, com o cocheiro que o cobria de injúrias sórdidas. Foi a época de uma franqueza perfeita nas relações entre o senhor e seu protegido.

O sr. de La Mole interessou-se por esse caráter singular. No início, cultivava os ridículos de Julien, a fim de zombar deles; em breve, achou mais interessante corrigir gentilmente as falsas maneiras de ver desse rapaz. "Os outros provincianos que chegam a Paris admiram tudo", pensava o marquês, "este aqui odeia tudo. Aqueles têm afetação demais, este não tem o bastante, e os tolos tomam-no por um tolo."

O ataque de gota prolongou-se devido ao frio rigoroso do inverno e durou vários meses.

"Se é possível apegar-se a um belo cão", pensava o marquês, "por que me envergonho tanto de me apegar a esse padrezinho? Ele é original. Trato-o como a um filho. Pois bem! Onde está a inconveniência? Esta fantasia, se durar, me custará um diamante de quinhentos luíses no meu testamento."

Assim que o marquês compreendeu o caráter firme de seu protegido, todo dia o encarregava de algum novo negócio.

Julien reparou, aterrorizado, que o grande fidalgo chegava a lhe dar instruções contraditórias sobre o mesmo assunto.

Isso podia comprometê-lo gravemente. Julien não trabalhou mais com ele sem trazer um registro, sobre o qual escrevia suas decisões e que o marquês rubricava. Julien tomara a seu serviço um auxiliar que transcrevia as decisões relativas a cada negócio num registro particular. Esse registro recebia também a cópia de todas as cartas.

Essa ideia pareceu de início o cúmulo do ridículo e do tédio. Mas, em menos de dois meses, o marquês percebeu suas vantagens. Julien lhe propôs empregar um auxiliar de banqueiro, que manteria em partidas dobradas a conta de todas as receitas e de todas as despesas das terras que Julien estava encarregado de administrar.

Essas medidas elucidaram de tal modo o marquês acerca de seus próprios negócios, que ele pôde dar-se o prazer de empreender duas ou três novas especulações sem o auxílio de seu testa de ferro, que o roubava.

– Tome três mil francos para o senhor – disse um dia a seu jovem secretário.

– Senhor, minha conduta pode ser caluniada.

– Do que precisa, então? – retrucou o marquês, irritado.

– Que tenha a bondade de tomar a resolução por escrito, de seu próprio punho, sobre um registro; esta resolução me concederá uma soma de três mil francos. De resto, é o padre Pirard que teve a ideia de toda essa contabilidade.

O marquês, ouvindo as contas do sr. Poisson, seu intendente, com a expressão de enfado do marquês de Moncade, redigiu a decisão.

À noite, quando Julien aparecia em traje azul, nunca se tratava de negócios. As gentilezas do marquês eram tão lisonjeiras para o amor-próprio sempre sofredor de nosso herói, que logo, contra sua vontade, passou a sentir uma espécie de afeto por esse velho senhor amável. Não que Julien fosse sensível, à maneira parisiense; mas não era um monstro, e ninguém, desde a morte do velho cirurgião-mor, lhe havia falado com tanta bondade. Reparava com espanto que o marquês poupava seu amor-próprio com uma delicadeza que nunca encontrara no velho cirurgião. Compreendeu então que o cirurgião era mais orgulhoso de sua condecoração que o marquês da sua. O pai do marquês fora um grande fidalgo.

Um dia, no fim de uma audiência matinal, em traje negro e sobre negócios, Julien divertiu o marquês, que o reteve por duas horas e fez questão de lhe dar parte do dinheiro que seu testa de ferro acabava de trazer-lhe da Bolsa.

– Espero, senhor marquês, não faltar com o profundo respeito que lhe devo, suplicando que me permita uma palavra.

– Fale, meu amigo.

– Que o senhor marquês tenha a bondade de permitir que eu recuse essa oferta. Não é ao homem em traje negro que é dirigida, e estragaria completamente os modos que tem a bondade de tolerar no homem em traje azul – Julien fez uma saudação muito respeitosa e saiu sem olhar.

Esse gesto divertiu o marquês. Ele o contou à noite ao padre Pirard.

– É preciso que lhe confesse uma coisa, meu caro padre. Conheço a origem de Julien e autorizo-o a não guardar segredo dessa confidência.

"Seu procedimento desta manhã foi nobre", pensou o marquês, "eu o nobilito."

Algum tempo depois, o marquês pôde finalmente sair.

–Vá passar dois meses em Londres – disse a Julien. – Os correios extraordinários levarão até o senhor as cartas que eu receber, com as minhas notas. O senhor escreverá as respostas e as mandará, colocando cada carta na sua resposta. Calculei que o atraso seria de cinco dias apenas.

Percorrendo na mala-posta a estrada de Calais, Julien espantava-se com a futilidade dos pretensos negócios para os quais era enviado.

Não diremos com que sentimento de ódio e quase de horror ele tocou o solo inglês. Conhecemos sua louca paixão por Bonaparte. Via em cada oficial um *Sir* Hudson Lowe, em cada grande fidalgo um *Lord* Bathurst, ordenando as infâmias de santa Helena e recebendo, como recompensa, dez anos de ministério.

Em Londres, finalmente conheceu a alta presunção. Ligou-se com jovens fidalgos russos, que o iniciaram.

– É um predestinado, meu caro Sorel – diziam –, tem naturalmente essa expressão fria e *a mil léguas da sensação presente*, que nos esforçamos tanto por adquirir.

– O senhor não compreendeu o século – dizia-lhe o príncipe Korasoff –, *faça sempre o contrário do que esperam que faça*. Eis, por minha honra, a única religião da época. Não seja nem louco, nem afetado, pois então esperariam loucuras e afetações, e o preceito não seria cumprido.

Certo dia, Julien cobriu-se de glória no salão do duque de Fitz-Folke, que o convidara para jantar, assim como ao príncipe Korasoff. Esperou-se durante uma hora. A maneira como Julien se comportou, em meio às vinte pessoas que esperavam, ainda é citada entre os jovens secretários de embaixada em Londres. Sua expressão esteve impagável.

Ele quis ver, contra a vontade de seus amigos dândis, o célebre Philip Vane, o único filósofo que a Inglaterra chegou a ter depois de Locke. Encontrou-o completando seu sétimo ano de prisão. "A aristocracia não brinca nesse país", pensou Julien. "Ainda por cima, Vane está desonrado, vilipendiado etc."

Julien o achou jovial e robusto; a raiva da aristocracia poupava-o do tédio. "Eis", pensou Julien ao sair da prisão, "o único homem alegre que conheci na Inglaterra."

A ideia mais útil aos tiranos é a de Deus, dissera-lhe Vane...

Suprimimos o resto do sistema por ser *cínico*.

Na sua volta, o sr. de La Mole perguntou-lhe:

– Que ideia divertida me traz da Inglaterra?

Julien ficou calado.

– Que ideia traz, divertida ou não? – insistiu vivamente o marquês.

– Primeiro – disse Julien –, o inglês mais ajuizado é louco uma hora por dia; é visitado pelo demônio do suicídio, que é o deus do país. Segundo, o espírito e o gênio perdem vinte e cinco por cento de seu valor ao desembarcar na Inglaterra. Terceiro, nada no mundo é belo, admirável, enternecedor como as paisagens inglesas.

– Minha vez – disse o marquês. – Primeiro, por que foi dizer, no baile do embaixador da Rússia, que há na França trezentos mil jovens de vinte e cinco anos que desejam apaixonadamente a guerra? Acredita que isso seja agradável aos reis?

– Não se sabe o que fazer ao falar com nossos grandes diplomatas – disse Julien. – Têm a mania de encetar discussões sérias. Quando nos atemos aos lugares-comuns dos jornais, passamos por tolos. Se nos permitimos algo de verdadeiro ou novo, espantam-se, não sabem o que responder e, no dia seguinte, às sete horas, mandam o primeiro secretário de embaixada avisar que fomos inconvenientes.

– Nada mau – disse o marquês, rindo. – De resto, aposto, astuto senhor, que não adivinhou o que foi fazer na Inglaterra.

– Perdoe-me – continuou Julien –, fui lá para jantar uma vez por semana na casa do embaixador, que é o mais amável dos homens.

– Foi lá para buscar a condecoração que aqui está – disse-lhe o marquês. – Não quero fazê-lo deixar seu traje negro, e estou acostumado com o tom mais divertido que adotei com o homem de traje azul. Até nova ordem, entenda bem isso: quando eu vir esta condecoração, o senhor será o filho caçula de meu amigo, o duque de Chaulnes, que, sem desconfiar, está há seis meses servindo na diplomacia. Repare bem – acrescentou o marquês, com um ar muito sério e interrompendo os agradecimentos – que não quero fazê-lo sair de sua condição. É sempre um erro e uma desgraça, tanto para o protetor como para o protegido. Quando meus processos o aborrecerem ou o senhor não mais me convier, solicitarei uma boa paróquia, como a de nosso amigo, o padre Pirard, e *nada mais* – acrescentou o marquês num tom bastante seco.

Esta condecoração deixou mais à vontade o orgulho de Julien; ele falou muito mais. Julgou-se menos ofendido e visado por essas observações, suscetíveis de alguma explicação pouco amável, que podem escapar a qualquer um durante uma conversa animada.

Esta condecoração lhe valeu uma visita singular, da parte do sr. barão de Valenod, que vinha a Paris agradecer ao ministério pelo seu baronato e entender-se com ele. Ia ser nomeado prefeito de Verrières em substituição ao sr. de Rênal.

Julien riu bastante, em seu íntimo, quando o sr. de Valenod lhe deu a entender que acabavam de descobrir que o sr. de Rênal era um jacobino. O fato é que, numa eleição que se preparava, o novo barão era o candidato do ministério e, no grande colégio eleitoral do departamento, na verdade bastante monarquista, o sr. de Rênal era apoiado pelos liberais.

Foi em vão que Julien tentou saber alguma coisa da sra. de Rênal; o barão pareceu lembrar-se de sua antiga rivalidade, e foi impenetrável. Acabou por pedir a Julien o voto de seu pai nas eleições que estavam para acontecer. Julien prometeu escrever.

– O senhor deveria, cavalheiro, apresentar-me ao senhor marquês de La Mole.

"Com efeito, *eu deveria*", pensou Julien. "Mas um tal velhaco!"

– Na verdade – respondeu –, sou demasiado insignificante na Mansão de La Mole para tomar a iniciativa de fazer apresentações.

Julien contava tudo ao marquês: à noite, falou-lhe da pretensão de Valenod, assim como seus feitos e gestos desde 1814.

– Não somente – disse o sr. de La Mole, com ar muito sério – o senhor me apresentará amanhã o novo barão, como eu o convido para jantar depois de amanhã. Será um de nossos novos governadores.

– Nesse caso – replicou Julien friamente –, solicito o lugar de diretor do asilo de mendicância para o meu pai.

– Até que enfim – disse o marquês, recuperando o ar alegre –, concedido! Esperava lições de moral. O senhor está aprendendo.

O sr. de Valenod contou a Julien que o titular da loteria de Verrières acabava de morrer: Julien achou engraçado dar esse lugar ao sr. de Cholin, o velho imbecil cuja petição ele recolhera outrora no quarto do sr. de La Mole. O marquês riu com vontade da petição que Julien recitou, fazendo-o assinar a carta que solicitava esse posto ao ministro das Finanças.

Logo após a nomeação do sr. de Cholin, Julien ficou sabendo que o posto fora solicitado pela delegação do departamento para o sr. Gros, o célebre geômetra; esse homem generoso tinha apenas mil e quatrocentos francos de renda, e cada ano emprestava seiscentos francos ao titular que acabava de morrer para ajudá-lo a criar sua família.

Julien espantou-se com o que tinha feito. "Não é nada", pensou, "será necessário cometer outras tantas injustiças se quiser vencer, e ainda saber escondê-las sob belas palavras sentimentais: pobre senhor Gros! É ele que merecia a condecoração, sou eu quem a tem, e devo agir conforme a orientação do governo que a concedeu a mim."

VIII. Qual a condecoração mais honrosa?

"Tua água não me refresca", disse o gênio sedento. "É no entanto o poço mais fresco de todo o Diar Bekir."

PELLICO

Um dia, Julien voltava da encantadora propriedade de Villequier, à beira do Sena, que o sr. de La Mole via com interesse, pois, de todas as suas terras, era a única que pertencera ao célebre Boniface de La Mole. Encontrou na mansão a marquesa e sua filha, que chegavam de Hyères.

Julien era um dândi agora e dominava a arte de viver em Paris. Foi de uma frieza perfeita para com a srta. de La Mole. Parecia não ter guardado nenhuma lembrança dos tempos em que ela lhe perguntava tão alegremente detalhes sobre sua maneira de cair do cavalo.

A srta. de La Mole achou-o mais alto e mais pálido. Seu porte, suas maneiras não tinham mais nada de provinciano; quanto à sua conversa, ainda parecia muito séria, muito taxativa. Apesar dessas qualidades sensatas, e graças a seu orgulho, ele não tinha nada de subalterno; percebia-se apenas que dava ainda importância demais a certas coisas. Mas percebia-se que era capaz de sustentar suas opiniões.

– Falta leveza, mas não espírito – disse a srta. de La Mole a seu pai, brincando com ele a respeito da condecoração que dera a Julien. – Meu irmão a pediu por dezoito meses, e ele é um de La Mole!

– Sim, mas Julien sabe ser imprevisível, o que nunca aconteceu ao de La Mole de que me fala.

Anunciaram o senhor duque de Retz.

Mathilde sentiu-se tomada por um bocejo irresistível; reconhecia os antigos dourados e os velhos frequentadores do salão paterno. Ela formava uma ideia perfeitamente aborrecida da vida que iria retomar em Paris. Contudo, em Hyères, sentia falta de Paris.

“Mas tenho dezenove anos!”, pensava. “É a idade da felicidade, dizem todos esses tolos de encadernação dourada.” Ela olhava oito ou dez volumes de poesias novas, acumulados, durante a viagem à Provença, sobre o aparador do salão. Tinha a má sorte de ser mais espirituosa que os srs. de Croisenois, de Caylus, de Luz e seus outros amigos. Imaginava tudo o que lhe diriam sobre o belo céu da Provença, a poesia, o sul etc. etc.

Aqueles olhos tão bonitos, nos quais transparecia o tédio mais profundo e, pior ainda, o desespero de encontrar o prazer, pousaram sobre Julien. Pelo menos, ele não era exatamente como um outro qualquer.

– Senhor Sorel – disse, com essa voz viva, breve, sem nada de feminino, que empregam as moças da classe alta –, senhor Sorel, virá esta noite ao baile do senhor de Retz?

– Senhorita, não tenho a honra de ter sido apresentado ao senhor duque – essas palavras e esse título pareciam dilacerar a boca do provinciano orgulhoso.

– Ele encarregou meu irmão de levá-lo à casa dele; se vier, o senhor poderá me contar detalhes sobre a terra de Villequier; falou-se em ir até lá na primavera. Gostaria de saber se o castelo é habitável, se os arredores são tão belos quanto dizem. Há tantas reputações usurpadas!

Julien não respondia.

– Venha ao baile com meu irmão – acrescentou em tom muito seco.

Julien saudou-a com respeito. “Assim, mesmo no meio do baile, devo prestar contas a todos os membros da família. Não sou pago como homem de negócios?” Seu mau humor acrescentou: “Só Deus sabe se o que eu disser à filha não irá contrariar os projetos do pai, do irmão, da mãe! É uma verdadeira corte de príncipe soberano. Eu precisaria ser perfeitamente nulo e, ainda assim, não dar motivo de queixa a ninguém. Como essa moça me desagrada!", pensou, observando o andar da srta. de La Mole, que a mãe havia chamado para apresentar a várias mulheres, suas amigas. "Ela exagera todas as modas, seu vestido lhe cai dos ombros... está ainda mais pálida do que antes da viagem... Que cabelos sem cor, de tão loiros! Parece que a luz passa através deles. Quanta altivez nessa maneira de cumprimentar, nesse olhar! Que gestos de rainha!"

A srta. de La Mole acabava de chamar seu irmão, no momento em que este deixava o salão.

O conde Norbert aproximou-se de Julien:

– Meu caro Sorel – disse-lhe –, onde quer que o apanhe à meia-noite para o baile do senhor de Retz? Ele me encarregou expressamente de levá-lo.

– Bem sei a quem devo tanta bondade – respondeu Julien, curvando-se até o chão.

Seu mau humor, que não achava nenhum motivo de censura no tom afável e mesmo interessado com que Norbert lhe havia falado, começou a se exercitar sobre a resposta que Julien tinha dado a essas palavras gentis. Achou que havia nela uma certa indignidade.

À noite, chegando ao baile, ficou impressionado com a magnificência da mansão de Retz. O pátio de entrada estava coberto com um imenso toldo de tecido carmesim com estrelas em ouro: nada mais elegante. Sob esse toldo, o pátio estava transformado num bosque de laranjeiras e de loureiros-rosa em flor. Como tiveram o cuidado de enterrar os vasos, os loureiros e as laranjeiras pareciam sair da terra. O caminho que percorriam as carruagens estava coberto de areia.

O conjunto pareceu extraordinário ao nosso provinciano. Não fazia ideia de tal magnificência; num instante, sua imaginação estremecida esteve a mil léguas do mau humor. Na carruagem, a caminho do baile, Norbert estava feliz e ele via tudo negro; mal entraram no pátio, inverteram-se os papéis.

Norbert só era sensível a alguns detalhes que, em meio a tanta magnificência, tinham sido descuidados. Avaliava a despesa de cada coisa e, à medida que chegava a um total elevado, Julien notou que se mostrava quase invejoso e mal-humorado.

Quanto a ele, chegou seduzido, admirado e quase tímido de tanta emoção ao primeiro dos salões onde se dançava. Na porta do segundo, a multidão comprimia-se e era tão grande que foi impossível avançar. A decoração desse segundo salão representava o Alhambra de Granada.

– É a rainha do baile, convenhamos – dizia um rapaz de bigodes, cujo ombro era apertado contra o peito de Julien.

– A senhorita Fourmont, que foi a mais bela todo o inverno – respondeu-lhe seu vizinho –, percebe que está caindo para o segundo lugar: veja como está estranha.

– De fato, ela emprega todos os seus encantos para agradar. Veja, veja que sorriso gracioso no momento em que ficou sozinha nesta contradança. Palavra de honra, é impagável.

– A senhorita de La Mole parece dominar o prazer que lhe dá seu triunfo, que ela percebe perfeitamente. É como se temesse agradar a quem lhe fala.

– Muito bem! Eis a arte de seduzir.

Julien esforçava-se em vão para perceber essa mulher sedutora; sete ou oito homens maiores que ele impediam-no de observá-la.

– Há muito coquetismo nesse recato tão nobre – continuou o rapaz de bigodes.

– E esses grandes olhos azuis que se abaixam tão lentamente no momento em que parece que estão para se trair – disse o vizinho. – Por Deus, não há nada mais hábil.

– Veja como perto dela a bela Fourmont parece sem graça – disse um terceiro.

– Esse ar de recato quer dizer: como me desdobraria em gentilezas, se houvesse homem digno de mim!

– E quem pode ser digno da sublime Mathilde? – perguntou o primeiro. – Algum príncipe soberano, belo, espirituoso, elegante, um herói de guerra, com vinte anos no máximo.

– O filho natural do imperador da Rússia... Ao qual, graças a esse casamento, concederiam uma soberania; ou, muito simplesmente, o conde de Thaler, com seu ar de camponês bem trajado.

A porta ficou desimpedida, Julien pôde entrar.

"Já que ela passa por tão notável aos olhos desses bonecos, vale a pena estudá-la", pensou. "Compreenderei assim o que é a perfeição para essa gente."

Enquanto ele a procurava com os olhos, Mathilde o viu. "Meu dever me chama", pensou Julien; mas não havia mais mau humor a não ser na expressão. A curiosidade o fazia avançar com um prazer que o vestido bem decotado de Mathilde logo aumentou, e de maneira pouco lisonjeira para seu amor-próprio. "Sua beleza tem juventude", pensou. Cinco ou seis rapazes, entre os quais Julien reconheceu aqueles que ouvira na porta, estavam entre ele e ela.

– O senhor, que esteve aqui durante todo o inverno – disse ela –, não é verdade que esse baile é o mais belo da estação?

Ele não respondia.

– Esta quadrilha de Coulon parece-me admirável; e essas damas dançam de maneira perfeita – os rapazes voltaram-se para ver quem era o homem feliz de quem ela queria uma resposta. Esta não foi animadora.

– Não poderia ser um bom juiz, senhorita, passo minha vida a escrever. Este é o primeiro baile assim tão magnífico que já vi.

Os rapazes de bigodes ficaram escandalizados.

– O senhor é um sábio, senhor Sorel – redarguiu a moça com um interesse mais marcado. – Vê todos esses bailes, todas essas festas como um filósofo, como J.-J. Rousseau. Essas loucuras o espantam sem seduzi-lo.

Uma palavra acabava de esfriar a imaginação de Julien e de expulsar toda ilusão de seu coração. Sua boca assumiu a expressão de um desdém um pouco exagerado, talvez.

– J.-J. Rousseau – respondeu – não passa a meus olhos de um tolo, quando se mete a julgar a alta sociedade; ele não a compreendia, e nela entrava com o coração de um lacaio arrivista.

– Ele escreveu o *Contrato social* – disse Mathilde em tom de veneração.

– Enquanto venerava a república e a derrocada das dignidades monárquicas, esse arrivista embriagava-se de felicidade quando um duque mudava a direção de seu passeio após o jantar para acompanhar um de seus amigos.

– Ah, sim, o duque de Luxemburgo em Montmorency acompanha um senhor Coindet na direção de Paris... – continuou a srta. de La Mole com o prazer e a entrega do primeiro desfrute do pedantismo. Ela estava embriagada do seu saber, mais ou menos como o acadêmico que descobrira a existência do rei Ferétrio. O olhar de Julien seguiu penetrante e severo. Mathilde tivera um momento de entusiasmo; a frieza de seu companheiro a desconcertou profundamente. Estava ainda mais espantada porque era ela que tinha o hábito de produzir esse efeito nos outros.

Nesse momento, o marquês de Croisenois avançava com diligência em direção à srta. de La Mole. Ficou um instante a três passos dela, sem poder avançar contra a multidão. Ele a olhava, sorrindo do obstáculo. A jovem marquesa de Rouvray estava perto dele, era uma prima de Mathilde. Estava de braços dados com o marido, que só o era havia quinze dias. O marquês de Rouvray, muito jovem também, tinha todo o amor simplório que se apodera de um homem que, fazendo um casamento de conveniência arranjado unicamente pelos notários, encontra uma pessoa perfeitamente bela. O sr. de Rouvray ia ser duque com a morte de um tio muito idoso.

Enquanto o marquês de Croisenois, que não podia atravessar a multidão, olhava Mathilde com um ar risonho, ela pousava seus grandes olhos, de um azul celeste, sobre ele e seus vizinhos. "O que pode haver de mais aborrecido do que todo esse grupo? Ali está Croisenois, que pretende se casar comigo; ele é doce, gentil, tem maneiras perfeitas como o senhor de Rouvray. Sem o tédio que me causam, esses senhores seriam muito amáveis. Ele também me seguirá no baile com esse ar limitado e contente. Um ano após o casamento, minha carruagem, meus cabelos, meus vestidos, meu castelo a vinte léguas de Paris, tudo isso estará tão bem quanto possível, exatamente o que é necessário para fazer morrer de inveja uma arrivista, uma condessa de Roiville, por exemplo. E depois?"

Mathilde entediava-se de antemão. O marquês conseguiu aproximar-se e falava com ela, mas ela sonhava sem ouvi-lo. O ruído de suas palavras confundia-se, para ela, com o burburinho do baile. Seu olhar seguia maquinalmente Julien, que se afastara com ar respeitoso, mas orgulhoso e descontente. Ela percebeu num canto, longe da multidão circulante, o conde Altamira, condenado à morte no seu país, que o leitor já conhece. No tempo de Luís XIV, uma de suas parentes tinha se casado com um príncipe de Conti; essa lembrança o protegia um pouco da vigilância da congregação.

"Acho que só a condenação à morte honra um homem", pensou Mathilde, "é a única coisa que não se compra. Ah, que boa tirada acabo de pensar! Pena que não tenha surgido num momento em que pudesse tirar proveito!" Mathilde tinha bom gosto demais para introduzir na conversa uma tirada feita com antecipação; mas também tinha vaidade demais para não ficar encantada consigo mesma. Um ar de felicidade substituiu nos seus traços a aparência do tédio. O marquês de Croisenois, que ainda lhe falava, pensou entrever o sucesso, e redobrou a tagarelice.

"O que um malévolo poderia objetar à minha tirada?", Mathilde. "Eu responderia ao crítico: um título de barão, de visconde, isso se compra; uma condecoração, isso se dá; meu irmão acaba de ganhar uma, e o que fez? Uma promoção é coisa que se obtém. Dez anos de guarnição ou um parente ministro da Guerra, e já se é chefe de esquadrão, como Norbert. Uma grande fortuna ainda é o que há de mais difícil e logo de mais meritório. Curioso, é o contrário do que dizem os livros... Pois bem! Quanto à fortuna, basta casar com a filha do sr. Rothschild. Minha frase tem profundidade. A condenação à morte ainda é a única coisa que ninguém pensou em solicitar."

– Conhece o conde Altamira? – perguntou ao sr. de Croisenois.

Ela parecia estar voltando de tão longe, e essa pergunta tinha tão pouca relação com tudo o que o pobre marquês estivera lhe dizendo nos últimos cinco minutos que sua cortesia ficou desconcertada. Era, no entanto, um homem espirituoso e muito afamado como tal.

"Mathilde é um tanto estranha", pensou, "é um inconveniente, mas ela dará tão bela posição social a seu marido! Não sei como faz esse marquês de La Mole; ele tem ligações com tudo o que há de melhor em todos os partidos; é um homem que não pode soçobrar. Aliás, esta singularidade de Mathilde pode passar por talento. Com uma origem nobre e muita fortuna, o talento não é ridículo, e então, que distinção! Quando quer, por sinal, ela mostra tão bem essa mescla de espírito, personalidade e senso de oportunidade que compõe a perfeita cortesia..."

Como é difícil fazer bem duas coisas ao mesmo tempo, o marquês respondia a Mathilde com uma expressão vazia, como se recitasse uma lição.

– Quem não conhece esse pobre Altamira? – e contava-lhe a história de sua conspiração fracassada, ridícula, absurda.

– Muito absurda! – disse Mathilde, como se falasse consigo mesma. – Mas ele agiu. Quero ver um homem; traga-o aqui – disse ao marquês estupefato.

O conde Altamira era um dos admiradores mais declarados do ar altivo e quase impertinente da srta. de La Mole; ela era, na sua opinião, uma das mais belas criaturas de Paris.

– Como seria bela sobre um trono! – disse ao sr. de Croisenois, e deixou-se levar sem dificuldade.

Não falta na alta sociedade quem queira decretar que nada é de tão mau gosto quanto uma conspiração, que cheira a jacobino. E que há de mais feio que um jacobino sem sucesso?

O olhar de Mathilde zombava do liberalismo de Altamira com o sr. de Croisenois, mas ela o ouvia com prazer.

"Um conspirador no baile é um contraste encantador", pensava. Ela descobria neste, com seus bigodes negros, a aparência do leão que repousa; mas logo percebeu que seu espírito só tinha uma atitude: *a utilidade, a admiração pela utilidade.*

Exceto o que podia dar a seu país o governo das duas câmaras, o jovem conde achava que nada era digno de sua atenção. Deixou com prazer Mathilde, a criatura mais sedutora do baile, porque viu entrar um general peruano.

Desiludido com a Europa, o pobre Altamira chegara a ponto de pensar que, quando fossem fortes e poderosos, os estados da

América meridional poderiam devolver à Europa a liberdade que Mirabeau lhes outorgara.*

Um turbilhão de rapazes de bigodes aproximara-se de Mathilde. Ela bem notara que Altamira não fora seduzido, e ficou irritada com sua partida; via seu olhar negro brilhando ao falar com o general peruano. A srta. de La Mole observava os jovens franceses com essa seriedade profunda que nenhuma de suas rivais podia imitar. "Qual dentre eles", pensava, "poderia fazer-se condenar à morte, mesmo supondo todas as condições favoráveis?"

Esse olhar singular lisonjeava aqueles de pouco espírito, mas inquietava os outros. Temiam a explosão de alguma frase maliciosa e de difícil resposta.

"Uma origem nobre confere cem qualidades cuja ausência me ofenderia: percebo-o pelo exemplo de Julien", pensava Mathilde, "mas enfraquece essas qualidades da alma que levam à morte."

Nesse momento alguém dizia perto dela:

– Esse conde Altamira é o segundo filho do príncipe de San Nazaro-Pimentel, um Pimentel que tentou salvar Conradin, decapitado em 1268. É uma das mais nobres famílias de Nápoles.

"Eis aí", pensou Mathilde, "uma bela prova de minha máxima: a origem nobre tira a força de caráter sem a qual não é possível fazer-se condenar à morte! Estou mesmo fadada a desatinar, esta noite. Pois bem! Já que não passo de uma mulher como as outras, é preciso dançar." Ela cedeu às instâncias do marquês de Croisenois, que havia uma hora solicitava um galope. Para distrair-se de seu malogro em filosofia, Mathilde quis ser perfeitamente sedutora; o sr. de Croisenois ficou encantado.

Mas nem a dança, nem o desejo de agradar a um dos mais belos homens da corte, nada pôde distrair Mathilde. Era impossível ter maior sucesso. Era a rainha do baile, constatava-o, mas com frieza.

* Esta página, composta em 25 de julho de 1830, foi impressa em 4 de agosto. [Nota do editor][1]

1 Na nota, o editor de Stendhal se justifica perante as autoridades, pois, entre as medidas tomadas durante a revolução ocorrida naqueles dias, a impressão ficou proibida entre essas duas datas. [N. E.]

"Que vida apagada passarei com alguém como Croisenois!", dizia Mathilde a si mesma, enquanto ele a reconduzia a seu lugar, uma hora depois. "Onde está o prazer para mim", acrescentou com tristeza, "se, após seis meses de ausência, não o encontro no meio do baile que causa inveja a todas as mulheres de Paris? E ainda por cima, estou aqui cercada de todas as homenagens de uma sociedade que não poderia imaginar mais bem composta. Não há aqui, da burguesia, mais do que alguns pares e um ou dois Julien, talvez. E, no entanto", acrescentou com uma tristeza crescente, "que vantagens a sorte não me concedeu: ilustração, fortuna, juventude, ai de mim! Tudo, exceto a felicidade. Os mais duvidosos dos meus dotes ainda são aqueles dos quais me falaram toda a noite. No espírito eu creio, pois é evidente que meto medo a todos. Se ousam abordar um assunto sério, ao cabo de cinco minutos de conversa chegam completamente sem fôlego, e como se fizessem uma grande descoberta, a uma coisa que estou lhes repetindo há uma hora. Sou bela, tenho esse privilégio pelo qual a Madame de Staël teria sacrificado tudo, e, no entanto, o fato é que morro de tédio. Haverá alguma razão para me entediar menos quando tiver trocado meu nome por aquele do marquês de Croisenois? Mas, meu Deus", acrescentou, quase com vontade de chorar, "não é um homem perfeito?! É a obra-prima da educação deste século; não é possível fitá-lo sem que encontre algo amável e até espirituoso para nos dizer; é corajoso... Mas esse Sorel é curioso", pensou, e seu olhar trocou o ar aborrecido pelo ar zangado. "Eu o avisei de que tinha de lhe falar, e ele não se dignou voltar!"

IX. O baile

O luxo das toaletes, o brilho das velas, os perfumes: tantos belos braços, belos ombros; buquês, árias de Rossini que enlevam, pinturas de Ciceri! Estou arrebatado!

Viagens de Uzeri

– Está de mau humor – disse-lhe a marquesa de La Mole. – Estou avisando, isso não fica bem num baile.

– Só estou com dor de cabeça – respondeu Mathilde, com um ar desdenhoso –, está muito quente aqui.

Nesse momento, como que justificando a srta. de La Mole, o velho barão de Tolly sentiu-se mal e caiu; tiveram de carregá-lo. Falaram em apoplexia, foi um caso desagradável.

Mathilde não se preocupou com aquilo. Tinha um compromisso consigo mesma de nunca reparar nem nos velhos nem nas pessoas conhecidas por dizer coisas tristes.

Foi dançar para fugir da conversa sobre a apoplexia, que não era apoplexia, já que, dois dias depois, o barão reapareceu.

"Mas o sr. Sorel não vem mesmo", pensou novamente, depois

de dançar. Quase o procurou com o olhar, quando o notou num outro salão. Coisa espantosa, parecia ter perdido aquele tom de frieza impassível que lhe era tão natural; não parecia mais inglês.

"Está conversando com o conde Altamira, meu condenado à morte!", pensou Mathilde. "Seus olhos estão cheios de um fulgor sombrio; parece um príncipe disfarçado; seu olhar redobrou de orgulho."

Julien se aproximou do lugar onde ela estava, ainda conversando com Altamira; ela o encarava firmemente, estudando sua fisionomia em busca daquelas qualidades elevadas que podem valer a um homem a honra de ser condenado à morte.

Como passasse perto dela, disse ao conde Altamira:

– Sim, Danton é que era homem!

"Céus! Será um Danton? Mas ele tem um rosto tão nobre, e aquele Danton era tão horrivelmente feio, um carniceiro, acho." Julien ainda estava bem perto dela, não hesitou em chamá-lo; tinha a consciência e o orgulho de fazer uma pergunta extraordinária para uma mocinha.

– Danton não era um carniceiro? – perguntou-lhe.

– Sim, na opinião de certas pessoas – respondeu Julien com uma expressão de desprezo mal disfarçado e o olhar ainda inflamado pela conversa com Altamira –, mas, infelizmente para as pessoas bem-nascidas, ele era advogado em Méry-sur-Seine; ou seja, senhorita – acrescentou com ar mordaz –, começou como vários pares que vejo por aqui. É verdade que Danton tinha uma desvantagem enorme aos olhos da beleza, era muito feio.

Essas últimas palavras foram ditas bem depressa, de um jeito esquisito e certamente muito pouco afável.

Julien esperou um pouco, o tronco ligeiramente curvado e com um ar orgulhosamente humilde. Parecia dizer: sou pago para responder-lhe e vivo do meu salário. Não se dignava erguer os olhos para Mathilde. Ela, com seus belos olhos extraordinariamente abertos e fixos nele, parecia sua escrava. Por fim, como o silêncio continuava, fitou-a como um criado fita o amo, a fim de receber ordens. Apesar de encontrar em cheio o olhar de Mathilde, ainda fixo nele com uma expressão estranha, afastou-se com uma pressa acentuada.

"Ele, que é tão bonito", pensou Mathilde, ao sair de seu devaneio, "fazendo um tal elogio da feiura! Nunca se refere a si mesmo! Não é como Caylus ou Croisenois. Esse Sorel se parece um pouco com meu pai quando imita tão bem Napoleão no baile." Esquecera completamente Danton. "Decididamente, esta noite é um tédio." Pegou o braço de seu irmão e, para desgosto dele, forçou-o a dar uma volta pelo salão. Ocorreu-lhe a ideia de acompanhar a conversa entre o condenado à morte e Julien.

A multidão era enorme. Conseguiu, contudo, alcançá-los no momento em que, a dois passos dela, Altamira se aproximava de uma bandeja para pegar um sorvete. Falava com Julien, com o corpo meio voltado. Viu um braço de manga bordada pegando um sorvete ao lado do seu. O bordado pareceu atiçar sua atenção; voltou-se completamente para ver o personagem a quem pertencia o braço. Imediatamente, aqueles olhos tão nobres e tão puros assumiram uma leve expressão de desdém.

– Está vendo aquele homem? – disse baixinho a Julien. – É o príncipe de Araceli, embaixador de ***. Hoje de manhã, pediu minha extradição ao ministro das Relações Exteriores da França, o sr. de Nerval. Olhe, lá está ele, jogando *whist.* O sr. de Nerval está bastante disposto a me entregar, pois demos a vocês dois ou três conspiradores em 1816. Se me entregarem a meu rei, estarei enforcado em vinte e quatro horas. E será algum desses belos mocinhos de bigode que vai me prender.

– Que infâmia! – exclamou Julien meio alto.

Mathilde não perdia uma sílaba daquela conversa. O tédio desaparecera.

– Nem tanto – continuou o conde Altamira. – Falei de mim para impressioná-lo com uma imagem forte. Repare no príncipe de Araceli; a cada cinco minutos dá uma olhada em seu Velo de Ouro; não se cansa do prazer de ver aquele penduricalho em seu peito. Esse pobre homem no fundo não passa de um anacronismo. Há uns cem anos o Velo era uma honra insigne, mas então teria passado muito acima de sua cabeça. Hoje, entre a gente bem-nascida, é preciso ser um Araceli para encantar-se com isso. Ele mandaria enforcar uma cidade inteira para obtê-lo.

– Foi a esse preço que o conseguiu? – perguntou Julien com ansiedade.

– Não exatamente – respondeu friamente Altamira –, deve ter mandado jogar no rio uns trinta ricos proprietários de sua terra que passavam por liberais.

– Que monstro! – disse ainda Julien.

A srta. de La Mole, inclinando a cabeça com o mais franco interesse, estava tão perto dele que seus belos cabelos quase tocavam seu ombro.

– O senhor é muito jovem! – respondia Altamira. – Estava lhe dizendo que tenho uma irmã casada na Provença; ainda é bonita, boa, meiga; é uma excelente mãe de família, fiel a todos os seus deveres, piedosa sem ser carola.

"Aonde quer chegar?", pensava a srta. de La Mole.

– Ela é feliz – continuou o conde Altamira. – Era feliz em 1815. Estava então escondido em sua casa perto de Antibes; pois bem, no momento em que soube da execução do marechal Ney, ela se pôs a dançar!

– Será possível? – disse Julien, aterrado.

– É o espírito partidário – continuou Altamira. – Não há mais paixões verdadeiras no século XIX: é por isso que o tédio impera na França. Praticam as maiores crueldades, mas sem crueldade.

– Tanto pior! – disse Julien. – No mínimo, quando se cometem crimes, é preciso cometê-los com prazer: é só isso que valem; por sinal, é só assim que se pode justificá-los um pouco.

A srta. de La Mole, esquecendo-se completamente de se dar ao respeito, metera-se quase que inteiramente entre Altamira e Julien. Seu irmão, que lhe dava o braço, acostumado a lhe obedecer, olhava para outro lado e, para disfarçar, fazia de conta que a multidão o interrompera.

– Tem razão – dizia Altamira –, fazem tudo sem prazer e sem guardar lembrança, até os crimes. Posso mostrar-lhe nesse baile uns dez homens que vão para o inferno como assassinos. Eles já o esqueceram, e o mundo também. Muitos se comovem até às lágrimas se o cachorro quebra a pata. No Père-Lachaise, quando jogam flores em seus túmulos, como se diz tão graciosamente em Paris, informam-nos que reuniam todas as grandes virtudes dos bravos cavaleiros e falam dos grandes feitos do seu antepassado que vivia no tempo de Henrique IV. Se, apesar dos bons ofícios do príncipe de Araceli, eu não for enforcado e algum dia puder gozar de minha fortuna em Paris, quero convidá-lo para jantar com oito ou dez assassinos respeitados e sem remorsos. O senhor e eu, neste jantar, seremos os únicos sem mancha de sangue, mas eu serei desprezado e quase odiado como um monstro sanguinário e jacobino, e o senhor, desprezado simplesmente como homem do povo, um intruso na boa sociedade.

– Nada mais verdadeiro – disse a srta. de La Mole.

Altamira fitou-a, espantado; Julien não se dignou olhar para ela.

– Note bem que a revolução à frente da qual estive – continuou o conde Altamira – só não teve êxito porque não quis mandar cortar três cabeças nem distribuir, entre nossos soldados, os sete ou oito milhões que estavam num cofre cuja chave eu detinha. Meu rei, que hoje anseia por mandar me enforcar e que, antes da revolta, me tratava com intimidade, teria concedido a mim a grande condecoração de sua ordem se eu tivesse mandado cortar essas três cabeças e distribuído o dinheiro desses cofres, pois então eu teria obtido pelo menos um sucesso relativo e meu país, uma constituição inalterada. Assim vai o mundo, é uma partida de xadrez.

– Na época – continuou Julien com o olhar inflamado –, o senhor não conhecia as regras do jogo; hoje em dia...

– Faria rolar as cabeças, está querendo me dizer, e eu não seria um girondino como me deu a entender naquele dia? Vou responder – disse Altamira com um ar triste – quando o senhor tiver matado um homem num duelo, o que é bem menos feio do que mandar o carrasco executá-lo.

– Ora – disse Julien –, quem quer o fim quer os meios; se eu não fosse uma criatura insignificante e tivesse algum poder, mandaria enforcar três homens para salvar a vida de quatro.

Seus olhos expressavam o fogo da consciência e o desprezo do vão juízo dos homens; encontraram os da srta. de La Mole bem perto dele, e aquele desprezo, longe de transformar-se numa atitude graciosa e educada, pareceu redobrar.

Aquilo a deixou profundamente chocada; mas daí em diante não foi mais capaz de esquecer Julien; afastou-se com despeito, carregando seu irmão.

"Preciso tomar ponche e dançar bastante", pensou, "quero escolher o que houver de melhor e causar sensação a qualquer preço. Bom, ali está o famoso e impertinente conde de Fervaques." Ela aceitou seu convite; eles dançaram. "Trata-se de ver", pensou ela, "qual dos dois vai ser mais impertinente, mas, para zombar dele à vontade, é preciso fazê-lo falar." Logo, o resto da contradança só foi dançado para manter as aparências. Ninguém queria perder uma das tiradas mordazes de Mathilde. O sr. de Fervaques estava ficando perturbado e, como só encontrasse frases elegantes, em vez de ideias, ficava fazendo pose; Mathilde, que estava mal-humorada, foi cruel e fez dele um inimigo. Dançou até o amanhecer e finalmente se retirou, absolutamente exausta. Mas, na carruagem, o pouco de força que ainda lhe restava só serviu para deixá-la triste e infeliz. Tinha sido desprezada por Julien e não conseguia desprezá-lo.

Julien estava no auge da felicidade, encantado, sem se dar conta, pela música, as flores, as mulheres bonitas, a elegância geral e, mais do que tudo, por sua imaginação que sonhava com distinções para ele e liberdade para todos.

– Que belo baile! – disse ao conde. – Não falta nada.

– Falta o pensamento – respondeu Altamira.

E sua fisionomia traía aquele desprezo que é tanto mais corrosivo quanto se vê que a cortesia impõe o dever de escondê-lo.

– Bem lembrado, senhor conde. Mas não é verdade que o pensamento ainda conspira?

– Estou aqui por causa de meu nome. Mas odeiam o pensamento nesses salões. É preciso que não se eleve acima da sátira dos versos de um *vaudeville*: nesse caso, é recompensado. Mas o homem que pensa, se tem energia e originalidade na sua expressão, chamam-no de *cínico*. Não foi esse o nome que um dos seus juízes deu a Courier? Ele foi preso, assim como Béranger. Por aqui, tudo o que vale alguma coisa pelo espírito, a congregação o entrega à polícia correcional; e a boa sociedade aplaude. É que essa sociedade envelhecida de vocês preza acima de tudo as conveniências... Nunca vão elevar-se acima da bravura militar; terão os seus Murat, mas nunca um Washington. Só vejo vaidade na França. Um homem inventivo acaba facilmente proferindo alguma imprudência, e o dono da casa se julga desonrado.

Nessa altura, a carruagem do conde, que trazia Julien, parou diante da Mansão de La Mole. Julien estava apaixonado por seu conspirador. Altamira fizera-lhe este belo elogio, prova evidente de uma profunda convicção: "O senhor não possui a leviandade francesa e compreende o princípio da *utilidade*". Acontece que, justamente na antevéspera, Julien tinha assistido a *Marino Faliero*, tragédia do sr. Casimir Delavigne.

"Israël Bertuccio não tinha mais caráter que todos aqueles nobres venezianos?", pensava nosso plebeu revoltado. "E, no entanto, trata-se de gente cuja nobreza comprovada remonta ao ano 700, um século antes de Carlos Magno, enquanto tudo o que havia de mais aristocrático esta noite no baile do sr. de Retz só remonta ao século XIII, e olhe lá. Pois bem! No meio daqueles nobres de Veneza, de origem tão ilustre, é de Israël Bertuccio que a gente se lembra. Uma conspiração aniquila todos os títulos conferidos pelos caprichos da sociedade. É então que um homem logo assume o lugar que lhe designa sua maneira de encarar a morte. Até a inteligência perde sua autoridade... Quem seria Danton hoje em dia, neste século dos Valenod e dos Rênal? Nem mesmo o substituto do procurador do rei... O que estou dizendo? Ele se venderia à congregação; seria ministro, pois, afinal, o grande Danton bem que roubou. Mirabeau também se vendeu. Napoleão andou roubando milhões na Itália, senão teria sido simplesmente detido pela pobreza, como Pichegru. La Fayette foi o único que nunca roubou. Será preciso roubar, vender-se?", pensou Julien. Diante daquela pergunta, simplesmente se deteve. Passou o resto da noite a ler a história da Revolução.

No dia seguinte, escrevendo suas cartas na biblioteca, ainda pensava exclusivamente na conversa com o conde Altamira.

"Na verdade", concluía após um longo devaneio, "se esses espanhóis liberais tivessem comprometido o povo em crimes, não teriam sido varridos com tanta facilidade. Portaram-se como crianças orgulhosas e tagarelas... Como eu!", exclamou de repente Julien como que acordando em sobressalto. Que dificuldade enfrentei que me dê o direito de julgar uns pobres-diabos que, afinal, uma vez na vida ousaram, começaram a agir? Estou parecendo um homem que, ao levantar da mesa, exclama: amanhã não vou jantar; o que não me impedirá de estar forte e alegre como estou hoje. Quem sabe o que se sente a meio caminho de uma grande ação?" Esses pensamentos elevados foram perturbados pela chegada imprevista da srta. de La Mole, que entrava na biblioteca. Ele estava tão animado com sua admiração pelas grandes qualidades de Danton, de Mirabeau, de Carnot, pelos que souberam não ser vencidos, que seus olhos se fixaram na srta. de La Mole, mas sem pensar nela, sem cumprimentá-la, quase sem vê-la. Quando finalmente seus grandes olhos bem abertos perceberam a presença dela, seu olhar se apagou. A srta. de La Mole notou-o com amargura.

Foi em vão que ela lhe pediu um volume da *História da França* de Vély, colocado na prateleira mais alta, o que obrigava Julien a ir buscar a maior das duas escadas. Julien trouxe a escada, procurou o livro, entregou-o, ainda sem conseguir pensar nela. Absorto assim, ao levar de volta a escada, deu com o cotovelo numa das vidraças da biblioteca. Os estilhaços, caindo no assoalho, despertaram-no por fim. Apressou-se em pedir desculpas à srta. de La Mole; quis ser cortês, mas foi apenas isso. Mathilde percebeu perfeitamente que o incomodara, e que ele teria preferido continuar nos devaneios que o entretinham antes de sua chegada. Olhou bem para ele e, depois, retirou-se lentamente. Julien seguiu-a com os olhos. Apreciava o contraste entre a simplicidade atual de sua toalete e a elegância magnífica da véspera. A diferença entre as duas fisionomias também o impressionava bastante. Aquela mocinha, tão altiva no baile do duque de Retz, tinha agora um olhar próximo da súplica. "Na verdade", pensou Julien, "esse vestido negro destaca ainda mais a beleza de seu porte. Parece uma rainha, mas por que está de luto?"

"Se perguntar a alguém o motivo desse luto, poderei estar sendo inconveniente." Julien tinha saído completamente das profundezas de seu entusiasmo. "Preciso reler todas as cartas que escrevi de manhã; só Deus sabe quantas palavras estão faltando e quantas asneiras vou encontrar." Enquanto lia com uma atenção forçada a primeira destas cartas, ouviu bem perto dele o farfalhar de um vestido de seda; voltou-se rapidamente; a srta. de La Mole estava a dois passos de sua mesa, rindo. Aquela segunda interrupção deixou Julien de mau humor.

Quanto a Mathilde, acabara de sentir vivamente que não representava nada para aquele rapaz; a risada servira para disfarçar seu embaraço, conseguiu-o.

– Com certeza deve estar pensando em alguma coisa bem interessante, senhor Sorel. Não seria alguma anedota curiosa sobre a conspiração que trouxe a Paris o senhor conde Altamira? Diga-me do que se trata; estou ansiosa para saber; serei discreta, juro! – espantou-se com essas palavras ao se ouvir falando.Como?! Estava suplicando a um subalterno?! Como seu embaraço só aumentava, acrescentou com um arzinho leviano:

– O que será que conseguiu fazer do senhor, normalmente tão frio, uma criatura inspirada, uma espécie de profeta de Michelangelo?

Essa pergunta viva e indiscreta, que feria Julien profundamente, devolveu-lhe toda a sua loucura.

– Danton fez bem em roubar? – perguntou-lhe bruscamente e de um jeito cada vez mais feroz. – Os revolucionários do Piemonte, da Espanha, deveriam ter comprometido o povo em seus crimes? Ou dado, mesmo a pessoas sem mérito, todos os cargos do exército, todas as condecorações? As pessoas que usassem essas condecorações não iriam temer a volta do rei? Teria sido necessário deixar o tesouro de Turim ser saqueado? Em uma palavra, senhorita – disse-lhe, aproximando-se com um ar terrível –, o homem que quer expulsar a ignorância e o crime da terra deveria passar como a tempestade e espalhar o mal ao acaso?

Mathilde teve medo, não pôde sustentar seu olhar e recuou dois passos. Fitou-o por um instante; depois, com vergonha de seu medo, saiu da biblioteca num passo ligeiro.

X. A rainha Margarida

Amor! Em que loucura és capaz de nos levar a ter prazer!
Cartas de uma religiosa portuguesa

Julien releu suas cartas. Quando a sineta do almoço se fez ouvir, pensou: "Como devo ter sido ridículo aos olhos daquela boneca parisiense! Que loucura ter dito realmente o que pensava! Mas talvez não tenha sido tamanha loucura. A verdade, nessa ocasião, era digna de mim. Também, por que me interrogar sobre coisas íntimas? Aquela foi uma pergunta indiscreta da parte dela. Faltou-lhe tato. Minha opinião sobre Danton não faz parte do serviço pelo qual seu pai me paga".

Chegando à sala de jantar, Julien foi distraído de seu mau humor pelo luto fechado da srta. de La Mole, que tanto mais o chocou porque ninguém mais da família estava de negro.

Depois do almoço, já se livrara completamente do acesso de entusiasmo que o obcecara durante todo o dia. Felizmente, o acadêmico que sabia latim estava lá para o almoço. "Eis o homem que menos zombará de mim", pensou Julien, "se, como presumo, minha pergunta sobre o luto da senhorita Mathilde for inconveniente."

Mathilde fitava-o com expressão estranha. "Bem típico da vaidade das mulheres dessa cidade, tal como a descreveu a sra. de Rênal", pensou Julien. "Não fui gentil com ela de manhã, não cedi ao seu capricho de conversar. Isso me valoriza a seus olhos. Nem por isso há de se acalmar. Mais tarde, sua altivez desdenhosa saberá como se vingar. Só vai piorar. Que diferença daquela que perdi! Que naturalidade encantadora! Que ingenuidade! Conhecia seus pensamentos antes dela; via-os nascer, só tinha como antagonista, em seu coração, o medo da morte de seus filhos; era um sentimento razoável e natural, admirável até para mim, que sofria com isso. Fui um tolo. A ideia que tinha de Paris me impediu de apreciar aquela mulher sublime. Que diferença, meu Deus! E o que encontro aqui? A vaidade seca e altiva, todos os matizes do amor-próprio e nada mais."

Levantavam-se da mesa. "Não posso deixar que ocupem o meu acadêmico", pensou Julien. Aproximou-se dele quando passavam para o jardim, assumiu um ar dócil e submisso e partilhou sua fúria contra o sucesso de *Hernani*.

– Se ainda estivéssemos no tempo das ordens de prisão! – disse.

– Então ele não teria ousado! – exclamou o acadêmico com um gesto à maneira de Talma.

A propósito de uma flor, Julien citou algumas palavras das *Geórgicas* de Virgílio, e achou que nada igualava os versos do padre Delille. Numa palavra, bajulou o acadêmico de todas as maneiras. Depois, com o ar mais indiferente:

– Suponho – disse-lhe – que a senhorita de La Mole herdou de algum tio por quem está de luto.

– O quê! O senhor é da casa – disse o acadêmico, estacando de repente – e não sabe da mania dela? Para falar a verdade, é estranho que sua mãe lhe permita esse tipo de coisa; mas, cá entre nós, não é exatamente pela força de caráter que se destacam nessa casa. A senhorita Mathilde é forte por todos e é ela quem manda. Hoje é dia 30 de abril! – e o acadêmico parou, olhando para Julien com um ar finório. Julien sorriu da maneira mais espirituosa possível.

"Que relação pode haver entre mandar em toda a casa, usar um vestido negro e o dia 30 de abril?", pensava. "Devo ser ainda mais lerdo do que pensava."

– Confesso que... – disse ao acadêmico, enquanto o olhar mantinha a interrogação.

– Vamos dar uma volta no jardim – disse o acadêmico, percebendo encantado a oportunidade de fazer um longo e elegante relato. – O quê! Será possível que o senhor não saiba o que aconteceu no dia 30 de abril de 1574?

– E onde? – perguntou Julien espantado.

– Na praça de Grève.

Julien estava tão assombrado que essas palavras não o ajudaram. A curiosidade, a expectativa de um interesse trágico, tão condizente com seu caráter, conferiam-lhe aquele olhar brilhante que um narrador gosta tanto de ver na pessoa que o escuta. O acadêmico, feliz por encontrar um ouvido virgem, contou demoradamente a Julien de que maneira, no dia 30 de abril de 1574, o mais belo rapaz do século, Boniface de La Mole, e Annibal de Coconasso, cavalheiro piemontês, seu amigo, tiveram suas cabeças cortadas na praça de Grève. La Mole era o amante adorado da rainha Margarida de Navarra.

– E note bem – acrescentou o acadêmico –, a senhorita de La Mole se chama *Mathilde-Marguerite.* La Mole era ao mesmo tempo o favorito do duque de Alençon e amigo íntimo do rei de Navarra, depois Henrique IV, marido de sua amante. Na Terça-Feira Gorda daquele ano de 1574, a corte se encontrava em Saint-Germain com o pobre rei Carlos IX, que estava morrendo. La Mole quis resgatar os príncipes seus amigos que a rainha Catarina de Medici retinha como prisioneiros na corte. Mandou que avançassem com mais de duzentos cavalos contra as muralhas de Saint-Germain, o duque de Alençon teve medo e La Mole foi entregue ao carrasco. Mas o que comove a senhorita Mathilde, o que ela mesma me confessou, há sete ou oito anos, quando estava com doze, porque tem uma cabeça, uma cabeça! – e o acadêmico ergueu os olhos para o céu. – O que a impressionou nesta catástrofe política foi que a rainha Margarida de Navarra, escondida numa casa da praça de Grève, ousou mandar pedir ao carrasco a cabeça de seu amante. E na noite seguinte, à meia-noite, ela levou aquela cabeça em sua carruagem e foi enterrá-la, ela mesma, numa capela situada ao pé da colina de Montmartre.

– Será possível? – exclamou Julien, comovido.

– A senhorita Mathilde despreza seu irmão porque, como pode perceber, ele não dá a mínima importância para toda essa história antiga e não veste o luto no dia 30 de abril. É desde esse famoso suplício e para lembrar a íntima amizade de La Mole por Coconasso, o qual, italiano como era, se chamava Annibal, que todos os homens dessa família têm esse nome. Aliás – acrescentou o acadêmico abaixando a voz –, esse Coconasso foi, segundo o próprio Carlos IX, um dos mais cruéis assassinos da noite de 24 de agosto de 1572. Mas como é possível, caro Sorel, que o senhor não soubesse dessas coisas, o senhor, que convive com a família?

– Então é por isso que, durante o jantar, a senhorita de La Mole chamou duas vezes seu irmão de Annibal. Achei que tinha entendido errado.

– Era uma crítica. É estranho que a marquesa tolere esse tipo de maluquice... O marido dessa moça vai passar por cada uma!

Essas palavras foram seguidas por cinco ou seis frases satíricas. A alegria e a intimidade que brilhavam nos olhos do acadêmico chocaram Julien. "Aqui estamos nós, dois criados ocupados em falar mal dos patrões", pensou. "Mas nada deve surpreender-me da parte desse homem da academia."

Um dia, Julien o flagrara aos pés da marquesa de La Mole; estava lhe pedindo um posto de coletor de imposto sobre o tabaco para um sobrinho da província. À noite, uma criadinha da srta. de La Mole, que cortejava Julien, como Elisa antigamente, sugeriu-lhe a ideia de que o luto de sua patroa não era afetado para chamar a atenção. Aquela esquisitice tinha raízes profundas em seu caráter. Ela realmente amava esse La Mole, amante amado da rainha mais espirituosa de seu século e que morreu por ter tentado libertar os seus amigos. E que amigos! O primeiro príncipe real e Henrique IV.

Acostumado à naturalidade perfeita que resplandecia em toda a conduta da sra. de Rênal, Julien só via afetação em todas as mulheres de Paris; e, embora pouco propenso à tristeza, nada encontrava para lhes dizer. A srta. de La Mole foi uma exceção.

Estava começando a não mais tomar por aridez do coração o tipo de beleza próprio à nobreza do porte. Teve longas conversas com a srta.

de La Mole, que às vezes, depois do almoço, passeava com ele no jardim, ao longo das janelas abertas do salão. Um dia, ela lhe disse que estava lendo a história de d'Aubigné e Brantôme. "Estranha leitura", pensou Julien. "E a marquesa não lhe permite ler os romances de Walter Scott!"

Um outro dia, contou-lhe, com aqueles olhos brilhantes de prazer, que provam a sinceridade da admiração, o feito de uma jovem do reino de Henrique III, que acabara de ler nas *Memórias* de l'Étoile: surpreendendo o marido infiel, apunhalou-o.

O amor-próprio de Julien estava lisonjeado. Uma pessoa cercada de tanto respeito e que, no dizer do acadêmico, mandava em toda a casa, dignava-se conversar num tom que podia se assemelhar ao da amizade.

"Enganei-me", pensou logo Julien, "isso não é familiaridade, sou apenas um confidente de tragédia, isso é necessidade de falar. Eu passo por sábio nessa família. Vou começar a ler Brantôme, d'Aubigné, l'Étoile. Poderei contestar algumas das histórias de que me fala a srta. de La Mole. Quero sair desse papel de confidente passivo."

Pouco a pouco, suas conversas com a moça de porte tão imponente e, ao mesmo tempo, tão desenvolto, foram se tornando mais interessantes. Esquecia seu triste papel de plebeu revoltado. Achou-a instruída e até sensata. Suas opiniões no jardim eram bem diferentes das que professava no salão. Às vezes demonstrava, em sua companhia, um entusiasmo e uma franqueza que formavam um perfeito contraste com seu jeito de ser costumeiro, tão altivo e tão frio.

– As guerras da Liga são os tempos heroicos da França – disse-lhe um dia, com olhos faiscantes de espírito e de entusiasmo. – Cada um então lutava para conseguir aquilo que desejava, para fazer triunfar seu partido e não para ganhar uma banal condecoração como no tempo do seu imperador. O senhor há de convir que havia então menos egoísmo e mesquinhez. Amo aquele século.

– Cujo herói foi Boniface de La Mole – completou Julien.

– Pelo menos, foi amado como se deve. Qual a mulher hoje em dia que não teria horror de tocar na cabeça do amante decapitado?

A sra. de La Mole chamou sua filha. A hipocrisia, para ser útil, deve ocultar-se; e Julien, como se vê, fizera à srta. de La Mole uma meia-confidência sobre sua admiração por Napoleão.

"Aí está a imensa vantagem que levam sobre nós", pensou Julien, que ficara a sós no jardim. "A história de seus ancestrais eleva-os acima dos sentimentos vulgares e não precisam estar sempre pensando em sua subsistência! Que miséria", acrescentava amargamente, "sou indigno de raciocinar sobre esses grandes interesses. Minha vida não passa de uma sequência de hipocrisias porque não tenho mil francos de renda para comprar pão."

– Em que está pensando, senhor? – perguntou-lhe Mathilde, que voltava correndo.

Julien estava cansado de se desprezar. Por orgulho, disse-lhe francamente o que pensava. Corou bastante ao falar de sua pobreza para uma pessoa tão rica. Tratou de deixar claro, no orgulho de seu tom, que não estava pedindo nada. Nunca parecera tão belo a Mathilde; viu nele uma expressão de sensibilidade e de franqueza que frequentemente lhe faltava.

Menos de um mês depois, Julien estava passeando, pensativo, no jardim da Mansão de La Mole; mas seu rosto não tinha mais a dureza e a arrogância filosófica que lhe imprimia o sentimento contínuo de sua inferioridade. Acabara de levar até a porta do salão a srta. de La Mole, que alegava ter machucado o pé quando corria com o irmão.

"Ela se apoiou em meu braço de um jeito bem estranho!", pensava Julien. "Será vaidade minha ou gosta mesmo um pouco de mim? Ela me ouve de um jeito tão meigo, mesmo quando lhe confesso todos os tormentos de meu orgulho! Ela, que é tão altiva com todo mundo! Ficariam muito surpresos no salão se vissem essa expressão. Com toda certeza, ela não tem com ninguém mais esse ar meigo e gentil."

Julien procurava não exagerar aquela estranha amizade. Ele próprio a comparava a um comércio em tempo de guerra. Sempre que se encontravam, antes de retomar o tom quase íntimo da véspera, por pouco não se perguntavam: seremos hoje amigos ou inimigos? Julien compreendera que deixar-se ofender impunemente, uma vez sequer, por aquela moça tão altiva, era perder tudo. "Se tiver de me indispor, não seria melhor que fosse de imediato, defendendo os justos direitos de meu orgulho, do que repelindo os sinais de desprezo que logo seguiriam o menor descuido com o que devo à minha dignidade pessoal?"

Várias vezes, em dias de mau humor, Mathilde tentou assumir com ele o tom da grande dama; era bem sutil nessas tentativas, mas Julien as repelia rispidamente.

Um dia, interrompeu-a bruscamente:

– A senhorita de La Mole tem alguma ordem para o secretário de seu pai? – perguntou-lhe. – Ele deve ouvir suas ordens e executá-las com respeito; mas, quanto ao resto, não precisa dirigir-lhe nem uma palavra. Não é pago para comunicar-lhe seus pensamentos.

Essa maneira de ser e as estranhas dúvidas que preocupavam Julien fizeram desaparecer o tédio que encontrava normalmente naquele salão tão magnífico, mas onde se tinha medo de tudo e nenhuma diversão era conveniente.

"Seria divertido se ela me amasse. Quer me ame ou não", continuava Julien, "tenho por confidente íntima uma moça espirituosa, diante da qual vejo tremer a casa toda e, mais do que todos, o marquês de Croismare. Esse rapaz tão fino, tão delicado, tão corajoso e que juntou todos os privilégios do nascimento e da fortuna, dos quais um único bastaria para alegrar meu coração! Está loucamente apaixonado por ela, deve desposá-la. Quantas cartas o sr. de La Mole me fez escrever aos dois tabeliães para acertar o contrato! E eu, que me vejo tão subalterno com a pena na mão, duas horas depois, aqui no jardim, triunfo sobre esse rapaz tão amável: pois, afinal, as preferências são evidentes, diretas. É possível também que odeie nele o futuro marido. É bastante orgulhosa para isso. Quanto às atenções que me dispensa, é a título de confidente subalterno que as obtenho. Mas não, ou estou louco ou ela me corteja; quanto mais frio e respeitoso me mostro, mais ela me procura. Poderia ser alguma cisma, uma afetação; mas vejo seus olhos animar-se quando apareço de improviso. Será que as mulheres de Paris sabem fingir tão bem? Que me importa? As aparências estão a meu favor, desfrutemos as aparências. Meu Deus, como é bela! Como seus grandes olhos azuis me agradam, vistos de perto e fitando-me como sempre fazem! Que diferença entre essa primavera e a do ano passado, quando eu vivia infeliz, sustentando-me na força da vontade, em meio a trezentos hipócritas sujos e malvados! Eu era quase tão mau quanto eles."

Nos dias de desconfiança, Julien pensava: "Essa moça está zombando de mim. Está de acordo com seu irmão para me mistificar. Mas como ela parece desprezar a falta de energia desse irmão! Ele é corajoso, só isso, diz ela. Ainda por cima, corajoso diante da espada dos espanhóis. Em Paris, tudo lhe dá medo, ele vê o medo do ridículo em toda parte. Nem em pensamento se atreve a sair um pouco da moda. Sou sempre eu quem se sente obrigado a tomar a defesa dele. Uma mocinha de dezenove anos! Nessa idade será possível ser fiel o tempo todo à hipocrisia que foi prescrita? Por outro lado, quando a srta. de La Mole fixa em mim seus grandes olhos azuis com uma certa expressão estranha, o conde Norbert sempre se afasta. Isso me parece suspeito; não deveria ficar indignado por sua irmã distinguir um *criado* da casa deles? Pois bem que ouvi o duque de Chaulnes falar assim de mim". Diante dessa lembrança, a raiva substituía qualquer outro sentimento. "Esse duque maluco tem amor ao linguajar antigo."

"O fato é que é linda!", continuava Julien com olhares de tigre. "Vou possuí-la, depois vou-me embora e ai de quem me perturbar em minha fuga!"

Essa ideia tornou-se a única preocupação de Julien; não conseguia pensar em mais nada. Seus dias passavam como horas.

A cada instante, tentando cuidar de algum assunto sério, seu pensamento deixava tudo e só despertava após um quarto de hora, o coração palpitando, a cabeça confusa, às voltas com essa ideia: "Será que me ama?".

XI. O império de uma mocinha

Admiro sua beleza, mas temo sua ironia.
MÉRIMÉE

Se Julien tivesse aproveitado para examinar o que acontecia no salão o tempo que gastava exagerando a beleza de Mathilde ou exaltando-se contra a soberba natural de sua família – que ela esquecia por causa dele –, teria compreendido em que consistia o império que ela exercia sobre todos os que a cercavam. Bastava que alguém desagradasse à srta. de La Mole para que ela soubesse como castigá-lo com uma pilhéria tão medida, tão bem escolhida, aparentemente tão oportuna, lançada tão a propósito, que a ferida crescia sem parar, quanto mais se pensasse no assunto. Pouco a pouco, ela se tornava atroz para o amor-próprio ofendido. Como não dava nenhum valor a muitas coisas que eram objetos de cobiça para o resto de sua família, passava sempre por manter o sangue-frio. Os salões da aristocracia valem pelo prazer de citá-los depois que se sai deles, mas isso é tudo; a cortesia em si não tem valor próprio senão nos primeiros dias, constatava Julien; depois do primeiro encanto, o primeiro espanto. "A cortesia", pensava, "não passa da ausência da cólera que os maus modos provocariam." Mathilde entediava-se com frequência, talvez se entediasse em qualquer outro lugar. Assim, afiar um epigrama era uma distração e um verdadeiro prazer.

Foi talvez para ter vítimas um pouco mais divertidas do que seus pais, o acadêmico e os cinco ou seis outros subalternos que a cortejavam, que ela dera esperanças ao marquês de Croisenois, ao conde de Caylus e a outros dois ou três rapazes da maior distinção. Não passavam, para ela, de novos alvos de epigramas.

Confessamos com pesar, pois gostamos de Mathilde, que ela recebera cartas de vários deles, e algumas vezes lhes respondera. Apressamo-nos em acrescentar que essa personagem é excepcional para os costumes do século. Em geral não é a falta de prudência que se pode reprovar nas alunas do nobre convento do Sacré-Coeur.

Certo dia, o marquês de Croisenois devolveu a Mathilde uma carta bastante comprometedora que ela lhe escrevera na véspera. Achava que aquela mostra de grande prudência poderia favorecer os seus interesses. Mas era a imprudência que Mathilde apreciava em sua correspondência. Tinha prazer em arriscar-se. Ficou seis semanas sem lhe dirigir a palavra.

Divertia-se com as cartas daqueles rapazes; mas, na sua opinião, todas se pareciam. Era sempre a paixão mais profunda, a mais melancólica.

– São todos o mesmo homem perfeito, prestes a partir para a Palestina – dizia à sua prima. – Já viu alguma coisa mais insípida? Então são essas as cartas que vou receber por toda a minha vida? É o tipo de carta que só muda a cada vinte anos, de acordo com o tipo de ocupação que estiver na moda. Deviam ser menos desbotadas no tempo do Império. Então, todos esses rapazes da alta sociedade tinham visto ou realizado atos que *realmente* tinham alguma grandeza. O duque de N***, meu tio, esteve em Wagram.

– Que talento é preciso para dar um golpe de sabre? E, quando isso lhes acontece, não falam de outra coisa! – disse a srta. de Sainte-Hérédité, a prima de Mathilde.

– Pois bem, essas histórias me agradam. Estar numa batalha *de verdade*, uma batalha de Napoleão, onde se matavam dez mil soldados, isso é prova de coragem. Expor-se ao perigo eleva a alma e a salva do tédio em que meus pobres adoradores parecem mergulhados; e é contagioso, esse tédio. Qual deles teria a ideia de fazer alguma coisa extraordinária? Tentam obter minha mão em casamento, grande coisa! Sou rica e meu pai há de promover seu genro. Ah, bem que podia encontrar algum que fosse um pouco divertido!

Como se vê, a maneira viva, clara e pitoresca com que Mathilde encarava as coisas prejudicava sua linguagem. Com frequência, suas palavras soavam inconvenientes aos ouvidos de seus amigos mais finos. Seriam bem capazes de reconhecer, caso ela não estivesse tão em voga, que seu modo de falar era um pouco forte para a delicadeza feminina.

Quanto a ela, de sua parte, era bastante injusta para com os belos cavalheiros que povoavam o Bois de Boulogne. Via o futuro não com terror, o que teria sido um sentimento vivo, mas com um desgosto bastante raro na sua idade.

O que podia desejar? A fortuna, o berço de ouro, a inteligência, a beleza que era louvada e na qual confiava, tudo tinha sido acumulado sobre ela pelas mãos do acaso.

Eram esses os pensamentos que agitavam a herdeira mais invejada de Saint-Germain, quando começou a achar divertido passear com Julien. Surpreendeu-se com seu orgulho, admirou sua habilidade de pequeno-burguês. "Chegará a bispo, como o padre Maury", pensou.

Logo, a resistência sincera e sem afetação com a qual nosso herói acolhia várias de suas ideias passou a ocupá-la; pensava naquilo; contava à sua amiga os mínimos detalhes das conversas e achava que jamais conseguiria reproduzir perfeitamente sua expressão.

Uma ideia iluminou-a de repente: "Tenho a felicidade de amar!", pensou, um dia, com um arroubo de incrível alegria. "Estou amando, estou amando, é claro! Na minha idade, uma moça bonita, espirituosa, onde poderá encontrar sensações, a não ser no amor? Não adianta, nunca vou conseguir amar Croisenois, Caylus e *tutti quanti*. São perfeitos, perfeitos demais, talvez; enfim, aborrecem-me."

Repassou de cabeça todas as descrições da paixão que tinha lido em *Manon Lescaut, A Nova Heloísa,* as *Cartas de uma religiosa portuguesa* etc. Tratava-se, por certo, unicamente da paixão mais elevada; o amor leviano era indigno de uma moça de sua idade e de sua estirpe. Só dava o nome de amor àquele sentimento heroico que se encontrava na França do tempo de Henrique III e de Bassompierre. Aquele tipo de amor não cedia servilmente diante dos obstáculos; muito pelo contrário, inspirava as grandes façanhas. "Que desgraça a minha de já não haver uma corte verdadeira como a de Catarina de Medici ou de Luís XIII! Sinto-me à altura de tudo o que há de mais ousado e mais altivo. O que não faria de um rei de fibra, como Luís XIII, suspirando aos meus pés? Eu o levaria até a Vendeia, como sempre diz o barão de Tolly, e dali reconquistaria seu reino; então, adeus Constituição... Julien me ajudaria. O que lhe falta? Um nome e a fortuna. Conquistaria um nome, alcançaria a fortuna.

"Nada falta a Croisenois, mas nunca passará, em toda sua vida, de um duque meio monarquista, meio liberal, uma criatura indecisa, sempre distante dos extremos, e *por isso mesmo sempre em segundo lugar.*

"Qual é a grande ação que não é *extremada* no momento em que a empreendem? Só quando foi cumprida é que parece possível às pessoas comuns. Sim, é o amor, com todos os seus milagres, que vai reinar em meu coração; eu o sinto no fogo que me anima. O céu devia-me esse favor. Não terá acumulado em vão todas as vantagens numa única pessoa. Minha felicidade será digna de mim. Meus dias não se parecerão friamente a sua véspera. Já demonstro grandeza e audácia, atrevendo-me a amar um homem tão distante de mim por sua posição social. Vejamos: continuará a me merecer? À primeira fraqueza que perceber nele, abandono-o. Uma moça de minha estirpe, e com o caráter cavalheiresco que me concedem (era coisa de seu pai), não deve comportar-se como uma tola.

"Não seria esse o papel que eu representaria se amasse o marquês de Croismare? Teria uma nova edição da felicidade das minhas primas, que desprezo tão completamente. Posso prever tudo o que me diria o pobre marquês, tudo o que teria de responder. Que amor é esse que provoca bocejos? Era o mesmo que virar beata. Teria a cerimônia de assinatura do contrato, como a da minha prima caçula, em que os pais ficariam enternecidos, contanto que não estivessem de mau humor por causa de uma última condição, introduzida de véspera no contrato pelo tabelião da parte adversária."

XII. Será um Danton?

> O gosto pela ansiedade, *tal era o caráter da bela Margarida de Valois, minha tia, que logo desposou o rei de Navarra, que vemos atualmente reinando na França sob o nome de Henrique IV. A sede de jogar era todo o segredo do caráter daquela amável princesa; daí suas brigas e reconciliações com os irmãos desde os dezesseis anos. Ora, com o que pode jogar uma mocinha? Com o que tem de mais precioso: sua reputação, a consideração de toda a sua vida.*
>
> *Memórias* do duque de Angoulême,
> filho natural de Carlos IX

"Entre mim e Julien, não há contrato assinado, nem tabelião, tudo é heroico, tudo será fruto do acaso. Exceto pela nobreza, que lhe falta, é como o amor de Margarida de Valois pelo jovem de La Mole, o homem mais distinto de seu tempo. Tenho culpa se os rapazes da corte são tão partidários das *conveniências*, e empalidecem só de pensar na menor aventura um pouco diferente? Uma viagenzinha à Grécia ou à África é para eles o cúmulo da audácia, mesmo assim só sabem andar em bando. Basta que se vejam sozinhos para que tenham medo, não da lança do beduíno, mas do ridículo, e esse medo os enlouquece.

"Meu pequeno Julien, pelo contrário, só gosta de agir sozinho. Nunca essa criatura privilegiada teria a menor ideia de buscar apoio e socorro nos outros! Ele despreza os outros e é por isso que não o desprezo. Se, apesar de sua pobreza, Julien fosse nobre, meu amor não passaria de uma tolice vulgar, uma mera aliança desigual; isso eu não aceitaria; não haveria aquilo que caracteriza as grandes paixões: a imensidão da dificuldade a ser vencida e a negra incerteza dos acontecimentos."

A srta. de La Mole estava tão preocupada com esses belos raciocínios que, no dia seguinte, sem se dar conta, estava elogiando Julien para o marquês de Croisenois e seu irmão. Sua eloquência foi tão longe que os irritou.

– Muito cuidado com esse rapaz que tem tanta energia – exclamou seu irmão –, se a revolução recomeçar, nos mandará todos para a guilhotina.

Ela evitou responder e se apressou em zombar de seu irmão e do marquês de Croisenois, por conta do medo que lhes causava a energia. "Não passa, no fundo, do receio de enfrentar o inesperado, o medo de não estar à altura do inesperado..."

– Sempre, senhores, sempre o medo do ridículo, monstro que, infelizmente, morreu em 1816.

"Não há mais ridículo", dizia o sr. de La Mole, "num país onde há dois partidos."

Sua filha compreendera aquela ideia.

– Então, senhores – dizia aos inimigos de Julien –, vão passar toda a vida com medo, para que depois lhes digam: "Não era um lobo, era só a sua sombra".

Mathilde logo os deixou. Estava horrorizada com o que dissera seu irmão; ficou muito preocupada; mas, logo no dia seguinte, achou que se tratava do maior dos elogios.

"Neste século em que toda energia está morta, a energia dele lhes dá medo. Vou contar o que disse meu irmão; quero ver como vai responder. Mas vou escolher um desses momentos em que seus olhos brilham. Então não poderá mentir.

"Será um Danton!", acrescentou após um longo e confuso devaneio. "Pois bem! Caso a revolução recomeçasse... Que papéis desempenhariam Croisenois e meu irmão? Já está determinado: a resignação sublime. Seriam heroicas ovelhas, deixando-se degolar sem dizer uma palavra. Seu único receio na morte ainda seria o mau gosto. Meu pequeno Julien queimaria os miolos do jacobino que viesse prendê-lo, se tivesse a mínima esperança de salvar-se. Ele não tem medo do mau gosto, não ele."

Essa última ideia deixou-a pensativa; despertava recordações penosas e acabou com sua valentia. Lembrava-se das zombarias dos senhores de Caylus, de Croisenois, de Luz e do seu irmão. Por unanimidade, esses senhores reprovavam em Julien o seu jeito de *padre*: humilde e hipócrita.

"Mas", retrucou subitamente, com os olhos brilhando de alegria, "a amargura e a frequência de suas pilhérias provam, a despeito deles, que é o homem mais distinto que encontramos nesse inverno. O que importam seus defeitos, seus ridículos? Ele tem grandeza e isso os incomoda, eles que, de resto, são tão bons e indulgentes. Por certo que é pobre e que estudou para ser padre; eles são chefes de esquadrão e não precisaram estudar; é mais cômodo.

"Apesar de todas as desvantagens de seu eterno hábito negro e daquela cara de padre, que o pobrezinho, afinal, não pode deixar de ter, sob pena de morrer de fome, suas qualidades assustam os outros, nada é mais óbvio. E aquela cara de padre desaparece tão logo ficamos alguns instantes a sós. Além disso, quando esses senhores dizem algo que julgam perspicaz e inesperado, não é para Julien que logo voltam o olhar? Eu bem que notei. E, contudo, sabem perfeitamente que ele nunca fala com eles, a não ser quando interrogado. É só a mim que dirige a palavra, acha que tenho a alma nobre. Só responde às objeções deles o tanto quanto exige a boa educação. Imediatamente, fica todo respeitoso. Comigo, discute durante longas horas e não se sente seguro de suas opiniões quando lhes oponho a menor objeção. Enfim, durante todo esse inverno ninguém quis saber de ir à caça; foi só com palavras que tentaram chamar a atenção. E o meu pai, homem superior, que levará longe a fortuna de nossa casa, respeita Julien. Todos os outros o odeiam, ninguém o despreza, a não ser as amigas carolas da minha mãe."

O conde de Caylus tinha, ou fingia ter, uma grande paixão por cavalos; passava a vida em sua cavalariça, onde almoçava com frequência. Essa grande paixão, aliada ao hábito de nunca rir, conferia-lhe muita consideração por parte de seus amigos: ele era a águia daquele pequeno círculo.

Logo que se reuniram, no dia seguinte, atrás da poltrona da sra. de La Mole, e como Julien não estava presente, o sr. de Caylus, sustentado por Croisenois e por Norbert, atacou vivamente a boa opinião que Mathilde tinha de Julien, sem o menor propósito e quase que no primeiro instante em que viu a srta. de La Mole. Ela compreendeu de longe a coisa toda e ficou encantada.

"Ei-los todos unidos contra um homem de talento que não tem dez luíses de renda e que só pode responder-lhes quando interrogado. Receiam-no vestido de padre, o que seria se tivesse dragonas?"

Nunca ela esteve tão brilhante. Desde os primeiros ataques, cobriu Caylus e seus aliados de sarcasmos espirituosos. Quando o fulgor das piadas daqueles brilhantes oficiais se apagou, ela disse ao sr. de Caylus:

– Se amanhã algum cavalheiro das montanhas do Franco Condado admitir que Julien é seu filho natural e lhe der um nome e alguns milhares de francos, em seis semanas terá bigodes como os senhores; em seis meses será oficial dos hussardos como os senhores. E então a grandeza de seu caráter não será mais ridícula. Eu o vejo reduzido, meu senhor futuro duque, àquele velho e fraco argumento: a superioridade da nobreza da corte sobre a nobreza da província. Mas o que lhe restará se, para deixá-lo furioso, eu tiver a malícia de dar como pai de Julien um duque espanhol, prisioneiro de guerra em Besançon no tempo de Napoleão e que, por escrúpulo de consciência, o reconhece em seu leito de morte?

Todas essas suposições de nascimento ilegítimo foram consideradas de muito mau gosto pelos senhores de Caylus e de Croisenois. Foi só o que viram no raciocínio de Mathilde.

Por mais submisso que fosse Norbert, as palavras de sua irmã eram tão claras que ele assumiu um ar grave que, diga-se de passagem, não combinava com a sua fisionomia boa e sorridente. Ousou dizer algumas palavras.

– Está doente, meu caro? – respondeu-lhe Mathilde com um arzinho sério. – É preciso estar bem mal para responder a brincadeiras com moralidades. Logo quem, falando em moral! Será que está solicitando algum cargo importante?

Mathilde esqueceu bem depressa o ar ofendido do conde de Caylus, o mau humor de Norbert e o desespero silencioso do sr. de Croisenois. Ela precisava tomar um partido acerca de uma ideia fatal que acabara de apoderar-se de sua alma.

"Julien é bastante sincero comigo", pensou. "Na sua idade, com a inferioridade de sua fortuna, infeliz por conta de sua espantosa ambição, ele precisa de uma amiga. Talvez seja eu essa amiga; mas não vejo nenhum amor. Com a audácia de seu caráter, ele teria falado desse amor."

Essa incerteza, essa discussão consigo mesma que, a partir de então, passou a ocupar todo o tempo de Mathilde, e para a qual, sempre que Julien lhe falava, encontrava novos argumentos, expulsou completamente os momentos de tédio aos quais era tão sujeita.

Filha de um homem inteligente que podia tornar-se ministro e devolver ao clero os seus bosques, a srta. de La Mole tinha sido, no convento do Sacré-Coeur, objeto das mais excessivas bajulações. Essa é uma desgraça que nunca mais se remedeia. Tinham-na convencido de que, por conta de todas as vantagens de sua origem, de sua fortuna etc., ela devia ser mais feliz que qualquer outra. É essa a fonte do tédio dos príncipes e de todas as suas loucuras.

Mathilde não escapara à influência funesta dessa ideia. Por mais inteligente que seja, ninguém está a salvo das bajulações de todo um convento, e tão bem fundamentadas na aparência.

A partir do momento em que decidira estar amando Julien, não sofreu mais de tédio. Todos os dias, felicitava-se pela decisão que tomara de entregar-se a uma grande paixão. "Essa diversão oferece muitos perigos", pensava. "Tanto melhor! Mil vezes melhor!"

"Sem uma grande paixão, eu definharia de tédio na melhor época da minha vida, dos dezesseis aos vinte anos. Já perdi meus melhores anos, tendo como único prazer a obrigação de ouvir os disparates das amigas de minha mãe que, pelo que dizem, não eram tão severas em Coblenz, em 1792, quanto suas palavras de hoje em dia sugerem."

Era quando essas grandes incertezas agitavam Mathilde que Julien não compreendia seus olhares compridos, fixando-se nele. Bem que notara uma frieza redobrada nas maneiras do conde Norbert e um novo acesso de arrogância nos srs. de Caylus, de Luz e de Croisenois. Já estava acostumado. Esse desgosto cabia-lhe às vezes após uma recepção em que brilhava mais do que convinha à sua posição. Sem a acolhida especial que Mathilde lhe reservava e sem a curiosidade que o conjunto lhe inspirava, teria evitado seguir até o jardim aqueles brilhantes rapazes de bigodes, quando, após as refeições, acompanhavam a srta. de La Mole.

"De fato, não há como negar", pensava Julien, "a senhorita de la Mole olha para mim de um modo singular. Mas, mesmo quando seus belos olhos azuis se entregam ao mais completo abandono, sempre percebo neles um fundo de inspeção, de sangue-frio e de maldade. Será possível que isso seja amor? Que diferença dos olhares da senhora de Rênal!"

Um dia, depois do jantar, Julien, que acompanhara o sr. de La Mole até seu gabinete, estava voltando rapidamente para o jardim. Enquanto se aproximava despreocupadamente do grupo de Mathilde, surpreendeu algumas palavras pronunciadas bem alto. Ela estava atormentando o irmão. Julien ouviu seu nome claramente pronunciado duas vezes. Apareceu; um silêncio profundo instaurou-se de repente, e esforçaram-se em vão para fazê-lo cessar. A srta. de La Mole e o irmão estavam muito exaltados para encontrar outro assunto de conversa. Os srs. de Caylus, de Croisenois, de Luz e mais um de seus amigos aparentavam uma frieza glacial aos olhos de Julien. Ele se afastou.

XIII. Uma conspiração

Ideias desencontradas, encontros fortuitos se transformam em provas definitivas aos olhos do homem imaginoso que tiver algum fogo no coração.

SCHILLER

No dia seguinte, surpreendeu novamente Norbert e a irmã falando a seu respeito. À sua chegada, estabeleceu-se um silêncio fúnebre, como na véspera. Suas suspeitas não tiveram mais limites. "Estarão esses jovens encantadores empenhados em zombar de mim? É preciso confessar que isso é bem mais provável, bem mais natural do que uma pretensa paixão da srta. de La Mole por um pobre-diabo de secretário. Para começar, quem disse que essa gente tem paixões? Mistificar é o seu forte. Invejam minha pobre e pequena superioridade em palavras. Invejar é outra de suas fraquezas. Tudo se explica nesse sistema. A srta. de La Mole quer me persuadir de que me distingue, só para fazer cena para o seu pretendente."

Essa cruel suspeita mudou completamente a posição moral de Julien. Essa ideia encontrou em seu coração um começo de amor que não teve dificuldades em destruir. Aquele amor só estava fundado na beleza rara de Mathilde, ou melhor, nas suas maneiras de rainha e seus trajes admiráveis. Nisso Julien ainda era um arrivista. Uma bela mulher da alta sociedade é, há quem garanta, o que mais impressiona um camponês inteligente quando alcança as primeiras classes da sociedade. Não foi o caráter de Mathilde que fizera Julien sonhar nos dias anteriores. Era sensato o bastante para compreender que não conhecia esse caráter. Tudo o que via nele podia não passar de mera aparência.

Por exemplo, por nada no mundo Mathilde perderia a missa aos domingos; quase todos os dias acompanhava sua mãe à igreja. Se algum imprudente, no salão da Mansão de La Mole, esquecesse o lugar onde estava e se permitisse a menor alusão ou gracejo contra os interesses verdadeiros ou supostos do trono ou do altar, Mathilde ficava imediatamente gélida. Seu olhar, que era tão malicioso, retomava toda a altivez impassível de um velho retrato de família.

Mas Julien se certificara de que ela sempre tinha, em seu quarto, um ou dois volumes dos mais filosóficos de Voltaire. Ele mesmo furtava com frequência alguns tomos da bela edição tão magnificamente encadernada. Afastando um pouco os volumes uns dos outros, escondia a ausência daquele que levava, mas logo percebeu que outra pessoa estava lendo Voltaire. Recorreu a uma artimanha de seminário: colocou alguns fios de crina sobre os volumes que supunha interessarem à srta. de La Mole. Eles desapareciam durante semanas inteiras.

O sr. de La Mole, impaciente com seu livreiro, que lhe enviava quaisquer *Memórias apócrifas*, encarregou Julien de comprar as novidades mais picantes. Mas, para que o veneno não se espalhasse pela casa, o secretário tinha a ordem de depositar esses livros numa pequena biblioteca situada no próprio quarto do marquês. Teve logo a certeza de que bastava que esses novos livros fossem um pouco hostis aos interesses do trono ou do altar para não tardarem a desaparecer. Certamente não era Norbert quem os lia.

Julien, levando muito a sério aquela experiência, atribuía à srta. de la Mole a duplicidade de Maquiavel. Aquela pretensa perversidade era um encanto aos olhos dele, quase que o único encanto moral que ela possuía. O tédio da hipocrisia e das conversas virtuosas lançava-o neste excesso.

Mais do que levado pelo amor, ele mesmo excitava a sua imaginação.

Era depois de perder-se em devaneios sobre a elegância do porte da srta. de La Mole, sobre o gosto excelente de seus trajes, sobre a alvura de sua mão, sobre a beleza de seu braço, sobre a *desenvoltura* de todos os seus movimentos, que ele se sentia apaixonado. Então, para completar o encanto, via nela uma Catarina de Medici. Nada era profundo demais ou perverso demais para o caráter que ele lhe atribuía. Era o ideal dos Maslon, dos Frilair e dos Castanède que admirara em sua mocidade. Numa palavra, era para ele o ideal de Paris.

Onde se viu algo mais engraçado do que atribuir profundidade ou perversidade ao caráter parisiense?

"É possível que esse *trio* esteja zombando de mim", pensava Julien. Basta conhecer o seu caráter para que se vislumbre a expressão sombria e fria que assumiram seus olhares ao responderem aos de Mathilde. Uma amarga ironia repeliu os protestos de amizade que a srta. de La Mole, espantada, ousou arriscar duas ou três vezes.

Ofendido por essa súbita esquisitice, o coração da moça, naturalmente frio, entediado, sensível ao espírito, tornou-se tão apaixonado quanto determinava sua natureza. Mas havia também muito orgulho no caráter de Mathilde, e o despertar de um sentimento que fazia sua felicidade depender de outra pessoa veio acompanhado de uma tristeza sombria.

Julien já aprendera bastante, desde sua chegada a Paris, para perceber que não era essa a tristeza árida do tédio. Em vez de estar ávida, como antigamente, por festas, espetáculos e diversões de todos os gêneros, fugia de tudo isso.

A música cantada pelos franceses aborrecia Mathilde mortalmente e, no entanto, Julien, que cumpria seu dever de assistir à saída da Ópera, notou que ela se deixava levar até lá tanto quanto possível. Julgou notar que ela perdera um pouco da perfeita medida que brilhava em todas as suas ações. Algumas vezes respondia aos seus amigos com brincadeiras ultrajantes, tamanha a sua energia sarcástica. Pareceu a Julien que ela fazia o marquês de Croisenois de saco de pancadas. "Esse rapaz deve amar loucamente o dinheiro, para não largar essa moça, por mais rica que seja", pensava Julien. Quanto a ele, indignado pelos ultrajes desferidos contra a dignidade masculina, redobrava sua frieza para com ela. Frequentemente chegou a responder-lhe de maneira indelicada.

Por mais que estivesse decidido a não se deixar enganar pelas demonstrações de interesse de Mathilde, havia dias em que estas eram tão evidentes, e Julien, cujos olhos começavam a se abrir, achava-a tão bonita que chegava a ficar constrangido.

"A astúcia e a paciência desses jovens da alta sociedade acabariam por triunfar sobre minha pouca experiência", pensou, "é preciso partir e pôr um fim em tudo isso." O marquês acabava de lhe confiar a administração de um grande número de pequenas terras e casas que possuía no baixo Languedoc. Uma viagem era necessária: o sr. de La Mole consentiu com dificuldade. Exceto nas questões de maior ambição, Julien se tornara um outro marquês.

"Afinal de contas, eles não me pegaram", pensava Julien, preparando-se para partir. "Quer as brincadeiras que a srta. de La Mole faz à custa desses senhores sejam verdadeiras ou apenas destinadas a inspirar-me confiança, até que foi divertido.

"Se não há conspiração contra o filho do carpinteiro, a srta. de La Mole é inexplicável, mas o é para o marquês de Croisenois pelo menos tanto quanto para mim. Ontem, por exemplo, seu mau humor estava bem evidente e tive o prazer de intervir em favor de um rapaz tão nobre e tão rico quanto eu sou miserável e plebeu. Esse foi o maior dos meus triunfos; vai me alegrar no caminho, quando estiver percorrendo as planícies do Languedoc."

Tinha feito segredo de sua viagem, mas Mathilde sabia melhor do que ele que deixaria Paris no dia seguinte, e por muito tempo. Ela recorreu a uma terrível dor de cabeça, que o ar sufocante do salão piorava. Passeou bastante no jardim e, com suas brincadeiras mordazes, perseguiu a tal ponto Norbert, o marquês de Croisenois, Caylus, de Luz e alguns outros rapazes que tinham jantado na Mansão de La Mole, que os forçou a ir embora. Olhava para Julien de um jeito estranho.

"Esse olhar talvez seja só fingimento", pensou Julien, "mas essa respiração ofegante, toda essa perturbação! Ora", pensou, "quem sou eu para ficar julgando essas coisas? Trata-se aqui do que há de mais sublime e mais fino entre as mulheres de Paris. Essa respiração ofegante que esteve a ponto de me comover, deve tê-la estudado em Léontine Fay, que ela tanto aprecia."

Tinham ficado a sós; a conversa esmorecia visivelmente. "Não, Julien não sente nada por mim", pensava Mathilde, verdadeiramente infeliz.

Quando ele estava se despedindo, ela apertou-lhe o braço com força:

– Esta noite o senhor vai receber uma carta minha – disse numa voz tão alterada que não era reconhecível.

Aquela circunstância imediatamente sensibilizou Julien.

– Meu pai – continuou ela –, tem uma justa estima pelos serviços que o senhor lhe presta. *É preciso* que não parta amanhã; encontre um pretexto – e afastou-se correndo.

Seu porte era encantador. Era impossível ter pés mais bonitos, ela corria com tanta graça que Julien ficou enlevado; mas quem adivinharia qual foi seu segundo pensamento logo que ela desapareceu completamente? Ficou ofendido com o tom imperativo com o qual ela dissera as palavras *é preciso*. Luís XV também, quando estava para morrer, ficou seriamente ofendido com as palavras *é preciso*, empregadas de maneira desastrada pelo seu médico oficial, e, no entanto, Luís XV não era um arrivista.

Uma hora mais tarde, um criado entregou uma carta a Julien; era simplesmente uma declaração de amor.

"Não há muita afetação no estilo", pensou Julien, tentando, com suas observações literárias, conter a alegria que contraía seu rosto e o forçava a rir contra sua vontade.

"Finalmente, eu", exclamou de repente, pois a paixão era forte demais para ser contida, "eu, pobre camponês, tenho uma declaração de amor de uma grande dama!"

"Quanto a mim, não me portei mal", acrescentou, contendo sua alegria tanto quanto possível. "Soube conservar a dignidade de meu caráter. Eu não disse que estava amando." Pôs-se a examinar a caligrafia; a srta. de La Mole escrevia com uma linda letrinha inglesa. Ele precisava de uma ocupação física para distrair-se de uma alegria que chegava ao delírio.

"Sua partida me obriga a falar... Estaria acima das minhas forças não mais vê-lo..."

Uma ideia assaltou Julien como uma descoberta, interrompeu o exame que fazia da carta de Mathilde e redobrou sua alegria. "Estou vencendo o marquês de Croisenois", exclamou, "eu, que só digo coisas sérias. E ele, que é tão belo! Tem bigodes, um uniforme encantador; sempre encontra como dizer, bem na hora certa, alguma coisa sutil e espirituosa."

Julien teve um instante delicioso; andava ao léu pelo jardim, louco de felicidade.

Mais tarde, subiu ao escritório e se fez anunciar nos aposentos do marquês de La Mole que, felizmente, não tinha saído. Provou-lhe com facilidade, mostrando alguns papéis timbrados que chegavam da Normandia, que os cuidados devidos aos processos normandos o obrigavam a adiar sua partida para o Languedoc.

– Fico muito satisfeito por não vê-lo partir – disse-lhe o marquês, quando terminaram de falar de negócios –, *gosto de tê-lo por perto.* – Julien saiu; aquelas palavras o incomodavam.

"E eu vou seduzir a filha dele! Impossibilitar, talvez, esse casamento com o marquês de Croisenois, que faz o encanto de seu futuro: se ele não é duque, sua filha, pelo menos, há de ser duquesa." Julien teve a ideia de partir para o Languedoc apesar da carta de Mathilde, apesar da explicação dada ao marquês. Esse lampejo de virtude desapareceu bem depressa.

"Quanta bondade a minha!", pensou. "Eu, um plebeu, ter pena de uma família dessa categoria! Eu, que o duque de Chaulnes trata como a um criado! Como é que o marquês aumentará sua imensa fortuna? Fazendo especulações com seus rendimentos, quando souber, no Castelo, que no dia seguinte pode haver um golpe de Estado. E eu, jogado à última classe por uma Providência madrasta, eu, a quem ela deu um coração nobre e nem mil francos de renda, ou seja, nada de pão, *estritamente falando, nada de pão*; eu, recusar um prazer que se entrega! Uma fonte límpida que vem estancar minha sede no deserto ardente da mediocridade que atravesso tão penosamente! Ora essa! Que bobagem; cada um por si nesse deserto de egoísmo que chamam de vida."

E lembrou-se de alguns olhares cheios de desdém, que lhe dirigiam a sra. de La Mole e, sobretudo, as *senhoras* suas amigas.

O prazer de triunfar sobre o marquês de Croisenois veio completar a derrota daquele ímpeto de virtude.

"Como gostaria que ele se zangasse!", disse Julien. "Com que segurança eu lhe daria agora uma estocada." E fazia o gesto de um golpe de esgrima. "Antes disso, eu era um pedante, ridículo, abusando com baixeza de uma coragem reduzida. Depois dessa carta, estou à sua altura."

"Sim", pensava com uma volúpia infinita e falando lentamente, "nossos méritos, os meus e os do marquês, foram pesados, e o pobre carpinteiro do Jura venceu."

"Ótimo!", exclamou. "Encontrei o desfecho de minha resposta. Não vá imaginar, srta. de La Mole, que me esqueci de minha condição. Vou fazê-la entender e sentir muito bem que é pelo filho de um carpinteiro que estará traindo um descendente do famoso Guy de Croisenois, que acompanhou São Luís na cruzada."

Julien não conseguia conter sua alegria. Foi obrigado a descer ao jardim. Seu quarto, onde se trancara, parecia-lhe muito estreito para que pudesse respirar.

"Eu, pobre camponês do Jura", repetia sem parar, "eu, condenado a sempre usar esse triste traje negro! Ai de mim! Há vinte anos, teria usado um uniforme, como eles! Naquela época, um homem como eu estaria morto ou seria *general aos trinta e seis anos.*" Aquela carta, que mantinha presa em sua mão, conferia-lhe o porte e a atitude de um herói. "Agora, é bem verdade, com esse traje negro, aos quarenta anos, a gente tem cem mil francos de rendimentos e uma bela condecoração, como o monsenhor bispo de Beauvais."

"Pois bem", pensou, rindo como Mefistófeles, "sou mais inteligente que eles; sei escolher o uniforme de meu século!" E sentia que redobrava sua ambição e seu apego ao traje eclesiástico. "Quantos cardeais tiveram uma origem ainda mais humilde do que a minha e chegaram a governar! Meu compatriota Granvelle, por exemplo."

Pouco a pouco, a agitação de Julien foi se acalmando; a prudência ressurgiu. Disse consigo mesmo, como seu mestre Tartufo, cujo papel sabia de cor:

Posso crer nesse discurso, honesto artifício,
. . . .
Não hei de me fiar em tão doces palavras,
Sem que algum dos favores pelos quais suspiro,
Não me venha provar tudo o que sugeriram.

Tartufo, ato IV, cena V.

"Tartufo também se perdeu por uma mulher, e valia tanto quanto um outro qualquer... Minha resposta pode ser mostrada... Isso podemos remediar", acrescentou, pronunciando lentamente, e com um tom de fúria contida, "iniciando-a com as frases mais vivas da carta da sublime Mathilde. Sim, mas quatro lacaios do sr. de Croisenois precipitam-se sobre mim, arrancando-me o original. Não, pois estou bem armado, e tenho o hábito, como se sabe, de atirar em lacaios. Pois bem, um deles tem coragem; precipita-se sobre mim. Prometeram-lhe cem napoleões. Eu o mato ou o firo, ainda bem, é o que estão querendo. Jogam-me na cadeia muito legalmente; compareço diante da polícia correcional e mandam-me, com toda a justiça e equidade por parte dos juízes, para fazer companhia, em Poissy, aos srs. Fontan e Magalon. Ali, durmo amontoado com uns quatrocentos desgraçados... E ainda vou ter pena dessa gente!", exclamou, levantando-se impetuosamente. "Por acaso se comovem diante dos desvalidos, quando os agarram?" Essas palavras foram o último suspiro de sua gratidão pelo sr. de La Mole, que, contra a sua vontade, o atormentava até então.

"Devagar, senhores fidalgos, estou entendendo esse lance de maquiavelismo; o padre Maslon ou o sr. Castanède do seminário não teriam feito melhor. Os senhores me tiram a carta *provocadora*, e serei a segunda edição do coronel Caron em Colmar. Um instante, senhores, vou mandar a carta fatal, num pacote bem lacrado, ao sr. padre Pirard. Esse, sim, é um homem honesto, jansenista e, nessa condição, protegido das seduções financeiras É, mas ele abre as cartas... É a Fouqué que vou mandar esta aqui."

É preciso convir, o olhar de Julien era atroz, sua fisionomia medonha respirava o crime sem atenuantes. Era o homem infeliz em guerra contra toda a sociedade.

"*Às armas!*", exclamou Julien. E transpôs num salto os degraus de entrada da mansão. Entrou na lojinha do escrevente da esquina, causou-lhe medo. "Copie!", disse ele, entregando-lhe a carta da srta. de La Mole.

Enquanto o escrevente trabalhava, escreveu ele mesmo a Fouqué; pediu-lhe que guardasse uma encomenda preciosa. "Mas", pensou, interrompendo-se, "a censura dos correios vai abrir minha carta e lhes entregará aquela que estão buscando... Não, senhores." Foi comprar uma Bíblia enorme num livreiro protestante, escondeu cuidadosamente a carta de Mathilde na capa, mandou embrulhar tudo e seu pacote partiu na diligência, endereçada a um dos empregados de Fouqué, cujo nome ninguém sabia em Paris.

Depois disso, voltou lépido e faceiro à Mansão de La Mole. "Agora, somos nós dois!", exclamou, trancando-se em seu quarto e tirando o casaco.

"Como, senhorita", escrevia a Mathilde, "é a srta. de La Mole que, por intermédio de Arsène, o criado de seu pai, mandou entregar uma carta por demais sedutora a um pobre carpinteiro do Jura, sem dúvida para divertir-se com sua simplicidade?" E transcrevia as frases mais claras da carta que acabara de receber.

Quanto à sua, estava à altura da prudência diplomática do sr. cavaleiro de Beauvoisis. Ainda não passava das dez horas; Julien, ébrio de felicidade e da sensação de poder, tão nova para um pobre-diabo, entrou na Ópera italiana. Ouviu cantar seu amigo Geronimo. Nunca a música o exaltara a tal ponto. Era um deus.*

* Espírito per. pre. gui 11 a 30.[1]

1 Stendhalismo que um comentador decifrou como sendo uma alusão ao pleito de Stendhal por um cargo público, negado por uma autoridade, em 1830: "Espírito per[de] pre[feitura] gui[zot] 11 a[gosto 18]30." [N. E.]

XIV. Pensamentos de uma moça

Quanta perplexidade! Quantas noites sem dormir! Meu Deus! Será que me tornarei desprezível? Ele mesmo me desprezará. Mas ele está indo embora, está se afastando.

ALFRED DE MUSSET

Não fora sem conflitos que Mathilde escrevera. Como quer que tenha começado o seu interesse por Julien, logo dominou o orgulho que, desde que ela se conhecia, era o único a reinar em seu coração. Aquela alma fria e altiva estava, pela primeira vez, arrebatada por um sentimento apaixonado. Mas, se este dominava o orgulho, ainda era fiel aos hábitos do orgulho. Dois meses de conflitos e de novas sensações renovaram, por assim dizer, todo o seu ser moral.

Mathilde acreditava estar vendo a felicidade. Esta visão todo-poderosa sobre as almas corajosas, unidas a um espírito superior, teve de lutar longamente contra a dignidade e todos os sentimentos de deveres vulgares. Um dia, ela entrou nos aposentos de sua mãe, às sete horas da manhã, rogando-lhe a permissão para refugiar-se em Villequier. A marquesa nem se dignou responder-lhe e aconselhou que voltasse para a cama. Foi este o último esforço do juízo vulgar e do respeito pelas ideias prontas.

O medo de agir mal e de ir contra as ideias tidas por sagradas pelos Caylus, os de Luz, os Croisenois tinha bem pouca ascendência sobre a sua alma; tais criaturas não lhe pareciam feitas para compreendê-la; ela os teria consultado caso se tratasse de comprar uma caleche ou uma terra. Seu verdadeiro terror era desagradar a Julien.

"Quem sabe ele só tenha a aparência de um homem superior?"

Ela abominava a falta de caráter, era a sua única objeção contra os belos rapazes que a cercavam. Quanto mais zombassem graciosamente de tudo o que estava fora de moda, ou daquilo que seguia mal a moda que pensavam seguir, mais eles se perdiam aos seus olhos.

"Eram valentes, só isso. E, ainda assim, valentes como?", pensava ela. "Em duelo, mas o duelo, hoje em dia, não passa de uma cerimônia. Tudo se sabe por antecipação, até o que se deve dizer ao cair. Estirado na grama, com a mão no coração, é preciso perdoar generosamente o adversário e evocar alguma beldade, frequentemente imaginária, ou então uma que vai ao baile no dia de sua morte, por medo de provocar suspeitas. Desafiam o perigo à frente de um esquadrão todo brilhante de aço, mas, e o perigo solitário, singular, imprevisto, feio de verdade?"

"Ah!", suspirava Mathilde. "Era na corte de Henrique III que a gente encontrava homens grandes tanto no caráter quanto na ascendência! Ah, se Julien tivesse servido em Jarnac ou em Moncontour, eu não teria mais dúvidas. Naqueles tempos de vigor e de força, os franceses não eram uns maricas. O dia da batalha era quase o das menores perplexidades.

"A vida deles não ficava trancafiada como uma múmia do Egito, sob um invólucro sempre comum a todos, sempre o mesmo. É verdade", acrescentava ela, "havia mais coragem verdadeira em retirar-se, sozinho, às onze horas da noite do palácio de Soissons, onde morava Catarina de Medici, do que ir correndo para Argel hoje em dia. A vida de um homem era uma série de acasos. Agora a civilização expulsou o acaso, não há mais o imprevisto: se aparece nas ideias, não lhe poupam epigramas; se aparece nos acontecimentos, covardia alguma está acima de nosso medo. Seja qual for a loucura que o medo nos leve a fazer, é desculpada. Que século degenerado e enfadonho! O que teria dito Boniface de La Mole se, levantando sua cabeça cortada para fora do túmulo, tivesse visto, em 1793, dezessete de seus descendentes se deixarem apanhar como cordeiros, para serem guilhotinados dois dias depois? A morte era certa, mas não seria de bom-tom defender-se e matar pelo menos um jacobino ou dois? Ah! Nos tempos heroicos da França, no século de Boniface de La Mole, Julien teria sido o chefe de esquadrão, e meu irmão, o jovem padre, de modos comportados, com a sabedoria nos olhos e a razão da boca para fora."

Havia alguns meses, Mathilde desesperava de encontrar uma pessoa um pouco diferente do comum. Encontrara uma certa alegria ao permitir-se escrever a alguns rapazes da sociedade. Essa ousadia tão inconveniente, tão imprudente para uma mocinha, podia desonrá-la aos olhos dos srs. de Croisenois, do duque de Chaulnes, seu pai, e de toda a casa de Chaulnes, que, vendo romper o casamento planejado, iria querer saber por quê. Naquela época, nos dias em que escrevia uma de suas cartas, Mathilde não conseguia dormir. Mas aquelas cartas não passavam de respostas.

Dessa vez, ela ousava dizer que amava. Ela *tomara a iniciativa* (que expressão terrível!) de escrever a um homem que ocupava um dos mais baixos escalões da sociedade.

Aquela circunstância garantia, em caso de descoberta, uma eterna desonra. Qual das mulheres que frequentavam sua mãe ousaria tomar seu partido? Que palavras poderiam pedir-lhes que espalhassem para amortecer o golpe do horrível desprezo dos salões?

Se falar já era terrível, escrever, então! *Existem coisas que não se escrevem*, exclamara Napoleão ao saber da capitulação de Baylen. E fora Julien quem lhe contara essa frase! Era como se ele lhe desse uma lição antecipadamente.

Mas isso tudo ainda não era nada, a angústia de Mathilde tinha outras causas. Além do efeito horrível sobre a sociedade, a mancha indelével e desprezível, pois ultrajava sua casta, Mathilde ia escrever a uma criatura de natureza muito diversa da dos Croisenois, de Luz, Caylus.

A profundidade, o *desconhecido* do caráter de Julien teriam assustado, ainda que travasse com ele uma relação comum. E ela ia fazer dele seu amante, talvez seu senhor!

"Quais serão suas pretensões, se algum dia tiver todo o poder sobre mim? Pois bem! Direi como Medeia: *Em meio a tantos perigos, resta-me* EU."

Julien não tinha nenhuma veneração pela nobreza de sangue, pensava ela. Pior, talvez não tivesse nenhum amor por ela!

Nesses momentos finais de dúvidas atrozes, apresentaram-se as ideias do orgulho feminino. "Tudo deve ser singular no destino de uma moça como eu", exclamou Mathilde, impaciente. Então, o orgulho que haviam lhe inspirado desde o berço lutava contra a virtude. Foi nesse instante que a partida de Julien veio precipitar tudo.

(Tais personalidades são felizmente muito raras.)

À noite, bem tarde, Julien teve a malícia de mandar descer uma mala muito pesada até a entrada da casa; chamou, para trazê-la, um criado que cortejava a arrumadeira da srta. de La Mole. "Essa manobra pode não dar nenhum resultado", pensou, "mas, se funcionar, ela vai achar que parti." Dormiu bem alegre com essa brincadeira. Mathilde não pregou o olho.

Na manhã seguinte, bem cedinho, Julien saiu da mansão sem ser visto, mas voltou antes das oito horas.

Mal entrou na biblioteca, a srta. de La Mole apareceu à porta. Ele entregou-lhe sua resposta. Achou que era seu dever falar com ela; pelo menos, não teria sido nenhum incômodo, mas a srta. de La Mole não quis escutá-lo e desapareceu. Julien ficou encantado, não saberia o que lhe dizer.

"Se tudo isso não for um jogo combinado com o conde Norbert, está claro que são meus olhares gélidos que atiçaram o amor barroco que esta moça de tão alta estirpe resolveu ter por mim. Seria uma tolice bem inconveniente de minha parte deixar-me levar algum dia a gostar dessa grande boneca loira." Esse raciocínio deixou-o mais frio e calculista do que nunca.

"Na batalha que se prepara", acrescentou, "o orgulho da linhagem será como uma colina elevada, firmando posição militar entre mim e ela. É lá que preciso manobrar. Foi um erro ter ficado em Paris; essa partida adiada me avilta e me expõe, caso isso tudo não passe de um jogo. Que perigo havia em partir? Estaria rindo deles se estão rindo de mim. Se o interesse dela por mim tiver um fundo de verdade, estaria centuplicando esse interesse."

A carta da srta. de La Mole proporcionara à vaidade de Julien uma satisfação tão viva que, enquanto ria do que estava lhe acontecendo, esquecera de pensar seriamente na conveniência da partida.

Era uma fatalidade de seu caráter ser extremamente sensível a seus erros. Estava bastante contrariado com esse último, e quase nem pensava mais na incrível vitória que precedera esse pequeno fiasco, quando, por volta das nove horas, a srta. de La Mole apareceu na soleira da porta da biblioteca, jogou-lhe uma carta e fugiu.

"Parece que este vai ser um romance epistolar", disse ele, apanhando a carta. "O inimigo deu um movimento em falso e eu vou demonstrar frieza e virtude."

Pediam-lhe uma resposta definitiva com uma altivez que aumentou sua alegria interior. Deu-se ao prazer de mistificar, durante duas páginas, as pessoas que quisessem zombar dele, e foi também com zombaria que anunciou, já no fim de sua resposta, a decisão de partir na manhã seguinte.

Terminada esta carta, ele pensou: "O jardim vai me servir para entregá-la", e foi até lá. Ficou olhando a janela do quarto da srta. de La Mole.

Ficava no primeiro andar, ao lado dos aposentos de sua mãe, mas havia um grande pavimento entre o térreo e o primeiro andar.

Esse era tão elevado que, passeando na alameda das tílias, com sua carta na mão, Julien não podia ser visto da janela da srta. de La Mole. A abóbada formada pelas tílias, muito bem podadas, interceptava a vista. "Mas o que é isso", pensou Julien, mal-humorado, "mais uma imprudência! Se estão empenhados em zombar de mim, aparecer com uma carta na mão é servir meus inimigos."

O quarto de Norbert ficava justamente acima do de sua irmã e, se Julien saísse da abóbada formada pelos galhos podados das tílias, o conde e seus amigos podiam seguir todos os seus movimentos.

A srta. de La Mole apareceu atrás da vidraça; ele deixou que entrevisse a carta; ela abaixou a cabeça. Imediatamente, Julien voltou correndo ao seu quarto e encontrou por acaso, na grande escadaria, a bela Mathilde, que pegou sua carta com perfeito desembaraço e olhos risonhos.

"Quanta paixão havia nos olhos daquela pobre senhora de Rênal", pensou Julien, "quando, mesmo após seis meses de relações íntimas, ela se atrevia a receber uma carta minha! Em toda a sua vida, acho, ela nunca me olhou com olhos risonhos."

Ele não formulou tão explicitamente o resto de seu pensamento; teria vergonha da futilidade dos motivos? "Mas, também, quanta diferença", continuou pensando, "na elegância do vestido matutino, na elegância do porte! Avistando a senhorita de La Mole a trinta passos de distância, um homem de gosto adivinharia a posição que ela ocupa na sociedade. Isso é o que se pode chamar de mérito explícito."

Sempre gracejando, Julien não se confessava todo o seu pensamento; a sra. de Rênal não tinha nenhum marquês de Croisenois a sacrificar por ele. Só tinha por rival aquele ignóbil subprefeito, o sr. Charcot, que se fazia chamar de Maugiron, já que não havia mais Maugirons.

Às cinco horas, Julien recebeu uma terceira carta; foi-lhe lançada pela porta da biblioteca. A srta. de La Mole fugiu de novo. "Que mania de escrever", pensou, rindo, "quando podemos nos falar com tanta facilidade! O inimigo quer ter cartas minhas, está claro, e várias!" Não se apressou em ler esta última. "Mais frases elegantes", pensou, mas empalideceu ao lê-la. Tinha apenas oito linhas.

Preciso falar-lhe: é preciso que lhe fale esta noite; no momento em que soar uma hora após a meia-noite, esteja no jardim. Pegue a grande escada do jardineiro perto do poço; coloque-a contra a minha janela e suba até meu quarto. É noite de luar: não importa.

XV. Será uma conspiração?

Ah!, como é cruel o intervalo entre um grande projeto concebido e sua execução! Quantos terrores vãos!, quanta indecisão! É uma questão de vida ou morte. – É bem mais do que isso: é uma questão de honra!

SCHILLER

"Isso está ficando sério...", pensou Julien.- "E um pouco claro demais", acrescentou depois de pensar. "Como! Essa bela senhorita pode falar comigo na biblioteca com uma liberdade que, graças a Deus, é completa; o marquês, com medo de que eu lhe mostre contas, nunca vem aqui. Como! O senhor de La Mole e o conde Norbert, as únicas pessoas que entram aqui, passam quase o dia todo fora; pode-se facilmente observar o momento em que estão de volta, e a sublime Mathilde, por cuja mão um príncipe soberano não seria nobre demais, quer que eu cometa uma imprudência abominável!"

"Está claro, querem arruinar-me ou, pelo menos, zombar de mim. Primeiro, quiseram me pegar com minhas cartas; elas se mostraram prudentes; pois bem! Precisam de uma ação mais clara do que o dia. Esses belos rapazinhos estão me achando ou muito tolo ou muito fátuo. Diabo! Com o mais belo luar do mundo, subir assim por uma escada até um primeiro andar de vinte e cinco pés de altura! Terão tempo de me ver, mesmo das casas vizinhas. Que lindo, eu na minha escada!" Julien subiu ao seu quarto e, assobiando, começou a arrumar a mala. Estava resolvido a partir e nem sequer responder.

Mas essa sábia resolução não o tranquilizava. "Se, por acaso", pensou de repente, com a mala fechada, "Mathilde estiver sendo sincera? Estarei então representando a seus olhos o papel de um perfeito covarde. No meu caso, como não tenho nobreza, preciso de grandes qualidades, bem evidentes, sem suposições complacentes, e bem provadas por ações eloquentes..."

Passou um quarto de hora a refletir. "Para que negar?", pensou finalmente. "Serei um covarde a seus olhos. Perco não somente a pessoa mais brilhante da alta sociedade, como diziam todos no baile do duque de Retz, mas ainda o divino prazer de me ver sacrificar o marquês de Croisenois, o filho de um duque, que será duque também. Um rapaz encantador que tem todas as qualidades que me faltam: presença de espírito, nobreza, fortuna...

Esse remorso há de me perseguir por toda a vida, não por ela, amantes não faltam!

...... *Mas a honra é só uma!*

dizia o velho dom Diego, e aqui é claro e nítido que estou recuando diante do primeiro perigo que me aparece; já que aquele duelo com o sr. de Beauvoisis não foi mais que uma brincadeira. Isso é bem diferente. Posso levar um tiro de um criado, mas esse é o menor dos perigos; posso ser desonrado.

"Isso está ficando sério, meu rapaz", acrescentou com uma alegria e um sotaque gascões. "É uma questão de *honur*. Nunca um pobre-diabo, atirado pelo acaso numa posição tão baixa quanto a minha, irá recuperar tamanha oportunidade; terei outras chances, mas sempre inferiores..."

Refletiu longamente, andava com passos precipitados, parando subitamente de vez em quando. Tinham deixado em seu quarto um magnífico busto em mármore do cardeal Richelieu, que sem querer atraía o seu olhar. Aquele busto parecia fitá-lo de maneira severa e como que lhe reprovando a falta dessa audácia que deve ser tão natural ao caráter francês. "Na sua época, grande homem, teria eu hesitado?"

"No pior dos casos", pensou finalmente Julien, "suponhamos que se trate de uma armadilha: seria muito sórdida e comprometedora para uma mocinha. Sabem que não sou o tipo de homem que se cala. Será preciso me matar. Isso funcionava em 1574, no tempo de Boniface de La Mole, mas, hoje em dia, não ousariam. Essa gente não é mais a mesma. A senhorita de La Mole é tão invejada! Quatrocentos salões ecoariam amanhã sua vergonha, e com que prazer!

"Os criados comentam, entre si, a nítida preferência de que sou o objeto, eu sei, eu os ouvi...

"Por outro lado, suas cartas! Podem pensar que as levo comigo. Se me surpreendem no quarto dela, eles as tiram de mim. Terei de enfrentar dois, três, quatro homens, quem sabe? Mas esses homens, onde os encontrarão? Onde encontrar subalternos discretos em Paris? A justiça lhes dá medo... Ora! Os próprios Caylus, Croisenois, de Luz. Esse momento, o papel de tolo que faria entre eles, é isso que deve tê-los seduzido. Olhe o destino de Abelardo, senhor secretário!

"Então, pois bem! Os senhores levarão minhas marcas, vou espancar-lhes o rosto, como os soldados de César em Farsália... Quanto às cartas, posso guardá-las em local seguro."

Julien fez cópias das duas últimas, escondeu-as num volume do belo Voltaire da biblioteca e levou pessoalmente os originais ao correio.

Ao retornar, pensou com surpresa e terror: "Em que loucura eu vou me meter!". Tinha ficado uns quinze minutos sem encarar abertamente sua ação da próxima noite.

"Mas, se recusar, eu mesmo vou me desprezar depois. Por toda a vida pensarei nessa história com uma certa dúvida e, para mim, uma dúvida assim é a pior das desgraças. Não foi o que passei por causa do amante de Amanda? Acho que me perdoaria mais facilmente um crime bem claro; uma vez confessado, não pensaria mais nisso.

"Como! Ter por rival um homem dotado de um dos mais belos nomes da França, e eu mesmo, de livre e espontânea vontade, declarar-me seu inferior! No fundo, seria uma covardia não ir. Isso decide tudo", exclamou Julien, levantando-se. "Aliás, ela é bem bonita."

"Se isso não for uma traição, que loucura está cometendo por mim! Se for uma mistificação, ora, senhores! Só cabe a mim tornar séria a brincadeira e assim o farei.

"Mas e se prenderem meus braços no momento em que eu entrar no quarto, podem ter arrumado alguma máquina engenhosa!

"É como um duelo", pensou rindo, "há defesa para tudo, como diz meu mestre de armas, mas Deus, que quer acabar logo com isso, faz com que um dos dois se esqueça de se proteger. De resto, eis aqui como responder-lhes." Pegou suas pistolas de bolso e, ainda que o estopim fosse fulminante, renovou-o.

Tinha ainda muitas horas de espera; para fazer alguma coisa, Julien escreveu a Fouqué: "Caro amigo, não abra a carta aqui inclusa a não ser em caso de acidente, se ouvir dizer que alguma coisa estranha me aconteceu. Então, apague os nomes próprios do manuscrito que estou lhe enviando e faça oito cópias para enviar aos jornais de Marseille, Bordeaux, Lyon, Bruxelas etc. Dez dias depois, faça imprimir esse manuscrito, envie o primeiro exemplar ao senhor marquês de La Mole; e, quinze dias depois, jogue os outros exemplares nas ruas de Verrières".

Esse pequeno relato justificativo, disposto em forma de conto, que Fouqué só deveria abrir em caso de acidente, Julien o fez tão pouco comprometedor quanto possível para a srta. de La Mole, mas, de qualquer forma, descrevia muito exatamente a sua posição.

Julien estava acabando de fechar o pacote quando a sineta do jantar tocou; seu coração disparou. Sua imaginação, preocupada com o relato que acabara de compor, estava tomada de pressentimentos trágicos. Via-se agarrado pelos criados, amarrado, conduzido a um porão com uma mordaça na boca. Ali, um criado o vigiava, e, se a honra da nobre família exigisse que a aventura tivesse um final trágico, era fácil encerrar o assunto com esses venenos que não deixam rastros; então, diriam que ele morrera de doença e o transportariam morto ao seu quarto.

Emocionado com sua própria história como um autor dramático, Julien estava realmente com medo quando entrou na sala de jantar. Ficou olhando todos aqueles criados em libré. Estudava-lhes a fisionomia. "Quem seriam os escolhidos para a expedição desta noite?", pensava. "Nesta família, as lembranças da corte de Henrique III são tão presentes, tão frequentemente evocadas que, sentindo-se ultrajados, serão mais decididos que outros personagens de sua categoria." Observou a srta. de La Mole para ler nos seus olhos os projetos de sua família; estava pálida, e tinha uma aparência perfeitamente medieval. Nunca lhe parecera tão altiva, estava realmente bela e imponente. Ele quase se apaixonou. "*Pallida morte futura*", pensou (sua palidez anuncia seus grandes desígnios).

Em vão, depois do jantar, fingiu passear muito tempo no jardim; a srta. de La Mole não apareceu. Falar-lhe teria sido, naquele momento, aliviar seu coração de um grande fardo.

Por que não confessar? Tinha medo. Como estava resolvido a agir, entregava-se a esse sentimento sem vergonha. "Contanto que, na hora de agir, encontre a coragem de que preciso", pensava, "o que importa o que posso sentir nesse momento?" Foi fazer um reconhecimento da situação e do peso da escada.

"É um instrumento", pensou rindo, "que estava predestinado a me servir! Aqui como em Verrières. Que diferença! Na época", acrescentou suspirando, "eu não era obrigado a desconfiar da pessoa pela qual me expunha. Que diferença também no perigo!

"Se tivesse sido morto nos jardins do senhor de Rênal, não haveria desonra para mim. Teria sido fácil tornar minha morte inexplicável. Aqui, que relatos abomináveis não irão fazer nos salões das casas de Chaulnes, de Caylus, de Retz etc., enfim, em todos os lugares. Serei um monstro na posteridade.

"Durante dois ou três anos", corrigiu, rindo e zombando de si. Mas aquela ideia o aniquilava. "E eu, como poderão justificar-me? Supondo que Fouqué imprima meu panfleto póstumo, não passará de mais uma infâmia. Como! Sou recebido numa casa e, em troca da hospitalidade que recebo, das gentilezas com que me tratam, imprimo um panfleto sobre o que acontece ali! Ataco a honra das mulheres! Ah, antes mil vezes passar por tolo!"

Aquela noite foi horrível.

XVI. Uma hora da manhã

Aquele jardim era muito grande, desenhado poucos anos antes, com um gosto perfeito. Mas as árvores estiveram no famoso Pré-aux-Clercs, tão célebre no tempo de Henrique III; tinham mais de um século. Havia ali algo campestre.

MASSINGER

Ia escrever uma contraordem para Fouqué quando soaram onze horas. Mexeu na fechadura da porta de seu quarto, fazendo barulho como se estivesse se trancando. Foi observar, pé ante pé, o que estava acontecendo em toda a casa, sobretudo no quarto andar, ocupado pelos criados. Não havia nada de extraordinário. Uma das arrumadeiras da sra. de La Mole estava dando uma festinha, os criados tomavam ponche alegremente. "Os que riem assim", pensou Julien, "não devem fazer parte da expedição noturna, estariam mais sérios."

Por fim, foi se meter num canto escuro do jardim. "Se o plano deles consiste em se esconderem dos criados da casa, farão com que os homens encarregados de me flagrar cheguem por cima dos muros do jardim.

"Se o senhor de Croisenois mantiver algum sangue-frio nessa história, há de achar menos comprometedor, para a jovem que pretende desposar, surpreender-me antes do momento em que eu entrar no quarto."

Fez um reconhecimento militar e bastante exato. "Trata-se da minha honra", pensou. "Se cometer algum descuido, não poderei desculpar-me a mim mesmo, dizendo: não tinha pensado nisso."

O tempo era de uma serenidade desesperadora. Por volta das onze horas a lua surgiu, à meia-noite e meia ela iluminava em cheio a fachada da casa que dava para o jardim.

"Ela é louca", pensava Julien. Quando deu uma hora, ainda havia luz nas janelas do conde Norbert. Nunca, em toda a sua vida, Julien tivera tanto medo, só via os perigos da empreitada e não estava nada entusiasmado.

Foi pegar a imensa escada, esperou cinco minutos para dar o tempo de uma contraordem e, à uma hora e cinco minutos, colocou a escada junto à janela de Mathilde. Subiu devagarinho, com a pistola na mão, espantado por não ser atacado. Quando se aproximava da janela, esta se abriu silenciosamente:

– Finalmente, senhor – disse-lhe Mathilde com muita emoção –, estou observando seus movimentos há uma hora.

Julien estava muito embaraçado, não sabia como se comportar, não sentia amor algum. No seu embaraço, achou que precisava ousar, tentou beijar Mathilde.

– Ora essa! – disse-lhe ela, afastando-o.

Bem contente por ter sido repelido, apressou-se em lançar um olhar ao seu redor: a lua estava tão brilhante que as sombras que formava no quarto da srta. de La Mole eram negras. "É bem possível que haja por aí homens escondidos sem que eu os veja."

– O que tem dentro do bolso lateral de seu casaco? – perguntou-lhe Mathilde, encantada por encontrar um assunto de conversa. Estava sofrendo estranhamente; todos os sentimentos de recato e timidez, tão naturais em uma moça bem-nascida, tinham recuperado o seu domínio e causavam-lhe um verdadeiro suplício.

– Tenho todos os tipos de armas e de pistolas – respondeu Julien, não menos contente por ter algo a dizer.

– É preciso tirar a escada – disse Mathilde.

– Ela é imensa e pode quebrar os vidros do salão de baixo ou do patamar intermediário.

– Não precisa quebrar os vidros – continuou Mathilde, tentando sem sucesso assumir um tom de conversa trivial. – O senhor poderia, ao que me parece, assentar a escada com a ajuda de uma corda amarrada no primeiro degrau. Sempre tenho uma provisão de cordas no meu quarto.

"E isso é uma mulher apaixonada!", pensou Julien. "Ela ousa dizer que me ama! Tanto sangue-frio, tanta sabedoria nas precauções são bastante sugestivos de que não estou triunfando sobre o senhor de Croisenois da maneira como pensava tolamente; simplesmente devo sucedê-lo. Na verdade, o que me importa! Será que a amo? Eu triunfo sobre o marquês nesse sentido, de que ele ficará muito zangado por ter um sucessor e mais zangado ainda por ser eu esse sucessor. Com que ar de superioridade ele me fitava ontem à noite no café Tortoni, fingindo não me reconhecer! Com que ar maldoso me cumprimentou depois, quando não pôde mais escapar!"

Julien amarrara a corda no último degrau da escada e a estava pousando lentamente no chão, inclinando-se bastante para fora do balcão, de maneira a que ela não tocasse nos vidros. "Boa hora para me matar", pensou, "se alguém estiver escondido no quarto de Mathilde." Mas um silêncio profundo continuava a reinar por toda parte.

A escada tocou o chão, Julien conseguiu pousá-la no canteiro de flores exóticas ao longo do muro.

– O que vai dizer minha mãe – disse Mathilde – quando vir suas belas plantas esmagadas! É preciso jogar a corda – acrescentou, com o maior sangue-frio. – Se a descobrirem descendo do balcão, será uma circunstância difícil de explicar.

– E eu, como eu ir embora? – perguntou Julien em tom brincalhão e imitando o sotaque crioulo (uma das criadas da casa tinha nascido em São Domingos).

– O senhor, o senhor ir pela porta – respondeu Mathilde, encantada com a brincadeira.

"Ah, como esse homem é digno do meu amor!", pensou.

Julien acabara de deixar a corda cair no jardim; Mathilde apertou-lhe o braço. Ele achou que estava sendo agarrado por um inimigo e voltou-se rapidamente, tirando um punhal. Ela pensou ter ouvido uma janela se abrir. Ficaram imóveis e sem respirar. A lua iluminava-os em cheio. Como o barulho não se repetia, não houve mais inquietação.

Então o embaraço voltou, era grande de ambas as partes. Julien certificou-se de que a porta estava fechada com todos os trincos e até pensou em olhar debaixo da cama, mas não se atreveu; bem poderiam ter postado ali um ou dois criados. Por fim, receou uma repreensão futura da sua prudência e olhou.

Mathilde estava sofrendo todas as angústias da mais extrema timidez. Tinha horror de sua posição.

– O que o senhor fez com minhas cartas? – perguntou-lhe enfim.

"Que bela oportunidade de desconcertar esses senhores, se estiverem escutando, e de evitar a batalha!", pensou Julien.

– A primeira está escondida numa enorme Bíblia protestante que a diligência de ontem à noite está levando para bem longe daqui.

Articulava bem suas palavras ao entrar nesses detalhes, de maneira a ser ouvido pelas pessoas que podiam estar escondidas nos dois grandes armários de acaju que não ousara revistar.

– As duas outras estão no correio e seguem o mesmo caminho que a primeira.

– Oh! Meu Deus! Por que tantas precauções? – perguntou Mathilde, espantada.

"Por que haveria de mentir?", pensou Julien e confessou-lhe todas as suas suspeitas.

– Eis então o motivo da frieza de suas cartas! – exclamou Mathilde com um tom mais alucinado do que terno.

Julien não reparou nessa nuance. A intimidade declarada o fez perder a cabeça ou, pelo menos, suas suspeitas desvaneceram; atreveu-se a abraçar aquela moça tão linda e que lhe inspirava tanto respeito. Mal foi repelido.

Recorreu à sua memória, como outrora em Besançon, junto a Amanda Binet, e recitou várias das mais belas frases da *Nova Heloísa*.

– Você tem a coragem de um homem – respondeu ela, sem escutar direito as suas frases. – Quis pôr à prova sua bravura, confesso. Suas primeiras suspeitas e sua resolução mostram que é ainda mais intrépido do que eu pensava.

Mathilde fazia um esforço para tratá-lo por "você", estava obviamente mais atenta a essa estranha maneira de falar do que ao conteúdo das coisas que lhe dizia. Esse tratamento, despojado do tom da ternura, não trazia prazer algum a Julien, ele estranhava a ausência de alegria; finalmente, para senti-la, recorreu à sua razão. Via-se estimado por aquela moça tão orgulhosa e que nunca concedia elogios sem restrições. Com esse raciocínio, alcançou a alegria do amor-próprio.

Não era, é verdade, aquela volúpia da alma que encontrara algumas vezes junto à sra. de Rênal. Nada havia de terno em seus sentimentos nesse primeiro momento. Era a alegria mais viva da ambição, e Julien era sobretudo um ambicioso. Falou novamente das pessoas de quem suspeitara e das precauções que inventara. Enquanto falava, pensava nos meios de aproveitar sua vitória.

Mathilde, ainda muito embaraçada, e parecendo aterrada com sua iniciativa, mostrou-se encantada por encontrar um assunto de conversação. Falaram em maneiras de se reverem. Julien desfrutou deliciosamente o espírito e a bravura de que deu provas novamente, durante essa discussão. Tinham de se haver com gente muito astuta, o pequeno Tanbeau era certamente um espião, mas ele e Mathilde também não eram destituídos de argúcia.

Nada mais fácil do que se encontrar na biblioteca para acertar tudo.

– Posso aparecer sem despertar suspeitas, em todas as partes da casa – acrescentou Julien –, até quase no quarto da senhora de La Mole. – Era absolutamente necessário atravessá-lo para chegar ao de sua filha. Se Mathilde achasse melhor que ele chegasse sempre por uma escada, era com um coração ébrio de alegria que ele se exporia a esse pequeno perigo.

Ao ouvi-lo falar, Mathilde ficou chocada com este ar de triunfo. "Então ele é o meu senhor!", pensou. Já estava tomada pelo remorso.

Sua razão tinha horror à insigne loucura que acabara de cometer. Se fosse possível, aniquilaria a si mesma e a Julien. Quando, por instantes, a força de sua vontade fazia calar os remorsos, sentimentos de timidez e de penoso pudor faziam-na muito infeliz. Ela não previra de maneira alguma o estado medonho em que se encontrava.

"É preciso, contudo, que lhe fale", disse afinal para si mesma, "é o que ditam as conveniências, que se fale com o amante." E então, para cumprir um dever e com uma ternura que estava muito mais nas palavras que empregava do que no som de sua voz, contou as diversas resoluções que tomara a seu respeito durante esses últimos dias.

Ela decidira que, se ele ousasse chegar ao seu quarto com a ajuda da escada do jardineiro, assim como lhe fora prescrito, ela lhe pertenceria inteiramente. Mas nunca ninguém disse num tom mais frio e mais polido coisas tão ternas. Até então, o encontro transcorria gélido. Chegava a despertar aversão ao amor. Que lição de moral para uma jovem imprudente! Valeria a pena desperdiçar seu futuro por tal momento?

Após longas incertezas, que poderiam ter parecido a um observador superficial o efeito do ódio mais decidido, de tanto que os sentimentos do amor-próprio de uma mulher relutavam em ceder mesmo a uma vontade tão firme, Mathilde acabou sendo para ele uma amante afável.

Para falar a verdade, seu entusiasmo era um pouco *deliberado.* O amor apaixonado era ainda antes um modelo que se imitava do que uma realidade.

A srta. de La Mole acreditava estar cumprindo um dever para consigo mesma e para com seu amante. "O pobre rapaz", pensava ela, "foi de uma bravura perfeita, ele precisa ser feliz, ou então é a mim que falta caráter." Mas ela teria apreciado resgatar, pelo preço de uma eternidade infeliz, a cruel necessidade em que se encontrava.

Apesar da terrível violência que se impunha, tinha o perfeito domínio de suas palavras.

Nenhum lamento, nenhuma queixa vieram estragar aquela noite, que pareceu a Julien mais estranha que feliz. Que diferença, meu Deus, da sua última estada de vinte e quatro horas em Verrières! "Esses belos modos de Paris descobriram o segredo de estragar tudo, até o amor", pensava com extrema injustiça.

Entregava-se a essas reflexões de pé dentro de um dos grandes armários de acaju para onde foi empurrado logo que ouviram os primeiros ruídos precedentes do aposento ao lado, que pertencia à sra. de La Mole. Mathilde acompanhou sua mãe à missa, as criadas logo deixaram o aposento e Julien escapou com facilidade antes que elas voltassem para terminar seu serviço.

Montou a cavalo e procurou os cantos mais solitários de uma das florestas vizinhas de Paris. Estava muito mais espantado que feliz. A felicidade que, de vez em quando, vinha ocupar sua alma era como aquela de um jovem subtenente que, depois de uma ação espantosa, acaba de ser repentinamente nomeado coronel pelo general; sentia-se elevado a uma altura imensa. Tudo o que estava acima dele, na véspera, estava agora a seu lado ou bem abaixo. Aos poucos, a felicidade de Julien crescia à medida que se afastava.

Se nada havia de terno em sua alma, é que, por estranho que isso possa parecer, em toda a sua conduta para com ele, Mathilde tinha cumprido um dever. Não havia nada de imprevisto para ela em todos os acontecimentos desta noite, a não ser a infelicidade e a vergonha que encontrara no lugar daquela felicidade completa de que falam os romances.

"Será que me enganei, que não tenho amor por ele?", pensava.

XVII. Uma velha espada

I now mean to be serious; – it is time,
Since laughter now-a-days is deem'd too serious,
A jest at vice by virtue's called a crime.

Don Juan, canto XIII

Ela não compareceu ao jantar. À noite, ficou um pouco no salão, mas não olhou para Julien. Essa conduta pareceu-lhe estranha. "Mas", pensou, "não conheço os costumes, ela há de me dar um bom motivo para tudo isso." Contudo, agitado pela mais extrema curiosidade, estudava a expressão do rosto de Mathilde; não conseguiu deixar de reparar que ela tinha um ar seco e mau. Evidentemente, não era mais a mesma mulher que, na noite anterior, sentira ou fingira o arrebatamento de uma felicidade excessiva demais para ser verdadeira.

No dia seguinte, no outro, a mesma frieza da parte dela; ela não olhava para ele, nem se dava conta de sua existência. Julien, devorado pela mais viva inquietação, estava a mil léguas dos sentimentos de triunfo que foram os únicos a animá-lo no primeiro dia. Seria, por acaso, um retorno à virtude? Mas essa palavra era burguesa demais para a altiva Mathilde.

"Nas situações comuns da vida ela não acredita nada em religião", pensou Julien, "apenas aprecia sua grande utilidade junto aos interesses de sua casta.

"Mas, por uma simples delicadeza de caráter, ela não poderia censurar-se vivamente pelo erro que cometeu?" Julien acreditava ser o seu primeiro amante.

"Mas", dizia consigo mesmo em outros momentos, "é preciso confessar que não há nada de ingênuo, de simples ou terno em todo seu jeito de ser; nunca a vi mais altiva. Estaria me desprezando? Seria digno dela censurar-me pelo que fez por mim, por causa da minha origem humilde."

Enquanto Julien, cheio dos preconceitos tirados dos livros e das lembranças de Verrières, perseguia a quimera de uma amante carinhosa e que não pensa mais na própria existência a partir do momento em que fez a felicidade do amante, a vaidade de Mathilde enfurecia-se contra ele.

Como nos últimos dois meses já não se entediava mais, não temia mais o tédio; então, sem que pudesse ao menos desconfiar, Julien perdera sua maior vantagem.

"Fui encontrar um senhor!", pensava a srta. de La Mole, tomada pela mais negra aflição. "Ele é muito honrado, ainda bem; mas se eu provocar demais a sua vaidade, ele irá se vingar dando a conhecer a natureza de nossas relações." Nunca Mathilde tivera um amante e, nessa circunstância da vida que traz ternas ilusões mesmo às almas mais rudes, estava entregue aos mais amargos pensamentos.

"Ele tem sobre mim um poder imenso, já que reina pelo terror e pode castigar-me com uma pena atroz, se eu provocar sua ira." Essa mera ideia bastava para levar a srta. de La Mole a ultrajá-lo. A coragem era a primeira qualidade de seu caráter. Nada podia causar-lhe alguma agitação e curá-la de um fundo de tédio sempre prestes a renascer senão a ideia de que estava jogando toda a sua existência num lance de dados.

No terceiro dia, como a srta. de La Mole obstinava-se em não olhar para ele, Julien seguiu-a após o jantar, obviamente contra a vontade dela, até a sala de bilhar.

– Então, senhor, parece acreditar ter adquirido direitos muito poderosos sobre mim – disse-lhe com uma raiva malcontida –, já que, contra a minha vontade muito obviamente declarada, o senhor ainda pretende falar comigo? Sabia que ninguém neste mundo nunca se atreveu a tanto?

Nada foi tão curioso como o diálogo daqueles dois amantes; sem que o notassem, estavam animados, um contra o outro, dos sentimentos da raiva mais intensa. Como nem um nem outro tinham o caráter muito tolerante, apesar dos hábitos da sociedade refinada, logo chegaram ao ponto de se declararem estremecidos para sempre.

– Juro-lhe segredo eterno – disse Julien –, prometeria até nunca mais dirigir-lhe a palavra, caso sua reputação não pudesse sofrer com uma mudança por demais evidente. – Saudou-a respeitosamente e partiu.

Estava cumprindo sem grande dificuldade o que acreditava ser seu dever; estava bem longe de sentir-se apaixonado pela srta. de La Mole. Com certeza, não a amava três dias antes, quando tinha se escondido no grande armário de acaju. Mas tudo mudou rapidamente em sua alma desde que se viu brigado com ela para sempre.

Sua memória cruel pôs-se a reconstituir as mínimas circunstâncias daquela noite que, na realidade, o deixara tão frio.

Na própria noite que se seguiu à declaração de rompimento definitivo, Julien quase enlouqueceu ao sentir-se obrigado a confessar que amava a srta. de La Mole.

Medonhos conflitos se seguiram a esta descoberta: todos os seus sentimentos estavam transtornados.

Dois dias depois, em vez de portar-se orgulhosamente diante do sr. de Croisenois, por pouco não o abraçava, desfazendo-se em lágrimas.

O hábito do sofrimento deu-lhe um fulgor de bom-senso, resolveu partir para o Languedoc, arrumou sua mala e foi ao correio.

Sentiu-se desfalecer quando, chegando ao escritório da mala-posta, disseram-lhe que, por um acaso singular, havia um lugar no dia seguinte, no carro para Toulouse. Reservou-o e voltou para a Mansão de La Mole, para anunciar sua partida ao marquês.

O sr. de La Mole tinha saído. Mais morto que vivo, Julien foi esperá-lo na biblioteca. Em que estado ficou ao encontrar a srta. de la Mole?

Vendo-o aparecer, ela assumiu um ar malévolo que não lhe foi possível deixar de notar.

Arrebatado pelo sofrimento, desvairado pela surpresa, Julien teve a fraqueza de dizer-lhe, no tom mais terno e que lhe vinha da alma:

– Então, não me ama mais?

– Estou horrorizada por ter-me entregue ao primeiro que apareceu – disse Mathilde, chorando de raiva contra si mesma.

– *O primeiro que apareceu!* – exclamou Julien e lançou-se sobre uma velha espada da Idade Média que era conservada na biblioteca como curiosidade.

Sua dor, que ele considerava extrema no momento em que dirigira a palavra à srta. de la Mole, acabava de ser centuplicada pelas lágrimas de vergonha que a via derramar. Teria sido o mais feliz dos homens se pudesse matá-la.

No momento em que ia tirar a espada, com alguma dificuldade, de sua bainha antiga, Mathilde, feliz com uma sensação tão nova, avançou orgulhosamente em sua direção. Suas lágrimas tinham secado.

A lembrança do marquês de La Mole, seu benfeitor, apresentou-se vivamente diante de Julien. "Eu mataria sua filha", pensou, "que horror!" Fez um movimento para jogar a espada. "Certamente", pensou, "ela vai cair numa gargalhada diante desse movimento de melodrama"; ficou devendo a esta ideia a volta de seu sangue-frio. Olhou para a lâmina da velha espada com curiosidade, como se estivesse procurando uma mancha de ferrugem, depois a recolocou em sua bainha e, com a maior tranquilidade, pendurou-a de volta no prego de bronze dourado que a sustentava.

Todo esse movimento, muito lento no final, durou bem um minuto; a srta. de La Mole ficou olhando, espantada. "Então estive a ponto de ser morta por meu amante!", dizia consigo mesma.

Essa ideia a transportava para os mais belos tempos do século de Carlos IX e de Henrique III.

Estava imóvel diante de Julien, que acabara de recolocar a espada; fitava-o com olhos onde não havia mais ódio. É preciso reconhecer que ela estava bem sedutora naquele momento, certamente nunca uma mulher se parecera menos com uma boneca parisiense (essa expressão era a grande objeção de Julien contra as mulheres de lá).

"Vou recair na minha fraqueza por ele", pensou Mathilde, "aí então é que ele iria se achar meu dono e senhor, depois de uma recaída e no exato momento em que acabo de lhe falar com tanta firmeza." Ela fugiu.

"Meu Deus! Como é bela!", disse Julien vendo-a correr. "É essa a criatura que se lançava em meus braços com tanta fúria, há menos de oito dias... E aqueles instantes não voltarão jamais! E por culpa minha! E bem na hora de uma ação tão extraordinária, tão interessante para mim, não me sensibilizei! Devo confessar que nasci com um caráter bem medíocre e bem infeliz."

O marquês apareceu; Julien apressou-se em lhe comunicar sua partida.

– Para onde? – perguntou o sr. de La Mole.

– Para o Languedoc.

– Não, não, por favor, o senhor está reservado para destinos mais elevados, se partir, será para o norte... Aliás, falando em termos militares, está detido na mansão. O senhor vai me fazer o obséquio de nunca ficar mais de duas ou três horas ausente, posso precisar do senhor de uma hora para outra.

Julien o cumprimentou e retirou-se sem dizer uma palavra, deixando o marquês bastante espantado; não conseguia falar, trancou-se em seu quarto. Ali, pôde exagerar livremente toda a atrocidade de sua sorte.

"Então", pensava, "não posso sequer me afastar! Só Deus sabe quantos dias o marquês vai me deter em Paris. Meu Deus, o que vai ser de mim? Nem um amigo que eu possa consultar: o padre Pirard não me deixaria completar a primeira frase, o conde Altamira me proporia alguma conspiração. E contudo, estou louco, eu o sinto; estou louco! Quem poderá guiar-me, o que será de mim?"

XVIII. Momentos cruéis

E ela confessa! Detalha até as mínimas circunstâncias! Seu olhar, tão belo, fixo no meu, reflete o amor que sente por outro!

SCHILLER

A srta. de La Mole, encantada, só pensava na felicidade de ter estado a ponto de ser morta. Chegava a se dizer: "Ele é digno de ser meu senhor, já que esteve a ponto de me matar. Quantos belos rapazinhos da sociedade seria necessário fundir para se chegar a tal movimento de paixão? É preciso confessar que ele estava bem bonito no momento em que subiu na cadeira para repor a espada exatamente na posição pitoresca escolhida pelo decorador! Afinal de contas, não fui tão louca em amá-lo".

Naquele instante, caso se apresentasse algum meio honesto de reatarem, ela o teria aproveitado com prazer. Julien, trancafiado em seu quarto, estava entregue ao mais violento desespero. Em sua loucura, pensava em lançar-se aos pés dela. Se, em vez de ficar escondido num lugar afastado, ele tivesse vagado pelo jardim e dentro da casa, de maneira a estar ao alcance das oportunidades, talvez tivesse em um único instante transformado na maior felicidade um desgosto terrível.

Mas a competência que estamos lhe cobrando teria excluído o movimento sublime de pegar a espada que, naquele momento, o tornara tão charmoso aos olhos da srta. de La Mole. Esse capricho, favorável a Julien, durou o dia todo; Mathilde guardava uma lembrança encantadora dos curtos instantes em que o amara, sentia saudades.

"Na verdade", dizia consigo mesma, "minha paixão por esse pobre rapaz só durou, aos seus olhos, da uma hora da madrugada, quando o vi chegar pela escada com todas as suas pistolas no bolso lateral do casaco, até as oito horas da manhã. Foi depois de uns quinze minutos, ouvindo a missa de Saint-Valère, que comecei a pensar que ele ia querer mandar em mim e bem poderia tentar fazer-me obedecer por meio do terror."

Depois do jantar, a srta. de la Mole, longe de fugir de Julien, falou com ele e manobrou para que ele a seguisse ao jardim; ele obedeceu. Estava lhe faltando aquela provação. Mathilde cedia, sem se dar conta disso, ao amor que voltava a sentir por ele. Experimentava um prazer extremo em passear ao seu lado, era com curiosidade que fitava aquelas mãos que pela manhã tomaram da espada para matá-la.

Depois de uma ação dessas, depois de tudo o que se passara, não havia mais lugar para suas antigas conversas.

Aos poucos, Mathilde começou a lhe fazer confidências íntimas sobre o estado de seu coração. Experimentava uma volúpia singular nesse gênero de conversa; chegou a contar-lhe os movimentos de entusiasmo passageiros que sentira pelo sr. de Croisenois, pelo sr. de Caylus...

– Como! Pelo senhor de Caylus também! – exclamou Julien; e todo o amargo ciúme de um amante desdenhado irrompia naquelas palavras. Foi assim que Mathilde entendeu e não se ofendeu.

Continuou a torturar Julien, detalhando seus sentimentos de outrora da maneira mais pitoresca e com o tom da verdade mais íntima. Ele via que ela estava evocando lembranças muito presentes. Tinha a infelicidade de notar que, ao falar, ela fazia descobertas em seu próprio coração.

A dor do ciúme não pode ir mais longe.

Suspeitar que um rival é amado já é bastante cruel, mas ouvir da mulher adorada, em detalhes, a confissão do amor que ele inspira é sem dúvida o pior sofrimento.

Como estava sendo punido, naquele instante, o movimento de orgulho que levara Julien a julgar-se melhor que os Caylus, os Croisenois! Com que desgosto íntimo e sentido exagerava agora as mínimas qualidades deles! Com que ardente boa-fé desprezava a si mesmo!

Mathilde parecia-lhe adorável, qualquer palavra seria fraca para expressar o excesso de sua admiração. Passeando a seu lado, observava de soslaio suas mãos, seus braços, seu porte de rainha. Estava a ponto de jogar-se aos seus pés, aniquilado de amor e de dor e gritando: "Piedade!".

"E essa criatura tão linda, tão superior a tudo, que um dia me amou, é sem dúvida o senhor de Caylus que em breve amará!"

Julien não podia duvidar da sinceridade da srta. de la Mole; a franqueza na expressão era por demais evidente em tudo o que ela dizia. Para que absolutamente nada faltasse à sua infelicidade, houve momentos em que, de tanto ocupar-se dos sentimentos que experimentara um dia pelo sr. de Caylus, Mathilde chegou a falar dele como se ainda o amasse. Por certo que havia amor na sua expressão, Julien notou-o com clareza.

Se tivessem inundado seu peito com chumbo fundido, teria sofrido menos. De que maneira, tendo chegado a esse ponto na dor, o pobre rapaz poderia ter adivinhado que era por estar falando com ele que a srta. de La Mole sentia tanto prazer em repisar as veleidades do amor que experimentara outrora pelo sr. de Caylus ou o sr. de Luz?

Nada poderia exprimir as angústias de Julien. Escutava as confidências detalhadas do amor provado por outros naquela mesma alameda das tílias onde, há tão poucos dias, ele ficara esperando soar uma hora para penetrar no quarto dela. Nenhuma criatura humana podia suportar um grau maior de sofrimento.

Esse tipo de cruel intimidade durou oito longos dias. Mathilde ora parecia procurar, ora não fugia às ocasiões de lhe falar; e o assunto das conversas, para o qual ambos pareciam voltar com uma espécie de volúpia cruel, era o relato dos sentimentos que ela experimentara por outros: contava-lhe das cartas que escrevera, lembrava-se até das palavras, recitava frases inteiras. Nos últimos dias, parecia contemplar Julien com uma espécie de alegria maligna. Suas dores eram um forte prazer para ela.

Via-se que Julien não tinha nenhuma experiência da vida, nem sequer lera romances. Se fosse um pouco menos desajeitado e tivesse dito com algum sangue-frio àquela mocinha, que ele tanto adorava e que lhe fazia confidências tão estranhas: "A senhorita há de convir que, embora eu não valha todos esses senhores, ainda é a mim que ama...".

Talvez, então, ela ficasse feliz por ter sido compreendida; ou, pelo menos, o sucesso teria dependido inteiramente da graça com a qual Julien expressasse aquela ideia e do momento que ele escolhesse. Em todo caso, teria se saído bem, e com vantagem, de uma situação que ficava monótona para Mathilde.

– E a senhorita não me ama mais, eu que a adoro! – disse-lhe um dia Julien, desvairado de amor e de dor. Aquela tolice talvez fosse a pior que pudesse cometer.

Aquilo destruiu num piscar de olhos todo o prazer que a srta. de La Mole encontrara em falar-lhe de seus sentimentos. Estava começando a estranhar que, depois de tudo o que acontecera, ele não se ofendesse com suas histórias; quase chegava a imaginar, quando ele veio dizer-lhe aquela tolice, que já não a amava. "O orgulho certamente extinguiu seu amor", pensava. "Ele não é o tipo de homem que aceita impunemente ser preterido por gente como Caylus, de Luz, Croisenois, que ele mesmo reconhece como tão superiores a ele. Não, não o verei mais aos meus pés!"

Nos dias anteriores, na ingenuidade de sua dor, Julien frequentemente lhe fizera um elogio sincero das brilhantes qualidades daqueles senhores; chegava até a exagerá-las. Essa nuance não escapara à srta. de La Mole, isso a surpreendia, mas não entendia o motivo. A alma frenética de Julien, ao elogiar um rival que ele acreditava amado, simpatizava com a felicidade dele.

Suas palavras tão francas, mas tão estúpidas, vieram mudar tudo num átimo: Mathilde, segura de seu amor, desprezou-o completamente.

Estava passeando com ele no momento daquela frase infeliz; largou-o e seu último olhar expressava o mais terrível desprezo. De volta ao salão, pelo resto da noite, não olhou mais para ele. No dia seguinte, aquele desprezo ocupava todo o seu coração; não era mais aquele sentimento que, durante oito dias, lhe proporcionara tanto prazer em tratar Julien como o amigo mais íntimo; sua presença desagradava-lhe. O sentimento de Mathilde chegava à repulsa; nada poderia expressar o excesso de desprezo que sentia ao deparar-se com ele.

Julien não entendera nada do que tinha acontecido, nos últimos oito dias, no coração de Mathilde, mas percebeu o desprezo. Teve o bom-senso de só aparecer diante dela tão raramente quanto possível, e nunca olhou para ela.

Mas não foi sem um mortal desgosto que ele se privou, por assim dizer, de sua presença. Sentiu sua infelicidade aumentar ainda mais. A coragem de um homem não pode ir mais além, dizia consigo mesmo. Passava a vida numa janelinha em cima da mansão; a persiana ficava cuidadosamente fechada e, dali, ele podia ao menos avistar a srta. de La Mole quando aparecia no jardim.

Qual não era o seu estado quando, após o jantar, ele a via passear com o sr. de Caylus, o sr. de Luz ou outro qualquer pelo qual ela lhe confessara alguma antiga veleidade de amor!

Julien nunca imaginara uma dor tão intensa; estava a ponto de sair gritando; aquela alma tão firme estava, enfim, completamente transtornada.

Qualquer pensamento estranho à srta. de la Mole se tornara odioso; era incapaz de escrever as cartas mais simples.

– O senhor está louco – disse-lhe o marquês.

Julien, temendo ser descoberto, falou em doença e conseguiu convencer. Felizmente para ele, o marquês fez uma brincadeira no jantar sobre sua próxima viagem. Mathilde compreendeu que podia ser bem longa. Já fazia vários dias que Julien a evitava e os rapazes tão brilhantes, que possuíam tudo o que faltava àquela criatura tão pálida e sombria que ela já amara, não tinham mais o poder de tirá-la de seu devaneio.

"Uma moça comum", pensava ela, "teria procurado um predileto entre esses rapazes que atraem todos os olhares num salão; mas uma das características do gênio consiste em não deixar seu pensamento vagar nas trilhas abertas pelo vulgo."

"Companheira de um homem como Julien, a quem só falta a fortuna que tenho, estarei continuamente chamando a atenção, nunca passarei despercebida. Longe de ficar sempre com medo de uma revolução, como minhas primas, que por medo do povo não se atrevem a repreender um cocheiro que as conduza mal, estarei segura de desempenhar um papel, e um grande papel, pois o homem que escolhi tem caráter e uma ambição sem limites. O que lhe falta? Amigos, dinheiro? Isso eu lhe dou." Mas seu pensamento não deixava de tratar Julien como um ser inferior, cujo amor está sempre à disposição.

XIX. A ópera bufa

O how this spring of love resembleth
The uncertain glory of an April day;
Which now shows all the beauty of the sun
And by and by a cloud takes all away!

SHAKESPEARE

Ocupada com seu futuro e com o papel singular que a esperava, Mathilde logo veio a sentir falta até das discussões secas e metafísicas que tivera frequentemente com Julien. Às vezes, cansada de tão elevados pensamentos, também sentia falta dos momentos de alegria que tivera a seu lado; essas últimas lembranças não vinham sem remorsos; em alguns momentos, chegavam a deixá-la arrasada.

"Mas, quando se tem uma fraqueza", dizia consigo mesma, "cabe a uma moça de minha estirpe não se esquecer de seus deveres a não ser por um homem de mérito. Ninguém há de dizer que foram seus lindos bigodes ou sua elegância em montar a cavalo que me seduziram, mas sim as suas discussões profundas sobre o futuro que aguarda a França, suas ideias sobre a possível semelhança entre os acontecimentos que vão desabar sobre nós e a revolução inglesa de 1688.

Fui seduzida", respondia ela a seus remorsos, "sou uma mulher fraca, mas pelo menos não fui desencaminhada como uma boneca tola por qualidades superficiais.

"Se houver uma revolução, por que Julien Sorel não faria o papel de Roland e eu, aquele da senhora Roland? Prefiro esse papel ao de Madame de Staël: a imoralidade da conduta será um obstáculo em nosso século. Certamente ninguém há de reprovar-me uma segunda fraqueza, eu morreria de vergonha."

Os devaneios de Mathilde, devemos confessar, não eram sempre assim tão severos quanto os pensamentos que acabamos de transcrever.

Ficava olhando para Julien, descobria uma graça encantadora em seus mínimos gestos.

"Sem dúvida", dizia ela, "consegui destruir nele até a menor ideia de que tem direitos. O ar infeliz e de paixão profunda com o qual o pobre rapaz me fez aquela declaração de amor, há oito dias, é prova suficiente. Preciso admitir que foi muito esquisito de minha parte zangar-me com palavras nas quais ardiam tanto respeito, tanta paixão. Eu não sou sua mulher? Aquelas palavras eram bastante naturais e, devo confessar, ele foi bem amável. Julien ainda me amava após as intermináveis conversas nas quais eu lhe falava, e com muita crueldade, admito, das veleidades de amor que o tédio da vida que levo me inspiraram por esses rapazes da sociedade que ele inveja. Ah, se ele soubesse como é pequeno o perigo que representam para mim! Como, perto dele, me parecem todos apagados e iguais uns aos outros."

Entretida com esses pensamentos, Mathilde traçava ao acaso rabiscos de lápis numa folha de seu álbum. Um dos perfis que acabara de fazer espantou-a, encantou-a: parecia-se com Julien de uma maneira impressionante. "É a voz do céu! Eis um dos milagres do amor", exclamou entusiasmada, "sem que o suspeitasse, fiz seu retrato."

Fugiu para seu quarto, trancou-se lá dentro, esforçou-se muito, tentou seriamente fazer o retrato de Julien, mas não conseguiu; o perfil traçado ao acaso ainda era o mais parecido; Mathilde encantou-se, viu naquilo uma prova evidente de grande paixão.

Só largou de seu álbum muito tarde, quando a marquesa a mandou chamar para irem à ópera italiana. Só pensou numa coisa: avistar Julien para fazer que a mãe o convidasse a acompanhá-las.

Ele não apareceu; essas senhoras só tiveram criaturas vulgares em seu camarote. Durante todo o primeiro ato da ópera, Mathilde sonhou com o homem que amava com os arroubos da mais viva paixão; mas, no segundo ato, uma máxima de amor cantada, temos de convir, sobre uma melodia digna de Cimarosa, penetrou em seu coração. A heroína da ópera dizia: "É preciso punir-me pelo excesso de adoração que sinto por ele, amo-o demais!".

Desde o instante em que ouviu esta cantilena sublime, tudo o que existia no mundo desapareceu para Mathilde. Falavam com ela; ela não respondia, sua mãe zangava-se, ela mal conseguia encontrar forças para olhá-la. Seu êxtase chegou a um estado de exaltação e de paixão comparável aos sentimentos mais violentos que, nos últimos dias, Julien tivera por ela. A cantilena, cheia da graça divina com a qual era cantada a máxima que lhe parecia aplicar-se de maneira tão impressionante à sua posição, ocupava todos os instantes em que ela não pensava diretamente em Julien. Graças ao seu amor pela música, ficou naquela noite assim como a sra. de Rênal sempre ficava ao pensar em Julien. O amor cerebral é sem dúvida mais espirituoso que o verdadeiro amor, mas só tem alguns instantes de entusiasmo; ele se conhece demais, ele se julga sem cessar; longe de extraviar o pensamento, só se constrói por força dos pensamentos.

De volta para casa, e qualquer que fosse a opinião da sra. de La Mole, Mathilde alegou estar com febre e passou boa parte da noite a repetir aquela cantilena em seu piano. Ela cantava a letra da ária célebre que a encantara:

Devo punirmi, devo punirmi,
Se troppo amai etc.

O resultado desta noite de loucura foi que ela acreditou ter conseguido triunfar sobre seu amor.

(Esta página prejudicará em vários sentidos o infeliz autor. As almas gélidas irão acusá-lo de indecência. Ele não faz, contudo, às jovens que brilham nos salões de Paris, a injúria de supor que uma só dentre elas fosse capaz dos ímpetos de loucura que degradam o caráter de Mathilde. Esse personagem é inteiramente imaginário e, inclusive, imaginado bem fora dos costumes sociais que, entre todos os séculos, haverão de garantir um lugar tão distinto à civilização do século XIX.

Não é a prudência que faz falta às moças que enfeitaram os bailes nesse inverno.

Não julgo, tampouco, que se possa acusá-las de desprezar em excesso uma fortuna brilhante, cavalos, belas propriedades e tudo o que garante uma posição agradável na sociedade. Longe de só notarem o tédio em tantas vantagens, estas são em geral o objeto dos desejos mais constantes, e, se há paixão em seus corações, são essas coisas que a despertam.

Tampouco é o amor que se encarrega da fortuna dos rapazes dotados de algum talento, como Julien; eles se vinculam estreitamente a algum círculo e, quando esse círculo faz sucesso, todas as boas coisas da sociedade chovem sobre eles. Infeliz do homem de estudos que não pertence a algum círculo, irão condená-lo até pelos pequenos sucessos mais duvidosos e a virtude elevada triunfará, roubando-o. Pois bem, senhor, um romance é um espelho que se carrega ao longo da estrada. Tanto pode refletir para os seus olhos o azul do céu como a imundície do lamaçal da estrada. Por acaso o homem que carrega o espelho em sua sacola poderia ser acusado de imoral? Seu espelho mostra a sujeira e o senhor acusa o espelho? O senhor deveria acusar o longo caminho onde se forma o lamaçal e, sobretudo, o inspetor das estradas que deixa a água apodrecer e o lodo se acumular.

Agora que ficou bem estabelecido que o caráter de Mathilde é impossível em nosso século, tão prudente quanto virtuoso, já não temo tanto irritar, continuando o relato das loucuras dessa moça encantadora.)

Durante todo o dia seguinte, ela espreitou as oportunidades de certificar-se do triunfo sobre sua louca paixão. Seu maior objetivo foi o de desagradar Julien em tudo; mas nenhum de seus movimentos lhe escapou.

Julien estava muito infeliz e, sobretudo, muito agitado para adivinhar uma manobra de paixão tão complicada, quanto mais para ver tudo o que tinha de favorável para ele; sentiu-se uma vítima; nunca, talvez, seu sofrimento fora tão excessivo. Suas ações estavam tão pouco sob o domínio de sua mente que, se algum filósofo mal-humorado lhe tivesse dito: "Trate de se aproveitar rapidamente das disposições que podem favorecê-lo; nesse tipo de amor cerebral que se vê em Paris, o mesmo jeito de ser não pode durar mais de dois dias", ele não o teria compreendido. Mas, por mais exaltado que estivesse, Julien tinha honra. Seu primeiro dever era a discrição, isso ele compreendia. Pedir conselhos, contar seu suplício ao primeiro que aparecesse, teria sido uma alegria comparável àquela do infeliz que, atravessando um deserto ardente, recebe do céu uma gota de água gelada. Reconheceu o perigo, teve medo de responder com uma torrente de lágrimas ao indiscreto que o interrogasse; trancou-se em seu quarto.

Viu Mathilde passear um bom tempo no jardim; quando finalmente ela se foi, ele desceu; aproximou-se de uma roseira onde ela pegara uma flor.

A noite estava escura, pôde se entregar a toda sua dor sem medo de ser visto. Parecia-lhe evidente que a srta. de La Mole amava um daqueles jovens oficiais com quem acabara de falar tão alegremente. Ela o tinha amado também, mas percebera o seu pouco mérito.

"E, de fato, é mínimo o que tenho!", dizia para si mesmo Julien com plena convicção. "Eu sou, afinal, um sujeito bem sem graça, bem vulgar, bem aborrecido para os outros, bem insuportável para mim mesmo." Estava mortalmente enojado de todas as suas boas qualidades, de todas as coisas que amara com entusiasmo; e, nesse estado de *imaginação transtornada*, ele pretendia julgar a vida com sua imaginação. Esse é o erro de um homem superior.

Várias vezes a ideia do suicídio assaltou-o; esta imagem vinha cheia de encanto, como um repouso delicioso; era como o copo de água gelada para o miserável que, no deserto, morre de sede e de calor.

"Minha morte aumentará o desprezo que ela tem por mim!", exclamou. "Que lembrança eu deixaria!"

Prostrado nesse derradeiro abismo da desgraça, um ser humano não tem outro recurso além da coragem. Julien não teve suficiente brio para dizer: "É preciso ousar"; mas, enquanto olhava a janela do quarto de Mathilde, viu através das persianas que ela apagava a luz: rememorou aquele quarto encantador que só vira, infelizmente, uma vez na vida. Sua imaginação não ia mais longe.

Soou uma hora; entre ouvir o carrilhão e dizer: "Vou subir pela escada", foi só um instante.

Foi um lampejo de gênio, os bons motivos acorreram aos montes. "Não tenho como ficar mais infeliz!", pensou. Correu até a escada, o jardineiro a tinha acorrentado. Com a ajuda do cão de uma de suas pequenas pistolas, que ele quebrou, Julien, animado naquele momento por uma força sobre-humana, torceu um dos elos da corrente que prendia a escada. Em poucos minutos apoderou-se dela e colocou-a contra a janela de Mathilde.

"Ela vai se zangar, cobrir-me de desprezo, o que me importa? Dou-lhe um beijo, um último beijo, subo ao meu quarto e me mato... meus lábios tocarão seu rosto antes de morrer!"

Voava ao subir a escada. Bate na persiana; após alguns instantes Mathilde o escuta, quer abrir a persiana, a escada se opõe: Julien agarra-se ao gancho de ferro que serve para manter a persiana aberta e, correndo o risco de precipitar-se mil vezes, sacode violentamente a escada e a desloca um pouco. Mathilde pode abrir a persiana.

Ele se joga para dentro do quarto, mais morto do que vivo:

– Então é você! – diz ela, lançando-se em seus braços ....

....

Quem poderá descrever o cúmulo da felicidade de Julien? A de Mathilde foi quase igual.

– Castigue-me pelo meu orgulho atroz – dizia ela, estreitando-o em seus braços até quase sufocá-lo. – Você é meu senhor, eu sou sua escrava, é preciso que eu peça perdão de joelhos por ter desejado revoltar-me. – Soltava-se de seus braços para cair aos seus pés. – Sim, você é o meu senhor – repetia ela, louca de felicidade e de amor –, reine para sempre sobre mim, castigue severamente sua escrava quando ela quiser se revoltar.

Em outro momento ela se arranca de seus braços, acende a vela e Julien tem todo um trabalho para impedi-la de cortar parte de seus cabelos.

– Quero lembrar-me – diz ela –, de que sou sua serva; se algum dia um execrável orgulho vier desencaminhar-me, mostre-me esses cabelos e diga: não é mais uma questão de amor, ou da emoção que sua alma possa sentir nesse momento, a senhorita jurou obedecer-me, sua obediência é uma questão de honra.

Mas é mais prudente suprimir a descrição de tal grau de desvario e de felicidade.

A virtude de Julien foi igual à sua felicidade:

– Preciso descer pela escada – disse a Mathilde, quando viu a aurora despontar sobre as chaminés distantes, na direção do Oriente, além dos jardins. – O sacrifício que me imponho é digno de você, privo-me de algumas horas da mais incrível felicidade que uma alma humana possa experimentar, é um sacrifício que faço pela sua reputação; se conhecer meu coração, compreenderá a violência que me faço. Será sempre comigo assim como é agora? Mas a honra fala, é o que basta. Saiba que, por ocasião de nosso primeiro encontro, nem todas as suspeitas recaíram sobre os ladrões. O senhor de La Mole fez com que montassem guarda no jardim. O senhor de Croisenois está cercado de espiões, sabe-se o que faz todas as noites...

Ante essa ideia, Mathilde deu uma gargalhada. Sua mãe e uma criada despertaram; de imediato dirigiram-lhe a palavra através da porta. Julien fitou-a, ela empalideceu enquanto ralhava com a criada e não se dignou responder à sua mãe.

– Mas, se tiverem a ideia de olhar pela janela, elas verão a escada! – disse-lhe Julien.

Estreitou-a mais uma vez em seus braços, lançou-se sobre a escada e deixou-se escorregar mais do que desceu; num instante, estava no chão.

Três segundos mais tarde, a escada estava na alameda das tílias e a honra de Mathilde, salva. Julien, voltando a si, descobriu-se todo ensanguentado e quase nu: ferira-se ao escorregar sem precauções.

O excesso de felicidade devolvera-lhe toda a energia de seu caráter: se vinte homens tivessem aparecido, atacá-los sozinho, naquele instante, teria sido um prazer suplementar. Felizmente seu valor militar não foi posto à prova: pousou a escada no lugar de costume; recolocou a corrente que a prendia; não se esqueceu de apagar a marca que a escada deixara no canteiro de flores exóticas, sob a janela de Mathilde.

Enquanto, na escuridão, passava a mão na terra mole para certificar-se de que a marca estava completamente apagada, sentiu cair alguma coisa nas suas mãos, era uma mecha da cabeleira de Mathilde, que ela cortara e lhe estava jogando.

Ela estava na janela.

– Eis o que lhe envia sua serva – disse-lhe ela, bastante alto –, é o sinal de uma eterna obediência. Renuncio ao exercício de minha razão, seja meu senhor.

Julien, vencido, esteve a ponto de ir buscar a escada e subir novamente ao quarto dela. Por fim, a razão falou mais alto.

Voltar do jardim para dentro da mansão não era coisa fácil. Ele conseguiu forçar a porta de uma adega e, uma vez dentro de casa, foi obrigado a arrombar o mais silenciosamente possível a porta de seu quarto. Na sua confusão, ele deixara, no quarto que acabara de deixar tão rapidamente, até mesmo a chave que estava no bolso de seu casaco. "Tomara", pensou, "que ela lembre de esconder esse despojo mortal!"

Enfim, o cansaço foi maior que a felicidade e, com o nascer do sol, ele caiu num sono profundo.

A sineta do almoço despertou-o com dificuldade e ele apareceu na sala de jantar. Logo depois entrou Mathilde. O orgulho de Julien teve um momento de grande felicidade ao ver o amor resplandecendo no olhar daquela criatura tão linda e cercada de tanto prestígio; mas logo sua prudência teve motivo para inquietação.

Sob pretexto de não ter tido tempo suficiente para arrumar seu penteado, Mathilde deixara seus cabelos de maneira que Julien pudesse perceber de imediato toda a extensão do sacrifício que fizera por ele, cortando-os na noite anterior. Se um rosto tão bonito pudesse ser estragado por alguma coisa, Mathilde teria conseguido.

Todo um lado de sua bela cabeleira, de um louro platinado, estava cortado a meia polegada da cabeça.

Durante o almoço, todas as maneiras de Mathilde corresponderam àquela primeira imprudência. Parecia que ela se empenhava em deixar todo mundo saber da louca paixão que tinha por Julien. Felizmente, naquele dia, o sr. de La Mole e a marquesa estavam muito preocupados com uma entrega de condecorações que estava para acontecer e na qual o sr. de Chaulnes não estava incluído. Lá pelo fim da refeição, aconteceu que Mathilde, que estava falando com Julien, chamou-o de *meu senhor*. Ele corou até a raiz dos cabelos.

Quer fosse por acaso ou de propósito, por parte da sra. de La Mole, Mathilde não ficou um instante a sós naquele dia. À noite, passando da sala de jantar para o salão, ela ainda conseguiu dar um jeito de dizer a Julien:

– Não irá pensar que é um pretexto de minha parte? Mamãe acaba de decidir que uma de suas criadas passará a noite no meu quarto.

Aquele dia passou como um raio. Julien estava no auge da felicidade. Desde as sete horas da manhã, no dia seguinte, estava instalado na biblioteca, esperando que a srta. de La Mole se dignasse aparecer; tinha-lhe escrito uma carta interminável.

Só a viu muitas horas mais tarde, durante o almoço. Estava então penteada com o maior cuidado; uma arte maravilhosa encarregara-se de esconder o lugar dos cabelos cortados. Olhou uma ou duas vezes para Julien, mas com olhos polidos e calmos, não era mais o caso de chamá-lo *meu senhor*.

O espanto de Julien o impedia de respirar... Mathilde censurava-se por quase tudo o que fizera por ele.

Pensando com maturidade em tudo aquilo, concluíra que ele era uma criatura, senão absolutamente vulgar, pelo menos não extraordinária o bastante para merecer todas as estranhas loucuras que ela cometera por ele. Em suma, não pensava nem um pouco em amor; no momento, estava cansada do amor.

Quanto a Julien, a agitação de seus sentimentos foi a mesma de um menino de dezesseis anos. A dúvida atroz, o espanto, o desespero alternaram-se em seu coração durante esse almoço que lhe pareceu durar eternamente.

Assim que pôde levantar-se decentemente da mesa, precipitou-se mais do que correu às cavalariças, selou ele mesmo seu cavalo e partiu a galope. Temia desonrar-se por alguma fraqueza. "Preciso matar meu coração de tanto cansaço", dizia consigo mesmo enquanto galopava nos bosques de Meudon. "O que fiz, o que disse para merecer uma tal desgraça?

"Não devo fazer nada, hoje não devo dizer nada", pensava ao voltar para a mansão. "Estar fisicamente morto como o estou moralmente. Julien não vive mais, é seu cadáver que ainda se agita."

XX. O vaso japonês

A princípio seu coração não compreende todo o excesso de sua dor; está mais perturbado que emocionado. Mas, à medida que a razão retorna, ele sente a profundidade de seu infortúnio. Todos os prazeres da vida se anulam para ele, só é capaz de sentir as pontas agudas do desespero que o dilacera. Mas de que vale falar em dor física? Que dor é comparável a esta, quando só o corpo a sente?

JEAN-PAUL

O jantar foi anunciado, Julien mal teve tempo de se vestir; encontrou no salão Mathilde, que insistia com seu irmão e com o sr. de Croisenois para que não fossem passar a noite em Suresnes, na casa da marechala de Fervaques.

Teria sido difícil ser mais sedutora e mais amável para com eles. Depois do jantar apareceram os srs. de Luz, de Caylus e vários de seus amigos. Parecia que a srta. de La Mole retomara, com o culto da amizade fraterna, aquele das mais estritas conveniências. Embora o tempo estivesse delicioso naquela noite, ela insistiu que não fossem ao jardim; não quis que se afastassem da poltrona onde a sra. de La Mole estava sentada. O canapé azul foi o centro do grupo, como no inverno.

Mathilde indispusera-se com o jardim ou, pelo menos, ele estava lhe parecendo perfeitamente aborrecido: ligava-se à lembrança de Julien.

A infelicidade diminui a presença de espírito. Nosso herói teve a triste ideia de parar junto àquela cadeirinha de palha, que testemunhara outrora tão brilhantes triunfos. Nesse dia, ninguém lhe dirigiu a palavra; sua presença passava despercebida ou coisa pior. Entre os amigos da srta. de La Mole, aqueles que estavam perto dele, na extremidade do canapé, procuravam de alguma forma dar-lhe as costas, ou, pelo menos, foi o que lhe passou pela cabeça.

"Caio em desgraça", pensou. Quis estudar um pouco aquela gente que pretendia arrasá-lo com seu desdém.

O tio do sr. de Luz tinha um cargo importante junto ao rei, o que fazia com que esse belo oficial sempre começasse sua conversa, com qualquer interlocutor que aparecesse, com esta curiosa particularidade: seu tio pegara a estrada às sete horas em direção a Saint-Cloud e devia passar a noite lá. Esse detalhe era fornecido no tom da maior simplicidade, mas sempre sobrevinha.

Ao observar o sr. de Croisenois com o olhar severo do infortúnio, Julien notou a extrema influência que aquele amável e bom rapaz imputava às forças ocultas. Chegava ao ponto de ficar triste e mal-humorado quando via atribuírem qualquer acontecimento de alguma importância a uma causa simples e perfeitamente natural. "Há nisso uma certa loucura", pensou Julien. "Seu temperamento tem uma notável semelhança com aquele do imperador Alexandre, tal como o descreveu o príncipe Korasoff." Durante o primeiro ano de sua estada em Paris, o pobre Julien, recém-saído do seminário, deslumbrado pelos encantos de todos aqueles jovens, uma novidade para ele, só conseguira admirá-los. Seu verdadeiro caráter só agora começava a delinear-se aos seus olhos.

"Represento aqui um papel indigno", pensou, de repente. Cabia-lhe deixar a cadeirinha de palha de uma maneira que não fosse muito tosca. Quis inventar, esperava alguma coisa nova da parte de sua imaginação, inteiramente ocupada com outra coisa. Tinha de recorrer à memória, e a sua era, é preciso convir, pouco rica nesse tipo de expediente. O pobre rapaz ainda tinha pouco traquejo, de maneira que foi perfeitamente desajeitado, como todos notaram, quando se levantou para deixar o salão. O infortúnio era por demais evidente em todo o seu modo de ser. Representava, havia três quartos de hora, o papel de um importuno subalterno de quem ninguém se dá ao trabalho de esconder o que pensam dele.

As observações críticas que acabava de fazer sobre os rivais o impediam, todavia, de fazer de seu infortúnio uma tragédia muito grande; e tinha, para sustentar o seu orgulho, a lembrança do que se passara na antevéspera. "Quaisquer que sejam as vantagens que levam sobre mim", pensava, ao entrar sozinho no jardim, "Mathilde não foi para nenhum deles o que, duas vezes na vida, foi para mim."

Sua sensatez não foi mais além. Não compreendia de maneira alguma o caráter da estranha pessoa que o acaso acabara de tornar senhora absoluta de toda a sua felicidade.

No dia seguinte, restringiu-se a matar de cansaço a si mesmo e a seu cavalo. Não tentou mais aproximar-se, à noite, do canapé azul, ao qual Mathilde se mantinha fiel. Notou que o conde Norbert não se dignava sequer fitá-lo quando o encontrava pela casa. "Deve ser muito difícil para ele", pensou, "que é naturalmente tão delicado."

Para Julien, o sono teria sido uma bênção. Apesar do cansaço físico, lembranças por demais sedutoras começavam a invadir completamente a sua imaginação. Não teve a inspiração de perceber que, na medida em que suas cavalgadas nos bosques ao redor de Paris só agiam sobre ele mesmo e nem um pouco sobre o coração ou a mente de Mathilde, ele deixava ao acaso a disposição de sua sorte.

Parecia-lhe que uma coisa traria à sua dor um alívio infinito: falar com Mathilde. "Mas, e então, o que ousaria dizer-lhe?"

É nisso que meditava profundamente, numa manhã, às sete horas, quando de repente a viu entrar na biblioteca.

– Soube, meu senhor, que deseja falar comigo.

– Meu Deus! Quem lhe disse?

– Eu sei, o que importa? Se a honra lhe faltar, poderá arruinarme ou, pelo menos, tentar; mas esse perigo, que não creio real, certamente não me impedirá de ser sincera. Eu não o amo mais, senhor, minha imaginação insensata enganou-me...

Ante esse golpe terrível, desesperado de amor e de dor, Julien tentou justificar-se. Nada mais absurdo. Como justificar-se por não agradar? Mas a razão não tinha mais nenhum domínio sobre suas ações. Um instinto cego o levava a retardar a decisão de sua sorte. Parecia-lhe que, enquanto falasse, nem tudo estava acabado. Mathilde não escutava o que dizia, o som de suas palavras a irritava, não concebia que ele tivesse a audácia de interrompê-la.

Os remorsos da virtude e aqueles do orgulho a deixavam naquela manhã duplamente infeliz. Estava, de alguma forma, aniquilada pela terrível ideia de ter concedido direitos sobre ela a um padreco, filho de camponês. "De certa forma", dizia consigo mesma nos momentos em que exagerava seu infortúnio, "é como se tivesse de me recriminar por ter uma queda por um dos lacaios."

Nesse tipo de personalidade intrépida e orgulhosa, é mínima a distância entre a raiva de si mesma e a cólera contra os outros. Os acessos de fúria são, nesse caso, um vivo prazer.

Num instante, a srta. de La Mole conseguiu arrasar Julien com as marcas mais excessivas de desprezo. Ela era extremamente espirituosa e esse espírito triunfava na arte de torturar o amor-próprio alheio e de infligir-lhe chagas cruéis.

Pela primeira vez em sua vida, Julien se encontrava submetido à ação de um espírito superior animado contra ele do ódio mais violento. Longe até de pensar em se defender naquele instante, chegou a desprezar-se a si mesmo. Sentindo-se arrasado pelas marcas do mais cruel desprezo, tão engenhosamente calculadas para destruir qualquer opinião favorável que ele pudesse ter de si, parecia-lhe que Mathilde tinha razão e nem dizia o bastante.

Quanto a ela, descobria um delicioso prazer no orgulho de punir assim a si e a ele pela adoração que sentira alguns dias antes.

Não precisava inventar ou pensar pela primeira vez nas coisas cruéis que lhe dirigia com tanta complacência. Só tinha de repetir o que, nos últimos oito dias, dizia em seu coração o advogado do partido contrário ao amor.

Cada palavra centuplicava a dor terrível de Julien. Ele quis fugir, a srta. de La Mole o reteve pelo braço com autoridade.

– Queira observar – disse ele – que a senhorita está falando muito alto, vão ouvi-la do quarto ao lado.

– Pouco importa! – respondeu orgulhosamente a srta. de La Mole. – Quem ousaria dizer que está me ouvindo? Quero curar para sempre o seu pequeno amor-próprio das ideias que foi capaz de formar a meu respeito.

Quando Julien conseguiu sair da biblioteca, estava tão atordoado que chegava a sentir menos a sua dor. "Pois bem! Ela não gosta mais de mim", repetia para si mesmo, falando alto, como para tomar conhecimento de sua posição. "Parece que me amou oito ou dez dias e eu a amarei a vida inteira. Será possível, ela não era nada! Nada para mim, há tão poucos dias!"

Os prazeres do orgulho inundavam o coração de Mathilde; ela conseguira então romper para todo o sempre! Triunfar tão completamente sobre uma inclinação tão poderosa deixava-a perfeitamente feliz. "Assim esse rapazinho vai entender, e de uma vez por todas, que não tem nem nunca terá nenhum domínio sobre mim." Estava tão feliz que realmente não sentia mais amor algum naquele momento.

Depois de uma cena tão atroz, tão humilhante, para uma pessoa menos apaixonada que Julien, o amor se tornaria impossível. Sem afastar-se um mínimo instante do que devia a si mesma, a srta. de La Mole dirigira-lhe aquele tipo de coisa tão desagradável, tão bem calculada que pode até parecer verdadeira, mesmo quando lembrada com sangue-frio.

A conclusão à qual Julien chegou no primeiro momento de uma cena tão espantosa foi a de que Mathilde tinha um orgulho infinito. Acreditava firmemente que tudo estava acabado para sempre entre eles e, contudo, no dia seguinte, durante o almoço, ficou tímido e desajeitado diante dela. Era um defeito que ninguém podia apontar nele até então. Tanto nas pequenas quanto nas grandes coisas, ele sabia exatamente o que devia e queria fazer, e o executava.

Naquele dia, após o almoço, como a sra. de La Mole lhe pedira uma brochura sediciosa e contudo bastante rara que, de manhã, o seu padre lhe trouxera em segredo, ao apanhá-la, em cima de um móvel, ele deixou cair um velho vaso de porcelana azul, mais feio impossível.

A sra. de La Mole levantou-se com um grito de pavor e veio considerar de perto as ruínas de seu querido vaso. "Era uma antiguidade japonesa", dizia, "herança de minha tia-avó, a abadessa de Chelles; era um presente dos holandeses para o duque de Orléans, o regente, que o dera à sua filha..."

Mathilde observara os movimentos da mãe, encantada por ver quebrado aquele vaso azul que lhe parecia horrivelmente feio. Julien estava silencioso e não muito perturbado; viu a srta. de La Mole bem perto dele.

– Esse vaso – disse – está destruído para sempre, assim como um sentimento que imperou um dia em meu coração; peço-lhe que aceite minhas desculpas por todas as loucuras que me levou a fazer – e saiu.

– Até parece – disse a sra. de La Mole, enquanto ele saía – que esse senhor Sorel ficou orgulhoso e satisfeito com o que acaba de fazer.

Essas palavras atingiram em cheio o coração de Mathilde. "É verdade", pensou, "minha mãe acertou, é esse o sentimento que o anima." Só então cessou a alegria que a cena da véspera lhe causara. "Pois bem, está tudo acabado", disse consigo mesma numa calma aparente, "vai me servir de exemplo. Foi um erro terrível, humilhante! Vai manter-me comportada para o resto da vida."

"Por que não disse a verdade?", pensava Julien. "Por que o amor que senti por essa louca ainda me atormenta?"

Aquele amor, longe de extinguir-se como ele esperava, fez rápidos progressos. "Ela é louca, é verdade", pensava, "será por isso menos adorável? Será possível ser mais linda? Tudo o que a civilização mais elegante pode apresentar de vívidos prazeres, não parece ter se acumulado na senhorita de La Mole?" Aquelas lembranças de um passado feliz tomavam conta de Julien e destruíam rapidamente a obra da razão.

A razão luta em vão contra lembranças desse tipo; suas severas tentativas só fazem aumentar o encanto.

Vinte e quatro horas depois de quebrar o antigo vaso japonês, Julien era decididamente um dos homens mais infelizes que existem.

XXI. A nota secreta

Pois tudo o que relato, eu vi; e, se pude enganar-me ao ver, certamente não o estou enganando ao lhe contar.
Carta ao autor

O marquês mandou-o chamar; o sr. de La Mole parecia rejuvenescido, seus olhos brilhavam.

– Vamos falar um pouco de sua memória – disse a Julien –, dizem que é prodigiosa! O senhor poderia decorar umas quatro páginas e ir recitá-las em Londres? Mas sem mudar uma palavra!

O marquês amarfanhava, mal-humorado, o *Cotidiano* daquele dia e tentava em vão disfarçar um ar muito sério que Julien nunca vira, nem mesmo quando se tratava do processo Frilair.

Julien já tinha experiência suficiente para perceber que devia parecer confiar plenamente no tom despreocupado que lhe estavam mostrando.

– Esse número do *Cotidiano* talvez não seja muito divertido; mas se o senhor marquês o permitir, amanhã de manhã, terei a honra de recitá-lo do começo ao fim.

– Como? Até os anúncios?

– Perfeitamente, e sem faltar uma vírgula.

– O senhor me dá a sua palavra? – continuou o marquês com uma gravidade súbita.

– Sim, senhor, apenas o temor de não cumprir com ela poderia perturbar minha memória.

– É que me esqueci de perguntar-lhe isso ontem: não vou pedir que me jure nunca repetir o que vai ouvir; conheço-o demais para fazer-lhe esta ofensa. Respondi pelo senhor. Vou levá-lo a um salão onde se reunirão doze pessoas; o senhor anotará o que cada um disser. Não se preocupe, não será uma conversa confusa, cada um falará por sua vez; não digo ordenadamente – acrescentou o marquês, retomando a expressão fina e leve que lhe era tão natural. – Enquanto estivermos falando, o senhor escreverá umas vinte páginas; depois voltaremos ambos para cá, resumiremos essas vinte páginas em quatro. São essas quatro páginas que o senhor recitará para mim, amanhã de manhã, em vez do número completo do *Cotidiano.* Partirá logo em seguida; precisará sair correndo como um rapaz que viaja a lazer. Seu objetivo será o de não ser notado por ninguém. Chegará então junto a uma figura importante e aí precisará de muita habilidade. Trata-se de enganar a todos que o cercam; pois, entre seus secretários, entre seus criados, há gente vendida aos nossos inimigos e que estão de olho em nossos agentes para interceptá-los no caminho. O senhor terá uma carta de recomendação insignificante. No momento em que Sua Excelência olhar para o senhor, tire esse meu relógio aqui, que vou emprestar-lhe para a viagem. Guarde-o consigo, isso já fica adiantado, dê-me o seu. O próprio duque se dignará escrever, sob seu ditado, as quatro páginas que o senhor vai decorar. Feito isto, mas não antes, note bem, o senhor poderá, se Sua Excelência o interrogar, relatar a sessão à qual vai assistir. O que vai impedi-lo de se aborrecer durante a viagem é que, entre Paris e a residência do ministro, tem gente que ficaria muito satisfeita em acertar um tiro no padre Sorel. Então, sua missão estaria acabada e seria um grande atraso; pois, meu caro, como saberíamos de sua morte? Seu zelo não pode chegar ao ponto de nos comunicá-la. Saia imediatamente para comprar um traje completo – continuou o marquês, com um ar sério. – Vista-se como era moda há dois anos. Esta noite é preciso que o senhor pareça meio desleixado. Durante a viagem, pelo contrário, o senhor estará como de costume. Isso o surpreende, desconfia ou adivinha alguma coisa? Sim, caro amigo, um dos veneráveis personagens que irá ouvir falar é bem capaz de enviar informações através das quais alguém bem poderia lhe dar, no mínimo, um pouco de ópio, à noite, numa estalagem em que resolva cear.

– É melhor – disse Julien –, fazer trinta léguas a mais e não tomar o caminho direto. Trata-se de Roma, suponho...

O marquês assumiu uma expressão de arrogância e descontentamento que Julien nunca vira tão grande desde Bray-le-Haut.

– É o que o senhor vai saber quando eu julgar conveniente dizer-lhe. Não gosto de perguntas.

– Isso não era uma pergunta – continuou, efusivamente, Julien. – Juro, senhor, estava pensando alto, procurava em minha mente a estrada mais segura.

– Sim, parece que sua mente estava indo bem longe. Não se esqueça de que um embaixador, ainda mais na sua idade, não deve parecer forçar a confiança.

Julien ficou mortificado, cometera um erro. Seu amor-próprio procurava uma desculpa e não a encontrava.

– Compreenda bem – acrescentou o sr. de La Mole – que sempre se invocam bons motivos quando se comete alguma asneira.

Uma hora mais tarde, Julien estava na antecâmara do marquês com uma postura subalterna, roupas antiquadas, uma gravata de um branco duvidoso e uma afetação grosseira em todo seu aspecto.

Ao vê-lo, o marquês deu uma gargalhada, e só então Julien ficou completamente justificado.

"Se esse rapaz me trair", dizia consigo mesmo o sr. de La Mole, "em quem confiar? E, contudo, quando se age, é preciso confiar em alguém. Meu filho e seus brilhantes amigos do mesmo quilate têm coragem, fidelidade por cem mil; se fosse preciso lutar, saberiam morrer nos degraus do trono, eles sabem tudo... exceto o que precisamos no momento. Que o diabo me carregue se algum deles for capaz de decorar quatro páginas e fazer cem léguas sem ser descoberto. Norbert saberia ser morto como seus antepassados, é também um mérito de recruta..."

O marquês mergulhou num devaneio profundo: "E até isso", disse com um suspiro, "talvez esse Sorel o soubesse tanto quanto ele."

– Vamos à carruagem – disse o marquês, como para expulsar uma ideia importuna.

– Senhor – disse Julien –, enquanto me aprontavam essa roupa, decorei a primeira página do *Cotidiano* de hoje.

O marquês pegou o jornal. Julien recitou sem trocar uma palavra. "Bom", disse o marquês, bastante diplomático naquela noite, "enquanto isso o rapaz não repara nas ruas pelas quais passamos."

Chegaram a um grande salão de aparência bem triste, revestido em parte de madeira, em parte de veludo verde. No meio do salão, um criado carrancudo acabara de pôr uma grande mesa de jantar que transformou mais tarde em mesa de trabalho, graças a um imenso tapete verde todo manchado de tinta, despojo de algum ministério.

O dono da casa era um homem enorme, cujo nome não foi pronunciado; Julien achou que tinha a fisionomia e a eloquência de um homem que sofre.

A um sinal do marquês, Julien permanecera numa extremidade da mesa. Para não ficar sem fazer nada, começou a aparar as penas. Com o canto dos olhos, contou sete interlocutores, mas Julien só os avistava de costas. Dois pareceram dirigir a palavra ao sr. de La Mole num tom de igualdade, os outros pareciam mais ou menos respeitosos.

Um novo personagem entrou sem ser anunciado. "Isso é estranho", pensou Julien, "ninguém é anunciado nesse salão. Seria esta precaução tomada em minha honra?" Todos se levantaram para receber o recém-chegado. Portava a mesma condecoração extremamente distinta de três outras pessoas que já estavam no salão. Falava-se bastante baixo. Para julgar o recém-chegado, Julien estava reduzido ao que podiam lhe dizer seus traços e sua postura. Era baixo e atarracado, avermelhado, de olhos brilhantes e sem qualquer expressão a não ser a da maldade de um javali.

A atenção de Julien foi vivamente distraída pela chegada quase imediata de uma criatura muito diferente. Era um homem alto, muito magro e que usava três ou quatro coletes. Seu olhar era macio, os gestos refinados.

"É igualzinho ao velho bispo de Besançon", pensou Julien. Aquele homem pertencia com toda certeza à Igreja, não aparentava mais de cinquenta ou cinquenta e cinco anos, e era impossível parecer mais paternal.

O jovem bispo de Agde chegou e pareceu bastante espantado quando, passando em revista os presentes, seus olhos chegaram a Julien. Não tinha lhe dirigido a palavra desde a cerimônia em Bray-le-Haut. Seu olhar surpreso embaraçou e irritou Julien. "Ora essa", dizia consigo mesmo, "conhecer um homem sempre há de me trazer desgosto? Todos esses grandes fidalgos que eu nunca vi não me intimidam nem um pouco e o olhar desse jovem bispo me deixa gelado! É preciso convir que sou uma criatura bem estranha e bem infeliz."

Um homenzinho extremamente sombrio entrou fazendo estrondo e se pôs a falar de imediato; tinha a tez amarelada e um ar meio tolo. Logo à chegada desse impiedoso orador formaram-se grupos, aparentemente para evitar o aborrecimento de ouvi-lo.

Conforme se afastavam da lareira, aproximavam-se da extremidade da mesa ocupada por Julien. Sua posição tornava-se cada vez mais embaraçosa; pois afinal, por mais que se esforçasse, não podia deixar de ouvir, e apesar de sua pouca experiência, compreendia toda a importância das coisas que se diziam sem nenhum disfarce; e quantas personalidades importantes, que aparentemente tinha diante dos olhos, deviam fazer questão de mantê-las secretas!

Julien já tinha aparado, tão lentamente quanto possível, umas vinte penas; esse recurso ia lhe faltar. Procurava, sem sucesso, alguma ordem no olhar do sr. de La Mole; o marquês o tinha esquecido.

"O que estou fazendo é ridículo", dizia consigo mesmo Julien, "aparando suas penas; mas pessoas com fisionomias tão medíocres e encarregadas por outros ou por si mesmas de interesses tão elevados devem ser muito suscetíveis. Meu olhar infeliz tem alguma coisa interrogativa e pouco respeitosa que certamente pode incomodá-los. Se baixar decididamente os olhos, vai parecer que estou coletando suas palavras."

Seu embaraço era extremo; ouvia coisas bem estranhas.

XXII. A discussão

A república: para cada um que, hoje em dia, sacrificasse tudo pelo bem público, há milhares e milhões que só querem saber de seus prazeres e sua vaidade. Obtém-se consideração, em Paris, por conta de sua carruagem, não de sua virtude.

NAPOLEÃO, *Memorial*

O lacaio entrou e precipitou-se, dizendo:

– O senhor duque de ***.

– Cale-se, o senhor não passa de um tolo – disse o duque, ao entrar. E disse tão bem aquela frase e com tanta majestade que, sem querer, Julien pensou que saber zangar-se com um lacaio constituía toda a ciência daquele grande personagem. Julien ergueu os olhos e baixou-os em seguida. Adivinhara tão perfeitamente a importância do recém-chegado que tremeu de medo de ser indiscreto.

O duque era um homem de cinquenta anos, vestido como um dândi e com um andar desengonçado. Tinha a cabeça estreita, um nariz grande e um rosto todo curvado para a frente; teria sido difícil parecer mais nobre e mais insignificante. Sua chegada determinou a abertura da sessão.

Julien foi vivamente interrompido em suas observações fisionômicas pela voz do sr. de La Mole.

– Apresento-lhes o senhor padre Sorel – dizia o marquês. – É dotado de uma memória espantosa; há uma hora apenas lhe falei da missão com que podia ser honrado e, a fim de dar uma prova de sua memória, ele decorou a primeira página do *Cotidiano*.

– Ah, as notícias do estrangeiro daquele pobre N*** – disse o dono da casa. Pegou o jornal com presteza, olhando para Julien com um ar meio ridículo, de tanto tentar parecer importante. – Fale, senhor – disse-lhe.

O silêncio era profundo, todos os olhares estavam fixos em Julien; ele recitou tão bem que, ao cabo de vinte linhas, o duque lhe pediu que parasse. O homenzinho com olhar de javali sentou-se. Era ele o presidente, pois, mal assumiu seu lugar, mostrou a Julien uma mesa de jogo e fez um sinal para que a trouxesse para junto de si. Julien instalou-se com tudo de que necessitava para escrever. Contou doze pessoas sentadas ao redor do tapete verde.

– Senhor Sorel – disse o duque –, retire-se para o aposento vizinho, mandaremos chamá-lo.

O dono da casa mostrou-se bastante preocupado:

– As venezianas não estão fechadas – disse, a meia-voz, ao seu vizinho. – É inútil olhar pela janela – gritou estupidamente para Julien. "Estou metido, no mínimo, numa conspiração", pensou este. "Felizmente, não é daquelas que levam à praça de Grève. Ainda que houvesse perigo, devo isso e mais ainda ao marquês. Quem me dera poder reparar todo o desgosto que minhas loucuras podem causar-lhe um dia!"

Enquanto pensava em suas loucuras e sua dor, observava o recinto de maneira a nunca esquecê-lo. Só então se lembrou de que não ouvira o marquês dizer ao lacaio o nome da rua e o marquês mandara chamar um fiacre, o que nunca lhe acontecia.

Por muito tempo Julien ficou entregue aos seus pensamentos. Estava num salão revestido de veludo vermelho com largos galões de ouro. Havia sobre um móvel um grande crucifixo em marfim e, sobre a lareira, o livro sobre o *Papa*, do sr. de Maistre, de lombada dourada e magnificamente encadernado. Julien abriu-o para não parecer estar escutando. De vez em quando, falava-se muito alto no aposento ao lado. Por fim, a porta se abriu, e o chamaram.

– Vamos imaginar, senhores – dizia o presidente –, que estamos agora falando diante do duque de ***. Esse senhor – disse, mostrando Julien – é um jovem clérigo, devotado a nossa santa causa e que repetirá com facilidade, graças a sua memória espantosa, até as nossas menores considerações. O senhor está com a palavra – disse, indicando o personagem de aparência paternal e que usava três ou quatro coletes. Julien achou que teria sido mais natural chamá-lo de homem dos coletes. Pegou papel e escreveu bastante.

(Aqui o autor teria apreciado colocar uma página de reticências. Isso não teria a menor graça, disse o editor, e, num escrito tão frívolo, perder a graça é morrer.

– A política – continua o autor – é uma pedra amarrada no pescoço da literatura e que, em menos de seis meses, a faz submergir. A política, entre os interesses da imaginação, é um tiro de pistola no meio de um concerto. Esse ruído é dissonante sem ser enérgico. Não se harmoniza com o som de nenhum instrumento. Essa política vai ofender mortalmente metade dos leitores e aborrecer a outra metade, que a achou bem mais interessante e vibrante no jornal da manhã.

– Se os seus personagens não falarem de política – continua o editor –, não serão mais franceses de 1830, e o seu livro não será mais um espelho, de acordo com suas pretensões...)

A ata de Julien tinha vinte e seis páginas; segue um extrato bem pálido; pois foi necessário, como sempre, suprimir parte do ridículo, cujo excesso teria parecido detestável ou pouco verossímil (ver a *Gazeta dos Tribunais*).

O homem dos coletes e de ar paternal (talvez fosse um bispo) sorria frequentemente e, então, seus olhos, sublinhados por pálpebras inchadas, refletiam um brilho estranho e uma expressão menos indecisa que de costume. Esse personagem, levado a tomar a palavra diante do duque ("mas que duque?", perguntava-se Julien), aparentemente para expor as opiniões e assumir as funções de advogado geral, pareceu a Julien cair naquela incerteza e ausência de conclusões definitivas frequentemente reprovadas nesses magistrados. No decorrer da discussão, o duque chegou mesmo a censurá-lo por isso.

Depois de muitas frases de moral e de filosofia indulgente, o homem dos coletes disse:

– A nobre Inglaterra, guiada por um grande homem, o imortal Pitt, gastou quarenta bilhões de francos para combater a revolução. Se esta assembleia me permitir abordar com alguma franqueza uma ideia triste, a Inglaterra não compreendeu bem que, com um homem como Bonaparte, sobretudo quando tudo o que se tem para lhe opor é uma coleção de boas intenções, só eram definitivos os meios pessoais...

– Ah! De novo o elogio do assassinato! – disse o dono da casa com um ar preocupado.

– Poupe-nos suas homilias sentimentais – exclamou mal-humorado o presidente; seus olhos de javali brilharam com ferocidade. – Continue – disse ao homem dos coletes. A face e a testa do presidente ficaram cor de púrpura.

– A nobre Inglaterra – continuou o relator – hoje está arrasada, pois cada inglês, antes de pagar seu pão, é obrigado a pagar os juros dos quarenta bilhões de francos que foram usados contra os jacobinos. Ela não tem mais Pitt...

– Tem o duque de Wellington – disse um militar tomando ares de grande importância.

– Silêncio, por favor, senhores – exclamou o presidente –, se ainda ficarmos discutindo, terá sido inútil mandar entrar o senhor Sorel.

– Sabemos que o senhor tem muitas ideias – disse o duque com ar irritado, olhando para o militar, antigo general de Napoleão. Julien viu que aquilo era uma alusão a alguma coisa pessoal e muito ofensiva. Todo mundo sorriu; o general trânsfuga ficou transtornado de raiva.

– Não temos mais Pitt, senhores – continuou o relator com o ar desanimado que desanima de chamar à razão os que o escutam. – Ainda que houvesse um novo Pitt na Inglaterra, não se mistifica duas vezes uma nação com os mesmos meios...

– É por isso que um general vencedor, um Bonaparte, é hoje em dia impossível na França – exclamou o militar.

Dessa vez, nem o presidente nem o duque se atreveram a zangar-se, se bem que Julien tenha pensado ver em seus olhos uma enorme vontade de fazê-lo. Baixaram os olhos e o duque contentou-se em suspirar de maneira a ser ouvido por todos.

Mas o relator ficara de mau humor.

– Têm pressa de me ver terminar – disse ele, inflamado e deixando completamente de lado aquela delicadeza sorridente e aquela linguagem toda comedida que Julien pensava ser a expressão de seu caráter. – Têm pressa de me ver terminar; não têm a menor consideração pelos esforços que faço para não ofender os ouvidos de ninguém, quem quer que seja. Pois bem, senhores, serei breve. E vou ser curto e grosso: a Inglaterra não tem mais um tostão a serviço da boa causa. Mesmo que o próprio Pitt estivesse de volta, nem com todo seu talento conseguiria mistificar os pequenos proprietários ingleses, pois eles sabem que a rápida campanha de Waterloo lhes custou, só ela, um bilhão de francos. Já que estão querendo frases bem claras – acrescentou o relator, animando-se cada vez mais –, vou lhes dizer: *Ajudem a si mesmos*, pois a Inglaterra não tem um guinéu para servir-lhes e, quando a Inglaterra não paga, a Áustria, a Rússia, a Prússia, que só têm coragem e nenhum dinheiro, não podem fazer contra a França mais uma campanha ou duas. Pode-se esperar que os jovens soldados reunidos pelo jacobinismo serão vencidos na primeira campanha, talvez na segunda; mas, na terceira, ainda que eu vá passar por revolucionário aos seus olhos desconfiados, na terceira os senhores terão os soldados de 1794, que já não seriam os camponeses arregimentados em 1792.

Desta vez, a interrupção partiu de três ou quatro pontos de uma vez.

– O senhor pode ir passar a limpo a ata que redigiu – disse o presidente a Julien, que saiu muito contra a sua vontade. O relator estava justamente abordando algumas probabilidades que eram assunto de suas meditações habituais.

"Receiam que eu zombe deles", pensou. Quando o chamaram de volta, o sr. de La Mole estava dizendo, com uma seriedade que, para Julien que o conhecia, parecia bem engraçada:

– ... Sim, senhores, é sobretudo desse povo infeliz que se pode dizer:

Será deus, mesa ou bacia? "Será deus!", exclama o fabulista. Cabe aos senhores dar essa resposta tão nobre e tão profunda. Assumam suas ações e a nobre França ressurgirá quase como nossos ancestrais a fizeram e assim como ainda a vimos antes da morte de Luís XVI.

"A Inglaterra, ou pelo menos seus nobres lordes, execra tanto quanto nós o ignóbil jacobinismo: sem o ouro inglês, a Áustria, a Rússia, a Prússia só podem travar duas ou três batalhas. Isso bastaria para levar a uma ocupação feliz, como aquela que o senhor de Richelieu desperdiçou tão tolamente em 1817? Não o creio."

Houve então uma interrupção, mas sufocada pelos sussurros de todos. Partira novamente do antigo general imperial, que cobiçava uma condecoração e queria se destacar entre os redatores da nota secreta.

– Eu não o creio – repetiu o senhor de La Mole após o tumulto. Insistiu no *eu* com uma insolência que encantou Julien. "Boa jogada", pensava, enquanto sua pena voava quase tão depressa quanto as palavras do marquês. "Com uma palavra bem dita o senhor de La Mole aniquila as vinte campanhas desse trânsfuga."

– Não é apenas ao estrangeiro – continuou o marquês no tom mais comedido – que podemos ficar devendo uma nova ocupação militar. Toda essa juventude que escreve artigos incendiários no *Globo* lhes dará três ou quatro mil jovens capitães, entre os quais se pode achar um Kléber, um Hoche, um Jourdan, um Pichegru, mas menos bem-intencionados.

– Não soubemos atribuir-lhe a glória – disse o presidente –, era preciso mantê-lo imortal.

– Afinal, é preciso que haja dois partidos na França – continuou o marquês de La Mole –, mas dois partidos, não só de nome, dois partidos bem nítidos, bem distintos. Temos de saber a quem é preciso esmagar. De um lado, os jornalistas, os eleitores, a opinião; numa palavra, a juventude e todos os que a admiram. Enquanto ela se atordoa com o ruído de suas palavras vãs, nós temos a vantagem certa de consumir o orçamento.

Aqui, mais uma interrupção.

– O senhor, cavalheiro – disse o sr. de La Mole, com uma altivez e um desembaraço admiráveis, ao militar que o interrompia –, o senhor não consome, se o termo o choca, o senhor devora quarenta mil francos debitados do orçamento do Estado e oitenta mil que recebe da lista civil.

"Pois bem, senhor, já que me forçou a isso, atrevo-me a tomá-lo como exemplo. Como seus nobres antepassados que seguiram são Luís na Cruzada, o senhor deveria, por conta desses cento e vinte mil francos, mostrar-nos ao menos um regimento, até uma companhia, uma meia companhia, nem que fossem apenas cinquenta homens prontos para lutar e devotados à boa causa, na vida como na morte. O senhor tem apenas lacaios que, em caso de revolta, meteriam medo até no senhor.

"O trono, o altar, a nobreza podem perecer amanhã, senhores, enquanto não tiverem criado em cada departamento uma força de quinhentos homens *devotados*; mas digo devotados, não somente com toda a bravura francesa mas também com a constância espanhola.

"A metade dessa tropa deverá ser constituída por nossos filhos, nossos sobrinhos, enfim, por verdadeiros cavalheiros. Cada um deles terá a seu lado, não um pequeno-burguês falastrão, pronto para arvorar a insígnia tricolor se 1815 se apresentar novamente, mas um bom camponês simples e franco como Cathelineau; nosso cavalheiro deverá doutriná-lo, pode até ser seu irmão de leite. Que cada um de nós sacrifique *um quinto* de seus rendimentos para formar essa pequena tropa devotada de quinhentos homens por departamento. Então, os senhores poderão contar com uma ocupação estrangeira. Jamais o soldado estrangeiro chegará sequer até Dijon se não estiver seguro de encontrar quinhentos soldados amigos em cada departamento.

"Os reis estrangeiros só vão ouvi-los quando os senhores anunciarem vinte mil cavalheiros, prontos para pegar em armas, para abrir-lhes as portas da França. Esse serviço é penoso, dirão. Senhores, esse é o preço de nossa cabeça. Entre a liberdade de imprensa e nossa existência como cavalheiros há uma guerra mortal. Tornem-se operários, camponeses, ou tomem suas armas. Sejam tímidos, se quiserem, mas não sejam estúpidos; abram os olhos.

"*Formem seus batalhões*, eu lhes direi como a canção dos jacobinos; então aparecerá algum nobre GUSTAVO-ADOLFO, que, percebendo o perigo iminente para o princípio monárquico, se lançará a trezentas léguas de seu país e fará pelos senhores o que Gustavo fez pelos príncipes protestantes. Querem continuar a falar sem agir? Em cinquenta anos só haverá na Europa presidentes de repúblicas, e nenhum rei. E com essas três letras, R - E - I, vão-se embora os padres e os cavalheiros. Não vejo senão *candidatos* cortejando *maiorias* imundas. Podem me dizer que a França, no momento, não tem nenhum general digno de crédito, conhecido e amado por todos, que o exército só se organiza em prol do trono e do altar, que lhe retiraram todos os seus veteranos, enquanto cada um dos regimentos prussianos e austríacos conta com cinquenta suboficiais que estiveram na frente de batalha.

"Mas duzentos mil jovens da pequena-burguesia amam a guerra..."

– Chega de verdades desagradáveis – disse num tom arrogante um sujeito sério, aparentemente bastante elevado nas dignidades eclesiásticas, pois o senhor de La Mole sorriu amavelmente em vez de zangar-se, o que foi um bom sinal para Julien.

"Chega de verdades desagradáveis; resumindo, senhores: ao homem cuja perna gangrenada precisa ser cortada não cabe dizer: esta perna doente está muito saudável. Desculpem-me a expressão, senhores, o nobre duque de *** é o nosso cirurgião..."

"Até que enfim o grande nome é pronunciado", pensou Julien, "é rumo a .... que vou galopar esta noite."

XXIII. O clero, os bosques, a liberdade

A primeira lei de qualquer criatura é a de conservar-se, de viver. Semeais cicuta e pretendeis ver amadurecer as espigas!

MAQUIAVEL

O tipo sério continuava; via-se que ele sabia; expunha com uma eloquência doce e moderada, que agradou infinitamente a Julien, essas grandes verdades:

– Primeiro: a Inglaterra não tem um guinéu para nos servir; a economia e Hume estão na moda por lá. Nem mesmo os *Santos* vão nos dar dinheiro e o senhor Broughton vai rir de nós.

"Segundo: é impossível obter mais de duas campanhas dos reis da Europa sem o ouro inglês; e duas campanhas não bastarão contra a pequena-burguesia.

"Terceiro: a necessidade de formar um partido armado na França, sem o qual o princípio monárquico da Europa não arriscará sequer essas duas campanhas.

"O quarto ponto, que me atrevo a propor-lhes como evidente, é o seguinte:

"*Impossibilidade de formar um partido armado na França sem o clero.*

Isso eu lhes digo sem rodeios, senhores, porque vou prová-lo. É preciso conceder tudo ao clero.

"Primeiro: porque, cuidando de seus negócios, dia e noite, e guiado por homens de grande capacidade estabelecidos longe das tempestades, a trezentas léguas de suas fronteiras..."

– Ah, Roma, Roma! – exclamou o dono da casa...

– Sim, senhor, *Roma*! – retrucou o cardeal, orgulho. – Quaisquer que tenham sido os gracejos mais ou menos espirituosos que estiveram em voga quando o senhor era jovem, direi em alto e bom som, em 1830, que o clero, guiado por Roma, é o único interlocutor dos humildes.

"Cinquenta mil padres repetem as mesmas palavras no dia indicado pelos chefes, e o povo, que, afinal de contas, fornece os soldados, há de comover-se mais com a voz de seus padres do que com todos os versinhos do mundo... (Essa referência provocou um burburinho.)

"O clero tem uma competência superior à dos senhores – continuou o cardeal, elevando a voz. – Todos os passos que os senhores deram na direção desse ponto fundamental, o de *ter na França um partido armado*, foram dados por nós. Então se apresentaram fatos... Quem mandou oitenta mil fuzis para a Vendeia?... etc. etc.

"Enquanto o clero não tiver os seus bosques, ele não tem nada. Logo na primeira guerra, o ministro das Finanças escreve aos seus agentes que só sobrou dinheiro para os curas. No fundo, a França não acredita e ama a guerra. Seja quem for que a proporcione, será duplamente popular, pois fazer a guerra é atiçar o jesuíta, como diz o vulgo; fazer a guerra é libertar esses monstros de orgulho, os franceses, da ameaça da intervenção estrangeira."

O cardeal era ouvido com fervor...

– Seria necessário – disse ele – que o senhor de Nerval deixasse o ministério, seu nome irrita inutilmente.

Ante essas palavras, todos se levantaram e falaram ao mesmo tempo. "Vão mandar-me embora de novo", pensou Julien; mas até o sábio presidente se esquecera da presença e da existência de Julien.

Todos os olhares procuravam um homem que Julien reconheceu. Era o sr. de Nerval, o primeiro-ministro, que ele notara no baile do senhor duque de Retz.

Foi o auge da confusão, como dizem os jornais ao falar da Câmara. Ao cabo de um longo quarto de hora, o silêncio restabeleceu-se parcialmente.

Então o sr. de Nerval levantou-se e, assumindo o tom de um apóstolo:

– Não direi – disse ele numa voz estranha – que não faço questão do ministério.

"Foi-me demonstrado, senhores, que meu nome duplica as forças dos jacobinos, colocando contra nós muitos dos moderados. Eu me retiraria, de boa vontade; mas as vias do Senhor são visíveis a poucos", e acrescentou, olhando firmemente para o cardeal, "tenho uma missão; o céu me disse: 'Levarás tua cabeça ao cadafalso ou restabelecerás a monarquia na França e reduzirás as câmaras ao que era o parlamento no tempo de Luís XV'. E isso, senhores, *eu farei*."

Calou-se, sentou-se e houve um grande silêncio.

"Eis um bom ator", pensou Julien. Enganava-se, como de costume, atribuindo inteligência demais às pessoas. Animado pelos debates de um serão tão agitado e, sobretudo, pela franqueza da discussão, naquele momento o sr. de Nerval acreditava na sua missão. Dotado de grande coragem, aquele homem não tinha juízo.

Soou a meia-noite durante o silêncio que seguiu à bela tirada "*eu o farei*". Julien achou que o som do relógio tinha algo de imponente e de fúnebre. Estava emocionado.

A discussão logo recomeçou com uma energia crescente e, sobretudo, com uma incrível ingenuidade. "Essas pessoas vão mandar-me envenenar", pensava Julien em alguns momentos. "Como podem dizer tais coisas diante de um plebeu?"

Duas horas soaram e ainda se falava. O dono da casa dormia havia muito tempo; o sr. de La Mole foi obrigado a chamar os criados para que trocassem as velas. O sr. de Nerval, o ministro, saíra às quinze para as duas, não sem ter estudado atentamente o rosto de Julien num espelho que ficava a seu lado. Sua saída parecia deixar todos mais à vontade.

Enquanto trocavam as velas:

– Só Deus sabe o que esse homem vai dizer ao rei! – disse em voz baixa ao seu vizinho o homem dos coletes. – Pode cobrir-nos de ridículo e estragar nosso futuro. Convenhamos que ele mostrou uma arrogância rara, e até mesmo certa insolência, em vir apresentar-se aqui. Aparecia aqui antes de chegar ao ministério; mas a pasta de ministro muda tudo, confunde todos os interesses de um homem, ele deveria ter percebido.

Assim que o ministro saiu, o general de Bonaparte fechou os olhos. Nessa altura, falou de sua saúde, de suas feridas, consultou seu relógio e foi embora.

– Posso apostar – disse o homem dos coletes – que o general correu atrás do ministro; vai desculpar-se por ter estado aqui e sugerir que nos tem sob controle.

Quando os criados semiadormecidos tinham terminado a troca das velas:

– Deliberemos, enfim, senhores – disse o presidente –, não vamos mais tentar convencer-nos uns aos outros. Consideremos o teor da nota que, em quarenta e oito horas, estará sob os olhos de nossos amigos de fora. Falou-se dos ministros. Podemos dizê-lo, agora que o senhor de Nerval nos deixou, que importam os ministros? Faremos que aceitem.

O cardeal aprovou com um sorriso astuto.

– Nada mais fácil, parece-me, do que resumir nossa posição – disse o jovem bispo de Agde com o ardor concentrado e contido do fanatismo mais exaltado.

Até então, conservara-se em silêncio; seu olhar, no começo doce e calmo, como Julien observara, inflamara-se após a primeira hora de discussão. Agora sua alma transbordava como a lava do Vesúvio.

– De 1806 a 1814, a Inglaterra só cometeu um erro – disse ele –, foi o de não agir direta e pessoalmente sobre Napoleão. A partir do momento em que esse homem fez seus duques e camareiros, a partir do momento em que restabeleceu o trono, a missão que Deus lhe confiou estava terminada; só lhe restava ser imolado. As Sagradas Escrituras nos ensinam em mais de um lugar a maneira de dar um fim aos tiranos – aqui se seguiram várias citações latinas. Hoje em dia, senhores, não é mais um homem que é preciso imolar, é Paris. A França inteira copia Paris.

De que adianta armar seus quinhentos homens por departamento? Empresa arriscada e que não vai ter fim. De que adianta envolver a França numa questão pessoal de Paris? Somente Paris, com seus jornais e seus salões, causou o mal; que a nova Babilônia pereça. Entre o altar e Paris é preciso escolher. Essa catástrofe se estende inclusive aos interesses mundanos do trono. Por que Paris não se atreveu a abrir a boca no tempo de Napoleão? O canhão de Saint-Roch que o diga...

....

Só às três horas da manhã Julien saiu com o sr. de La Mole.

O marquês estava envergonhado e cansado. Pela primeira vez, ao falar com Julien, havia uma súplica em sua voz. Pediu-lhe sua palavra de nunca revelar os excessos de zelo, foi essa sua expressão, que o acaso lhe permitira testemunhar. "Só conte ao nosso amigo do estrangeiro se ele insistir seriamente em conhecer nossos jovens loucos. O que lhes importa se o Estado for derrubado? Serão cardeais e podem refugiar-se em Roma. Nós, em nossos castelos, seremos massacrados pelos camponeses."

A nota secreta que o marquês redigiu, a partir da longa ata de vinte e seis páginas escrita por Julien, só ficou pronta às quinze para as cinco.

– Estou exausto – disse o marquês –, e não é à toa que essa nota está um tanto confusa no fim; nada do que fiz em minha vida deixou-me tão insatisfeito. Vá, caro amigo – acrescentou –, vá descansar algumas horas e, de medo que o raptem, vou trancá-lo em seu quarto.

No dia seguinte, o marquês levou Julien a um castelo isolado, bem longe de Paris. Lá se encontravam estranhos hóspedes, que Julien julgou serem padres. Entregaram-lhe um passaporte com um nome falso, mas que indicava finalmente o destino da viagem que ele sempre fingira ignorar. Subiu sozinho numa caleche.

O marquês não tinha nenhuma preocupação quanto à sua memória, Julien lhe recitara várias vezes a nota secreta, mas ele temia muito que fosse interceptado.

– Sobretudo, não demonstre ser nada além de um presunçoso que viaja para passar o tempo, disse-lhe, amigavelmente, ao deixar o salão. – É possível que houvesse mais de um traidor em nossa assembleia de ontem à noite.

A viagem foi rápida e muito triste. Assim que Julien se achou fora da vista do marquês, já tinha esquecido tanto a nota secreta quanto a missão, para só pensar no desprezo de Mathilde.

Num vilarejo a algumas léguas de Metz, o encarregado da posta veio dizer-lhe que não havia cavalos. Eram dez horas da noite; Julien, bastante contrariado, pediu para cear. Deu umas voltas em frente à porta e, pouco a pouco, sem que o notassem, passou pelo pátio das cavalariças. Não viu cavalos.

"No entanto, aquele homem tinha um ar muito esquisito", dizia Julien consigo mesmo. "Seu olhar rude me examinava."

Como se vê, estava começando a não acreditar exatamente em tudo o que lhe diziam. Esperava escapar depois da ceia e, para não deixar de aprender alguma coisa sobre a região, deixou seu quarto para ir se esquentar ao fogo da cozinha. Qual não foi a sua alegria em encontrar ali o *signor* Geronimo, o célebre cantor!

Instalado numa poltrona que mandara trazer para perto do fogo, o napolitano gemia alto e falava mais que os vinte camponeses alemães que o cercavam, atônitos.

– Essas pessoas estão me arruinando – gritou para Julien –, prometi cantar amanhã em Mainz. Sete príncipes soberanos vieram correndo para me ouvir. Mas vamos tomar um pouco de ar – acrescentou de modo significativo.

Depois de uns cem passos na estrada, quando já não podiam mais ser ouvidos:

– Sabe o que está acontecendo? – perguntou a Julien. – Esse encarregado da posta é um trapaceiro. Enquanto passeava, dei vinte tostões a um moleque que me contou tudo. Há mais de doze cavalos numa cavalariça na outra ponta do vilarejo. Estão querendo atrasar alguma correspondência.

– É mesmo? – disse Julien com ar inocente.

Não bastava ter descoberto a fraude, precisavam partir: era o que Geronimo e seu amigo não conseguiram fazer.

– Vamos esperar amanhecer – disse afinal o cantor –, estão desconfiando de nós. Talvez o problema seja comigo ou com o senhor. Amanhã de manhã pedimos um bom desjejum; enquanto o preparam, vamos passear, escapamos, alugamos cavalos e alcançamos a próxima posta.

– E as suas coisas? – perguntou Julien, pensando que o próprio Geronimo podia ser o enviado para interceptá-lo.

Tinham de cear e dormir. Julien ainda mal adormecera quando foi despertado, num sobressalto, pela voz de duas pessoas que falavam dentro do seu quarto, sem o menor constrangimento.

Reconheceu o encarregado da posta, armado de uma lanterna furta-fogo. A luz estava dirigida para o cofre da caleche, que Julien pedira que levassem ao seu quarto. Ao lado do encarregado da posta estava um homem que revistava tranquilamente o cofre aberto. Julien só distinguia as mangas de sua roupa, que eram pretas e bem apertadas.

"É uma batina", pensou, e pegou silenciosamente as pequenas pistolas que deixara sob o seu travesseiro.

– Não precisa ter medo de acordá-lo, senhor cura – dizia o encarregado da posta. – O vinho que lhe serviram era daquele que o senhor mesmo preparou.

– Não encontro nenhum sinal de papéis – respondeu o cura. – Muita roupa, essências, pomadas, futilidades; é um rapaz do século, ocupado com seus prazeres. O emissário deve ser o outro, que finge falar com sotaque italiano.

Os dois se aproximaram de Julien para revistar os bolsos de seu traje de viagem. Ele estava bastante tentado a matá-los como ladrões. Nada seria mais perigoso nas consequências. Estava com muita vontade de fazer aquilo. "Seria uma grande tolice", pensou, "minha missão estaria comprometida." Depois de revistarem seu traje:

– Esse não é um diplomata – disse o padre. Afastou-se, no que fez bem.

"Se ele tocar em mim, azar o dele!", pensava Julien. "É bem possível que venha me apunhalar e isso eu não vou permitir."

O cura virou a cabeça, Julien tinha entreaberto os olhos: qual não foi o seu espanto! Era o padre Castanède! De fato, ainda que as duas pessoas quisessem falar bem baixo, parecera-lhe, desde o início, que reconhecera uma voz. Julien foi tomado de uma vontade desmedida de livrar o mundo de um de seus mais covardes patifes...

"Mas e a minha missão?", pensou.

O cura e seu acólito saíram. Quinze minutos depois, Julien fingiu estar acordando. Chamou e acordou a casa toda.

– Fui envenenado – gritava –, que dor terrível! – Quis um pretexto para ir socorrer Geronimo. Encontrou-o meio asfixiado pelo láudano contido no vinho.

Temendo alguma trapaça desse gênero, Julien tomara na ceia chocolate trazido de Paris. Não conseguiu despertar Geronimo o suficiente para convencê-lo a partir.

– Ainda que me dessem todo o reino de Nápoles – dizia o cantor –, eu não renunciaria nesse momento à volúpia de dormir.

– Mas os sete príncipes soberanos?

– Que esperem.

Julien partiu só e chegou sem nenhum outro incidente junto ao grande personagem. Perdeu uma manhã inteira solicitando em vão uma audiência. Felizmente, por volta das quatro horas, o duque quis tomar ar. Julien viu-o sair a pé e não hesitou em aproximar-se e pedir-lhe esmola. Quando já estava a dois passos do grande personagem, puxou o relógio do marquês de La Mole e mostrou-o com afetação.

– Siga-me de longe – disse o duque sem olhar para ele.

Depois de um quarto de légua, o duque entrou bruscamente num pequeno café. Foi num quarto daquela estalagem da pior categoria que Julien teve a honra de recitar para o duque suas quatro páginas. Quando já tinha acabado:

– Recomece e vá mais devagar – disse-lhe aquele.

O príncipe tomou notas:

–Vá a pé até a próxima posta. Deixe aqui sua bagagem e sua caleche. Vá a Estrasburgo do jeito que puder e, no dia vinte e dois do mês – estavam no dia dez –, esteja ao meio-dia e meia nesse mesmo café. Só saia daqui a meia hora. Silêncio!

Estas foram as únicas palavras que Julien ouviu. Bastaram para infundir-lhe a mais elevada consideração. "É assim", pensou, "que se trata de negócios; o que diria esse grande estadista, se ouvisse os tagarelas passionais de há três dias?"

Julien levou dois dias para chegar a Estrasburgo, parecia-lhe não ter nada para fazer ali. Deu uma grande volta. "Se o diabo daquele padre Castanède me reconheceu, não é do tipo capaz de perder facilmente meu rastro... E qual não seria sua satisfação em zombar de mim e provocar o fracasso de minha missão!"

O padre Castanède, chefe da polícia da congregação em toda a fronteira norte, felizmente não o reconhecera. E os jesuítas de Estrasburgo, embora muito zelosos, não tiveram a ideia de observar Julien, que, com sua condecoração e a sobrecasaca azul, parecia um jovem militar muito preocupado consigo mesmo.

XXIV. Estrasburgo

Fascinação! Tens do amor toda a energia, todo o poder de suportar a dor. Seus encantadores prazeres, seus doces deleites são únicos além de tua esfera. Eu não podia dizer, ao vê-la dormir: é toda minha, com sua beleza angelical e suas doces fraquezas! Ei-la entregue ao meu domínio, assim como o céu a fez, em sua misericórdia, para encantar o coração de um homem.

Ode de Schiller

Forçado a passar oito dias em Estrasburgo, Julien tentava distrair-se com ideias de glória militar e de devoção à pátria. Estaria apaixonado? Não tinha a menor ideia, apenas encontrava, em sua alma atormentada, Mathilde, senhora absoluta de sua felicidade e de sua imaginação. Precisava de toda a energia de seu caráter para superar o desespero. Pensar em algo que não tivesse alguma relação com a srta. de La Mole estava fora de seu alcance. A ambição, os meros sucessos da vaidade distraíam-no antigamente dos sentimentos que a sra. de Rênal lhe inspirara. Mathilde absorvera tudo; ele a encontrava em todos os cantos de seu futuro.

Por toda parte, nesse futuro, Julien via a falta de sucesso. Aquele homem que vimos em Verrières tão cheio de presunção, tão orgulhoso, tinha caído num excesso de modéstia ridícula.

Três dias antes teria matado com prazer o padre Castanède e se, em Estrasburgo, uma criança se metesse a brigar com ele, teria dado razão à criança. Relembrando os adversários, os inimigos que encontrara durante a vida, sempre achava que ele, Julien, é quem estivera errado.

É que agora ele tinha como inimiga implacável aquela imaginação poderosa, ocupada antigamente em representar-lhe sem cessar os mais brilhantes sucessos para o seu futuro.

A solidão absoluta da vida do viajante aumentava o poder daquela negra imaginação. Que tesouro teria sido um amigo! "Mas", pensava Julien, "haverá alguém que goste de mim? E, ainda que tivesse um amigo, a honra não me ordena um eterno silêncio?"

Passeava tristemente a cavalo nos arredores de Kehl, um burgo à beira do Reno, imortalizado por Desaix e Gouvion Saint-Cyr. Um camponês alemão mostrava-lhe os riachos, as veredas, as ilhotas do Reno para os quais a coragem desses grandes generais conquistara um nome. Julien, conduzindo seu cavalo com a mão esquerda, mantinha desdobrado com a direita o soberbo mapa que ornamenta as *Memórias* do marechal Saint-Cyr. Uma exclamação de alegria o fez erguer a cabeça.

Era o príncipe Korasoff, aquele amigo de Londres que o tinha iniciado alguns meses antes nas regras básicas da alta fatuidade. Fiel a essa grande arte, Korasoff, que chegara na véspera a Estrasburgo, em Kehl, há uma hora, e que em toda a sua vida nunca lera uma linha sobre o cerco de 1796, pôs-se a explicar tudo a Julien. O camponês alemão fitava-o espantado, pois sabia francês o suficiente para perceber os erros grosseiros cometidos pelo príncipe. Julien estava a mil léguas das opiniões do camponês, fitava surpreso aquele belo rapaz, admirava a elegância com que montava a cavalo.

"Que criatura feliz!", pensava. "Como suas calças lhe caem bem; como é elegante seu corte de cabelo! Que tristeza! Se eu fosse assim, depois de me amar três dias, talvez ela não criasse aversão por mim."

Quando o príncipe terminou seu cerco de Kehl:

– O senhor mais parece um trapista – disse a Julien –, está exagerando o princípio de seriedade que lhe ensinei em Londres. O ar triste nunca é de bom-tom; o ar de tédio é que é necessário. Se está triste, alguma coisa lhe falta, alguma coisa que não deu certo. *É mostrar-se inferior.* Se está entediado, pelo contrário, aquilo que tentou sem sucesso agradar-lhe é inferior. Compreenda, meu caro, como é grave o equívoco.

Julien jogou uma moeda ao camponês que os escutava boquiaberto.

– Isso! – disse o príncipe. – Há uma certa elegância, um nobre desdém no gesto! Muito bem! – e pôs seu cavalo a galope. Julien o seguiu, cheio de uma admiração estúpida.

"Ah! Se eu fosse assim, ela não teria preferido Croisenois!" Por mais que sua razão se sentisse chocada com os ridículos do príncipe, tanto mais ele se desprezava por não admirá-los e considerava-se infeliz por não possuí-los. O desagrado consigo mesmo não podia ir mais longe.

O príncipe o estava achando decididamente triste:

– Ora essa, meu caro – disse-lhe, ao regressar a Estrasburgo –, por acaso o senhor perdeu todo o seu dinheiro, ou estará apaixonado por alguma pequena atriz?

Os russos copiam os costumes franceses, mas sempre com cinquenta anos de atraso. Chegaram agora ao século de Luís XV.

Essas brincadeiras sobre o amor encheram de lágrimas os olhos de Julien: "Por que não consultar esse homem tão amável?", pensou de repente.

– É isso mesmo, meu caro – disse ao príncipe –, aqui estou eu, em Estrasburgo, muito apaixonado e inclusive rejeitado. Uma mulher encantadora, que mora numa cidade vizinha, mandou-me embora após três dias de paixão e essa mudança me mata.

Descreveu ao príncipe, com nomes supostos, as ações e o caráter de Mathilde.

– Não conte tudo – disse Korasoff –, para inspirar-lhe confiança em seu médico, vou terminar a confissão. O marido dessa jovem goza de uma enorme fortuna, ou melhor, ela mesma pertence à mais alta nobreza da região. É preciso que ela tenha do que se orgulhar.

Julien assentiu com a cabeça, não tinha mais coragem de falar.

– Muito bem – disse o príncipe –, eis três medicamentos bastante amargos que o senhor vai tomar sem mais delongas:

"Primeiro, ver todos os dias a senhora... Como é que o senhor a chama?

– A senhora de Dubois.

– Que nome! – disse o príncipe, caindo na gargalhada. – Mas, perdão, é sublime para o senhor. Trata-se de ver todos os dias a senhora de Dubois; mas, sobretudo, não vá parecer a seus olhos frio e zangado; lembre-se do grande princípio do século: seja o contrário do que esperam de si. Mostre-se exatamente tal como era oito dias antes de ser honrado com seus favores.

– Ah, estava tranquilo – então, exclamou Julien, desesperado –, e julgava ter pena dela...

– A mariposa se queima na chama – continuou o príncipe –, é uma comparação velha como o mundo.

"Primeiro, o senhor a verá diariamente."

"Segundo, o senhor irá cortejar alguma mulher de suas relações, mas sem dar sinais de paixão, entendeu bem? Não vou negar que seu papel é difícil; estará representando. Se notarem que é teatro, estará perdido.

– Ela é tão inteligente, e eu, tão pouco! Estou perdido – disse Julien tristemente.

– Não, está apenas mais apaixonado do que eu supunha. A senhora de Dubois preocupa-se profundamente consigo mesma, como todas as mulheres que receberam do céu ou nobreza demais ou dinheiro demais. Ela olha para si mesma em vez de olhar para o senhor, portanto não o conhece. Durante os dois ou três acessos de amor que lhe dedicou, num grande esforço de imaginação, via no senhor o herói com quem sonhara, não o que é de verdade... Mas, que diabos, estão aí os elementos, meu caro Sorel, será que é um perfeito colegial? Ora, vamos! Entremos nessa loja; eis um colarinho negro encantador, parece feito por John Anderson, de Burlington Street;

faça-me o favor de levá-lo e de jogar bem longe essa ignóbil corda preta que o senhor tem no pescoço. Ah! E mais – continuou o príncipe, saindo da principal loja de passamanes de Estrasburgo –, quais são as relações da senhora de Dubois? Meu Deus! Que nome! Não se zangue, caro Sorel, não consigo me conter... Quem irá cortejar?

– Uma devota por excelência, filha de um comerciante de meias imensamente rico. Tem os mais belos olhos do mundo e que me agradam extremamente. Ocupa com certeza a melhor posição na sociedade local; mas, em meio a tanta grandeza, ela cora a ponto de desconcertar-se caso alguém vier falar-lhe de loja e de comércio. E, infelizmente, o pai dela era um dos comerciantes mais conhecidos de Estrasburgo.

– Então, se lhe falarem de *indústria* – disse o príncipe, rindo –, estará certo de que sua bela pensa em si mesma e não no senhor. Esse ridículo é divino e bastante útil, vai impedi-lo de ter algum repente de loucura perante os seus belos olhos. O sucesso é garantido.

Julien estava pensando na senhora marechala de Fervaques que vinha muito à Mansão de La Mole. Era uma bela estrangeira que desposara o marechal um ano antes de sua morte. Toda a sua vida parecia não ter outro objetivo a não ser fazer com que esquecessem que era a filha de um *industrial*, e, para ser alguma coisa em Paris, enchera sua cabeça de virtude.

Julien admirava sinceramente o príncipe, o que não teria dado para ter os seus ridículos! A conversa entre os dois amigos foi interminável; Korasoff estava encantado: nunca um francês o tinha escutado tanto tempo. "Então, finalmente consegui que me ouçam, dando lições aos meus mestres!"

– Estamos totalmente de acordo – repetia pela décima vez a Julien –, nem uma sombra de paixão quando falar com a jovem beldade, filha do comerciante de meias de Estrasburgo, em presença da senhora de Dubois. Pelo contrário, paixão ardente ao escrever. Ler uma carta de amor é o prazer soberano para uma mulher virtuosa; é um momento de trégua. Ela não está representando e se atreve a ouvir seu coração; portanto, duas cartas por dia.

– Nunca, nunca! – disse Julien desanimado. – Prefiro ser moído por um pilão a ter de compor três frases; sou um cadáver, meu caro, não espere mais nada de mim. Deixe-me morrer à beira da estrada.

– E quem está falando em compor frases? Tenho na minha frasqueira seis maços de cartas de amor manuscritas. Tem carta para todo tipo de mulher, inclusive para a de mais elevada virtude. Pois não é que Kalisky cortejou em Richemond-la-Terrasse, como você sabe, a três léguas de Londres, a mais linda quacre de toda a Inglaterra?

Julien estava menos infeliz quando deixou seu amigo, às duas horas da manhã.

No dia seguinte, o príncipe mandou vir um copista, e, dois dias depois, Julien tinha cinquenta e três cartas de amor bem numeradas, destinadas à virtude mais sublime e à mais triste.

– Não são cinquenta e quatro porque Kalisky foi repelido; mas o que lhe importa ser maltratado pela filha do vendedor de meias, já que é só o coração da senhora de Dubois que deseja tocar?

Todos os dias andavam a cavalo: o príncipe estava louco por Julien. Não sabendo como demonstrar-lhe aquela súbita amizade, acabou lhe oferecendo a mão de uma de suas primas, rica herdeira de Moscou.

– E, uma vez casado – acrescentou –, minha influência e essa sua condecoração vão fazê-lo coronel em dois anos.

– Mas essa condecoração não me foi dada por Napoleão, longe disso.

– O que importa – disse o príncipe –, não foi ele quem a inventou? Ainda é, de longe, a mais importante na Europa.

Julien esteve a ponto de aceitar; mas seu dever o chamava junto ao grande personagem; ao deixar Korasoff, prometeu escrever. Recebeu a resposta à nota secreta que tinha trazido e correu para Paris; mas, mal passara dois dias seguidos de solidão, e deixar a França e Mathilde pareceu-lhe um suplício pior que a morte. "Não me casarei com os milhões que Korasoff me oferece", pensou, "mas seguirei os seus conselhos."

"Afinal, a arte de seduzir é o seu ofício; não pensa em nada além disso há mais de quinze anos, já que está com trinta. Não se pode dizer que lhe falta espírito, ele é astuto e perspicaz; o entusiasmo, a poesia são uma impossibilidade em seu caráter; é um procurador; mais uma razão para que não se engane. É preciso, vou ter de cortejar a senhora de Fervaques. É bem capaz de ela me aborrecer um pouco, mas eu fitarei seus olhos tão lindos e tão parecidos com aqueles que mais me amaram no mundo. Ela é estrangeira; um tipo novo para se observar. Estou louco, me afundando, devo seguir os conselhos de um amigo e não acreditar mais em mim mesmo."

XXV. O ministério da virtude

Mas se desfrutar esse prazer com tanta prudência e circunspecção, ele não será mais um prazer para mim.

LOPE DE VEGA

Mal regressou a Paris e, ao sair do gabinete do marquês de La Mole, o qual pareceu muito desconcertado com as notícias que lhe traziam, nosso herói correu à casa do conde Altamira. Além da vantagem de ser um condenado à morte, esse belo estrangeiro ainda ostentava muita seriedade e a felicidade de ser piedoso; esses dois méritos e, mais do que tudo, a elevada nobreza do conde convinham perfeitamente à sra. de Fervaques, que o via com frequência.

Julien confessou-lhe seriamente estar muito apaixonado por ela.

– É a mais pura e mais elevada das virtudes – respondeu Altamira –, só um pouco jesuítica e enfática. Tem dias em que eu entendo cada palavra do que ela diz mas não entendo o sentido da frase. Sempre me deixa com a impressão de que não sei francês tão bem quanto dizem. É um relacionamento que vai divulgar o seu nome e dar-lhe prestígio na sociedade. Mas vamos à casa de Bustos – disse o conde Altamira, que era um espírito metódico. – Ele fez a corte à senhora marechala.

Dom Diego Bustos fez com que lhe explicassem longamente o caso, sem dizer nada, como um advogado em seu gabinete. Tinha uma cara grande de monge, com bigodes negros e uma gravidade sem par; de resto, bom carbonário.

– Compreendo – disse, afinal, a Julien. – A marechala de Fervaques chegou a ter amantes ou não os teve? Nesse caso, o senhor teria alguma esperança de sucesso? Eis a questão. Posso lhe dizer que, quanto a mim, fracassei. Agora que passou a raiva, é assim que raciocino: ela está frequentemente mal-humorada e, como vou lhe contar, é bastante vingativa. Não acho que tenha aquele temperamento bilioso, que é próprio das pessoas brilhantes e que lança sobre toda ação um certo verniz de paixão. Pelo contrário, é ao modo de ser fleumático e tranquilo dos holandeses que ela deve sua rara beleza e suas cores tão viçosas.

Julien estava sem paciência para a lentidão e a fleuma inabalável do espanhol; de vez em quando, sem querer, deixava escapar alguns monossílabos.

– O senhor quer me ouvir? – disse-lhe gravemente dom Diego Bustos.

– Perdoe-me a *furia francese*; sou todo ouvidos – disse Julien.

– Pois então, a marechala de Fervaques é bastante versada no ódio; ela persegue impiedosamente pessoas que nunca viu, advogados, escritores pobres, desses coitados que fizeram canções como Collé, conhece?

Tenho a mania
De amar Maria etc.

E Julien teve de engolir a citação completa. O espanhol estava bem satisfeito por cantar em francês.

Essa divina canção nunca foi ouvida com maior impaciência. Quando acabou:

– A marechala – disse dom Diego Bustos – mandou destituir o autor dessa canção:

Julien tremeu de medo de que quisesse cantá-la. Ele se contentou em analisá-la. De fato, era ímpia e pouco decente.

– Quando a marechala se tomou de cólera contra aquela canção – disse dom Diego –, observei-lhe que uma senhora de sua categoria não devia ler todas as tolices que são publicadas. Por maiores progressos que façam a devoção e a gravidade, sempre haverá na França uma literatura de cabaré. Quando a senhora de Fervaques conseguiu tirar daquele pobre aposentado um emprego de mil e oitocentos francos: cuidado, disse-lhe, a senhora atacou um versejador com as suas armas, ele pode responder-lhe com as suas rimas; fará uma canção sobre a virtude. Os salões dourados vão apoiá-la; aqueles que gostam de rir repetirão seus epigramas. O senhor sabe o que a marechala respondeu-me? "No interesse do Senhor, toda Paris me veria caminhar para o martírio; seria um espetáculo novo na França. O povo aprenderia a respeitar a qualidade. Seria o dia mais feliz da minha vida." Nunca seus olhos estiveram mais lindos.

– E os dela são soberbos – exclamou Julien.

– Vejo que está apaixonado... Então – continuou gravemente dom Diego Bustos – ela não tem a constituição biliosa que predispõe à vingança. Se, contudo, gosta de fazer o mal, é porque é infeliz, suspeito aí de uma *infelicidade interior.* Não seria uma beata cansada de seu ofício?

O espanhol fitou-o em silêncio durante um longo minuto.

– Eis toda a questão – acrescentou gravemente –, e é daí que o senhor pode tirar alguma esperança. Refleti muito a esse respeito durante os dois anos em que fui seu humilde servidor. Todo o seu futuro, senhor apaixonado, depende desse grande problema: será uma beata cansada de seu ofício e má por ser infeliz?

– Ou então – disse Altamira, saindo finalmente de seu profundo silêncio –, será aquilo que lhe disse vinte vezes? Simplesmente, a vaidade francesa; é a lembrança de seu pai, o famoso comerciante de tecidos que faz a infelicidade desse caráter naturalmente morno e seco. Só haveria uma felicidade para ela: a de morar em Toledo e ser atormentada por um confessor que diariamente lhe mostrasse as portas abertas do inferno.

Como Julien estivesse saindo:

– Altamira me disse que o senhor é dos nossos – disse-lhe dom Diego, ainda mais sério. – Um dia, nos ajudará a reconquistar nossa liberdade, então quero ajudá-lo nesse pequeno divertimento. É bom que o senhor conheça o estilo da marechala; aqui estão quatro cartas escritas por ela.

– Vou copiá-las – exclamou Julien – e trago-as de volta.

– E nunca ninguém saberá uma palavra do que dissemos?

– Nunca, por minha honra! – exclamou Julien.

– Então, que Deus o ajude! – acrescentou o espanhol e reconduziu silenciosamente Julien e Altamira até a escada.

Aquela cena alegrou um pouco nosso herói; quase chegou a sorrir. "Eis que o piedoso Altamira", pensava, "me ajuda num assunto de infidelidade."

Durante toda a grave palestra de dom Diego Bustos, Julien ficara atento às horas que soavam no relógio da mansão de Aligre.

Estava chegando a hora do jantar e, então, ele iria rever Mathilde! Voltou e vestiu-se com esmero.

"Primeira tolice", pensou ao descer a escada. "É seguir ao pé da letra a orientação do príncipe."

Voltou para o seu quarto e vestiu uma roupa de viagem, a mais simples possível.

"Agora", pensou, "o problema são os olhares." Eram apenas cinco horas e meia e jantava-se às seis. Teve a ideia de descer para o salão, que encontrou deserto. À vista do canapé azul, ficou comovido até às lágrimas; logo suas faces estavam ardendo. "É preciso acabar com essa sensibilidade tola", pensou, com raiva, "isso pode me trair." Pegou um jornal para disfarçar e passou três ou quatro vezes do salão ao jardim.

Só depois de estar bem escondido por um grande carvalho, e tremendo, Julien ousou erguer os olhos para a janela da srta. de La Mole. Estava hermeticamente fechada; ele quase desfaleceu e ficou um bom tempo apoiado no carvalho; em seguida, num passo cambaleante, foi rever a escada do jardineiro.

A corrente, anteriormente forçada por ele em circunstâncias – que lástima! – tão diferentes, não tinha sido consertada. Tomado de um ímpeto de loucura, Julien apertou-a de encontro aos lábios.

Depois de vagar demoradamente entre o salão e o jardim, Julien ficou horrivelmente cansado; foi um primeiro sucesso que ele apreciou vivamente. "Meu olhar estará apagado e não vai me trair!"

Puseram-se à mesa. Finalmente apareceu a srta. de La Mole, sempre fiel ao seu hábito de se fazer esperar. Corou muito ao ver Julien; não lhe tinham falado de sua chegada. De acordo com a recomendação do príncipe Korasoff, Julien observou suas mãos; estavam tremendo. Ele mesmo ficou tão perturbado com essa descoberta, tão além de qualquer expectativa, que se sentiu feliz por parecer apenas cansado.

O sr. de La Mole o elogiou. A marquesa dirigiu-lhe a palavra um pouco depois e fez-lhe uma observação sobre seu ar de cansaço. Julien ficava pensando o tempo todo: "Não devo olhar demais para a senhorita de La Mole, mas meu olhar tampouco pode evitá-la. Preciso parecer o que de fato era oito dias antes da minha desgraça". Sentiu-se satisfeito com o resultado e permaneceu no salão. Atencioso, pela primeira vez, para com a dona da casa, fez todo o esforço possível para fazer falar os homens de sua roda e manter a conversa acesa.

Sua civilidade foi recompensada: quando deram oito horas, anunciaram a sra. marechala de Fervaques. Julien deu uma escapada e logo voltou, vestido com o maior esmero. A sra. de La Mole sentiu-se extremamente grata por essa prova de respeito e quis manifestar sua satisfação falando de sua viagem com a sra. de Fervaques. Julien instalou-se perto da marechala, de maneira que seus olhos não fossem vistos por Mathilde. Assim acomodado, conforme todas as regras da arte, a sra. de Fervaques foi para ele o objeto da mais incrível admiração. Era com uma tirada sobre esse sentimento que começava a primeira das cinquenta e três cartas que o príncipe Korasoff lhe dera de presente.

A marechala anunciou que ia à ópera-bufa. Julien foi correndo para lá; encontrou o cavaleiro de Beauvoisis, que o levou a um camarote dos senhores da nobreza de câmara, justamente ao lado do camarote da sra. de Fervaques. Julien fitou-a constantemente.

"É preciso", pensou, voltando para casa, "que eu mantenha um diário do cerco; senão esquecerei meus ataques." Forçou-se a escrever duas ou três páginas sobre esse assunto maçante e conseguiu assim – coisa admirável! – quase não pensar na srta. de La Mole.

Mathilde quase o tinha esquecido durante sua viagem. "Não passa, afinal, de uma criatura comum", pensava, "seu nome há de lembrar-me sempre o maior erro da minha vida. É preciso voltar de boa-fé às ideias vulgares de decoro e de honra; uma mulher tem tudo a perder ao esquecê-las." Mostrou-se disposta a permitir, finalmente, a conclusão do acordo com o marquês de Croisenois, preparado há tanto tempo. Esse estava louco de alegria; ficaria muito espantado se lhe dissessem que havia resignação no fundo dessa disposição de Mathilde, de que tanto se orgulhava.

Todas as ideias da srta. de La Mole mudaram quando viu Julien. "Na verdade, é esse o meu marido", pensou, "e se voltar de boa-fé às ideias de decoro é decerto com ele que devo me casar."

Ela esperava importunações, expressões de infelicidade da parte de Julien; estava preparando suas respostas: pois, sem dúvida, terminado o jantar, ele tentaria dirigir-lhe algumas palavras. Longe disso, ele ficou firme no salão, seus olhos nem se voltaram para o jardim – só Deus sabe o quanto foi difícil! É melhor ter logo essa explicação, pensou a srta. de La Mole; foi sozinha para o jardim, Julien não apareceu. Mathilde veio passear junto às portas envidraçadas do salão; viu-o bastante ocupado em descrever à sra. de Fervaques os velhos castelos em ruínas que coroam as colinas à beira do Reno, conferindo-lhes tanta personalidade. Ele estava começando a dominar razoavelmente com a fala sentimental e pitoresca dita *espirituosa* em certos salões.

O príncipe Korasoff teria ficado muito orgulhoso, se estivesse em Paris: aquele serão transcorria exatamente como previra.

Teria aprovado a conduta assumida por Julien nos dias seguintes.

Uma intriga entre os membros do governo oculto ia pôr à disposição algumas condecorações do cordão azul; a senhora marechala de Fervaques exigia que seu tio-avô fosse cavalheiro da ordem. O marquês de La Mole tinha a mesma pretensão para o seu sogro; reuniram seus esforços e a marechala veio quase todos os dias à

Mansão de La Mole. Foi através dela que Julien ficou sabendo que o marquês ia ser ministro: estava oferecendo à *Camarilha* um plano muito engenhoso para abolir a Constituição, sem comoção social, em três anos.

Julien podia esperar um bispado se o sr. de La Mole chegasse ao ministério; mas, aos seus olhos, todos esses grandes interesses estavam como que encobertos por um véu. Sua imaginação, agora, só os percebia vagamente e, por assim dizer, à distância. A terrível desgraça, que fazia dele um maníaco, concentrava todo o interesse da vida na sua maneira de ser com a srta. de La Mole. Calculava que, depois de cinco ou seis anos de cuidados, conseguiria que ela o amasse de novo.

Aquela cabeça tão fria tinha, como se vê, caído num estado de completa insensatez. De todas as qualidades que o tinham caracterizado anteriormente, mal lhe restara uma certa firmeza. Materialmente fiel ao plano de conduta ditado pelo príncipe Korasoff, todas as noites instalava-se bem perto da poltrona da sra. de Fervaques, mas era-lhe impossível encontrar alguma coisa para dizer.

O esforço que se impunha para parecer curado aos olhos de Mathilde absorvia todas as forças de sua alma, permanecia junto à marechala como uma criatura quase sem vida; mesmo os seus olhos, assim como em casos de extremo sofrimento físico, tinham perdido todo o seu brilho.

Como o ponto de vista da sra. de La Mole nunca passava de uma contraprova das opiniões daquele marido que podia fazê-la duquesa, há alguns dias ela exagerava excessivamente o mérito de Julien.

XXVI. O amor moral

There also was of course in Adeline
That calm patrician polish in the address,
Which ne'er can pass the equinoctial line
Of any thing which Nature would express:
Just as a Mandarin finds nothing fine,
At least his manner suffers not to guess
That any thing he views can greatly please.
Don Juan, canto XIII, estrofe 84

"Há um pouco de loucura no ponto de vista de toda essa família", pensava a marechala; "estão encantados com o padrezinho deles, que só sabe prestar atenção, com olhos muito bonitos, é bem verdade."

Quanto a Julien, percebia nos modos da marechala um exemplo quase perfeito daquela *calma patrícia* que transpira uma cortesia exata e, sobretudo, a impossibilidade de qualquer emoção forte. O imprevisto nos movimentos, a falta de domínio sobre si mesmo teriam escandalizado a sra. de Fervaques quase tanto quanto a ausência de majestade na relação com seus inferiores. O menor sinal de sensibilidade teria sido, aos seus olhos, uma espécie de *embriaguez moral* que provoca vergonha e compromete muito o estatuto da pessoa de situação elevada. Sua grande alegria consistia em falar da última caça do rei, seu livro favorito, as *Memórias do duque de Saint-Simon*, sobretudo pela parte genealógica.

Julien sabia o lugar que, conforme a disposição das luzes, convinha ao tipo de beleza da sra. de Fervaques. Chegava lá adiantado, mas tomava muito cuidado para virar a sua cadeira de maneira a não avistar Mathilde. Surpresa com essa constância em esconder-se dela, ela se afastou um dia do canapé azul e veio trabalhar numa mesinha ao lado da poltrona da marechala. Julien podia vê-la de bem perto, por cima do chapéu da sra. de Fervaques. Aqueles olhos, que dispunham de sua sorte, primeiro o assustaram, depois o lançaram violentamente para longe de sua apatia costumeira; ele falou, e muito bem.

Dirigia a palavra à marechala, mas seu único fim era atingir a alma de Mathilde. Animou-se de tal maneira que a sra. de Fervaques chegou a não entender mais o que ele dizia.

Era um primeiro mérito. Se Julien tivesse tido a ideia de completá-lo com algumas frases de misticismo alemão, de alta religiosidade e de jesuitismo, a marechala logo o teria classificado entre os homens superiores chamados a regenerar o século.

"Já que tem suficiente mau gosto para falar assim demoradamente e com tanto ardor com a sra. de Fervaques, não vou mais ouvi-lo." Durante o resto da noite, manteve sua palavra, embora com dificuldade.

À meia-noite, quando pegou o candelabro da mãe para acompanhá-la até o seu quarto, a sra. de La Mole parou na escadaria para fazer um elogio completo a Julien. Mathilde ficou mal-humorada de vez; não conseguia conciliar o sono. Uma ideia acalmou-a: "Quem eu desprezo ainda pode parecer homem de grande mérito aos olhos da marechala".

Quanto a Julien, tinha agido, estava menos infeliz; seus olhos depararam-se por acaso com a pasta de couro da Rússia em que o príncipe Korasoff tinha guardado as cinquenta e três cartas de amor que lhe dera de presente. Julien viu uma nota num canto da primeira carta: *enviar a nº 1 oito dias após o primeiro encontro.*

"Estou atrasado!", exclamou Julien, "pois já faz muito tempo que estou vendo a sra. de Fervaques." Pôs-se imediatamente a transcrever aquela primeira carta de amor; era uma homilia cheia de frases sobre a virtude e mortalmente enfadonha; Julien teve a sorte de adormecer na segunda página.

Algumas horas mais tarde, o sol alto surpreendeu-o apoiado em sua mesa. Um dos momentos mais penosos de sua vida era aquele em que, a cada manhã, ao despertar, ele *descobria* sua desgraça. Naquele dia, ele acabou a cópia de sua carta quase rindo. "Será possível", pensava, "que tenha havido alguém, um jovem, capaz de escrever assim!" Contou várias frases de nove linhas. No final, encontrou uma nota a lápis: *Levar essas cartas pessoalmente: a cavalo, de gravata preta, casaca azul. Entregar a carta ao porteiro com ar contrito; profunda melancolia no olhar. Se avistar alguma criada, enxugar os olhos furtivamente. Dirigir a palavra à criada.*

Tudo isso foi executado fielmente.

"O que estou fazendo é bastante ousado", pensou Julien, saindo da mansão Fervaques, "mas pior para Korasoff. Que atrevimento, escrever para uma pessoa reconhecidamente tão virtuosa! Ela vai tratar-me com o pior desprezo e nada me divertirá tanto. No fundo, essa é a única comédia à qual posso ser sensível. Sim, cobrir de ridículo essa criatura odiosa que chamo de *eu* vai me divertir. Se eu fosse capaz, cometeria algum crime para me distrair."

Fazia um mês que o melhor momento da vida de Julien era aquele em que ele trazia seu cavalo de volta à cavalariça. Korasoff proibira-o expressamente de olhar, sob qualquer pretexto, para a amante que o abandonara. Mas o passo daquele cavalo que ela conhecia tão bem, a maneira como Julien dava uma chicotada na porta para chamar alguém, às vezes, atraíam Mathilde à sua janela. A musselina da cortina era tão leve que Julien via sua silhueta. Olhando de uma determinada maneira, sob as abas de seu chapéu, ele via o vulto de Mathilde sem ver seus olhos. Logo, pensava, ela não pode ver os meus e isso não é olhar.

À noite, a sra. de Fervaques comportou-se com ele exatamente como se não tivesse recebido a dissertação filosófica, mística e religiosa que ele entregara de manhã ao seu porteiro com tanta melancolia. Na véspera, o acaso revelara a Julien a maneira de ser eloquente; deu um jeito de ver os olhos de Mathilde. Ela, por sua vez, logo após a chegada da marechala, deixou o sofá azul: isso era desertar sua roda costumeira. O sr. de Croisenois parecia consternado com esse novo capricho; seu evidente sofrimento poupou a Julien o que sua infelicidade tinha de mais atroz.

Esse imprevisto em sua vida fez com que falasse como um anjo; e, como o amor-próprio se insinua mesmo nos corações que servem de templo à mais augusta virtude, a marechala pensou, quando voltava para sua carruagem: "A senhora de La Mole tem razão, esse jovem padre tem uma certa distinção. É provável que, nos primeiros dias, minha presença o tenha intimidado. Na verdade, tudo o que a gente encontra nessa casa é bem leviano; só se encontra a virtude sustentada na velhice e muito necessitada da indiferença da idade. Esse rapaz deve ter percebido a diferença; escreve bem; mas receio que esse pedido em sua carta para que o esclareça com meus conselhos não passe, no fundo, de um sentimento que desconhece a si mesmo. Contudo, quantas conversões não começaram assim! O que me parece promissor, nesse caso, é a diferença de seu estilo comparado ao dos rapazes cujas cartas tive a oportunidade de ler. É impossível não reconhecer a unção, a seriedade profunda e muita convicção na prosa desse jovem levita; deve ter a doce virtude de Massillon".

XXVII. Os melhores cargos da Igreja

Serviços! Talentos! Mérito! Ora...
Pertença a uma confraria.
TELÊMACO

Assim, a ideia de bispado associava-se pela primeira vez à lembrança de Julien na cabeça de uma mulher que, cedo ou tarde, haveria de distribuir os melhores cargos da Igreja da França. Essa vantagem não teria causado a menor impressão em Julien; naquele instante, seu pensamento não se elevava a nada que fosse estranho à sua desgraça atual: tudo a redobrava; por exemplo, a visão de seu quarto tornara-se insuportável para ele. À noite, quando voltava com sua vela, cada móvel, cada pequeno ornamento pareciam-lhe adquirir voz para anunciar-lhe amargamente algum novo detalhe de seu sofrimento.

"Hoje é dia de trabalho forçado", pensou, retirando-se com uma vivacidade que havia muito tempo não conhecia. "Esperemos que a segunda carta seja tão enfadonha quanto a primeira."

Era mais. O que estava copiando parecia-lhe tão absurdo que acabou transcrevendo linha por linha, sem pensar no sentido.

"É ainda mais enfática", pensava, "que as peças oficiais do tratado de Münster, que meu professor de diplomacia me fazia copiar em Londres."

Lembrou-se só então das cartas da sra. de Fervaques, cujos originais se esquecera de devolver ao grave espanhol dom Diego Bustos. Procurou-as; eram na verdade quase tão confusas quanto as do jovem fidalgo russo. Eram completamente vagas. Podiam significar qualquer coisa e não significar nada. "Isso é a harpa eólica do estilo", pensou Julien. "Em meio aos mais elevados pensamentos sobre o nada, sobre a morte, sobre o infinito etc., só o que percebo de verdadeiro é um medo abominável do ridículo."

O monólogo que acabamos de abreviar foi repetido quinze dias seguidos. Adormecer transcrevendo uma espécie de comentário do Apocalipse, no dia seguinte levar uma carta com ar melancólico, entregar o cavalo à cavalariça com a esperança de avistar o vestido de Mathilde, trabalhar, à noite aparecer na ópera quando a sra. de Fervaques não vinha à Mansão de La Mole, tais eram os acontecimentos monótonos da vida de Julien. Era mais interessante quando a sra. de Fervaques vinha à casa da marquesa; então, podia entrever os olhos de Mathilde sob uma aba do chapéu da marechala, e era eloquente. Suas frases pitorescas e sentimentais começavam a adquirir um torneado mais marcante e, ao mesmo tempo, mais elegante.

Ele percebia perfeitamente que o que dizia era absurdo aos olhos de Mathilde, mas queria impressioná-la com a elegância da dicção. "Quanto mais o que eu disser for falso, mais devo lhe agradar", pensava Julien; e então, com um abominável atrevimento, ele exagerava certos aspectos da natureza. Logo percebeu que, para não parecer vulgar aos olhos da marechala, era preciso, sobretudo, evitar as ideias simples e sensatas. Assim, ele continuava, ou abreviava, seus exageros à medida que via o sucesso ou a indiferença nos olhos das duas grandes damas que precisava agradar.

No final das contas, sua vida estava menos angustiante do que quando seus dias se passavam na inação.

"Mas", pensou certa noite, "aqui estou eu, transcrevendo a décima quinta dessas abomináveis dissertações; as catorze primeiras foram fielmente entregues ao porteiro da marechala. Vou ter a honra de ocupar todos os escaninhos de sua escrivaninha. E, no entanto, ela me trata exatamente como se eu não estivesse escrevendo! Como acabará tudo isso? Minha constância a estaria aborrecendo tanto quanto a mim? Convenhamos que esse russo, amigo de Korasoff e apaixonado pela bela puritana de Richmond, foi, em seu tempo, um homem terrível; ninguém pode ser mais enfadonho."

Como todas as criaturas medíocres que o acaso coloca em presença das manobras de um grande general, Julien não entendia nada do ataque executado pelo jovem russo sobre o coração da bela inglesa. As quarenta primeiras cartas eram destinadas tão somente a desculpar-se pela ousadia de escrever. Era preciso fazer com que aquela doce criatura, que talvez se entediasse infinitamente, contraísse o hábito de receber cartas talvez um pouco menos insípidas que sua vida cotidiana.

Uma manhã, entregaram uma carta a Julien; reconheceu o brasão da sra. de Fervaques e quebrou o lacre com uma aflição que lhe teria parecido impossível alguns dias antes: era apenas um convite para jantar.

Foi correndo buscar instruções junto ao príncipe Korasoff. Infelizmente, o jovem russo quis ser leviano como Dorat, ali onde seria necessário ser simples e inteligível; Julien não conseguiu adivinhar a posição moral que devia ocupar no jantar da marechala.

O salão era da maior magnificência, dourado como a galeria de Diana nas Tulherias, com quadros a óleo nos lambris. Havia manchas claras naqueles quadros. Julien depois ficou sabendo que os temas tinham parecido pouco decentes à dona da casa, que os mandara corrigir. "*Século moral!*", pensou.

Naquele salão ele notou três dos personagens que tinham assistido à redação da nota secreta. Um deles, monsenhor bispo de ***, tio da marechala, distribuía os benefícios e, pelo que diziam, era incapaz de recusar qualquer coisa à sobrinha. "Que passo imenso fui dar", pensava Julien, sorrindo com melancolia, "e como isso me deixa indiferente! Aqui estou, jantando com o famoso bispo de ***."

O jantar foi medíocre e a conversa, exasperante. "É como o índice de um livro ruim", pensou Julien. "Todas as matérias importantes para reflexão dos homens são, ali, intrepidamente abordadas. Depois de escutar uns três minutos, a gente se pergunta o que é pior, se a grandiloquência de quem fala ou a sua abominável ignorância."

O leitor certamente se esqueceu daquele homenzinho de letras chamado Tanbeau, sobrinho do acadêmico e futuro professor, que, com suas calúnias vis, parecia encarregado de envenenar o salão da Mansão de La Mole.

Foi por intermédio desse homenzinho que Julien teve a primeira intuição de que era bem possível que a sra. de Fervaques, embora não respondendo às suas cartas, visse com indulgência o sentimento que as ditava. A alma negra do sr. Tanbeau estava dilacerada pela ideia dos sucessos de Julien; mas como, por outro lado, um homem de mérito, assim como o tolo, não pode estar em dois lugares ao mesmo tempo, "se Sorel se tornar o amante da sublime marechala", dizia consigo mesmo o futuro professor, "ela lhe arrumará na Igreja algum cargo vantajoso e estarei livre dele na Mansão de La Mole".

O padre Pirard também dirigiu a Julien longos sermões sobre seu sucesso na mansão de Fervaques. Havia uma *rivalidade de seita* entre o austero jansenista e o salão jesuítico, restaurador e monárquico da virtuosa marechala.

XXVIII. Manon Lescaut

Ora, assim que ficou bem convencido da estupidez e tolice do prior, passou a acertar com muita frequência, chamando de preto o que era branco e de branco o que era preto.

LICHTENBERG

As instruções russas prescreviam imperiosamente jamais contradizer de viva voz a pessoa a quem se escrevia. Não era recomendável afastar-se, sob nenhum pretexto, do papel da mais extática admiração; as cartas sempre partiam dessa suposição.

Uma noite, na ópera, no camarote da sra. de Fervaques, Julien louvava excessivamente o balé de *Manon Lescaut*. Seu único motivo para falar assim é que o achava insignificante.

A marechala disse que aquele balé era bem inferior ao romance do padre Prévost.

"Como!", pensou Julien, espantado e divertido. "Uma pessoa de tão elevada virtude elogiando um romance!" A sra. de Fervaques costumava professar, duas ou três vezes por semana, o mais completo desprezo pelos escritores que, por meio dessas obras sem relevo, procuram corromper a juventude que, infelizmente, está bastante inclinada aos erros de juízo.

"Nesse gênero imoral e perigoso, *Manon Lescaut*", continuou a marechala, "ocupa, segundo dizem, um dos primeiros lugares. As fraquezas e as angústias merecidas de um coração bem criminoso ali são, segundo dizem, representadas com uma verdade que é muito profunda; o que não impediu seu Bonaparte de declarar em Santa Helena que é um romance escrito para os lacaios."

Aquelas palavras devolveram à alma de Julien toda a sua atividade. "Quiseram comprometer-me junto à marechala; contaram-lhe meu entusiasmo por Napoleão. Esse fato irritou-a o suficiente para que ela ceda à tentação de me fazer senti-lo." Aquela descoberta divertiu-o a noite toda e tornou-o divertido. Quando estava se despedindo da marechala no vestíbulo da Ópera, ela disse:

– Lembre-se, meu senhor, que quem me ama não deve amar Napoleão, pode no máximo aceitá-lo como uma necessidade imposta pela Providência. De resto, aquele homem não tinha a alma bastante flexível para sentir as obras-primas das artes.

"Quem me ama!", repetia Julien consigo mesmo. "Isso não quer dizer nada ou quer dizer tudo. São esses os segredos de linguagem que fazem falta aos nossos pobres provincianos." E ele pensou muito na sra. de Rênal, enquanto copiava uma carta imensa destinada à marechala.

– Como é possível – disse-lhe ela no dia seguinte, com um ar de indiferença que lhe pareceu forçado – que o senhor tenha me falado de *Londres* e de *Richmond* numa carta que escreveu ontem à noite, ao que parece, saindo da ópera?

Julien ficou muito perturbado; tinha copiado linha por linha, sem prestar atenção no que escrevia e, aparentemente, esquecera de substituir as palavras *Londres* e *Richmond*, que estavam no original, por *Paris* e *Saint-Cloud*. Começou duas ou três frases, mas sem conseguir completá-las; sentia-se prestes a romper numa gargalhada histérica. Por fim, escolhendo suas palavras, chegou a esta ideia:

– Exaltado pela discussão dos mais sublimes, dos maiores interesses da alma humana, a minha pode ter-se distraído enquanto lhe escrevia.

"Produzi uma impressão", pensou, "e posso poupar-me o aborrecimento do resto da noite." Saiu correndo da mansão de Fervaques. À noite, revendo o original da carta copiada na véspera, chegou bem depressa ao lugar fatal em que o jovem russo falava de Londres e de Richmond. Julien surpreendeu-se bastante por achar aquela carta quase terna.

Era o contraste da aparente leviandade de sua conversa com a profundidade sublime de suas cartas que fizera com que se distinguisse. O comprimento das frases, sobretudo, agradava à marechala, não era esse o estilo saltitante posto em voga por Voltaire, aquele homem tão imoral! Embora nosso herói fizesse de tudo para banir qualquer espécie de bom-senso da conversa, essa ainda tinha um tom antimonárquico e ímpio que não escapava à sra. de Fervaques. Cercada por personagens eminentemente morais, mas que com frequência não tinham uma ideia por noite, aquela dama impressionava-se profundamente com tudo o que parecesse novidade; mas, ao mesmo tempo, pensava que era sua obrigação sentir-se ofendida. Chamava esse defeito de *conservar a marca da leviandade do século...*

Mas só vale a pena ir a esses salões em caso de necessidade. Todo o aborrecimento desta vida sem interesse que Julien levava é, sem dúvida, compartilhado pelo leitor. São os terrenos baldios em nosso caminho.

Durante todo o tempo usurpado na vida de Julien pelo episódio Fervaques, a srta. de La Mole precisava se esforçar para não pensar nele. Sua alma estava tomada por violentos conflitos; algumas vezes, ela se gabava de desprezar aquele rapaz tão triste; mas, sem querer, sua conversa a cativava. O que a espantava, sobretudo, era a sua falsidade perfeita; ele não dizia uma palavra à marechala que não fosse uma mentira ou, pelo menos, um disfarce abominável de sua maneira de pensar, que Mathilde conhecia tão perfeitamente, sobre quase todos os assuntos. Esse maquiavelismo a impressionava. "Que profundidade!", pensava; "que diferença dos imbecis empolados ou dos canalhas comuns, tais como o senhor Tanbeau, que empregam a mesma linguagem!"

Todavia, Julien tinha dias horríveis. Era para cumprir o mais penoso dos deveres que aparecia todos os dias no salão da marechala.

Seus esforços para desempenhar seu papel acabavam esgotando toda a força de sua alma. Frequentemente, à noite, atravessando o pátio imenso da mansão Fervaques, eram apenas a força de sua vontade e seu poder mental que o mantinham um pouco acima do desespero.

"Venci o desespero no seminário", pensava, "no entanto, que perspectiva terrível tinha diante de mim! Que tivesse sorte ou não, num caso como no outro, eu me via obrigado a passar a vida inteira intimamente associado ao que há de mais repulsivo e desprezível no mundo. Na primavera seguinte, apenas onze pequenos meses depois, eu era provavelmente o mais feliz dos rapazes da minha idade."

Mas, frequentemente, todos esses belos raciocínios nada valiam contra a terrível realidade. Todos os dias ele via Mathilde no almoço e no jantar. De acordo com as inúmeras cartas que lhe ditava o sr. de La Mole, sabia que ela estava às vésperas de se casar com o sr. de Croisenois. Aquele amável rapaz já aparecia duas vezes por dia na Mansão de La Mole: o olhar enciumado de um amante abandonado não perdia nenhum de seus movimentos.

Quando julgava ter visto a srta. de La Mole tratar bem seu pretendente, ao voltar para o seu quarto, Julien não podia deixar de olhar para suas pistolas com carinho.

"Ah! Como seria mais sensato", pensava, "tirar os monogramas de minha roupa e ir para alguma floresta solitária, a vinte léguas de Paris, acabar com essa vida execrável! Desconhecido na região, minha morte seria ignorada durante quinze dias, e quem pensaria em mim depois de quinze dias!"

Essa ideia era bastante sensata. Mas, no dia seguinte, o braço de Mathilde, avistado entre a manga de seu vestido e a luva, bastava para mergulhar nosso jovem filósofo em recordações cruéis e que, no entanto, o prendiam à vida. "Pois bem!", pensava então, "seguirei até o fim essa política russa. Como irá acabar? Quanto à marechala, com certeza, depois de transcrever aquelas cinquenta e três cartas, não escreverei mais. Quanto a Mathilde, essas seis semanas de fingimento tão penoso, ou não mudarão em nada a sua raiva ou vão proporcionar-me um instante de reconciliação. Santo Deus! Eu morreria de felicidade!" E não conseguia terminar seu raciocínio.

Quando, depois de um longo devaneio, conseguia retomar seu raciocínio, ele pensava: "Então conseguiria um dia de felicidade e, depois, ela retomaria sua postura rigorosa, fundada, ai de mim, sobre o pouco poder que tenho de agradá-la, e não me restaria mais nenhum recurso, estaria perdido para sempre... Que garantia ela pode me dar com aquele seu caráter? Pobre de mim! Minha falta de mérito diz tudo. Não vou conseguir me portar com elegância, meu modo de falar será pesado e monótono. Meu Deus! Por que sou assim?".

XXIX. O tédio

Sacrificar-se por suas paixões, vá lá,
mas por paixões que não se tem!
Oh, triste século XIX*!*

GIRODET

Depois de passar algum tempo lendo sem prazer as longas cartas de Julien, a sra. de Fervaques estava começando a envolver-se; uma coisa, porém, a desolava: "Que pena o senhor Sorel não ser decididamente um padre! Seria possível admiti-lo em algum tipo de intimidade; mas, com essa condecoração e esse traje quase burguês, a pessoa se expõe a perguntas maldosas, e como responder?". Não concluía seu pensamento: "Alguma amiga maliciosa pode supor e até espalhar que se trata de um primo subalterno, parente de meu pai, algum vendedor condecorado pela guarda nacional".

Até o momento em que vira Julien, o maior prazer da sra. de Fervaques tinha sido escrever a palavra *marechala* ao lado de seu nome. Depois, uma vaidade de arrivista, doentia e que se ofendia à toa, combateu um princípio de interesse.

"Seria tão fácil para mim", pensava a marechala, "fazer dele um vigário-geral em alguma diocese perto de Paris! Mas o senhor Sorel é simplesmente, e, ainda por cima, pequeno secretário do senhor de La Mole! É desolador."

Pela primeira vez, aquela alma *que temia tudo* estava agitada por um interesse estranho às suas pretensões de posição e de superioridade social. Seu velho porteiro reparou que, quando trazia uma carta daquele belo rapaz, que parecia tão triste, estava certo de ver desaparecer o ar distraído e descontente que a marechala sempre tratava de assumir à chegada de algum de seus criados.

O tédio de um modo de vida que só ambiciona o efeito sobre o público, sem que haja no fundo do coração uma satisfação real com esse tipo de sucesso, tornara-se tão intolerável desde que pensava em Julien que, para que as criadas de quarto não fossem maltratadas durante o dia todo, bastava que, na véspera à noite, tivesse passado uma hora com esse rapaz estranho. Seu crédito em alta resistiu a cartas anônimas muito benfeitas. Foi em vão que o pequeno Tanbeau forneceu aos srs. de Luz, de Croisenois, de Caylus, duas calúnias bem engenhosas e que esses senhores tiveram o prazer de espalhar sem muito se preocuparem com a veracidade das acusações. A marechala, cujo espírito não fora feito para resistir a esses meios vulgares, contava suas dúvidas para Mathilde e era sempre consolada.

Um dia, depois de perguntar três vezes se não havia cartas, a sra. de Fervaques decidiu subitamente responder a Julien. Foi uma vitória do tédio. Já na segunda carta, a marechala quase foi interrompida pela inconveniência de escrever, de seu próprio punho, um endereço tão vulgar, *ao sr. Sorel, na casa do sr. marquês de La Mole.*

"É preciso", disse à noite para Julien de um jeito bem seco, "que o senhor me traga envelopes com o seu endereço escrito."

"Aqui estou eu, promovido a amante de serviço", pensou Julien, e inclinou-se, divertindo-se em imitar Arsène, o velho criado de quarto do marquês.

Na mesma noite, ele trouxe alguns envelopes e, no dia seguinte, bem cedo, havia uma terceira carta: leu umas cinco ou seis linhas do começo e duas ou três mais para o fim. Eram quatro páginas escritas numa letrinha bem cerrada.

Aos poucos, foram pegando o doce hábito de escrever quase todos os dias. Julien respondia com cópias fiéis das cartas russas e essa é a vantagem do estilo empolado: a sra. de Fervaques não se espantava com a falta de relação entre as cartas e suas respostas.

Qual não teria sido a irritação de seu orgulho se o pequeno Tanbeau, que se constituíra espião voluntário dos movimentos de Julien, pudesse ter-lhe contado que todas aquelas cartas eram jogadas, sem ser abertas e de qualquer jeito, na gaveta de Julien.

Certa manhã, o porteiro estava lhe trazendo à biblioteca uma carta da marechala; Mathilde encontrou o homem, viu a carta e o endereço escrito por Julien. Entrou na biblioteca assim que o porteiro saiu; a carta ainda estava num canto da mesa; Julien, muito ocupado escrevendo, não a colocara em sua gaveta.

– Isso é coisa que não posso admitir – exclamou Mathilde apoderando-se da carta. – O senhor se esquece completamente de mim, eu que sou sua esposa. Sua conduta é horrorosa.

Ao dizer isso, seu orgulho, espantado com a enorme inconveniência de sua atitude, sufocou-a; ela caiu em prantos e, logo, pareceu a Julien ser incapaz de respirar.

Surpreso, confuso, Julien não compreendia bem tudo o que aquela cena tinha de admirável e de feliz para ele. Ajudou Mathilde a sentar-se; ela quase se entregava a seus braços.

O primeiro instante em que ele percebeu aquele movimento foi de extrema alegria. O segundo foi uma lembrança de Korasoff: posso perder tudo com uma só palavra.

Seus braços enrijeceram, de tanto que o esforço imposto pela política era penoso. "Não devo sequer permitir-me abraçar esse corpo flexível e encantador, senão ela me despreza e maltrata. Que caráter abominável!"

Amaldiçoando o caráter de Mathilde, amava-a cem vezes mais; parecia-lhe ter em seus braços uma rainha.

A frieza impassível de Julien redobrou a dor do orgulho que dilacerava a alma da srta. de La Mole. Estava longe de ter o sangue-frio necessário para tentar adivinhar em seus olhos o que ele sentia por ela naquele instante. Não teve a coragem de fitá-lo, temia encontrar a expressão do desprezo.

Sentada no divã da biblioteca, imóvel e com a cabeça virada do lado oposto a Julien, estava entregue às piores dores que o orgulho e o amor podem infligir à alma humana. Em que situação atroz ela fora se meter!

"Estava reservado a mim, infeliz que eu sou, ver-me rejeitada numa entrega das mais indecentes! E rejeitada por quem?", acrescentava o orgulho louco de dor. "Rejeitada por um empregado de meu pai."

– É o que eu não vou admitir – disse em voz alta.

E, levantando-se com fúria, abriu a gaveta da mesa de Julien colocada a dois passos dela. Ficou como que gelada de horror vendo ali oito ou dez cartas não abertas, em tudo semelhantes àquela que o porteiro acabara de trazer. Em todos os endereços, ela reconhecia a letra de Julien, mais ou menos disfarçada.

– Então – exclamou fora de si –, não somente tem boas relações com ela mas ainda por cima o senhor a despreza. O senhor, que não é ninguém, desprezar a senhora marechala de Fervaques! Ah, perdão, meu querido – acrescentou, lançando-se de joelhos –, despreze-me se quiser, mas me ame, não posso mais viver sem seu amor. E caiu, totalmente desfalecida.

"Aí está essa orgulhosa, aos meus pés!", pensou Julien.

XXX. Um camarote na ópera-bufa

As the blackest sky
Foretells the heaviest tempest.
Don Juan, canto I, estrofe 73

No meio de toda aquela movimentação, Julien estava mais espantado que feliz. Os insultos de Mathilde lhe mostravam o quanto era sábia a política russa. "*Falar pouco, agir pouco*, eis a minha única possibilidade de salvação."

Levantou Mathilde e, sem dizer uma palavra, colocou-a de volta no divã. Ela, aos poucos, foi derramando-se em lágrimas.

Tentando manter a compostura, ela pegou as cartas da sra. de Fervaques; abria-as lentamente. Teve um movimento nervoso bem marcado quando reconheceu a letra da marechala. Virava sem ler as páginas dessas cartas, a maioria tinha seis páginas.

– Responda-me, pelo menos – disse afinal Mathilde, com a entonação mais suplicante, mas sem ousar olhar para Julien. – O senhor sabe que sou orgulhosa; é a desgraça de minha posição e mesmo de meu caráter, confesso; a senhora de Fervaques roubou-me então o seu coração... Teria ela feito a seu favor todos os sacrifícios a que esse amor fatal me levou?

Um silêncio morno foi a única resposta de Julien. "Com que direito", pensou, "ela me pede uma indiscrição indigna de um homem honrado?"

Mathilde tentou ler as cartas; seus olhos cheios de lágrimas não lhe permitiram.

Havia um mês que era infeliz, mas aquela alma altiva estava bem longe de confessar a si mesma os seus sentimentos. Fora apenas o acaso que levara àquela explosão. Por um instante o ciúme e o amor sobrepujaram o orgulho. Estava sentada no divã e bem perto dele. Ele via seus cabelos e seu pescoço de alabastro; de repente, esqueceu toda a sua determinação, passou o braço ao redor de sua cintura e estreitou-a quase junto ao peito.

Ela voltou a cabeça para ele lentamente: ficou espantado com o extremo sofrimento que se refletia em seus olhos, quase não dava para reconhecer sua fisionomia habitual.

Julien sentiu suas forças o abandonarem, tão mortalmente penoso era o ato de coragem que ele se impunha.

"Esses olhos logo expressarão apenas o mais frio desdém", pensou Julien, "se eu me deixar levar pela felicidade de amá-la." No entanto, numa voz sem vida e com palavras que mal conseguia completar, ela lhe repetia naquele instante a certeza de seu arrependimento pelas atitudes que o excessivo orgulho pudera lhe aconselhar.

– Eu também tenho meu orgulho – disse-lhe Julien, numa voz mal formada, e seus traços estampavam o ponto extremo do abatimento físico.

Mathilde voltou-se para ele com vivacidade. Ouvir sua voz era uma alegria a cuja esperança quase renunciara. Naquele momento, não se lembrava de sua superioridade a não ser para amaldiçoá-la, gostaria de poder tomar atitudes insólitas, incríveis, para lhe provar o quanto o adorava e detestava a si mesma.

– É provavelmente por causa desse orgulho – continuou Julien – que deve ter-me notado, por um breve instante; é certamente por causa dessa firmeza corajosa, que convém a um homem, que me estima nesse momento. Posso amar a marechala...

Mathilde estremeceu; seus olhos assumiram uma expressão estranha. Ela ia ouvi-lo pronunciar a sua sentença. Esse movimento não escapou a Julien; sentiu sua coragem fraquejar.

"Ah!", pensava, ouvindo o som das palavras vãs que saíam de sua boca, como se tivesse feito um barulho estranho. "Se eu pudesse cobrir de beijos essas faces tão pálidas e se você não o sentisse!"

– Posso amar a marechala – continuava... e sua voz estava cada vez mais fraca. – Mas, com certeza, não tenho de seu interesse por mim nenhuma prova decisiva...

Mathilde o fitou: ele sustentou seu olhar, esperando pelo menos que sua fisionomia não o traísse. Sentia-se tomado de amor até os recantos mais íntimos de seu coração. Nunca a tinha adorado a esse ponto; estava quase tão louco quanto Mathilde. Se ela tivesse encontrado sangue-frio e coragem o bastante para manobrar, ele teria caído aos seus pés, abjurando todo vão fingimento. Teve força suficiente para continuar falando. "Ah, Korasoff", exclamou internamente, "por que não está aqui? Como preciso de uma palavra para guiar minha conduta!" Durante esse tempo, sua voz dizia:

– Na falta de qualquer outro sentimento, a gratidão bastaria para me apegar à marechala; ela me mostrou indulgência, consolou-me quando me desprezavam... Não posso ter uma fé ilimitada em certas aparências extremamente lisonjeiras, sem dúvida, mas, talvez também, pouco duradouras.

– Ah! Santo Deus! – exclamou Mathilde.

– Então?! Que garantia pode me dar? – continuou Julien, num tom vivo e firme e que parecia abandonar momentaneamente as formas prudentes da diplomacia. – Que garantia, qual deus me garante que a posição, que parece disposta a restituir-me nesse instante, sobreviverá mais de dois dias?

– O excesso do meu amor e de meu sofrimento se não me amar mais – disse ela, tomando-lhe as mãos e voltando-se para ele.

O movimento brusco que acabara de fazer tinha deslocado um pouco a sua capa: Julien podia ver seus ombros encantadores. Seus cabelos em desalinho trouxeram-lhe uma lembrança deliciosa...

Ia ceder. "Uma palavra imprudente", pensou, "e faço recomeçar essa longa série de dias passados no desespero. A senhora de Rênal encontrava razões para fazer o que seu coração lhe ditava: essa moça da alta sociedade só deixa o coração comover-se depois de encontrar boas razões para que se comova."

Percebeu essa verdade num piscar de olhos e também num piscar de olhos recuperou a coragem.

Retirou as mãos que Mathilde estreitava nas suas e, com um respeito manifesto, afastou-se um pouco dela. A coragem de um homem não pode ir mais longe. Ocupou-se em seguida em reunir todas as cartas da sra. de Fervaques, que estavam espalhadas sobre o divã, e foi com um ar de cortesia extrema e tão cruel naquele momento que ele acrescentou:

– A senhorita de La Mole se dignará permitir-me refletir sobre tudo isso – afastou-se rapidamente e deixou a biblioteca; ela o ouviu fechar sucessivamente todas as portas.

"O monstro não se perturbou", pensou ela. "Mas o que estou dizendo, monstro! Ele é sensato, prudente, bom; sou eu que tenho mais defeitos do que se pode imaginar."

Esse modo de ver as coisas persistiu. Mathilde foi quase feliz naquele dia, pois esteve entregue ao amor; era como se que aquela alma nunca houvesse sido agitada pelo orgulho, e que orgulho!

Estremeceu de horror quando, à noite, no salão, um lacaio anunciou a sra. de Fervaques; a voz daquele homem pareceu-lhe sinistra. Não pôde suportar a visão da marechala e afastou-se rapidamente. Julien, pouco orgulhoso de sua penosa vitória, receara seus próprios olhares e não jantara na Mansão de La Mole.

Seu amor e sua felicidade aumentavam rapidamente à medida que se afastava do momento da batalha; já estava se culpando. "Como pude resistir-lhe?", pensava. "E se ela não quiser mais me amar? Qualquer coisinha pode mudar esta alma altiva e devo convir que a tratei de um modo horrível."

À noite, sentiu que era absolutamente necessário aparecer na ópera-bufa, no camarote da sra. de Fervaques. Ela o tinha expressamente convidado: Mathilde não deixaria de ficar sabendo de sua presença ou de sua ausência descortês. Apesar da evidência desse raciocínio, não teve coragem, no início da noite, de juntar-se à sociedade. Conversando, perderia metade de sua felicidade. Soaram as dez horas: era absolutamente necessário aparecer.

Felizmente, encontrou o camarote da sra. de Fervaques cheio de mulheres e foi relegado a um canto da porta e completamente escondido pelos chapéus. Aquela posição o livrou do ridículo; a divina expressão do desespero de Carolina no *Matrimonio segreto* o fez derramar-se em lágrimas. A sra. de Fervaques viu aquelas lágrimas; faziam tamanho contraste com a firmeza viril de sua fisionomia habitual que aquela alma de grande dama, há muito saturada de tudo o que o orgulho de uma arrivista tem de mais corrosivo, ficou comovida. O pouco que lhe restava do coração de uma mulher levou-a a falar. Quis ter o prazer de ouvir sua voz, naquele momento.

– O senhor viu as senhoras de La Mole – disse-lhe –, estão na terceira fila. – Imediatamente, Julien debruçou-se sobre a sala, apoiando-se com certa indelicadeza na frente do camarote: viu Mathilde; seus olhos estavam brilhantes de lágrimas.

"E, contudo, esse não é o dia de virem ao teatro", pensou Julien. "Quanta atividade!"

Mathilde convencera sua mãe a ir ao teatro, apesar da inconveniência da localização do camarote que uma frequentadora da casa se apressara em oferecer-lhes. Queria saber se Julien passaria aquela noite com a marechala.

XXXI. Amedrontá-la

Eis, então, o belo milagre da sua civilização!
Do amor, fizeram um negócio vulgar.
BARNAVE

Julien correu até o camarote da sra. de La Mole. Seus olhos encontraram de imediato os olhos cheios de lágrimas de Mathilde; ela chorava desenfreadamente. Só estavam lá figuras subalternas, a amiga que emprestara o camarote e alguns conhecidos. Mathilde pousou sua mão na de Julien; ela praticamente esquecera todo o medo da mãe. Quase sufocada por suas lágrimas, só lhe disse essa palavra: "*Garantias!*".

"Pelo menos, não devo lhe falar", pensava Julien, ele mesmo muito comovido e escondendo, tanto quanto possível, seus olhos com a mão sob o pretexto do lustre, que ofuscava a terceira fila de camarotes. "Se lhe falar, não terá mais como duvidar de minha emoção, o som de minha voz vai me trair, tudo ainda pode desmoronar."

Seu conflito interno estava bem mais penoso do que pela manhã, sua alma tivera tempo de comover-se. Temia ver Mathilde envaidecer-se. Ébrio de amor e de volúpia, decidiu não lhe falar.

Esse é, na minha opinião, um dos mais belos traços de seu caráter; uma pessoa capaz de tal esforço de vontade pode ir longe, *si fata sinant*.

A srta. de La Mole insistiu para trazer Julien de volta para casa. Felizmente estava chovendo muito. Mas a marquesa fez com que se sentasse à sua frente, falou-lhe constantemente e impediu que ele dirigisse a palavra à filha. Era como se a marquesa zelasse pela felicidade de Julien; não mais temendo perder tudo pelo excesso de sua emoção, entregava-se a ela com loucura.

Ousarei dizer que, entrando em seu quarto, Julien se lançou de joelhos e cobriu de beijos as cartas de amor dadas pelo príncipe Korasoff?

"Ó grande homem! Quanto não lhe devo!", exclamou, em sua loucura.

Aos poucos, recuperou algum sangue-frio. Comparou-se a um general que acaba de vencer parcialmente uma grande batalha. "A vantagem é certa, imensa", pensou; "mas o que acontecerá amanhã? Um instante pode pôr tudo a perder."

Abriu, num movimento apaixonado, as *Memórias de Santa Helena* de Napoleão, e durante duas longas horas se forçou a lê-las; só os seus olhos liam, pouco lhe importava, forçava-se. Durante essa estranha leitura, sua cabeça e seu coração, exaltados ao máximo, trabalhavam à sua revelia. "Esse coração é bem diferente daquele da senhora de Rênal", pensava, sem ir mais longe.

"AMEDRONTÁ-LA!", exclamou de repente, jogando o livro ao longe. "O inimigo só vai me obedecer na medida em que o amedrontar, então não se atreverá a me desprezar."

Andava de um lado para o outro, em seu quartinho, ébrio de alegria. Na verdade, essa felicidade era mais do orgulho que do amor.

"AMEDRONTÁ-LA!", repetia orgulhosamente, e tinha razão em orgulhar-se. "Mesmo nos seus momentos mais felizes, a senhora de Rênal sempre duvidava que meu amor fosse igual ao dela. Aqui, é um demônio que subjugo, portanto é preciso *subjugar*."

Sabia muito bem que no dia seguinte, logo às oito horas da manhã, Mathilde estaria na biblioteca. Ele só apareceu às nove horas, ardendo de amor, mas a cabeça lhe dominava o coração. Talvez não tenha passado um único minuto sem repetir consigo mesmo: "Devo mantê-la sempre ocupada com essa grande dúvida: será que ele me ama? Sua brilhante posição, as lisonjas de todos os que a cercam ajudam-na *um pouco demais* a tranquilizar-se".

Encontrou-a pálida, calma, sentada no divã, mas aparentemente sem condições de fazer um único movimento. Ela lhe estendeu a mão:

– Meu amigo, eu o ofendi, é verdade. Pode estar zangado comigo...

Julien não esperava esse tom tão simples. Esteve a ponto de trair-se.

– Quer garantias, meu amigo – acrescentou ela após um silêncio que esperara ver rompido. – É justo. Leve-me embora, partamos para Londres... Estarei perdida para sempre, desonrada... – teve a coragem de retirar sua mão da de Julien para cobrir os olhos. Todos os sentimentos de pudor e de virtude feminina tinham voltado. – Pois bem! Desonre-me – disse afinal com um suspiro –, é *uma garantia*.

"Ontem fui feliz, porque tive a coragem de ser severo comigo mesmo", pensou Julien. Depois de um breve momento de silêncio, teve suficiente domínio de seus sentimentos para dizer num tom glacial:

– Uma vez a caminho de Londres, uma vez desonrada, para servir-me de suas expressões, quem me garante que me amará? Que minha presença no assento da diligência não irá lhe parecer inoportuna? Eu não sou um monstro, acabar com a sua reputação só seria para mim uma desgraça a mais. Não é a sua posição na sociedade que serve de obstáculo, infelizmente, é o seu caráter. Pode garantir a si mesma que me amaria oito dias?

"Ah! Que ela me ame oito dias, oito dias apenas", dizia baixinho Julien, e morreria de felicidade. "O que me importa o futuro, o que me importa a vida? E essa felicidade divina pode começar nesse instante se eu quiser, só depende de mim!"

Mathilde viu-o pensativo.

– Sou então totalmente indigna de você – disse ela, tomando-lhe a mão.

Julien beijou-a, mas, imediatamente, a mão de ferro do dever tomou conta de seu coração. "Se ela vê o quanto a adoro, perco-a."

E, antes de deixar seus braços, retomara toda a dignidade que convém a um homem.

Naquele dia e nos seguintes, ele soube esconder o excesso de sua felicidade; houve momentos em que se recusava até o prazer de estreitá-la nos seus braços.

Em outros momentos, o delírio da felicidade superava todos os conselhos da prudência.

Era perto de um canteiro de madressilvas, disposto de maneira a esconder a escada, no jardim, que ele costumava ficar para olhar de longe a persiana de Mathilde e chorar sua inconstância. Um carvalho muito grande ficava ali perto e o tronco dessa árvore o impedia de ser visto pelos indiscretos.

Passando com Mathilde naquele mesmo lugar que lhe recordava tão intensamente o excesso de seu sofrimento, o contraste entre o desespero passado e a felicidade presente foi forte demais para ele; lágrimas inundaram seus olhos e, levando aos lábios a mão de sua amiga:

– Aqui, eu vivia pensando em você; aqui, eu olhava aquela persiana, esperava horas inteiras o momento feliz em que veria esta mão abri-la...

Sua fraqueza foi completa. Pintou-lhe, com essas cores verdadeiras que não se inventam, seu desespero de então. Curtas interjeições refletiam sua felicidade atual, que tinha feito cessar aquele sofrimento atroz...

"O que estou fazendo, meu Deus!", pensou Julien, recuperando-se de súbito. "Vou me perder."

Na sua excessiva inquietação, já acreditou estar vendo menos amor nos olhos da srta. de La Mole. Era uma ilusão; mas o rosto de Julien mudou rapidamente e cobriu-se de uma palidez mortal. Seu olhar se apagou por um momento e a expressão de um orgulho não isento de maldade logo sucedeu àquela do amor mais verdadeiro e mais dedicado.

– O que há, meu amigo? – perguntou-lhe Mathilde, com ternura e preocupação.

– Estou mentindo – disse Julien, mal-humorado –, e mentindo para você. Sinto-me culpado e, contudo, Deus sabe que a estimo o bastante para não mentir para você. Você me ama, me é devotada e não preciso ficar fazendo frases vazias para lhe agradar.

– Meu Deus! São frases vazias todas essas coisas encantadoras que estava me dizendo há pouco?

– Sinto-me terrivelmente culpado, cara amiga. Eu as compus há algum tempo para uma mulher que me amava e me aborrecia... É o defeito de meu caráter, confesso, perdoe-me.

Lágrimas amargas inundavam as faces de Mathilde.

– Sempre que alguma coisa me contraria, forçando-me a um devaneio momentâneo – continuou Julien –, minha memória execrável, que amaldiçoo agora, fornece-me algum recurso do qual abuso.

– Quer dizer que acabo de cometer, à minha revelia, alguma ação que lhe desagradou? – disse Mathilde com uma ingenuidade encantadora.

– Um dia, eu me lembro, passando perto dessas madressilvas, você colheu uma flor, o senhor de Luz a tomou e você a entregou. Eu estava por perto.

– O senhor de Luz? É impossível – continuou Mathilde, com a altivez que lhe era tão natural. – Eu não tenho esses modos.

– Tenho certeza – replicou vivamente Julien.

– Pois bem! É verdade, meu amigo – disse Mathilde, abaixando os olhos tristemente. Ela sabia perfeitamente que há muitos meses não permitia ao senhor de Luz uma atitude dessas.

Julien fitou-a com uma ternura inenarrável: "Não", pensou, "ela não me ama *menos*."

À noite, rindo, ela criticou seu gosto pela sra. de Fervaques:

– Um burguês amando uma arrivista! Os corações dessa espécie são talvez os únicos que meu Julien não consegue enlouquecer. Ela fez de você um verdadeiro dândi – dizia ela, brincando com seus cabelos.

No tempo em que se achava desprezado por Mathilde, Julien se tornara um dos homens mais bem-vestidos de Paris. E ainda tinha uma vantagem sobre a gente dessa espécie: uma vez arrumado, não pensava mais nisso.

Uma coisa aborrecia Mathilde: Julien continuava copiando as cartas russas e enviando-as para a marechala.

XXXII. O tigre

Ai! Por que estas coisas, e não outras?

BEAUMARCHAIS

Um viajante inglês conta da intimidade em que vivia com um tigre; tinha-o criado e o acariciava, mas sempre em sua mesa mantinha uma pistola armada.

Julien só se entregava ao excesso de sua felicidade nos instantes em que Mathilde não podia ler a expressão de seu olhar. Cumpria rigorosamente com o dever de dizer-lhe de vez em quando alguma palavra dura.

Quando a meiguice de Mathilde, que ele observava com espanto, e o excesso de sua devoção chegavam ao ponto de arrancar-lhe todo seu autocontrole, tinha a coragem de deixá-la bruscamente.

Pela primeira vez, Mathilde amou.

A vida, que para ela sempre se arrastara num passo de tartaruga, agora voava.

Contudo, como era preciso que o orgulho se manifestasse de algum modo, ela queria se expor com temeridade a todos os perigos que seu amor podia fazê-la correr. Era Julien quem tinha prudência; e ela só não cedia à sua vontade quando se tratava de algum perigo; mas, submissa e quase humilde com ele, acabava mostrando-se ainda mais altiva com todos da casa que se aproximassem dela, parentes ou criados.

À noite no salão, em meio a sessenta pessoas, chamava Julien para falar-lhe em particular e demoradamente.

Um dia em que o pequeno Tanbeau se instalara ao lado deles, ela lhe pediu para ir buscar na biblioteca o volume de Smolett que trata da revolução de 1688 e, como ele hesitasse, acrescentou com uma expressão de arrogância insultuosa que foi como um bálsamo para a alma de Julien: – Não precisa se apressar!

–Você notou o olhar desse pequeno monstro? – perguntou a ela.

– O tio dele tem dez ou doze anos de serviço nesse salão; não fosse por isso, eu o expulsaria nesse instante.

Sua conduta para com os srs. de Croisenois, de Luz etc., perfeitamente cortês na forma, não era menos provocante no fundo. Mathilde culpava-se profundamente por todas as confidências feitas antes a Julien, sobretudo por ela não ousar lhe confessar que tinha exagerado os sinais de interesse, quase perfeitamente inocentes, de que esses senhores tinham sido objeto.

Apesar das mais belas resoluções, seu orgulho de mulher a impedia todos os dias de dizer a Julien: "Era porque falava com você que sentia prazer em descrever minha leviandade em não tirar a mão, quando o senhor de Croisenois, pousando a sua numa mesa de mármore, vinha tocá-la de leve".

Hoje em dia, mal um daqueles senhores lhe falava por alguns instantes, ela encontrava uma pergunta a fazer a Julien, e era um pretexto para mantê-lo ao seu lado.

Descobriu estar grávida e contou-o alegremente a Julien.

– Agora vai duvidar de mim? Não é uma garantia? Sou sua esposa para sempre.

Essa notícia impressionou profundamente Julien. Esteve a ponto de esquecer o princípio de sua conduta. "Como ser deliberadamente frio e ofensivo com essa pobre moça que se perde por mim?" Quando ela parecia indisposta, mesmo nos dias em que a prudência fazia ouvir sua voz terrível, não encontrava mais a coragem de dirigir-lhe uma dessas palavras cruéis e indispensáveis, segundo sua experiência, à duração de seu amor.

– Quero escrever ao meu pai – disse-lhe um dia Mathilde. – É mais que um pai para mim; é um amigo: assim, acho que não seria digno de mim ou de você tentar enganá-lo, por um instante sequer.

– Meu Deus! O que vai fazer? – disse Julien, assustado.

– Meu dever – respondeu, com os olhos brilhando de alegria.

Achava-se mais magnânima que seu amante.

– Mas ele me expulsará com desonra!

– É um direito que lhe cabe, merece respeito. Eu lhe darei o braço e sairemos pela porta da frente, à luz do dia.

Espantado, Julien rogou-lhe que adiasse por uma semana.

– Não posso – respondeu –, é uma questão de honra, reconheci meu dever, devo segui-lo, e imediatamente.

– Pois bem, eu lhe ordeno que adie – disse enfim Julien. – Sua honra está segura, sou seu esposo. A nossa situação vai ser modificada por essa medida capital. Eu também tenho meus direitos. Hoje é terça-feira; terça que vem é dia de recepção na casa do cardeal de Retz; à noite, quando o senhor de La Mole voltar, o porteiro lhe entregará a carta fatal... Ele só pensa em fazê-la duquesa, não tenho dúvidas quanto a isso, imagine que desgosto para ele!

– Está querendo dizer: imagine que vingança a dele?

– Eu posso ter pena de meu benfeitor, lamentar prejudicá-lo; mas não temo nem nunca hei de temer ninguém.

Mathilde submeteu-se. Desde que ela comunicara seu novo estado a Julien, era a primeira vez que ele lhe falava com autoridade; nunca a amara tanto. Era com alegria que o lado meigo de sua alma aproveitava o pretexto do estado de Mathilde para dispensar-se de dirigir-lhe palavras cruéis. A confissão ao sr. de La Mole perturbou-o profundamente. Seria afastado de Mathilde? E por maior a dor com que o visse partir, um mês após sua partida, ela ainda pensaria nele?

Tinha quase o mesmo horror das justas reprimendas que o marquês poderia dirigir-lhe.

À noite, confessou a Mathilde esse segundo motivo de desgosto e, depois, desvairado de amor, confessou também o primeiro.

Ela mudou de cor.

– Realmente – disse-lhe ela –, seis meses passados longe de mim seriam uma infelicidade para você!

– Imensa, a única no mundo que eu vejo com terror.

Mathilde ficou bem feliz. Julien incorporara seu papel com tanta aplicação que chegara a fazê-la pensar que, dos dois, era ela quem amava mais.

A terça-feira fatal chegou. À meia-noite, chegando em casa, o marquês encontrou uma carta com a indicação necessária para que ele mesmo a abrisse e somente quando estivesse a sós.

Meu pai,

Todos os laços sociais estão rompidos entre nós, só nos restam aqueles da natureza. Depois de meu marido, o senhor é e sempre será a pessoa que me é mais cara. Meus olhos se enchem de lágrimas ao pensar na dor que lhe causo, mas, para que minha vergonha não venha a público, para deixar-lhe o tempo de deliberar e agir, não pude adiar por mais tempo a confissão que lhe devo. Se a sua amizade por mim, que sei ser extrema, quiser conceder-me uma pequena pensão, irei estabelecer-me onde o senhor quiser, na Suíça, por exemplo, com meu marido. O nome dele é tão obscuro que ninguém reconhecerá sua filha na senhora Sorel, nora de um carpinteiro de Verrières. Eis o nome que me custou tanto escrever. Receio por Julien a sua ira, aparentemente tão justa. Não serei duquesa, meu pai; mas eu o sabia ao amá-lo; pois fui eu quem amou primeiro, fui eu quem o seduziu. Herdei do senhor uma alma por demais elevada para deter minha atenção no que é ou me parece vulgar. Foi em vão que, na intenção de agradar-lhe, pensei no senhor de Croisenois. Por que ter colocado o verdadeiro mérito diante de mim? O senhor mesmo me disse, quando voltei de Hyères: esse jovem Sorel é a única pessoa que me diverte; o pobre rapaz está tão aflito quanto eu, se isso for possível, pela mágoa que esta carta há de causar-lhe. Não posso impedir, como pai, que o senhor fique irritado, mas ame-me sempre como um amigo.

Julien me respeitava. Se me falava de vez em quando, era unicamente por causa de sua profunda gratidão pelo senhor: pois a altivez natural de seu caráter leva-o a nunca responder, a não ser oficialmente, a quem quer que esteja tão acima dele. Ele tem um entendimento profundo e inato da diferença das posições sociais. Sou eu quem, ruborizo ao confessá-lo ao meu melhor amigo – e nunca essa confissão será feita a outra pessoa –, sou eu quem, um dia, no jardim, estreitou-lhe o braço.

Depois de vinte e quatro horas, por que o senhor ainda estaria irritado contra ele? Minha falta é irreparável. Se quiser, será por meu intermédio que receberá os protestos do profundo respeito e do desespero em que ele se encontra por contrariá-lo. O senhor não o verá; mas irei encontrá-lo onde ele quiser, é meu dever, ele é o pai de meu filho. Se a sua bondade quiser conceder-nos seis mil francos para viver, eu os receberei com gratidão. Caso contrário, Julien pretende estabelecer-se em Besançon, onde começará o ofício de professor de latim e de literatura. Por mais que comece de baixo, tenho a certeza de que há de elevar-se. Com ele, não temo a obscuridade. Se houver revolução, estou certa de que há de desempenhar um papel importante. Poderia dizer-me a mesma coisa de qualquer um daqueles que pediram minha mão? Têm belas propriedades! Não consigo achar nessa única circunstância motivo de admiração. Meu Julien alcançaria uma posição elevada mesmo no atual regime, se ele tivesse um milhão e a proteção de meu pai...

Mathilde, que sabia que o marquês era um homem de atitudes impulsivas, tinha escrito oito páginas.

"O que fazer?", pensava Julien enquanto o sr. de La Mole lia aquela carta. "Onde estão: primeiro, meu dever; segundo, meu interesse? O que lhe devo é imenso: teria sido, sem ele, um velhaco de segunda categoria, mas não suficientemente velhaco para não ser odiado e perseguido pelos outros. Ele fez de mim um homem da sociedade. Minhas velhacarias *necessárias* serão: primeiro, mais raras; segundo, menos ignóbeis. Isso já é mais do que se ele tivesse me dado um milhão. Devo-lhe essa condecoração e a aparência de serviços diplomáticos que me destacaram.

"Se ele estivesse com uma pena para prescrever minha conduta, o que escreveria?"

Julien foi bruscamente interrompido pelo velho criado de quarto do sr. de La Mole.

– O marquês quer vê-lo imediatamente, não importa como o senhor esteja vestido.

O criado acrescentou em voz baixa, andando ao lado de Julien:

– O senhor marquês está fora de si, tome cuidado.

XXXIII. O inferno da fraqueza

> *Lapidando esse diamante, um joalheiro inábil apagou algumas de suas centelhas mais vivas. Na Idade Média, ou melhor, ainda no tempo de Richelieu, o francês tinha a* força da vontade.
>
> MIRABEAU

Julien encontrou o marquês furioso: pela primeira vez em sua vida, talvez, aquele senhor perdeu a linha. Cumulou Julien com todos os insultos que lhe vieram à cabeça. Nosso herói ficou espantado, impaciente, mas sua gratidão não foi abalada. "Quantos belos projetos carinhosamente cultivados, há tanto tempo no fundo do coração, esse pobre homem vê desmoronar de uma hora para outra! Mas devo responder-lhe, meu silêncio aumentaria sua ira." A resposta foi fornecida pelo papel de Tartufo.

– *Não sou um anjo...* Eu lhe servi bem, o senhor me pagou generosamente... Estava agradecido, mas tenho vinte e dois anos... Nesta casa, só o senhor compreendia meu modo de pensar, e aquela amável criatura...

– Monstro! – exclamou o marquês. – Amável! Amável! O dia em que a achou amável devia ter fugido.

– Eu tentei; pedi-lhe então para partir para o Languedoc.

Cansado de andar furiosamente de um lado para o outro, o marquês, vencido pela dor, atirou-se numa poltrona; Julien ouviu-o dizer baixinho consigo mesmo:

– Não se trata de um homem mau.

– Não, não o sou para o senhor – exclamou Julien, lançando-se aos seus pés. Mas teve uma vergonha extrema desse movimento e levantou-se bem depressa.

O marquês estava realmente perturbado. Ao ver aquele movimento, recomeçou a cumulá-lo de insultos atrozes e dignos de um cocheiro de fiacre. A novidade dessas injúrias talvez fosse uma distração.

– Como! Minha filha vai se chamar senhora Sorel! Como! Minha filha não será duquesa! – todas as vezes em que essas duas ideias se apresentavam com tanta clareza, o sr. de La Mole sentia-se torturado e os movimentos de sua alma escapavam a seu controle. Julien teve medo de ser espancado.

Nos intervalos de lucidez, e quando o marquês começava a se acostumar com sua desgraça, dirigia a Julien censuras bastante razoáveis:

– O senhor devia ter fugido... – dizia-lhe. – Seu dever era fugir... É o último dos homens...

Julien aproximou-se da mesa e escreveu:

Há muito tempo que a vida me é insuportável, ponho-lhe um fim. Peço ao senhor marquês que aceite, com a expressão de uma gratidão sem limites, minhas desculpas pelo aborrecimento que minha morte em sua casa pode causar.

– Que o senhor marquês tenha a bondade de ler esse papel... Mate-me – disse Julien – ou faça seu criado matar-me. É uma hora da manhã, vou passear no jardim, perto do muro do fundo.

–Vá para o inferno – gritou o marquês enquanto ele ia embora.

"Compreendo", pensou Julien, "ele não se aborreceria em ver-me poupar ao seu criado o trabalho de me matar... Que ele me mate, é uma satisfação que lhe ofereço... Mas, por Deus, eu amo a vida... Devo mantê-la por meu filho."

Aquela ideia, que pela primeira vez se apresentava com tanta clareza à sua imaginação, ocupou-o completamente após os primeiros minutos de passeio tomados pelo sentimento do perigo.

Esse interesse tão novo fez dele uma criatura prudente. "Preciso de conselhos para tratar com esse homem impetuoso... Ele está fora de si, é capaz de tudo. Fouqué está muito longe e, aliás, ele não entenderia os sentimentos de um homem como o marquês.

"O conde Altamira... Dá para confiar em seu silêncio eterno? Não posso permitir que meu pedido de conselhos seja uma atitude que complique minha posição. Ai de mim! Só me resta o sombrio padre Pirard... Sua mente foi estreitada pelo jansenismo... Um velhaco jesuíta conheceria os costumes mundanos e me seria mais útil... O padre Pirard seria capaz de me espancar ao mero enunciado do crime."

O gênio de Tartufo veio ao socorro de Julien: "Pois bem, irei confessar-me com ele". Foi essa a última resolução que tomou no jardim, depois de ficar andando por duas horas. Nem pensava mais que podia ser atingido por um tiro, o sono o vencia.

No dia seguinte, bem cedinho, Julien estava a várias léguas de Paris, batendo à porta do severo jansenista. Achou, para seu grande espanto, que ele não ficou muito surpreso com sua confissão.

"Pode ser que eu tenha motivos para censurar-me", pensava o padre mais preocupado que irritado. "Cheguei a desconfiar desse amor. Minha amizade pelo senhor, pobre infeliz, impediu-me de avisar o pai..."

– O que ele vai fazer? – perguntou-lhe vivamente Julien.

(Gostava do padre, naquele momento, e uma cena teria sido muito penosa para ele.)

– Vejo três possibilidades – continuou Julien. – Primeiro, o senhor de La Mole pode mandar matar-me – e contou da carta de suicídio que deixara com o marquês. – Segundo, fazer com que o conde Norbert me provoque, desafiando-me para um duelo.

– O senhor aceitaria? – perguntou furioso o padre, levantando-se.

– Não está me deixando acabar. Certamente que eu nunca atiraria sobre o filho de meu benfeitor. Terceiro, pode mandar-me para longe. Se me disser: vá para Edimburgo, para Nova York, obedecerei. Podem então esconder o estado da senhorita de La Mole; mas não suportarei que eliminem meu filho.

– Esta será, pode estar certo, a primeira ideia daquele homem corrompido...

Em Paris, Mathilde estava desesperada. Por volta das sete horas, tinha visto seu pai, que lhe mostrara a carta de Julien, e tremia de medo que ele tivesse julgado nobre pôr um fim à sua vida. "E sem a minha permissão!", pensava, com um sofrimento que era raiva.

– Se está morto, eu morrerei – disse ao seu pai. – Será o senhor o culpado por minha morte... Talvez isso lhe agrade... Mas, juro por sua alma, antes vestirei o luto e serei publicamente a senhora *viúva Sorel*, mandarei avisos de participação, pode contar com isso... Não me julgará nem pusilânime, nem covarde.

Seu amor chegava à loucura. Por sua vez, o sr. de La Mole ficou atônito.

Estava começando a ver os acontecimentos com alguma sensatez; no almoço, Mathilde não apareceu. O marquês sentiu-se livre de um peso enorme e, sobretudo, lisonjeado quando percebeu que ela nada dissera à mãe.

Perto de meio-dia, Julien chegou. Ouviram-se os passos do cavalo ecoando no pátio. Julien apeou. Mathilde mandou chamá-lo e atirou-se em seus braços quase que às vistas de sua criada. Julien não apreciou muito por aquela manifestação; após uma longa conversa com o padre Pirard, tinha deixado a casa deste mais hábil e calculista. Sua imaginação extinguira-se com o cálculo das possibilidades. Mathilde, com lágrimas nos olhos, disse-lhe que tinha visto sua carta de suicídio.

– Meu pai pode mudar de ideia; faça-me o favor de partir imediatamente para Villequier. Suba novamente a cavalo, saia da casa antes que se levantem da mesa.

Como Julien não perdia o ar espantado e frio, teve uma crise de choro.

– Deixe que eu me encarregue da situação – exclamou ela arrebatada, estreitando-o em seus braços. – Sabe muito bem que não é por vontade minha que me separo de você. Escreva-me para o nome de minha criada, com o endereço numa letra desconhecida: quanto a mim, vou escrever-lhe calhamaços. Adeus! Fuja!

Essa última palavra feriu Julien, que, contudo, obedeceu. "É inevitável", pensou, "que, mesmo nos seus melhores momentos, essa gente encontre o segredo de me desagradar."

Mathilde resistiu com firmeza a todos os projetos *prudentes* de seu pai. Não quis, em momento algum, estabelecer a negociação em outras bases a não ser estas: ela seria a sra. Sorel e viveria modestamente com seu marido na Suíça ou na casa de seu pai, em Paris. Ela rejeitava firmemente a proposta de um parto clandestino.

– Assim começaria para mim a possibilidade da calúnia e da desonra. Dois meses depois do casamento, vou viajar com meu marido, será fácil dar a entender que meu filho nasceu na época conveniente.

Inicialmente recebida com acessos de fúria, essa firmeza acabou por provocar dúvidas no marquês.

Num momento de enternecimento, disse à filha:

– Tome, eis um título de dez mil libras de renda, mande-o para o seu Julien, e que ele se apresse em tornar impossível que eu tome de volta.

Para *obedecer* a Mathilde, cujo amor pelo comando ele conhecia, Julien tinha feito quarenta léguas inúteis: estava em Villequier, acertando as contas dos camponeses; esse favor do marquês provocou seu regresso. Foi pedir asilo ao padre Pirard, que, durante sua ausência, se tornara o mais útil aliado de Mathilde. Todas as vezes em que era interrogado pelo marquês, provava-lhe que qualquer outro arranjo, que não fosse o casamento público, seria um crime aos olhos de Deus.

– E felizmente – acrescentava o padre – a sabedoria mundana concorda aqui com a lei de Deus. Poderíamos contar, por um instante sequer, dado o caráter impetuoso da senhorita de La Mole, com o segredo que ela mesma não se impôs? Se não admitir o andamento franco de um casamento público, a sociedade vai se ocupar por muito mais tempo com esta aliança estranha e desigual. É preciso dizer tudo de uma vez, sem aparência nem realidade do mínimo mistério.

– É verdade – disse o marquês, pensativo. – Nesse sistema, falar desse casamento depois de três dias passa a ser um repisar de homem sem inteligência. Seria necessário aproveitar alguma grande medida antijacobina do governo para esgueirar-se discretamente à sua sombra.

Dois ou três amigos do sr. de La Mole pensavam como o padre Pirard. O grande obstáculo, aos seus olhos, era o caráter determinado de Mathilde. Mas, depois de tantos belos raciocínios, a alma do marquês não conseguia se acostumar a desistir da esperança do título de duquesa para sua filha.

Sua memória e sua imaginação estavam cheias das artimanhas e falsidades de todos os tipos que ainda eram possíveis na sua juventude. Ceder à necessidade, ter medo da lei pareciam-lhe uma coisa absurda e desonrosa para um homem na sua posição. Agora pagava caro por esses sonhos encantadores que vinha se permitindo, havia dez anos, sobre o futuro de sua filha querida.

"Quem poderia prever?", pensava. "Uma moça de caráter tão altivo, de tão grande talento, mais orgulhosa que eu do nome que carrega! Cuja mão me foi pedida antecipadamente por tudo o que há de mais ilustre na França! É preciso renunciar a qualquer prudência. Esse século está destinado a confundir tudo! Caminhamos para o caos."

xxxiv. Um homem de espírito

O prefeito, passeando a cavalo, pensava: Por que não ser ministro, presidente do conselho, duque? Eis como faria a guerra... Dessa maneira jogaria os inovadores atrás das grades...

Le Globe

Nenhum argumento é válido para destruir o império de dez anos de agradáveis devaneios. O marquês não achava razoável zangar-se, mas não conseguia resolver-se a perdoar. "Se esse Julien pudesse morrer por acidente", pensava algumas vezes... É assim que aquela imaginação entristecida encontrava algum alívio perseguindo as mais absurdas quimeras. Elas paralisavam a influência dos sábios raciocínios do padre Pirard. Um mês passou-se assim, sem que a negociação desse um passo.

Nesse assunto de família, como naqueles da política, o marquês tinha uns achados brilhantes pelos quais se entusiasmava durante três dias. Então, não lhe agradava um plano de conduta, por ser sustentado por bons raciocínios; mas os raciocínios só tinham valor aos seus olhos quando apoiavam seu plano favorito. Durante três dias trabalhava, com todo o ardor e o entusiasmo de um poeta, para levar as coisas a um certo ponto; no dia seguinte, não pensava mais nisso.

De início, Julien ficou desconcertado com a lentidão do marquês; mas, depois de algumas semanas, começou a perceber que o marquês de La Mole não tinha, para aquele assunto, nenhum plano definido.

A sra. de La Mole e o resto da casa achavam que Julien estava viajando na província para cuidar da administração das terras; ele estava escondido no presbitério do padre Pirard e via Mathilde quase todos os dias; ela, todas as manhãs, ia passar uma hora com seu pai, mas, às vezes, ficavam semanas inteiras sem falar do assunto que ocupava todos os seus pensamentos.

– Não quero saber onde está esse homem – disse um dia o marquês. – Mande-lhe esta carta.

Mathilde leu:

> *As terras do Languedoc rendem 20 600 francos. Doo 10 600 para minha filha e 10 mil para o senhor Julien Sorel. Que fique bem claro que são as próprias terras que estou doando. Diga ao tabelião para lavrar duas atas de doação em separado e de trazê-las amanhã para mim. Depois disso, acabam-se as relações entre nós. Ah, senhor! Como poderia ter previsto tudo isso?*
>
> *Marquês de La Mole*

– Agradeço-lhe muito – disse alegremente Mathilde. – Vamos nos instalar no castelo de Aiguillon, entre Agen e Marmande. Dizem que é um lugar tão bonito quanto a Itália.

Essa doação surpreendeu muito Julien. Ele não era mais o homem severo e frio que nós conhecemos. O destino de seu filho já absorvia todos os seus pensamentos. Aquela fortuna imprevista e bastante considerável para um homem tão pobre fez dele um ambicioso. Estava se vendo, sua mulher e ele, com 36 mil libras de renda. Quanto a Mathilde, todos os seus sentimentos estavam absortos na sua adoração pelo marido, pois era assim que, em seu orgulho, sempre chamava Julien. Sua grande, sua única ambição era fazer com que reconhecessem seu casamento. Passava a vida exagerando a grande prudência que demonstrara ao associar sua sorte àquela de um homem superior. O mérito pessoal estava na moda em sua cabeça.

A ausência quase contínua, a multiplicidade dos negócios, o pouco tempo que tinham para falar de amor vieram completar o efeito positivo da sábia política inventada por Julien.

Mathilde acabou ficando impaciente por ver tão pouco o homem que ela conseguira amar de verdade.

Num momento de mau humor, escreveu ao seu pai, começando sua carta como Otelo:

> *Que eu tenha preferido Julien aos atrativos que a sociedade oferecia à filha do senhor marquês de La Mole, a minha escolha já o provou. Esses prazeres da consideração e da vaidade mesquinha são nulos para mim. Em breve, vai fazer seis semanas que vivo separada de meu marido. É o bastante para demonstrar-lhe meu respeito. Antes da próxima quinta-feira, deixarei a casa paterna. Sua generosidade enriqueceu-nos. Ninguém conhece meu segredo, a não ser o respeitável padre Pirard. Irei à casa dele, ele nos casará e, uma hora após a cerimônia, estaremos a caminho do Languedoc, e só voltaremos a Paris quando o senhor o ordenar. Mas o que me parte o coração é que tudo isso vai virar anedota picante contra mim, contra o senhor. Os epigramas de um público tolo não poderiam obrigar nosso excelente Norbert a querer brigar com Julien? Nessa circunstância, eu o conheço, não terei o menor controle sobre ele. Em sua alma se revelaria o plebeu revoltado. Eu lhe suplico, de joelhos, ó meu pai! Venha assistir ao meu casamento, na igreja do padre Pirard, na próxima quinta. A malícia da anedota será amenizada, e a vida de seu filho único e aquela de meu marido estarão garantidas etc.*

A alma do marquês foi lançada por esta carta num estranho embaraço. Afinal, era preciso *tomar um partido*. Todos os hábitos corriqueiros, os amigos de sempre, tinham perdido sua influência.

Nessa estranha circunstância, os grandes traços de caráter, imprimidos pelos acontecimentos da juventude, voltaram à tona. O sofrimento do exílio tinha feito dele um homem de imaginação. Depois de gozar durante dois anos de uma imensa fortuna e de todas as distinções da corte, 1790 o lançara nas terríveis misérias do degredo. Essa escola rigorosa transformara sua alma de vinte e dois anos. No fundo, estava mais acampado entre seus bens atuais que dominado por eles. Contudo, esta mesma imaginação, que preservara sua alma da gangrena do ouro, tornara-o presa de uma louca paixão por ver a filha ornada de um belo título.

Durante as seis semanas que acabavam de passar, tomado um dia por um capricho, o marquês quisera enriquecer Julien; a pobreza lhe parecia ignóbil, desonrosa para ele, o sr. de La Mole, impossível no marido de sua filha; soltava o dinheiro. No dia seguinte, sua imaginação tomava outro rumo, parecia-lhe que Julien ia entender a linguagem muda desta generosidade em dinheiro, mudar de nome, se exilar na América, escrever para Mathilde que estava morto para ela. O sr. de La Mole supunha que a carta estava escrita, observava o efeito produzido no caráter da sua filha...

No dia em que foi tirado desses sonhos tão juvenis pela carta *real* de Mathilde, depois de pensar longamente em matar Julien ou em fazê-lo desaparecer, sonhou construir-lhe uma brilhante fortuna. Fazia com que tomasse o nome de uma de suas terras; e por que não transmitir-lhe seu pariato? O senhor duque de Chaulnes, seu sogro, lhe falara diversas vezes, desde que seu filho único fora morto na Espanha, de seu desejo de transmitir seu título a Norbert...

"Não se pode negar que Julien tem uma singular aptidão para os negócios, ousadia, talvez até um certo *brilhantismo*", pensava o marquês. "Mas, no fundo desse caráter, acho que há alguma coisa assustadora. É a impressão que produz em todo mundo, portanto deve haver aí algum fundo de verdade." Quanto mais difícil era captar esse fundo de verdade, mais se assustava a alma imaginosa do velho marquês.

"Minha filha me dizia, muito habilmente, outro dia" – numa carta suprimida desse relato – 'Julien não se filiou a nenhum salão, a nenhuma confraria'. Não foi procurar nenhum apoio contra mim, nem o menor recurso, caso eu o abandone... Mas não seria por ignorância do estado atual da sociedade? Duas ou três vezes eu lhe disse: 'Não há verdadeira e proveitosa candidatura a não ser a dos salões...'

"Não, ele não tem a habilidade e a cautela de um procurador que não perde nem um minuto nem uma oportunidade... Não é uma personalidade à moda de Luís XI. Por outro lado, percebo nele as máximas menos generosas... Estou confuso... Será que repetia essas máximas consigo mesmo para servir de freio às suas paixões?

"De resto, uma coisa transparece: não suporta o desprezo, é por aí que o pego.

"Não tem o culto do berço de ouro, é verdade, não nos respeita por instinto... É um erro; mas, enfim, a alma de um seminarista só deveria ser sensível à falta de prazeres e de dinheiro. Ele, pelo contrário, não pode suportar o desprezo de maneira alguma."

Instado pela carta de sua filha, o sr. de La Mole viu a necessidade de tomar uma decisão: "Eis, finalmente, a grande questão: a audácia de Julien teria chegado ao ponto de cortejar minha filha por saber que a amo acima de tudo e que tenho cem mil escudos de renda?".

"Mathilde garante o contrário... Não, caro Julien, eis um ponto sobre o qual não quero me deixar enganar.

"Teria havido amor verdadeiro, imprevisto? Ou então desejo vulgar de elevar-se a uma bela posição? Mathilde é perspicaz, logo percebeu que essa suspeita pode arruiná-lo aos meus olhos, por isso a confissão: foi ela a primeira a resolver amá-lo...

"Uma moça de caráter tão altivo deixar-se levar ao ponto de tomar iniciativas concretas! Apertar-lhe o braço no jardim, à noite, que horror! Como se não houvesse cem outros meios menos indecentes de dar-lhe a entender que o favorecia. *Quem não tem culpa não pede desculpa*; desconfio de Mathilde..."

Naquele dia, os raciocínios do marquês estavam mais conclusivos que de costume. O hábito, contudo, levou a melhor, resolveu ganhar tempo escrevendo à sua filha. Pois se escreviam de um lado para o outro da mansão. O sr. de La Mole não se atrevia a discutir com Mathilde e enfrentá-la. Tinha medo de acabar tudo com uma súbita concessão.

CARTA

Abstenha-se de fazer novas loucuras; eis uma patente de tenente dos hussardos para o senhor cavaleiro Julien Sorel de La Vernaye. Está vendo o que faço por ele. Não me contrarie, não me questione. Que ele parta nas próximas vinte e quatro horas para apresentar-se em Estrasburgo, onde fica o seu regimento. Segue uma ordem de pagamento para meu banqueiro. Que me obedeçam.

O amor e a alegria de Mathilde não tiveram mais limites, quis tirar proveito da vitória e respondeu imediatamente:

O senhor de La Vernaye estaria aos seus pés, transbordando de gratidão, se soubesse tudo o que o senhor se dignou fazer por ele. Mas no meio desta generosidade, meu pai me esqueceu; a honra de sua filha corre perigo. Uma indiscrição pode implicar uma mancha indelével e que vinte mil escudos não reparariam. Só enviarei a patente ao senhor de La Vernaye se me der a sua palavra de que, no decorrer do próximo mês, meu casamento será celebrado em público, em Villequier. Logo após esse prazo, que vos suplico não ultrapassar, sua filha só poderá aparecer em público com o nome de senhora de La Vernaye. Como lhe agradeço, caro papai, por ter-me salvado desse nome Sorel etc. etc.

A resposta foi imprevista.

Obedeça, ou me retrato em tudo. Trema, jovem imprudente. Eu ainda não sei quem é esse seu Julien, e você mesma sabe menos do que eu. Que parta para Estrasburgo e trate de andar direito. Comunicarei minhas determinações daqui a quinze dias.

Esta resposta tão firme surpreendeu Mathilde. *Eu ainda não sei quem é esse seu Julien*. Essas palavras a lançaram num devaneio que logo levou às mais encantadoras suposições; mas que ela considerava verdadeiras. "O espírito de Julien não vestiu o pequeno *uniforme* mesquinho dos salões e meu pai não acredita em sua superioridade, justamente por causa daquilo que a prova...

"Contudo, se não obedecer a essa veleidade de caráter, vejo a possibilidade de uma cena pública; um escândalo rebaixa minha posição na sociedade e pode tornar-me menos amável aos olhos de Julien. Depois do escândalo... Pobreza por dez anos; e a loucura de escolher um marido por causa de seu mérito só pode salvar-se do ridículo através da mais brilhante opulência. Se eu viver longe de meu pai, na sua idade, ele pode me esquecer... Norbert se casará com uma mulher amável, esperta: o velho Luís XIV foi seduzido pela duquesa de Borgonha..."

Decidiu obedecer, mas absteve-se de comunicar a carta de seu pai a Julien; seu caráter impetuoso poderia levá-lo a alguma loucura.

À noite, quando contou para Julien que era tenente dos hussardos, a alegria dele foi incontida. Pode-se imaginá-la pela ambição de toda a sua vida e pela paixão que tinha agora pelo filho. A mudança de nome encheu-o de espanto.

"Afinal de contas", pensou, "meu romance está terminado, e o mérito é todo meu. Soube conquistar o amor desse monstro de orgulho", acrescentava, olhando para Mathilde; "seu pai não pode viver sem ela, nem ela sem mim."

XXXV. Uma tempestade

Meu Deus, dê-me a mediocridade!

MIRABEAU

Sua alma estava absorta; ele mal respondia ao vívido afeto que ela lhe demonstrava. Permanecia silencioso e sombrio. Nunca parecera tão grande, tão adorável aos olhos de Mathilde. Ela temia que alguma sutileza de seu orgulho viesse transtornar toda a situação.

Quase todas as manhãs, ela via o padre Pirard chegar à mansão. Através dele Julien não poderia ter descoberto alguma coisa das intenções de seu pai? O próprio marquês, num momento de capricho, não poderia ter-lhe escrito? Após tamanha alegria, como explicar o ar severo de Julien? Não ousou interrogá-lo.

Não ousou! Ela, Mathilde! Houve, a partir desse instante, em seu sentimento por Julien, algo de vago, de imprevisto, quase de terror. Aquela alma árida sentiu da paixão tudo o que pode sentir uma criatura criada no meio desse excesso de civilização que Paris admira.

Na manhã seguinte, bem cedinho, Julien estava no presbitério do padre Pirard. Cavalos de posta chegavam ao pátio com um coche desconjuntado, alugado na posta vizinha.

– Esse tipo de equipamento está fora de moda – disse-lhe o padre, severo, com ar carrancudo. – Aqui estão vinte mil francos de presente do senhor de La Mole; ele o exorta a gastá-los durante o ano, mas tratando de ser o menos ridículo possível. – (Numa soma tão elevada, jogada nas mãos de um jovem, o padre via apenas uma ocasião para pecar.)

O marquês acrescenta: – O senhor Julien de La Vernaye teria recebido o dinheiro de seu pai, que não vale a pena designar de outra maneira. O senhor de La Vernaye talvez julgue conveniente dar um presente ao senhor Sorel, carpinteiro em Verrières, que cuidou dele em sua infância...

– Poderei encarregar-me dessa parte da tarefa – acrescentou o padre –, finalmente convenci o senhor de La Mole a transigir com aquele padre de Frilair, tão jesuíta. Seu crédito é decididamente forte demais para nós. O reconhecimento implícito de sua origem distinta, por esse homem que governa Besançon, será uma das condições tácitas do arranjo.

Julien perdeu controle de seu entusiasmo, beijou o padre, sentia-se reconhecido.

– Ora essa! – disse o padre Pirard, afastando-o. – O que quer dizer essa vaidade mundana? Quanto a Sorel e aos seus filhos, vou oferecer-lhes, em meu nome, uma pensão anual de quinhentos francos, que será paga a cada um deles, enquanto eu estiver satisfeito com eles.

Julien já estava frio e altivo. Agradeceu, mas em termos vagos e que não o comprometiam em nada. "Seria então possível", pensava, "que eu seja o filho natural de algum grande senhor, exilado em nossas montanhas pelo terrível Napoleão?" A cada instante essa ideia lhe parecia menos improvável... "Meu ódio por meu pai seria uma prova... Eu não seria mais um monstro!"

Poucos dias após esse monólogo, o décimo quinto regimento de hussardos, um dos mais brilhantes do exército, estava em formação de batalha na praça de armas de Estrasburgo. O senhor cavaleiro de La Vernaye montava o mais belo cavalo da Alsácia, que lhe custara seis mil francos. Fora recebido como tenente, sem nunca ter sido subtenente a não ser nos registros de um regimento do qual nunca ouvira falar.

Seu ar impassível, seus olhos severos e quase maldosos, sua palidez, seu inalterável sangue-frio começaram a criar sua reputação desde o primeiro dia. Pouco depois, sua educação impecável e repleta de moderação, sua habilidade com a pistola e as armas, que demonstrou sem demasiada afetação, afastaram a ideia de gracejar abertamente a seu respeito. Depois de cinco ou seis dias de hesitação, a opinião pública do regimento declarou-se a seu favor. Há de tudo nesse rapaz, diziam os velhos oficiais zombeteiros, exceto juventude.

De Estrasburgo, Julien escreveu ao padre Chélan, o antigo vigário de Verrières, que alcançava então o termo de uma extrema velhice.

> *O senhor deve estar sabendo, com uma alegria da qual não posso duvidar, dos acontecimentos que levaram minha família a enriquecer-me. Aqui estão quinhentos francos que lhe peço para distribuir sem alarde, nem menção ao meu nome, aos pobres infelizes tais como já fui outrora, e que, sem dúvida, o senhor socorre como me socorreu no passado.*

Julien estava ébrio de ambição e não de vaidade; contudo, dedicava grande parte de sua atenção à aparência externa. Seus cavalos, seus uniformes, as librés de seus criados eram todos mantidos com uma correção que teria honrado a pontualidade de um grande senhor inglês. Mal se tornara tenente, por favor e há dois dias, já estava calculando que para ser comandante em chefe aos trinta anos, ao mais tardar, como todos os grandes generais, era necessário ser mais do que tenente aos vinte e três anos. Só pensava na glória e em seu filho.

Foi em meio aos arroubos da mais desenfreada ambição que foi surpreendido por um jovem criado da Mansão de La Mole, que chegava com correspondência.

> *Tudo está perdido* – escrevia-lhe Mathilde –, *venha o mais rápido possível, sacrifique tudo, deserte se necessário. Logo que chegar, espere-me num fiacre, perto da portinha do jardim, no nº... da rua... Irei falar com você; talvez consiga fazê-lo entrar no jardim. Tudo está perdido e,*

receio, sem apelação; conte comigo, vai me encontrar devotada e firme na adversidade. Amo-o.

Em alguns minutos, Julien obteve uma permissão do coronel e partiu de Estrasburgo a todo o galope, mas a horrível preocupação que o devorava não lhe permitiu continuar viajando dessa maneira além de Metz. Lançou-se numa carruagem de posta; e foi com uma rapidez quase incrível que chegou ao lugar indicado, perto da portinha do jardim da Mansão de La Mole. A porta se abriu e, imediatamente, Mathilde, esquecendo de todo respeito, precipitou-se em seus braços. Felizmente, ainda eram cinco horas da manhã e a rua ainda estava deserta.

– Tudo está perdido; meu pai, com medo de minhas lágrimas, partiu na noite de quinta-feira. Para onde? Ninguém sabe. Eis a sua carta; leia. – E ela subiu no fiacre com Julien.

Eu podia perdoar qualquer coisa, exceto o projeto de seduzi-la porque é rica. É essa, minha pobre filha, a terrível verdade. Dou-lhe minha palavra de honra que jamais consentirei no casamento com esse homem. Garanto-lhe dez mil libras de renda se ele quiser viver longe daqui, fora das fronteiras da França, de preferência na América. Leia a carta que recebi em resposta às informações que tinha pedido. O impudente em pessoa induziu-me a escrever à sra. de Rênal. Jamais lerei uma linha sequer de sua parte relativa a esse homem. Tenho, nesse instante, horror de Paris e de você. Intimo-a a cobrir do maior segredo o que deve acontecer. Renuncie sinceramente *a um homem vil e recuperará um pai.*

– Onde está a carta da sra. de Rênal? – disse friamente Julien.

– Ei-la. Só quis mostrá-la depois que estivesse preparado.

CARTA

O que devo à causa sagrada da religião e da moral me obriga a cumprir essa penosa tarefa junto ao senhor; uma regra, que não pode falhar, ordena-me nesse momento que prejudique o meu próximo, mas a fim de evitar um escândalo maior. A dor que experimento deve ser superada pelo sentimento do dever. Com certeza, meu senhor, o comportamento *da pessoa a respeito de quem está me pedindo toda a verdade pode ter parecido inexplicável, ou até mesmo honesto. Considerou-se conveniente esconder ou disfarçar uma parte da realidade, tanto a prudência quanto a religião o requeriam. Mas esse comportamento, que deseja conhecer, foi de fato extremamente condenável, e mais do que posso dizer. Pobre e ambicioso, foi com a ajuda da mais consumada hipocrisia e pela sedução de uma mulher fraca e infeliz, que esse homem tentou alcançar uma posição e chegar a ser alguém. Faz parte de meu penoso dever acrescentar que fui obrigada a crer que o senhor J*** não tem o menor princípio de religião. Em sã consciência, sinto-me obrigada a pensar que um de seus meios de obter sucesso em alguma casa consiste em seduzir a mulher mais influente do lugar. Coberto por uma aparência de desinteresse e por frases de romance, seu grande e único objetivo está em conseguir dispor do dono da casa e de sua fortuna. Ele deixou um rastro de infelicidade e de eterno arrependimento etc. etc. etc.*

Aquela carta, extremamente longa e meio apagada pelas lágrimas, de fato fora escrita pela sra. de Rênal; estava, inclusive, redigida com maior cuidado que de costume.

– Não posso censurar o senhor de La Mole – disse Julien, terminando a leitura. – Ele é justo e prudente. Qual pai iria querer dar sua filha querida a um homem desses! Adeus!

Julien desceu do fiacre e correu até a carruagem de posta parada na esquina. Mathilde, que ele parecia ter esquecido, deu alguns passos para segui-lo; mas os olhares dos comerciantes que chegavam às portas das suas lojas e dos quais era conhecida a forçaram a voltar precipitadamente para o jardim.

Julien partira para Verrières. Nesse rápido trajeto, não conseguiu escrever a Mathilde como planejara, sua mão só formava no papel uns traços ilegíveis.

Chegou a Verrières num domingo de manhã. Entrou na loja do armeiro da cidade, que o encheu de cumprimentos pela sua fortuna recente. Era a novidade do momento.

Julien teve muita dificuldade em fazê-lo entender que queria um par de pistolas. A seu pedido, o armeiro carregou as pistolas.

Soaram as *três badaladas*; é o sinal bastante conhecido nas cidadezinhas da França e que, após as diversas badaladas da manhã, anuncia o começo imediato da missa.

Julien entrou na igreja nova de Verrières. Todas as janelas altas do edifício estavam veladas por cortinas carmesim. Julien foi parar alguns passos atrás do banco da sra. de Rênal. Pareceu-lhe que ela rezava com fervor. A visão daquela mulher que ele tanto amara fez tremer o braço de Julien de tal maneira que não pôde, de início, realizar seu propósito. "Não posso", dizia consigo mesmo, "fisicamente, não posso."

Naquele instante, o jovem clérigo que auxiliava a missa anunciou a *Ascensão*. A sra. de Rênal baixou a cabeça que, por um instante, ficou quase que inteiramente escondida pelas dobras de seu xale. Julien não a reconhecia mais tão bem; atirou uma vez e errou; atirou uma segunda vez, ela caiu.

XXXVI. Detalhes tristes

Não espere fraqueza da minha parte. Eu me vinguei. Mereci a morte, e aqui estou. Reze por minha alma.

SCHILLER

Julien ficou imóvel; não enxergava nada. Quando recuperou um pouco a consciência, percebeu que todos os fiéis fugiam da igreja; o padre deixara o altar. Julien se pôs a seguir num passo bastante lento algumas mulheres que corriam gritando. Uma mulher que quis fugir mais depressa que as outras o empurrou com violência, ele caiu. Seus pés tinham ficado enredados numa cadeira derrubada pela multidão; ao levantar-se, sentiu que lhe apertavam o pescoço, era um guarda todo engalanado que o estava prendendo. Num gesto maquinal, Julien quis recorrer às suas duas pistolas, mas um segundo guarda segurou seus braços.

Foi levado à prisão. Entraram numa sala, algemaram-no e foi deixado a sós; a porta se fechou e se trancou atrás dele; tudo isso foi executado muito depressa e ele ficou insensível.

– Pois bem, está tudo acabado – falou alto, voltando a si... – Sim, em quinze dias, a guilhotina... Ou matar-me até lá.

Seu raciocínio não ia mais além; era como se a sua cabeça fosse apertada com violência. Olhou, para ver se alguém o estava segurando. Depois de alguns instantes, adormeceu profundamente.

A sra. de Rênal não estava mortalmente ferida. A primeira bala atravessara seu chapéu; enquanto se virava, houve o segundo disparo. A bala a atingira no ombro e, coisa espantosa, fora rebatida pelo osso do ombro, sem deixar de quebrá-lo, na direção de um pilar gótico do qual arrancara uma grande lasca de pedra.

Quando, após um curativo demorado e doloroso, o cirurgião, homem sério, disse à sra. de Rênal:

– Respondo pela sua vida como pela minha – ela ficou profundamente aflita.

Havia muito tempo que ela desejava sinceramente a morte. A carta que lhe fora imposta pelo seu atual confessor, e que tinha escrito para o sr. de La Mole, desferira um último golpe naquela criatura enfraquecida pelo sofrimento por demais constante. Esse sofrimento era a ausência de Julien; ela o chamava de *remorso*. O confessor, jovem eclesiástico ardente e virtuoso, recém-chegado de Dijon, não se deixava enganar.

"Morrer assim, mas não por iniciativa minha, não é um pecado", pensava a sra. de Rênal. "Deus talvez me perdoe por alegrar-me com a morte." Não ousava acrescentar: "E morrer pela mão de Julien é a maior felicidade".

Assim que se livrou da presença do cirurgião e de todos os seus amigos, que acorreram aos montes, mandou chamar Elisa, sua criada.

– O carcereiro – disse-lhe ela, corando muito – é um homem cruel. Certamente vai maltratá-lo, achando que com isso me agradaria... Esta ideia me é insuportável. Você não poderia ir entregar-lhe, como que por sua própria vontade, esse pacotinho que contém alguns luíses? Diga-lhe que a religião não permite que ele o maltrate... É preciso, sobretudo, que ele não vá comentar essa remessa de dinheiro.

Foi devido a essa circunstância que acabamos de relatar que Julien ficou devendo a humanidade do carcereiro de Verrières; tratava-se ainda daquele sr. Noiroud, funcionário exemplar, a quem vimos a presença do sr. Appert causar tanto medo.

Um juiz apareceu na prisão.

– Matei com premeditação – disse-lhe Julien. – Comprei e mandei carregar as pistolas na loja de fulano, o armeiro. O artigo 1342 do código penal é claro, eu mereço a morte e a estou esperando.

O juiz, espantado com esse modo de responder, quis multiplicar as perguntas para levar o acusado a *se contradizer* em suas respostas.

– Mas o senhor não está vendo – disse-lhe Julien, sorrindo – que me confesso tão culpado quanto pode desejar? Vá, senhor, não perderá a presa que está perseguindo. Terá o prazer de condenar. Poupe-me a sua presença.

"Resta-me um penoso dever a cumprir", pensou Julien, "preciso escrever à senhorita de La Mole."

Vinguei-me. Infelizmente, meu nome vai aparecer nos jornais, não posso escapar incógnito desse mundo. Vou morrer em dois meses. A vingança terá sido atroz, como a dor de ser separado de você. A partir de agora, proíbo-me de escrever e de pronunciar seu nome. Nunca fale de mim, nem sequer a meu filho: o silêncio é a única forma de honrar-me. Para os homens comuns serei um assassino vulgar... Permita-me a verdade nesse momento supremo: você me esquecerá. Esta grande catástrofe, que lhe aconselho nunca comentar com quem quer que seja, terá esgotado por vários anos tudo o que eu via de muito romanesco e aventureiro em seu caráter. Você foi feita para viver com os heróis da Idade Média; demonstre a firmeza de seu caráter. Que o que está por vir aconteça secretamente e sem comprometê-la. Deve assumir um nome falso e não ter confidente. Se lhe for absolutamente necessária a ajuda de um amigo, lego-lhe o padre Pirard.

Não fale com ninguém mais, sobretudo não a pessoas de sua classe: os de Luz, os Caylus.

Um ano após minha morte, case-se com o senhor de Croisenois; peço-lhe, ordeno-lhe na condição de seu esposo. Não me escreva, não responderei. Bem menos mau que Iago, ao que me parece, vou dizer, como ele: From this time forth I never will speak word.

Não me verão nem falar nem escrever; terão sido para você minhas últimas palavras como minha última adoração.

J.S.

Foi depois de ter mandado esta carta que, pela primeira vez, Julien, um pouco mais senhor de si, se sentiu muito infeliz. Cada uma das esperanças da ambição teve de ser arrancada sucessivamente de seu coração por essas palavras terríveis: vou morrer. A morte em si não era *horrível* aos seus olhos. Toda a sua vida tinha sido uma longa preparação para a desgraça e ele não se esquecera daquela que passa pela pior de todas.

"Ora, o que é isso", dizia consigo mesmo, "se em sessenta dias eu tivesse que enfrentar num duelo um homem muito destro nas armas, será que teria a fraqueza de pensar nisso ininterruptamente e com terror na alma?"

Passou mais de uma hora procurando conhecer-se desse ponto de vista.

Quando viu claro em sua alma e a verdade apareceu ante os seus olhos tão nitidamente quanto um dos pilares de sua prisão, pensou no remorso!

"Por que o teria? Fui ofendido de uma maneira atroz; matei, mereço a morte, é só. Morro após ter saldado minhas contas com a humanidade. Não deixo nenhuma obrigação não cumprida, não devo nada a ninguém; minha morte não tem nada de vergonhoso a não ser o instrumento: só isso, é verdade, basta largamente para envergonhar-me aos olhos dos burgueses de Verrières; mas, do ponto de vista intelectual, nada é mais insignificante! Resta-me um meio de merecer a consideração deles: o de jogar ao povo moedas de ouro a caminho para o suplício. Minha memória, associada à ideia do *ouro*, será resplandecente para eles."

Terminado esse raciocínio que, ao cabo de um minuto, lhe pareceu evidente: "Não tenho mais nada a fazer na terra", pensou Julien, e dormiu profundamente.

Por volta das nove horas da noite, o carcereiro despertou-o trazendo-lhe a ceia.

– O que dizem em Verrières?

– Senhor Julien, o juramento que prestei diante do crucifixo, na corte real, no dia em que assumi o meu posto, obriga-me ao silêncio.

Calava-se mas ficava. A visão daquela hipocrisia vulgar divertiu Julien.

"Preciso", pensou, "fazê-lo esperar bastante pelos cinco francos que deseja para vender-me sua consciência."

Quando o carcereiro viu a refeição se acabar sem tentativa de sedução:

– A amizade que tenho pelo senhor, senhor Julien – disse, com um ar falso e meigo –, obriga-me a falar. Embora digam que é contra o interesse da justiça, já que pode ajudar sua defesa... O senhor Julien, que é um bom rapaz, vai ficar bem contente se lhe contar que a senhora de Rênal está melhor.

– Como? Ela não está morta! – exclamou Julien, fora de si.

– Como, o senhor não sabia de nada? – disse o carcereiro com um ar estúpido, que logo se tornou alegre cobiça. – Seria muito justo que o senhor desse alguma coisa ao cirurgião que, conforme a lei e a justiça, não devia falar. Mas, para fazer-lhe um agrado, estive na casa dele e ele me contou tudo...

– Afinal, o ferimento não é mortal? – perguntou-lhe Julien, impaciente. – Jura pela sua vida?

O carcereiro, gigante de seis pés de altura, teve medo e retirou-se na direção da porta. Julien viu que estava tomando um caminho errado para chegar à verdade, sentou-se e jogou um napoleão para o sr. Noiroud.

À medida que o relato daquele homem ia provando a Julien que o ferimento da sra. de Rênal não era mortal, sentiu que as lágrimas lhe vinham aos olhos.

– Saia! – disse bruscamente.

O carcereiro obedeceu. Mal a porta se fechara: "Meu Deus! Ela não está morta!", exclamou Julien; e caiu de joelhos, chorando copiosamente.

Naquele momento supremo, tinha fé. O que importa a hipocrisia dos padres? Alguma coisa pode diminuir a verdade e a sublimidade da ideia de Deus?

Só então, Julien começou a arrepender-se do crime cometido. Por uma coincidência que lhe poupou o desespero, só naquele instante acabava de cessar o estado de irritação física e de meia loucura no qual estava mergulhado desde que partira de Paris para Verrières.

Suas lágrimas tinham uma fonte generosa, ele não tinha a menor dúvida sobre a condenação que o esperava.

"Então ela vai viver!", pensava. "Ela vai viver para perdoar-me e para me amar..."

Na manhã seguinte, bem cedo, quando o carcereiro o despertou:

– O senhor tem realmente muita fibra, senhor Julien – disse-lhe aquele homem. – Duas vezes estive aqui e não quis acordá-lo. Aqui estão duas garrafas de excelente vinho que lhe mandou o padre Maslon, nosso vigário.

– Como? Esse velhaco ainda está aqui? – perguntou Julien.

– Sim, senhor – respondeu o carcereiro, baixando a voz –, mas não fale tão alto, isso pode prejudicá-lo.

Julien riu com vontade.

– No ponto em que estou, meu amigo, só o senhor pode prejudicar-me se deixar de ser gentil e humano... Será bem pago – disse Julien, interrompendo-se e recuperando seu ar imperioso. Esse ar foi imediatamente justificado pelo dom de uma moeda.

O sr. Noiroud contou de novo e detalhadamente tudo o que soubera da sra. de Rênal, mas não falou da visita da srta. Elisa.

Aquele homem era baixo e servil tanto quanto possível. Uma ideia atravessou a mente de Julien: "Essa espécie de gigante disforme deve ganhar trezentos ou quatrocentos francos, pois sua prisão não é muito frequentada; posso garantir-lhe dez mil francos, se quiser fugir comigo para a Suíça... A dificuldade estará em persuadi-lo de minha boa-fé". A ideia de um longo colóquio com uma criatura tão vil inspirou nojo a Julien e ele pensou em outra coisa.

À noite, já não dava mais tempo. Uma carruagem de posta veio apanhá-lo à meia-noite. Ficou muito satisfeito com os guardas, seus companheiros de viagem. De manhã, quando chegou à prisão de Besançon, tiveram a bondade de alojá-lo no andar de cima de um torreão gótico. Avaliou a arquitetura do começo do século XIV; admirou-lhe a graça e a viva leveza. Através de um intervalo estreito entre dois muros além de um pátio profundo, ele entrevia uma paisagem esplêndida.

No dia seguinte, houve um interrogatório, e depois, durante vários dias o deixaram em paz. Sua alma estava calma. Tudo lhe parecia muito simples no seu caso: "Eu quis matar, devo ser morto".

Seu pensamento não se demorou mais nessa questão. O julgamento, o aborrecimento de aparecer em público, a defesa, considerava tudo isso como leves incômodos, cerimônias tediosas nas quais lhe bastaria pensar quando chegasse o dia. O momento da morte também não o preocupava: "Pensarei nisso depois do julgamento". A vida não era aborrecida para ele, considerava todas as coisas de um novo ponto de vista. Não tinha mais ambição. Pensava raramente na srta. de La Mole. Seus remorsos ocupavam-no muito e apresentavam-lhe frequentemente a imagem da sra. de Rênal, sobretudo no silêncio das noites, perturbado apenas, naquele torreão elevado, pelo canto da águia!

Agradecia ao céu por não tê-la ferido mortalmente. "Coisa espantosa", pensava, "achei que, com sua carta para o senhor de La Mole, ela destruíra para sempre minha felicidade vindoura e, menos de quinze dias após a data daquela carta, nem penso mais em tudo o que me ocupava então... Duas ou três mil libras de renda para viver tranquilo numa região montanhosa como Vergy... Eu era feliz, então... Não sabia da minha felicidade!"

Em outros momentos, levantava-se em sobressalto da cadeira. "Se tivesse ferido mortalmente a senhora de Rênal, eu me mataria... Preciso dessa certeza para não ter horror de mim mesmo.

"Matar-me! Eis a grande questão", pensava. "Esses juízes tão formalistas, tão encarniçados contra o pobre acusado, que mandariam enforcar o melhor cidadão, para ganhar uma medalha... Eu escaparia de seu domínio, de suas ofensas em mau francês que o jornal do departamento chamará de eloquência...

"Posso viver ainda cinco ou seis semanas, mais ou menos... Matar-me! Ora essa, não", pensou depois de alguns dias, "Napoleão viveu...

"Além disso, a vida me agrada; a temporada está tranquila; não tenho do que me queixar", acrescentou, rindo, e pôs-se a fazer uma lista de livros que queria mandar vir de Paris.

XXXVII. Um torreão

O túmulo de um amigo.
STERNE

Ouviu um grande barulho no corredor; não era a hora em que subiam à sua prisão; a águia voou aos gritos, a porta se abriu e o venerável padre Chélan, todo trêmulo e com uma bengala na mão, atirou-se em seus braços.

– Ah, santo Deus! Será possível, meu filho... Monstro! É o que eu devia dizer.

E o bom velho não conseguiu acrescentar nem uma palavra. Julien temeu que ele caísse. Foi obrigado a conduzi-lo até uma cadeira. A mão do tempo se abatera sobre aquele homem, outrora tão enérgico. Julien achou que parecia a sombra de si mesmo.

Recuperou o fôlego:

– Só anteontem que recebi sua carta de Estrasburgo, com os quinhentos francos para os pobres de Verrières; trouxeram-na até a montanha de Liveru, onde estou retirado, na casa de meu sobrinho Jean. Ontem, fiquei sabendo da catástrofe... Ó céus! Como é possível? – e o velho não chorava mais, parecia incapaz de pensar e acrescentou maquinalmente: – Vai precisar de seus quinhentos francos, trago-os de volta.

– Eu precisava mesmo era vê-lo, padre! – exclamou Julien enternecido. – Tenho dinheiro de sobra.

Mas não conseguiu mais obter uma resposta sensata. De vez em quando, o padre Chélan derramava algumas lágrimas que desciam silenciosamente ao longo do seu rosto; depois olhava Julien e ficava meio aturdido ao vê-lo tomar suas mãos e levá-las aos lábios. Aquela fisionomia outrora tão viva e que estampava com tanta energia os mais nobres sentimentos não perdia mais o ar apático. Uma espécie de camponês veio logo buscar o velho.

– Não podemos cansá-lo – disse a Julien, que compreendeu ser esse o sobrinho. Aquela aparição deixou Julien mergulhado numa infelicidade cruel e que afastava as lágrimas. Tudo lhe parecia triste e sem consolo; sentia o coração gelado dentro do peito.

Este instante foi o mais cruel que ele experimentara desde o crime. Acabara de ver a morte e em toda a sua feiura. Todas as ilusões de grandeza de alma e de generosidade tinham-se dissipado como uma nuvem diante da tempestade.

Esta situação terrível durou várias horas. Depois do envenenamento moral, são necessários remédios físicos e vinho de Champagne. Julien se consideraria um covarde se recorresse a eles. Chegando ao fim daquele dia atroz, que passara andando de um lado para o outro do torreão, exclamou: "Como sou louco! Só no caso de morrer como outro qualquer é que a visão desse pobre velho deveria me lançar nessa tristeza horrível; mas uma morte rápida e na flor da idade justamente me preserva dessa triste decrepitude".

Por mais que racionalizasse, Julien sentia-se enternecido, como uma criatura pusilânime e, por conseguinte, infeliz com aquela visita.

Nada mais havia de rude e de grandioso nele, nada mais de virtude romana; a morte aparecia-lhe de uma altura maior e como coisa menos fácil.

"Esse será o meu termômetro", pensou. "Esta noite estou a dez graus abaixo da coragem necessária para enfrentar a guilhotina. Hoje de manhã eu tinha esta coragem. De resto, o que importa?

Contanto que me volte no momento necessário." Aquela ideia do termômetro divertiu-o e finalmente conseguiu distraí-lo.

No dia seguinte, quando acordou, teve vergonha do dia anterior. "Minha felicidade, minha tranquilidade estão em jogo." Quase que se decidiu a escrever ao procurador-geral para pedir que ninguém fosse admitido em sua presença. "E Fouqué?", pensou. "Se ele resolver vir a Besançon, qual não seria o seu desgosto!"

Há dois meses ele não pensava em Fouqué. "Eu era um grande tolo em Estrasburgo, minhas preocupações não iam além do colarinho de minha casaca." A lembrança de Fouqué ocupou-o bastante e deixou-o mais enternecido. Agitava-se, andando de um lado para o outro. "Aqui estou eu, decididamente vinte graus abaixo do nível da minha morte... Se essa fraqueza aumentar, é melhor me matar. Que alegria para os padres Maslon e os Valenod se eu morrer como um lacaio!"

Fouqué chegou; esse homem simples e bom estava desvairado de sofrimento. Seu único pensamento, se é que tinha algum, era vender tudo o que tinha para subornar o carcereiro e fazer Julien fugir. Falou-lhe durante um bom tempo da fuga do sr. de Lavalette.

– Está me magoando – disse-lhe Julien. – O senhor de Lavalette era inocente, eu sou culpado. Sem querer você me fez pensar na diferença... Mas como! É verdade? Venderia tudo o que tem? – perguntou Julien, voltando de súbito a ser observador e desconfiado.

Fouqué, encantado em ver finalmente o amigo responder à sua ideia fixa, detalhou longa e minuciosamente o que tiraria de cada uma de suas propriedades.

"Que esforço sublime num proprietário rural!", pensou Julien. "Quantas economias, quanta pequena mesquinharia que me envergonhava tanto quando o via fazer, ele sacrifica por mim! Um daqueles belos mocinhos que vi na Mansão de La Mole, e que leem *René*, não teria nenhum desses ridículos; mas, com exceção dos que são muito jovens e ainda ricos por herança, que ignoram o valor do dinheiro, qual dentre esses belos parisienses seria capaz de tal sacrifício?"

Todos os erros de francês, todos os gestos vulgares de Fouqué desapareceram, ele se atirou em seus braços. Nunca a província, comparada a Paris, recebeu mais bela homenagem. Fouqué, encantado com o momento de entusiasmo que via nos olhos do amigo, tomou-o por um consentimento à fuga.

Esta visão do *sublime* devolveu a Julien toda a força que a aparição do padre Chélan o fizera perder. Era ainda muito jovem; mas acredito que poderia ter-se desenvolvido bem. Em vez de passar da meiguice à astúcia, como a maioria dos homens, a idade lhe teria dado a bondade pronta a se comover, o teria curado de uma desconfiança louca... Mas de que adiantam essas vãs predições?

Os interrogatórios tornavam-se mais frequentes, apesar dos esforços de Julien, cujas respostas tendiam todas a abreviar o caso:

– Eu matei ou, pelo menos, quis matar e com premeditação – repetia todos os dias. Mas o juiz era, antes de tudo, um formalista. As declarações de Julien não abreviavam de jeito algum os interrogatórios; o amor-próprio do juiz estava irritado. Julien não soube que quiseram transferi-lo para um horrível calabouço e que era graças às medidas tomadas por Fouqué que lhe deixavam seu belo quarto a cento e oitenta degraus de altura.

O padre de Frilair estava entre os homens importantes que encomendavam a Fouqué a sua provisão de lenha. O bondoso comerciante chegou até o todo-poderoso vigário-geral. Para sua desmedida satisfação, o sr. de Frilair declarou-lhe que, sensibilizado pelas boas qualidades de Julien e pelos serviços que lhe prestara outrora no seminário, contava recomendá-lo aos juízes. Fouqué avistou a esperança de salvar seu amigo e, ao sair, prosternando-se até o chão, pediu ao vigário-geral que distribuísse nas missas, para implorar a absolvição do acusado, uma quantia de dez luíses.

Fouqué enganava-se redondamente. O sr. de Frilair não era um Valenod. Recusou e até tentou fazer o bom camponês entender que seria melhor guardar o seu dinheiro. Vendo que era impossível ser claro sem imprudência, aconselhou-lhe dar aquela quantia em esmola para os pobres prisioneiros a quem, de fato, tudo faltava.

"Esse Julien é uma criatura estranha, sua ação é inexplicável", pensava o sr. de Frilair, "e nada pode sê-lo para mim... Talvez seja possível fazer dele um mártir... Em todo caso, vou descobrir o segredo dessa história e talvez encontre uma oportunidade de amedrontar aquela senhora de Rênal, que não nos estima e, no fundo, me detesta... Talvez consiga encontrar em tudo isso um brilhante meio de reconciliação com o senhor de La Mole, que tem um fraco por esse pequeno seminarista."

A instrução do processo tinha sido assinada algumas semanas antes e o padre Pirard partira de Besançon, não sem ter falado do misterioso nascimento de Julien, no mesmo dia em que o infeliz aniquilava a sra. de Rênal na igreja de Verrières.

Julien via apenas um acontecimento desagradável entre ele e a morte: era a visita de seu pai. Consultou Fouqué sobre a ideia de escrever ao procurador-geral para ser dispensado de qualquer visita. Aquele horror da presença do pai, e em tal momento, chocou profundamente o coração honesto e burguês do comerciante de madeira.

Pensou que compreendia por que tanta gente odiava ardorosamente seu amigo. Por respeito pela desgraça, escondeu seu sentimento.

– Em todo caso – respondeu-lhe friamente –, essa ordem não se aplicaria ao seu pai.

XXXVIII. Um homem poderoso

Mas há tanto mistério em suas atitudes, e tanta elegância em seu porte! Quem ela pode ser?

SCHILLER

As portas do torreão se abriram muito cedo no dia seguinte. Julien acordou em sobressalto.

"Ah! Meu Deus", pensou, "aí está o meu pai. Que cena desagradável!"

No mesmo instante, uma mulher vestida de camponesa precipitou-se em seus braços, ele mal a reconheceu. Era a srta. de La Mole.

– Malvado, só por sua carta é que soube onde estava. O que chama de seu crime, e que não passa da nobre vingança que mostra toda a altivez do coração que bate em seu peito, só soube dele em Verrières...

Apesar de toda a sua prevenção contra a srta. de La Mole, que, aliás, não se confessava com muita clareza, Julien achou-a bem bonita. Como não ver em toda essa maneira de agir e de falar um sentimento nobre, desinteressado, bem acima de tudo o que teria ousado uma alma mesquinha e vulgar? Acreditou ainda amar uma rainha e, após alguns instantes, foi com rara nobreza de elocução e de pensamento que lhe disse:

– O futuro delineava-se aos meus olhos com muita clareza. Depois da minha morte, eu a casava com o senhor de Croisenois, que teria desposado uma viúva. A alma nobre mas um pouco romanesca desta encantadora viúva, chocada e convertida ao culto da prudência vulgar por um acontecimento ímpar, trágico e grande para ela, se dignaria compreender o mérito muito verdadeiro do jovem marquês. Você se resignaria a ser feliz com a felicidade de todo o mundo: a consideração, as riquezas, a posição elevada... Mas, cara Mathilde, sua chegada a Besançon, se for suspeitada, vai ser um golpe mortal para o senhor de La Mole e isso é o que nunca me perdoarei. Já lhe causei tanto sofrimento! O acadêmico vai dizer que ele aninhou uma serpente em seu colo.

– Confesso que não esperava raciocínio tão frio, tanta preocupação pelo futuro – disse a srta. de La Mole, meio zangada. – Minha criada particular, quase tão prudente quanto você, tomou um passaporte para si e é sob o nome de senhora Michelet que fiz correndo a viagem.

– E a senhora Michelet conseguiu chegar tão facilmente até mim?

– Ah! Você ainda é o homem superior, aquele que eu honrei! Para começar, ofereci cem francos a um secretário de juiz, que assegurava que minha entrada nesse torreão era impossível. Mas, com o dinheiro no bolso, esse homem honesto me fez esperar, levantou objeções, pensei que estava querendo me roubar... – interrompeu-se.

– E então? – perguntou Julien.

– Não se zangue, meu pequeno Julien – disse ela, beijando-o –, eu fui obrigada a dizer meu nome a esse secretário que me tomou por uma jovem operária de Paris, apaixonada pelo belo Julien... Na verdade, foram esses os seus termos. Jurei-lhe ser sua mulher e terei uma permissão para vê-lo todos os dias.

"A loucura é completa", pensou Julien, "não fui capaz de impedi-la. Afinal, o senhor de La Mole é um senhor tão poderoso que a opinião pública dará um jeito de encontrar uma desculpa para o jovem coronel que desposar essa viúva encantadora. Minha morte encobrirá tudo", e entregou-se deliciosamente ao amor de Mathilde; era loucura, grandeza de alma, tudo o que há de mais raro. Ela propôs seriamente que morressem juntos.

Depois desses arroubos iniciais e assim que ela se saciou da felicidade de ver Julien, uma viva curiosidade tomou repentinamente conta de sua alma. Ela examinava seu amante, que achou muito superior a tudo o que imaginara. Boniface de La Mole parecia ter ressuscitado, ainda mais heroico.

Mathilde foi ver os principais advogados da região, que ela ofendeu oferecendo-lhes ouro de maneira muito crua; mas acabaram aceitando.

Rapidamente chegou à conclusão de que, em matéria de coisas duvidosas e das altas esferas, tudo dependia em Besançon do padre de Frilair.

Sob o nome obscuro de sra. Michelet, ela encontrou de início insuperáveis dificuldades para chegar até o todo-poderoso congregado. Mas a notícia da jovem modista de grande beleza, louca de amor e vinda de Paris a Besançon para consolar o jovem padre Julien Sorel, espalhou-se na cidade.

Mathilde circulava sozinha a pé pela cidade, nas ruas de Besançon; esperava não ser reconhecida. Em todo caso, não considerou inútil à sua causa produzir uma forte impressão sobre o povo. Em sua loucura, pensava em levá-lo a revoltar-se para salvar Julien em seu caminho para a morte. A srta. de La Mole achava estar vestida simplesmente e como convém a uma mulher em sua dor; vestia-se de maneira a atrair todos os olhares.

Ela era em Besançon o objeto da atenção de todos quando, depois de oito dias de solicitações, conseguiu uma audiência com o sr. de Frilair.

Por maior que fosse a sua coragem, as ideias de congregado influente e de profunda e prudente perfídia estavam tão associadas em sua mente que ela tremeu ao bater à porta do arcebispado. Mal conseguia andar quando precisou subir a escada que conduzia ao aposento do vigário-geral. A solidão do palácio episcopal causava-lhe arrepio. "Posso sentar-me numa poltrona e essa poltrona agarrar-me os braços, e pronto, desapareci. Para quem minha criada poderá perguntar por mim? O capitão da guarda não se atreveria a agir... Estou isolada nessa grande cidade!"

Assim que pôs os olhos no aposento, a srta. de La Mole tranquilizou-se. Para começar, fora um lacaio numa libré muito elegante que lhe abrira a porta. O salão onde a fizeram esperar ostentava aquele luxo fino e delicado, tão diferente da magnificência grosseira, e que só se encontra em Paris em umas raras casas. Logo que avistou o sr. de Frilair, vindo em sua direção com ar paternal, todas as ideias de crime atroz desapareceram. Não encontrou sequer, naquele belo rosto, a marca dessa virtude enérgica e um tanto quanto selvagem, tão antipática à sociedade de Paris. O leve sorriso que animava os traços do padre, que mandava e desmandava em toda Besançon, anunciava o homem de boa companhia, o prelado instruído, o administrador arguto. Mathilde sentiu-se em Paris.

Bastaram alguns instantes para o sr. de Frilair levar Mathilde a confessar-lhe que era filha de seu poderoso adversário, o marquês de La Mole.

– De fato, eu não sou a senhora Michelet – disse, recuperando toda a altivez de sua postura –, e essa confissão custa-me pouco, pois venho consultá-lo, senhor, sobre a possibilidade de conseguir a fuga do senhor de La Vernaye. Para começar, ele só é culpado de uma trapalhada; a mulher em que atirou está passando bem. Em segundo lugar, para subornar os subalternos, posso entregar imediatamente cinquenta mil francos e comprometer-me a arrumar o dobro. Por fim, minha gratidão e aquela da minha família nada julgarão impossível para quem tiver salvado o senhor de La Vernaye.

O sr. de Frilair pareceu espantado com esse nome. Mathilde mostrou-lhe várias cartas do ministro da Guerra, dirigidas ao sr. Julien Sorel de La Vernaye.

– Está vendo, senhor, que meu pai se encarregou de sua fortuna. Desposei-o secretamente, meu pai desejava que ele fosse oficial superior antes de declarar esse casamento um pouco estranho para uma La Mole.

Mathilde notou que a expressão de bondade e de afável jovialidade desaparecia rapidamente à medida que o sr. de Frilair chegava a descobertas importantes. A astúcia combinada com a falsidade profunda estampou-se em seu rosto.

O padre tinha dúvidas, relia lentamente os documentos oficiais. "Que partido posso tirar dessas estranhas confidências?", pensava ele. "Eis-me de repente em relação de intimidade com uma amiga da célebre marechala de Fervaques, sobrinha todo-poderosa de monsenhor o bispo de ***, que é quem faz os bispos na França. Aquilo que considerava recuado no futuro apresenta-se de improviso. Isso pode levar-me a realizar todos os meus desejos."

De início, Mathilde ficou assustada com a rápida mudança de fisionomia daquele homem tão poderoso, com o qual se encontrava a sós num aposento recuado. "Ora essa!", pensou então, "o pior não teria sido não causar impressão alguma sobre o frio egoísmo de um padre saciado de poder e de prazeres?"

Deslumbrado com essa via rápida e imprevista que se abria à sua frente para chegar ao episcopado, espantado com a inteligência excepcional de Mathilde, por um instante o sr. de Frilair baixou a guarda. A srta. de La Mole viu-o quase aos seus pés, vivo e ambicioso até a medula.

"Tudo se esclarece", pensou ela, "nada aqui será impossível para a amiga da senhora de Fervaques." Apesar de um sentimento de ciúme ainda bem doloroso, teve a coragem de explicar que Julien era amigo íntimo da marechala e encontrava quase todos os dias, na casa dela, monsenhor o bispo de ***.

– Ainda que sorteassem quatro ou cinco vezes seguidas uma lista de trinta e seis jurados entre os notáveis habitantes desse departamento – disse o vigário-geral com o olhar áspero da ambição e destacando bem suas palavras –, eu poderia considerar falta de sorte se, em cada lista, não contasse oito ou dez amigos, e dos mais inteligentes do grupo. Quase sempre eu teria a maioria, até mais do que ela para condenar; a senhorita pode ver com quanta facilidade posso fazer com que absolvam...

O padre interrompeu-se de repente, como que espantado com o som de suas palavras; estava confessando coisas que nunca se dizem aos profanos...

Mas, por sua vez, deixou Mathilde completamente estarrecida quando lhe contou que o que espantava e interessava sobretudo a sociedade de Besançon, na estranha aventura de Julien, era que ele inspirara no passado uma grande paixão à sra. de Rênal e por muito tempo a partilhara. O sr. de Frilair percebeu com facilidade a extrema perturbação que seu relato produzia.

"Tenho a minha desforra!", pensou. "Enfim, eis um meio de controlar essa criaturinha tão decidida; temia não encontrá-lo." O ar distinto e difícil de manobrar redobrava aos seus olhos o encanto da rara beleza que via quase suplicante diante dele. Recuperou completamente o sangue-frio e não hesitou em revolver o punhal na ferida.

– Não ficaria surpreso se afinal – disse-lhe, como quem não quer nada – descobríssemos que foi por ciúme que o senhor Sorel deu dois tiros de pistola nessa mulher outrora tão amada. Ela está longe de não ter atrativos e recentemente passou a ver com frequência um certo padre Marquinot de Dijon, espécie de jansenista de maus costumes, como todos eles.

O sr. de Frilair torturava à vontade e voluptuosamente o coração daquela linda moça, cuja fraqueza descobrira.

– Por quê – perguntava, pousando seus olhos ardentes em Mathilde –, por que o senhor Sorel teria escolhido a igreja, a não ser porque, justamente naquele instante, seu rival estava celebrando a missa? Todo mundo atribui uma extrema inteligência e sobretudo muita prudência ao feliz homem que a senhorita protege. O que havia de mais simples do que se esconder nos jardins do senhor de Rênal que ele conhece tão bem? Ali, praticamente certo de não ser visto, nem apanhado, ou despertar suspeitas, ele poderia ter matado a mulher de quem tinha ciúme.

Esse raciocínio, tão correto na aparência, acabou de deixar Mathilde fora de si. Sua alma altaneira, mas saturada de toda a prudência estéril que passa, na alta sociedade, pela fiel expressão dos sentimentos humanos, não era feita para entender facilmente o prazer em zombar de qualquer prudência, que pode ser tão vivo numa alma impetuosa. Nas classes altas da sociedade parisiense, em que

Mathilde vivera, a paixão raramente pode despojar-se da prudência, e é do quinto andar que alguém se joga da janela.

Enfim, o padre de Frilair sentiu-se seguro de seu poder. Deu a entender a Mathilde (sem dúvida mentia) que podia dispor à vontade do ministério público, encarregado de fazer a acusação contra Julien.

Assim que a sorte tivesse designado os trinta e seis jurados da sessão, tomaria uma atitude, pessoal e diretamente, junto a pelo menos trinta jurados.

Se Mathilde não tivesse parecido tão bonita aos olhos do sr. de Frilair, ele só lhe teria falado assim claramente na quinta ou sexta entrevista.

XXXIX. A intriga

> Castres, 1676. – *Um irmão acaba de assassinar a irmã na casa vizinha; esse cavalheiro já era culpado de um homicídio. O pai dele, mandando distribuir secretamente quinhentos escudos aos conselheiros, salvou-lhe a vida.*
>
> LOCKE, *Viagem à França*

Ao sair do palácio episcopal, Mathilde não hesitou em mandar um mensageiro para a sra. de Fervaques; o medo de se comprometer não a deteve um segundo sequer. Suplicava à sua rival que conseguisse uma carta para o sr. de Frilair, escrita inteiramente do próprio punho de monsenhor bispo de ***. Chegava a suplicar-lhe que viesse pessoalmente a Besançon. Esse foi um gesto heroico da parte de uma criatura orgulhosa e ciumenta.

Seguindo o conselho de Fouqué, tivera a prudência de não comentar com Julien sobre as medidas que tomara. Sua presença já o perturbava bastante sem isso. Mais honesto diante da morte do que tinha sido na vida, sentia remorsos não só em relação ao sr. de La Mole, mas também em relação a Mathilde.

"Ora veja", pensava, "tenho ao seu lado momentos de distração e até mesmo de tédio. Ela se perde por mim e é assim que a recompenso? Será maldade de minha parte?" Essa questão o teria preocupado muito pouco no tempo em que era ambicioso; o fracasso era então a única vergonha aos seus olhos.

Seu mal-estar moral junto a Mathilde era ainda mais nítido por ele inspirar-lhe naquele momento a mais extraordinária e mais louca paixão. Ela só falava nos estranhos sacrifícios que queria fazer para salvá-lo.

Exaltada por um sentimento de que se orgulhava e que superava todo o seu orgulho, ela quisera não deixar passar um instante de sua vida sem preenchê-lo com alguma iniciativa extraordinária. Os mais estranhos projetos, os mais perigosos para ela, ocupavam suas longas conversas com Julien. Os carcereiros, bem pagos, deixavam-na reinar na prisão. As ideias de Mathilde não se limitavam ao sacrifício de sua reputação; pouco lhe importava que toda a sociedade ficasse sabendo de seu estado. Lançar-se de joelhos para pedir a graça de Julien, diante da carruagem a galope do rei, chamar a atenção do príncipe, correndo o risco de ser esmagada cem vezes, era a menor das quimeras formadas por essa imaginação exaltada e corajosa. Através de seus amigos a serviço do rei, tinha a certeza de ser admitida nos locais reservados do parque de Saint-Cloud.

Julien julgava-se pouco digno de tanta devoção: para falar a verdade, estava cansado de heroísmo. Teria sido sensível a uma ternura simples, ingênua e quase tímida, ao passo que a alma altiva de Mathilde precisava sempre da ideia de um público e *dos outros*.

Em meio a todas essas angústias, de todos esses temores pela vida de seu amante, ao qual não queria sobreviver, ela tinha uma necessidade secreta de espantar o público com o excesso de seu amor e a sublimidade de suas atitudes.

Julien ficava de mau humor por não se comover com todo esse heroísmo. O que teria acontecido, se ficasse sabendo de todas as loucuras com as quais Mathilde enchia a cabeça devotada, mas eminentemente sensata e limitada, do bom Fouqué?

Este não sabia bem o que reprovar na devoção de Mathilde; pois ele também teria sacrificado toda a sua fortuna e exposto sua vida aos maiores perigos para salvar Julien. Ficava estupefato com a quantidade de ouro esbanjado por Mathilde. Nos primeiros dias, as quantias assim consumidas impuseram respeito a Fouqué, que tinha pelo dinheiro toda a veneração de um provinciano.

Por fim, descobriu que os projetos da srta. de La Mole variavam com frequência e, para seu grande alívio, encontrou uma palavra para desaprovar esse comportamento tão cansativo para ele: ela era *inconstante*. Desse epíteto até aquele de *cabeça de vento*, o maior dos anátemas na província, bastava um passo.

"É estranho", pensava Julien, "um dia em que Mathilde estava saindo de sua prisão, que uma paixão tão viva e da qual sou o objeto me deixe tão insensível! E eu a adorava há dois meses! Bem que li em algum lugar que a aproximação da morte traz o desinteresse por tudo; mas é horrível sentir-se ingrato e não poder mudar. Será que sou egoísta?" Impunha-se a esse respeito as mais humilhantes censuras.

A ambição estava morta em seu coração, uma outra paixão ressurgira das cinzas; ele a chamava de remorso por ter atirado na sra. de Rênal.

Na verdade, estava perdidamente apaixonado por ela. Experimentava uma estranha alegria quando, deixado absolutamente sozinho e sem medo de ser interrompido, conseguia se entregar inteiramente à lembrança dos dias felizes que passara outrora em Verrières ou em Vergy. Os mínimos incidentes daqueles tempos que escoaram depressa demais tinham para ele um frescor e um encanto irresistíveis. Não pensava nunca em seus sucessos parisienses; isso o aborrecia.

Essa disposição que crescia rapidamente foi parcialmente adivinhada pelo ciúme de Mathilde. Ela percebia muito claramente que precisava lutar contra a tendência à solidão. Às vezes, pronunciava com horror o nome da sra. de Rênal. Via Julien estremecer. Sua paixão não teve mais limites nem medida.

"Se ele morrer, morro depois dele", pensava com toda a boa-fé possível. "O que diriam os salões em Paris se vissem uma moça de minha posição adorando a tal ponto um amante destinado à morte? Para encontrar sentimentos assim, é preciso voltar ao tempo dos heróis; eram amores assim que faziam palpitar os corações do século de Carlos IX e de Henrique III."

Nos momentos de maior entusiasmo, quando estreitava contra o seu peito a cabeça de Julien: "Como", pensava com horror, "essa cabeça encantadora estará destinada a tombar! Pois bem", acrescentava, inflamada por um heroísmo que não era desprovido de alegria, "meus lábios que beijam esses lindos cabelos estarão gelados menos de vinte e quatro horas depois."

As lembranças desses momentos de heroísmo e de terrível volúpia subjugavam-na num laço invencível. A ideia de suicídio, tão absorvente em si mesma, e até ali tão distante daquela alma altiva, penetrou-a e logo reinou com poder absoluto. "Não, o sangue dos meus antepassados não esmoreceu ao chegar até mim", pensava Mathilde com orgulho.

– Tenho um favor a lhe pedir – disse-lhe um dia seu amante. – Deixe seu filho com uma ama de leite em Verrières, a senhora de Rênal vigiará a ama.

– O que está me pedindo é muito duro... – e Mathilde ficou pálida.

– É verdade, e peço-lhe mil vezes perdão – exclamou Julien, saindo de seu devaneio e estreitando-a em seus braços.

Depois de secar suas lágrimas, voltou à sua ideia, mas com maior habilidade. Tinha conferido à conversa um tom de filosofia melancólica. Falava desse futuro que se encerraria tão cedo para ele.

– É preciso convir, cara amiga, que as paixões são um acidente na vida, mas esse acidente só sobrevém às almas superiores... A morte de meu filho seria no fundo uma alegria para o orgulho de sua família, é o que os subalternos vão adivinhar. A negligência será a sorte desse filho da desgraça e da vergonha... Espero que num momento que não quero determinar, mas que em minha coragem posso entrever, você vai obedecer às minhas últimas recomendações: casar-se com o marquês de Croisenois.

– Como? Desonrada?

– A desonra não conseguirá arraigar-se num nome como o seu. Será viúva e viúva de um louco, só isso. Digo mais: não sendo o dinheiro o motivo de meu crime, ele não será desonroso. Talvez, nessa época, algum sábio legislador terá conseguido, vencendo os preconceitos de seus contemporâneos, a supressão da pena de morte. Então, alguma voz amiga dará como exemplo: veja, o primeiro marido da senhorita de La Mole era um louco mas não um homem mau, um celerado. Foi absurdo terem cortado aquela cabeça... Então minha memória não será mais infame; pelo menos depois de um certo tempo... Sua posição na sociedade, sua fortuna e, permita-me dizê-lo, sua inteligência superior farão com que o senhor de Croisenois, seu marido, desempenhe um papel que sozinho não conseguiria. Ele só tem berço e bravura, e essas qualidades apenas, que realizavam um homem em 1729, são um anacronismo um século depois e só garantem pretensões. É preciso mais do que isso para conduzir a juventude francesa.

"Você ajudará com seu caráter firme e empreendedor o partido político em que lançar seu marido. Poderá suceder aos Chevreuse e aos Longueville da Fronda... Mas então, cara amiga, o fogo celeste que a anima já terá se abrandado.

"Permita-me dizer-lhe", acrescentou, depois de muitas outras frases preparatórias, "em quinze anos irá ver como uma loucura desculpável, mesmo assim uma loucura, o amor que teve por mim..."

Parou de repente e ficou pensativo. Deparava-se novamente com esta ideia tão chocante para Mathilde: "Daqui a quinze anos a senhora de Rênal vai adorar meu filho e você o terá esquecido".

XL. A tranquilidade

É porque então eu era louco que hoje sou sensato. Ó filósofo, que só vês o instantâneo, como é estreita a tua visão! Teu olho não foi feito para observar o trabalho subterrâneo das paixões.

SRA. GOETHE

Essa conversa foi interrompida por um interrogatório, seguido de uma conferência com o advogado encarregado da defesa. Esses momentos eram os únicos absolutamente desagradáveis de uma vida cheia de incúria e de ternos devaneios.

– Houve crime, e crime com premeditação – disse Julien ao juiz como ao advogado. – Sinto muito, senhores – acrescentou sorrindo –, mas isso reduz sua tarefa a bem pouca coisa.

"Afinal", pensava Julien, quando conseguiu se livrar dessas duas criaturas, "devo ser bem corajoso e, aparentemente, mais corajoso que esses dois homens. Eles encaram como o pior dos males, como o *cúmulo dos pavores*, esse duelo de final infeliz, do qual não vou ocupar-me seriamente senão na data."

"É que conheci uma infelicidade maior", continuou Julien, filosofando consigo mesmo. "Sofria muito mais durante minha primeira viagem a Estrasburgo, quando achava ter sido abandonado por Mathilde... E dizer que desejei com tanta paixão essa intimidade perfeita que hoje me deixa tão indiferente! De fato, estou mais feliz sozinho do que quando essa moça tão linda compartilha minha solidão..."

O advogado, homem de regras e formalidades, julgava-o louco e pensava como todo mundo que fora o ciúme que lhe pusera a pistola na mão. Um dia, ousou dar a entender a Julien que essa alegação, verdadeira ou falsa, seria um excelente meio de defesa. Mas o acusado voltou a ser, num relance, uma criatura apaixonada e incisiva.

– Por sua vida, senhor – exclamou Julien fora de si –, lembre-se de nunca mais proferir essa mentira abominável. – O prudente advogado temeu por um instante ser assassinado.

Estava preparando sua defesa porque o instante decisivo se aproximava rapidamente. Besançon e todo o departamento só falavam dessa causa célebre. Julien ignorava esse detalhe, tinha pedido que nunca lhe falassem desse tipo de coisa.

Nesse dia, Fouqué e Mathilde quiseram contar-lhe certos boatos, bastante apropriados, na opinião deles, a despertar esperanças; Julien interrompera-os imediatamente.

– Deixem-me na minha vida ideal. Essas pequenas preocupações, esses pormenores da vida real, mais ou menos melindrosos para mim, me tirariam do céu. A gente morre como pode: quanto a mim, só quero pensar na morte à minha maneira. O que me importam *os outros*? Minhas relações com *os outros* vão ser cortadas bruscamente. Por favor, não me falem mais dessa gente: já basta ter de ver o juiz e o advogado.

"De fato", dizia para si, "parece que meu destino é morrer sonhando. É preciso reconhecer que uma criatura obscura como eu, certa de ser esquecida em menos de quinze dias, seria bem tola em ficar fazendo cena... Contudo, é estranho que eu só tenha conhecido a arte de gozar a vida depois de ver seu termo se aproximar."

Passava esses últimos dias andando de um lado para o outro do estreito terraço, no alto do torreão, fumando excelentes charutos que Mathilde mandara buscar na Holanda por um portador, e sem suspeitar que sua aparição era esperada diariamente por todos os telescópios da cidade. Seu pensamento estava em Vergy. Nunca falava da sra. de Rênal com Fouqué, mas duas ou três vezes esse amigo lhe disse que ela se restabelecia rapidamente, e essas palavras ressoaram no seu coração.

Enquanto a alma de Julien estava quase sempre inteiramente no país das ideias, Mathilde, ocupada com coisas reais, como convém a um coração aristocrata, soubera adiantar a tal ponto a intimidade da correspondência direta entre a sra. de Fervaques e o sr. de Frilair que a grande palavra *bispado* já tinha sido pronunciada.

O venerável prelado, encarregado da folha de benefícios, acrescentou à margem de uma carta da sua sobrinha: *Esse pobre Sorel não passa de um trapalhão, espero que o devolvam para nós.*

Ao ver essas linhas, o sr. de Frilair parecia fora de si. Não duvidava de salvar Julien.

– Sem essa lei jacobina que prescreveu a formação de uma lista inumerável de jurados e cujo único e verdadeiro objetivo consiste em retirar toda a influência das pessoas bem-nascidas – dizia a Mathilde na véspera do sorteio dos trinta e seis jurados –, eu responderia pelo *veredicto.* Eu bem que consegui absolver o padre N...

Foi com prazer que, no dia seguinte, entre os nomes que saíram da urna, o sr. de Frilair encontrou cinco congregados de Besançon e, entre os estranhos na cidade, os nomes do srs. Valenod, Moirod e Cholin.

– Respondo desde já por esses oito jurados – disse a Mathilde. – Os cinco primeiros são autômatos. Valenod é meu agente, Moirod deve-me tudo, Cholin é um imbecil que tem medo de tudo.

O jornal espalhou no departamento os nomes dos jurados e a sra. de Rênal, para o inexprimível terror de seu marido, quis vir a Besançon. Tudo o que o sr. de Rênal pôde obter foi que ela não deixasse a sua cama, a fim de não ter o desprazer de ser chamada como testemunha.

– Você não compreende minha posição – dizia o antigo prefeito de Verrières –, sou agora um liberal da *dissidência*, como eles dizem; não duvido que aquele debochado do Valenod e o senhor de Frilair consigam facilmente do procurador-geral e dos juízes tudo o que puder ser-me desagradável.

A sra. de Rênal cedeu sem problemas às ordens de seu marido. "Se eu aparecesse no tribunal", pensava, "pareceria estar pedindo vingança."

Apesar de todas as promessas de prudência feitas a seu conselheiro espiritual e ao seu marido, assim que chegou a Besançon, ela escreveu do próprio punho a cada um dos trinta e seis jurados:

> *Não aparecerei no dia do julgamento, senhor, porque minha presença poderia ser desfavorável à causa do senhor Sorel. Só desejo uma coisa nesse mundo e com paixão: que ele seja salvo. Não duvide, a horrível ideia de que, por minha causa, um inocente foi conduzido à morte envenenaria o resto da minha vida e certamente a abreviaria. Como o senhor poderia condená-lo à morte se eu estou viva? Não, sem dúvida, a sociedade não tem o direito de tirar a vida, muito menos a de uma pessoa como Julien Sorel. Todo mundo, em Verrières, soube de seus momentos de desatino. Esse pobre rapaz tem inimigos poderosos; mas, mesmo entre seus inimigos (e como os tem!), qual seria capaz de duvidar de seus admiráveis talentos e de sua profunda sabedoria? Não é um sujeito qualquer que vai julgar, senhor. Durante dezoito meses todos o conhecemos piedoso, sensato, aplicado; mas, duas ou três vezes por ano, era tomado por acessos de melancolia que chegavam ao desvario. Toda a cidade de Verrières, todos os nossos vizinhos de Vergy, onde passamos o verão, toda minha família, o próprio subgovernador, em pessoa, farão justiça à sua devoção exemplar; ele sabe de cor toda a Bíblia sagrada. Um ímpio teria se aplicado durante anos a decorar o livro santo? Meus filhos terão a honra de apresentar-lhe esta carta: são crianças. Tenha a bondade de interrogá-los, senhor, eles lhe darão sobre esse pobre rapaz todos os detalhes que ainda seriam necessários para convencê-lo da barbárie que seria condená-lo. Bem longe de vingar-me, o senhor me daria a morte.*
>
> *O que seus inimigos poderão opor a esse fato? A ferida que resultou de um desses momentos de loucura, que meus próprios filhos notavam em seu preceptor, é tão pouco perigosa que, depois de menos de*

dois meses, permitiu-me vir em diligência de Verrières a Besançon. Se ficar sabendo que o senhor tem a menor hesitação em subtrair à barbárie das leis uma criatura tão pouco culpada, sairei de meu leito, onde me prendem apenas as ordens de meu marido, e irei jogar-me aos seus pés.

Declare, senhor, que a premeditação não é incontestável e não terá de culpar-se pelo sangue derramado de um inocente etc.

XLI. O julgamento

O país se lembrará por muito tempo desse processo famoso. O interesse pelo acusado chegava à agitação: é que seu crime era espantoso sem ser atroz. E, mesmo que fosse, aquele rapaz era tão bonito! Sua grande fortuna, tão logo esgotada, aumentava a comoção. Será que o condenarão?, perguntavam as mulheres aos homens de suas relações, e as víamos pálidas, esperando a resposta.

SAINTE-BEUVE

Finalmente chegou o dia tão temido pela sra. de Rênal e por Mathilde.

O aspecto estranho da cidade redobrava seu terror e não deixava sem emoções nem mesmo a alma firme de Fouqué. Toda a província acorrera para ver o julgamento daquela causa romanesca.

Havia muitos dias já não se encontrava lugar nas hospedarias. O presidente do tribunal era assediado por pedidos de ingressos; todas as senhoras da cidade queriam assistir ao julgamento; apregoavam nas ruas o retrato de Julien etc.

Mathilde mantinha na reserva, para esse momento supremo, uma carta escrita inteiramente do próprio punho do reverendo o bispo de ***. Este prelado, que dirigia a Igreja francesa e nomeava os bispos, tinha a bondade de pedir a absolvição de Julien. Na véspera do julgamento, Mathilde levou esta carta ao todo-poderoso vigário-geral.

No fim da entrevista, como ela estivesse saindo aos prantos:

– Eu respondo pela declaração do júri – disse-lhe o padre de Frilair, saindo finalmente da sua reserva diplomática e quase comovido também. – Entre as doze pessoas encarregadas de examinar se o crime de seu protegido é incontestável e, sobretudo, se houve premeditação, conto com seis amigos devotados à minha causa, e dei-lhes a entender que dependia deles levar-me ao bispado. O barão Valenod, que fiz prefeito de Verrières, dispõe inteiramente de dois de seus administrados, os senhores de Moirod e de Cholin. Na verdade, o acaso concedeu-nos nesse caso dois jurados bem mal orientados, mas, embora ultraliberais, eles são fiéis às minhas ordens nas grandes ocasiões e fiz com que lhes pedissem para votar como o senhor Valenod. Soube que um sexto jurado, industrial imensamente rico e tagarela liberal, aspira secretamente a um fornecimento para o Ministério da Guerra e sem dúvida não vai querer me desgostar. Mandei que lhe dissessem que o senhor Valenod tem a minha última palavra.

– E quem é esse senhor Valenod? – perguntou Mathilde, preocupada.

– Se o conhecesse, não duvidaria do sucesso. É um falador audacioso, impudente, grosseiro, feito para conduzir os tolos. O ano de 1814 tirou-o da miséria e vou fazer dele um governador. Ele é capaz de enfrentar os outros jurados se eles não quiserem votar do jeito dele.

Mathilde ficou um pouco mais tranquila.

Uma outra discussão a esperava à noite. Para não prolongar uma cena desagradável e cujo resultado era certo aos seus olhos, Julien estava resolvido a não tomar a palavra.

– Meu advogado vai falar, é o que basta – disse a Mathilde. – Já estarei por demasiado tempo exposto em espetáculo a todos os meus inimigos. Esses provincianos ficaram chocados com a fortuna rápida que lhe devo e, pode acreditar, não há nenhum que não deseje minha condenação, nem que tenha de chorar como um tolo quando me levarem para a execução.

– Eles querem vê-lo humilhado, isso é bem verdade – respondeu Mathilde –, mas não acho que sejam cruéis. Minha presença em Besançon e o espetáculo de minha dor interessaram a todas as mulheres; seu rosto bonito fará o resto. Se disser alguma palavra diante de seus juízes, todo o auditório estará a seu favor etc. etc.

No dia seguinte, às nove horas, quando Julien desceu de sua prisão, indo para a grande sala do Palácio da Justiça, foi com muita dificuldade que os guardas conseguiram afastar a imensa multidão amontoada no pátio. Julien tinha dormido bem, estava muito calmo e não tinha outro sentimento a não ser uma piedade filosófica por aquela multidão de invejosos que, sem crueldade, iriam aplaudir sua condenação à morte. Ficou bastante surpreso quando, retido por mais de um quarto de hora no meio da multidão, foi obrigado a reconhecer que sua presença inspirava no público uma terna compaixão. Não ouviu sequer um comentário desagradável. "Esses provincianos são menos maldosos do que eu supunha", pensou.

Ao entrar na sala de julgamento, ficou impressionado com a elegância da arquitetura. Era de um gótico apropriado, com uma infinidade de pequenas colunas talhadas na pedra com o maior cuidado. Sentiu-se na Inglaterra.

Mas logo toda a sua atenção foi absorvida por doze ou quinze belas mulheres que, sentadas em frente ao banco do acusado, ocupavam os três balcões que ficavam acima dos juízes e dos jurados. Voltando-se para o público, viu que a tribuna circular que coroava o anfiteatro estava cheia de mulheres: a maioria eram jovens que lhe pareceram muito bonitas; seus olhos estavam brilhando e cheios de interesse. No resto da sala, a multidão era enorme; brigavam para entrar e os sentinelas não conseguiam obter silêncio.

Quando todos os olhos que procuravam Julien perceberam sua presença, vendo-o ocupar o lugar mais elevado destinado ao réu, foi acolhido com um murmúrio de espanto e de terno interesse.

Naquele dia, não parecia ter nem vinte anos; estava vestido

com muita simplicidade, mas com uma graciosidade perfeita; seus cabelos e sua testa estavam encantadores; Mathilde quisera presidir pessoalmente à sua toalete. A palidez de Julien era extrema. Mal se sentara no banco dos réus, ouviu dizerem de lado a lado:

– Meu Deus! Como é jovem! Mas é uma criança... É mais bonito que no retrato...

– Meu réu – disse-lhe o guarda sentado à sua direita –, está vendo essas seis senhoras que ocupam aquele balcão? – o guarda indicava-lhe uma pequena tribuna saliente acima do anfiteatro onde estavam os jurados. – É a senhora do governador – continuou o guarda –, ao lado, a senhora marquesa de N***, essa gosta muito do senhor, ouvi-a falando com o juiz de instrução. Depois vem a senhora Derville...

– A senhora Derville! – exclamou Julien, e um vivo rubor cobriu-lhe a fronte. "Saindo daqui", pensou ele, "vai escrever para a senhora de Rênal." Ele não sabia da chegada da sra. de Rênal a Besançon.

As testemunhas foram ouvidas bem rapidamente. Desde as primeiras palavras da acusação sustentada pelo promotor, duas daquelas senhoras sentadas no pequeno balcão, que ficava bem na frente de Julien, romperam em lágrimas. "A senhora Derville não se comove assim", pensou Julien. Notou, contudo, que ela estava bem vermelha.

O promotor dramatizava em mau francês a barbárie do crime cometido; Julien observou que as vizinhas da sra. Derville pareciam desaprová-lo vivamente. Vários jurados, aparentemente conhecidos daquelas senhoras, falavam com elas e pareciam tranquilizá-las. "Não deixa de ser de bom augúrio", pensou Julien.

Até então, sentira-se penetrado de um absoluto desprezo por todos os homens que assistiam ao julgamento. A eloquência medíocre do promotor aumentou esse sentimento de repugnância. Mas, aos poucos, a aridez da alma de Julien desapareceu diante das manifestações de interesse de que era obviamente objeto.

Estava satisfeito com o jeito firme de seu advogado.

– Nada de rodeios – disse-lhe baixinho quando estava para tomar a palavra.

– Toda a ênfase pilhada de Bossuet que usaram contra o senhor vai servi-lo – disse o advogado. Com efeito, mal completara cinco minutos falando e quase todas as mulheres estavam com um lenço na mão. O advogado, encorajado, dirigiu aos jurados palavras bastante fortes. Julien estremeceu, sentia-se prestes a derramar algumas lágrimas. "Meu Deus! O que diriam meus inimigos?"

Ia ceder à emoção que o invadia quando, felizmente para ele, surpreendeu um olhar insolente do barão de Valenod.

"Os olhos desse infame estão flamejantes", pensou. "Que triunfo para uma alma vil! Ainda que meu crime só tivesse acarretado essa única circunstância, isso bastaria para amaldiçoá-lo. Só Deus sabe o que dirá de mim à senhora de Rênal!"

Essa ideia afastou todas as outras. Logo depois, Julien foi chamado a si pelas manifestações de aprovação do público. O advogado acabava de encerrar sua arguição. Julien lembrou-se de que convinha apertar-lhe a mão. O tempo passara rapidamente.

Trouxeram refrescos para o advogado e para o acusado. Só então Julien se espantou com uma circunstância: nenhuma mulher deixara a audiência para ir jantar.

– Palavra! Estou com muita fome – disse o advogado –, e o senhor?

– Eu também – respondeu Julien.

– Veja, ali está a senhora prefeita, recebendo também o seu jantar – disse-lhe o advogado, mostrando o pequeno balcão. – Coragem, está indo tudo bem. A sessão recomeçou.

Enquanto o presidente fazia o seu resumo, soou a meia-noite. O presidente foi obrigado a interromper-se; em meio ao silêncio da ansiedade generalizada, as pancadas do relógio enchiam a sala.

"Eis o começo do último dos meus dias", pensou Julien. "Logo se sentiu empolgado com a ideia do dever. Dominara até então sua comoção e mantivera sua resolução de não falar; mas, quando o presidente do tribunal lhe perguntou se tinha alguma coisa a acrescentar, levantou-se. Via diante de si os olhos da senhora Derville que, com aquela iluminação, lhe pareceram bem brilhantes. "Estaria chorando, por acaso?", pensou.

– Senhores jurados, o horror do desprezo, que acreditava poder enfrentar no momento da morte, me faz tomar a palavra. Senhores, não tenho a honra de pertencer à sua classe, veem em mim um camponês que se revoltou contra a baixeza de sua sorte. Não lhes peço nenhuma graça – continuou Julien, firmando a voz. – Não tenho ilusões, a morte me espera: ela será justa. Fui capaz de atentar contra a vida da mulher mais digna de todo o respeito, de todas as homenagens. A senhora de Rênal foi como uma mãe para mim. Meu crime é atroz e foi *premeditado*. Mereci, portanto, a morte, senhores jurados. Mas, ainda que fosse menos culpado, vejo homens que, sem se deterem em tudo o que minha juventude pode merecer da piedade, vão querer punir em mim e desencorajar para sempre essa classe de jovens que, nascidos numa classe inferior e de alguma forma oprimidos pela pobreza, têm a sorte de conseguir uma boa educação e a audácia de misturar-se ao que o orgulho dos ricos chama de boa sociedade. Este é o meu crime, senhores, e, na verdade, será punido ainda mais severamente por não ser julgado por meus pares. Não vejo nos bancos dos jurados nenhum camponês enriquecido, mas apenas burgueses indignados...

Durante vinte minutos, Julien falou nesse tom; disse tudo o que lhe ia no coração; o promotor, que aspirava aos favores da aristocracia, pulava em seu assento; mas, apesar da forma meio abstrata que Julien dera à discussão, todas as mulheres se debulhavam em lágrimas. Até mesmo a sra. Derville levava o lenço aos olhos. Antes de acabar, Julien voltou à premeditação, ao seu arrependimento, ao respeito, à adoração filial e sem limites que, em tempos mais felizes, tivera pela sra. de Rênal... A sra. Derville deu um grito e desmaiou.

Soava uma hora quando os jurados se retiraram para o seu recinto. Nenhuma mulher abandonara seu lugar; vários homens tinham lágrimas nos olhos. As conversas começaram muito animadas; mas aos poucos, como a decisão do júri estava demorando, o cansaço geral começou a acalmar a assembleia. O momento era solene; as luzes já não resplandeciam tanto. Julien, muito cansado, ouvia discutirem ao seu lado se essa demora era de bom ou mau agouro. Viu com prazer que todos estavam a seu favor; o júri não voltava e, contudo, nenhuma mulher deixava a sala.

Quando acabavam de soar duas horas, ouviu-se um grande movimento. A portinhola do recinto reservado aos jurados se abriu. O barão de Valenod adiantou-se num passo grave e teatral, era seguido por todos os jurados. Tossiu e depois declarou que em sua alma e consciência a declaração unânime do júri era de que Julien Sorel era culpado de homicídio, e de homicídio com premeditação: essa declaração acarretava a pena de morte; esta foi pronunciada pouco depois. Julien olhou seu relógio e lembrou-se do sr. de Lavalette, eram duas horas e quinze minutos. "Hoje é sexta-feira", pensou.

"Sim, mas que dia feliz para esse Valenod, que me condena... Sou muito vigiado para que Mathilde possa salvar-me como fez a senhora de Lavalette... Então, daqui a três dias, nessa mesma hora, saberei o que se pode esperar daquele *grande mistério*."

Naquele instante, ouviu um grito e foi chamado de volta às coisas desse mundo. As mulheres ao seu redor soluçavam; viu que todas as pessoas estavam voltadas para uma pequena tribuna montada no alto de um pilar gótico. Soube mais tarde que Mathilde se escondera ali. Como o grito não se repetia, todo mundo voltou a olhar para Julien, com quem os guardas tentavam atravessar a multidão.

"Vamos tratar de não dar motivo de riso para esse canalha do Valenod", pensou Julien. "Com que ar contrito e afetado ele pronunciou a declaração que me condena à morte! Enquanto o pobre presidente do tribunal, embora juiz há tantos anos, tinha lágrimas nos olhos ao condenar-me. Que alegria para esse Valenod poder vingar-se de nossa antiga rivalidade junto à senhora de Rênal! Então, não a verei mais! Acabou-se... Um último adeus é impossível entre nós, eu o sinto... Como teria sido feliz em dizer-lhe todo o horror que tenho de meu crime! Apenas estas palavras: julgo-me justamente condenado."

XLII.

Quando trouxeram Julien de volta à prisão, introduziram-no em um quarto destinado aos condenados à morte. Ele, que de costume reparava até nas menores circunstâncias, não percebeu que não o reconduziam ao seu torreão. Pensava no que diria à sra. de Rênal caso, antes do momento final, tivesse a alegria de vê-la. Achava que ela o interromperia e queria, logo na primeira palavra, poder demonstrar-lhe seu arrependimento. "Depois de uma ação dessas, como persuadi-la de que só amo a ela? Pois, afinal, quis matá-la por ambição ou por amor a Mathilde."

Ao deitar-se, encontrou lençóis de tecido grosseiro. Percebeu a situação. "Ah, estou no calabouço", pensou, "como condenado à morte. É justo.

"O conde Altamira me contou que, na véspera de sua morte, Danton dizia com o seu vozeirão: 'É estranho, o verbo guilhotinar não pode ser conjugado em todos os tempos; pode-se dizer: eu serei guilhotinado, tu serás guilhotinado, mas não se diz eu fui guilhotinado'.

"Por que não", continuou Julien, "se há uma outra vida? Ora, se encontrar o Deus dos cristãos, estou perdido: é um déspota e, como tal, repleto de ideias de vingança; sua Bíblia só fala de punições atrozes. Nunca o amei; nem mesmo quis acreditar que o amassem sinceramente. Ele não tem piedade (e lembrou-se de várias passagens da Bíblia). Ele me puniria de maneira abominável...

"Mas, se encontrar o Deus de Fénelon, talvez ele me diga: 'muito lhe será perdoado, porque muito amou...'

"Será que amei muito? Ah, eu amei a senhora de Rênal, mas meu comportamento foi atroz. Nisso, como em outras coisas, o mérito simples e modesto foi abandonado pelo que é brilhante...

"Mas também, que perspectiva! Coronel dos hussardos, se tivéssemos guerra; secretário de legação em tempo de paz; depois, embaixador... Pois logo entenderia dos negócios... e, mesmo que não passasse de um tolo, o genro do marquês de La Mole teria alguma rivalidade a temer? Todas as minhas tolices teriam sido perdoadas, ou melhor, contadas a meu favor. Homem de mérito, e gozando da melhor vida em Viena ou em Londres...

"Não exatamente, senhor, guilhotinado em três dias."

Julien riu com gosto dessa saída de seu espírito. "Na verdade, o homem tem duas cabeças em si", pensou. "Quem diabos pensaria coisa tão malévola?"

"Pois bem! Sim, caro amigo, guilhotinado em três dias", respondeu ao interlocutor. "O senhor de Cholin alugará uma janela, de sociedade com o padre Maslon. Pois bem, pelo preço do aluguel dessa janela, qual desses dois dignos personagens roubará o outro?"

Lembrou-se de repente dessa passagem do *Venceslas* de Rotrou:

LADISLAS – ... *Minha alma está pronta.*

O REI, pai de Ladislas – *O cadafalso também; leve sua cabeça até lá.*

"Bela resposta!", pensou, e adormeceu. Alguém o despertou de manhã, estreitando-o com força.

– Como? Já! – disse Julien abrindo um olho feroz. Julgava-se entre as mãos do carrasco.

Era Mathilde. Felizmente ela não percebeu. Essa observação devolveu-lhe todo o sangue-frio. Achou Mathilde mudada como por seis meses de doença: realmente, não dava para reconhecê-la.

– Aquele infame Frilair me traiu – disse ela, contorcendo as mãos; a fúria a impedia de chorar.

– Eu não estava digno, ontem, quando tomei a palavra? – respondeu Julien. – Estava improvisando, e pela primeira vez em minha vida! É verdade que parece que será também a última.

Nesse momento, Julien manipulava o caráter de Mathilde com todo o sangue-frio de um pianista habilidoso tocando um piano...

– A vantagem de uma origem ilustre me falta, é verdade – acrescentou –, mas a grande alma de Mathilde elevou seu amante até ela. Acredita que Boniface de La Mole tenha se saído melhor diante de seus juízes?

Mathilde, naquele dia, estava terna sem afetação, como uma moça pobre que morasse num prédio de quinta categoria; mas não conseguiu tirar dele palavras mais simples. Ele lhe dava o troco, sem se dar conta, pelo tormento que ela lhe infligira tantas vezes.

"Não se conhecem as nascentes do Nilo", pensava Julien, "não foi dado, aos olhos do homem, ver o rei dos rios na condição de simples riacho: assim também nenhum olho humano verá Julien fraco, para começar porque não o é. Mas tenho um coração que se comove facilmente; a palavra mais comum, se for dita com o tom da verdade, pode abrandar a minha voz e até fazer-me derramar lágrimas. Quanta gente de coração duro não me desprezou por esse defeito! Achavam que pedia misericórdia: é isso que não poderei suportar.

"Dizem que a lembrança de sua mulher emocionou Danton ao pé do cadafalso; mas Danton tinha dado força a uma nação de janotas e impedia o inimigo de chegar a Paris... Só eu sei o que eu poderia ter feito... Para os outros, não passo, quando muito, de um TALVEZ.

"Se a senhora de Rênal estivesse aqui, em meu calabouço, em vez de Mathilde, teria sido capaz de responder por meus atos? O excesso de meu desespero e de meu arrependimento teria passado, aos olhos dos Valenod e de todos os patrícios da região, pelo medo ignóbil da morte; são tão orgulhosos, esses corações fracos, que sua posição pecuniária os põe acima das tentações. Vejam no que dá, teriam dito os senhores de Moirod e de Cholin, que acabam de condenar-me à morte, nascer filho de carpinteiro! A gente pode se tornar sabido, arguto, mas a coragem! A coragem não se aprende. Mesmo essa pobre Mathilde, que agora chora, ou melhor, que não pode mais chorar", disse, olhando para seus olhos vermelhos... E estreitou-a em seus braços: o aspecto de uma dor verdadeira o fez esquecer seu silogismo... "Talvez tenha chorado a noite inteira", pensou; "mas um dia, quanta vergonha não lhe trará essa lembrança! Julgará ter sido desencaminhada, em sua tenra juventude, pelas ideias vulgares de um plebeu... O Croisenois é bastante fraco para desposá-la e, na verdade, acho que faz bem. Ela o fará desempenhar um papel,

Pelo direito que um espírito firme e vasto em seus desígnios
Tem sobre o espírito grosseiro dos humanos vulgares.

"Ora! É curioso: desde que estou para morrer, todos os versos que aprendi na vida voltam-me à memória. Deve ser sinal de decadência..."

Mathilde repetia-lhe numa voz apagada:

– Ele está aí na sala ao lado.

Enfim, Julien prestou atenção em suas palavras. "Sua voz está fraca", pensou, "mas todo seu caráter imperioso ainda aparece no tom. Ela baixa a voz para não se zangar."

– E quem está aí? – perguntou-lhe docemente.

– O advogado, para fazê-lo assinar a apelação.

– Não vou apelar.

– Como! Não vai apelar? – disse, levantando-se com os olhos faiscantes de cólera. – E por quê, posso saber?

– Porque nesse momento me sinto com coragem para morrer sem provocar muitos risos à minha custa. E quem me garante que daqui a dois meses, depois de uma longa temporada nesse calabouço úmido, estarei tão bem-disposto? Prevejo entrevistas com padres, com meu pai... Nada no mundo pode ser tão desagradável. Melhor morrer.

Essa contrariedade imprevista despertou todo o lado altivo da personalidade de Mathilde. Ela não pudera ver o padre Frilair antes da hora em que se abrem os calabouços da prisão de Besançon; sua fúria recaiu sobre Julien. Ela o adorava e, durante um longo quarto de hora, ele voltou a encontrar nas suas imprecações contra o caráter dele, Julien, no seu arrependimento por tê-lo amado, toda aquela alma altaneira que o cumulara outrora de insultos tão pungentes, na biblioteca da Mansão de La Mole.

– O céu devia à glória de sua raça tê-la feito nascer homem – disse-lhe ele.

"Quanto a mim", pensava, "seria bem tolo em viver mais dois meses nesse lugar nojento, lutando contra tudo o que a facção patrícia pode inventar de infame e humilhante,* tendo como consolo único as imprecações dessa louca... Pois bem, depois de amanhã de manhã, bato-me em duelo com um homem conhecido por seu sangue-frio e por uma notável habilidade... Bastante notável, disseram os mefistofélicos, nunca erra uma. Pois bem, assim seja, e em boa hora." Mathilde continuava com seus discursos. "Mas que coisa, não, não vou apelar."

Tomada essa resolução, voltou aos devaneios. "Quando passar, o carteiro trará o jornal às seis horas como de costume; às oito horas, depois que o senhor de Rênal o tiver lido, Elisa, andando na ponta dos pés, irá colocá-lo sobre sua cama. Mais tarde, ela despertará: de repente, em sua leitura, ficará perturbada; sua linda mão tremerá; ela lerá até essas palavras... *Às dez horas e cinco minutos ele deixou de existir.*

"Chorará copiosamente, eu a conheço; em vão quis matá-la, tudo será esquecido. E a pessoa de quem quis tirar a vida será a única a chorar sinceramente minha morte."

"Ah! Isso é uma antítese!", pensou, e, durante o longo quarto de hora que ainda durou a cena de Mathilde, só pensou na sra. de Rênal. À sua revelia, e embora respondendo várias vezes ao que Mathilde lhe dizia, não conseguia afastar seu pensamento da lembrança do quarto de dormir em Verrières. Via a gazeta de Besançon sobre

* É um jacobino que fala.

a colcha de tafetá laranja. Via aquela mão tão branca que a apertava num movimento convulsivo; via a sra. de Rênal chorando... Seguia o trajeto de cada lágrima naquele rosto encantador.

A srta. de La Mole, não conseguindo nada de Julien, fez entrar o advogado. Felizmente, era um antigo capitão do exército da Itália, de 1796, onde fora companheiro de Manuel.

Pela forma, combateu a resolução do condenado. Julien, querendo tratá-lo com estima, expôs-lhe todas as suas razões.

– De fato, é possível pensar assim – acabou por dizer-lhe o sr. Félix Vaneau; era o nome do advogado. – Mas o senhor tem dois dias inteiros para apelar e é meu dever voltar todos os dias. Se um vulcão se abrisse sob a prisão daqui a dois meses, estaria salvo. Poderia morrer de doença – disse, olhando para Julien.

Julien apertou-lhe a mão.

– Eu lhe agradeço, é um homem bom. Vou pensar nisso.

E quando, afinal, Mathilde saiu com o advogado, sentia muito mais amizade pelo advogado do que por ela.

XLIII.

Uma hora depois, enquanto dormia profundamente, foi despertado pelas lágrimas que sentia escorrer pela sua mão. "Ah, é Mathilde de novo", pensou, mal desperto. "Ela vem, fiel à teoria, combater minha decisão com sentimentos ternos." Aborrecido com a perspectiva de uma nova cena no gênero patético, não abriu os olhos. Os versos de Belphégor fugindo de sua mulher passaram-lhe pela cabeça.

Ouviu um suspiro diferente; abriu os olhos, era a sra. de Rênal.

– Ah! Revejo-a antes de morrer, será uma ilusão? – exclamou, lançando-se aos seus pés. – Mas perdão, senhora, não passo de um assassino aos seus olhos, disse logo, voltando a si.

– Senhor... Venho suplicar-lhe que apele, sei que não o quer... – seus soluços sufocavam-na, não conseguia falar.

– Rogo-lhe que me perdoe.

– Se quer que o perdoe – disse-lhe ela, levantando-se e atirando-se em seus braços –, apele imediatamente da sentença de morte.

Julien cobria-a de beijos.

– Você virá me ver todos os dias durante esses dois meses?

– Juro que virei. Todos os dias, a não ser que meu marido me proíba.

– Eu assino! Como? Você me perdoa? Será possível?

Estreitava-a em seus braços; estava enlouquecido. Ela deu um gritinho.

– Não é nada – disse-lhe ela –, você me machucou.

– O seu ombro – exclamou Julien, desfazendo-se em lágrimas. Afastou-se um pouco e cobriu sua mão de beijos inflamados. – Quem diria... no último dia em que a vi, em seu quarto, em Verrières...

– Quem diria, então, que eu escreveria ao senhor de La Mole aquela carta infame?

– Saiba que sempre a amei, que só amei você.

– Será possível? – exclamou a sra. de Rênal, encantada. Apoiou-se em Julien, que estava aos seus joelhos e, por muito tempo, choraram em silêncio.

Nunca, em toda a sua vida, Julien tivera um momento como aquele.

Um bom tempo depois, quando puderam falar:

– E essa jovem senhora Michelet – disse a sra. de Rênal –, ou melhor, essa senhorita de La Mole? Pois estou começando a acreditar nesse estranho romance!

– Só é verdadeiro na aparência – respondeu Julien. – É minha mulher, mas não é minha amante.

Interrompendo-se cem vezes um ao outro, conseguiram com muita dificuldade contar o que não sabiam. A carta escrita para o sr. de La Mole tinha sido feita pelo jovem padre que era conselheiro espiritual da sra. de Rênal e, depois, copiada por ela.

– Que horror a religião me fez cometer! – disse-lhe ela. – E ainda abrandei os piores trechos daquela carta...

O entusiasmo e a felicidade de Julien provavam-lhe o quanto ele a perdoara. Ele nunca tinha sido tão louco de amor.

– Acredito, contudo, que sou piedosa – dizia-lhe a sra. de Rênal, continuando a conversa. – Acredito sinceramente em Deus; acredito igualmente, e inclusive isso me foi provado, que meu crime é terrível, e assim que o vejo, mesmo depois de ter-me dado dois tiros de pistola... – nesse momento, à revelia dela, Julien cobriu-a de beijos.

– Deixe-me – continuou ela –, quero raciocinar com você, tenho medo de esquecer... Assim que o vejo, todos os deveres desaparecem, sou toda amor por você, ou melhor, a palavra amor é muito fraca. Sinto por você o que deveria sentir unicamente por Deus: um misto de respeito, amor, obediência... Na verdade, não sei o que você me inspira. Se me mandasse esfaquear o carcereiro, o crime seria cometido antes que eu me desse conta. Explique-me isso direito antes que eu o deixe, quero ver claro no meu coração; pois em dois meses nos separamos... Falando nisso, será que nos separaremos? – perguntou-lhe sorrindo.

– Retiro minha palavra – exclamou Julien, levantando-se. – Não apelarei da sentença de morte se, por envenenamento, faca, pistola, carbúnculo ou outro meio qualquer, você tentar pôr fim ou interromper a sua vida.

A fisionomia da sra. de Rênal mudou de repente; a mais viva ternura deu lugar a um profundo devaneio.

– Se morrêssemos agora mesmo? – disse-lhe finalmente.

– Quem sabe o que encontraremos na outra vida? – respondeu Julien. – Tormentos talvez, talvez nada. Não poderíamos passar dois meses juntos de uma maneira deliciosa? Dois meses são muitos dias. Nunca terei sido tão feliz.

– Nunca terá sido tão feliz!

– Nunca – repetiu Julien, encantado –, e falo com você como comigo mesmo. Deus me preserva do exagero.

– Falando assim, é como se me desse uma ordem – disse ela, com um sorriso tímido e melancólico.

– Pois então! Jure, pelo amor que tem por mim, de não atentar contra a sua vida por nenhum meio direto ou indireto... Pense – acrescentou – que precisa viver para o meu filho, que Mathilde abandonará aos lacaios, assim que se tornar marquesa de Croisenois.

– Juro – continuou ela, friamente –, mas quero levar sua apelação escrita e assinada por você. Irei pessoalmente até o procurador.

– Tome cuidado, está se comprometendo.

– Depois da iniciativa de vir vê-lo na prisão, tornei-me para sempre, para Besançon e todo Franco Condado, uma heroína de anedotas – disse ela, com ar profundamente aflito. – Os limites do pudor austero foram ultrapassados... Sou uma mulher que perdeu a honra; é verdade que foi por você...

Sua voz estava tão triste que Julien a beijou com uma felicidade inédita para ele. Não era mais a embriaguez do amor, era extrema gratidão. Acabava de perceber, pela primeira vez, toda a extensão do sacrifício que ela tinha feito.

Alguma alma caridosa informou, sem dúvida, o sr. de Rênal das longas visitas que sua mulher fazia à prisão de Julien; pois, ao cabo de três dias, ele lhe mandou sua carruagem com a ordem expressa de que voltasse imediatamente para Verrières.

Essa cruel separação fizera com que o dia começasse mal para Julien. Avisaram-no, duas ou três horas mais tarde, que um certo padre, intrigante e contudo malsucedido entre os jesuítas de Besançon, se instalara desde cedo do lado de fora da prisão, na rua. Estava chovendo muito e aquele homem pretendia se fazer de mártir. Julien estava maldisposto e essa asneira o irritou profundamente.

De manhã já recusara a visita desse padre, mas o homem botara na cabeça confessar Julien e conquistar uma reputação entre as moças de Besançon, graças a todas as confidências que afirmaria ter obtido.

Declarava em alto e bom som que ia passar a noite e o dia na porta da prisão:

– Deus me envia para tocar o coração desse outro apóstata... – e o povo miúdo, sempre ansioso por uma cena, começava a se aglomerar.

– Sim, meus irmãos – dizia-lhes –, passarei aqui o dia, a noite, assim como todos os dias e todas as noites seguintes. O Espírito Santo falou comigo, incumbiu-me de uma missão; sou eu quem deve salvar a alma do jovem Sorel. Uni-vos às minhas preces etc.

Julien tinha horror do escândalo e de tudo o que pudesse chamar a atenção sobre ele. Pensou em aproveitar a oportunidade para escapar do mundo secretamente; mas tinha ainda alguma esperança de rever a sra. de Rênal e estava perdidamente apaixonado.

A porta da prisão ficava numa das ruas mais movimentadas. A ideia daquele padre enlameado, juntando uma multidão e fazendo escândalo, torturava sua alma. "E, com toda a certeza, a cada instante, fica repetindo o meu nome!" Esse momento foi mais penoso que a morte.

Chamou uma ou duas vezes, com uma hora de intervalo, um carcereiro que lhe era devotado, para mandá-lo ver se o padre ainda estava na porta da prisão.

– Senhor, ele está ajoelhado na lama – dizia-lhe sempre o carcereiro. – Reza em voz alta e entoa ladainhas por sua alma...

"O impertinente!', pensou Julien. Nesse momento, de fato, ouviu um burburinho surdo, era o povo que respondia às ladainhas. Para o cúmulo da impaciência, viu que o próprio carcereiro mexia os lábios repetindo as palavras latinas.

– Estão começando a dizer – acrescentou o carcereiro – que o senhor deve ter o coração bem duro para recusar o socorro desse santo homem.

– Ó, minha pátria! Como ainda és bárbara! – exclamou Julien, fulo de raiva. E prosseguiu seu raciocínio em voz alta, sem pensar na presença do carcereiro. – Esse homem quer um artigo no jornal e está certo de que vai obtê-lo.

"Ah, malditos provincianos! Em Paris, não seria submetido a tanto vexame. Lá se conhece melhor o charlatanismo."

– Mande entrar esse santo padre – disse afinal ao carcereiro, e o suor escorria-lhe fartamente pela fronte. O carcereiro fez o sinal da cruz e saiu todo contente.

O santo padre revelou-se horrivelmente feio e, ainda por cima, imundo. A chuva fria que caía aumentava a escuridão e a umidade do calabouço. O padre quis beijar Julien e comoveu-se ao falar com ele. A mais reles hipocrisia era por demais evidente; nunca em sua vida Julien estivera tão irado.

Um quarto de hora depois da entrada do padre, Julien julgou-se perfeitamente covarde. Pela primeira vez, a morte pareceu-lhe horrível. Pensou no estado de putrefação em que estaria seu corpo dois dias após a execução etc.

Estava para se trair, com algum sinal de fraqueza, ou para atirar-se sobre o padre e estrangulá-lo com seus grilhões, quando teve a ideia de pedir ao santo padre que fosse rezar uma boa missa de quarenta francos, naquele dia mesmo.

Ora, era quase meio-dia, o padre saiu apressadamente.

XLIV.

Logo que ele saiu, Julien chorou bastante e chorou porque ia morrer. Aos poucos, foi admitindo que, se a sra. de Rênal estivesse em Besançon, ele lhe confessaria sua fraqueza...

No momento em que mais lamentava a ausência dessa mulher adorada, ouviu os passos de Mathilde.

"A pior desgraça na prisão", pensou, "é não poder fechar a porta." Tudo o que Mathilde lhe disse só conseguiu irritá-lo.

Ela lhe contou que, no dia do julgamento, o sr. de Valenod, tendo no bolso sua nomeação para governador, ousara zombar do padre de Frilair e dar-se o prazer de condená-lo à morte.

– "Que ideia teve o seu amigo", acaba de me dizer o sr. de Frilair, "de despertar e atacar a vaidade mesquinha dessa *aristocracia burguesa*! Por que falar de casta? Ele lhes indicou o que deviam fazer no seu interesse político; esses tolos nem pensavam nisso e estavam dispostos a chorar. Esse interesse de casta veio mascarar aos seus olhos o horror de condenar à morte. Convenhamos que o senhor Sorel é bastante inexperiente. Se não conseguirmos salvá-lo pelo pedido de clemência, sua morte será um tipo de suicídio..."

Mathilde não pensou em dizer a Julien o que ela ainda não

suspeitava: é que o padre de Frilair, vendo Julien perdido, julgou útil à sua ambição aspirar à sua sucessão.

Quase fora de si, por força da raiva impotente e da contrariedade, ele disse a Mathilde:

– Vá ouvir uma missa por mim e deixe-me um instante de paz.

Mathilde, já muito enciumada com as visitas da sra. de Rênal e que acabara de saber de sua partida, compreendeu a causa do mau humor de Julien e derramou-se em lágrimas.

Seu sofrimento era real, Julien sabia disso e só ficava mais irritado. Tinha uma necessidade imperiosa de solidão e como consegui-la?

Enfim, após tentar quase todos os expedientes para comovê-lo, deixou-o a sós, mas, quase no mesmo instante, Fouqué apareceu.

– Preciso ficar sozinho – disse ao seu fiel amigo. E, como o viu hesitar: – Estou compondo um relatório para pedido de clemência... De resto... Faça-me um favor, nunca me fale na morte. Se eu precisar de algum serviço particular nesse dia, deixe que eu toque no assunto.

Quando finalmente Julien conseguiu ficar sozinho, sentiu-se mais oprimido e mais covarde do que antes. Um pouco da força que restava àquela alma alquebrada tinha sido esgotado disfarçando seu estado diante da srta. de La Mole e de Fouqué.

Ao anoitecer, uma ideia o consolou: "Se hoje de manhã, no momento em que a morte me parecia tão feia, tivessem me avisado da execução, *o olho do público teria sido o aguilhão da glória.* Talvez eu caminhasse com uma certa afetação, como o pretensioso intimidado quando entra num salão. Quem tivesse alguma perspicácia, se é que isso é possível entre esses provincianos, poderia ter adivinhado minha fraqueza... Mas ninguém *a teria visto...* ".

E sentiu-se livre de parte de seu sofrimento. "Sou um covarde nesse momento", cantarolava, "mas ninguém o saberá."

Um acontecimento ainda mais desagradável o aguardava no dia seguinte. Havia muito tempo que seu pai estava anunciando uma visita; naquele dia, antes do despertar de Julien, o velho carpinteiro de cabelos brancos apareceu em seu calabouço.

Julien sentiu-se fraco, esperava as censuras mais desagradáveis. Para acabar de completar sua sensação desagradável, naquela manhã, estava sentindo um profundo remorso por não amar seu pai.

"O acaso nos colocou um perto do outro na terra", pensava, enquanto o carcereiro arrumava um pouco a cela, "e fizemos um ao outro quase todo o mal possível. Ele vem na hora da minha morte para dar-me o golpe final."

As severas reprimendas do velho começaram logo que ficaram a sós.

Julien não conseguiu conter as lágrimas. "Que fraqueza indigna!", pensou, com raiva. "Ele vai sair por aí exagerando minha falta de coragem; que triunfo para os Valenod e para todos os hipócritas medíocres que reinam em Verrières! Eles são bem importantes na França, reúnem todas as vantagens sociais. Até agora, eu podia ao menos dizer: eles recebem dinheiro, é verdade, todas as honrarias se acumulam sobre eles, mas eu tenho a nobreza do coração.

"E aí está uma testemunha em quem todos vão acreditar e que garantirá a toda Verrières, exagerando-o, que fui fraco diante da morte! Terei sido um covarde nessa provação que todos concebem!"

Julien estava perto do desespero. Não sabia como mandar o seu pai embora. E fingir, de maneira a enganar aquele velho tão perspicaz, estava naquele momento completamente acima de suas forças.

Sua mente percorria rapidamente todas as possibilidades.

– *Eu fiz economias!* – exclamou de repente.

Esse lance de gênio mudou a fisionomia do velho e a posição de Julien.

– Como devo dispor delas? – continuou Julien, mais tranquilo; o efeito produzido libertara-o de todo sentimento de inferioridade.

O velho carpinteiro ardia do desejo de não deixar escapar esse dinheiro, do qual Julien parecia querer deixar uma parte para seus irmãos. Falou bastante e calorosamente. Julien chegou a fazer troça.

– Pois bem! O Senhor me inspirou para o meu testamento. Darei mil francos a cada um de meus irmãos e o resto ao senhor.

– Muito bem – disse o velho –, esse resto me é devido; mas, já que Deus concedeu a graça de tocar seu coração, se quiser morrer como bom cristão, convém pagar as suas dívidas. Há ainda as despesas de sua alimentação e de sua educação, que eu adiantei e das quais não está lembrando...

"Eis então o amor paterno!", repetia Julien com o coração aflito, quando, afinal, ficou sozinho. Logo apareceu o carcereiro.

– Senhor, depois da visita dos pais, sempre trago aos meus hóspedes uma garrafa de bom champagne. É um pouco caro, seis francos a garrafa, mas alegra o coração.

– Traga três copos – disse-lhe Julien com um zelo infantil – e faça entrar dois dos prisioneiros que estou ouvindo passear no corredor.

O carcereiro trouxe-lhe dois galerianos reincidentes que se preparavam para voltar às galés. Eram celerados alegres e notáveis pela esperteza, coragem e sangue-frio.

– Se o senhor me der vinte francos – disse um deles a Julien –, conto-lhe minha vida em detalhes. É coisa fina!

– Mas não vai me mentir?

– É claro que não – respondeu ele. – Meu amigo aqui, que está com inveja dos meus vinte francos, vai me delatar se eu inventar coisa.

Sua história era abominável. Revelava uma alma corajosa, onde só restava uma paixão: a do dinheiro.

Depois que saíram, Julien não era mais o mesmo homem. Toda a raiva de si mesmo desaparecera. O sofrimento atroz, envenenado pela pusilanimidade da qual era presa desde a partida da sra. de Rênal, transformara-se em melancolia.

"À medida que fosse me enganando menos com as aparências", pensava, "iria ver que os salões de Paris estão povoados de gente honesta como o meu pai ou de espertos pulhas como esses galerianos. Eles têm razão, nunca os homens dos salões acordam de manhã com essa preocupação pungente: como vou jantar? E se gabam de sua probidade! E, convocados para o júri, condenam altivamente o homem que roubou um talher de prata porque estava desmaiando de fome.

"Mas se houver uma corte, se for o caso de ganhar ou de perder um ministério, essa gente honesta dos salões entrega-se a crimes perfeitamente semelhantes àqueles que a necessidade de comer inspirou a esses dois galerianos...

"Não existe um *direito natural*: essa expressão não passa de uma tolice antiga bem digna do promotor que me acusou naquele dia, e cujo antepassado foi enriquecido por um confisco de Luís XIV. Só há um *direito* quando há uma lei que proíba de fazer alguma coisa, sob pena de punição. Antes da lei, só eram *naturais* a força do leão ou a necessidade da criatura que tem fome, que tem frio, numa palavra, a *necessidade*... Não, as pessoas honradas não passam de velhacos que tiveram a sorte de não ser apanhados em flagrante delito. O acusador que a sociedade lança sobre mim foi enriquecido por uma infâmia... Atentei contra a vida de alguém e fui justamente condenado, mas, a não ser por essa ação, o Valenod que me condenou é cem vezes mais nocivo à sociedade.

"Pois bem", continuou Julien, com tristeza mas sem raiva, "apesar de sua avareza, meu pai vale muito mais que todos esses homens! Ele nunca me amou. Acabo de ultrapassar os limites ao desonrá-lo com uma morte infame. Esse medo de ficar sem dinheiro, essa concepção exagerada da maldade humana que chamamos de *avareza* faz com que ele veja um prodigioso motivo de consolo e de segurança numa quantia de trezentos ou quatrocentos luíses que posso lhe deixar. Um domingo depois do jantar, ele mostrará seu ouro a todos os invejosos de Verrières. A esse preço, dirá o seu olhar, qual dentre vocês não ficaria encantado em ter um filho guilhotinado?"

Esta filosofia podia ser verdadeira, mas era de natureza a fazer desejar a morte. Assim se passaram cinco longos dias. Ele era educado e gentil com Mathilde, a quem via exasperada pelo mais vivo ciúme. Certa noite, Julien pensava seriamente em se matar. Tinha a alma enervada pelo sofrimento profundo em que o lançara a partida da sra. de Rênal. Nada mais lhe agradava, nem na vida real, nem na imaginação. A falta de exercício estava começando a alterar-lhe a saúde e a conferir-lhe o caráter exaltado e fraco de um jovem estudante alemão. Estava perdendo aquela altivez viril que rejeita, com uma enérgica blasfêmia, certas ideias pouco convenientes que assaltam a alma dos infelizes.

"Amei a verdade... Onde ela está? Por toda parte a hipocrisia, ou pelo menos o charlatanismo, mesmo entre os mais virtuosos, mesmo entre os maiores", e seus lábios assumiram a expressão de desgosto... "Não, o homem não pode confiar no homem.

"A senhora de ***, fazendo uma coleta para os seus pobres órfãos, dizia-me que um determinado príncipe acabara de dar dez luíses; mentira. Mas o que estou dizendo? Napoleão em Santa Helena! Puro charlatanismo, proclamação a favor do rei de Roma.

"Santo Deus! Se um homem desses, logo quando a desgraça deve chamá-lo severamente ao dever, rebaixa-se ao charlatanismo, o que se pode esperar do resto da espécie?

"Onde está a verdade? Na religião... Sim", acrescentou ele com o sorriso amargo do mais extremo desprezo, "na boca dos Maslon, dos Frilair, dos Castanède... Talvez no verdadeiro cristianismo, cujos padres não seriam pagos como não o foram os apóstolos? Mas São Paulo foi pago com o prazer de comandar, de falar, de fazer falar de si...

"Ah, se houvesse uma verdadeira religião... Como sou tolo! Vejo uma catedral gótica, veneráveis vitrais; meu coração fraco imagina o padre desses vitrais... Minha alma o compreenderia, minha alma precisa dele... Só encontro um néscio enfatuado de cabelos sujos... Tirando os enfeites, uma espécie de cavaleiro de Beauvoisis...

"Mas um padre de verdade, um Massillon, um Fénelon... Massillon consagrou Dubois. As *Memórias de Saint-Simon* estragaram Fénelon para mim, mas enfim, um padre de verdade... Então as almas brandas teriam um ponto de reunião no mundo... Não estaríamos mais isolados... Esse bom padre nos falaria de Deus. Mas que Deus? Não aquele da Bíblia, pequeno déspota cruel e cheio de sede de vingança... Mas o Deus de Voltaire, justo, bom, infinito... ."

Ele foi agitado por todas as lembranças desta Bíblia que ele sabia de cor, mas como, logo que se reúnem *três* pessoas, acreditar nesse grande nome de DEUS, depois do horrível abuso que nossos padres fizeram dele?

"Viver isolado! Que tormento!

"Estou ficando louco e injusto", pensou Julien, batendo na testa. "Estou isolado aqui nessa cela; mas não *vivi isolado* na terra; eu tinha a poderosa ideia do *dever*. O dever que me tinha prescrito, certo ou errado... foi como o tronco de uma árvore sólida na qual me apoiava durante a tempestade; eu vacilava, me agitava, afinal, não passava de um homem... Mas não era carregado.

"É o ar úmido desse calabouço que me faz pensar no isolamento...

"E por que continuar sendo hipócrita, amaldiçoando a hipocrisia? Não é nem a morte, nem o calabouço, nem o ar úmido, é a ausência da senhora de Rênal que está me arrasando. Se, em Verrières, para vê-la, fosse obrigado a viver semanas inteiras escondido nos porões de sua casa, será que me queixaria?

"A influência de meus contemporâneos supera tudo", disse em voz alta e com um sorriso amargo. "Falando sozinho comigo mesmo, à beira da morte, ainda sou hipócrita... Ó, século XIX!

"Um caçador dá um tiro numa floresta, sua presa cai, ele se lança para apanhá-la. Pisa, sem querer, num formigueiro de dois pés de altura, destrói a morada das formigas, espalha ao longe as formigas, seus ovos... Nem as mais filosóficas dentre elas jamais entenderão esse corpo negro, imenso, assustador: a bota do caçador que de repente penetrou em sua moradia com uma incrível rapidez, precedida por um barulho assombroso, acompanhado de fagulhas de fogo avermelhado...

"Assim também a morte, a eternidade, coisas muito simples para quem tivesse órgãos bastante amplos para concebê-las...

"Uma efêmera mosca nasce às nove horas da manhã nos longos dias de verão, para morrer às cinco horas da tarde; como poderia compreender a palavra *noite*? Deem-lhe mais umas cinco horas de existência e ela vê e compreende o que é a noite.

"Assim também eu, que morrerei aos vinte e três anos. Deem-me mais uns cinco anos de vida, para viver com a senhora de Rênal."

E pôs-se a rir como Mefistófeles: "Que loucura ficar discutindo esses grandes problemas!"

"Primeiro, sou hipócrita como se houvesse alguém aqui para me ouvir.

"Segundo, esqueço-me de viver e de amar, quando me restam tão poucos dias para viver... Ai de mim! A senhora de Rênal está ausente; talvez seu marido não a deixe mais voltar a Besançon para não continuar a desonrá-lo.

"É isso que me isola e não a ausência de um Deus justo, bom, todo-poderoso, sem maldade, sem sede de vingança.

"Ah, se ele existisse... Ai de mim! Eu cairia aos seus pés. Mereci a morte, eu lhe diria; mas, grande Deus, Deus bom, Deus indulgente, devolva-me aquela que amo!"

A noite estava bastante alta. Depois de uma ou duas horas de sono tranquilo, chegou Fouqué.

Julien sentia-se forte e resoluto como um homem que vê claro em sua alma.

XLV.

– Não quero pregar nesse pobre padre Chas-Bernard a peça de mandar chamá-lo – disse a Fouqué. – Ele ficaria uns três dias sem comer. Mas trate de me achar um jansenista, amigo do padre Pirard e inacessível à intriga.

Fouqué estava esperando por isso com impaciência. Julien cumpriu decentemente com todas as obrigações que se deve à opinião pública, na província. Graças ao padre de Frilair e apesar da má escolha de seu confessor, Julien era, em seu calabouço, o protegido da congregação; com um pouco de planejamento, teria conseguido escapar. Mas a atmosfera corrompida do calabouço estava produzindo efeito e seu raciocínio se enfraquecia. Isso só o deixou mais feliz pela volta da sra. de Rênal.

– Meu primeiro dever é para com você – disse ela, beijando-o. – Fugi de Verrières...

Julien não tinha o menor amor-próprio perante ela e contou-lhe todas as suas fraquezas. Ela foi boa e encantadora com ele.

À noite, assim que saiu da prisão, mandou vir à casa de sua tia o padre que se agarrara a Julien como a uma presa; como só estava querendo ter prestígio junto às moças da alta sociedade de Besançon, a sra. de Rênal convenceu-o com facilidade a ir fazer uma novena na abadia de Bray-le-Haut.

Nenhuma palavra seria capaz de expressar o excesso e a loucura do amor de Julien.

A peso de ouro, e usando e abusando da reputação de sua tia, beata célebre e rica, a sra. de Rênal conseguiu autorização para vê-lo duas vezes por dia.

Ante essa notícia, o ciúme de Mathilde exaltou-se até o desvario. O sr. de Frilair tinha-lhe confessado que nem toda a sua autoridade bastaria para fazê-lo desafiar as conveniências a ponto de permitir que ela visse o amigo mais de uma vez por dia. Mathilde fez com que seguissem a sra. de Rênal para ficar sabendo de suas menores atitudes. O sr. de Frilair estava esgotando todos os recursos de uma mente bastante astuta para provar-lhe que Julien era indigno dela.

Em meio a tantos tormentos, ela o amava ainda mais e, quase todos os dias, fazia-lhe uma cena horrível.

Julien queria a todo custo ser um homem honrado até o fim para com essa pobre moça que ele tão estranhamente comprometera; mas, a cada instante, o amor desenfreado que tinha pela sra. de Rênal era mais forte. Quando, por maus motivos, não conseguia convencer Mathilde da inocência das visitas de sua rival, ele pensava: "De agora em diante, o fim do drama deve estar bem próximo; é uma desculpa para mim, já que não sei fingir melhor".

A srta. de La Mole soube da morte do marquês de Croisenois. O sr. de Thaler, aquele homem tão rico, permitira-se comentários desagradáveis sobre o desaparecimento de Mathilde; o sr. de Croisenois fora pedir-lhe que os desmentisse: o sr. de Thaler lhe mostrara umas cartas anônimas que lhe tinham sido enviadas, cheias de detalhes relacionados com tanta arte que foi impossível, para o pobre marquês, não entrever a verdade.

O sr. de Thaler permitiu-se brincadeiras desprovidas de elegância. Ébrio de cólera e dor, o sr. de Croisenois exigiu reparações tão sérias que o milionário preferiu o duelo. A tolice triunfou e um dos homens de Paris mais dignos de ser amado encontrou a morte antes de completar vinte e quatro anos.

Esta morte causou uma impressão estranha e doentia na alma enfraquecida de Julien.

– O pobre Croisenois – dizia a Mathilde – foi realmente bem razoável e bem correto conosco; ele poderia ter me odiado por conta das suas imprudências no salão da senhora sua mãe e tentar armar uma briga comigo, pois o ódio que sucede ao desprezo costuma ser furioso...

A morte do sr. de Croisenois mudou todas as ideias de Julien acerca do futuro de Mathilde; ele empregou vários dias tentando provar-lhe que ela devia aceitar a mão do sr. de Luz.

– É um homem tímido, não muito hipócrita – dizia-lhe –, e que sem dúvida vai candidatar-se. De ambição mais séria e determinada que a do pobre Croisenois, e sem ducado na família, ele não oporá nenhuma dificuldade a casar-se com a viúva de Julien Sorel.

– E uma viúva que despreza as grandes paixões – replicou friamente Mathilde –, pois viveu o suficiente para ver, após seis meses, seu amante preteri-la por outra mulher, a mesma que causou a desgraça de ambos.

–Você é injusta; as visitas da senhora de Rênal fornecerão frases inéditas ao advogado encarregado de meu pedido de clemência; ele irá descrever o matador como merecedor das atenções da vítima. Isso pode causar efeito e talvez um dia você me veja virar assunto de algum melodrama etc. etc.

O ciúme furioso e impossível de vingar, a continuidade de um sofrimento desesperado (pois, mesmo supondo Julien salvo, como reconquistar seu coração?), a vergonha e a dor de amar mais do que nunca aquele amante infiel tinham precipitado a srta. de La Mole num silêncio sombrio, do qual nem a desvelada solicitude do sr. de Frilair, nem a rude franqueza de Fouqué conseguiam fazê-la sair.

Quanto a Julien, com exceção dos momentos usurpados pela presença de Mathilde, ele vivia de amor e quase sem pensar no futuro. Por um estranho efeito dessa paixão, quando é extrema e sem qualquer fingimento, a sra. de Rênal quase compartilhava sua despreocupação e sua meiga alegria.

– Antigamente – dizia-lhe Julien –, quando poderia ter sido tão feliz durante nossos passeios nos bosques de Vergy, uma impetuosa ambição carregava minha alma para as regiões imaginárias. Em vez de estreitar junto ao meu peito esse braço encantador que estava tão perto de meus lábios, o futuro separava-me de você; entregava-me aos inúmeros combates que teria de travar para construir uma fortuna colossal... Sim, eu morreria sem conhecer a felicidade se você não tivesse vindo me ver nesta prisão.

Dois acontecimentos vieram perturbar essa vida tranquila. O confessor de Julien, por mais jansenista que fosse, não ficou a salvo de uma intriga de jesuítas e, sem que o soubesse, tornou-se instrumento deles.

Veio dizer-lhe um dia que, se não quisesse cair no terrível pecado do suicídio, ele devia tomar todas as medidas possíveis para conseguir o perdão. Ora, tendo o clero muita influência junto ao Ministério da Justiça em Paris, um meio fácil se apresentava: era preciso converter-se com alarde...

– Com alarde! – repetiu Julien. – Ah, o senhor também, padre, fazendo cena como um missionário...

– Sua idade – retomou gravemente o jansenista –, a boa aparência que a Providência lhe concedeu, o próprio motivo de seu crime que continua inexplicável, as medidas heroicas que a senhorita de La Mole prodigaliza a seu favor, tudo enfim, até a espantosa amizade que lhe demonstra a sua vítima, tudo contribuiu para fazer do senhor o herói das moças de Besançon. Elas se esqueceram de tudo pelo senhor, até da política... Sua conversão ressoaria nos corações delas e deixaria neles uma impressão profunda. O senhor pode ser da maior utilidade para a religião e eu haveria de hesitar pela frívola razão de que os jesuítas procederiam da mesma maneira em tal ocasião? Assim, até nesse caso particular que escapa da sua rapacidade, ainda seriam nocivos! Isso não pode ficar assim... As lágrimas que a sua conversão fará derramar anularão o efeito corrosivo de dez edições das obras ímpias de Voltaire.

– E o que me restará – respondeu friamente Julien – se eu desprezar a mim mesmo? Fui ambicioso, não quero censurar-me, agi então de acordo com as convenções do tempo. Agora, vivo um dia de cada vez. Mas, de um modo geral, eu me sentiria muito infeliz se cometesse alguma covardia...

O outro incidente ao qual Julien foi muito mais sensível proveio da sra. de Rênal. Não sei que amiga intrigante conseguira persuadir essa alma ingênua e tímida de que era seu dever partir para Saint-Cloud e atirar-se aos pés de Carlos x.

Ela fizera o sacrifício de separar-se de Julien e, após um tal esforço, o desprazer de se expor em público que, em outros tempos, lhe teria parecido pior do que a morte, não significava mais nada para ela.

–Vou até o rei, confessarei em alto e bom som que você é meu amante: a vida de um homem e de um homem como Julien deve estar acima de todas as considerações. Direi que foi por ciúme que atentou contra a minha vida. Há inúmeros exemplos de jovens infelizes salvos nesse caso pela humanidade do júri ou pela do rei.

– Eu deixo de vê-la, mando que fechem para você as portas de minha prisão – exclamou Julien –, e, com toda a certeza, no dia seguinte, mato-me de desespero se você não me jurar que não fará nada que possa nos expor, ambos, em público. Essa ideia de ir a Paris não é sua. Diga-me o nome da intrigante que a sugeriu... Sejamos felizes durante os poucos dias dessa curta vida. Escondamos nossa existência; meu crime já é demais evidente. A senhorita de La Mole tem todo o crédito em Paris, pode acreditar que está fazendo o que é humanamente possível. Aqui na província, tenho contra mim todos os ricos e respeitados. Essa sua atitude azedaria ainda mais essa gente rica e, sobretudo, moderada, para quem a vida é uma coisa tão fácil... Não vamos dar motivos de riso aos Maslon, aos Valenod e a mil pessoas que valem mais do que eles.

A atmosfera malsã do calabouço se tornava insuportável para Julien. Felizmente, no dia em que lhe anunciaram que era preciso morrer, um lindo sol alegrava a natureza e Julien sentia-se corajoso. Andar ao ar livre foi para ele uma sensação deliciosa, como o passeio em terra para o navegante que esteve durante muito tempo no mar. "Vamos, está tudo bem", pensou, "não está me faltando coragem."

Nunca esta cabeça fora tão poética quanto no momento em que ia cair. Os mais doces momentos que tivera outrora nos bosques de Vergy voltavam-lhe à mente, aos montes e com uma extrema energia.

Tudo se passou simplesmente, adequadamente e, de sua parte, sem a menor afetação.

Na antevéspera dissera a Fouqué:

– Quanto à emoção, não posso garantir nada; esse calabouço tão feio, tão úmido, dá-me acessos de febre em que não me reconheço; mas medo, não, não me verão empalidecer.

Tomara providências antecipadas para que, na manhã do último dia, Fouqué levasse Mathilde e a sra. de Rênal.

– Leve-as na mesma carruagem – dissera-lhe. – Dê um jeito para que os cavalos não deixem o galope. Cairão nos braços uma da outra ou darão mostras de um ódio mortal. Nos dois casos, irão distrair-se um pouco de seu horrível desgosto.

Julien exigira da sra. de Rênal o juramento de que viveria para cuidar do filho de Mathilde.

– Quem sabe? Talvez ainda tenhamos sensações depois da morte – dizia um dia a Fouqué. – Gostaria muito de descansar, já que esta é a palavra, naquela pequena gruta da montanha que domina Verrières. Várias vezes, como já lhe contei, retirado à noite nessa gruta, e com o olhar mergulhando ao longe sobre as mais ricas províncias da França, a ambição inflamou meu coração: era então a minha paixão... Enfim, essa gruta me é cara e não se pode deixar de convir que é situada de maneira a causar inveja à alma de um filósofo... Pois bem! Esses bons congregacionistas de Besançon fazem de tudo por dinheiro; se você souber como fazer, eles lhe venderão meus despojos mortais...

Fouqué foi bem-sucedido nessa triste negociação. Estava passando a noite sozinho em seu quarto, perto do corpo de seu amigo, quando, para sua grande surpresa, viu Mathilde entrar. Poucas horas antes a deixara a dez léguas de Besançon. Ela estava com o olhar e os olhos desvairados.

– Quero vê-lo – disse-lhe ela.

Fouqué não teve a coragem de falar nem de se levantar. Apontou-lhe um grande casaco azul no chão; lá estava envolto o que restava de Julien.

Ela caiu de joelhos. A lembrança de Boniface de La Mole e de Margarida de Navarra dava-lhe certamente uma coragem sobre-humana. Suas mãos trêmulas abriram o casaco. Fouqué desviou os olhos.

Ouviu Mathilde andar precipitadamente dentro do quarto. Estava acendendo várias velas. Quando Fouqué criou coragem para olhar, ela tinha colocado numa pequena mesa de mármore, diante dela, a cabeça de Julien e beijava-a na testa...

Mathilde seguiu seu amante até o túmulo que ele escolhera para si. Um grande número de padres escoltava o caixão e, sem que ninguém soubesse, sozinha numa carruagem fechada, ela carregou em seus joelhos a cabeça do homem que tanto amara.

Assim que chegaram ao ponto mais elevado de uma das altas montanhas do Jura, no meio da noite, naquela pequena gruta magnificamente iluminada por um número infinito de círios, vinte padres celebravam o serviço fúnebre. Todos os moradores dos vilarejos das montanhas atravessados pelo cortejo tinham-no seguido, atraídos pela singularidade da estranha cerimônia.

Mathilde apareceu no meio deles em longos trajes de luto e, no final do serviço, mandou que lhes lançassem vários milhares de moedas de cinco francos.

A sós com Fouqué, quis enterrar com suas próprias mãos a cabeça do amante. Fouqué quase enlouqueceu de dor.

Pelos cuidados de Mathilde, essa gruta selvagem foi ornada com mármores esculpidos a peso de ouro na Itália.

A sra. de Rênal foi fiel à sua promessa. Não tentou de modo algum atentar contra a sua vida; mas, três dias depois de Julien, morreu abraçada a seus filhos.

O inconveniente do reino da opinião, que de resto traz a liberdade, *é imiscuir-se no que não lhe diz respeito, por exemplo, na vida privada. Daí a tristeza da América e da Inglaterra. Para não tocar na vida privada, o autor inventou uma cidadezinha,* Verrières, *e, quando precisou de um bispo, de um júri, de um tribunal, situou tudo isso em Besançon, onde nunca esteve.*

Apêndice

Stendhal[1] por Heinrich Mann

I

Ele nasceu ainda a tempo de viver, na infância, os ecos da Revolução. Vindas de Paris, as notícias sobre os acontecimentos que dividiram gerações invadiam Grenoble, onde hoje se encontra o monumento em sua homenagem. A residência da família Beyle era térrea e clara, nos fundos de um vinhedo. Ele amava a irmã, odiava o pai e mais tarde afirmaria ter sentido atração erótica pela mãe ainda em pequeno. A sua relação com os pais deve ter sido mais ou menos a mesma que muitos jovens de 1920 gostavam de alardear. Ele mesmo a registrou em seus diários secretos; seus romances mal trazem marcas dela.

Não era tão analítico a ponto de se dedicar unicamente à auto-dissecção. Nenhum de seus personagens se resume a ele mesmo, com a possível exceção do herói de um romance há pouco redescoberto, que ele interrompeu logo no início. Tomou a si mesmo

1 Publicado originalmente na *Vossische Zeitung* (Berlim), em 8 de março de 1931, para comemorar o centenário da publicação de *O vermelho e o negro*, e em seguida, em versão ampliada, no livro *Geist und Tat. Franzosen von 1780 bis 1930* (Berlim: Kiepenheuer, 1931). [N. E.]

como ponto de partida, acrescentou e subtraiu; em especial subtraiu. Deslocou o contexto de sua vida para se perguntar: o que eu teria feito, se só tivesse nascido em 1805? Fosse como fosse, o que ele via eram criaturas em ação, assim como só conhecia a si mesmo em ação. Tinha sua própria teoria da felicidade; mas mal levou em conta a pior das infelicidades – não poder agir. Imaginou impotente o herói de seu primeiro romance, sem todavia dizê-lo em parte nenhuma do livro. Por que não? Talvez aquilo não fosse mais que um discreto sacrifício à infelicidade. Seguiram-se tão somente figuras de extrema força vital.

A energia, seu tema mais importante e sua eterna exigência, pode ser entendida de modo simples e moderno. Não terá ele sido simplesmente aquilo que hoje todos são? Filho da guerra e de uma sociedade livre de seus grilhões, desrespeitoso e decidido a vencer, fosse com violência e à força de aventuras, fosse por meios burgueses. Na juventude, tentou levantar com o pai odiado o capital necessário para negociar produtos coloniais – e certamente não a varejo. Na época, estava determinado a enriquecer rapidamente, sem preconceitos. Antes, aos dezessete anos, ao se bandear para a *Armée d'Italie*, fizera justamente o que uma ânsia juvenil por sucesso podia fazer. Estava sob as ordens do general Bonaparte. Depois de seus descaminhos como comerciante, autor de uma comédia e amante da jovem atriz por conta da qual queria enriquecer a qualquer custo, entrou definitivamente para o serviço do Imperador.

Para o soldado Stendhal, os anos até a queda de Napoleão foram anos de vida voltada para o mundo exterior, tão repleta de ação que, nas décadas seguintes, ele ainda se julgará em meio a ela. Pois daqueles tempos emanava uma força persistente. A energia que ele reclamava era sua velha conhecida, vivera sob seu impulso. Pelo resto da vida, seguiu trabalhando com a felicidade conquistada então. Se ela ameaçava esmorecer quando os dias se turvavam, logo despertava nele o senso de dever de quem já foi e quer seguir sendo vitorioso e feliz. Do mesmo modo, nesses mesmos anos, seu Imperador banido e doente teimava até o fim em ser tratado como tal perante um mundo que trazia sua marca indelével.

Henri Beyle foi interventor em Braunschweig e extorquiu da cidade mais do que o necessário, só para agradar ao Imperador. No incêndio de Moscou, levou da casa onde morava apenas um volume de Voltaire e lamentou desfalcar a edição – de resto, a biblioteca inteira foi consumida no incêndio. No mesmo dia, disse-lhe Napoleão: "O senhor é um homem valente, está de barba feita". Tais são as suas grandes lembranças. No dia da batalha de Wagram, a mão do Imperador roçou seu peito por um instante. Anos depois, recordou o prisioneiro de Santa Helena ao lhe dedicar a *História da pintura italiana*: "Do granadeiro que Vossa Majestade tocou nos botões". Rebaixou a própria patente, porque seu interlocutor era o único entre todos os homens que lhe parecia incomensuravelmente distante.

Enquanto serviu a Napoleão, nada escreveu. A segurança de agir substituía por completo aquela outra ilusão, a de escrever. E também porque ninguém descreve, muito menos com força e com dedicação extrema, um momento da vida inteiramente satisfatório; quem encontra uma função adequada não carece de autorreflexão. Um mundo que não causa dor não incita à autodefesa. Palavras e frases também são autodefesa; uma era de felicidade plena não teria literatura. Naquela época, seu mundo girava em torno do maior homem a surgir em séculos. Pois que assim girasse, em admiração silenciosa. Mais tarde, e retrospectivamente, acusaria Napoleão de despotismo, ato contínuo relevando a sua genialidade.

São estes os pontos pelos quais o jovem Stendhal é comparável a seus coetâneos de 120 anos mais tarde. Cultivou o ódio aos mais velhos. Para ele, não importavam os meios de enriquecer. Enfrentou a época e as circunstâncias com objetividade. Percebeu que guerrear e ganhar dinheiro eram a lei natural da Revolução em sua fase imperialista. Precisava estar sempre em movimento vigoroso e obedecer incondicionalmente ao líder que ele mesmo elegera. Bastam estas semelhanças. A principal diferença, em contrapartida, reside na produtividade: da época, de seu herói e de Stendhal, em quem ela ainda dormitava. Também a ideologia era outra, a do século XVIII. Mas justamente graças a essa ideologia criadora, Napoleão pôde moldar a face do futuro e Stendhal pôde nos legar seus romances, nos quais poderão se reconhecer todas as gerações vindouras, até o fim da era burguesa.

Essa época estava por inteiro ali, esboçando sem hesitação tudo o que vem se repetindo profusamente nos últimos 150 anos. Em contraponto ao líder, que adquiriu o direito interno de fazer-se Imperador por sua origem espiritual, logo surgiram os especuladores. Estes lucravam com os atos gloriosos do Imperador, que os odiava sem deles poder se desvencilhar; na realidade, estes fizeram dele seu órgão executivo. O capital levou a Revolução a uma guinada fascista, já então; e quem surgiu depois, em momentos similares, a cada vez que o capital necessitou do impulso das realizações democráticas? Os imitadores de Napoleão. A mais nobre e profunda das ideologias percorre essa era, seus heróis banharam-se na glória de nossa humanidade como ninguém antes deles. Todavia, foi sempre o fogo das batalhas que lhes tingiu o céu de vermelho, nada mais. Foram ludibriados. O próprio Napoleão passou, iludido quanto ao mundo que havia transformado. Acreditava ter legado a liberdade, mas esta sucumbiu à supremacia do dinheiro.

Ao que consta, Stendhal dava menos importância àquela espécie de liberdade aquartelada então nos Estados Unidos da América e que não lhe parecia atraente ali. Reservava seu entusiasmo para o lutador e o libertador, e só se manteve fiel às qualidades de uma alma. Aparentava-se a seu Imperador pela suscetibilidade do homem de espírito, como nesta tirada: "A formação literária realça a honra e avilta os mesquinhos". Contudo, para Stendhal, Napoleão permaneceu um modelo inatingível, pela firmeza de suas decisões, por aquela coragem fora de hora que ninguém mais tem. Considerava-se súdito do Imperador por conta de sua superioridade moral, jamais por seu sucesso ou seu poder. Com Napoleão, aprendera que agir vale tanto quanto sentir ou pensar; pois o Imperador estimava Corneille como a um príncipe e considerava o seu próprio código legal superior às suas quarenta vitórias. Isso permitiu que também Stendhal, passado o tempo da vida turbulenta e voltada para o mundo exterior, não menosprezasse a vida interior.

Enquanto seu senhor definhava em Santa Helena, Stendhal escrevia e amava na Itália. A França dos Bourbon não tinha serventia para o oficial do Imperador, que permaneceu na Milão austríaca, tolerado como homem comum. Dedicou-se então à arte e às mulheres, com o empenho obstinado e ilimitado de quem cumpre uma tarefa, como outrora, a serviço do Imperador. Quadros e amantes também oferecem meios de autoafirmação. A alma não quer saber se o objeto da conquista é a Europa ou um coração, almeja tão somente prevalecer: só importa continuar sendo feliz e vitorioso como sempre. Isso foi possível, segundo ele, graças à força de vontade. Acreditava que toda manhã saímos à caça da felicidade: é inglório tornar à casa sem presa. Ele descobriu algo que muito depois será redescoberto por gente bem diferente: a obrigação de ser feliz.

Ser feliz junto às mulheres não significava possuir muitas delas; significava sentir por elas, viver através delas. Não seria um herói das mulheres sem os modos sedutores que elas adivinhavam nele, sem os traços ao mesmo tempo comuns e espirituosos demais. Dentre as mulheres que ele amou, a maioria percebeu que podia menosprezá-lo, e assim o fez. Entrementes, o teatro La Scala levava a idolatrada ópera de Cimarosa, isso bastava para lhe avivar o sangue. Visitava os camarotes de belas damas – que tinham tanto um esposo quanto um *cicisbeo* –, falava de amor e conquistava sua confiança. Era a conversa permitida na era de Metternich, que podia chegar aos ouvidos dos espiões dispersos na vida doméstica. Era uma paixão que não lhe fora proibida – pois a que outras paixões, além do amor em nome do amor, poderia dedicar-se um oficial a meio-soldo?

Discorrer longamente sobre o amor, aproximar-se dele a cada troca de ideias e de olhares, amealhar um saber constituído de puros deleites, transmutando em conhecimento todas as ilusões que a curiosidade do sangue suscita num passe de mágica: assim há de ter sido, assim Stendhal foi feliz em Milão. Seu livro *Do amor*, seu código legal, cujos parágrafos escreveu depois de noites assim, não foi a ambição que o motivou: foi um homem ocioso, encantado pelas mulheres e enfim capaz de encantá-las com seu entusiasmo, que insistiu em registrar suas horas mais felizes. É isso que confere leveza a *Do amor* – bem como um traço de eternidade.

Em termos temporais, é o século XVIII que segue vivo nas três primeiras décadas do XIX, misturado a este. Só em Stendhal ele pôde conservar algum frescor. Seu espírito fora escolado junto aos pensadores materialistas, que por então pareciam obsoletos, e manteve-se fiel a seu mestre Destutt de Tracy, em tudo o que diz respeito ao entendimento. Só percebeu a atualidade de seus filósofos quando o poder monárquico e eclesiástico ressurgiu sem nada opor ao juízo além de fatos desprezíveis. Stendhal testemunhou a repressão violenta de verdades há muito conhecidas, tinha convicção de que só eram negadas por pura covardia. Acreditava que nunca houvera no mundo tanta hipocrisia como em 1820. Recusava-se a admitir o que todavia ocorre, e que hoje temos de constatar mais uma vez: as verdades realmente enfastiam, mesmo sem ser refutadas. Elas incomodam os interesses e extenuam as mentes debilitadas por um destino árduo. Além disso, obstruem o curso das paixões correntes; um pouco de auxílio sofístico basta para que uma juventude inteira as perca de vista. Por algum tempo, as verdades da geração anterior parecem mortas. No entanto, por ainda não terem esgotado todas as suas forças diante da vida real, voltam infalivelmente a despertar.

Stendhal confiava no futuro das verdades, embora tivesse seus contemporâneos por hipócritas consumados. Afastando-se deles, mal percebia que era da mesma cepa: não como ser pensante, mas por seus sentimentos. A sensibilidade de Stendhal era romântica, porém era o intelecto que lhe examinava as emoções; e o estilo em que se empenhava para escrever era o estilo sóbrio e contundente do *Code Napoléon*. Era simplesmente mais completo que os outros, restritos ao sentimento e à sua expressão sensível. Seguiam a voga do tempo: o jovem Victor Hugo improvisava belos versos em louvor dos Bourbon; na juventude, Musset atribuiu o mal do século a Voltaire, como hoje culparia Anatole France. Todos ainda passariam por mudanças, mas o espírito de Stendhal já tinha um cunho definitivo, não havia como chegar-lhe aos pés.

É muito mais por nossos sentimentos que por nossas ideias que pertencemos inexoravelmente a uma certa época. O Stendhal dos anos em Milão nutria por Cimarosa e Mozart, Correggio e Canova o mesmo entusiasmo que reservava à amante, sempre com uma nítida tendência a levitar, os olhos erguidos. Embora conservasse a disciplina na linguagem, perdia a própria voz: divindades falavam por sua boca. Época alguma conheceu um homem assim, atarracado, ex-funcionário público, de rosto comum porém espirituoso, capaz de exacerbar os sentimentos sem perder sua enigmática doçura. Cada vez que começava a amar seriamente uma mulher, fechava-se, só mostrava frieza. Fala com a mesma contensão de outros objetos de sua própria alma, e sempre há de parecer que entre ele e Correggio houve mais do que podemos saber. Tudo isso não é nada mais que seu anseio de permanência, de perenidade, o mesmo impulso que pôs em movimento o romantismo inteiro, um anseio tanto mais permitido ao ser que sente quanto proibido ao pensador. Morremos, só a beleza não morre. Mas isso é um segredo entre ela e uns poucos.

Esta é a sensibilidade. Sua teoria nada tem a ver com isso, pois define a beleza como promessa de felicidade: nem sequer como uma felicidade palpável, e de modo nenhum como um fato, menos ainda um fato eterno. São nossos organismos mortais que a transmitem adiante. Correggio a legou a Stendhal, e milhões de outros jamais chegaram a conhecer o primeiro termo deste formidável método de ser feliz. Tentar transmiti-lo à multidão não levaria a nada. Ao dirigir-se aos outros, Stendhal dialogava sobretudo com o círculo que transitava pelos serões milaneses, incluindo visitantes de toda a Europa. Seus primeiros livros reiteravam conversas anteriores, ao vivo. Para além desse círculo, sem dúvida havia em Paris e Londres alguns outros "diletantes", no sentido italiano do termo; aliás, para Stendhal essa palavra não significava apenas "amante das artes", mas também "membro da sociedade espiritualmente mais distinta, oficial da cavalaria de Napoleão, portanto aristocrata". Daí o sobrenome "de Stendhal". A esse público "diletante", palestrava sobre a arte, o amor, a Itália contemporânea, temas apreciados exclusivamente por cosmopolitas sensíveis e esclarecidos. O resto do mundo consistia num punhado de hipócritas mal formados. Não Stendhal, mas um de seus amigos em Turim disse que seus semelhantes evitavam fitar desconhecidos: na rua, primeiro olhavam os passantes até a altura do peito. Havendo ali uma insígnia, valia a pena erguer o olhar ao rosto.

Tomando a insígnia como símbolo, Stendhal só escreveu para gente condecorada, ao menos nesta fase. Com seus extraordinários *Passeios em Roma*, por exemplo, tencionava oferecer um guia para viajantes distintos. Entretecendo o conhecimento da Antiguidade com o da vida social contemporânea, o livro é objetivo e anedótico e ainda mais espirituoso do que, no século anterior, a *Viagem à Itália* do presidente de Brosses. Prolongava o século XVIII mais do que o necessário – mas não podia ser de outro modo, uma vez que seus contemporâneos, espiritualmente depauperados, haviam interrompido o crescimento natural da democracia, em sua maioria eximindo-se do papel de juiz. E o que mais restava ao escritor que não queria se desonrar? A maçonaria dos intelectuais sempre há de se rebelar onde quer que se conduzam as massas para o lado errado. Em toda parte, a nobreza espiritual tem os seus bons motivos – lamentáveis para os restantes.

A nobreza espiritual, modelo Stendhal, conjuga sensibilidade a cinismo. Aqui, a nudez do espírito compensa as doçuras da alma, chegando a ser prerrogativa natural de quem, de antemão, se dirige somente a iguais. A atitude extremamente seletiva e a virilidade pronunciada são uma mesma forma de cinismo, mesmo sob uma aparência tão ordinária. Esse cinismo é a atitude de quem demonstra diariamente a coragem tão rara de encarar a verdade, e que por isso pode ter uma aparência negligente, como um soldado na guerra. Esse cinismo é uma atitude. Com o passar dos anos, torna-se um meio de autoafirmação. Assim, quando passou a escrever romances, Stendhal não alterou suas exigências ao leitor nem mudou o tom de voz, de modo que a representação mais vívida e mais imediata de uma sociedade, tal como um único homem foi capaz de percebê-la, teve pouco mais projeção que o registro de suas conversas em Milão. Em compensação, chegaram até nós como se um nosso contemporâneo tivesse viajado até 1830 e trazido consigo estes romances. O próprio Stendhal sabia que assim seria, ao menos foi o que afirmou. Mas é possível estar continuamente seguro de si, mesmo sem a confirmação alheia? Certamente. Balzac escreveu-lhe em tom de grande camaradagem, como a alguém que merecesse consideração. Isso compensou muita coisa.

Mas as coisas não foram fáceis; para o padrão geral, foi uma vida difícil, só atenuada pela profunda serenidade de um homem íntegro, portanto despido de inveja. Considerava a "leveza" o mais alto grau do talento. Não empregava mais esforço para escrever do que para ler; pelo menos assim acreditava. "Como não tenho nada para ler, escrevo. É o mesmo prazer, apenas mais intenso." Escrevia muitas páginas de uma só vez, a pena mal o acompanhava. Abreviava e distorcia palavras, evitava nomes próprios e a cada vez atribuía um novo nome a si mesmo. Pois temia a polícia política, mesmo sob o reinado burguês, o mesmo que o tinha transformado em funcionário público. Após a vitória dos liberais, não tardou em se apresentar e foi nomeado cônsul, primeiro em Trieste. Sem a ratificação de Metternich, seguiu para Civitavecchia e ali ficou. Só ia a Paris em férias, e deixava o esforço de observação da província francesa para outra hora. As representações mais imediatas e vivas da sociedade vigente por então foram redigidas em um lugarejo longínquo. Nem todos os seus romances foram rapidamente publicados, vários permaneceram décadas a fio na biblioteca de Grenoble, inacabados e esquecidos.

As janelas davam para o mar, brilhante ou tempestuoso. Diante da escrivaninha, escrevera lembretes na parede, como se temesse perder de vista aquilo que o norteava. Suas relações cotidianas eram de ordem profissional. De quando em quando, a política o agitava, e então perdia completamente o medo da polícia. E no fundo não condizia com sua atitude a crença de que alguém como ele devia ser mantido sob observação discreta? Em certo momento, a política externa do Governo de Julho pareceu desonrosa ao soldado napoleônico, que reuniu seus subordinados e proclamou doravante não ser mais francês. A declaração não teve maiores consequências: ao contrário, chegou a exigir que os anos a serviço do Imperador fossem somados à futura aposentadoria. De resto, esteve sempre pronto a renunciar ao cargo e à solidão; faltava apenas um editor que lhe garantisse uma renda anual suficiente. Só era fraco nas coisas em que podem fraquejar os homens fortes. É natural que, ao se aproximar, a velhice o encontrasse triste. Ainda esperava uma transferência, confessando: "Já vi sol demais".

É na juventude que se tomam as decisões: sol pleno ou meia-luz, decoro ou cinismo, estilo ou realidade. Não deixa de ser um ato de vontade ou que ao menos se transforma nisso, na medida em que cultivamos deliberadamente nossas paixões dominantes. Daí vêm a atitude, a autoafirmação e, por fim, a personalidade, que de outro modo seria impensável. Mas talvez alguns aspectos da personalidade fossem permutáveis? Em seu tempo, estilo significava romantismo; pelo menos a sua sensibilidade era romântica. Em contrapartida, o próprio líder da escola romântica, Victor Hugo, antes de partir para o degredo, escrevera alguns relatos de uma clareza e simplicidade tão contundentes que Stendhal não saberia ultrapassar – e isso nos mesmos anos em que este trabalhava em seus romances. Naquele momento, Hugo estava solidamente assentado na vida real, era membro da Câmara Superior e tinha o Código napoleônico tão à mão quanto o outro, que o consultava antes de escrever. Stendhal reivindicava um efeito de pura realidade: de uma realidade apurada, de nitidez só perceptível a ele, mas ainda assim de realidade consumada. Victor Hugo optara por um método indireto, e no entanto há casos em que ambos trocaram os papéis. Durante um período de suas carreiras, deram expressão aos mesmos fatos e aos mesmos processos.

Os contemporâneos acolheram Victor Hugo; ao contrário de Stendhal, ele não precisava advertir nos prefácios a seus romances para que não o confundissem com seus heróis criminosos. Pois enquanto o criminoso de Hugo era vítima da sociedade, o de Stendhal assumia a responsabilidade por si mesmo, sem arrependimento. Stendhal foi tido sobretudo por associal, e esse é o motivo principal da desconfiança e do fracasso que experimentou. É exatamente isso que volta a ser compreensível nos tempos de hoje, quando se abusa da tendência à congregação espiritual. Para um escritor, dispor de um espírito comunitário não significa nada; tanto para ele como para a sociedade, só interessa saber se ainda será lido pela posteridade. Nesse caso, esse indivíduo isolado, mais forte que qualquer constituição comunitária, esse indivíduo terá lançado pontes entre gerações que, caso contrário, não se conheceriam. Sem Stendhal, quantos aspectos da sociedade em que viveu não pareceriam obscuros e impenetráveis a nossos olhos? Muitos de seus personagens já antecipam a nossa própria vida, porque sabem quem são.

Stendhal fez um bom negócio com a posteridade, ao menos tão bom quanto fizeram seus contemporâneos: Victor Hugo reserva-nos tantas surpresas quanto ele. Stendhal mereceu ser redescoberto pela primeira vez, dez anos após a sua morte, por um pensador materialista, Taine. Confirmando a sua expectativa, o ano de 1880 de fato o colocou em voga; não foi a primeira vez e não seria a última. Cuidara, com alguma deliberação, mas sobretudo involuntariamente, para que sempre restasse algo de valor a ser descoberto, percebido, adivinhado. Com todas as suas abreviações e palavras distorcidas, os manuscritos de Grenoble podiam ser lidos de diversas maneiras – e que dizer de sua vida! Ele a escreveu para si mesmo, reservando pouco mais que desdém à posteridade, como quando falamos sozinhos junto a alguém que dorme. Nessa situação é possível dizer tudo, todas as contradições, os contrastes, as verdades nuas e cruas; e quem conserva a autoestima assim, tão a sós, até no desânimo e mesmo à morte, é um homem orgulhoso.

Acima de tudo, levou uma vida das mais orgulhosas. Não que tenha vivido por conta do ofício; situa-se ainda no umbral entre a velha literatura para círculos restritos e a que vem predominando desde então, quando o escritor já não conhece mais o seu leitor. Nem atado demais a seu ambiente imediato, nem vinculado a um grande público, não foi obrigado a fazer concessões, vender-se ou poupar alguém, nem sequer a si mesmo. Por conseguinte, quando chegava a tomar conhecimento de sua existência, a crítica não tinha como provocá-lo ou rebaixá-lo. Ele escrevia para uma revista inglesa, morava na Itália. Quem costuma viver só, mal percebe quem passa por perto, mas não deixa de notar quando está com a razão, sobretudo por meio dos erros alheios.

O preço disso é que raras vezes conheceu a felicidade de ser compreendido por espíritos afins, seus poucos amigos foram sempre os mesmos. Não soube o que é ter sua originalidade percebida por conhecedores, ser acolhido e aplaudido por um certo círculo, e muito menos ver sua época reconhecendo-se nele. O que fez estava além das expectativas de seu tempo, que reagiu a ele com mutismo. Nunca, ou no máximo a intervalos infinitos, teve a sua vocação reconhecida; fez tudo sem que lhe pedissem ou agradecessem. Mas conservou a coragem de levar tudo a cabo e de adicionar as palavras "*To the happy few*" ao final de cada livro, assim mesmo, em inglês. Foi mais forte do que todos antes ou depois dele, pois incluiu entre suas tarefas a obrigação de ser feliz. Não deixou transparecer fracassos interiores, se é que os conheceu. Quase aos sessenta anos, durante as férias que seriam as últimas, pisou um bulevar parisiense de charuto entre os lábios, ainda um dândi como outros, afeito a manter a pose – e, tão feliz como sempre insistiu em ser, teve a felicidade de cair morto em plena rua.

II

Faltou à época entre 1815 e 1830 aquilo que sobrara na época anterior: energia. Contudo, para uso próprio, Stendhal continuou a viver na Era Napoleônica; não lhe passava pela cabeça ser hipócrita e submeter-se às forças ressurectas do passado. Depois de levar uma vida carregada de energia, transferiu-a pelo resto da existência para os livros, em especial para um romance, *O vermelho e o negro*.

Este é a história de uma força tremenda, porém reprimida. Essa força vive e age a despeito de toda a autoridade da ordem estabelecida, que não lhe abre espaço nem lhe dá direitos. Vive ilegitimamente e age como um explosivo. Julien Sorel, um dos jovens mais aptos de sua geração, precisa tornar-se padre, mesmo sem ter fé, pois só assim um burguês comum pode se alçar a cargos elevados. Precisa tornar-se secretário de um ministro, mesmo odiando o sistema dominante. Com a filha do ministro, tem um caso sem perspectivas, mas tempestuoso – em termos sociais, ele é um doméstico. Ele também ama, de outro modo mas com toda a intensidade, a doce esposa de um industrial da província. Para este, ele é um pedinte. Julien cobiça tudo o que está acima dele mesmo, sua paixão é sempre mesclada de ódio. É ardente, precisa ser astuto; odeia seu destino, e por isso a todos os outros. Luta da única maneira possível, debatendo-se. E nesse debate desesperado está a ponto de perder a autoestima quando, por fim, comete um assassinato. Uma espécie de morte voluntária, à qual arrasta a doce sra. de Rênal. E acaba na guilhotina.

Nesse romance, leva-se a julgamento a ordem que permitiu que tudo chegasse a tal extremo. Um dos jovens mais aptos de uma geração teve de passar toda sua curta existência na hipocrisia; o resultado foi um assassinato. É a mais terrível acusação jamais levantada contra uma era. Tanta paixão, uma força de vontade capaz de grandes feitos: tudo sacrificado em vão, consumido com violência. O abuso e o desprezo renitente com que o poder dominante trata a força humana são aqui mostrados em tempos de paz. Desde então, sabemos qual é o resultado disso em tempos de guerra: a mesma coisa. Julien não foi mais bem tratado do que a juventude estraçalhada na guerra, com seus corpos voando pelos ares. Já abusaram muito de nós, na guerra e na paz.

Tivesse nascido quinze anos antes, Julien teria sido oficial de Napoleão e nada lhe seria inatingível, nenhum reino e nem mesmo a mais orgulhosa das mulheres. O que o exaspera é o abismo incomensurável entre ele e os jovens da geração anterior. É o acaso que decide se faremos parte do grupo para o qual sabemos ter nascido. Julien Sorel, vindo do povo, não é o único: o mesmo sucede à filha do ministro, a srta. de La Mole, que se sentia infinitamente mais próxima de seus antepassados do século XVI do que desse presente exangue. É precisamente a consciência do próprio valor que a joga nos braços do doméstico, malgrado todo o orgulho. Julien poderia ter sido um dos vitoriosos de 1810 e ela, três séculos antes, uma amante de rei. Isso é romantismo, naturalmente.

É um produto da sensibilidade de Stendhal, que era romântica. Tais coisas não são concebidas racionalmente, nem vistas sem mediação. Não poderia ser diferente, pois é sempre com o sentimento que captamos o sentido da época que desejamos representar; somente nossos sonhos e nossos medos conseguem capturá-lo. As circunstâncias podem ser todas verdadeiras: o jovem ambicioso de origem humilde viveu exatamente assim, o seminário era daquele jeito, como também a Mansão de la Mole e a serraria dos Sorel. Um romance realista de visibilidade sem falhas nem preâmbulos, como em Balzac: cena e personagens sem rodeios, ação imediata. Ainda assim, subjaz a tudo isso uma sensibilidade que o próprio sujeito apenas adivinha, sem conhecê-la por inteiro. A linguagem, entretanto, é sempre clara e sóbria. E de caso pensado: é a linguagem de um homem forte como Stendhal, superior à própria época, e de um rapazola como Julien, que poderia ter se tornado um homem forte. Todavia, por baixo das frases sóbrias, pulsam tanto a força como a dor daqueles que padeceram por ser fortes, e ainda a comunhão de todos os nostálgicos de 1500, 1820, 1930. A sensibilidade de *O vermelho e o negro*? É a mística da civilização europeia.

Aqui, consuma-se não só a adoração da força – figurada em Napoleão, o herói que Julien não pôde conhecer –, mas também a adoração da mulher, como em todos os momentos de apogeu da cultura europeia. Com toda a sua inclemência, a srta. de la Mole é uma deusa, assim como a meiga Rênal. Bem assentadas em seu ambiente, ambas são absolutamente verossímeis; longe de terem seus traços exacerbados a ponto de se tornarem estereótipos, à moda do grande Balzac, com sua Duquesa de Langeais ou sua Prima Bette. O que torna as heroínas de Stendhal tão imortais quanto as de Balzac só pode ser o sentimento, a adoração que lhes dedicam Julien e o próprio escritor. Stendhal escreveu livros extraordinariamente masculinos, e por isso mesmo suas figuras femininas são tão amadas. Não surgem como seres singulares envoltos no fulgor do sentimento, o amor que lhes é dedicado encerra também a raça e a história das mulheres neste canto do mundo, bem como a arte que as glorificou. Várias dessas mulheres despegam-se, vivas, da moldura de retratos antigos. A srta. de la Mole parece uma Judite; a loura de Rênal parece pintada por Correggio.

Tais mulheres e tais homens dão continuidade ao que fez o renome da Europa. Julien também, pois ele lutou – de modo impuro, coagido que foi. No final das contas, para ele o sucesso pessoal contava mais do que a vitória de uma grande causa. Lutou com valentia e foi vencido, sobretudo moralmente. É assim com quase todos nós, sabemos disso, e exatamente por isso este Julien lutador reaparece desde então em diversos personagens de romances e peças teatrais. Seus descendentes, porém, não dispõem de um Napoleão, nenhum vulto tão forte assoma às suas costas. E ninguém mais se pergunta o que teriam feito nos momentos em que teria valido a pena consumir todas as forças. Stendhal sabia, pois tinha servido sob Napoleão.

Daí a distância entre ele e Julien. Stendhal não criou Julien por libertação ou vingança, mas para permanecer à altura da situação, para que assim ficasse registrado, em forma de crônica, que geração pobre e sacrificada se seguiu à sua, tão feliz. Julien não podia proclamar o nome de seu herói, pior ainda: não tinha sequer como devotar a Napoleão um amor grandioso e completo. Era ambicioso, era lutador, almejava sucesso; isso era tudo o que podia, mas para Stendhal era pouco. Ele decerto também conhecia a disposição moral do arrivista, incluindo o esnobismo. Mas o cenário era outro. Em Napoleão, Stendhal amava não o êxito, mas a missão, antes o libertador que o vencedor. Stendhal nascera antes de Julien. A Revolução, um fato vivo em sua infância, exaltou-lhe o coração para sempre; tinha visto o Imperador com os próprios olhos.

Julien está abaixo de Stendhal, foi rebaixado por seu nascimento errôneo, com cerca de duas décadas de atraso. E o que acontece conosco, que acasos decidem se levaremos uma vida notável e escreveremos um grande livro? Stendhal também foi hipócrita, exatamente como Julien, mas que diferença! Divertia-se, representava um papel ao distorcer palavras capciosas para despistar a polícia. Pois quem era ele, e quem eram os vermes? A situação de Julien era séria, ele de fato temia os vermes. Stendhal também se permitia ser esnobe, mas não precisava disso, ao contrário de Julien. Não por acaso, dava preferência aos homens e às mulheres de destaque, mais propensos a se deixarem enobrecer por ele e por sua fantasia, na conversação como no amor. O infeliz Julien buscava prosperar junto àqueles que odiava, e o que encontrava era amargura.

Stendhal subtraiu da própria superioridade e assim obteve Julien. Subtraiu de si a vontade e a experiência da vitória. Por Julien, esqueceu a própria satisfação e sua força de grão-senhor no espírito e nos modos. O que restou foi a criatura nua de um tempo de pouca monta, dividida entre as suas pretensões e a realidade concreta, enquanto a sombra da guilhotina já se projetava sobre seu caminho miserável. Seu criador teve de reduzir-se, rebaixar-se a uma posição desfavorável, para então cingir este segundo eu, conferindo-lhe perenidade por meio da força superior de seu primeiro eu, o verdadeiro.

E mesmo assim, Michelangelo não tinha razão ao afirmar: "Nada teria feito de bom se não fosse descendente dos condes de Canossa". Mesmo se restrita ao domínio espiritual, a afirmação é dispensável e, de qualquer modo, insuficiente. Não basta saber que fui poupado do definhamento geral da humanidade e que escapei da servidão do espírito à qual os outros acabaram por se habituar. Preciso ser capaz de indagar o que teria sido de mim com a fraqueza deles, com o cérebro deles. Preciso sentir-me ameaçado, como se também eu estivesse a ponto de finalmente me entregar. É muito provável que Stendhal tenha se colocado na pele alheia para temer o que os outros temiam; ao menos percebia o fado de seu tempo. Sabia que sua própria vontade, oriunda de um sangue mais forte, nada podia além de dar forma aos viventes – ser compreendido por eles era coisa que só viria muito depois.

As ideias entre as quais Stendhal se movia eram inteiramente inalcançáveis para os seus contemporâneos? Ao contrário, ele era a simplicidade em pessoa. Não o leram, mas não porque sua escrita fosse difícil, complicada ou extravagante, ao contrário de todos os favoritos de seu tempo. Stendhal desagradou porque, em *O vermelho e o negro*, registrou um fato muito evidente: de um lado, fraqueza, do outro, força; a força anacrônica sucumbe diante da união das inépcias. Isso ninguém quer ver. Um acordo tácito reprime o saber nu e cru acerca dos viventes. Pode até ser que um tal saber, em determinado momento, consiga se impor – mas com as seduções niilistas de um ceticismo com o qual Stendhal não tinha parte. Ele deixou bem claro que acreditava na energia como medida do valor da vida e de uma geração. Acusaram-no de imoralidade, e ele foi obrigado a acrescentar uma advertência a seu livro. Mas já estava criado o equívoco artificial. Assim, a mais espontânea das cabeças a escrever naquele momento foi qualificada de excêntrica. Ele era simples demais para os outros.

Um romance sobre a vida contemporânea, com os traços memoráveis de uma era, só pode ser empreendido com uma simplicidade que é justamente a coisa mais rara. É preciso encontrar uma via reta. Na expressão de Stendhal, um romance é um espelho que se carrega ao longo de uma estrada. O seu espelho captava as realidades inevitáveis, o que se vê de mais explícito. Ora, mas isso é do interesse de todo o cortejo! Tudo é tão evidente! Mas ninguém viu o espelho. Stendhal, por sua vez, nunca soube direito para onde se encaminhavam os outros. Acreditava que tivessem um destino. Desnorteava-se com sua própria incapacidade de compreender a insensatez: pois quem sabe a que disparates incoerentes os passantes se entregariam depois de desfilar diante de seu espelho? Ainda assim, não puderam impedir que o cronista lhes conferisse uma coerência da qual nada sabiam. Fortuitamente, cem anos depois, entendemos nossos semelhantes e a nós mesmos como ele o fez.

No romance *A cartuxa de Parma*, move-se uma gente serena e de boa índole, dotada de força e espírito aventureiro, quase em grau suficiente para que sejam felizes. Mas o ar que aí sopra é mais leve do que nas demais zonas da experiência, onde reina a ação e a respiração é mais difícil. Não encontram obstáculos íntimos à felicidade. Os únicos transtornos no caminho do sucesso são a alfândega, a polícia e outros pormenores, que não deixam de causar deliciosas surpresas. O imprevisto, que Stendhal chamava de divino, é parte de uma vida plena, à qual, além de acontecimentos, também não devem faltar vontade, sentimento, os problemas da alma – tudo isso sob alguma tensão. Assim é a vida, assim são os romances, tomando os de Stendhal por metro. Todos eles são cheios de vida, mas só a *Cartuxa* é, ainda por cima, um conto de fadas.

A fuga de Fabrice da prisão é tão espetacular quanto, outrora, a de Benvenuto Cellini do Castelo de Santo Ângelo. Compreendemos o conto de fadas, Stendhal também o via assim. O Estado de Parma não ficava fora daquele mundo que, havia pouco, no romance anterior, fora um campo de batalhas desesperançadas. Seja como for, desta vez, senhor de suas forças, Stendhal criou seres bem conformados, tantos quantos seu coração cobiçava. Aí estão o rapaz mais franco e transparente, a mais meiga e audaz das heroínas, um ministro todo feito de dignidade e benevolência, uma duquesa do século XVIII, pura graça e sensatez. Todos nascidos para o perigo, uma vez que apenas a proximidade do perigo proporciona a sensação exata da vida. E todos têm ânimo suficiente para enfim alcançar a felicidade. A energia de que são dotados, como Julien antes deles, é aqui uma dádiva sobre a qual não pesa uma maldição.

E como se manifesta a energia stendhaliana em *Lucien Leuwen*, o terceiro dos grandes romances? Primeiro, na concepção da sociedade, pois nada o intimida, *O vermelho e o negro* já é parte de uma era ultrapassada. Agora Luís Felipe é regente e agora reinam os novos costumes burgueses, os vícios e os interesses dessa camada recém-chegada ao poder – e tudo desde já com a maior brutalidade. A corrupção está à solta, há liberdade nos salões, realizam-se eleições fraudulentas, uma greve é reprimida com violência, tudo isso nos anos trinta do século XIX. Ninguém mais havia ousado. E ninguém mais nos teria mostrado tudo tão bem. Perguntamos: mas então somos nós mesmos? Quem mais percebeu tudo isso com um olhar tão sóbrio e familiar? Mas não, os frequentadores do salão de *Lucien Leuwen* têm os movimentos mais afetados que os nossos, ouve-se a linguagem amorosa de outrora. E não obstante nos espantamos. Não é possível que os personagens tenham se conservado assim por tanto tempo; neles está oculto o nosso próprio saber, que os rejuvenesce. Devem ter sido feitos hoje, e sob nossos olhos.

Esta é a nossa própria maneira! Então já se insinuava e abreviava assim? Já se exibia assim o movimento direto, carregado de significados indiretos? Já se entremeavam assim as novidades técnicas às psicológicas? Todo o curso de uma sensibilidade foi inserido na ação. Dissimulando, empurrando, subjugando, dominando-se, preparando-se para a luta por meio de monólogos: assim uma camada social ainda jovem e inexperiente vivencia os próprios sentimentos. Naquela época, outros escritores mostraram as mesmas pessoas entregues ao tédio da vida, pois assim queria o bando, era isso o que desejava ver. Mas é singular que um ato de violência venha interromper o amor infinito de Lucien: julgava ter visto a jovem Chasteler dar à luz, mas tudo fora um mero engodo grosseiro. De onde provém isso? Talvez Stendhal o tivesse encontrado nos manuscritos antigos que adquirira nas ruas de Roma. Sua energia enfrentava a realidade contemporânea sem inocência, conforme merecia, ao mesmo tempo que buscava legitimação em fontes antigas. A srta. de la Mole fora uma Judite, e num romance que já era puramente burguês imiscuiu-se uma anedota de Boccaccio. E como é pertinente: trapaça por trapaça!

O mesmo romance mostra o que foi feito do velho Leuwen – e então é como se ouvíssemos ressoar um universo anímico intocado. Alguém seguiu e registrou os passos de um banqueiro de cem anos atrás e mostrou como o velho Leuwen, por amor ao filho, tomou novo impulso na vida, até deixar de ser um velho sarcástico e recuperar seu coração infantil. O que seria deste grandioso processo se não fosse conduzido com tanta simplicidade! Em Balzac, a história do velho Leuwen se alçaria à tragédia suprassocial, bem ao gosto deste que é o único poeta trágico desde Shakespeare. Stendhal mantém os pés no chão, o velho Leuwen é apenas um burguês que ama o filho; acaba se elevando ao reino dos espíritos, mas conserva a fisionomia de banqueiro.

Um marechal aparece em *Leuwen*. O marechal rouba; seu cumprimento é sempre um *honneur!* Stendhal, esse livre-pensador social, não poderia ter sido mais claro e conciso. O salão, o marechal, a briga com o oficial que se envergonha da obrigação de mandar atirar, mais ainda, o amor enquanto ideal, a fraude como atmosfera geral de um governo de vigaristas: onde este romance passaria os quarenta anos seguintes? Inacabado, em Grenoble. O autor é um livre-pensador a quem não faltam conhecimentos objetivos; afinal de contas, como funcionário público, Stendhal bem poderia ter participado de comissões eleitorais, em vez de cutucar o vespeiro e descrever um processo eleitoral. Acrescente-se a isso sua liberdade no âmbito moral: era demais para a época. Lamiel, a última personagem, no romance do ano de sua morte, é a mulher intelectual que acaba no crime, e como está longe das mulheres emancipadas de seu tempo, tão medíocres! Ela precisou esperar a chegada da Franziska de Wedekind; só nesta pôde se reconhecer. Todos os personagens de Stendhal, como ele mesmo, precisaram esperar. Um dia, sacudiram a poeira e nos olharam como se fossem dos nossos.

Tradução de Ricardo F. Henrique

Sugestões de leitura

Além deste *O vermelho e o negro*, que circulou e circula em mais de uma tradução, destaque para a de José Geraldo Vieira (São Paulo: Difel, 1965) e para a de Paulo Neves (Porto Alegre: L&PM, 2002), o leitor encontra várias obras de Stendhal em português. Do seu romance de estreia, *Armance ou algumas cenas de um salão parisiense em 1827*, existem duas traduções, a de Júlio Castañon Guimarães (Rio de Janeiro: Nova Fronteira, 1981) e a de Leila Aguiar Costa (São Paulo: Estação Liberdade, 2003). De *A cartuxa de Parma* (São Paulo: Difel, 1961), novamente José Geraldo Vieira assina uma boa tradução, e há ainda outra mais recente, de Vidal de Oliveira (Rio de Janeiro: Globo, 2004). O romance inacabado *Lucien Lewen* teve tradução de Marcos Santarrita (Rio de Janeiro: Francisco Alves, 1983). Sebastião Uchoa Leite encarregou-se das *Crônicas italianas* (São Paulo: Edusp, 1993). Eduardo Brandão de *Napoleão* (São Paulo: Boitempo, 1996) e as reflexões e os aforismos *Do amor* (São Paulo: Martins Fontes, 1999). Os dois últimos de particular interesse para o leitor de *O vermelho e o negro.*

O fascínio do escritor pela Itália transparece nas páginas de *A vida de Rossini* (São Paulo: Companhia das Letras, 1995), que traz bela introdução de Lorenzo Mammì, *Racine e Shakespeare* (São Paulo: Edusp, 2008), ou ainda no estudo de Leila Costa Aguiar, *Italianidade em*

Stendhal: heroísmo, virtude e paixão nas crônicas italianas e em A cartuxa de Parma (São Paulo: Unesp, 2003).

A melhor introdução biográfica e crítica ao autor francês talvez seja o livro de Robert Alter e Carol Cosman, *A Lion for Love – A Critical Biography of Stendhal* (Cambridge: Harvard University Press, 1979). É um trabalho de síntese, que depende, quanto à pesquisa histórica, da vasta bibliografia sobre o autor na língua francesa, com destaque para Victor del Litto, *La Vie de Stendhal* (Paris: Albin Michel, 1965). Há também a biografia ilustrada, *Stendhal – L'Italie au coeur*, de Jean Goldzink (Paris: Gallimard, 1992).

Em português, Antonio Candido dedica dois ensaios a Stendhal: "Uma dimensão entre outras", em *Brigada ligeira & O observador literário* (São Paulo: Unesp, 1992), e "Melodia impura", em *Tese e antítese* (São Paulo: Companhia Editora Nacional, 1964). Álvaro Lins ocupou-se de Stendhal em "Dois momentos do romance: o russo e o francês", no livro *O relógio e o quadrante* (Rio de Janeiro: Civilização Brasileira, 1964). Num ensaio acadêmico, Leyla Perrone-Moisés estudou "Les Modes de l'action dans *Le Rouge et le noir*", publicado na revista *Língua e Literatura*, n.1, (São Paulo, 1972), e retornou ao autor em "Stendhal e a era da suspeita", em *As flores da escrivaninha* (São Paulo: Companhia das Letras, 1990).

Em outras línguas, a lista de títulos é imensa. Ainda no século XIX, Sainte-Beuve comentou "O sr. Stendhal e suas obras completas" em uma de suas *Causeries du lundi*, e Balzac dedicou-lhe uma longa resenha, incluída nas várias edições de suas obras completas. Esta última é comentada por Georg Lukács em seu ensaio "Balzac als Kritiker Stendhals", in *Balzac und der französische Realismus* (Berlim: Luchterhand, 1952).

Devemos a Erich Auerbach um ensaio fundamental, "Na mansão de La Mole", um dos capítulos de *Mimesis* (São Paulo: Perspectiva, 1971). Outro ensaio notável é "Stendhal pseudonyme", de Jean Starobinski, incluído em seu *L'Oeil vivant* (Paris: Gallimard, 1961). O jovem Barthes dedicou um belo prefácio aos *Passeios em Roma*, recolhido no primeiro volume de suas *OEuvres complètes* (Paris: Seuil, 2002). E leem-se com muito proveito os ensaios de Gérard Genette,

"Stendhal", in *Figures III* (Paris: Seuil, 1969), e de Jean-Pierre Richard, "Connaissance et tendresse chez Stendhal", in *Littérature et sensation* (Paris: Seuil, 1954). Harry Levin reservou a Stendhal um capítulo de *The Gates of Horn: a Study of Five French Realists* (Nova York: Oxford University Press, 1966). E Francesco Fiorentino assina o ensaio "A ambição: *O vermelho e o negro*", incluído em *A cultura do romance*, primeiro volume da obra organizada por Franco Moretti, *O romance* (São Paulo: Cosac Naify, 2009).

Entre os ensaios mais extensos, deve-se citar Jean Prévost, *La Création chez Stendhal* (Paris: Gallimard, 1951) e Henri Martineau, *Petit Dictionnaire stendhalien* (Paris: Le Divan, 1948). Da mesma geração é o estudo do romanista alemão Hugo Friedrich, *Drei Klassiker des französischen Romans* (Frankfurt: Klostermann, 1961). Georges Blin estudou o autor sob dois ângulos complementares em *Stendhal et les problèmes du roman e Stendhal et les problemes de la personna-lité* (Paris: José Corti, 1954 e 1958). Já nos anos 60, há o longo estudo de Jean-Paul Weber, *Stendhal: les structures thématiques de l'oeuvre et du destin* (Paris: SEDES, 1969), bem como o livro de Gilbert Durand, *Le Décor mythique de la Chartreuse de Parme* (Paris: José Corti, 1961). Ainda mais recentemente, há o livro de Michel Crouzet, *Stendhal et le langage* (Paris: Gallimard, 1981). Em inglês, pode-se consultar o livro introdutório de Robert Adam, *Stendhal – Notes on a Novelist* (Nova York: Noonday Press, 1959) e o estudo temático de Victor Brombert, *Stendhal – Fiction and the Themes of Freedom* (Nova York: Random House, 1968). Roger Pearson publicou um estudo magistral sobre o narrador e o leitor nos romances de Stendhal, *Stendhal's Violin* (Oxford: Clarendon, 1988).

Talvez retribuindo o amor que Stendhal sempre devotou ao país, dois escritores italianos debruçaram-se sobre sua figura e suas obras. O autor de *Il Gattopardo*, Giuseppe Tomasi di Lampedusa, teve suas *Lezioni su Stendhal* publicadas postumamente (Palermo: Sellerio, 1977), o mesmo acontecendo com os artigos e ensaios de Leonardo Sciascia, *L'adorabile Stendhal* (Milão: Adelphi, 2003).

Finalmente, vale lembrar que *O vermelho e o negro* foi adaptado para o cinema por Claude Autant-Lara, com Gérard Philipe no papel de Julien Sorel, num filme de 1954.

Imagem de sobrecapa: *Napoleão após a abdicação* (1845), óleo sobre tela de Paul Delaroche. Paris, Musée de l'Armée/Bridgeman Photo Library

Coleção Prosa do Mundo
Conselho editorial Augusto Massi e Davi Arrigucci Jr.

Projeto gráfico da coleção Fábio Miguez
Capa Raul Loureiro
Composição Jussara Fino
Revisão Maysa Monção e Raul Drewnick

3ª edição, 2010

Dados Internacionais de Catalogação na Publicação (CIP)
(Câmara Brasileira do Livro, SP, Brasil)

Stendhal [1783-1842]
O vermelho e o negro: Stendhal
Título original: *Le Rouge et le noir*
Tradução: Raquel Prado
Textos críticos: Tarsila do Amaral e Heinrich Mann
São Paulo: Cosac Naify, 2010
576 pp.
[Coleção Prosa do Mundo; 15]
ISBN: 978-85-7503-104-9 (obra completa)
ISBN : 978-85-7503-232-9
1. Romance francês I. Amaral, Tarsila do.
II. Mann, Heinrich. III. Tìtulo.

10-06699 CDD 832

Índices para catálogo sistemático:
1. Romances : Literatura francesa 843

COSAC NAIFY

Rua General Jardim, 770, 2º andar
01223-010 São Paulo SP
[55 11] 3218 1444
cosacnaify.com.br

Atendimento ao professor [55 11] 3218 1473

FONTE	Bembo
PAPEL	Chamois fine dunas 80 g/m²
IMPRESSÃO	RR Donnelley
TIRAGEM	5 000